西方传统 经典与解释
Classici et commentarii
HERMES

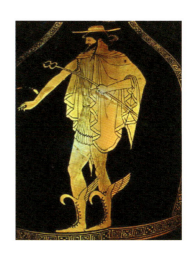

HERMES

在古希腊神话中，赫耳墨斯是宙斯和迈亚的儿子，奥林波斯神们的信使，道路与边界之神，睡眠与梦想之神，亡灵的引导者，演说者、商人、小偷、旅者和牧人的保护神……

西方传统 经典与解释
Classici et commentarii
HERMES
古典学丛编
刘小枫●主编

《伊利亚特》和她的诗人
Die *Ilias* und ihr Dichter

［德］卡尔·莱因哈特（Karl Reinhardt）●著
陈早●译

华东师范大学出版社
上海

华东师范大学出版社六点分社　策划

古典教育基金·"传德"资助项目

"古典学丛编"出版说明

近百年来,我国学界先后引进了西方现代文教的几乎所有各类学科——之所以说"几乎",因为我们迄今尚未引进西方现代文教中的古典学。原因似乎不难理解:我们需要引进的是自己没有的东西——我国文教传统源远流长、一以贯之,并无"古典学问"与"现代学问"之分,其历史延续性和完整性,西方文教传统实难比拟。然而,清末废除科举制施行新学之后,我国文教传统被迫面临"古典学问"与"现代学问"的切割,从而有了现代意义上的"古今之争"。既然西方的现代性已然成了我们自己的现代性,如何对待已然变成"古典"的传统文教经典同样成了我们的问题。在这一历史背景下,我们实有必要深入认识在西方现代文教制度中已有近三百年历史的古典学这一与哲学、文学、史学并立的一级学科。

认识西方的古典学为的是应对我们自己所面临的现代文教问题,即能否化解、如何化解西方现代文明的挑战。西方的古典学乃现代文教制度的产物,带有难以抹去的现代学问品质。如果我们要建设自己的古典学,就不可唯西方的古典学传统是从,而是应该建设有中国特色的古典学:恢复古传文教经典在百年前尚且一以贯之地具有的现实教化作用。深入了解西方古典学的来龙去脉及其内在问题,有助于懂得前车之鉴:古典学为何自娱于"钻故纸堆",与现代问题了不相干。认识西方古典学的成败得失,有助于我们体会到,成为一个真正的学人的必经之途,仍然是研习古传经典,中国的古典学理应是我们已然后现代化了的文教制度的基础——学习古传经典将带给我们的是通透的生活感觉、审慎的政治观念、高贵的伦理态度,永远有当下意义。

本丛编旨在引介西方古典学的基本文献:凡学科建设、古典学史发微乃至具体的古典研究成果,一概统而编之。

古典文明研究工作坊
西方典籍编译部乙组
2011年元月

目 录

中译本导言 / 1

导论 / 20
第 1 卷 / 52
第 2 卷 / 129
第 5 卷 / 148
第 8 卷 / 165
第 9 卷 / 255
第 10 卷 / 290
第 11 卷 / 299
第 12 卷　壁垒战 / 316
第 13 至 15 卷 / 329
第 16、17 卷 / 365
第 18 卷 / 457
第 19 卷 / 478
第 20 及 21 卷 / 490
第 22 卷 / 527
第 24 卷 / 534

《伊利亚特》与《阿佛罗狄忒颂》/598
补遗：关于早期亚历山大里亚的荷马文本 /614
德文版编者后记 /629

中译本导言

1871年,时任巴塞尔大学语文学教师的尼采出版了处女作《肃剧的诞生》。他声称,为寻求"一种解释希腊肃剧的全新方式",他要在此书中"暂时避免任何语文学方法,只关注美学问题"。①这部蔑视学术规范的著作甫一问世就掀起轩然大波,年仅22岁的年轻语文学家维拉莫维茨(Ulrich von Wilamowitz-Moellendorff)迅速发起毫不留情的攻击,针锋相对地写下了他自己的处女作《未来语文学!回应尼采或巴塞尔古典语文学教授的〈肃剧的诞生〉》。此番交锋后,尼采不再以古典学者的身份发声,并于1879年称病辞职,离开巴塞尔;维拉莫维茨则很快获得柏林大学教席,此后30余年几乎稳坐德国古典语文学界的头把交椅。

由于维拉莫维茨的推波助澜,历史-实证主义的古代文化研究在19世纪末的德国盛极一时。这条学术路线不再重视语文学传统的教育意义,而意欲使之体系化、科学化。它的方法信条是,只要广泛搜集原始资料,就能全面地认识历史事实,并将其客观、准确地再现出来。维拉莫维茨以匠人的现实、谨慎和勤奋创造出历史-实证语文学的辉煌,却从未想到,恰恰是他的执着和努力,不久之后就将

---

① http://www.nietzschesource.org/#eKGWB/BVN-1871,133

他毕生小心经营的"实业"推入举步维艰的死局。维拉莫维茨最得意的高徒莱因哈特(Karl Reinhardt, 1886-1958)曾回忆说：

> 19世纪末，古典语文学研究举步维艰，如同一机构臃肿、将自身掏空的企业，起初高涨的热情消失殆尽——不是因为麻木冷漠，而是因为清醒、禁欲、尽职和坚忍的英雄品质。[……]19至20世纪之交时，古典语文学陷入了双重窘境。古典理想的破灭，[……]不断增强的专业化。①

事实上，尼采对此结局早有预判。甚至在与维拉莫维茨分道扬镳前，他就已经"像一个医生坐在'瘫痪时代'的病床前"做出过诊断(《古典学》，页164)。尼采对琐碎事实的堆垒嗤之以鼻，他蔑视地称之为"微粒学说"(Partikellehre)和"蚂蚁的工作"(Ameisenarbeit)。② 不仅如此，他更是从根本上否认认识"客观"的可能，终其一生，他都在不遗余力地抨击"历史学热病"③，鞭挞体系化和所谓的"科学"理想。

在尼采看来，知识只是手段而非目的，以知识为终极目的，它就会有"报复我们的危险"(KSA 8, 3[76])。让语文学科学化无异于涸泽而渔，因为古代材料迟早会被挖空。语文学的真正任务在于：让人们"以希腊古代为古典榜样之集"，来"理解我们自己，评

---

① 莱因哈特：《我与古典学》。见《古典学与现代性》，刘小枫编，丰卫平译，崔嵬校，华夏出版社，2015年(以下简称《古典学》并随文注页码)，页151-244。此处，页161。

② Nietzsche: *Sämtliche Werke*, kritische Studienausgabe, hrg. v. Giorgio Colli und Mazzino Montinari, Deutscher Taschenbuch Verlag, Berlin, 1988(下文简称KSA并随文注页码)，8, 3[63]。

③ 尼采：《不合时宜的沉思·历史学对于生活的利与弊》，李秋零译，华东师范大学出版社，2007年(以下简称《沉思》并随文注页码)，页135及下："我把这个时代有理由为之骄傲的某种东西，即它的历史学教育，试图理解为这个时代的弊端、缺陷和残疾，因为我甚至认为，我们所有人都患上了一种折磨人的历史学热病，而且至少应当认识到我们还有这种病。"

判并借此超越我们的时代"(KSA 8,6[2])。"反对时代,并由此作用于时代,并但愿有益于一个未来时代"(《沉思》,页137)的语文学需要"不合时宜"地承担起教养的重任,因此"语文学家们也是教育者"(KSA 8,3[1]),应以"非历史的感受能力"站在"超历史的立场"上(《沉思》,页143,145)。回头看去,当同时代的维拉莫维茨还在一厢热情地执意于终结人文主义的主观之时,尼采已经为历史-实证主义的僵化症开出《肃剧的诞生》这剂太过超前的猛药。不被学术界理解,甚至被彻底孤立的尼采,眼睁睁地看着古典语文学在繁荣表象下像他担心的那样一步步病入膏肓。70年后,重新发现尼采的莱因哈特评价说,是尼采"撕裂了他那个时代的表象",他"宛如一只洁净的水禽,翱翔在时代浩瀚知识海洋的洪流中,却未被沾湿"(《古典学》,页164,165)。

值得庆幸的是,尼采虽在公开论战中偃旗息鼓,却从未停止过对古代世界和今人的比较、反思。在《历史学对于生活的利与弊》一文中,他专题阐述过自己对历史语文学的看法,还在1874/1875年间写下许多笔记补充此文,并曾计划将这些笔记作为第五篇《不合时宜的沉思》发表,题目就叫《我们语文学家》。除了这两篇主题明确、针对性极强的文章,几乎在尼采中后期的每一部著作中,都能看到他对当世语文学的批判或对"未来"语文学的召唤。可以说,这些以格言或短文形式呈现的反思,为半个世纪后意欲调和"古典理想"与"语文学工作历史现实"的莱因哈特提供了纲领和方向(《古典学》,页161)。当然,莱因哈特对尼采的推崇不止于原则上的重复,更落实在具体的文本解读实践之中。对此曾有学者评价,尼采念兹在兹的"新"语文学终于在莱因哈特那里迎来迟到的成功。①

---

① 参考 Joachim Latacz:"*Reflexionen Klassischer Philologen auf die Altertumswissenschaft der Jahre 1900-30.*"In H. Flashar (ed.):*Altertumswissenschaft in den 20er Jahren. Neue Fragen und Impulse.* Stuttgart,1995,S. 50-53。

莱因哈特早年的学术工作主要针对哲学文本,后期则转入肃剧和诗。他把生命的最后几年献给了史诗《伊利亚特》,此书虽未能最终定稿,但留下 4000 余页荷马研究的手稿。恰恰因为未完成,这些手稿反倒更清晰地显现出莱因哈特的治学思路和方法。莱因哈特逝世三年后,手稿经古典语文学家乌沃·霍尔舍尔(Uvo Hölscher)校读、编辑并最终出版,定名为《〈伊利亚特〉和她的诗人》。

本文随后将以这部著作为中心,试探讨莱因哈特重点关心的几个问题,借此领会尼采对古典语文学的诊断及预言对莱因哈特的影响。

反思语文学的"界限"

身为弟子,莱因哈特对维拉莫维茨始终怀有深厚的敬重,他盛赞后者是"古典语文学最后一位大师",并把从他那里学到的分析考据方法运用得炉火纯青。另一方面,莱因哈特也对恩师的缺点了如指掌:评断尼采公案时,莱因哈特直言,维拉莫维茨错在"缺乏浪漫、自省和某种未来注疏家应有的思考性预感"。回顾古典语文学的发展历程时,莱因哈特更是一针见血地指出,维拉莫维茨已把学术改造成宗教,却"并非对古代,对柏拉图、索福克勒斯或荷马"虔诚(《古典学》,页 166,195),而是迷信他自己的学术:

> 这种态度是人文主义的终结,研究对象并没有包含在语文学中,如同数字包含在数学中那样。(《古典学》,页 168)

换言之,维拉莫维茨错把手段当成了目的,他满腔热情地搜集、证伪、删减、重构,却并不思考辛勤忙碌的意义何在,他野心勃勃地建起一座空前庞大的语文学博物馆,却为制作标本本末倒置地杀死活的对象。对于上一代考据学者的盲目,莱因哈特深以为戒,"界限"问题也因此成为他思考的重心之一。荷马研究之初,他就开门见山地表明态度,虽然他仍采用分析考据的方法解读《伊利亚特》,但"只以之为路,而并不追求惯常的目的":

> 摸索此路,是为最终到达研究本身的界限:此后 non plus ultra[不能更远];是走向语文学家的"禁忌"。①

这种界限或禁忌主要有两个面向,一是针对考据家们"越过作品,追问作者"的"历史"目标,二是质疑对文本的证伪和重构到底能在何种程度上实现"客观"(《沉思》,页 182)。

《伊利亚特》是一位诗人的杰作,还是若干诗人的拼凑?荷马是否在历史上确有其人?如果真的有过一位荷马,他是谁?考据可否还原他的生卒年代、活动地点、身世起源?如果多位诗人共同创作出荷马史诗,谁在先谁在后?如何区分真荷马和仿-荷马?这一系列所谓的"荷马问题"(die homerische Frage)占据了 19 世纪古典语文学研究的大半壁江山。

整一派学者(der Unitarier)认定荷马是无可匹敌的天才,他们"引证诗意上的不可辩驳"(页 13)极力捍卫史诗的统一和完整。与之针锋相对的分析派学者(der Analytiker)矫枉过正,他们以科学的名义把荷马降下圣坛、推入解剖室,他们认为《伊利亚特》多半都是荷马身后无名诗人们的画蛇添足,他们唯一的目的就是要"确定出真正的、本源的荷马"(页 57)。对于以上纷争,莱因哈特超然在外,他不屑于整一派的"天真",更痛心疾首于分析派的粗暴。在

---

① Karl Reinhardt: *Die Ilias und ihr Dichte*, hrg. v. Uvo Hölscher, Göttingen, 1961,页 12。后文引此书均随文注页码。

莱因哈特看来,"是否有许多诗人,两个还是十个,或者最终唯有一人胜出"(页15),既非古典研究的中心问题,也不可能得出定论。因为"不论如何,就连人们相信存在的那个荷马"(页11),也终究只是个假说。这些问题远超出语文学家的研究手段,仅靠搜集材料、考据和勘正流传下来的古代本文,根本无望得解,它们并不值得人们殚精竭虑。

实证的历史思维将不仅导致缘木求鱼的徒劳,对古典语文学的学科发展也百害而无一利。比显微研究的琐碎化、过分专业化更加可怕的是,分析派在历史"客观"的掩护下,滋生出目空一切的暴戾。为还原真荷马的"原本"(Urtext),他们对《伊利亚特》文本进行了大规模的洗劫和剪切;为标榜所谓的"科学"和"客观",他们肆意践踏"诗意",把所有带有"主观"色彩的审美判断都摒除在外,坚信"借助语文学的确据"(页13)就能分辨出具体章节的真伪:

> [他们]死守文本,并且把文本看作是需要清理、需要从熔渣中解放出来的材料。他们的问题最终简化为真实性问题。[……]不为任何文学经验所动,[……]人们自信可以计算出曾经必定存在过的内容。这些语文学家[……]毫不关心自己加入了怎样的竞争。(页57)

以"客观性"为武器的分析学者们自以为真理在握,他们孜孜不倦地拆解文本,却从未反思过自己是否具备裁断的能力。这让我们想起尼采在第二篇《不合时宜的沉思》(1873年)中对历史的客观信条发出的警告,尼采把这些"在希腊诗人的残骸里寻觅和挖掘"的学者称作"历史学的中性人"、"被排空的有教养人",批判他们"沉没在对外不起作用的东西,亦即不成为生活之教诲的杂乱堆积的垃圾中"(《沉思》,页180,182,177)。他们的历史陈腐而危

险,不但丝毫无益于现世生活,甚至是与生命力相敌对的破坏力量,它让现代人陷入智识上的自负,

> 幼稚地相信恰恰他们的时代在一切通俗简介上都是正确的,按照这个时代去写作就等于做事完全公正。[⋯⋯]那些幼稚的历史学家把按照当前举世一致的意见来衡量过去的意见和行为称为"客观":他们在这里找到了一切真理的金科玉律;他们的工作就是使过去适应合乎时宜的平庸。

纯粹直观、不对主体造成任何影响、完全脱离个人利害的"客观",无论如何都只能沦为"幻觉"(《沉思》,页 188)。与尼采一样,莱因哈特也不相信关于客观的"坏神话"(《沉思》,页 189),假想的"客观"恰恰是隐藏最深的偏见,每代人自以为的理所应当反倒是最需要超越的障碍。妄图通过删减和拼接重构出历史真容的尝试只能沦为自欺欺人的闹剧。

然而,对"客观"这把解剖刀的拒绝,并不意味着要转入"整一派"的另一个极端,莱因哈特同样不接受把《伊利亚特》神化成"雅典娜那般从宙斯的脑袋里跳出来"、一出现就不容改动的完美成品。莱因哈特明白,鼓吹客观的机械拆解和主观定义的僵硬统合实则一体两面,只有超越二元对立,才能跳出非此即彼的陷阱。他不再把目光胶着于静止体系的分或合,而是转入对过程的探索,他要追问的是现存如何生成、如何可能,①他要"怀着对已成之物的敬畏"(Ehrfurcht vor dem Gewordenen)走近"正在形成的"(werdend)《伊利亚特》。为此莱因哈特开出了处方,"用自身变化着的

---

① 参考尼采:《人性的,太人性的》,魏育青译,华东师范大学出版社,2008 年(下文简称《人性的》并随文注页码),页 143:"我们有这样的习惯,无论遇到什么完美的事物,从不追问它如何逐渐形成,而总是为它的现存而喜悦,似乎它是魔杖一挥就从地下变出来的。"

荷马取代仿-荷马"(页15),用"动态整体"打破偶然定格的魔咒:

> 统一难道不能是另一种我想叫作动态整体的整体?其中不同的圈子就像偏心圆,相继脱胎、彼此交叠、层层覆盖。就这样在基础构思或底层建筑之上不断扩展,这些或多或少遮蔽住主干的新事物部分从根基本身发展而出、部分依据情况从外界补充而入。应视其为补充和融合——我承认,就像色彩,[……]就像在一块反复修改的蚀刻铜板上(请原谅这与伦勃朗《百盾版画》的相似之处),创作者(如果有人不愿意听到"创作者们")留下他的作品。(页210)

莱因哈特提出的动态整体从根本上改变了语文学研究的格局,流变的时间维度突然在今版《伊利亚特》呈现的历史断面上打开。以这种流变性为前提,便彻底推翻了分析考据的任务。如同不断被流水冲刷的卵石,想象中的太古"原本"也渐渐在时间的长河里面目全非。"原本"并未消失,却也不可能被重新抽取,它"与《伊利亚特》的关系,就像初稿之于成熟的完美之作"(页57)。另一方面,流变性也破除了整一派对荷马的神化和迷信。即便执意把《伊利亚特》归功于一位天才,他的独一无二也并不与文本的多层次矛盾。换言之,不论诗人一或多,都可以从主题、风格、技巧等方面区分出早期和晚期的创作。当然,这种区分与真伪无关,而是"成熟度"和技巧的差别,尤其是,"英雄气质中彰显的人性"(页211)。

我们将会看到,莱因哈特的评判几乎不考虑语文学的证据,他不再像分析学派那样倾力关注某一特定时期的特殊词形或修饰语的常规搭配,这些琐碎细节不再是唯一指标,而降级成他风格判断的辅助工具。相反,曾被分析学派暴力驱逐的"主观"因素回归视野,无法抽象或量化的经验、品味重新重要起来。极具颠覆性的是,莱因哈特的阐释纳入了一个全新的前提:对自我的理解,或者说,对人性的了知。这也正是尼采所谓的"语文学悖论"(die Antinomie der Philologie, KAS 8. 3[62]):人只能从自身经历出发理解古代,反之,这种对古代的理解才能让人评价自己。在此意义上,莱因哈特提出,古典语文学进入了"一个自我关涉的时代,[……]所述之言虽不言及自我,却首先坚定地关注自我"(《古典学》,页155)。

语文学的自我关涉

何谓人?何谓神?在《我们语文学家》的笔记(1875年)中,尼采明确强调,不能混淆"人性"(das Menschliche)与"人道"(das Humane)。古希腊的人性恰恰在于"某种天真",在于"不掩饰"(Unmaskirtheit)和"不人道"(Inhumanität)(KAS 8.3[12])。12年后,尼采在《道德的谱系》(1887年)中详细展开了这个话题:高贵的古希腊人具有"野兽的无辜心态",如果用现代人的道德观审视,他们就是一群"幸灾乐祸的怪物",他们"对一切破坏行为、对胜利和残忍带来的所有快感都表现出令人吃惊的兴致和发自内心的喜好"①。"对残酷的天真需求"是最本真的人性,古希腊诸神正是"人心深处野兽的神圣化",古希腊人把所有痛苦都推给奥林波斯上的"观望者和痛苦制造者"(《道德》,页47),因此使自己远离良心的谴责,他们不知耻,所以能保持快乐。古希腊的异教徒们是"非道德"的更高贵的存在,因为他们"在善与恶的彼岸"。

尼采对人性的判断也是莱因哈特荷马研究最重要的参照:"可

---

① 尼采:《道德的谱系》,梁锡江译,华东师范大学出版社,2015年(以下简称《道德》并随文注页码),页84及下。

怕的、被视为非人性的能力"本原、古老,从这片让我们感到"陌异"的肥沃土壤中渐渐生长出"一切人性"①,因此与人道伴生的"道德"及其导致的正义、耻辱、狂妄、悖谬等,就成为创作相对晚近或相对成熟的表征。比如,莱因哈特之所以判断,"赫克托尔是《伊利亚特》的英雄形象中最现代的一个"(页302),不仅因为他那场在特洛亚城内与妻儿柔情缱绻的离别大戏偏离了传统的英雄动机;②不仅因为海伦在哭悼时所感念的他的"温和"——除了帕里斯和普里阿摩斯,赫克托尔是唯一一个善意关心着她的特洛亚英雄。毋宁说,更因为他杀死帕特罗克洛斯后妄自换上阿基琉斯铠甲的轻狂;因为他被阿基琉斯杀死之前表现出的绝望、惊惧和悔恨。因为他怀有一种自由、私己的虔诚,他坚信保家卫国的正义,认定宙斯永善,相信神的承诺和光明磊落,他以"理智"的盲目抗拒波吕达马斯凭借征兆卜释出的劝诫,对任何捆绑着魔力的"低级的信"(页273)置若罔闻。

赫克托尔淋漓尽致地表现出那个古希腊肃剧中同一不变的问题:肃剧发生的核心不是神意的不可抗拒,不是宿命的因果前定,不是偏离常态的阴差阳错,而是人的"自我迷失"(《古典学》,页180),因为"我们并无自知之明。我们是认识者,但我们并不认识自己"(《道德》,页47)。

用人性-人道这把标尺去衡量《伊利亚特》,很多谜团都会迎刃而解。借助这条线索,莱因哈特不仅解读出阿基琉斯、阿伽门农、帕特罗克洛斯等英雄形象中的晚近成分,还颠覆了很多当时语文学界的通行观念。例如,《伊利亚特》开篇于阿伽门农和阿基琉斯的争吵,其场面之激烈、影响之恶劣,几乎让首卷的古老和本原得

---

① 尼采:《重估一切价值》(下卷),维茨巴赫编,林笳译,华东师范大学出版社,2013年,页941。

② 德语原文das Motiv,亦可译作"主题"或"母题"。为与莱因哈特的另一个重要概念"主题"(das Thema)区别,本书中出现的Motiv均译为"动机"。

> 因为人们相信，伟大一定存在于源头。(页70)

但深究下去就会发现，争吵的起因绝不仅仅是阿伽门农抢走阿基琉斯的荣誉礼物这么简单。阿伽门农之所以争抢布里塞伊斯，是要挽回颜面，因为阿基琉斯之前迫使他交出他自己的女俘克律塞伊斯；阿基琉斯之所以如此，是为挽救阿开奥斯人被阿波罗降下的瘟疫毁灭。然而，此处神的惩罚与史前传说中常见的罪由大相径庭，"没有冒犯神，没有杀害神圣的动物，没有砍伐神圣的树林"(页46)，而是因为，父亲克律塞斯请求赎还女儿，阿伽门农却把他厉声赶走，这是"狠心、傲慢、违背人性"(页46)。莱因哈特因此看出祭司克律塞斯与末卷祈请儿子尸体的普里阿摩斯的共性，两人相近不止于赎买这个动机，也不止于措辞上的一致，更是因为他们都诉诸"敬畏"而求：

> 诉诸那种神的也同时是人的训诫(das Gebot)，它在 $aideĩo$ [敬畏]和动词 $aideĩoϑai$ [尊重]中得到表达。有些请求不许人拒绝，否则他就会触犯神人之诫、背违他应对同类怀有的尊重。[……]此处论及的不再是盲目和理智，而是义和不义，或是神性中包含的人性，或干脆就是，人道。(页220)

"人道"的胜出意味着，首末两卷的诗人关注着相同的晚近主题，并因这个主题突破了他身在其中的传统，实现了他的与众不同。克律塞斯被阿伽门农赶走，人性遭遇到非人性的抗拒，而普里阿摩斯与阿基琉斯相见时，"尊敬"和"同情"战胜了仇恨。没有命运的克律塞斯就像前奏，为《伊利亚特》末尾上演的那场文学史，乃至人类历史上最惊心动魄的和解打下伏笔，轮廓鲜明、有血有肉的普里阿摩斯则是"该主题悲剧的最伟大的显像"(页67)。

再如,第8卷篇幅短小、大量诗行重复、结构简单、比喻贫瘠,似乎只具备衔接功能,因此素来不被人看好,研究者们坚定地相信它是后加入的赘物,是晚期的粗制滥造。但莱因哈特的判断截然相反。第8卷的奥林波斯情节生硬、粗糙、充满敌意,宙斯以暴力相逼,专横地禁止诸神参战;赫拉和雅典娜冲动无脑,试图偷偷反抗,可还没出门就被伊里斯劈头骂回。与此相反,在其他各卷中,诸神之间关系复杂,他们彼此恭维、协商,用漂亮的揶揄话把残酷或尴尬化解为阵阵大笑;宙斯圆滑从容,谙熟和稀泥式的安抚和无伤大雅的讽刺,赫拉懂得收买人心,更明白欲擒故纵的策略,连第8卷里道具般毫无个性的波塞冬也阳奉阴违、小丑般极力维护自己的尊严。

第8卷中向宙斯祈祷的阿伽门农得到了明确的回应,第11卷的赫克托尔和第15卷的涅斯托尔虽然祈祷更虔诚、更动人,宙斯的回应却"具足神谕的暧昧"(页179)。待到帕特罗克洛斯出场后,高高在上的宙斯竟为了计划牺牲掉儿子,或者说,面对萨尔佩冬的命运他竟无能为力,他变得更加优柔寡断,只能为儿子的惨死"洒下濛濛血泪"。莱因哈特认为,相比于第8卷,其他各卷的诸神表现出"人性不断增多的发展趋势"(页162),因此第8卷起源更早,是其他篇章布局的前提和中心。

"阅读的艺术"

借用尼采对人性的洞见来判断本文的成熟度,固然是莱因哈特的巧妙匠心,但作为以文本功夫见长的语文学家,莱因哈特对尼采精神的发现和发扬更具体化在他扎实细致的解读上。早在《肃剧的诞生》中,尼采就曾明确强调,优秀的语文学家不能像亚历山大里亚学者那样,甘于扮演"图书管理员和改错者"的角色,"被书灰和印刷错误弄瞎"(KSA 1,《肃剧的诞生》,18)。在尼采心目中,历史研究需要"一种伟大的艺术才能"(《沉思》,页191),真正的"古典趣味"重视"细节、复杂、不确定"(KSA 13,11[312]),最重要的是,释读者应"从艺术家(创造者)的经验出发去锁定美学问题"(《道德》,页165)。可以说,如何去辨别相似情境间的微妙差别、探测藏在内容背后不可见的形式,如何去领会暗示、伏笔、留白、倒转,如何拿捏几微、讽嘲、言不由衷、情非得已,如何动用生活经验和艺术经验把语文学示范性地展现为"好的阅读(gut zu lesen)艺术"(KSA 6,《敌基督者》,52),才是莱因哈特的目标所在。手稿中两处被用作题记的尼采箴言即可看作对这个目标的提示。笔者也将从这两句引文入手,考察莱因哈特如何接回曾被分析考据无情拒之门外的艺术判断。

读 反 讽

"重伤者有奥林波斯的笑,常人仅有必要之物。"(KAS 13.18[1])莱因哈特用尼采的这句话,引入他对赫菲斯托斯形象的解读。锻造神在《伊利亚特》中有两次极为重要的出场:第18卷,阿基琉斯出战之前,赫菲斯托斯拿出看家本领,为英雄造盾护身。在莱因哈特的解读中,本卷的赫菲斯托斯就是诗人自己的镜像,他为阿基琉斯锻造铠甲就是对诗人创作过程的再现;对铠甲的大段描写跳出了《伊利亚特》的情节,却恰恰因为这种无关,象征着超越了逻辑因果的艺术本身。

除了这次本色出场,赫菲斯托斯在《伊利亚特》中还扮演过另一个悖离他天性的角色:首卷末,当宙斯与赫拉剑拔弩张、众神均噤若寒蝉之时,跛脚的赫菲斯托斯一瘸一拐地为诸神斟酒,通过自嘲打破僵局、化解掉气氛的紧张。在莱因哈特看来,甘当小丑的赫菲斯托斯更动人,这位连小丑也要模仿的诗人更伟大,因为他懂得如何以轻松缓和严肃,懂得如何游戏般对待危险,因为他毫无忌讳地讲述自己的不堪往事,"苦难才能变成享受",可怖、惊惧才能倒转为奥林波斯的开怀大笑,"以苦难为题的歌曲,众神百听不厌"。(《人性的》,页148)

艺术赋予人承受无常的能力,超越此世生死的诗人因而有了奥林波斯的轻浮,所以尼采说,诗人的伟大表现在,"毫无节制地对悲剧性进行最高程度的,也是最具嘲弄态度的戏仿"(《道德》,页158),莱因哈特同样认为,《伊利亚特》诗人最与众不同的发明就在于,"把悲剧用语闪烁其辞地转化为非悲剧的讽刺话"(页93)。所以,当阿伽门农试探军心却险些导致全军不战而逃时,当阿佛罗狄忒失手扔下埃涅阿斯,让他狼狈地掉落在战场正中时,当波塞冬兴师动众地出行,却装扮成凡人偷偷摸摸混入军队时,当分析考据忙着证伪、切除、尽其所能清理所有不成体统的节外生枝时,莱因哈特却在其中看到《伊利亚特》诗人的创新——他堂而皇之地侵犯着"荷马形式世界严密性"(页114),恣肆地戏谑史诗的庄严,让单调无趣的英雄模式扭曲畸变,让权威、无畏或气节均成为笑话。

以"反讽、闲聊的语气"(页211)为艺术评判的重要指标,莱因哈特还顺利解决了史诗研究的一大类难题:如何解释诗行的重复。在此问题上,分析考据坚信所有重复都能划归入样本-仿本的层级关系之中,问题只在于如何找出赝品。20世纪初,以美国学者帕里(Milman Parry)为代表的口头诗学理论提供了另一种答案,该派学者认为,荷马史诗本只是口头演唱的吟游诗,后被笔录整理下来,史诗中重复的诗行也无非只是吟诵者黔驴技穷时的遮羞布。看似大相径庭的两派观点暴露出相同的偏见:不论因于模仿还是充数,他们都把重复等同于无用无能。

一旦如此,就无需再深究重复的意义,可文本的色差也因此被悉数抹平。与上述一了百了的做法相反,莱因哈特有意淡化语文考据区分真伪的任务,更坚决抵制口头诗学标榜的机械化和扁平化,他要追踪同质者在重复中的转变,为此他采用的方法是:把比

较"从诗行扩展到语境,再从语境推及动机(das Motiv)"(页 15),判断标准则是:

> 相同的诗句材料中,那些行文连贯或意思明确、毫无色差的,特别是运用于悲剧的,比较早,而闪烁其词的比较晚。(页 94)

第 8 卷特洛亚人大捷后,赫克托尔在死尸遍野的敌营附近,靠着他的十一肘长枪对军队发号施令,火光映照下的青铜枪尖在夜幕中闪闪发光,此时他的英雄姿态与情境密切贴合。第 2 卷,阿伽门农同样胸有成竹地靠着他的权杖,妄图以激将之法试探阿开奥斯人的忠诚,军队却瞬间大乱,所有人都奔向船边,一心打算弃战返乡,此时阿伽门农的自信、威严、王者气概均骤变为尴尬和耻辱,此中讽刺一目了然。两相对比,先后立断。

读插曲的编排

《伊利亚特》的故事说的是,阿伽门农抢走阿基琉斯的女俘,阿基琉斯因此怒而退战,直至帕特罗克洛斯战死沙场,阿基琉斯才幡然醒悟,振作杀敌,一举击毙赫克托尔,为朋友复仇雪耻。然而,这个简单的剧情中穿插了大量的插曲,有些看似可有可无的插曲离题颇远,甚至完全冲淡了主剧情,分析考据因此常常证伪那些与剧情没有紧密关系的诗段,认为切掉它们才是正本清源。但莱因哈特坚决反对这种只着眼于线性剧情和事实逻辑的截肢术:《伊利亚特》并非由"小史诗"或"吟诵片段"堆垒而成的"大史诗"(das Großepos),它的伟大不止于故事本身,更在于编排故事的形式:

> 因为一种全新的组织原则进入了故事,这是一种使故事的现有元素翻天覆地的新力量——某种催化剂似的东西。现

在，一切都另行结合：此前离散者找到彼此，另一些共存物分离开来。通过进入故事的新艺术原则，伟大的史诗《伊利亚特》与它之前的故事关联起来。这种新的艺术原则，如同赋格艺术（Kunst der Fuge），是史诗插曲的伟大艺术（die große Kunst der Episode）。（页39）

如尼采所言：做艺术家的代价是，把非艺术家称作"形式"的一切，感觉成内容，感觉成"事物本身"①（KSA 13, 18 [6]）。插曲式的东西或许不影响故事本身的发展，但却通过转轨和聚焦、离间和呼应、定格和延宕控制着叙事的密度和节奏、光影和明暗。简言之，插曲的编排决定了史诗的艺术效果，被剪碎重构的《伊利亚特》不会仍然是"伟大的史诗"（das große Epos），而插曲一旦被剪裁出来，孤绝于整体，也将变成"非其所是之物"（页39）。平行性和反差、框架和应答、升级和倒转，种种控制着起承转合、张弛快慢的形式因素不但在莱因哈特的透视中显影成像，也灵活地为他所用，成为他艺术判断的强大支撑。

例如，第9卷《求和》，默默无闻的老福尼克斯突然成为舞台中心，可在他发表过长长的演说之后，阿基琉斯仍然拒绝出战，奥德修斯与埃阿斯无功而返，悻悻向阿伽门农汇报他们的白费力气。这段看似莫名其妙的发言深受考据诟病，却让莱因哈特从中读出阿基琉斯心性冷暖、仇爱的矛盾，读出他在无情和心软之间的不知所措。让人耳目一新的是，莱因哈特还能抛开主题，从形式上梳理出本卷插曲采用了史诗常用的"洋葱布局"（die Zwiebelkomposition）：

表皮是阿开奥斯人的第一次战败，第一层内皮是长老会

---

① 该引文也被莱因哈特在《伊利亚特》研究手稿中正式引用。

议,[……]第二层内皮是奥德修斯和埃阿斯在阿基琉斯的帐篷里,内核则是福尼克斯的演讲。(页288)

福尼克斯发言的重要性因此不再仅限于释读者的通情或揣测,而是得到形式上的充分支持。

再如,第12卷开头,史诗镜头离开特洛亚战场,转向战后壁垒如何被诸神协力摧毁。在考据的解释中,此段的目的是,诗人为避免杜撰的骂名处心积虑销毁证据。可在莱因哈特的诗意目光中,这段序曲般的吟诵是"以传说形式呈现的反思"(页269),它与《伊利亚特》的主题一脉相承,甚至就是"名誉和无常"的具象表征。对此,莱因哈特的有力论证在一个无法回避的反问句上臻至巅峰:

> 当目光从军营转向往昔、未来和永恒,当它占据着整部宏大史诗的中心,难道还应该认为这只是偶然?(页269)

帕特罗克洛斯死后,铠甲落入赫克托尔之手,阿基琉斯决意出战复仇;当天晚上,忒提斯登上天界,请求赫菲斯托斯为儿子锻造神盾。在考据眼中,从帕特罗克洛斯披挂阿基琉斯的铠甲出战到《铠甲》一节均属无效叙事:阿基琉斯为朋友复仇天经地义,无需铠甲落入敌手,更无需赫菲斯托斯锻造新盾。因此考据认为,《铠甲》曾是一部独立诗篇,被《伊利亚特》诗人强行将其插入原诗,破坏了叙事的流畅。

莱因哈特看法相反,"严格的连贯性或动机上的无懈可击"(页211)并非他关注的重点,《铠甲》的确导致主剧情的停滞,但它就像截堵叙事洪流的堤坝,恰恰是这种延宕积蓄起势能,更强劲的爆发汹汹将至。另一方面,赫菲斯托斯造物的娴熟、超然,与阿基琉斯的求死之恸形成极为强烈的反差。这种"减速",这种"框架与被框架戏幕的对比"(页395),才是《铠甲》更重要的意义,才是把《铠甲》扎扎实实嵌入《伊利亚特》的强大形式力量。

当然，本文所举的例子只是概括性的综述，莱因哈特的论证复杂得多，也谨慎得多。作为受过专业训练的学者，莱因哈特对词句的语文学分析精准而扎实。作为充满诗情的写作者，他的文笔生动而充满激情，伽达默尔对此评价说，莱因哈特

> 丝毫没有沾染学院的尘埃，[……]只有真正的语言艺术家才具有这种登峰造极的能力。那种内聚力，那种升腾感，那种强烈的对比，那如潮水般奔涌的呐喊，那如潮水般翻腾的追问，使他成为他那个时代专家们当中最有才气的作家。①

更难得的是，作为尼采的追随者，莱因哈特从不让自己受制于固定的教条或体系，他很少给出武断的结论，更不会为顺应成见断章取义或委曲求全。他始终在不断的反思和追问中保持着开放、好奇。直至生命的最后一刻，他仍未放手荷马问题。从遗稿状态看，莱因哈特最后思考的重心是，判断第 8 卷的地位，该问题关涉到他对整部《伊利亚特》形成过程的猜想，"他已经准备好，若在此陷入矛盾，就弃绝他此前的所有工作"（页 533）。幸运的是，最后几个月，莱因哈特渐渐释然，越来越多的证据明朗起来，他确信自己没有看错。

莱因哈特曾在一篇自传文章中回忆起年轻时的趣事：巴尔干战争期间，在土耳其度假的他被当地骑兵误认为密探抓捕审讯，其时，

---

① 《哲学生涯》，页 143-144。

> 河间谷地宽广开阔,芦苇丛已变成棕色,我骑着我的安提纳托利亚小马,马褡裢里放着尼采的《快乐的科学》,单单我一个人。(《古典学》,页228)

这紧张却迷人的画面或许也是关于他自己的隐喻,在语文学研究的路上,当年的莱因哈特也是这样充满悬念,却安静从容走着,单单一人,唯有尼采相伴。

陈　早

2018年11月 于深圳

导　　论

荷马之谜

[11]＊我只看到一潭黑水，
　　一定是你们看错。

　　本书不仅讲荷马本人，也要讲荷马的考据与流传（Homerkritik und Überlieferung），亦即关于荷马的种种假说。一旦敞开意图，就会有人追问理由。原因是：我无法把自己从假说的重负中解放出来。人们可能会感到遗憾，但事实如此。道理则更为深刻。谈荷马时假说又与我们何干？天真者①这样问不无道理。不天真的人表示怀疑。也许有可能不掺杂任何假说而谈歌德、莎士比亚、但丁；可荷马？不论怎样，就连人们相信存在的那个荷马，不也是个假说？我不是在反对林林总总的其他假说？无论是否探讨学术文献，不是都理直气壮？

　　但我尚未固执到让二者对立：那边是假说，这里是"荷马"。反

＊　［译注］中括号内的数字为原书页码，本书提到的编码即指原书页码。
①　［译注］指早期的整一派学者。参下文"整一派"注。

倒应该用关于荷马的种种假说——包括我的——检验荷马,也用荷马来检验种种假说,包括我的。虽非哲学目标,但也稍许用点柏拉图的方式。

一个"假说"可以用两种方式证实或推翻:或通过显而易见的结论,或通过后续展开的因果。本书更多用第二种,可以预料到,对于某些人这简直就是滥用,那么就要如此开脱:荷马考据中第一种方法太多,而第二种太少。整部《伊利亚特》如同被覆以一层假说之网,它使分析性思维方式的考据家(Kritiker der analytischen Denkart)恍然大悟,却把关注后果的人引入无解之境。

[12]朴素的解读独立于两种方法之外,它致力于探寻更深刻的洞见以表敬诗人,却不能让语文学家另眼相待。反之亦然。他们无法对话。后者视前者为外行,前者以后者为学究。虽然近来不乏彼此迁就,双方之间鸿沟依旧。就算他们喊:看哪,我们从这边和你们走得一样远!一者在分析的路上,另一者在直觉的路上。两条路并不会赫拉克利特式地交汇。

本研究试走分析之路!可它不正是与分析背道而驰？只以之为路,而并不追求惯常的目的:摸索此路,是为最终到达研究本身的界限:此后 non plus ultra[不能更远];是走向语文学家的"禁忌"。这条路应该是:无聊或有趣的后续因果之路。一条间接的路。在这条路上,不论有无学识,一开始就不会成功。这条路却像我们暗自希望的那样,不会每每与诗意擦肩而过。毕竟,作诗不止是自由自在或多少受缚于传统的想象力的飞翔,只要它源于某种人为,就也是尝试、选择和成功。只有本真之物(das Eigentliche)可以括除在外不必考虑。但愿能从括号的数量和粗细猜出,我们在乎什么,每个人在乎什么。

学术状况

《伊利亚特》有一系列违背理性计划的东西。例如,有些较早的东西与后文并不一致。这些情况的原委似乎一望而知,那就是不同的诗人在创作。第一位把他的事情做得很好。第二位搞错了正确的东西,他添油加醋,或歪曲原意。正确的东西因之谬误,他或者沉醉其中而不自知,或者根本不在意。用中世纪的大教堂来打比方总能让这个过程一目了然。《伊利亚特》也区分出不同的建筑期。较简陋的方案为更宏大的计划让步。新的感受力超越[13]早期文风。因此,有些事端停滞下来,不再继续,新环节被插入,打断原有秩序。一种注解荷马的理想将会是一部建筑史。一如教堂,史诗中也显现出相续相隔的不同创作欲望所致的重大改动。此中亦不乏某种敬畏。甚或是有意拯救名誉。我们认为,源于历史的矛盾合理,同时出现的却要质疑,就算这有损诗人的伟大,就算这违背语文学的方法。把《伊利亚特》理解为正在形成的东西(ein Werdendes),同时怀着对已成之物的敬畏(Ehrfurcht vor dem Gewordenen)走近它。墙基和图纸的纵横架构很快推陈出新,可这也能在建筑史中经历到。"再别来什么建筑史了!"这只是考古半吊子的叹息。

敬畏和敬畏对峙。整一派信徒(der Unitarier)[①]誓忠于一位诗人,分析派(der Analytiker)[②]则敬颂许多。争论的只是,哪种敬

[①] [译注]又译"统一派",主张荷马史诗为荷马一人所作,捍卫史诗的完整和统一。早期的整一派"坚持荷马的原创性,甚至不惜犯极为无端的错误,故而被称为'天真的整一论者'"。参程敏志:《荷马史诗导读》,华东师范大学出版社,2007年,页111。

[②] [译注]又译"分辨派"、"分解派",主张荷马史诗是多位诗人共同创作的结集。这一派又有两种主要的学说:"短歌说"认为荷马史诗由许多各自独立的片段缝合而成;"核心说"认为《阿基琉斯纪》就是最初的《伊利亚特》,在此核心的基础上不断增订、删改,才最终形成今本的《伊利亚特》。参《荷马史诗导读》,页109-110。

畏更真。早期的整一论者更多引证诗意上的不可辩驳,分析学者更多借助语文学的确据。近来则俨然发生了角色交换,整一论者越来越多地论述起语文学依据,自维拉莫维茨之后的分析学者则更关注诗意。

近来,两派之间又参入了第三派:该派人士根据民俗学类推法(folkloristische Analogien)考虑到两部史诗或长或短的口头传统:在它们被文字记录下来之前,也许有 50 年、100 年或者 200 年都在流动中。① 如果认为,这会证实有若干诗人参与,甚至诗人和吟诵歌手(der Rhapsode)、原创者(der Urheber)和改写者(der Umbildner)的差别都会消弭,因此定会受到分析学者的欢迎,那就错了:因为所有语文学分析都以写定的文本为前提。倘若一切都在流动,也就不再有稳定的杠杆,无法从建筑上拆下一块块砖,从诗里敲出一部部作品;断代也太含混,对此语文学的精准要求无可奈何。另一方面,整一论者也用不上。他们追求统一,可在文字固定下来的那一刻,这种统一并非雅典娜那般从宙斯的脑袋里跳出来,而是偶然的定格。如果编辑的介入再动点手脚,《伊利亚特》的诗人就溶化了。也别再提什么审美精度的要求。[14]能确定的只是,相较于其他平行民歌,它的水平值得赞叹。

就这样,两个对手一会儿彼此对峙,一会儿又合起来反对第三方。二者彼此冲突的思考方式之间似乎并不存在压倒性的论点。或许某些形式上的东西能追溯到口头记诵的风格,但谁也没有否认过,史诗风格本来就源自口述传统。风格上的论据并不能证明保存下来的史诗与口述传统一脉相承。另一方面,我也想不出有谁论证过,只有以文字流传为前提,才能解释出或此或彼的中心意

---

① [译注]所谓的"口头诗学派":美国学者帕里(Milman Parry)参照南斯拉夫的吟游诗传统类比荷马史诗,认为荷马史诗本只是口头演唱的吟游诗,后来被笔录整理下来。

义，而口述传统都必将走向荒唐。

重　复

意料之中，本书给出的研究和观察也基于某些预设前提。如果一而再、再而三的比较让读者烦心，就要相信这有其意义所在。像所有文学作品一样，荷马中的比较，是为表明文本自身的同一（die Identität），在整体关联中寻找那种单看细节不能顺理成章确证之事。或是为反证而比较：指出分歧、不连贯、艺术或逻辑上的不一致，指出巅峰和降低的水准，简言之，指出不同的作者。19世纪直至20世纪20年代的荷马-语文学家们都在为此目的殚精竭虑。

本书并不沉溺于此或彼。要指明的无非是这样一种令人不安的现象：不同于所有其他世界文学巨作，大半部荷马都是"仿-荷马"（ein Paralel-Homer）。不止套话（die Formel），整段整段都在重复，而且，从纯套路性的泛泛之辞到明确无疑的植入文本之间过渡平滑。不仅仅是旁枝末节，最伟大、最核心的东西也会重现于别处，[15]且常常不止一次。首先是要照亮这种现象；而并非像惯常那样以对错、好坏的标准去衡量。屡见不鲜的反倒是，这样看对，那样看却错了。好与坏亦然。莫不如起初只做比较，然而这种比较要超越当下常规，从重复的诗行扩展到语境，再从语境推及动机（das Motiv）。此时就会呈现出脉络。若关注何去何从，就会发现一条这样，另一条那样。诗行和动机被抓取，重复之时也有变化。同质者在重复中转变，与这个浅白的想法相连的目标是：用自身变化着的荷马取代仿-荷马。它如同一张清单，虽无法实现，但就在眼前。至于是否有许多诗人，两个还是十个，或者最终唯有一人胜出，我们暂且还是不要费心思虑吧。

然而，本书借助的这种考察方式不可能理解重复的本质，因此我不得不简要说明。依此看法，对重复本质的提问根本就是做无用功。它认为重复来自一种"口头传统"（oral tradition）的公共仓库，来自吟诵阶层为表演所掌握的辅助记忆的行业口诀大汇编，来自吟诵者的武器库，不论何时，每位从业者只要从中取出他所需之物，就能应对自如。

也许，对于语言和其中根深蒂固的套路这是成立的，但也并非百试百灵，颇多东西仅在它的位子上出现。可重复的诗组（die Versgruppe）呢？按照这种观点，重复没有诗的起源，也不追求诗的目的。重复源于表演的特定技术前提，目的是：用现成手段维系所需的英雄风格。这种观念中有某种理性：即便存在创造性的记忆，记忆在此也只是吟诵者即兴背诵陷入窘境时用来充数的救急品。[16]抑或这种观念中有某种神秘：打着史诗烙印的话语物资全都转移到形式或理念的天空上储备着，仿佛它们在吟诵者表演方式的感性世界中被映现出来。以上两种情况，对个别仿写段落进行语文学比较均毫无意义。

要开始本书，我得首先指出，书里不同意这种看法。倘若它对，那么，莫不如本书从未写过。

［本书］会从各章开始，或更好的说法是，按顺序一卷卷来，就像在已有的许多分析之外再分析一遍。也可以从重复的类型入手，那就会贯通整部《伊利亚特》，来来回回地比较。为方便读者，所以采纳原貌。如此也省去章节目录的麻烦。缺点是，无法避免有些章节会在两处讨论。

《伊利亚特》与《帕特罗克洛斯篇》*

［17］后世把阿基琉斯和帕特罗克洛斯的故事理解为英雄友谊的故事，比如《会饮》（*Symposion*）里的柏拉图。这样去理解、赞颂，就要付出代价，就只能从远处隐约听到其中古风时期的动机，

关于"荣誉"(timé)、抗拒、王侯与扈从(der Gefolgsmann)间彼此的义务,忠奸、爱恨的纠缠,复仇和祭奉死者(die Totenehrung)的阴森骇异(das Ungeheurliche)。这些并非只在史诗、在荷马的塑造中才破土而出,倘若故事能流传下来,震撼人心,那么它本身就已包含了一切。内部错综的矛盾结构是它与生俱来的,并非史诗创作者外加于其上。在柏拉图那里,上古的骇异(das archaische Ungeheure)被归入一种后世的社会理念(das spätere gesellschaftliche Ideale)。

故事本身不仅发生在上古的社会秩序中,也被这种秩序渗透,没有它就讲不好。不像《奥德赛》,也不同于大多数古老的传说故事。奥德修斯、佩涅洛佩、忒勒马科斯和求婚者们的故事是家庭故事,因此属于较早层面——大部分童话也属于家庭故事。如果说求婚者们反映了较好时代堕落的年轻贵族、奥德修斯映照出父亲般温和的国王,那么这种历史和社会关系就是被一位或多位诗人添加进故事里去的。相反,围绕着阿基琉斯、阿伽门农、帕特罗克洛斯这个三角,产生冲突的力场基于主上地位(das Heerkönigtum)、臣属身份(das Vasallentum)和伴侣关系(die Hetärie),比起埃斯库罗斯(Aischylos)的《米尔弥冬人》(*Myrmidonen*)或柏拉图的《会饮》,我们更能从亚历山大大帝的故事里了解到伴侣意味着什么。

帕特罗克洛斯的故事不是单纯人性的,纯人性的东西是从历史前提中发展出来的,若人性胜出,那就是诗人的作为。然而,这位或这些诗人即便想让故事彻底人性化,消泯上古的陌异感,却也未能成功。奥德修斯的复仇同时也是正义的复仇,[18]因此无可指摘。阿基琉斯的复仇中,本能和社会性的东西纠缠交织,比如祭奠死者的仪礼等等——究竟多复杂,就不在此展开了。这一点足矣:令人疑惑的东西并未从中剥离。虽然有一位诗人(在此只涉及一位)将其升华得阴森骇异,也同时不可思议,但这个故事从未像奥德修斯杀死求婚者那般，讲出来就只激发出听众的欣慰之感。

涵盖这一主题的时代——不是我们《伊利亚特》里的时代，而是故事自身的时代，内在变化越丰富，也就越扑朔迷离。故事中发生的事情，与特洛亚的传说前后均无关联。夺城之后，这场战争就再未变过。帕特罗克洛斯的故事以特洛亚之战为前提，而不是反过来。

阿伽门农在帕特罗克洛斯的故事中被强加于身的角色，并不是那个完整、原初、独一无二的阿伽门农。墨涅拉奥斯忧心忡忡的兄弟，那个钦慕智慧的涅斯托尔的人，与恼羞成怒、盛气凌人的阿基琉斯的冒犯者，并非一人。当他是忧虑的兄长，就是那个抢夺海伦的故事的结果。同样，当他变成那个盛气凌人的冒犯者，显然一定源出于帕特罗克洛斯的故事。毋庸置疑，抢夺海伦的故事更古老，也因此更全整。如果阿伽门农是《伊利亚特》中唯一一个以多种难以调和的不同性情示人的人物——横看成岭侧成峰——那么这并非诗人的错，并非缺少诗的一致性，也无需为了弥补这一缺陷而区分不同的诗人或诗人组，区分一个正-阿伽门农和一个反-阿伽门农，相反，这恰恰是两个故事——特洛亚传说和《帕特罗克洛斯篇》——融合在一起的自然结果。

《伊利亚特》的诗人成功地化腐朽为神奇，让局面在争吵中陡转——阿伽门农后悔了，收回了他的"错"（Ate）①——矛盾却没有完全消除。如果诗人无法化腐朽为神奇、在冲突中制造悬念、想出解决办法，那他们凭什么是诗人？当阿基琉斯自作自受被深深刺痛时，他的内心转变（没有这个转折故事就讲不了）[19]呼应着阿伽门农的转变。争执、冲突越是篇幅宏大、影响广泛，就越是要详细地刻画和解。这虽然不是故事不可或缺的部分，但破裂与和解

---

① ［译按］希腊语词 Ate 意为狂乱、狂妄，荷马史诗里有蛊惑女神阿忒（Ate），意即"蛊惑使人变得狂乱（从而出"错"）的女神"。

的反差却使得这幅更庞大的史诗画卷统一为更完美的整体。因此在愤怒(Menis)和阿基琉斯内心骤变的主题之外另有一个副题:阿伽门农的"错"。

不同于阿基琉斯的转变,阿伽门农的内心转变并非本性使然,它对情节发展是多余的,却因此更容易敞开反思之路。诗人通常只能动用对位法明示事件的关联,阿伽门农却可以主动思考自己的错,由此暗示出前因后果。他可以依诗人之意臧否道德。史诗作者不能用现代小说家的方法叙述说:"此时阿伽门农的灵魂中出现了如下想法";由于灵魂无法宣告,它只能体现于行动或言语,因此阿伽门农,这位盛气凌人者、忠义的兄弟、伟大的国王,就要在全军面前反思他自己的转变。而反思作为预备阶段的哲学,若想令人信服,只能借助神话范例,因此他,这位最高级别的主上和国王,援引宙斯为证:"连宙斯也要服从谬误女神阿忒。"

这并非他首次犯错,亦非他首次转变。第一次他想错军中的情绪,骤然清醒时不无讽刺;引证宙斯犯错的第二次转折同样不是英雄情境,——他堂而皇之,毫无愧色。墨勒阿格罗斯的故事解释了阿基琉斯的转变,这个神话例证不论如何曲意都是悲剧。应让阿伽门农的转变一目了然的神话例证却本身就是讽刺,宙斯被赫拉蒙骗颇有些天神滑稽剧的意味。何况还不止一次。这个例子足以表明情境如何从故事中产生。分析考据却能在这些情况下随时上手推断出不同的诗人。

如果《帕特罗克洛斯篇》从传说素材上属于较晚的创造,它的作者有可能就是《伊利亚特》诗人自己吗?资深人士如此猜测。但有一系列理由反对此说。

[20]1. 从一开始就无须怀疑,"佩琉斯之子的愤怒"及其所有的灾难性后果是一个家喻户晓的主题。不会有人在一部被寄予如此厚望的诗篇中,以沉重的首句呼唤缪斯,去歌唱某件直至此刻尚鲜为人知的事。"为我们歌唱吧,女神"——不是伟业,不是死亡,

而是——出人意料地——"佩琉斯之子的愤怒"！更意外的是——这愤怒给阿开奥斯人带来如许多的苦难和死亡！惊异的听众会问,愤怒何以至此？歌者于是继续吟诵:我要给你们讲述其中原委。这样解释,就意味着重音摆错了位置;这种意外既不符合语气也对不上思路,况且这也绝无仅有——除非想到《赫拉克利特序篇》(*Heraklits Proömium*)。

　　首句就点出主题:不像《诗系》①的《小伊利亚特》②那样是伊利昂(Ilios),亦非《奥德赛》那样是一位不确定的英雄,这位英雄处境独特,这种处境表明是他,也只能是他,而且一个词,Menis［怒］,就足以让人想到佩琉斯之子和他的灾难。要歌唱的是"愤怒"招致的死亡和苦难,却根本不是"阿开奥斯人的无数苦难"或"许多健壮英魂"的死。缪斯为何不提特洛亚人？这是否透露出,她更关心阿开奥斯人的命运？可特洛亚人的毁灭并非愤怒所致。不论如何沉浮变幻,伊利昂都是注定毁灭的城市。然而诗中阿开奥斯人在肉体和灵魂上遭受的所有痛苦,事实上都仅仅由于独一无二的阿基琉斯的愤怒。苦难和死亡如此之多,使得整个奥林波斯都愤而反抗宙斯,他竟为了一个人的刚愎自用牺牲掉那么多生命。即使不血流成河,特洛亚也一样会被攻夺。

　　2. 这个发怒并怒而退战的最勇猛者的情况绝无仅有。哪里还会有发怒的英雄？赫克托尔有一次说到使帕里斯无法加入战斗的"怒"(χόλος)。可这里的愤怒看起来更是躲避(6.326,335)。就算他生赫克托尔的气——传说中这对兄弟可能比在《伊利亚特》里更加势不两立,怯懦者的愤怒也根本无足轻重,他的形象亦毫无特

---

① ［译注］"特洛亚诗系"是指记述特洛亚战争的一系列古希腊诗歌,包括《塞浦路亚》(*Kyprien*)、《埃塞俄比亚》(*Aethiopis*)、《小伊利亚特》(*Kleine Ilias*)、《洗劫伊利昂》(*Iliu persis*)、《归返》(*Nostoi*)和《特勒戈涅纪》(*Telegonie*)。这些诗歌均已失传,现仅存残篇。

② ［译注］《小伊利亚特》是诗系中的一部,大约成书于公元前7世纪。

色,相对于佩琉斯之子的愤怒,这显然是东施效颦。年高的福尼克斯出面求和时,为当时的情况找了一个神话榜样,[21]他举的例子是墨勒阿格罗斯的愤怒。墨勒阿格罗斯的诗似乎在此处被复述了一遍,二者如此相似,甚至曾有人希望能从中发现《帕特罗克洛斯篇》的"出处"或至少是一种来源。然而,恰恰相反,因为情况的相似性仅限于求和,也就是说,只是这一刻,而且是《帕特罗克洛斯篇》里很短暂的一刻,其他一切都大相径庭。在更古老的墨勒阿格罗斯传说中,发怒的不是墨勒阿格罗斯,而是他的母亲。墨勒阿格罗斯的愤怒同样是《帕特罗克洛斯篇》的镜像。更多的以后再说。

  3.一如阿基琉斯的愤怒,说到阿基琉斯和帕特罗克洛斯的关系时,歌者一开始就认为这众所周知。涅斯托尔以劝说者的角色出现时,被铺垫以大加褒扬的介绍性诗句(248),阿伽门农的传令官塔尔提比奥斯和欧律巴特斯通过赞颂之词被听众认识(320),在奥利斯就出了名的卡尔卡斯也不乏介绍引入(69),首次报出帕特罗克洛斯的名字却只需阿基琉斯从军队集会回营帐时(307):"带着墨诺提奥斯的儿子和伴侣。"①提到他时没有丝毫强调,与之相伴的情节不会更旁枝末节,它只是阿伽门农情节的过渡。单是一个父名(Patronymicum)就足以说明这位扈从人尽皆知:

  佩琉斯的儿子带着墨诺提奥斯的儿子……
  阿特柔斯的儿子则……

  若非有意如此,我们就一定会猜想,大概诗人忘记了平素常规

---

① [译按]《伊利亚特》的专有名词(人名、地名等)和史诗译文均参考罗念生、王焕生先生版本,个别处根据莱因哈特之意稍有改动,以下不再说明。参《伊利亚特》,上海人民出版社,2012年第1版,2013年第2次印刷。《奥德赛》人名和译文均出自王焕生先生版本。参《奥德赛》,上海人民出版社,2014年第1版,2017年第2次印刷。下文只标行码。

的人物介绍。灾难将把《帕特罗克洛斯篇》的主人公从现状、从暗处拖出来,这场灾难的开始却像首次提到他那样轻描淡写,在句法结构中如此无足轻重。他第二次被叫出名字(377),无非是阿基琉斯吩咐任务时用了两个词称呼他。只字不提他是他的最爱,他比所有人都更以他为荣,他身边总是有他……

[原注]由于米尔①与莎德瓦尔特(Schadewaldt)及佩斯塔洛兹(Pestalozzi)都认为,帕特罗克洛斯的形象最初是荷马创造,因此为1.307的父名寻求解释:荷马吟诵自己的诗已经很久,所以听众们耳熟能详?这行诗被涂改过?这对朋友被歌颂过,但不在《帕特罗克洛斯篇》?最后是纯粹的逃避。也从未考虑过,不仅父名陌生,更让人惊讶的是没有任何介绍,没有任何特征。维拉莫维茨推断,存在过一部人尽皆知的古《帕特罗克洛斯篇》。

[22]这种引入人物的方式值得注意。蓄意如此?目的何在?还是诗人遵循普遍风俗,把新东西当作已知物摆出来?这种入场太惹眼,会引发质疑:到底如何引入人物。诗人发明的新的出场者,通常都会得到介绍。比如潘达罗斯,吕卡昂的儿子,作为来自埃塞波斯河畔的士兵的领导者出场(4.87)。格劳科斯,吕基亚的希波洛科斯的儿子,做了自我介绍(6.151)。吕基亚人萨耳佩冬也是这样。对埃佩奥斯(23.665)或特尔西特斯(2.212)这类配角的介绍刚好恰如其分。对帕里斯的介绍也无可厚非(3.16),作为普里阿摩斯之子,他和赫克托尔一样无需多言(3.38)。首次提到赫克托尔:

赫克托尔看见了,就用羞辱的话谴责他……

这驳斥了那种[推断《伊利亚特》]基于一部更古老的《门农纪》

---

① 米尔(von der Mühll),《考订绪论》(*Hypomnema*),页25。

(*Memnonis*)的猜测,认为他[赫克托尔]是《伊利亚特》诗人的首次发明,在他身上看到了阿塞俄比亚国王门农的变形,就像在帕特罗克洛斯身上认出安提洛科斯的变形。赫克托尔最初就像帕里斯一样为听众们所熟知。至于9.168中福尼克斯这个表面上的例外以后再说!(见下文,[编码]页233。)

墨诺提奥斯的儿子,这位扈从,听众们再熟悉不过,他就像一位英雄国王(Heldenfürst),比如奥德修斯、埃阿斯或伊多墨纽斯,无需首先介绍。然而他只出现在帕特罗克洛斯的世界中。没有一处提过他此前做过的事情。听众们知道墨诺提奥斯,就像英雄之父佩琉斯或者阿特柔斯。可他却只是一个此外无人知晓者的父亲,且比他的儿子更没名气。《伊利亚特》中讲述的帕特罗克洛斯,无非是一个扈从的平凡命运。因父亲的声名为人所知的他横空出世,犹如阿开奥斯人危难夜空上一颗耀眼的流星,却在他轨道的中天、几乎作为特洛亚的征服者,轰然陨落:他只是 Menis[怒]的造物和牺牲品,此外什么也不是。倘若听众最初就知道帕特罗克洛斯,那么 Menis[怒]又有多少言外之意!

* 诸神纷争和战争的反反复复模糊了帕特罗克洛斯剧情的明线,有人为此遗憾——很多人都曾为此遗憾,证据是他们的重构(Rekonstruktionen);[23]也许有人惋惜,插曲手法使主剧情丧失了完整性。然而,通过删减和拼接重构出人们所期待的简单文本,这种尝试至今尚未成功,也一定不会成功。《伊利亚特》的断代分层不能用加法解释,既不是大段加入,也不是大量短文的堆叠。《伊利亚特》与《帕特罗克洛斯篇》是两部彼此相关的文本。

当然,《伊利亚特》也是逐渐形成的,但是通过 $\delta\iota'$ ὅλου[整体上的]转化成形。《帕特罗克洛斯篇》的剧情核心表明,它曾是许多故事里的一篇。故事前、后的衔接均曾有所不同;无需等到如今的《伊利亚特》,它本身就指示出前后之事。普罗特西拉奥斯强行登陆就义，阿基琉斯获捷，把无法招架阿开奥斯人的特洛亚人赶回城，抢来布里修斯的女儿……并将被阿波罗操控的帕里斯的箭射死；还会发生新的战斗，涅斯托尔之子安提洛科斯将舍身救父，埃阿斯将结局悲惨……

然而在《伊利亚特》中，《帕特罗克洛斯篇》并非若干并列的故事之一：它以预知或回忆的形式把所有其他事件收入自身，并承托起它吸收来的一切。它处于中心，也同时是由各个小部分所构成的整体的框架。它被打断，有时几乎从眼中消失。空缺处生出偏离它又重新回归它的插曲。天地、神人被卷入其中。阿伽门农从争夺战利品的自负对手变成在人性弱点和他所继承的尊威之间闪烁不定的君王形象；应镇定时他冲动无脑，应疑虑时他满怀胜念……直到最后他也世事洞明，当然，以不同于阿基琉斯的、他自己的方式。

但凡可以，涅斯托尔的智慧也干涉其中；不止插手国王的困境，更搅入他未能制止，反倒无意识地招致、促成的悲剧。就好像悲剧不能自行发展！忒提斯从怨诉的、承担痛苦、了知未来的母亲变为理解者、援助者、祈求者，她因祈求而强大，强大到甚至超越赫拉，作为她［赫拉］的敌手在人战之上招来神战。她联合起最初沉默抗拒的宙斯。她为儿子打开通往名誉和死亡的路。就好像他自己的魔鬼不足以把他推入悲惨的结局！动机交错、翻倍。

[24]涅斯托尔参与促成的事，没有他仍会发生。不止是他。没有忒提斯就没有诸神纠纷，没有诸神纠纷就没有作为发起人的忒提斯。因阿基琉斯之故，用多达八卷篇幅（卷8-15）险些毁灭阿开奥斯人的宙斯，就是首卷里被忒提斯联合起来的他。他坚守约定，直到把帕特罗克洛斯拉入战斗。不论发生过什么，为此前的一切开辟空间、指出道路的，都不仅仅是愤怒者阿基琉斯远离战斗，更是被联合的宙斯兑现承诺。倘若是践约，他就成了与阿基琉斯、阿伽门农一样的另一位。人间的和解对应着奥林波斯的和解。宙

斯身边的赫拉为宙斯身边悲悼的忒提斯敬献欢迎酒(24.100)！这一切，以及与之相关、在此并未列举的一切，虽然在想象中都可以从帕特罗克洛斯的故事里抽出，却不能用分析派语文学的方法把残留下来的东西当作纯粹的《帕特罗克洛斯篇》，当作文本从[《伊利亚特》的]文本中重构出来。

* 阿基琉斯是《伊利亚特》的英雄，宙斯是它的神，所有其他诸神都随他而动。反之，在被人们想成是纯粹事件的《帕特罗克洛斯篇》里，宙斯并不以同样的方式主控。虽然并不妨碍事前或事后想象说：就这样实现了宙斯的意志，但事情的进展及其情境的转变并不着眼于这个问题：宙斯作何态度？阿伽门农胜或败，赫克托尔被推上前或拦在后，都取决于以宙斯为赢家的众神的勾心斗角；帕特罗克洛斯胜或败却与神戏无关。宙斯从未判定阿伽门农与阿基琉斯为敌。宙斯从未秘密计划让他们的争吵带给阿开奥斯人和特洛亚人无尽苦难——至少没有对我们说。没有以苦难为手段和路径的计划，用来帮助默默无闻的伴侣帕特罗克洛斯获得不朽声名。从未曾预见到，他的死会让决裂的阿伽门农与阿基琉斯重新和解。

相反，在铺垫性的首卷后半部分，卷2-5、7-8、11-15，一切的一切均由神定夺！不论神是宙斯本尊，还是他的反对者。虽然能在这些诗卷中碰到几次提示，[25]帕特罗克洛斯死去也合宙斯之意；但它们只是插入语，并未被织入诗的肌理。其用意是，防止听众失去线索。更何况，在原始计划中横插一杠的伊达山上的爱情戏($\Delta\iota\grave{o}\varsigma\ \dot{a}\pi\acute{a}\tau\eta$)需要这些总结性的概况。此类提示有：13.345-360，15.64-77，15.596-604，15.610-614。撇开这些不看：被纯粹视作事件的《帕特罗克洛斯篇》，还能留下哪些不能舍弃的神的干预？首先是忒提斯的请求和宙斯的神圣允诺，让特洛亚人胜利，直到阿开奥斯人重新尊重她的儿子(1.509)。仅此而已。不论此处还是阿基琉斯的请求(1.409)都没有谈及条件：直到特洛亚人引火烧

船。与神无关的平行看法是,赫克托尔之所以取胜,只是因为,除了阿基琉斯,他天下无敌。所以阿基琉斯对阿伽门农预言:

> 总有一天阿开奥斯儿子们会怀念阿基琉斯,
> 那时候许多人死亡,被杀人的赫克托尔杀死,
> 你会悲伤无力救他们。(1.240及以下)

没有阿基琉斯就没有出路:卷九全篇,《求和》,也基于这种信念。阿基琉斯本人毫不怀疑,不论阿开奥斯人采取什么行动,哪怕是绕船寨修建壁垒和壕沟,也不能阻挡杀人的赫克托尔(9.351)。只要阿基琉斯参战,特洛亚人就不敢出城。宙斯从未被提起。阿基琉斯向使者宣布,在赫克托尔烧杀攻打到他的帐篷和船只之前,他不考虑出战(9.650),当时他知道的是,因为没有能匹敌的对手,赫克托尔将会也一定会胜。可他毫不知情,赫克托尔之所以胜,也一定会胜,是因为宙斯在兑现说过的话。然而,正是阿基琉斯自己让忒提斯想到请求宙斯,他也毫不怀疑宙斯将听取她的请求。

* 在第11卷所谓的《涅斯托尔篇》里,涅斯托尔也知道,没有阿基琉斯就没有出路。他不问求宙斯。再没有什么更让帕特罗克洛斯坚信,阿基琉斯即刻就能扭转阿尔戈斯人可怕的灭亡。整场换铠甲也基于这种信念。帕特罗克洛斯披挂上阿基琉斯的铠甲,是因为铠甲会使他变成第二位阿基琉斯。何处问求过宙斯?如果阿基琉斯只需呼喊战号就能吓退特洛亚人(18.198),又能期待战斗者什么?谁会抵挡他!他再次出场就是史无前例的一路大捷,只有与河神交战打断了胜利过程。

[26]相反,宙斯准许忒提斯的请求是框架性的动机,母子的第一次碰头(1.362及以下)预指向第二次(18.73及以下),后者又回指向第一次。宙斯作保特洛亚获胜与请求有关;阿基琉斯无度的

愤怒把阿开奥斯人带入大难，也同时让朋友丧命——请求所在的文脉不同于阿基琉斯危险的英雄性情。如果宙斯决断胜败、满足灾难性的请求，阿基琉斯就无罪无责；如果阿开奥斯人血流成河及帕特罗克洛斯的死只归罪于阿基琉斯恣肆无度——就像阿基琉斯痛苦的自责（18.100及以下），那么这场秘密决断、谨慎准备、逆诸多神意而为、经历那么多战斗和挫败而被全盘操控的宙斯计划，就变成了绕行的弯路，以凡人的手段达成目标容易得多、快捷得多。如此大动干戈地排演弯路，下面的近路却被遮蔽起来，很长一段甚至完全消失。

当然，人神的因缘和合未必矛盾。阿基琉斯着意与阿伽门农争吵，是因为雅典娜从天而降对他显灵；反过来，雅典娜之所以能对他显灵，是因为他能生出此意。赫克托尔能取胜，是因为阿波罗相助；反过来，阿波罗之所以帮助赫克托尔，是因为赫克托尔是他的英雄。此类情况中，两线因果并不并行。

所以是两码事。宙斯的计划让人神大乱，却让我们认为最应该被他放在心上的人无所事事。阿基琉斯恳请母亲去求宙斯，但直至第18卷75行，他才知道请求得到了应允。对于发起者，请求似乎在此前整段漫长的中间期都不复存在。阿开奥斯人将被打败的定论（9.351）是出于他的自信，早在1.242他就已然自信如此。年迈的福尼克斯对他英勇养子的阴谋一无所知。否则他会多么惊异！养子策划的事情与阴谋和背叛又有何不同？难道不是他明确要求母亲，请求宙斯在可怕的大事上偏向他？不是他催促她：

　　　　要是你有力量，就该保护你的孩子。（1.393）

他的请求关乎命运，决定了他和所有人的未来，然而，在整段漫长的中间期，想起此事的并非阿基琉斯，[27]反倒是在伊达山上醒来的宙斯：

> 我不会平息自己的愤怒，也不会允许
> 任何不死的神明帮助达那奥斯人，
> 要知道佩琉斯之子的愿望得到满足，
> 像我当初点头向他应允的那样，
> 那天女神忒提斯抱住我的双膝，
> 请求我看重攻掠城市的阿基琉斯。（15.72 及以下）

相反，阿基琉斯表现得何其不同！当阿开奥斯人苦难至顶，当他看到或本应看到请求如他所愿地得到满足，他本应想起母亲的请求。可他却对他的帕特罗克洛斯说什么？

> 或者你是为阿尔戈斯人哀怆掉泪珠，
> 他们因自己不公在空心船前被杀死？（16.17）

即便此时，他看到的只是他们和他自己行为的后果。"他们的不公"不是说：宙斯惩罚他们的罪恶，而是说：他们要为不公赎罪，因为他们"不尊重最好的阿开奥斯人"（1.244,412）；因为他们自负地认为，没有我也能胜利。① 丝毫没有意识到：看啊，宙斯满足了我母亲的请求！更没有请求得到如此满足时应期待的任何谢意。此处，请求也似乎并不存在。

但凡以阿基琉斯的所见叙事，请求就不存在。可只有以阿开奥斯人之所见叙事时，请求才真正不应该存在。阿伽门农、涅斯托

---

① "自负"（ὑπερβασίη）这个词在《奥德赛》里才转变为道德-宗教的既定意义"渎神"。在《伊利亚特》23.589 它是指年轻人的胆大妄为，3.107 指老普里阿摩斯任性、寡断的儿子。

尔、埃阿斯,所有人都不明白,为什么宙斯反对他们。对于他们,宙斯始终阴暗、费解。他们自己解释:这一定合他的意。当他们渐渐明白了真相,比如第一天战斗结束,出使求和之前,也只是意识到,没有阿基琉斯,他们根本不是赫克托尔的对手。相反,在宙斯力斥诸神异议、贯彻自己意志的 1 到 18 卷,承诺无处不在。显然,承诺为忒提斯而在。两幕母子戏(1.420 和 18.75),承诺和兑现相应,二者缺一不可(见下文,[编码]页 368 及以下)。

[28]整场神戏承诺都在。也包括:

> 特洛亚人有如食肉的狮子猛攻传播,
> 实现宙斯的意愿,宙斯不断激发
> 他们的力量,削弱阿尔戈斯人的意志,
> 不让他们获胜,却鼓励特洛亚人。
> 他要给普里阿摩斯之子赫克托尔荣誉,
> 让他给翘尾船点起团团熊熊烈火,
> 充分满足忒提斯的充满灾难的祈求。
> 远谋的宙斯正等待这一时刻的到来,
> 亲自看见船只燃起耀眼的烈焰。
> 他计划从这时起让特洛亚人受打击,
> 从船边被赶走……(15.592 及以下)

从阿基琉斯和阿开奥斯人看去,忒提斯的请求并不存在。同样,此处也只字未提帕特罗克洛斯将把特洛亚人"从船边赶走",他不受命于宙斯,而是被阿基琉斯送上战场,不是听从宙斯神启,而是因为他自己的请求和泪水,这与忒提斯的请求或宙斯的计划都没有干系。相同事件,因果关系不同,取决于是宙斯在看还是阿基琉斯或帕特罗克洛斯。而这不止因为凡人的视角更受局限。忒提斯的请求和宙斯的允许,神的因果,并没有在剔除阿基琉斯的更高层次里上演。＊不像戏剧中俄狄浦斯寻找真相,而忒瑞西阿斯(Teiresias)了知真相,《伊利亚特》里有神-奥林波斯和人-英雄两套因果,它们彼此无涉、并列而行。

＊因此,事实上,《伊利亚特》和《帕特罗克洛斯篇》之间存在着冲突,这不能仅仅解释为,二者各自追求不同结果。我不会称之为矛盾;它们不是逻辑上的,却更为深层。冲突之一在于,两种因果关系不可以知晓对方。

《帕特罗克洛斯篇》与《阿基琉斯纪》＊

[29]＊早在我们所推测的——或另有人会说是想象的——前荷马的《帕特罗克洛斯篇》中已有忒提斯?她虽不是《伊利亚特》的那位,却有可能以相似的方式出场?她凭何出现在《伊利亚特》?首先,作为阿基琉斯的母亲,她是承载着被绑入《帕特罗克洛斯篇》的母子主题的中心和形象;作为母亲知己,她分担着阿基琉斯的悲剧,一如安德罗玛克作为爱人分担赫克托尔的悲剧;正如安德罗玛克哭悼丈夫,她也注定要哭悼生而有死的儿子的逝世。她的悲诉落在《伊利亚特》结局之外,未写入其中。

然而,神话前史始终影响着《伊利亚特》,即便它已不在神话而被移入英雄-凡人的世界。足够果敢的凡夫赢得了她,海中女神却离开她有死的情人,回归她的世界(特殊情况决定她留在海中老人身边),他孤独老去,与埃奥斯的情人提托诺斯不无相似。二者的儿子,人神所生的半神和超人,处于两个世界之间的悲剧中心。

海神知晓未来。"无错"(Unfehlbar)和"无谎"(Ohne Lug)是涅柔斯两个女儿的名字。作为女神母亲,她知道他的早死;知道死亡是他伟大的代价,是他身世的结果:被选中者与祸患。然而,倘若阿基琉斯不知她之所知,将会如何?倘若她对他隐瞒了她之所知,将会如何?唯有神才能打败凡人无法战胜的人。这位神是银弓阿波罗。他操纵了帕里斯的箭,使之击中不可战胜者脆弱的脚跟。

母亲用魔法令儿子无懈可击的尝试并未成功,《伊利亚特》预示的死亡方式无疑表明,这个后来得到证实的传说一定比《伊利亚特》更古老。被造得刀枪不入的铠甲是对神话动机的史诗转化。但转化暴露了自己:脚跟并不是铠甲不予保护的唯一一处。击伤脚跟一定自有其历史。没有历史它就成了偶然,而众所周知,[30]如此命运化的东西在传说与史诗里根本没有偶然。倘若自知早死而不愿死,阿基琉斯又怎会是阿基琉斯?认命,一半是无声默默,一半是响亮的注定。

只要《伊利亚特》也是一部《阿基琉斯纪》,后者就是整部《伊利亚特》所依的基础。阿基琉斯在第 9 卷闷闷不乐地说反话,只是因为,他深层的求死之心已扎下根基。

然而,认同的前提是选择。屈从投降、束手领受命运的阿基琉斯,任随母亲对自己说:"你将早逝"的阿基琉斯,既不会是真正的阿基琉斯,也不会是任何故事的英雄。

卷 9 那段前史的现有形式符合《求和》,但不是没有可能,它的意义更古老、本原——晚期形式中藏有许多早期的东西。

> 我的母亲,银足的忒提斯曾经告诉我,
> 有两种命运引导我走向死亡的终点。
> 要是我留在这里,在特洛亚城外作战,
> 我就会丧失回家的机会,但名声将不朽;
> 要是我回家,到达亲爱的故邦土地,
> 我就会失去美好名声,性命却长久,
> 死亡的终点不会很快来到我这里。(9.410 及以下)

无论如何,阿基琉斯都是自由选择。这是他形象的一部分。他不像厄忒俄克勒斯(Eteokles)那样,径直奔入灾难。

已证实,很早就有"或此或彼"的预言形态。二选一以变化的形式重复着出生传说所表达的相同思想:早逝的无上荣誉是人神混血的悲剧后果。

半神的身世,认同近在眼前的毁灭,被阿波罗所杀,母子同心……所有这一切,均可安排在帕特罗克洛斯的故事里,却均非无条件地属于故事的内在必然。要认同结局,阿基琉斯必定知道,他的胜利、荣誉、复仇和结局同而为一;必定知道,当他杀死最伟大的特洛亚英雄、阿波罗的宠儿、唯一能与他匹敌的对手,他自己的死也就确凿无疑。可阿开奥斯英雄们很清楚,即使赫克托尔不杀帕特罗克洛斯,他也早已注定是阿基琉斯宿命的敌人。不仅其他英雄们,阿基琉斯本人也心知肚明。倘若阿基琉斯作为英雄退出,阿开奥斯人(1.241)在赫克托尔面前就将道尽途穷。特洛亚能支撑这么久,[31]只因赫克托尔总在阿波罗的帮助下幸运地避开决定性的会面。阿基琉斯回顾过去的战斗时说,

> 我在阿开奥斯人中
> 作战的时候,赫克托尔不想远离城墙
> 发动战争,只走到斯开埃城门外面,
> 橡树旁边,有一次他独自在那里等我,
> 好不容易才躲过我的猛烈的攻击。(9.352及以下)

阿基琉斯返回战场时此事重演,往昔因此得证:

> 你这条狗,又逃过了死亡,但终究逃不过
> 面临的灾殃。福波斯•阿波罗又一次救了你,
> 你进入枪距时肯定向他做过祈求。(20.499及以下)

需有宙斯手中的死亡天秤定断,阿波罗才会离开赫克托尔

(22.213)。最后,如果赫克托尔不是阿基琉斯早已注定的对手,奥德修斯就不会把它当作终极目标留到最后:

> ……你会享有莫大的荣誉:
> 今天就会得到!……(9.304)①

对于阿基琉斯,对战特洛亚人就是:对战赫克托尔(9.356)。

那么,推动阿基琉斯对战赫克托尔的就有两点:首先是荣誉,其次是复仇。从赫克托尔杀死帕特罗克洛斯起,荣誉的动机退后。阿基琉斯的悲剧也从一个转为另一个。在自作孽的第二个悲剧之前,是与生俱来、让他的母亲抱怨、早在帕特罗克洛斯之前就进入视线的第一个:

> 我的孩儿啊,不幸的我为什么生下你?
> 但愿你能待在船边,不流泪,不忧愁,
> 因为你的命运短促,活不了很多岁月,
> 你注定要早死,受苦受难超过众凡人;
> 我在厅堂里,在不幸的命运中生下你。(1.414 及以下)

虽然两个动机彼此有别,但一个却是另一个的递进,在 18.94 及以下的《铠甲》(*Hoplopoiie*)重复。重复回指向首卷,却并不与之完全一致。仍是忒提斯的同一种悲诉,[32]却不再悬而未决,而是指向近在咫尺、确定无疑的未来:

> 你注定的死期也便来临,待赫克托尔一死。

---

① [译按]译自莱因哈特原文。

出于朋友的忠义,从灵魂深处渴望的复仇,走到了荣誉之前。同时,其中也混合着悔恨和自责,既没有帮助朋友,也没有帮助阿开奥斯人,生命白白虚度,成了"大地无用的负担"(ἐτώσιον ἄχθος ἀρούρης,18.104)。然而最后,荣誉再次胜过悔恨和仇恨:"如果命运对我也这样安排"(他把自己与赫拉克勒斯比较),"我愿意倒下死去,但现在我要去争取荣誉"(18.120)。

对于缠结的洪流,对于诗作,分离动机并不合适。一个结束于另一个。一方面知道,不论如何都注定早死,另一方面,在帕特罗克洛斯死后,罪责、仇恨、懊悔占据了他,杀灭他心中一再萌发的对生命和故乡的渴望:"现在我既然不会再返回亲爱的家园……"(18.101)这并没有那么矛盾。忒提斯也以双重方式预知未来。她的了知最初只涉及阿基琉斯,然后是阿基琉斯和他被征服的征服者(sein überwundener Überwinder)赫克托尔;随着史诗进展,预知半成确事。

在这部宏大史诗内部,预知有它能觉察的时机。这种时机不基于任何命运谶言或神谕,而是暗暗潜在她心中,它随赫克托尔的名字袭来,让她恍然大悟。与其说是服从任务,莫若是顺从诗人的计划。只有一点引人注意:有违人们从反例中得到的期待,她从未尝试警告他。虽然阿基琉斯警告过帕特罗克洛斯——在后者攻打特洛亚时,警告他提防特洛亚的友神阿波罗给他带来的危险(16.94),虽然阿基琉斯自己重复着朋友的胜利,却从未得到警告;《使者》(*Presbeia*)的朦胧暗示也定然让我们做出相同结论(9.411及以下)。母子的最后一次会面也说明,警告是自然的意料之事:

> 母亲啊,我不会被说服,不要阻拦我上战场!(18.125)

[33]然而,没有期待中的反对,忒提斯的回答是:肯定他的决心,即使不赞成复仇,也赞成包含在复仇中的高贵:

> 孩儿啊，你的想法很崇高，要去帮助
> 陷入困境的同伴们，使他们免遭死亡。

歌德的《阿基琉斯纪》V. 155 证明这如何让他惊赞。谁能反对呢？然而，还要加上在人物之外不能忘的一点。

阿基琉斯之所以警告他的帕特罗克洛斯，是因为帕特罗克洛斯将会醉心于胜利而忘记警告。阿基琉斯之所以指明阿波罗（16.94），是因为阿波罗就是将要杀死他的神。神和警告，对于《帕特罗克洛斯篇》的剧变均不可或缺。然而，如果借忒提斯之口对阿基琉斯发出这种警告，不就暗示出，史诗只能以被警告者的毁灭、以危险敌人阿波罗的反击结束？警告者忒提斯与海仙女将不会悲哭帕特罗克洛斯，而悲哭她自己的儿子？也就是一部为《埃塞俄比亚》(Aithiopis)末尾打下基础的史诗？动机有其必然结果。警告之所以存在，就是因为它会被当作耳旁风。没有警告，《帕特罗克洛斯篇》就失去顶峰。然而，对阿基琉斯发出警告，属于一部讲到底的《阿基琉斯纪》，而不是《帕特罗克洛斯篇》。帕特罗克洛斯被阿波罗杀死，同一部诗内便不可能一模一样地重演阿基琉斯被阿波罗杀死，与此类似，先对帕特罗克洛斯，再对阿基琉斯发出的同一种警告，也将自相重合、自绝意义（见下文，[编码]页 354, 373 及以下）。

* 忒提斯仍然隐瞒着真相的全部。当阿基琉斯险些溺死，在绝境中仰望宙斯时，他责怪生他的母亲，怨恨她撒谎：

> 她说我将在戎装的特洛亚人城下
> 丧命于阿波罗飞速流逝的箭矢。
> 让赫克托尔杀死我吧！……(21.275 及以下)

忒提斯未在《伊利亚特》中透露过阿波罗和特洛亚城下之死。

《伊利亚特》以外的东西被拉入进来：那个在《伊利亚特》里一点点浮现却从未彻底曝光的预言。如果忒提斯曾指出阿波罗，就是为警告儿子提防他，否则她为何要指出？[34]警告儿子提防他，一如阿基琉斯警告帕特罗克洛斯提防他（16.94）？预言也常常是警告，看一看卡珊德拉，看一看著名的德尔斐神谕！再说，倘若困境中的阿基琉斯希望违逆忒提斯的谶言，死于赫克托尔之手，那么忒提斯就一定说过：如果阿基琉斯杀死赫克托尔，阿波罗就会杀死阿基琉斯。

于是要问，为什么如此重要的事情我们只能侧面获知？为什么只能在回顾之时？为什么没有母子之间的戏目：她对他公开命运，公开他要选择的两条路，不论他作何决定——也许迟迟不定？答案有二：首先，因为《伊利亚特》容不下这种场景；第二，因为《伊利亚特》的诗人给忒提斯设想的角色不是警告者。可又要问，为什么《伊利亚特》容不下？答案是：因为这种预言不论如何说，都不可以预见到帕特罗克洛斯的死。忒提斯既不会警告或预言，阿基琉斯派出朋友打探马卡昂，"就这样开始了他的不幸"（11.604）。也不会警告或预言，帕特罗克洛斯请求阿基琉斯的铠甲：

> 他这样说，作着非常愚蠢的请求，
> 因为他正在为自己请求黑暗的死亡。（16.46及以下）

为什么她不警告他？因为故事要求两个人，阿基琉斯和帕特罗克洛斯，都必须昏盲。因此，《伊利亚特》里有一位明视的和一位目盲的阿基琉斯。但二者的关系，并不是因某事发生，目盲者变为明视者，就像埃斯库罗斯《七雄》中起先目盲的厄忒俄克勒斯变得明视，刚勇者成为悲剧的毁灭者。对早死的知情，从一开始就把母子联合起来（1.352），这是他们的秘密，它让他们使彼此相依，是他们悲剧地达成内心一致的基础。目盲者和明视者并行进入阿基琉斯；

他们一体两面。这是他形象里最特殊的东西。在这一点上,希腊文学再无可与他相比之人。他是绝无仅有的矛盾者。

然而,他的这种双重性并非本源特征。二者,不论目盲的阿基琉是还是明视的阿基琉斯,都有各自的故事。暂且稍作提示:《帕特罗克洛斯篇》属于目盲者,《阿基琉斯纪》属于明视者。

[35]佩琉斯的婚礼,半神的出生,被喀戎抚养,成长中的奇迹,招募众英雄讨伐帕里斯,双亲试图阻挠,把他留住,特洛亚城下最年轻、最强大、最卓越的人,长期努力后他所渴求的胜利,与最强大的特洛亚人对决,他把他杀死在斯开埃城门前,特洛亚人蜂拥逃回城中,他乘胜追击,被阿波罗击毙。帕里斯的箭击中他的脚跟,应验的早死,毁灭中的声名:若他不知自己将早逝,这一切如何连在一起?反之,与主上和盟友(或臣属)的争吵,荣誉受辱者的愤怒,对一切劝诫、请求、理智和警告的无动于衷,直至必将到来之事最终发生:他派朋友代替他出战,代替他完成丰功伟业,直至阿波罗杀了他,帕里斯的箭击中他:如果不是他自己的昏盲招致爱人之死,这一切如何连在一起?如果没有悔恨袭来,如果他并未咒骂自己的生命?如果死亡不是唯一让他杀死赫克托尔、为他无法拯救的朋友复仇的方法?

* 这一切表明,虽然忒提斯的形象在《阿基琉斯纪》中不可或缺,但她在《帕特罗克洛斯篇》中是否同样必不可少,对于这个问题,答案并不那么清晰。如果《伊利亚特》融合了一部没讲完的《阿基琉斯纪》和一部讲完的、从《阿基琉斯纪》中得到补充的《帕特罗克洛斯篇》——比如说,看看涅柔斯女儿们合唱的悲歌吧,——那么问题就出现了,原本就属于《阿基琉斯纪》的忒提斯的形象,也同样原本就属于《帕特罗克洛斯篇》吗?还是说,她属于被扩写的、存在于《伊利亚特》中的《帕特罗克洛斯篇》?属于那些从原始的《阿基琉斯纪》中扩写入《帕特罗克洛斯篇》的动机或组成?比如,《阿基琉斯纪》里忒提斯的哭悼被移用入《帕特罗克洛斯篇》——正如

《伊利亚特》中的《帕特罗克洛斯篇》所是，莫非忒提斯的其他出场——若不是她的整个角色——也可能都是从那部《阿基琉斯纪》移入《帕特罗克洛斯篇》的？显然，这里也不是未经过某些变化？

＊儿子向忒提斯吐露心声，她理解他，她不警告而是赞同他，可是，她在《伊利亚特》里的角色并不仅止于此：她是他的帮手，在首卷与第18卷《铠甲》一样，[36]不止动机，连采用动机的方式，从中造成的结果都如出一辙。她在两卷中都祈请、求助于主管神，从而帮助他实现愿望和意志，首卷是宙斯，第18卷是赫菲斯托斯。两次都描写了自己地界上的神：宙斯，远离诸神，独坐在奥林波斯最高的孤峰上，赫菲斯托斯大汗淋漓，在他的锻炉旁喘着粗气。两处都回忆起她的救命之恩，这使她的请求有了分量。两位天神亏欠她的往事，均发生在古远的神话时代。当年，恼羞成怒的赫拉把她生出的瘸子扔入大海，是忒提斯抱住了这个孩子。忒提斯？诗人想要如此。然而，补充语"绕地长河的女儿欧律诺墨"泄露出，此事应归功于更高的海洋神，诗人却把它转交给涅柔斯的女儿：她把他藏在宽敞的洞府，长河从上面汹涌流过。

也就是说，女神的藏匿处在世界的尽头。神话背景不应深究。忒提斯自诩救过诸神之父，同样有可能的是，这也是把另一位更高女神的作为转移到她身上：诗人想让忒提斯"召来"百手巨神布里阿柔斯；他只需坐在宙斯身边（而不是用他的上百只手为他作战），诸神就打消了反叛父亲的念头。可依照赫西俄德的《神谱》(Theogonie)，确保宙斯统治的"百手巨神"共有三位，他们不是海怪，而是盖娅的儿子，他们被召唤而出是从大地深处(Tartaros)，而且，如果不是母亲盖娅，又能是谁去叫他们？她，宙斯的恩人，也在赫西俄德的《神谱》中？涅柔斯的女儿不会对塔尔塔罗斯的地牢有任何威力。神话的拯救动机，即便有神谱渊源而非擅自杜撰，也是后来才与忒提斯的形象结合。

神谱的战争没有爆发，来势汹汹的危险得到防避。这种转向也在荷马的《神战》(*Theomachie*)里重复,此处亦不乏对最初提坦大战的暗示。① 《伊利亚特》的神戏表明,反叛宙斯的不是提坦,而是奥林波斯诸神(见 8.5 及以下,11.78)。

这样,忒提斯才从最初的警告者变成帮手。[37]或许她也知道,神的铠甲救不了她的儿子,但神的礼物却可以提高他的声名,使赫克托尔永远无法战胜他,这份礼物也会让他与河神交战时陷入九死一生的危险(21.241,317)。只有经过最大的危险才通往胜利,只有经过最不光彩的毁灭才通往声名。

插　曲

> [38]作艺术家的代价是,
> 把非艺术家称作"形式"的一切,
> 感觉成内容,感觉成"事物本身"。
> 　　　　　　　　　　——尼采

　　观察各卷之前,应把对整部《伊利亚特》都成立的一点摆在前面。*②伟大的史诗(das große Epos)如何从《帕特罗克洛斯篇》的故事脱胎而出?也就是说,如何脱胎于帕特罗克洛斯之死、赫克托尔之死以及二人葬礼的故事?这与所谓的大史诗(das sogenannte Großepos)如何出产于已有的小史诗或吟诵片段的问题截然不同。我只想从我看到的东西出发,而在《伊利亚特》中,我看不到篇幅较短、适于吟诵的独立诗篇或小史诗。有人可能想象,大史诗从故事、从剧情中诞生,就像框架建筑,是一位或若干吟诵歌手、一代代地在故事里加入诗的细节,仿佛作为诗人,他们人人都知道

---

① vgl. „Prometheus" (in: *Ges. Essays z. Dichtung* S. 20 f) und u. S. 446.
② [编按]下文摘自莱因哈特 1957 年在柏林的一次讲座。

应在故事呈现的相关情境中说些什么,并把这些填充入给定的框架。

可并非如此。伟大的史诗《伊利亚特》之所以诞生,是因为一种全新的组织原则进入了故事,一种使故事的现有元素翻天覆地的新力量——某种催化剂似的东西。现在,一切都另行结合:此前离散者找到彼此,另一些共存物分离开来。通过进入故事的新艺术原则,伟大的史诗《伊利亚特》与它之前的故事关联起来。这种新的艺术原则,如同赋格艺术(Kunst der Fuge),是史诗插曲的伟大艺术(die große Kunst der Episode)。*

伟大的史诗独特地把故事转换为插曲。[39]史诗插曲的本质和形式是什么?从《伊利亚特》的插曲编排(episodische Komposition)中,能推断出不少常常被缘木求鱼的东西。从形式上但不限于从形式上观察,首卷已然由两段呼应的插曲构成:第一段是阿开奥斯人军营中的争吵,第二段是奥林波斯上的争吵与和解。第一段结束于决裂、愤怒,第二段结束于和解,结束于奥林波斯上缪斯的歌声。末卷也是一段插曲。插曲的编排方式却远不止于醒目的大插曲。

一段插曲通常三分:以中心段落编组,例如危机、裁断、对决、描写、劝诫或神话范例。事件被引导、推逼至此,随即归返、式微——其结构就像环形诗(Rondeau)。首卷,阿开奥斯人集会上,斥骂构成中心,顶峰是阿基琉斯被制止的暴行,下坡始于涅斯托尔的劝和词;众神集会升至夫妻争吵,顶峰是宙斯被制止的暴行,下坡始于赫菲斯托斯开口说话。

插曲中断,同时连结。并不鲜见的是,它们跨过长长的隔离段,更紧密地彼此相关。它们的开头通常是一个新舞台开张,或一个新视角在深度、高度、广度上中断直指目标的事件。所以,比如说,从克律塞斯的请求引出阿开奥斯军营的概况以及英雄之间的关系,发言回指过去,久已有之的宿怨爆发,当下的侮辱成为链条上最后一环,争吵如此恶劣,竟使祭司克律塞斯的请求几乎被遗忘,直至平息的结局重新回到他的请求上。

一般而言,插曲内含着独立的欲望,想自成一体、自建中心,《伊利亚特》的插曲最初也是如此。插曲艺术本身或许从吟诵的表演本质发展而来。即便如此:《伊利亚特》里插曲式的东西却并不在乎表演的实践需要。倘若像从歌剧中独立出叹咏调那样,把插曲剪裁出来,试图从中获得感人至深的吟诵片段,插曲就不再是插曲,不再是中断,不再是另辟蹊径。它们将变成非其所是之物,[40]就像从一幅画(das Gemälde)提取细节,且宣称它们仍是图像(Bilder)。

[原注]适于表演的标准范本,比如,维吉尔《埃涅阿斯纪》的第2、3卷,是有自己的序曲(Proömium)和收场的、规模更大的文段:Infandum, regina, iubes renovare dolorem[女王啊,你命令(我)再次述说无以名状的苦痛](第2卷第1行)。《伊利亚特》中或能与之相比的文段,通常包含着多于考据分析认为是本源和本真的东西。比如说,如果从《伊利亚特》里把这种被认为是表演用的段落(ein vermeintliches Vortragsstück)抽出来——最著名的是赫克托尔告别安德罗马克,要得到一段适于表演的插曲,就必须删减掉赫克托尔在特洛亚逗留这段特洛亚插曲的大部分。必须删去他带出的与兄弟帕里斯的首次相遇,因为这次碰面关系到之前的事情,关系到帕里斯之前扮演的颇有些无耻的角色;必须删去他与母亲的会面。只剩下赫克托尔告别安德罗马克,——据此人们就会认为,赫克托尔投身战斗,马上就会被阿基琉斯杀死……荷马式的插曲必须先有所准备才能成为独立的表演文段,它们必须以另一种方式导入、导出。为此阐释者们不乏建议。特别困难的是结尾。可得勇猛地帮上一把……

赫西俄德那首关于赫拉克勒斯与库克诺斯(Kyknos)之战的独诗似乎是一种插曲。但只需用荷马的《铠甲》与它比较,就能觉察到赫西俄德插曲的缺失:它没有反差,不引向深处,不牵扯任何超越凡尘之物(比如神的作坊),或如人常说,不像窗子那样打开。

第 18 卷里气喘吁吁、古道热肠的赫菲斯托斯,不仅"使人想起"首卷中那位古道热肠的神,他始终是他——不是一位模仿另一位,而是不同情境中的同一位。《铠甲》的插曲特性在于它与主剧情的关系,在于它的离题和转轨,也在于夜间的悲悼与锻造神夜间的作坊所形成的对比。第 18 卷《铠甲》中祈求、恳请、回忆的忒提斯,也是首卷中的同一位。这两卷不是定然同源? 有人答,不是。如果同源,那《铠甲》一定"涂盖"得更多,它们最初是以更不相干的原始形态各自作为独立诗篇存在。在这一切之中,分析派考据只看到偶然的游戏和改写者的尴尬;被孤立考察的《铠甲》似乎是一部特殊的诗,不论为其他何处,反正不是为此所作,也许根本就不是为了某个确定的场合。

然而,《铠甲》全篇都源于武装,以伟大的[41]史诗风格扩写的武装。从未有过不接续战斗的武装。连赫西俄德的《铠甲》也连接起武装和战斗。描写装备,是因为它们会被披挂上阵,英雄一定需要它们。 * 11.24 及以下也在壮举之前详细描写了阿伽门农的铠甲。帕里斯与墨涅拉奥斯决斗之前先武装(3.328 及以下),帕特罗克洛斯的壮举之前也是武装(16.130 及以下)。创作这次最盛大的武装却与功业毫无关系? 竟会毫无目的? 砍断这种关系,重构居心何在!

表演实践不提供任何标准。《伊利亚特》的插曲纯粹是诗的形式,它自主发展,遵循自身原则。它为《伊利亚特》和伟大的欧洲长篇小说(der große europäische Roman)所共有。

《伊利亚特》的插曲形式似乎与它们的重复方式之间有一种目前尚不明朗的关系。

第 1 卷

两个国王为两个女人争吵

[42]帕特罗克洛斯的灾难始于阿基琉斯和阿伽门农的争吵。这是一位扈从(Gefolgsmann)、一位誓忠者、一位伴侣(Hetairos)的灾难。争吵在王侯(Fürst)和他的主上(Heerkönig)之间爆发。争吵的因由是所谓的 $τιμή$,我们译为"荣誉"(Ehre)。Timé[荣誉]是社会性的东西。Timé[荣誉]的概念及冲突缘起于阶层与阶层间的紧张:是能力和地位的张力,鹤立鸡群的勇士与王侯理应拥有我们译为"声望"(Ruhm)的 $κλέος$,主上则因 timé[荣誉]更高、实力更强,高居于自愿约定随他出征的王侯之上。

以如此社会化、如此复杂的冲突肇始一场影响如此深远的灾难,这在希腊诗篇中绝无仅有。英雄传说和古老史诗里的灾难之源常常是家族矛盾。社会性的东西不见于开头,而是在后来的展开中加入进去——珀罗普斯的种种传说(die Pelopidensagen)如此,阿尔戈斯英雄们的传说(die Argonautensage)如此,忒拜的传说(die thebanischen Sagen)如此,《奥德赛》如此,特洛亚战争等等的故事亦如此。相反,《帕特罗克洛斯篇》开门见山地出现了社会性的、取决于历史的东西,它们不是通过叙述才加进来,而是支撑、奠基了此后的一切。相较于其他希腊传说,《伊利亚特》的核心《帕特罗克洛斯篇》就像畅销品种中走出来的高端货。

同样独特、历史感和社会性不亚于此的还有一种制度,基于此才会爆发"荣誉"和"声望"之争。在希腊迁移和殖民的时代,王侯之尊依就于战争、劫掠、攻伐等共同行动,侵征之后,在行动结束时分红,也就是瓜分战利品,[43]这要由参战全军集会决定。领导者或"国王们"优先得到他们的份额即"荣誉礼物"($\gamma\acute{\epsilon}\varrho\alpha\varsigma$),余物汇总,通常被参战者均分或抓阄分配。领导者还可以参加两次分配。所获之物是各种各样的贵重物品,黄金、三足鼎、武器、战俘、马匹、牲畜、仓储,但最有价值的是国王的女儿。"荣誉礼物"是彰显地位、冠顶殊荣的奖品,是特权和个人的最高嘉奖。

《帕特罗克洛斯篇》的缘起,也就是整部《伊利亚特》的缘起,就是一个争执不下的"荣誉礼物"。虽然不是以分配战利品(Verteilung / $\delta\alpha\sigma\mu\acute{o}\varsigma$)本身开篇,可开场后马上就往回指向这一幕。阿伽门农提出要求补偿,对此阿基琉斯反驳说:

> 从敌方城市夺获的东西已分配出去,
> 这些战利品又不宜从将士那里回取。(1.125)

那是发生在攻城之后、分配之前的事。这意味着:我们在此集会不是为分配战利品。阿伽门农却看法不同。① 战利品分配是一种体现身份地位的仪式,类似于大型竞技赛的颁奖,是超越城市或族群界限的第二次机会。最高荣誉将会被认可、期待、比较。葬礼和后来争夺阿基琉斯武器那场著名的争执显示出,这两种制度包含着怎样的激发愤怒的隐患。

---

① 关于分配模式,"首先赠予"的国王份额,比较 2.227,9.272,11.696 及以下,16.56;《奥德赛》14.232。

君臣之争一旦沉寂,越是长久不提,就越是影响深远。它必须发展到足够规模,才能很久不再过问。仔细看去,这是两次伴生的争吵。需要第二次极为相似的争吵造成危难局面,危难僵持得越久,迫不得已的决定就越是势不可挡。两次争吵中的第一场,与其说是为了那个在会议上不及别人(18.106),甚至要听从的伴侣(11.788)的阿基琉斯自己,莫若说是为了阿伽门农,为了其他王侯和全军;是为了处理阿伽门农的珍贵战利品、无助的祭司克律塞斯被抢走的女儿。奥德修斯、涅斯托尔、埃阿斯在哪里?他们缺乏勇气吗?这个问题被女神的暗示打断,白臂女神赫拉让他萌生念头(1.55)。——在瘟疫的第十天召集将士开会。发展到后来,阿基琉斯在第一场争吵中获胜,[44]第二次则是败者。第一次在观点上败阵的阿伽门农在第二场争吵中让首战获胜者更强烈地感受到,他才有实际的王者强权。两场争吵通过如此细微的纽带、以如此内隐的方式相联,如果不从情节进入内心,而是从敌对关系出发讨论发生了的事情,就不能把二者解释成因果。

　　阿伽门农在第一场争吵中的对手是阿波罗,第二场中是阿基琉斯。每次对象都是一份"荣誉礼物",一个被俘的女人。也就是说,看似相同。但有一个区别。第一次争吵涉及神明,第二次则是世俗的。神圣被强调前置:在祈求的祭司出场时,在他作为"祈祷者"($\mathring{α}\varrho\eta\tau\acute{η}\varrho$)的职务里,在他手中饰有神的神圣花冠的金杖上,在他庄重地说出神名、提醒敬神的劝告中;渎神也不乏强调,阿伽门农惹祸上身:

> 老汉,别让我在空心船旁边发现你,
> 不管你是现在逗留还是以后再来
> 免得你的拐杖和天神的神圣花冠
> 保护不了你。(1.26及以下)

也同样在祭司的祈祷里，他以传统的祷文风格，用传统措辞，按照地方独有的祭拜方式召唤神灵：如果我为你焚烧牛羊的肥美大腿！(1.40)神惩罚了轻视者妄言中的嘲讽，用他的箭射出瘟疫。

要求赎罪的神明，此动机指示出一类司空见惯的传奇(Legende)。因此，在拉伊俄斯(Laios)被罪不可赦地杀害之后，阿波罗降瘟疫于忒拜，因此阿尔忒弥斯在奥利斯刮起大风，因此太阳神在《奥德赛》里为他的圣牛被杀而复仇，因此宙斯在《安提戈涅》中报复了克瑞翁(Kreon)的渎神，因此得墨忒尔(Demeter)报复了厄律西克同(Erysichthon)的渎神。这类传奇还包括后续之事，问询先知，真相大白，被迫做出选择的统治者内心矛盾，或是让自己和子民或军队毁灭，或是顺服神意，奉上神要求的牺牲。上述例子还能轻松地举出很多，当然，它们与克律塞伊斯之争有所不同，它们本身就合理，能自圆其说，而后者并不独立存在，是先行铺垫。冒犯神的目的是转入世俗之争。没有世俗的，神的就不成立。神在人前。神导入人。

[45]所采用的宗教动机势必引出与奥利斯相似的局面，受辱之神让军队为国王的过错赎罪。不是没有可能，《伊利亚特》的诗人已经知道《塞浦路亚》(Kyprien)①记载的奥利斯献祭的故事，虽然这也无法求证。奥利斯献祭的故事亦属于这种类传奇。倒推出一些基础形式比倒推回某些特定传说更为可靠。1.117那句：但愿将士安全，胜于遭受毁灭，也能被阿伽门农在奥利斯说出来。可类似的话俄狄浦斯也说过，任何因冒犯神明而被要求做出牺牲的国王都会说，雅典的埃勾斯(Aigues von Athen)，安德洛墨达(Andromeda)的父亲克普斯(Kepheus)，赫西俄涅(Hesione)的父亲拉

---

① [译注]"特洛亚诗系"现存残篇中篇幅最长的一部诗。讲述了《伊利亚特》之前的故事：特洛亚王子帕里斯把金苹果判给世上最美的阿佛罗狄忒，报酬是得到海伦，却由此引发了特洛亚战争。《塞浦路亚》被视作《伊利亚特》的序曲。

奥墨冬（Laomedon）等等。可以认为，这类先知——此处是卡尔卡斯——与国王的冲突，既不会是第一次出现，也不会是最后一次。报凶事的卡尔卡斯惹恼了主人，与他处境相似的先例或许是忒拜传说中有名的报凶事者忒瑞西阿斯。反例则能在西罗多德 7.6 一则并不可信的故事里看到，薛西斯宫廷中那个报喜不报忧，并因此导致主人一败涂地的先知奥奈西克里图斯（Onomakritos）。类似的事情在上古也不少发生。比如波加科斯小山谷中赫梯帝国的神圣皇室档案里满篇都是冒犯神灵的种种后果，瘟疫、饥荒、战败。

然而，祭司在先知之前出现，这重要的一步迈入了更个性化的局面，迈入《伊利亚特》独一无二的情况，也就是说，见于此，且仅见于此。主上的嗔恨翻了倍。对祭司的怨气转移到为他说情的阿基琉斯，因此在他身上发泄出来的是主上对祭司和先知的双重不满。《伊利亚特》所有集会场景中这是最与众不同的一次。先知的发言首先绕开阿伽门农的名字，这是为了最后让阿基琉斯直言不讳，如此一来三个人就同时被卷入涉神的争吵，先知恐惧，主上愤怒，说情者对主上不屑一顾。避而不谈属于技巧：吊胃口的悬念。紧随其后，布里塞伊斯的名字也同样被按下不表。人们期待的，是至今藏而不露之事的突然爆发。

看来爆发应始于主上对预报凶事者的斥骂：

[46]你这个报凶事的预言人从来没有对我
报过好事，你心里喜欢预言坏事。（106 及以下）

之前在奥利斯不是这样吗？开头如此气势汹汹，恫吓却出人意料地缓和下来，回退成形式上更为高贵却难以掩饰的怨气：

但愿将士安全，胜于遭受毁灭
——只是，你们都看见，

我是惟一失去的礼物的人……

主上对祭司的斥骂:老汉,别让我在空心穿船旁边发现你(26),虽然绕了一大圈,可也还是被暗中收回:下令桨手上船,把克律塞斯的女儿送回给父亲(141)。两次斥骂都只是前奏,通过它们才引出关键性的责难,它们不会对未来产生影响,恰如荷马式的插曲,祸事总在一个"几乎"(ein Fast)上转危为安。然而,不同于主上和先知之间相对较小的摩擦,他和祭司之间影响更为深远的矛盾触及到一种不能用动机相比,已不再是动机的东西,它触及到诗人的主题(Thema)。只要矛盾还在神的范畴里,它就仍然是动机。阿基琉斯的问题(65),阿波罗发怒是否由于疏忽了许愿或没有举行百牲祭,献祭或赎罪仪式能否让他息怒,再一次清晰地界定出神的领域。就像帕特克洛斯在16.36对阿基琉斯说:如果是什么预言让你心中害怕……

阿基琉斯这次没猜中的推测意在强调,此处的罪责或疏忽与大量传说及谴责(Aitien)中的那类不一样,没有冒犯神,没有杀害神圣的动物,没有砍伐神圣的树林,而是:对一位神佑的圣人、一位值得尊敬的老者犯下的过错,是狠心、傲慢、违背人性。

争吵原因的不同对应着不同的律法状态。第一次争吵的律法状态是神的,因此没有异议,只能发着牢骚照办。第二次争论的对象是对受害者阿伽门农的赔偿问题,这就不一样了。阿伽门农并不是没有道理。作为惟一要退还"荣誉礼物"的人,他要求弥补损失看起来也是公平的。连阿基琉斯也承认他的要求合理,甚至提出三四倍的补偿,但要在劫掠特洛亚以后。若不是发生了恶劣的转折,这场口角还有可能最终平息,[47]阿伽门农却被阿基琉斯侮辱性的称呼"最贪婪的人"激怒,指责施展心机者在耍花招:这是"欺骗",他为保留自己的"荣誉礼物"而想要"劝说"(133)。(用我们的心理学家的话说,他"投射"着自己。)什么"荣誉礼物"?真正的争执对象在这里首次提到,却如此语焉不详:那个布里塞伊斯。还要等上50行诗,这个名字才会被说出来。起初阿伽门农要求立刻赔偿:

> 否则我就要亲自前去夺取
> 你的或埃阿斯的或奥德修斯的荣誉礼物,
> 去到谁那里谁就会生气。

此间他下令赎罪,同去的将是"一位顾问",埃阿斯,伊多墨纽斯,奥德修斯——或是你,这时他用"最可畏的人"回应阿基琉斯对他的称呼"最贪婪的人"。

  从布里塞伊斯开始我们似乎越陷越深。因为现在,阿基琉斯回击时突然勃然大怒、不能自已,只有他在第9卷的反击才更胜一筹,两次的动机,部分词句,还有此处重提的旧事全都一致。发言者被卷入决堤话语的洪流,滔滔不绝地讲出把他引入现况的一切。因为担忧阿开奥斯人的军队,他召集将士开会,迫于战争和瘟疫,若要避免毁灭必须返乡,所以他现在宣布,与阿开奥斯人同心同感,与这场可恨的、强加给他的、和他没关系的、只是为了阿伽门农才打得如此漫长的战争说再见,他要——和第9卷一模一样——回家去佛提亚!骤变缘何而起?只是他由来已久的愤懑的表达?只是失去控制的冲动之果?就算冲动推波助澜,它却激起他胸中沉默压抑的淤塞,激起过往之事的块垒。不仅在他心里,不仅在他讲出来的话里。争吵变了样,变得捉摸不透。诗人第一次调出隐情。突破的标志是反问和句首重复:

> 谁还会愿意听从你出行或作战?
> 特洛亚人根本与我无关!
> 不是对我……不是对我……

> 只为讨你喜欢,无耻的人,
> 我们才跟着你前来,
> 你却对此毫不关心!(1.150 及以下)

过往被撕开,把阿伽门农现在的行为昭示于天下。他素来盛气凌人,现在只是巅峰。

> 你竟然威胁我,要抢走我的"荣誉礼物",
> 那是我辛苦夺获,阿开奥斯人敬献。
> ……
> 是我这双手承担大部分[48]激烈战斗,

(我们听到了《求和》中的阿基琉斯)

> "分配战利品"时你的"荣誉礼物"却要多得多。(1.161 及以下)

"荣誉礼物"和"荣誉礼物"进行了比较。暗指布里塞伊斯,但仍未直呼其名。这个名字,——不像克律塞伊斯,打破了史诗常规,没有关于她来自何地的说明,没有修饰性的称号,因为此处任何定语都会减缓这个名字的冲力——只有裸名被叫出来、被抛出来,直到阿伽门农回答的末尾:

> 逃吧,只要你心意如此!
> 去统治你的米尔弥冬人!
> 我可不在意。(1.179 及下)

此时,随着这个名字,两次争吵搭建起想法上的关联:

> 既然阿波罗从我这里夺去克律塞斯的女儿,我会用我的

> 船只让伴侣把她送回去,但是我却要亲自去到你的营帐里,带走布里修斯的女儿、你的"荣誉礼物",好让你知道,我比你强多少,没人敢和我比。

这个名字一直被按下不表,一旦说出来,却几乎触发弑君的险况。

那么两次争吵如何相关?若没有对话解释,单纯作为故事看,就无从说明二者的联系。因为这种相关性在于诗的形式,且只随之而在。阿伽门农虽然交出克律塞伊斯,却为自己夺来阿基琉斯的布里塞伊斯取而代之,如果仅此而已,就没有领会到更深层的原因、此前发生的故事、二者争执的必然,最后会有冷静的人提问:为什么要吵两次?阿伽门农为什么不能在阿基琉斯得到布里修斯的女儿作为"荣誉礼物"那次分配时索要她?如果争吵最初就因她而起,阿基琉斯岂不更是两手空空?他不就会像他宣称的那样一无所获?某一位布里修斯的女儿看上去真如阿基琉斯所说,只是"一个虽然微不足道但很可爱的礼物"?阿基琉斯以占有许诺给他的布里塞伊斯为幸,他不是自相矛盾吗?

对于这个迟迟不公开的名字,阿基琉斯的回答不再是语言,而是抓起剑。争吵至此到达巅峰。这个巅峰是荷马式的"几乎",此处差不多是整部《伊利亚特》最阴森可怕的"几乎",险些犯下弑君之罪。比起返航回乡、和解或墨涅拉奥斯的死(4.169及以下),这更是万万不可!为防止极端之事发生,按老规矩,此处也有一位神明插手,就是那个已经干预过一次、[49]为达那奥斯人担心的赫拉。她先是与阿波罗对峙,现在又站到雅典娜一边。奥林波斯的众神开始分组。

形式上看,神的反目是框定了人世纠纷的外框。神的不和形成封闭圆环,并不指向未来。最初这似乎就是灾难的根源,从篇首预告也能看出,是哪位天神使他们两人争吵起来？
是勒托和宙斯的儿子。(1.8及以下)

［原注］也许从外表看，一切事件，连同抢走布里塞伊斯，均如神所愿。但仔细去看，阿波罗的意志没有那么远。在许诺并实现了对祭司种种形式的赎罪之后——包括备船出发、细节俱全的献祭仪式（没有它，与瘟疫对称的赎罪情节就缺少平衡的分量），神和解了。确认和解的诗行（451及以下），以荷马式重复最强烈的尾音，应和着招致神明怒火的诗行（36及以下）：祈祷对祈祷，第二次如第一次一样，即刻生效。在神的领域开始，也在神的领域结束。在神坛上，女儿被归还给父亲，同时按照卡尔卡斯所说（100）为神献上了百牲祭。"罪"（Sühne / ἱλάσασθαι）是他预言的目的，现在的结尾则是预言成真（444）。神圣的话语包含着神圣的行为，祭司精准的撤诉祈祷也包含着百牲祭。结尾的延长符是荷马的风格（比如，见7.465及以下）——阿开奥斯青年们整日歌舞致敬息怒的神。

可人世纠纷随后展现，不仅是第二层原因，反而成了灾难的唯一症结。当神怨气已消，离开俗世，人间却怒火难平——二者的交错产生出反差，纠纷中断，断于不可预见的后果。瘟疫随人事降临军营。瘟疫本身与战利品之争及其灾难没有任何关系，就像克律塞伊斯和布里塞伊斯之间也毫无瓜葛。瘟疫和克律塞伊斯引发了这场始于布里塞伊斯之名的灾难。克律塞伊斯有她自己的故事。我们却对布里塞伊斯一无所知——与她的重要性相悖。

主要原因隐而不表，次要原因却被大肆渲染，它引出了四个激烈的动机，没有它们，今天的我们就难以想象《伊利亚特》：被赶走的祭司、军营里的瘟疫、先知的畏惧、被惹恼的阿伽门农对阿基琉斯的愤怒。关于克律塞斯和他的女儿我们听说了很多，决定性的、导火索般的关键事件却被隐瞒起来。这个布里修斯是谁，他在哪里？他的女儿经历过什么？次要事件已把矛盾激化到如此程度，只需"布里塞伊斯"的名字就足以让火药爆炸。

[50]两个如此相似却又如此不同的女人——她们不是配成奇怪的一对？被推上前的人却只因史诗插曲的纯熟艺术才得以存在。克律塞斯把布里修斯挤到背景中去，就好像克律塞伊斯挡住了布里塞伊斯。这些是通过单纯描述就成立的事实。只能用诗的结构解释吗？还是可以由此推知诗的源起？眼下尚无定论。

形式到此为止，让我们谈谈事实、实际的东西。

两次争吵的相关性作为形式问题已然不简单，一旦我们开始追问两个女人此前的故事，就会处处碰壁。两位少女来自哪里？她们彼此之间有什么关系？看似毫无瓜葛？或者确有关联？我们不会像维拉莫维茨那么深究，他甚至让她们没了父亲。他说布里塞伊斯是来自布利撒（Brisa）的少女，克律塞伊斯则来自克律塞；在 1.392 她就被阿基琉斯误说成是布里修斯的女儿（这里是荷马搞错！），仿佛我们身在希腊的城市文化领域，在新喜剧及其中男性的风流世界里。

[原注]参维拉莫维茨,《演讲和论文》(*Reden und Aufsätze*) I[4]，页 61，注 2。他在《荷马研究》(*Homer. Untersuchungen*)页 41 写道："人们太愿意承认像廷达瑞斯的女儿(Τυνδαρὶς κούρα)、墨涅拉奥斯的海伦(Ἑλένα Μενελαΐς)这类父名的存在，对于战俘，按籍贯标记身份合理、简单得多。革提斯(Getis)[译按：意为革太女子，来自色雷斯部落革太(Γέται)]、基里撒(Kilissa)[译按：意为基里克斯女子]、色雷撒(Thratta)[译按：意为色雷斯女子]就是活生生的例子。"荷马的国王们得到无名女奴作为胜利的最高奖品，这合适吗？他继续说："引入她父亲的诗人 A，也想把她送回克律塞，没有理由给她安排另一次劫掠而不是攻陷克律塞。（克吕塞陷落，她的父亲还能继续作克律塞祭司和主人？）……另一位改写的诗人只理解到'克律塞斯的女儿'，为掠劫她用了《伊利亚特》常说的攻陷忒拜。与此相应，他把大概认为同时俘获的布里塞伊斯安排成布里修斯的女儿。"正确注意到的，是两人命运刻意的平行性。《古希腊人的信仰》(*Glaube der Hellenen*) I, 79.2；《布里撒的少女》(*Das Mädchen von Bresa*)重复了同一观点。但所有类似的英雄例证都与此相反。

与波奥提亚城市弗勒巨阿(Phlegya)同名的弗勒巨阿斯(Phlegyas)是科若尼斯(Koronis)的父亲,她在保撒尼阿斯(Pausanias)《希腊志》2.26.7的神谕中被按父名叫作弗勒巨厄伊斯(Phlegyeis)。撒珥摩内乌斯(Salmoneus)与厄利斯(Elis)的撒珥摩内(Salmone)同名,缇若(Tyro)是他的女儿,她被叫作撒珥摩尼斯(Salmonis)。克热忒伊斯(Kretheis)是克热忒乌斯(Kretheus)的女儿。厄勒克特律翁(Elektryon)的女儿阿珥克美内(Alkmene)被称作厄勒克特律欧内(Elektryone)。绪璞色乌斯(Hypseus)的女儿曲热内(Kyrene)被叫做绪璞色伊斯(Hypseis)。内勒乌斯(Neleus)的女儿佩若(Pero)被称作内勒伊斯(Neleis),达纳伊得斯(Danaides)是达纳奥斯(Danaos)的女儿们,一如内热伊得斯(Nereides)是内热乌斯(Nereus)的女儿们,廷达瑞斯们(Tyndariden)是廷达瑞俄斯(Tyndareos)的女儿们,佩利阿得斯们(Peliaden)是佩阿斯(Pelias)的女儿们;欧伊内乌斯(Oineus)的女儿得雅内伊剌(Deianeira)叫欧伊内伊斯(Oineis)。佩涅洛佩在《奥德赛》被称作"伊卡里奥斯的女儿($\kappa o \acute{v} \varrho \eta$)",等等等。为什么《伊》1.392"布里修斯的女儿($\kappa o \acute{v} \varrho \eta$)"就一定是误解?184行她还叫布里撒的少女布里塞伊斯。按照维拉莫维茨的意思,误解发生在184到392行之间,一位诗人不怎么明白另一位,392行的后辈虚构出了一位布里修斯。如类似例证所示,还不至于这么糟糕吧。

在埃斯库罗斯那里,俄瑞斯忒斯(Orest)的奶妈基里撒(Kilissa)被叫作基里克斯女人(Kilikerin),这意味着,埃斯库罗斯用他那个时代典型的女奴名字置换掉她传统的英雄式的名字,犯了他典型的时代错位的毛病。荷马的"荣誉礼物"又怎会如奴隶市场上的女奴般按产地标记,而不是被冠以父名的女主角?像廷达瑞斯(Tyndaris),像涅柔斯的女儿们(die Nereiden),像欧埃诺斯的女儿(9.557)等等。[51][城市]布里撒一定得名于[国王]布里修斯,正如克律塞取自克律塞斯、特涅多斯取自特涅斯(Tenes)、塔伦特(Tarent)取自塔拉斯(Taras)、佩利昂取自佩琉斯、佩拉(Pella)取自佩拉斯(Pellas)、达斯库莱昂(Daskyleion)取自达斯库罗斯(Daskylos),等等。

虽不精确,但我们也大体知道克律塞斯来自何处,阿伽门农对他做过什么。他女儿的命运没有在英雄之争里表现,因此无从知晓,但却可以猜测一二。但我们对布里修斯一无所知,既不知他栖身何处,也不知阿基琉斯曾如何对待他。他的名字只在1.392和9.132两处被提到,两次都作为女儿的父亲现于句首,"布里修斯的女儿(κούρη)"。如果阿基琉斯1.392对他的母亲说,阿开奥斯人把她作为"荣誉礼物"送给了他,那么他就一定是在公开战利品分配时得到她,阿伽门农也是在同样的场合得到克律塞斯的女儿。这个被抢来的女子喜欢阿基琉斯,"不愿意"(1.48)跟从阿伽门农的传令官。伊利亚特的悲剧英雄、伴侣帕特罗克洛斯的第一场戏是,他听从阿基琉斯的吩咐,把她从阿基琉斯的女俘营帐里带出来交给阿伽门农的传令官。帕特罗克洛斯死后,她被阿伽门农在集会的阿开奥斯人面前归还给阿基琉斯(卷19)。阿伽门农对集会的阿开奥斯人郑重发誓没有碰过她。同样的誓言他也在《求和》那卷书里通过奥德修斯对阿基琉斯承诺过(9.132及以下,274及以下)。在第19卷中,奥德修斯让他用相同的话(19.175及以下)履行承诺。布里塞伊斯,"黄金色的阿佛罗狄忒般"(普里阿摩斯的女儿卡珊德拉,在她24.699的可怕发现和痛苦哀呼中也是被这样形容的),

> 看见帕特罗克洛斯被锐利的铜枪戮杀,
> 肢体残损,立即扑过去放声痛哭,
> 两手抓扯胸脯、[52]颈脖和美丽的面颊。(19.282及以下)

她的美貌可能比——阿佛罗狄忒般的——卡珊德拉遭到更严重的破坏。作为哀悼队伍里的女性声音,作为哭丧女人中的领唱者,她首先开始悲诉。因此就与为赫克托尔哀哭的女人们,安德罗马克、赫卡柏和海伦(24.723及以下)遥相呼应。像她们一样，她也哭诉着已逝者让她失去什么。然而这时她的生平揭开一件出乎意料的事情：她不是少女，更别说是来自布里撒的少女，她是一个结了婚的女人！谁会想到？

卷19在荷马考据界口碑不佳。① 何以如此，是个还要深究的问题。布里塞伊斯的悲诉也算得上是浓墨重彩之笔。但我们先别做艺术判断吧。正如这里展现出来的，布里塞伊斯的生平和卷6的安德罗马克(413及以下)相似得几乎可以对换。与安德罗马克一样，她也是从最亲的人身边被阿基琉斯夺走。安德罗马克除了赫克托尔之外，举目无亲，与她一样，布里塞伊斯也只有一个人，更可能是——帕特罗克洛斯！死去的帕特罗克洛斯与死去的赫克托尔对等。在女人们的哭诉里，对人性的赞颂超越了战争的荣耀。赫克托尔曾是唯一一个人，关心着被普里阿摩斯以外所有特洛亚人憎恨的阿开奥斯女人海伦，因此，为了他的"温和"，她为他哀哭，同样，帕特罗克洛斯也因他的"温和"被布里塞伊斯哭悼。他曾许诺她，这个被俘的女人，做神样的阿基琉斯的合法妻子。②（考据家抗议说这恶俗至极，他们倒是不反对阿伽门农喜欢克律塞伊斯更胜于已和他婚育的发妻克吕泰墨斯特拉。）于是我们了解到：

> 我曾看见父母把我许配的丈夫……
> 被锐利的铜枪戮杀城下，
> 我的三个兄弟也在同一天倒下，
> 阿基琉斯杀死我的丈夫，
> 你却让我不要哭泣。(19.291及以下)

---

① 关于诗人B在卷19的不得体，参耳尔，页281及以下。较友好的是维拉莫维茨，页179，但他也同样认为此处是衔接段。

② 19.298，声称 κουριδίος [明媒正娶的，合法的]这种用法非荷马的人（米尔，页288，注11），必须举出一个例子，说明荷马如何称呼合法的再婚寡妇。

在安德罗马克的悲诉中，她的父亲位于七个兄弟之前。布里塞伊斯的命运里却不允许父亲出现。为何不可？[53]事发何处？当阿基琉斯摧毁神样的米涅斯的城邦（19.296）。根据19.60，米涅斯的城邦是临埃德雷米特湾（am Adramyttischen Golf）的吕尔涅索斯，阿基琉斯后来咒骂自己和阿伽门农的争执时说：

愿当初攻破吕尔涅索斯挑选战利品时，
阿尔忒弥斯便用箭把她射死在船边。
就不会有那么多阿尔戈斯人被敌人打到，用嘴啃泥土！

一个又一个迷。现在，事后，我们了解到：布里塞伊斯的丈夫是吕尔涅索斯的国王米涅斯。句子结构不允许其他解释。可怎么会是她的三个兄弟阵亡，父亲却没有？难道在她结婚时，三个兄弟成了米涅斯的臣属？他们为什么不留在家乡、留在父亲身边？可能现在会有人反对说，这些都无关紧要，女人的哭诉意在言外。倘若如此，那么阿基琉斯杀我父兄一句不就够了？为什么我们听到米涅斯和吕尔涅索斯？

　　吕尔涅索斯附近坐落着勒勒格斯人的城市，流水悠悠的萨特尼奥埃斯岸边的山城佩达索斯（6.34），这是不幸的普里阿摩斯之子吕卡昂的母亲的故乡（21.85）。在同一个地区，阿基琉斯不止摧毁吕尔涅索斯和佩达索斯——20.92 埃涅阿斯自述时说，在那里我照管"我的牛群"，他赶走我，若不是宙斯救了我，我早就没了命。这个故事属于一系列神奇的拯救，没有它们埃涅阿斯就不是埃涅阿斯，大难不死是处处与他绑定的主导动机。诗人对此地的偏爱大概可以由此解释，因为该地区属于被他盛赞的埃涅阿斯子孙的领土。

　　[原注]根据在《伊利亚特》全文中篇幅不小的埃涅阿斯家族传统，阿开奥斯人不止攻打了特洛亚，也同时把战争引至埃涅阿斯子孙的领地——埃德雷

米特湾北岸的城市吕尔涅索斯、佩达索斯和忒拜,克律塞也在其中。埃涅阿德人与普里阿摩斯家族和特洛亚人不仅在家系上相关,也共同打过保卫战。阿基琉斯在两个舞台上都是战无不胜的英雄,埃涅阿斯在两个舞台上都经由神助(宙斯和阿波罗)从他手下逃生。

如果诗人的赞颂暗示出这是诗歌的晚期阶段,那么吕卡昂的片断也就同样如此。那么布里修斯女儿的命运也就被搬到这片种种悲剧造就的土地。被毁城邦的主人曾与普里阿摩斯结为姻亲。非希腊的名字米涅斯看起来并不像是捏造。2.690 的船上名单提供出一整套非希腊的家谱:阿基琉斯抢到布里塞伊斯,是在他催毁吕尔涅索斯和忒拜的城墙、击败米涅斯和埃皮斯特罗福斯的时候,这两个强大的枪手是塞勒波斯之子欧埃诺斯的儿子们。[54]埃皮斯特罗福斯或许是为了使这份家谱完整而被加进来的。欧埃诺斯是密细亚(Mysien)的一条小河,埃德雷米特人从中取饮用水,①塞勒波斯和米涅斯一样不是希腊名字,也同样不像是无中生有。这份船上名单暗示出更丰富的荷马,且这不是唯一一处。有人指出,根据斯刻璞西斯的德米特里乌斯(Demetrios von Skepsis)的说法②,吕尔涅索斯和忒拜曾在富饶而饱受争议的埃德雷米特地区毗邻而立。那么就是在同一次劫掠中,阿基琉斯攻破两座邻城,安德罗马克之父的城市忒拜和吕尔涅索斯,他也是这次出征中抢到两位公主克律塞伊斯和布里塞伊斯,不清楚为何她们二人会在那里。

不止这份船上名单使二人同命相连。1.366 阿基琉斯这样开始对母亲讲述:

---

① 斯特拉波 13. 614C,也许放错了地方。
② 斯特拉波 13. 612C。

> 我们曾攻陷埃埃提昂的圣城忒拜（当然,航船去的）,
> 劫掠了那座城市,带回全部战利品。
> 阿开奥斯人把它们很好地分配,
> 为阿特柔斯的儿子挑选出美颊的克律塞伊斯,

虽然以克律塞伊斯开始,结束的时候却是:

> 传令官从我的营帐带走了布里修斯的女儿,
> 她原是阿开奥斯人给我的赠礼。

我们没有理解错,大概也只能这样理解,同一次分配战利品时阿伽门农得到克律塞伊斯,阿基琉斯得到布里塞伊斯。

　　如前所述,卷 19 与首卷是否出自同一位诗人,是个我们目前无法解答的问题。或许有很多诗人参与了《伊利亚特》的创作,可怎么会所有人都像约定好了一般:对父亲布里修斯只字不提?为什么他们所有人,如果不是顺从一位诗人,那就如同遵守禁忌,都对他讳莫如深?为什么他的女儿为死去的帕特罗克洛斯哭诉时,在他本应出现的地方被迫留下空白?理由不难看出。因为:荷马把配角的种种悲剧命运移到了达尔达尼亚那一边,可没有布里撒城或布里撒堡,因而那里不会也不可能有一位国王布里修斯。

　　的确曾有一个布里撒或者布雷撒（Bresa）,费克（Fick）和维拉莫维茨已经[55]把它扯了出来,只是它不在亚洲海岸,而在累斯博斯南岸。这一点古希腊时期的铭文和古玩都能证明。① 事实上布

---

　　① 维拉莫维茨,《荷马研究》（*Homerische Untersuchungen*）,1884,页 410 及以下;米尔,页 16。Διόνυσος Βρησαιεύς[布里撒俄斯的狄奥尼索斯]、出生于布里撒的布里撒伊斯（Bresais）、海岬布里撒昂（Brision）等有铭文可证。赫西基乌斯 Βρησσαῖος: ὁ Διόνυσος。［译按：此处指赫西基乌斯的《希腊语生僻字字典》（Συναγωγὴ Πασῶν Λέξεων κατὰ Στοιχεῖον）对词条 Βρησσαῖος 的解释,亦即 Βρησσαῖος 是狄奥尼索斯的修饰语］。

里修斯的女儿不但在那里出生,也从那里被阿基琉斯抢走,这个更古老的传说在《伊利亚特·求和》那卷书里还留有痕迹(9.128及以下和270及以下)。阿伽门农许诺给阿基琉斯的补偿,除了其他厚礼,还有:

> 七个巧手的累斯博斯妇女,
> 那是他攻占精美的累斯博斯后我为自己挑选,

(作为"荣誉礼物")

> 就美貌而论,她们胜过所有的妇女

(我们想到累斯博斯狂热的选美大赛[Kallisteia])

> 这些人我赠送给他,其中还有我夺来的布里修斯的女儿,
> 我发重誓从未登上她的床榻。

虽然阿基琉斯是攻城者,阿伽门农却凭借他的王权为自己"挑选"了累斯博斯女人。如果布里修斯的女儿是七个女人之一,她怎么会成被阿基琉斯占有?或者她根本不属于阿基琉斯,阿伽门农"也为自己挑选了她"?那么,"当时",在《伊利亚特》开篇,他又怎会从阿基琉斯那里把她抢回来?我们不得不违背语法去理解,她应是七人以外的第八个女人。19.246求和赔偿时,也的确白纸黑字地说她"作为第八个"加入进来,但在那里,所有女人的累斯博斯出身都被抹掉。与同一卷书对其他人的说明相比,她显然太反常。与之相反,第9卷(664)是对不知所终的古老传说的另一个提示,阿基琉斯被抢走布里塞伊斯,代替她躺在他身边的是他从累斯博斯带来的一位福尔巴斯的女儿狄奥墨得。福尔巴斯的女儿是同布里塞伊斯一起抢来的累斯博斯少女。父亲福尔巴斯也可以认为是一位累斯博斯王侯。阿基琉斯退其次而求之。再无任何痕迹表明阿开奥斯人曾出征该岛。

如果布里塞伊斯被抢并非出因于一次诗情画意的冒险,而是

为了将要发生的灾难,那么战利品之争就只是因她而起,可如今,在《伊利亚特》,这场争吵却不是为了她一个人,而是同时由两位美丽的女战俘引爆。从诗篇布局、[56]从两次争吵的内在结构可以猜测出,原始动机被翻倍,追问被抢女人的姓氏和身世也得出同样的结论。《伊利亚特》对我们三缄其口的布里塞伊斯的出身浮出水面,她与安德罗马克、埃埃提昂、米涅斯甚至克律塞伊斯的命运都没有关系。布里塞伊斯,她的家乡并不是查无可寻,无需隐瞒,她的父亲是一位累斯博斯王侯。作为因美貌而闻名于世的累斯博斯女人中最美的一位,她被阿基琉斯在累斯博斯岛上抢走。

我们如此邂逅的那个更古老的传说是哪一种?埃奥利斯(äolisch)歌手们称颂累斯博斯岛杰出的国王布里修斯及其美丽女儿们的歌谣?是否如维拉莫维茨所想,早期埃奥利斯传说讲过一位抢劫女人的阿基琉斯,而对于首卷的诗人,它已然是半被遗忘的过眼云烟?早期的埃奥利斯传说?

总而言之,曾有"更古老的诗讲述过阿基琉斯出征累斯博斯和忒拜",讲述过"阿开奥斯人在附近的掳掠,女人也被抢去"(米尔),这可信吗?越往前推,我们不就越深地陷入空幻?史诗中哪里有只为抢女人而抢的主题?就连奥德修斯编造的奇遇也不会如此。女人被抢,不是为抢劫本身,而是为因之发生的事情。难道我们应该认为,最初的故事、小史诗只是掳掠了两个女人,此事的后果、围绕着被抢者的英雄之争是后来才加上去的创作?布里修斯的女儿被抢,是因为帕特罗克洛斯和阿基琉斯的灾难因抢她而起。海伦被抢,是因为抢劫者帕里斯和特洛亚的灾难因抢她而起。赫拉克勒斯抢走了伊俄勒(Iole)——奥卡利亚(Oichalia)国王欧律托斯(Eurytos)的美丽女儿。他杀了她的父亲,摧毁了他的城邦。讲述此事的史诗叫作:"征服奥卡利亚"(Οἰχαλίας ἅλωσις)。可赫拉克勒斯抢走伊俄勒也并非为劫掠本身,而是为了让得伊安内拉(Deianeira)嫉妒。连阿伽门农抢走卡珊德拉也不是为了抢,而是为了让克吕泰墨斯特拉嫉妒和报复。两次抢女人使两个抢劫者都陷入灾难。伊阿宋（Iason）抢走美狄亚（Medea）也是为了引出未来的祸患。史诗的主题不是抢劫，而是命运和激情。假设，有一首抢劫布里塞伊斯之歌。然后呢？应该以婚礼收场吗？

[57]就让埃奥利斯传说还是埃奥利斯传说吧。我们从两个侧面同时遇到比《伊利亚特》更古老的诗，一部"原"《伊利亚特》，它变换着形式进入、消失在《伊利亚特》之中。不论是对文本的考据或探讨，还是删减、画括号、层层揭露或是所谓的涂色，都不能把它重新抽取出来；这种雏形与《伊利亚特》的关系，就像初稿之于成熟的完美之作。

若有这样一部诗，若它并非幻影，那这无疑意味着，迄今为止所有所谓的分析性荷马考据（die analytische Homerkritik）都需要质疑。因为，作为对亚历山大里亚①考据的沿革，这种方式只是要从流传下来的《伊利亚特》中用一些相同的方法重新确定出真正的、本源的荷马，此外再无其他目的，然而用那些方法永远都无法触及这个雏形，更甚者，连手上现有的东西也猜不透。他们之中还没有哪位考据者，即使最激进者也没有，对第一卷里动机翻倍这个如此醒目的现象有过半点担忧。

为什么？因为，如果用他的手段去把握，这种事情根本就不可能。19世纪的语文-历史考据如此盲目地托付于这种方法，与亚历山大里亚学派的语文学如出一辙，它死守文本，并且把文本看作是需要清理、需要从熔渣中解放出来的材料。他们的问题最终简

---

① [译注]亚历山大里亚图书馆从希腊本土及殖民地搜罗来大量荷马史诗抄本，亚历山大里亚学者奉命据此编纂整理史诗定本，这个本子是后世所有版本的母本，也是11世纪通行本的依据。最著名的亚历山大里亚学者包括第一任馆长泽诺多托斯（Zenodot von Ephesos），他的弟子拜占庭的阿里斯托芬（Aristophanes）及再传弟子阿里斯塔库斯（Aristarchus）。

化为真实性问题。从亚历山大里亚派的学者们开始,一个方法原则从未动摇过:删减不侵犯本质,它什么都不改变,任何规模的删减都是允许的。原则上讲,荷马的每行诗都可以删掉,除非能证明它经受过考据的考验。

19世纪的荷马考据,诸如柯西霍夫(Kirchhoff)这类考据家几乎专攻去伪(截肢)。走进死胡同之后他们才开始有所畏惧,更想不到的是,在个别情况中竟有人敢在去伪之外又提出第二种异议,博物馆实践工作者喜欢把遭此诟病的画标记为"涂盖"(Übermalung)。荷马考据中这个比喻意味着:它不能删掉,但也不会是真的。我估计,当代荷马考据中有半个荷马都被认为是涂盖过的,我想我没弄错。[58]就算可以坚信,删减本质上不意味改动——在这方面,人们总是以曾经存在过的神圣文本为例——那么,涂盖这种方法论概念则使人们失去脚下稳固的支点和大地。在种种不容辩驳的考据方法后,人们悬吊在空中。

倘若现有的东西过去并不存在,问题就不可避免:曾有过的是什么?由于什么都帮不上忙,语文学家就在他考据的老虎钳上开始了创作。他本人不会这样命名。他又用了一个比喻,这次从考古学借来。他称之为:重构(rekonstruieren),或更专业的说法:层层揭开(Schichten abheben)。不为任何文学经验所动,甚至对尼伯龙根考据的教训置若罔闻,①人们自信可以计算出曾经必定存在过的内容。这些语文学家的作品我们会间或遇到几例——可叫不出名字。它们的作者毫不关心自己加入了怎样的竞争。

哪怕人们悬吊在半空中几乎勒断脖子,那些操作方法及其结论仍然看似有理,并未完全失去支点,可还是要回到地面上来。换

---

① 维拉莫维茨,《演讲和讲座》(*Reden und Vorträge*) I⁴,页39;"另外,关于罗兰之歌和尼伯龙根考据,人人都能很容易地受教于霍伊斯勒(A. Heusler)的杰作,这种考据反对接下来把分析引入荷马研究。这会唤起荷马也定然如此的假象。"

种说法:被涂盖处要证明自己被涂盖过,就必须最终能与未涂盖处,也就是原来的文本重新融合。未涂盖处必须与伪品、与被涂盖处区分开来,如此才能让人看出自己是真的、没有涂盖过的。人们仍还在死守文本,从中寻找被遗漏的痕迹,人们确信,惟其如此才能以语文学家的忠诚为文本效力。

如果现在表明,阿伽门农和阿基琉斯之争最初不是为了两个,而是为了一个被俘的女人,那么,原始版就已在荷马的文本中失去了所有线索、所有痕迹。与所有经历过若干发展阶段的伟大诗篇毫无二致,它在最终定型之时出现了某种品格和承接上不一样的东西,有些阶段或许逻辑更强、矛盾更少,却也因此少了伟大。如果是为占有阿基琉斯带入[59]阿开奥斯人军营的布里塞伊斯而争,如果是阿伽门农倚仗特权要她充当自己的"荣誉礼物",那么阿基琉斯也许会愤怒地屈从并退出战斗,但若如此,那个开始为——死去的阿开奥斯人求情,最后却于内于外都恩断义绝、成为同一批阿开奥斯人叛徒的阿基琉斯,这个阿基琉斯,只是举个例子,就不会有了。

少了威胁,少了阴森骇异,少了闷火郁积,少了神。少了荷马式的伟大。

《伊利亚特》的争吵不是在分配战利品时爆发,而是由一次瘟疫引起,这场瘟疫以第一个悲剧和弦开场奏起了交响乐。分配战利品发生在过去,它只是被回忆才产生出持续影响,随着争吵的发展,它将显现出惊人的重要意义。它在争吵的过程中变成了灾难。我们已经指出,在一位总遭受冷遇的阿基琉斯和他占有布里修斯女儿的至高荣耀之间潜在着悖谬。本应在分配战利品时遭遇的委屈并未发生,他反倒更屈辱地被夺走已经许诺给他的珍贵财产。

若要在史诗传统中搜寻一场始于分配战利品的灾难,就会首先想到《小伊利亚特》①中特洛亚战争那次著名的分配。阿伽门农得到普里阿摩斯的小女儿卡珊德拉作为王者的"荣誉礼物"。在荷马笔下,她还不是那个判断错误的女先知,而是美"如黄金的阿佛罗狄忒",相同的比喻也被用来称赞布里塞伊斯的倾国倾城。她还是普里阿摩斯"容貌最俊秀的女儿"(13.365)。她愚蠢的追求者"没有聘礼"来求婚,为赢得她而承诺普里阿摩斯赶走阿开奥斯人,却被伊多墨纽斯②杀死并残忍地嘲讽。普里阿摩斯赎回赫克托尔的尸体后,她是第一个在清晨认出父亲车子的人。她的尖叫响彻睡梦中的城市。最小的孩子总要遭遇最残忍的事。看看阿斯提阿那克斯,看看波吕多罗斯(20.407及以下)！她将成为阿伽门农的"荣誉礼物"并被克吕泰墨斯特拉杀害的命运,《伊利亚特》的诗人们大概早已知晓。

如果不是战利品之争,[60]就到了墨涅拉奥斯和年轻的安提洛科斯在葬礼竞技赛上的奖品之争(23.566及以下)。安提洛科斯已经获得一份奖品,一匹战马,这时墨涅拉奥斯从阿开奥斯人会众中站起,对前者满腔怒火,传令官把权杖交给他,他请众人安静,并要求一次不考虑地位和身份的公正评判,好让人们不会说,权利和威望都更高一等的墨涅拉奥斯用谎言和暴力抢走了安提洛科斯的马。与首卷的相似性以及二者的反差一目了然。这次争吵以真诚的和解结束。安提洛科斯亲手把所争的奖品敬送给墨涅拉奥斯。

以悲剧收场的战利品之争在埃阿斯和奥德修斯之间爆发,争的是死去的阿基琉斯的铠甲。这个《小伊利亚特》(残篇3,Bethe II¹,170)里的故事很古老,也许早于荷马。对峙的二人抽出了剑,

---

① [译注]"特洛亚诗系"中的一部。讲述阿基琉斯死后,奥德修斯赢得铠甲,埃阿斯疯掉,随后奥德修斯献木马计。

② [译注]此处原文作者误写为狄奥墨得斯。

若不是宙斯阻拦,争吵很可能以一个人被杀结束。集会的阿开奥斯人最终对此作出裁决。在葬礼竞技赛上只被提出却优雅避开的事情发生了。安排了审问,听审了证人(特洛亚妇女),数过王公们的投票石,雅典娜让奥德修斯取胜。埃斯库罗斯据此写了一场"断铠甲"(ὁπλῶν κρίσις)。这两幕,争吵和评判,在杜里斯(Duris)维也纳杯(die Wiener Schale)的外壁上都有表现。①

所有这些例子都仅有一个奖品,一个"荣誉礼物"变成灾难或引起争执。"荣誉礼物"翻倍成双是《伊利亚特》开篇独有。这会产生什么优点、什么困难,我们已经指出一部分。但尚未完全。不可避免,还要回到暗示过的东西上去。

克律塞斯情况如何?我们能在克律塞斯这里弥补布里修斯身世不明带来的遗憾吗?克律塞斯是在职的祭司和克律塞的"主人"(ἄναξ, 1.390)。② 克律塞距阿开奥斯军营航船不过半日远。在哪里,古今注者们说法不一。他为女儿提供赎金,那她就一定是从他那里被夺走的。[61]可在哪里呢?阿基琉斯向母亲吐露心事时(1.365及以下),克律塞伊斯的故事和布里塞伊斯一样,始终隐在暗处。重要的不是她们的命运,而是阿基琉斯的。比之前强调更甚的是他的功绩:

> 我首先站起来劝人们请求神明息怒。

更甚于之前的是羞辱:

---

① Pfuhl, *Malerei und Zeichnung d. Gr.* Abb. 459, 460; *Furtwängler-Reichold Taf.* 54.

② 他是一个城市统治者(ein Stadtherr),就像前6世纪初的卡勒斯(Chares),那位狄代玛(Didyma)附近的泰修撒(Teichiussa)的国王(der Anax)。

> 现在阿开奥斯人把她送往克律塞，
> 从我的营帐却是传令官带走布里修斯的女儿。

他的所有愤怒最终都在这个对句中发泄出来。

　　史诗-激情的东西遮挡住过去。只能隐约感到后面充满灾患。仿佛要讲述一场大难，故事这样开始：

> 我们曾攻陷埃埃提昂的圣城忒拜，
> 劫掠了那座城市，带回全部战利品。

如同特洛亚(6.448)，这座城市因毁灭而被称"圣"。《奥德赛》1.2，9.165 中，被攻夺掳掠的城市也被称作"神圣"。作为毁灭之城，特洛亚和忒拜如同姐妹，一座城的命运也预示出另一座城。在埃德雷米特湾附近、普拉克斯($\dot{v}\pi o\pi\lambda\alpha\kappa i\eta$)山下的忒拜被阿基琉斯攻夺、摧毁，如我们在 6.395 及后文中赫克托尔的离别辞中所知，这座城是基利克斯人的君主"高傲的埃埃提昂"之女安德罗马克的故乡。阿基琉斯攻破城墙高大、建筑精良的城邦时杀了她的父亲，但没有剥夺他的铜甲，而是让他戎装火化。他还给他垒起坟墓，众山林女神在上面栽种了榆树。同一天，阿基琉斯在牧群中袭击她的七位哥哥，把他们全都杀死。她的母亲，"茂盛的普拉科斯山下的王后"，随其他俘获品被他带到这里（阿开奥斯军营），但后来他接受了"无数赎礼"把她释放；她死在她父亲的厅堂（在特洛亚?）。安德罗马克的命运同时包含着一部完整的攻城史诗的主题($\ddot{\alpha}\lambda\omega\sigma\iota\varsigma$)，在《小伊利亚特》里。这片富饶的土地人尽皆知。强悍的赫克托尔是高傲的埃埃提昂的女婿。被毁者如此德高望重，连侵略者都要屈尊致敬。这个心怀敬畏的阿基琉斯是卷 24 的那位。忒拜的富有名闻天下。从忒拜夺来的弦琴有银制的弦桥，阿基琉斯用它为颂歌伴奏(9.188)。

在同一次征伐中，阿基琉斯说，克律塞斯的女儿也被抢来，与其他战利品一起被带回阿开奥斯人的军营。在诗人的时代已成焦土的著名忒拜取代了未知之地克律塞。[62]忒拜的兴衰存亡成为命运，就像安德罗马克的沉浮生死，布里塞伊斯和克律塞伊斯亦是如此。

如何走到这一步？早至《塞浦路亚》，诗人们就已着手寻求解决方法，克律塞伊斯为访亲去了忒拜，后来这又被继续添枝加叶。这种东西只是蹩脚的杜撰。唯有一点毋庸置疑：克律塞伊斯不是在克律塞被抢的，克律塞斯一如既往是在职的祭司和克律塞的"主人"，何况他还能提供"无数赎金"，能在他完好无损的圣殿用隆重的和解仪式接回女儿。难道他不能在"他亲爱的孩子"被夺走的地方接回她吗？这样和解会与恶行对应。但是不行。

阿基琉斯那句"你是知道的"藏着不可能。这时总有人会说：此处的怎样与何处无关紧要，诗人有权不予理会。如果阿伽门农不费周章地得到她，的确如此。可相反，她被特别强调地称作"荣誉礼物"，她与战斗中劫获的战利品、与一套盔甲或是能转手卖出赚钱的战俘截然不同。无论如何，克律塞斯的女儿一定是在攻城时被俘获的，惟其如此，阿开奥斯人才能把她当作最高荣誉送给他们的国王——我们看到，阿伽门农多么重视她(1.113)！惟其如此，阿伽门农才会要求将士补偿他失去的"荣誉礼物"。此外，赫克托尔告别时讲述的、首卷中暗示的这次攻打忒拜，是阿基琉斯领导的劫掠行动，阿伽门农并未参与，1.366；我们曾攻陷……阿伽门农像平时一样留在军营里(1.226及以下)。攻夺这座"建筑精良的城市"，也属于阿基琉斯在1.165里谴责阿伽门农不劳而获的那类。

在阿基琉斯那句："我们曾攻陷圣城忒拜……"背后，隐藏着情非得已的苦衷。含糊其辞且必须含糊其辞的东西被安排进一种可以让听众放心的关联里。那么就很难回避这个结论：创作首卷时，

赫克托尔的《离别篇》早已存在。攻陷忒拜在其中必不可少,也有详细的讲述,因此接下来会说:

    你,赫克托尔,是我的[63]父亲、母亲、兄弟和丈夫。
(6.429)

《离别篇》有完整、详尽的叙述,阿基琉斯却只是没头没尾地指出某件众所周知之事。这种关系不可能颠倒。该版《伊利亚特》的首卷是最后的创作,其他卷中极其不同的东西被它搜罗进来重新排列,它专注于唯一的主题:阿基琉斯的愤怒。

  布里塞伊斯和克律塞伊斯的命运合二为一,并与忒拜的毁灭联系在一起,这也是为了浓缩主题。反过来试试!我们想象一下,阿基琉斯翻出陈年旧事,首先讲出累斯博斯城市布里撒的陷落和布里修斯的死,又再搜肠刮肚地叙述掠夺克律塞伊斯,不论如何发生,都会出现两段往事,除了都是俘获国王的女儿,它们彼此毫不相干。这种虚构的人为性,这种"仿品",不愿讲明,否则就要讲述两次互不相关的征战,阿基琉斯的愤怒无法忍受这种叙事,它不是这愤怒的表达。

  一部古诗的痕迹如同一隙裂缝,透过它,布里修斯隐身其中的黑暗慢慢亮了起来;相反,克律塞斯起初就在强光之下,可一旦要寻找这种明亮背后经得住推敲的故事,它就会把人引入歧途。史诗插曲的成熟艺术促成他的存在,却令人惊讶地毫不在乎事实性关联。他的过去必须充满矛盾,为了那个规定出他的角色的传奇性动机,更是为了他所捍卫、所代表的主题:人性。

  作为老人和祈求者,他与第24卷里做出请求的普里阿摩斯成为同类。二人境遇的一致甚至体现在文词上。

  普里阿摩斯操之过急的祈求招致危险,阿基琉斯重新被旧仇控制,因此他气势汹汹的回答中回响起威胁,不会听不出,阿伽门农也正是这样威胁着赶走祈求的祭司：

> 免得我在屋里不饶你！
> 尽管你是个祈求者！……

（在屋里，意味着损害宾客权，见 9.640）

> 他这样说，老人害怕，听从他的话。(24.569)

[64]阿伽门农在第一卷中则是：

> 别让我在船边遇见你！……(1.26)
> 他这样说，老人害怕，听从他的话。(1.33)

24.689 同样的头句再次重复："他这样说，老人害怕"。诗句相同是因为，对于二者，年迈的克律塞斯和年迈的普里阿摩斯，在阿开奥斯人军营逗留的危险是相同的，二人都为"祈求"而来。但比起首卷阿伽门农的威胁，卷 24 中成为主导主题的普里阿摩斯的危险增加了多少分量！首卷中只是真正情节前奏的东西，在末卷成为巅峰。

[原注]人们通常记录相似之处，只是去证明卷 24 的晚期诗人依赖于首卷的早期诗人。米尔，页 384："24.560 似 1.32，24.569 似 1.26，24.571 似 1.33；见佩普米勒(Peppmüller)对卷 24 的评注，页 270；24.569 见《奥》14.404 及以下。"米尔和佩普米勒均未探讨动机和情境的相似性。佩普米勒是因为当时这还不普及。然而，只有能够证明，晚期诗人同时参考过请求的克律塞斯的情境才创作出请求的普里阿摩斯的情境，也就是说，克律塞斯的情境给予他灵感，使他发明出末卷普里阿摩斯情境，这些结论才有意义。末卷诗人虽然有普里阿摩斯这个人物，但他还不是请求者。末卷诗人偶然发现了请求

的克律塞斯,于是,围绕着共同主题,请求的普里阿摩斯开始结晶。一个又一个环节迅速扩增,众神集会,宙斯的命令,赫尔墨斯……看啊! 赫克托尔的尸体没有被狗撕碎,而是归还给了他的家人——多亏有赎回女儿的请求的克律塞斯。

作为态度的标志,"敬畏"或"尊重"($αἰδώς$)以及"同情"或"怜悯"($ἔλεος$)是用来"接受"提供的赔偿。因此说阿开奥斯人:

> 他们虔诚地喊道:
> 他应该尊重($αἰδεῖσθαι$)祭司,接受丰厚的赎礼。(1.23及以下)

对祭司的敬畏也同时是对神的敬畏。① 普里阿摩斯也这样请求:

> 阿基琉斯,你要敬畏($αἰδεῖο$)神! 怜悯($ἐλέησον$)我!②
> 想想你的父亲! 我比他更是可怜($ἐλεεινότερος$)!
> (24.503)

24.501、502一字字地重复了首卷12(句末)、13。说到克律塞斯:

> [65]……他来到阿开奥斯人的快船
> 为赎回女儿,带来无数赎礼。

---

① 1.21:"只请你们出于对宙斯的远射的儿子阿波罗的敬畏($ἁζόμενοι$),接受赎礼,释放爱女。"

② 《伊》21.75,$ἱκέτης$[祈求者]就是$αἰδοῖος$[有权要求敬畏的,应敬畏的]。《奥》7.165,奥德修斯在阿尔基诺奥斯面前亦如此。《奥》9.266及以下,奥德修斯在波吕斐摩斯面前也是同样的主题,彼处英雄主题转入童话性质。Von Werken und Formen, S. 82ff. (Ges. Essays z. Dichtung, S. 67)。

普里阿摩斯在阿基琉斯面前：

> 我剩下一个儿子……已经被你杀死，
> 赫克托尔，为了他的缘故我来到阿开奥斯人船前，
> 从你这里赎回他，带来无数赎礼。

在普里阿摩斯为儿子受辱的尸体痛诉哀哭时，相同的话语和概念也得到重复。当然，这起初看似疯狂，很快却通过宙斯的意志化为行动：

> 让我独自去往（作为祈求者）阿开奥斯人的船舶，
> 请求（λίσσωμαι）那个人，无恶不作的残忍之徒。
> 或许他会敬畏（αἰδέσσεται）我的老迈，我的年纪让他怜悯（ἐλεήσῃ），
> 他也有一个父亲，像我这样的老人。（22.416 及以下）

这个看似疯狂的愿望得到满足，阿基琉斯

> 从椅子上跳起，把老人搀扶起来，
> 怜悯（οἰκτείρων）他的灰白头发、灰白胡须。（24.515）

可是，在所有这些地方，人性如果不遭到非人性的对抗，就得不到足够的强调。因此赫卡柏反驳说：

> 要是他看见你，擒住你
> 他那样一个不讲信义的杀人犯，嗜血的狗，
> 绝不会怜悯你，敬畏你。（24.206 及以下）

阿基琉斯的转变出乎所有人意料,但却在很久之前就已经有所铺垫。同一主题在吕卡昂插曲已然奏响:我跪着,阿基琉斯,恳求你敬畏,怜悯我(21.74 及以下)!但用的是相反的兆头,敬畏,还是首先窒息在复仇的怒火下。接着它在赫克托尔的危机和抉择中重复:

> 我决不能恳求着走近他,他不会怜悯我,
> 不会敬畏我……(22.123 及以下)

被奏出的"敬畏"主题,不是某个为《伊利亚特》添上最后一卷的晚期诗人的发明,而是与《伊利亚特》里的阿基琉斯如此难解难分,以至于二者根本无法撕裂。已铺垫很久的东西在末卷得到充分展开。

[66]首卷祭司赎回女儿的请求若不是碰上阿伽门农的强硬,也表达不出它如何强烈地呼吁着人性:

> 他气势汹汹地斥退祭司,严厉警告。

在以"请求"为题的第 9 卷,这种反差第三次出现。为了在此重复相同情境,"请求"(λιται)不是借众所周知的英雄之口,而是由无人认识的福尼克斯说出,这样,再一次,一位请求着的老人对断然拒绝的年轻人说起话来,一位德高望重、需要敬畏的人与他的对立者说起话来,年轻人铁石心肠,可老者的人性、爱、忧虑和父性越来越动人地渗入他,他也就越来越难以心硬下去。此处也有"尊重"、"敬畏"、"崇敬"(αἰδώς),但不再是对请求者,而是对请求本身的化身,对宙斯女儿们的敬畏。此处与"敬畏"对立的也是"心狠"。福尼克斯意味着,在请求英雄的英雄式动机中出现了人性。

我们相信末卷基于首卷而成,理由无非只是,首卷在最先,末

卷在最后。难道不是相反吗？天下最有名的英雄之父会以一位无名者为榜样？克律塞斯没有命运。起初他似乎有，可伤害他的东西又都得到补偿。最后什么也没留下。这是因为，他的重要性的载体不是他自己，不靠他这个人。他之所以重要，是因为他夹在阿基琉斯和阿伽门农之间，盛气凌人的阿伽门农欺侮他，而勃然大怒的阿基琉斯为他说情。

假设普里阿摩斯以克律塞斯为标准，就会发生这样的创作史：一位诗人虚构出插曲般的克律塞斯。第二位则想到，从前者的虚构中还能搞出别的东西。难道不能——多好的《伊利亚特》结局！——让普里阿摩斯，这位白发苍苍的国王，同样请求着，用相同的诗句像克律塞斯那样请求着，出现在阿开奥斯人的军营？他不也是一位父亲吗？让我们用悲剧英雄赫克托尔的尸体取代没有命运的克律塞伊斯！让我们把前辈只是一笔带过的东西浓墨重彩地写出来！从一位不幸的、至此依然面目模糊、从未在伟大情境中被描述过的普里阿摩斯，脱胎出一个轮廓鲜明的形象，一个有血有肉的真正的人！［67］不止如此：他还是世界文学中最伟大的形象之一！看似荒诞不经之事发生了！多亏那个无关紧要的人，他才成为自己。这种闻所未闻的反差多么难得！面对阿伽门农，克律塞斯只是边缘人物。如今却是普里阿摩斯与阿基琉斯对峙！最不可能和解的仇人相遇了！人性的主题多么不可思议地熠熠生辉！克律塞斯不是作为敌人去到阿伽门农那里。阿伽门农没有理由仇恨他，就算有原因，也是他抢了祭司。普里阿摩斯和阿基琉斯却大相径庭！这奇迹太过伟大，它必须有诸神出谋划策才会发生。假设是后辈模仿前人，那么他必须用怎样的眼力阅读！

相反，倘若我们所谓的人性是一位且只是这一位诗人的主题，那么，在一位诗人笔下主题性的东西总会重复就不足为奇。可即便如此，也不能认为该主题悲剧的最伟大的显像晚于它旁枝末节般的露面，从整体上看，就更不能使之从属于请求者克律塞斯没有命运的命运。

另有一点，普里阿摩斯：

> 带来无数赎礼，为赎回赫克托尔，(24.502)

他多么生动！他如何筹措金银财宝，如何设法装车，如何监督套紧牲口！还有和赎礼相关的种种！相反，克律塞斯：

> 带来无数赎礼，为赎回女儿，(1.13，用词相同)

相比之下，他的形象多么粗疏！想必他乘船而至，也许他把礼物放在船上随身带来？对此我们一无所知。在祭司权杖和花环旁，赎礼也很快无足挂齿。后辈诗人也把"无数赎礼"的意义从附属品升级成至关重要的东西？特别是，如果祭司被抢走女儿，她作为"荣誉礼物"被分给阿伽门农，他怎么可能竟还保留着所有其他财产？请求的祭司要承受的所有质疑甚至不可能，都在请求的普里阿摩斯那里迎刃而解。

请求者克律塞斯故事里的矛盾，无法通过严格的分析、细致入微的重构解决。矛盾在构思之中。与《求和》如出一辙，此处的构思亦是矛盾重重。倘若追问身世，克律塞斯这个人物比福尼克斯更不现实。与《求和》一样，矛盾在此换来的好处太大，使人们不敢指出前者。[68]因为，只有越过不可能，诗人才实现他的与众不同。普里阿摩斯和克律塞斯相近，并不仅仅在于同样的年龄，也不仅仅在于赎买这个相同的动机。赎买背后更概括性的东西是："尊敬"(αἰδώς)，不论敬老还是敬神，是一方的"同情"(ἔλεος)、另一方的"狠心"，是强者和弱者、应允者和请求者之间的关系。

在普里阿摩斯的情况中，"尊敬"和"同情"战胜了仇恨。在克律塞斯的情况中，"尊敬"和"同情"遭到拒绝，国王没有发生内心的转变,只是迫不得已才做出让步。阿基琉斯的转变不仅意味着末卷的顶点,也是整部可怕的复仇剧的巅峰。没有这次转折,《伊利亚特》就不会结束。

赫拉和雅典娜

* 从形式上看,英雄之争的高潮由一段插曲构成——正因如此,不乏有学者删去此段。这个高潮通过一次神遣独立成章——奥林波斯系列大戏的第一幕开门见山:

> 雅典娜奉白臂赫拉的派遣从天上下降,
> 这位天后对他们俩同样喜爱和关心。(194)

段末的返回呼应着从天而降:

> 女神随即飞赴奥林波斯山顶,
> 到达提大盾的天神宫中,
> 和众神在一起。(221)

两句诗框起这一段:奥林波斯与人间之事首次穿插。由此暗示的局面就像第4卷开头:谈话的众神俯视着特洛亚,赫拉和雅典娜相邻而坐、同仇敌忾,她们二人同心,出于对特洛亚人的仇恨,或者,出于对阿开奥斯人的喜爱。不可能把首卷《愤怒》纳入一部没有众神场景的《伊利亚特》。

高位之神派遣低位神。宙斯曾派雅典娜"从天上下去"(οὐρανόθεν),帮助赫拉克勒斯(8.365)。宙斯这样派雅典娜从奥林波斯山下去特洛亚人那里,重新挑起已熄灭的战火(4.69及以下)。宙斯这样派雅典娜重新煽动起对帕特罗克洛斯尸体的争夺,

> 她从天而降,雷声远震的宙斯派她来。(17.545 及以下)

[69]这行诗与首卷的派遣字字相符,只是此处是宙斯,彼处是赫拉。宙斯这样派伊里斯去赫克托尔那里(11.185)、去普里阿摩斯那里(24.144),派赫尔墨斯去普里阿摩斯那里(24.336),派阿波罗去赫克托尔那里(15.220)。做出这类派遣的高位神是宙斯。赫拉作为派遣者是特例。此外她只在 2.156 以此角色插手相同的情况。

[原注] 1.208 及以下,赫拉作为派遣者,被泽诺多托斯证伪,195 及以下大概也被证伪(见米尔,页 21)。与此相应,2.156 及以下赫拉作为派遣者也被他一网打尽。他同样删去了 17.545 及以下宙斯作为派遣者。他和他遵从的文献对派遣很是不满。然而,第 17 卷的文本反而没有因为被证伪更加清晰。此外还有 4.68 及以下的相似例证。——首卷中赫拉的第二次插手由她 1.55 及以下的第一次支持。

由于特殊的内部关系,她才成为派遣者,她在这种关系中走向雅典娜,不是因为同类相吸,而是荷马笔下奥林波斯的特殊格局所致。她们曾在所有神明面前发誓(20.313 及以下),7.32 也暗示了此事。她们的誓约和联合针对特洛亚,因此,只要宙斯偏向赫克托尔和特洛亚人,这个组合就会一反雅典娜的常态对抗宙斯。

这种转变的反常也被雅典娜本人充满敌意地明说出来,8.360 及以下,她把责任推给了发疯的宙斯。这种反常的转变是一长串众神大战、阴谋甚至杀戮的根源。同时,二者也联合制敌:对付阿佛罗狄忒,并非奥林波斯山上某个暂态格局使然,而是出于神性和天然的敌意。这种女性之间的矛盾是 3 至 7、14 卷(192)的奥林波斯戏以及诸神相残(21.416 及以下)的根本原因。阿佛罗狄忒是眷顾帕里斯的女神。这是因为她,像人们猜测的那样,是"亚洲女性"? 还是因为帕里斯,如他的裁判故事所示,是让女性倾倒的万人迷？

　　作为阿开奥斯人的城市女神，我们假想给赫拉和雅典娜的"国别"特性是否足以解释二者同时针对阿佛罗狄忒的敌意？了解到，她们的联合是分朋树党的灵魂，是荷马笔下奥林波斯山的动荡之源，足矣。这一点在首卷雅典娜现身时第一次公开。难道贯穿《伊利亚特》全篇的事情，唯独在首卷不成立？虽然尚未表明她们的联合针对什么，可这是因为我们才刚刚开始。[70]开始的标志是，为后文铺垫。难道唯独雅典娜现身不可以有铺垫意义？为什么？因为人们在首卷中寻找着某种与现存的《伊利亚特》无关的、更古老的东西。因为人们相信，伟大一定存在于源头。因为人们认为，王者之争如此伟大，唯有它才配得上古老的、真正的荷马，而《伊利亚特》的诗人、让众神勾心斗角的诗人只会相形见绌。

　　应该改变观念了。伟大向末尾移去。

　　*在奥林波斯戏中，赫拉联合雅典娜，二者同为宙斯对手的戏目构成独立一组。这组戏无法用首卷诗人的突发奇想解释。如果追问传说故事里的背景，那么不难推测，它们与帕里斯的裁判有关。可其他戏目，比如卷14的女神大阴谋，毕竟也基于同一局面，即两位制造事端打压特洛亚的女神与宙斯敌对：卷8共同谋反的企图被扼杀于萌芽，随后是卷14最高女神单独策划、差点成功的阴谋，她狡黠地利用了不知内情的波塞冬的个体行动。

　　已经说过，首卷雅典娜的现身第一次暗示出这种主导局面。

　　只是，这次现身还同时是整场漫长的、愈演愈烈的争执的高潮与核心。拔剑几乎以行动和罪恶终结了口头争吵。拔剑是阿基琉斯对阿伽门农威胁的回答，他要强行把布里修斯的女儿从阿基琉斯营帐中带走。在此危机时刻之前，争吵从遥远的开端和起因，翻山越岭，层层升级，迂回拖沓，渐慢又渐快，阿伽门农的威胁却使事态陡转，直击目标。行文谋篇与内心状态完全一致。我们发现：严格看来，这是双重争执：其一是导入性的克律塞伊斯之争，它长线布局、细密铺垫,其二是关键的布里塞伊斯之争,它突兀、意外、如火燎原。拔剑把它突出为关键的争吵。至此侮辱才致命,至此阿开奥斯人的命运才似乎无可挽回。这时女神出现。现身使争吵具有了使诗人与众不同的那种"几乎"特性。如 2.155"阿伽门农试探军心"[71]——此处救场者雅典娜也是被赫拉派来,或如第 4 卷墨涅拉奥斯打败帕里斯——此处两位女神也作为救场者齐心协力,不论行文还是事态,首卷都与它们如出一辙。

女神现身由争吵的双重动机决定,两种动机汇合后共同流入现身。如果争吵不因克律塞斯的女儿而起,就不会如此意外地跳转到布里修斯的女儿身上;如果没有如此意外地跳转到布里修斯的女儿身上,阿基琉斯就不会如此失控,他已经宣誓随军效忠阿伽门农,却险些犯下弑君之罪,现在居然坐视阿开奥斯人遭受灭顶之灾,留在军营里!返航回乡这个动机里的"几乎",1.169 与 9.356《求和》是同样一句"然而现在"(νῦν δέ);可《求和》在此达到高潮,动机本身被洋洋洒洒铺陈开来,淋漓尽致地描画出离开的种种后果——357 和 429 两句诗里的"明天"被怎样一再重复!此处虽然语言上与《求和》相似,同一个动机却只是为了减速,如同暴风雨前的停顿,这个不真实的、掩人耳目的"几乎"只是先行一步,灾难性的、真正的"几乎"紧随其后——这里只是预备,在此之后争吵才会到达巅峰。

直至这个预备阶段,还是在为克律塞斯的女儿而争。阿伽门农似乎已经放弃,允许反抗者离开:

> 我可不在意,也不理睬你的怒气。
> 这是我对你的威胁。

——这时引向巅峰的动机开动了。(如前所述,不乏考据者证伪该动机。)

拒不从命和返航离开的动机在何处更早？《求和》？还是《愤怒》？或者，我们不能这样问？在《求和》里它毕竟是中心，而在此处《愤怒》中却是次要的。在此，该动机和弑君同时被女神的现身扭转，《求和》中扭转局面的则是老福尼克斯打动人性至深的话语。两种情况均达成妥协，两种情况的妥协均是等待或是继续等待。两种情况的等待各有其目的，第一种是要等来阿开奥斯人的灾难，第二种则是要等到派出帕特罗克洛斯。阿开奥斯人的灾难和派遣帕特罗克洛斯被分开，[72]两重灾祸被拆分成一次暂时困境和一次主要危难，这是彻底展延（eine Zerdehnung）的结果，这点以后还会再说。

《伊利亚特》考据习惯于不加考虑地把最完美的东西放在开头。它相信，伟大的诗人荷马是根本。《愤怒》理所当然属于最完美的篇章。考据草率行事，并不追问动机。从动机出发却表明，《愤怒》错综复杂，是后续发展出来的，为时较晚。它吸收的东西如此众多，所支配、利用者如此丰富，围绕着一个新中心集中起如此多样化的林林总总，如此擅于统合矛盾、掌控对立动机的冲动，相形之下，其他只着眼于事件的部分就太简单、太线性，从发展阶段上看太初级了。

我们看到，比如，第8卷如何毫无纠葛地由一件事引出另一件，人世之战的场景——赫克托尔战胜阿伽门农，和诸神之战的场景——帮助赫克托尔的宙斯对抗支持阿开奥斯人的赫拉和雅典娜，交替进行，彼此相应，互不侵犯，一幕幕场景、一个个情节简单地轮流出现，原谅我这样说，一切都程序化地进行着，只需一首短歌就能解决整整一天的战斗。第二个战斗日按部就班地发展，没有冠之以中心，没有通过插曲升级，没有值得一提的减速。天上地下的阻碍都被干脆利落地一一排除，没有任何反弹而直达目标：赫克托尔，"宙斯的宠儿"，作为战场上的胜利者，在阿开奥斯人军营前如入无人之境。次日，因为一切都涌向他，在挫败各种抵抗后，战斗会打到船边。相对简单、线性,然而水平极高,进展迅速,第16卷《帕特罗克洛斯篇》本也如此,但它的中心铺陈开长长一段,如同隆起昏暗的山脉,行文以神之悲剧的形式减速,宙斯为他的儿子萨尔佩冬哭泣,洒下一片濛濛血泪。

　　卷8的情节要求赫拉与雅典娜联手。宙斯为实现自己的意志,必须挫败她们两者的阻力。宙斯打破阻力,战场上的赫克托尔、当日"宙斯的宠儿",就会一直是胜过阿伽门农的赢家。首卷中女神现身时,直接认定两位女神同心协力,没有另做说明,对剧情来说这也无关紧要。对于剧情,只要雅典娜[73]从天而降(οὐρανόθεν),站到阿基琉斯身后,按住他的头发就够了。听众可能意识到,赫拉作为发出派遣的高层神明,也许与曾让阿基琉斯萌生念头,召集将士开会的启发性角色暗中相关。但此处不能也不应该给出明确的关联,更遑论前后因果的衔接。两位女神之间的联合缺少目标、对手和阻力。第9卷中老福尼克斯提及女神的联合时,已经预先说明了此事,与之相比,此处提到女神的联合只是暗示、铺垫,如谜题一般,没有后文就无法理解。

　　何者更早?第8卷中两位女神的联合还是首卷里她们的联合?如果认为,这两卷基于同一种背景情况,那么再一次,毋庸置疑,卷8因为有奥林波斯之争的一幕,比首卷更近于这种基本情况。

调　　停*

　　* 战利品之争不是在分配战利品的当时而是后来爆发,因此它成为一次回顾。它也同时获得更高意义:成为一场关于敬和不敬的争吵。涅斯托尔起身——像通常一样,作为"劝谏者"。他证明自己可以充当劝谏者,并毛遂自荐。他曾作为劝谏者受到强大得多的上一代人的重视!他把自己介绍成历经几个世代的奇人,

而不是《伊利亚特》的诗人才成就了他。这场争吵中他也以此身份出现。自我介绍，意味着，此处他首次登场。作为劝谏者，他必须在此成为裁判、调解人。仲裁法庭对调解人的角色素有规定。作为裁判，他要在对和错之间，此处也同时意味着：在敬与不敬之间权衡。他的权衡最后通过比较句里的平行性表达出来：

> 你虽然更强大，而且是女神所生，
> 他却更可敬，统治着为数众多的人。

他力求公正，却毫不怀疑，面对高位之人，阿基琉斯是攻击者、侵犯者：

> 宙斯赐予光荣的掌握权杖的国王，
> [74]不是同等地位。（278，亦即，更尊贵）

［原注］我不太理解人们对 279 行的不满。当然，不止阿伽门农，他们全都是"执掌权杖的国王"（见 2.86）。但不是不能说，"由宙斯赐予光荣的掌握权杖的国王"位列所有其他人之上。只有当人们把"这位国王"理解为"一位国王"，这行诗才可疑。里夫（Leaf）和米尔（页 24）这样认为。马逊（Mazon）也是。但 277 行再次说到"这位国王"。没有可信服的理由，把论据理解为泛泛的格言体。这样 281 行的矛盾也消失了，它就是对 279 行进一步的解释："他统治着为数众多的人。"——里夫把"不平等"理解为：与普通人十分不同。倘若他如此，那阿基琉斯怎么办？

要比较的是阿基琉斯和阿伽门农，阿伽门农也做过相同的比较，且用过同样的话："勇敢"、"强大"、"没有哪一位"当时就出现过。

280：你虽然非常勇敢，而且是女神生的。

比较 178：你很有勇气，这是一位神赠给你。

281：他却更强大。

比较 186：我比你强大。

278：还没有哪一位。

比较 187：别人也不敢。

涅斯托尔的发言引用了阿伽门农的话，他认同阿伽门农的权利，但并不认同他有权带走布里塞伊斯。这却恰好是 185 行及以下字里行间的意思。还有进一步的关系。阿伽门农援引宙斯为自己的"荣誉"作证。涅斯托尔在 279 行充分证实了他的论据。即使涅斯托尔的话不属于写出吵架词的诗人（米尔、贝特等这样认为），那么这位诗人也一定理解了吵架词的意图。再则，由于阿基琉斯最初讲话就比阿伽门农攻击性更强，涅斯托尔的话与吵架词一致。

虽然涅斯托尔希望阿伽门农不要夺取阿基琉斯的"荣誉礼物"，也就是说事实上阿伽门农错了，可指责却落到阿基琉斯头上：责备他

暴力，好斗，骄矜易怒（ἐριζέμεναι, ἀντιβίην, χόλος）

相反，阿伽门农却只是被请求息"怒"（μένος）。

作为被授权的劝诫者，涅斯托尔以恳请结束了他的调解词（"就我而言……"——好像应该补充：也许别人会做他们想做的），虽然他敬重阿基琉斯是"阿开奥斯人的堡垒"①，最后却是在批评他。据此看来，虽然事实上阿伽门农让了步，可阿基琉斯才应是让步的一方。[75]这是"混乱"吗？

[原注]米尔就这样认为，他把涅斯托尔的话，还有 245 行以下的全段都推给了他的诗人 B："涅斯托尔用远古时代极力贬损阿开奥斯英雄根本就不合理（这是一种历史判断吗？），他在拉皮泰战斗中的角色含糊不清，建议混乱

---

① 米尔，页 24 推测，ἕρκος Ἀχαιῶν[阿开奥斯人的堡垒]最初是为埃阿斯所造，也就是 3.229。这句套话被用得越来越频繁，但此处πολέμοιο κακοῖο[属于坏的战争]赋予它特殊意义。涅斯托尔预事悲观。对于 2.80 阿伽门农的胜利之梦，他也不是没有疑虑。

不堪:特别是,如果阿伽门农应当把布里塞伊斯留给阿基琉斯(275行及以下),后者就不会被劝说不要与阿伽门农争斗。"

考虑到说话人的年龄和性格,即使不能称这番话为外交辞令,也应该看出其中的委婉含蓄,更何况对峙双方明显都太不客气。如果阿基琉斯一开始就毫无理由地攻击上级,他又怎能期待偏向他的迁就?

* 没有调停,就看不出双方如何收场。结束争执需要双方表态。阿伽门农最后对涅斯托尔说话,认同他,把他强行拉到自己一方,——没有听出他的本意。阿基琉斯似乎油盐不进,仿佛涅斯托尔并不存在,对阿伽门农吼出他的最后斥骂:

> 如果不管你说什么,我在每一个行动上
> 都听命于你,我就是懦夫和无用的人。(1.293及以下)

——可在涅斯托尔为他说情后,他不再捍卫自己的权利,反倒突然把一切都甩给阿开奥斯人,威胁着在想象中结束了发言:

> 还有一件事告诉你,你要记在心上:
> 我不会为那个女子同你或别人争斗:
> 你们把她给我,又把她夺去!
> 可我的其他东西,你休想抢走。
> 如果你想试试,那就让大家知道:
> 你的黑血很快会流到我的矛尖上!(1.297及以下)

另一次抢夺从何谈起?威胁虽然可怕,可根本就是虚张声势。

尚无人关注过《伊利亚特》中的想象。显然,此处想要表现阿基琉斯的矛盾——这不是他唯一的矛盾。

"还有一件事告诉你"(297),这种转换话题的常见形式包藏着言行不一,它使阿基琉斯最后的发言如此明显地自相矛盾,如此地阿基琉斯。二人均宣称无法忍受对方的自负。阿伽门农坚持到底。阿基琉斯的放弃出乎所有意料,他竟——并非话语上,而是事实如此——成为他断然否认的人:在他说过的所有话之后,这几乎是自取其辱。对于阿开奥斯人更糟糕!如果他坚持自己的权利,就会继续帮他们!

[76]不论是否认可这种退场——多数人认为不好,该现象的重复就反驳了对结尾想象的指责。9.46及以下,狄奥墨得斯:

> 就算所有阿开奥斯人随你(阿伽门农)返乡,
> 我和斯特涅洛斯两人将一直战斗,
> 直到攻下伊利昂。

想象绝无可能之事的修辞手段另见于16.97及以下,阿基琉斯的话最后:

> 天父宙斯啊,还有你们,雅典娜和阿波罗,
> 但愿所有的特洛亚人能统统被杀光,
> 阿尔戈斯人也一个不剩,只留下我们,
> 让我们独自取下特洛亚的神圣花冠。①

这意味着,让所有人都相互残杀吧,只留我们作为胜利者!如果威胁性的退场出自晚期诗人,在他眼前浮动的显然就是诸如此类的

---

① 米尔认为,9.46及以下出自诗人B,是对诗人A所作的16.97及以下的模仿。狄奥墨得斯着眼于预言的目标,肯定、坚持战斗,哪怕只有朋友一人相伴;阿基琉斯敌人般诅咒自己人,他只在乎他和他朋友的名誉。即使9.46及以下是模仿,也绝非表面功夫。

收尾。形式上匹配更准确的是 8.18 及以下宙斯的威胁,他以此结束了对奥林波斯众神的斥骂:

> 你们这些神前来试试,就会清楚!

在黄金索这种毫不血腥的威胁(因为诸神永生)中,想象一点也不少。艺术评判说这是"怪诞的夸口"①。埃斯库罗斯则感受不同。他在暴虐与仁慈的矛盾中——因为宙斯立刻收回他的话——辨认出神性的本质。由于这番话是在影射提坦之战,诗人一定在这种天下大乱的威胁中感受到某种与之同源的、古老的东西。对于诸神的神话,我们知之甚少,无法做出风格上的判断。宙斯本性中的矛盾却不只这场戏独有。

* 为了给涅斯托尔的劝解创造空间,需要一种窘境,需要陷入僵局。7.123 刻意营造出这种窘境。在墨涅拉奥斯被说服不与实力悬殊、比他强大的赫克托尔决斗之后,似乎再也无人愿意上前。涅斯托尔在此处开始的谴责,与 1.245 及以下如出一辙:

> 哎呀呀($\ddot{\omega}$ πόποι)……
> 沉重的悲哀落到了阿开奥斯人的土地上……(7.124)

第 11 卷《帕特罗克洛斯篇》中生死攸关的巨大无奈早已被细密铺垫,涅斯托尔正是在那种绝境之中开始了劝谏、举证,[77]以通过帕特罗克洛斯说动阿基琉斯。9.96 及以下《求和》的建议同样如此。我相信,不会看错,首卷中两人的口角也以相似的进退维谷之

---

① 由于米尔(页 145 及以下)认为这部分是诗人 B 所作,此处就免不了要问,谁模仿了谁。

境为目标。阿基琉斯在郑重其事地发誓强调他的拒绝后,坐下来,把嵌着金钉的权杖扔在地上,放弃了。他的誓言:"将会如此",凝固了局面,意味着他再不能回头。另一边阿伽门农依然怨气冲天。情势陷入僵局。到了涅斯托尔出场的时候。他从会众中起身,强调不偏袒任意一方,涅斯托尔,"从他的舌头上吐出的语音比蜜更甜"……

> 可悲啊,普里阿摩斯若得知,会是多大的胜利!

他回忆了战争,因此此处的哀呼就比 7.125 及下文更自然、更符合情境:

> 佩琉斯若听说,会怎样诅咒他的生命!

此处是高兴的普里阿摩斯,彼处是恸哭的佩琉斯。可谁会在第 7 卷自然而然地想到佩琉斯!首卷的思路离战争多近!第 7 卷的跑题是涅斯托尔主题的变形,伊利亚特的英雄一代不如一代;为了这个主题,涅斯托尔才与佩琉斯成为年纪和思想上的同代人。这段发明目的无非如此。首卷从涅斯托尔口中说出了这种情况。

把涅斯托尔的历次发言推给晚期的另一位诗人,并将其从原始文本中分离出去,虽然看似容易,但若如此,就必须同时去除那些为了让这番话被讲出来而设置的情境,这可就挖得深了,太深了。即使在首卷,让原版《愤怒》持续到涅斯托尔出场或到第 244 行结束,或者说它是后来被晚期诗人续写的,也绝非一了百了之法。涅斯托尔指出应该如何与一位阿伽门农讲话,阿基琉斯坏了什么规矩,这种失礼在第 122 行就已经明显可见,那么就不得不问,是否连这句诗也必定是扩写者加上去的。另外,不会看不出,在第 244 行,争吵双方都已经下不来台。若要相信,一位早期诗人貌似偶然地把这种情境交到后辈手中,以致后面的年轻诗人能欢呼说:"太好了！这简直就是为我的涅斯托尔设计出来的!"就是在相信一种无心插柳柳成荫的理性,这严重违背了分析派素有的怀疑态度。

[78]＊涅斯托尔对马人和拉皮泰人的回忆使他成为几代人的奇迹,这就是他的史诗角色。神话范例在他的回忆中浮现,没有这种范例,劝词就失去味道。涅斯托尔就是他回忆中活生生的上古时代。上古的神话意味浓于现世。如果荷马时代的诗人用传统诗句告诉我们,当时的英雄比现世强大多少,那么荷马时代的英雄与前世相比也是如此。涅斯托尔在此追溯的上古传说不是随随便便的一部,而是根据他劝诫的内容,根据他的 boulé[建议]有所选择。他在 boulé[建议]中权衡"更强大者"和"更优先者"的尊贵和权利,因此涅斯托尔的范例中用来比照争吵者的是那些比现世之人"强大得多"、"尊贵得多",那些与森林中的怪兽交战、可怕地消灭它们,却通融事理、愿意听涅斯托尔话的人。"事理"和"遵从"(συνιέναι, πείϑεσϑαι)是相连的主题。① 此类从范例到运用的过渡也见于 9.513 和 600。

在拉皮泰人和马人的传说中,从来没有出现过涅斯托尔,因此诗人杜撰说他被邀请加入他们,"独立"参战。神话学家们也许会诟病这是 Autoschediasma[即兴创作]:诗人也是"独立"创作。以此惊世骇俗,他大概很是满足。

在所谓的《涅斯托尔篇》(*Nestoris*)、第 11 卷那大段的插叙

---

① 米尔(页 24)在首语重复的话中找到诗人 B 的风格,比如 266 及以下的 κάρτιστοι[最强有力们],273 及以下的 πείϑεσϑαι[被劝服,遵从]。但是,如果愿意,也能在 214 和 218 注意到 πείϑεσϑαι[被劝服,遵从]的同一种游戏。另见 217 和 274 行尾格言式的 ἄμεινον[更好的,更卓越的]。卷九阿基琉斯话中的文字游戏,比如 422 行(16.457 套话的讽刺)。

中,涅斯托尔的回忆也追溯到神话时期,使我们进入了奥革阿斯、赫拉克勒斯、摩利昂兄弟的年代。少年涅斯托尔杀死奥革阿斯王的女婿,夺走他的一匹快马,大概也和首卷中他结交拉皮泰人之旅是同样的"即兴创作"。此处的少年回忆也有范例的性质。① 涅斯托尔最后用他对公共事业的投入对比阿基琉斯只顾自我的漠然,却也同时转向帕特罗克洛斯。此时,不只是阿开奥斯人的绝境推动着帕特罗克洛斯,[79]同时还有他对首次建功立业的不可阻挡的热切渴望——召唤他的声誉的魔力。毋庸置疑,两段出自一人之手。

*《伊利亚特》开篇讲的是,阿开奥斯人最伟大的救助者如何在集会过程中变成他们的头号大敌,展现此事的诗人因而成为一场英雄之争最伟大的讲述者,但却并不能说,他发明、创造出英雄之争的动机。

争吵和军队集会的典型例子在第9卷开头。此处,领导者和军队、阿伽门农和狄奥墨得斯之间即将出现灾难性的分裂。阿伽门农想让军队上船,狄奥墨得斯拒绝服从。权威摇摇欲坠。对于阿基琉斯的愤怒,全军沉默无声。狄奥墨得斯却赢得一片欢呼。首场争吵中"强大"和"地位"的对比,与此处坚定($ἀλκή$)和王权("权杖","尊敬")的对比呼应。狄奥墨得斯虽然在形式上比放肆的阿基琉斯更得体、更克制,但尖刻的指责仍还是脱口而出。他的抗议如此激烈,竟以毫无可能之事修辞性地结束发言:

> 就算所有人都逃走,
> 斯特涅洛斯和我也将一直战斗,
> 直到神预言的结局。

---

① 见莎德瓦尔特,《伊利亚特研究》(*Iliasstudien*),页83。

此处的僵局也一定要看似无路可退，涅斯托尔才能介入调停。此处涅斯托尔也批评了年轻人，此处也不乏对他的褒扬，此处也是以长者自居。然而，此处，他在长老会上才说出意见。他在小圈子里回忆了首卷那场争吵。可以说，诗人在此自己解释自己，这种地方并不多见。涅斯托尔重提起自己，诗人也就重提起自己。这时表明的是：我们一直听得不够仔细！此处，涅斯托尔虽然用更隆重的敬意柔化了他对阿伽门农的批评，却更加直言不讳。全军集会中无法公开的东西在长老会上才有可能说出。涅斯托尔说着话，好像狄奥墨得斯根本不在眼前。要说的只是阿伽门农，按他自己的解释，他私下对阿伽门农的批评，也是第一场争吵中他指责阿伽门农之处，现在亦如当初（105）。他坚持这一点：

[80] 自从你夺走阿基琉斯的布里塞伊斯，
那件事并不合我们的心意。
我曾再三劝阻你，
可是你却顺从你的高傲的精神，
不尊重天神所重视的最强大的人，
把他的荣誉礼物夺走，据为己有。

当时涅斯托尔可没有这样直白！此处我们得知，他那番话到底意味着什么。我们得知，顾及到最高统治者的尊严，他当时说话有所保留。阿伽门农呢？泥于形式上的委婉，没有听出事实；执迷不悟到认同谴责自己的人，甚至赞许他，以阿基琉斯的自负无法忍耐为由为自己的行为辩护。我们也有理由从阿伽门农的回答中听出他的"错"（ἄτη），就像他现在的事后承认，就像我们现在了解到、他的话里暗示出来的，他没有听出事实。同时我们知道，1.284 说"战斗危急时全体阿开奥斯人的强大堡垒"不只是为安抚阿基琉斯，而是警告和预见，意味着：没有阿基琉斯，阿开奥斯人将万劫不复。

可当时,这句话也不是对本应联想到自己的阿伽门农,而是对阿基琉斯说的……

在这里,我似乎看到有人不屑一顾地耸了耸肩。怎么会?一个诗人,解读自己?只有能翻回去看的地方,自我解读才有可能。听到第 9 卷的人,怎还会记得首卷的微妙之处?吟诵者只塑造当下瞬间,需要什么就创作什么。自我解读这种想法把自由奔涌、针对听觉的史诗限定为书面文字。

自我解读也许不是完全贴切的词。许多情况的确是即兴创作,但这并不触犯整体上的构思布局。事实是,此处的第二场争吵反照出首卷那场,这种映照呈现出已在首卷中明示出来却被我们新近的阐释者忽略的东西。这也并非是首卷的唯一镜像。不久之前,狄奥墨得斯在 9.35 提到第 4 卷中阿伽门农对他的指责(4.370),当时他没有作声,如今大功在身,他驳回了那种诋毁。他重又忆及的那次中伤之所以被写出来,就在于以后将被纠正。现在恰恰相反,真正有胆量的人不是阿伽门农,而是狄奥墨得斯!因此也不能否认,首卷中涅斯托尔的话,[81]目的就在于将来得到证实。这种比照并非由我们强加进去,而是本来就在话中。

另外我感觉,我们争论的好像不是地方。如果《伊利亚特》确乎是若干诗篇拼合而成,如果其文本确乎显示出两个创作期,那么晚期的诗人一定会逐字逐句、极其细致地解读早期诗人,其细致程度绝不会亚于作为当代荷马吟诵者、计划写作阿基琉斯故事的歌德,否则《伊利亚特》根本不会完成。

＊相同模式的争吵还有战车竞赛时打赌者的输赢之争,23.456 及以下。起因越是微不足道,发酵得越是危险,看赛者以热情作证,他们对比赛相当认真。现实基础消失了,受辱的伊多墨纽斯点名让阿伽门农做裁判,虽然此处双方的挑衅和回击只在两人之间,不像布里塞伊斯之争关涉第三者,但情绪不断升温,亦直逼灾祸。这场争吵也同样设置成,调停者在高潮的一刻介入。此

处的调停者是庆典举办人阿基琉斯。区别在于,以涅斯托尔的重要身份未能成功之事,阿基琉斯却毫不费力地做到。阿基琉斯作为庆典举办者果然位高权重。如此安排是为了使他这个人不会消失在分散注意力的比赛之后。

与此遥似者,还能指出第 9 卷的《求和》。求和与英雄之争虽然从内容上看相差甚远,可阿基琉斯的狂暴戾气重回到当日斥骂的老路上,曾经的指责:欺骗、傲慢、无耻、狗的脸面、妄想,全都变本加厉地重复了一遍(370 及以下),在对"愤怒"的坚持中,斥骂到达顶点,进入与首卷中争吵结束时相同的情况(426)。窘境、僵局如出一辙,在调停者介入之前,争吵的场面总要激化至如此地步。此处的斡旋者是福尼克斯。无论如何也猜不透,为什么作为阿基琉斯的随从,他不留在阿基琉斯身边,而是去了阿伽门农那里,他似乎是从舞台的地板门下面突然升起亮相,显然,裹住福尼克斯的谜团是由分配给他的调解人角色决定的。和涅斯托尔一样,他也处于争吵双方之间。涅斯托尔通过年轻时代的回忆证明自己有资格充当阿基琉斯的劝诫者,同样,福尼克斯也通过他的生活经历自证身份。另一方面,[82]阿基琉斯埋怨他偏袒阿特柔斯的儿子(613),如果涅斯托尔没有预见到,这位老人比其他人更能解决阿开奥斯人的事情,也不会在奥德修斯和阿埃斯之前首先推荐他。像涅斯托尔劝诫、调停辞中的神话范例一样,他作为调停者和劝诫者,也恰如其分地举证了墨勒阿格罗斯的故事。涅斯托尔被他选择的福尼克斯超越,劝诫者被养育者超越。福尼克斯犹如涅斯托尔和喀戎的合体,一个升华的、至善的、化为体贴至亲、化为慈爱幽灵的形象。若不从舞台的地板门中升起,他的奇迹又应从何而来?

最后还有 1.539 及以下的诸神之争。此处对峙双方也是两位。此处决裂和窘境也到达巅峰——"宙斯宫廷中的众天神心里感到烦恼",这时调停人登场。

如此看来,说布里塞伊斯之争无需调停人就可以结束的假说,很难站得住脚。否则就必须认为,第23、第9、第1卷后半部分的诗人发明出一种吵架模式并轻车熟路地使用了它,一位缺乏理解力的吟诵者却无视那场贯穿整部《伊利亚特》的大争吵的宗旨和本文,强行把这种模式从外部加入其中,而可供他支配的调停者只有涅斯托尔一个人。一场没有涅斯托尔的争吵该如何收场?对于这个问题的答案,只会寻而无果。

调停可以成功,但失败时它也有意义。它在次要的争吵中成功,却在第1和第9卷的大场面中失败。如果因为调停失败就说首卷涅斯托尔的发言画蛇添足,那么这场争吵就耗尽在对话之中,就会缺少共鸣,缺少涅斯托尔所代表的纵横捭阖——《伊利亚特》的英雄们也构成社交圈子,尤其会缺少那种徒劳,我们看到,第1和第9卷之间的最紧密、最必要的联系就是这种白费力气。一言蔽之,这场争吵就失去效力。一场没有调停声音的政治之争只算是半场;一场完整的争吵中包含着调停,就像命题中包含有反命题。

祭 品

[83]阿波罗是要求赎罪的神。他在末卷中为死后受辱的赫克托尔争取"同情"和"敬畏",也在首卷中为他受到讥嘲的祭司索要赔偿,纵观全局,这并非无心之举。脱离史诗传统,他被径直抽出膜拜场,反其道而成为播散瘟疫之神——我尚不知第二例。因为他,这场瘟疫也被烙上神性,使克律塞斯-事件自始至终与众不同。借由神性,我们称为现实的东西也随之开始。作为军中大难,奥利斯的灾风和饥荒(埃斯库罗斯《阿伽门农》187)或许是军营中瘟疫的前车之鉴。众多历史实例可证明,瘟疫会在长期僵于围城的军队中爆发,对于我们的概念,神话(Mythisches):

有的放矢的神明和他弦声骇人的弓箭,

与"现实"(Reales):

一层又一层焚化尸首的柴堆,

合而为一。播散瘟疫之神被呼唤为"灭鼠神"(Smintheus),他以此身份被特洛亚崇拜;祈请他时提到他曾经的祭拜所、神圣的基拉,在斯刻璞西斯的德米特里乌斯的时代(公元前2世纪)还能在埃德雷米特湾的忒拜附近看到残迹;整场克律塞斯-事件因这两处提示落入该地区近旁,《伊利亚特》的诗人自有其特殊理由偏爱这块舞台。①

祭司报复的祈祷(42)与他隆重的消除疫难的祷告(456)在用词上一致。这个铺陈如此之久的宗教动机被面面俱到地讲到底,直至那个对阿开奥斯人好、对阿基琉斯坏的结局,详细到有人对此种繁冗大为不满。和解的阿开奥斯人在克律塞唱出颂歌,对应着他们之中被孤立者的愤怒以及随之出现的阿基琉斯和忒提斯损毁达那奥斯人的密谋。[84]此日结束于两个阵营鲜明对立的局面,这在《伊利亚特》中并非孤例。从文本中切除献祭是太猛烈的疗法,把本应治愈者弄残。亵渎与赎罪互为指证。

卡尔卡斯预言中的可能语气(100)已经暗示出和解有望。按照卡尔卡斯的请求,通过送还女儿和百牲祭,希望就会成真。动机自有其必然的结果。先知的话要求兑现。预言如不能即刻现示,

---

① 斯特拉波 13,页 612 及以下,亦即德米特里乌斯认为,当时忒拜附近一处叫基拉(Killa)的地方有阿波罗的圣地基拉奥斯(Killaios),发源于伊达山的基拉奥斯河即在此入海,基拉昂(Killaion)山坐落在伽尔伽拉(Gargara)和安塔德罗斯(Antadros)之间,圣地旁有基勒斯(Killos)的坟冢。德米特里乌斯推测,基里克斯(Kilikes)之名或许与此相关。

忒瑞西阿斯该怎么办？卡尔卡斯在奥利斯时又该如何？第六卷中先知赫勒诺斯的指示，要祭拜雅典娜并对她发愿，也被当场付诸实施。479及以下：远射的阿波罗给他们送来温和的风……与488及以下：他却，满腔愤怒，坐在快船旁……又怎会不是相互应答？通过献祭情节，阿基琉斯才明确成为格格不入者。

从304行起，争吵结束，转入后果，因为有两个原由，此后也是两线剧情并行。神和世俗的动机在戏剧化的纠葛中交错牵缠，随着风波渐渐平息，它们再次分路而行。304及以下的诗行引入这种分离：

> 这两个人斗完口角，
> 就站起来，解散了船边的集会。
> 佩琉斯的儿子带着墨诺提奥斯的儿子
> 和伴侣回营帐，到达他的船旁。
> 阿特柔斯的儿子则把快船推下海，
> 挑选二十名桨手，让人把敬神的百牲祭品
> 牵上船，把克律塞斯的女儿带上船，
> 由足智多谋的奥德修斯担任船长。

（作为领导者的奥德修斯被最后提到；倘若在如此强调他的提名中停下，就会违反史诗常规。）

> 这些人上船，扬帆在水道上面航行。
> 阿特柔斯的儿子命令将士沐浴洁身，
> 他们就沐浴洁身，把脏水倒在海里，
> [85]然后向阿波罗敬献隆重的百牲大祭，
> 在荒凉大海的岸上焚烧纯色的牛羊，
> 浓浓的香气随烟飘上高高的天宇。

> 他们是这样在营地上面忙忙碌碌,
> 阿伽门农却没有停止他起初威胁阿基琉斯的争吵……

接下来抢走布里塞伊斯成为始自前面分岔点的平行剧情。若如此,就很难想象,在聪敏的奥德修斯的领导下,载有克律塞伊斯和百牲大祭的船从此会被丢给命运,不再被追踪重提。涉神之争的结局、向阿波罗请罪,构成外框,世俗之争的结局被嵌入其中——结束,却是新的开始。在剧情分岔这种不显眼的时机首次提及墨诺提奥斯的儿子,实则是刻意的轻描淡写。提名以此形式成为目标明确的伏笔,不久之后他就会得到命令:从阿基琉斯的营帐中把布里修斯的女儿带出来交给阿伽门农的两位传令官。愈是不显眼,后面就愈发意味深长,此处亦然。用世界文学的伟大范例研究小说技巧应该不会吃亏。

过渡环节看似无足轻重,却统一起后续若干走势各不相同的事端。其中之一是克律塞的献祭。阿伽门农在全军集会结束后下达了双重命令:其一是派出请罪船去往克律塞,其二是在海边沐浴洁身并敬献百牲祭。这两件事同时进行;同时得到执行的还有阿伽门农的第三个、灾难性的命令:交送布里塞伊斯(直至 430)。交送被框架在下令出航和船只到达克律塞之间。由于沐浴洁身不是消毒,而是敬神行为,因此阿伽门农会信任卡尔卡斯安排此事,正如安排船只出航也是出于对他劝告的信任。但他不可能,如果我们想较一次真,在同一刻就含蓄地宣布:瘟疫停止了。就在刚才,集会前和集会期间,焚化尸首的柴薪烧了一层又一层,集会一结束,瘟疫就过去了?[86]那会有什么好处? 如果命令意味着阿波罗和解了,那么就是凡人在决定神何时息怒。

[原注]米尔和其他前辈不这么想:"某处当然说过阿波罗原谅了。但很含蓄,312 及以下,阿开奥斯人洁身沐浴就是以瘟疫的停止为前提(Heimreich & Finsler16; Leaf I², 1; W. Arendt, *Die typischen Szenen bei*

Homer, 1933, 65. 3）。97-100 卡尔卡斯要求、147 阿伽门农准许送还克律塞伊斯和供奉百牲祭,阿波罗因此原谅。补写者、那位《伊利亚特》的诗人没看懂,所以又加上了(在克律塞上演的)一幕。"他们认为,瘟疫在集会期间就戛然而止,暗示一下就够了。

起初并行的路,分叉得越来越远。在足智多谋的奥德修斯领导下补偿对祭司犯下的错,用谦恭有礼的话把女儿送还给父亲,年迈的祭司与阿开奥斯人精选的青年队伍一起滴水不漏、按部就班地完成赎罪仪式,这一切越是细致认真,神明就会越仁厚地满足祭司结束瘟疫的祈请,献祭后的欢宴、欢宴后的颂歌越是欢欣鼓舞,阿伽门农对阿基琉斯已成事实的冒犯就越是生硬粗暴。可阿伽门农没有停止争吵(318)。给两位传令官的任务对应着奥德修斯的任务:

> 你们到阿基琉斯的营帐里,
> 抓来那美颊的布里塞伊斯。
> 要是他不肯交出,我就要亲自带着更多人去捉拿。
> 那样对他就更不利。
> 他严厉地命令他们,

(与开头 25 行对待克律塞斯如出一辙)

> 他们不情愿地离去……

他们灰心丧气,出于对国王的"敬畏"($αἰδόμενοι$)说不出话。接下来事态反转,再次出现了意想不到的问候:

> 传令官,欢迎你们到来,
> 宙斯和凡人的信使!

帕特罗克洛斯随即执行交送,他们在众神和凡人面前作证,有朝一日灾难降临阿开奥斯人时将想到此事……

  和他们一起到达的是那个不愿意的女子。
(此处不是至少也有点刻意地轻描淡写?ἀέκουσα[不愿意],这个词里难道别无他意?)
  阿基琉斯却在流泪,远远地离开他的伴侣……

另一边是宽恕、和好,这一边却是茕茕孑立,自此之后则是孤身一人对抗所有人。孤立者在母亲面前概括了他的命运,从出生到即将到来的大限,对她、也对自己复述出直至此刻的诸事因缘:

  阿开奥斯人正用快船把那女子(克律塞伊斯)送往克律塞,
  还带去献给阿波罗的礼物,
  传令官从我的营帐带走了布里修斯的女儿。(389及以下)

两路分道扬镳的剧情被指示得再明显不过。剧情的分离在母子一幕结束之后又被重提:

  [87]……他们把她强行抢去
  ——奥德修斯却到达克律塞……(430)

  [原注]考据说,这绝无可能,两件事根本不相应,如果相应反倒更糟糕,因为奥德修斯到达克律塞是基于一个歌手的误解,他不明白,308及以下已经暗示出必要的一切……

那边是奥德修斯和被他感动、祈请阿波罗的祭司，这边是阿基琉斯和被他说服、恳求宙斯的忒提斯。那边是福祉，这边是灾难。急躁的阿基琉斯没有静等，为拯救阿开奥斯人，他与阿伽门农决裂，现在却成为同一批人的叛徒。那边以天下人的名义公开说话，这边却是无人见证的秘密私语，即使在众神之间也永远不会曝光，而众神中也只有赫拉能直觉一二。一个比国王之争严峻得太多的转折发生了！不论现在还是将来，阿开奥斯人都无知无觉，和平、成功地完成任务的奥德修斯也无知无觉。唯有双重争吵，唯有克律塞伊斯走到布里塞伊斯身旁，这种转折才有可能。只有双重性才可能有转折，因此，为转折之故，这种双重性也要被设计出来。

如今的高级考据对克律塞的赎罪献祭横加批判，倘若判决站得住脚，那么所有反对它的好理由都无能为力：献祭的情节不是《伊利亚特》的风格，而是《奥德赛》的。"这种风格以描述典型的日常事件为乐，曾经风靡一时；《奥德赛》的许多段落均有所体现……在这里却是红料子上一块蓝色的破布"（维拉莫维茨，页257）。另有人认为应该舍弃这段，因为祭司在1.451及以下的第二次祈祷是为取消他的第一次祈祷而重复前文、拼凑起来的，然而这无可厚非，16卷236及以下，阿基琉斯为保全伴侣帕特罗克洛斯所说的话也是从他向宙斯的祈祷中引申出来的：

> 你宽厚地听取了我的祈求，充分满足了
> 我的心愿，狠狠地惩罚了阿开奥斯人，
> 现在请求你再满足我的一个心愿！

如果是这样，那么，祈祷的克律塞斯之于祈祷的阿基琉斯，就无异于请求赎还的克律塞斯之于末卷中请求赎还的普里阿摩斯。[88]如果要因此删去这一段克律塞斯，就得马上删去所有的克律塞斯，彻底重写《伊利亚特》的开头！一如他处，悲剧的早，非悲剧的晚，普里阿摩斯和阿基琉斯比后来整体虚构出的克律塞斯更为震撼！

反驳的风格评判又情况如何？

部分诗句相同的献祭情节在《伊利亚特》中重复过一次，《奥德赛》中两次。诗句虽在四处重复，《伊利亚特》1.458及以下，2.421及以下，《奥德赛》3.447及以下，12.359及以下，但每次都不是原封不动地照搬。克律塞的献祭是祭司主持的仪式。年迈的祭司在祭拜团体中心。年轻的阿开奥斯船员们的责任就是按照祭司的命令行事，祭宴之后组成跳舞的合唱队，唱颂歌直到太阳下沉。《伊利亚特》第二卷，阿伽门农出兵开战之前的献祭，虽然隆重祈请，却没有任何祭司执事。涅斯托尔在《奥德赛》第三卷更接近于克律塞斯而不是阿伽门农。但比起前两者，涅斯托尔浓墨重彩的虔诚献祭更少了些职业化的东西。它是私人的、涅斯托尔自己的献祭。

祭司克律塞斯的赎罪献祭与他的职业完全吻合，他现在已经把阿开奥斯人的事情当成自己的。阿开奥斯的年轻桨手们将成为听从他管理的执行者。老人站在祭坛旁的高处。他从奥德修斯手中亲自接回女儿之后，他们（阿开奥斯人）为天神把神圣的百牲祭品绕着整齐美观的祭坛摆成一圈，完成启动仪式净手礼并抓取献祭的大麦粉。他们是祭礼团体。祭司高举双臂，为他们热切祈请。众人同心祈祷后，接续有一系列神圣的环节：撒大麦粉，把牺牲的头往后扳起，杀死，剥皮，砍下大腿，用双层油网覆盖。然后老祭司在柴薪上焚烧祭品，奠上晶莹的酒液。[①] 围着他的年轻人手持五股叉。烧化大腿、品尝过内脏之后，他们把其余的肉切开（切成小块）、叉起来，细心烧烤，又把肉全部从叉上取下来。做完事，[89]他们吃起来，没有谁心里缺少人人均分的那一份。满足了喝酒吃

---

① 总是说"焚烧"($\varkappa\alpha\iota\varepsilon\iota\nu$)大腿，《伊利亚特》2.425,427；《奥德赛》9.535,13.26。

肉的欲望之后,他们整天都唱颂歌请神息怒,阿开奥斯的年轻人们赞美庇护神:"天神听着,心里喜悦。"(我省略了不属于此处的470/1。)①

祭礼诸环节中,没有一项青年团体和祭司不该做。②

同一句诗在《伊利亚特》第二卷中重复的时候就更复杂了。阿伽门农在他的营帐里,在客人面前献祭公牛作为早餐。他邀请了六个最优秀英雄,墨涅拉奥斯是不请自来的第七个人。没有说谁来执行祭礼。缺少献祭团体。执行者是不确定的"他们"。由于阿伽门农不是职业祭司,献祭在他眼下进行,却并非由他完成。在克律塞时则不同,祭司焚烧大腿,复数的第三人称始终贯穿祭礼全程。即使还能补充想象出执事的仆役,他们也只是次要的,献祭者越是地位尊贵,献祭的圈子就越小。与克律塞斯拼凑出来的祷词不同,阿伽门农的祈祷一气呵成,符合受邀而来的精英们的身份。越真切,就越盲目。宙斯越不愿意满足祈请,仪式就描述得越细致。神的决定讽刺地驳回人的期待。祈祷者的每一个词都说出了昏盲和傲慢。"请宙斯让我,今天就击溃他们!"不怎么虔诚的祈祷存留下一串本身虔诚却浮文套语般的神圣行动:"他们祈祷完毕,撒上大麦……"某种模棱两可的东西,虔诚,也不虔诚。

[90]在克律塞,阿开奥斯人神圣的百牲祭品绕着整齐美观的祭坛摆成一圈,净手礼和献大麦的仪式被献祭团体完成,克律塞斯

---

① "年轻人将调缸盛满酒,他们先用杯子举行奠酒仪式,再把酒分给众人。"这两行诗此处似乎放错了地方,正确的是《奥》3.339及以下的睡前奠酒。如果删去,小品词δέ[而,又,但]就如常位于后置从句中;服从《奥》15.502的套句格式。《伊利亚特》的相似部分7.319及以下也是两次"之后",αὐτὰρ ἐπεί[然后,于是当……时]。从这两行诗的不合时宜推断,整段献祭情节都是插入的。米尔(页28)认为,补入者就是诗人B。

② 里夫认为,《伊利亚特》1.462及以下这两行诗无疑在《奥》3.459更合适,那里"年轻人"是赫克托尔的儿子们。但战士们也会被叫作青年:11.503, νέοι[青年]; χοῦροι[译按:史诗中青年、男孩、战士的复数]是惯常用法。只要相对于长老们出现,9.68也称阿开奥斯人为χοῦροι[青年、男孩、战士的复数]。如果不是年轻人,跳舞、唱颂歌的人又能是谁?

为他们、为阿开奥斯人,大声祈祷,举手向天。阿伽门农的献祭身边无人,没有团体。——用一句诗概括净手礼和撒大麦,二者合为一体。在克律塞也是这样。可阿伽门农的献祭没有净手礼,也没有随之而来的庄严开场。为什么?把两件事情捏合在一起的诗句,只留下了后半段(410),前半段被"他们(客人)围绕着公牛"①这句挤走。然后是祈祷。较短的不是原初的。接下来的献祭环节与首卷一致,宰杀、剥皮等等。不可能把受邀出席者想成祭礼的执行者。可此处和首卷一样,并没有切换主语的痕迹。动作在2.425之后与1.462之后发生了分歧。在阿伽门农的献祭中:

  这些(网油覆盖的大腿)用无叶的树枝烧化,
   内脏叉起,放在赫菲斯托斯身上。

首卷中则是呈献牺牲的祭司和年轻的阿开奥斯辅礼者们:

   年轻人拿着五股叉围着他。

填充性的修饰词"无叶的"仅在此出现;以复合词"烧化"(branten nieder)取代单纯的"烧"或"烤"(brannte oder briet),以转喻"赫菲斯托斯"取代火,也都仅现于此处。不能说明第二卷比第一卷在时间上更早。②
  《奥德赛》第三卷用了同一种模式,更多是遵照《伊利亚特》首卷而非第二卷。《伊利亚特》的完整描述被过度抻长、胀破、掺入大量新细节。它们彼此对应:

---

  ① 与神沟通者造成了麻烦,却得到《奥》12.356 的支持。
  ② 第一个战斗日晚上宴请宾客的公牛祭 7.314 及以下对应着早上的献祭。7.316 是相对于 2.428 改的,其他都被一起收入 317。《奥德赛》的诗人对此也很熟悉,见《奥》13.24。

《伊》1.458 与《奥》3.447,

《伊》1.460 后半句至 465 与《奥》3.457 后半句至 462,

《伊》1.469 与《奥》3.474。

涅斯托尔认出前一天晚上现身的雅典娜,于是他完成心愿,为女神献上一头牛,请她保佑。献祭过程在涅斯托尔吩咐的来来去去中展开。献祭地点是宫殿高耸的大门前,涅琉斯之子的市集广场。[91]老人坐在他继承的、打磨光滑的石座上。他的六个儿子围到他身旁。每人都立刻得到一项暗合自己名字的任务。首先被派出去找牛,他们应带回一个牧牛奴,然后去特勒马科斯的船上请他的同伴们,只留两个,其他人都要来(多么周到!);然后要有一个人去找金匠拉埃尔克斯,让他给牛的双角包上黄金,一个人去屋子里叫女仆准备宴肴,备齐座椅、柴薪和清澈的水。一切都运行着,去了又来。来了牛,来了同伴们,来了金匠,带着他全套的手艺工具,更不忘一件件列举。来了雅典娜(女神也用同样的首语重复!),接受祭礼。老人给出金子,金匠包好牛角,女神于是因祭物($ἄγαλμα$)心生喜悦。斯特拉提奥斯和埃克弗戎(意味深长的一对)执角拉过牛,阿瑞托斯用雕花精美的大盆从内室端出洗手水,另一只手提着一篮大麦,仪式由青年人执行,特拉叙墨德斯持斧加入,前来宰牛,佩尔修斯拿祭碗接牛血。老人涅斯托尔作为第一个人和团体领袖开始净手、撒大麦。他向雅典娜多次祈祷(不再是一个明确的请求),并把牛额头上的一绺毛扔进火里。与动作相伴的话语是魔幻的。净手和献祭大麦从一群人转移到一个充当群体灵魂的人物身上。不像克律塞斯,他没有高举双臂大声祈祷。不为任何确事而祈祷的祈祷,不再像《伊利亚特》中那样在动作之前发生,而是与动作同时进行,并成为肃穆的沉思。一切都运转得多姿多彩,缤纷的动态之中却波澜不惊,再次与《伊利亚特》紧凑发展的情节大相径庭。至此尚未遇见与《伊利亚特》相似的措辞。

现在接下来是第一句与之相符的诗:"他们祈祷之后……"可这一句也几乎消失在所有新事物之中。它也很快被分配给一个个人的任务替换掉。这时特拉叙墨德斯走近。斧子砍断牛的颈腱,放走它的气力。女人的合唱队,涅斯托尔的女儿、儿媳和王后,高啸出阵阵迭起的献祭呼号(Ololygé)。显然,此时此刻被选定为高潮。人们扶起牛,佩西斯特拉斯托斯杀了它,[92]血汩汩涌出,"灵气抛弃了骸骨"。这时终于开始了一系列集体动作,接下来的五行与《伊利亚特》别无二致。可还是要找到从此到彼的过渡,于是第457行后半句:"用肥油覆盖它们(大腿)",实现了衔接。《伊利亚特》的前半句:"把牺牲的大腿砍下来"被删掉,为衔接之故替换上有一半不同的诗行。其中"割下肉"(διέχευαν)来自《伊利亚特》7.316。那句补上去的套话"按照既定习俗"也适用于划船(《奥》,8.54),甚至比割大腿肉更合适。

我不敢偷懒,只能如此详细,因为,似乎从来没有人真正比较过这些诗句。说《伊利亚特》此处照搬《奥德赛》的泛泛评断,实难理解。

还有另外一点。献祭戏的最后一行,《伊》1.466与《伊》2.429相同:"把其余的肉切成小块叉起来",出于和之前相同的理由,(《奥德赛》)必须也把这一行用新东西替换掉。因为至此才到了之前发生的一切尘埃落定的时候,诗收尾的高潮。我们久已有之的疑问并非无用:特勒马科斯虽然不是一号主角,却也是二号人物,他在哪里?我们现在知道,在热火朝天地安排祭神的其他事项期间,这个怎么赞美都不为过的青年人,正被涅斯托尔的小女儿、美丽的波吕卡斯特在国王宫中沐浴、涂油膏并穿上精美的衣衫。现在他走出来,"如不死的神明一般",在涅斯托尔身边的荣誉座上坐下。因为他不能缺席祭宴,所以肉必须烤得足够久,直到他出现。第463行的"烤"又被用在第470行,至此才添入《伊利亚特》1.466这行诗的结果:"从叉上把肉取下。"为了给特勒马科斯的出场创造空间,必须在前面放上一个延长符:他们烤炙着,把尖钻的叉抓在手里(463)。"尖钻的"(ἀκροπόρους)是一个仅见于此的修饰和补充词。两位高贵的人应时而至,往金杯中斟酒。特勒马科斯的出现犹如集体狂欢开始的标志。在神圣之后,轻松愉快的事情随他而来。呼号的阴森肃穆烟消云散。先打发他去沐浴是多么明智啊!终止句:"他们满足了喝酒吃肉的欲望",就这样与它在《伊利亚特》中紧密相连的其他诗行远远地分隔开来。

[93]倘若还怀疑什么更早、什么更晚,那么与《伊》1.472 相同的《奥》3.486 句首就能打消疑虑:

一整天地……
(οἱ δὲ πανημέριοι…)

在《伊利亚特》中年轻的阿开奥斯人一整天地唱颂歌,《奥德赛》中"两匹马一整天地晃动轭辕"。从人到兽,这种转移就像之前第 455 行的套话"灵气抛弃了骸骨"一样,从阵亡的战士(《伊》12.386,16.743)转到毙命的牛。

[原注]《奥》4.39 及以下,墨涅拉奥斯宫中的款待是涅斯托尔家中款待的升级,维拉莫维茨自己也注意到,《奥》4.39 及以下的诗行是对《伊利亚特》8.543 和 434 及以下的重复。涅斯托尔的献祭又怎会不是?

因此,《奥德赛》诗人的榜样是《伊利亚特》的首卷。他对第二卷中阿伽门农的献祭也一定了若指掌。因为阿伽门农邀请来的六位英雄对应着涅斯托尔的六个儿子。像《伊利亚特》一样,第六个人被指明是第六位,是为了使加入其中的第七人与前六人区别开来:他在《伊利亚特》中是不请自来的墨涅拉奥斯,在《奥德赛》中则是还需另外特别强调的特勒马科斯。

对于《奥德赛》的诗人,用新句取代后面连续摘引的 5 行诗显然也轻而易举。他发明的新东西可不少。然而,荷马史诗离不开对史诗传统的忠实信仰。只要能搬用之前铸造出来的东西,就要照搬。这是风格问题,并非即兴歌手在窘境中迫不得已的救急术。难道我们应该设想,《奥德赛》的诗人在此处如释重负地冲入他的记忆库存,因为这个储备能帮他多唱出 5 行,免得他绞尽脑汁?从这样的取巧之法出发,人们自以为理解了一半荷马。然而,能联想到的、萦回在耳边的早期成品毋宁是熟悉的低声部或伴奏音型。虽然从新到老或反向的过渡有时候并不那么容易成功,但一定是这样的。二者的拼缀变成游戏。接缝之中发生了新的冒险。老话重复着,却是新调。把悲剧用语闪烁其词地转化为非悲剧的讽刺话,明显是《伊利亚特》诗人的发明,《奥德赛》的诗人虽然对讽刺也不陌生,却转换得不太成功。总体看有律可循,[94]相同的诗句材料中,那些行文连贯或意思明确、毫无色差的,特别是运用于悲剧的,比较早,而闪烁其词的比较晚。

同一话题可加入第三个例子。

《奥》12.359 至 365,在特里纳基亚岛上太阳神的几头牛被灾难性地宰杀时,部分献祭情节得到重复。这次献祭——可惜也没少掉祷告,开始的时候只有一部分不符原貌。没有献祭的大麦,已然是不祥之兆——他们都吃光了,因此代之以橡树的嫩叶。接下来的三行诗,起初一切都中规中矩,无异于克律塞的献祭。但这时出现了第二件可疑之事:他们也没有酒,不能在正烤着的牺牲上奠酒。于是他们以水代酒。此处克律塞的献祭场景就在眼前,因为祭司在克律塞献祭时烧烤大腿,奠下晶莹的酒液,刚好与说到没有酒这句话在同一个位置。《伊利亚特》卷 2 阿伽门农的献祭中没有祭司奠酒。所以模版是《伊利亚特》首卷。此处我们也会想到涅斯托尔的献祭,当时老人烤了大腿,也奠了酒,同样什么都不缺。但当时撒大麦的仪式与其他献祭环节并不相连,此处撒大麦却在奠酒之前。然而,在太阳神的几头牛被杀之时,阿伽门农献祭中的某

些东西再次出现,《奥》12.356 与《伊》2.410:

> 他们站住围绕着(那头或那些牛)。

下两行再次回到正轨,就好像一切如常:……把其余的肉切块叉好,这时,不等他们开始烤炙——因为以后才会描述可怕征兆下的烤肉,和谐安宁的画面突然打断:奥德修斯醒来上了路,刚到船边,肥油热腾腾的香气就向他扑来。如果这里不是熟悉的老话而是新句子,效果绝不会有这一半强。因此,从相同的基本献祭情节推衍出去,在皮洛斯是对神的敬畏,在特里纳基亚岛则是渎神的罪行。改动的手段异曲同工。①

[95]如果是《奥德赛》的诗人采用、改动了《伊利亚特》的献祭情节,献祭却并非《伊利亚特》的风格,而是《奥德赛》的风格,这可就是咄咄怪事了。献祭的套路诗也许和武装的套路诗情况相似。现有方法无法断定,它们是否在《伊利亚特》的诗人之前就已经存在。能确定的只是,克律塞的献祭是详尽描述献祭情节的最古老的例子。相似的堆垒细节的描述是 24.266 及下文给骡车套挽具——不是"套上车",而是——列举所有程序,这辆车子将会载着普里阿摩斯的赎礼开入阿开奥斯人的军营。虽然缺少平行性,但"风格"相同。难道这也应是《奥德赛》的风格?无疑,两处均不是以单纯"描写典型日常事务为乐"的始作俑者。它意在强调,如果能延缓千钧一发的情节,它就是悲剧的。克律塞的献祭也是一场

---

① 我不再深究克律塞插曲的其他 versus iterati[重复诗行]。对于 1.432-438 的登陆,贝特(Bethe)(页 181)说得对:"只有偏见才会视之为成块取自《奥》16.324,15.497 及以下,Hym. Hom. 325-328。这一段很出色,里面没有什么不符境况。"——关于以克律塞-插曲为摹本的皮提亚的《阿波罗颂》(Pythischer Apollon-hymnus),见维拉莫维茨,页 257。莎德瓦尔特(页 145)注意到整体(也包括克律塞-插曲的统一性)。

减速。它离题、形成反差、安宁和睦，如同小行板，插入灾难性的母子戏之后，隔开那可怕愿望的实现：击溃达那奥斯人！

或许可以再次推荐研究小说技巧。

分裂又和好的奥林波斯

忒提斯的请求*

*[96]尘世因果流转始于战利品之争，天上的则始于忒提斯的请求。两种因果是不同诗人的发明吗？天上的晚于尘世的？拿掉军中集会大吵大闹后的安静续集——母子间的对话，就抽走了爆发后回荡的余音，抽走了伤害的深度。愤怒之后就不再有忧愁。如果不是为帮助儿子，忒提斯何苦从大海中升起，来到他身旁？一件事结束，另一件酝酿中的事情开始，文本没有提供任何切断两者的理由。

[原注]可以比较米尔（页25及以下）的不同解决办法。或者随泽诺多托斯证伪(1.396-406)布里阿柔斯的回忆（如贝特，米尔等人）；或者保留宙斯对请求应允，但同样证伪518-523及531及以下转入后文神戏的过渡段，也就是说，将其归入"《伊利亚特》诗人"名下（如贝特）；或者可以把宙斯与忒提斯的整场会面像忒提斯与阿基琉斯的会面那样统统证伪，米尔即倾向如此：对于所有这些侵犯，文本不提供任何机会，有一部分完全不能容忍。成果首先是，对宙斯有救命之恩的忒提斯(398)伟大尽失，作为赫拉的对手——这是整部《伊利亚特》后文的结果——她被封了口。第二个果是，宙斯的矛盾不再从他的话里而只是从他的沉默中透露出来，这场戏变得薄且小，它不再是奥林波斯的序曲，而变成人们所认为的收尾配件。

显然是同一位诗人，他开启了一轮轮奥林波斯戏，也把儿子的心性在他和母亲的对话中推向他内心深处的祸患。

我首先站起来劝人们请求神明息怒。

> 但是阿特柔斯的儿子勃然大怒。

他想不开,对阿开奥斯人的热心竟把他从他们之中排挤出来。与母亲的对话不仅复述出发生过什么,也显露出他受伤之深,这使事情发展到难以置信,他不会克己等待——较为古老的《帕特罗克洛斯篇》可能曾这样讲过——而要惊天动地,[97]让那些使他与国王结仇的阿开奥斯人一败涂地。他启动了一场密谋,对此阿开奥斯人全都无知无觉,他们也不可能有所知觉,更遑论帕特罗克洛斯!怒火使他计上心头。他在史诗的当下公开了母亲很久以前为宙斯立下的大功,从形式和风格上看,那是上古-神话中的事件。阿基琉斯,诡秘者,阴谋者!他通过母亲干涉着诸神的分朋树党,因此成为叛徒!并不只是作为帕特罗克洛斯的复仇者,他才负罪累累。

人们多想在愤怒却无可奈何的阿基琉斯和这个阴险强大、推动神戏的阿基琉斯之间划出界线!可是,逻辑圆满,动机连贯,行文无懈可击。

* 要在请求中提醒神明他曾亏欠下的情分,请求才会有效。祈请的克律塞斯让神明想起他为他建造的庙宇、敬奉的百牲祭。提醒了,提到的却是不明所以甚至是根本想不起来的事,这可信吗?阿基琉斯对忒提斯说:

> 如果你曾经在言行上面使宙斯喜欢……
> 你现在就这件事情提醒他,抱住他的膝头!

忒提斯对宙斯做过什么,就应该不言自明或无关紧要,连略提一下都不需要?请求如果让人什么都想不起来,它的分量何在?听众不知道的,就对他毫无影响。现在则是:其他天神都攻击宙斯时,忒提斯曾是他唯一的拯救者,如今忒提斯为了儿子成为请求者:天秤这样就平衡了。屡见不鲜的是,分析考据在这里也满心指望着,老辈诗人十分乐于助人,留给年轻人他们有能力添补的空缺并明示出来。"如果你曾做过这样的事情,现在就以此提醒他。""这样的事情",后辈诗人不允许自己说两次。"这样的事情":他感到想象力受到激发。对于写诸神剧目的诗人,从"这样的事情"杜撰一场神戏小菜一碟,生猛粗粝,露骨的原始,随他喜欢。老辈诗人的谨慎就这样被颠覆了。新老诗人联袂工作。就像在勃鲁盖尔的风景中画上鲁本斯的人物。只是,诗人们生活的年代隔了几百年。

* [98]若不是赫拉发现,在奥林波斯引起轩然大波,一切秘密中最大的秘密就会永远埋藏在三个密谋者心中。应该想到,动荡和秘密冤家路窄。有考据反驳说,才不会呢,最初只有秘密,再无其他。惟其如此,秘密才庄重伟大。宙斯保证满足请求,他一言九鼎,应该删除518至523那些可疑、可耻、提及赫拉责骂的诗行,它们是后辈一位"写诸神剧目的诗人"画蛇添足。老辈诗人保全了秘密的尊严,恩宠就是一尘不染的恩宠,开篇吟唱愤怒的诗在此找到崇高的结局。这种考据论断说,如果我写诗,就会这样写,荷马也必然如此:"一片美好的头发从大王的永生的头上飘下,震动天山。"沉默和帷幕!谁还要听忒提斯怎么跳回海里,宙斯怎么去参加众神集会?等着他的事那么有失体面!

整一派的对手反驳说,难道秘密不止要被藏起来,还要如此温顺,要藏得漂亮、永不见天日?那叙事的诱惑、讽刺的腔调,岂不是从一开始就消失殆尽?它岂不就成了没有任何张力的东西,根本不值得费力保密,不值得宙斯长久地默默不言?如果秘密永远雪藏,俄狄浦斯怎么办?极力保守却仍然曝光的秘密是百用不厌的动机,看一看西罗多德!可一个注定不会大白于天下的秘密?如果只有一味恩宠,却不招致埋怨,那么大清早在奥林波斯群峰的最高岭上,这恩宠的片刻又将会如何?难道要认为:已是"古《奥德赛》诗人"榜样的《伊利亚特》不以众神集会开头,反倒代之以私人谒见？表现过宙斯如何对待忒提斯，却不表现他如何对待群集的众神？难道整部《伊利亚特》，无论何时何地都不能出现宙斯(还有忒提斯)与赫拉爆发巨大敌意的激烈状况？或者，这可能还凑合，这种状况只能表现一半，另一半如果想出现就要划上括号，然而前半部分，宙斯和忒提斯秘密联盟，一定要，要永远守口如瓶？[99]不正是有了约定才要求集会？不是有了承诺才需要考验，要在考验中证明承诺？约定和集会，这套顺序难道是《伊利亚特》闻所未闻的怪事？其他人，涅斯托尔和阿伽门农，不也是这样做吗？

然而，分析考据不是在某一点上的确有理吗？就是他们没忘的那一点：在这逆反中显现出崇高(das Erhabene)，在这限制性中显现出神的最高恩宠、最高姿态。如果事实表明，诸神故事不能从《伊利亚特》文本中删除，它们岂不是更加扑朔迷离？这种考据事实上触及到《伊利亚特》的核心问题。诗人在矛盾中创作。单纯保证的保证什么也不是，他已在保证中看到逆反。和谐中已包含有不和谐，就像长久的沉默中已包含有极度尴尬的爆发。以同样的方式，这个崇高到无以复加的宙斯，却作为可鄙的受骗者在伊达山生长出繁茂绿茵的爱床上醒来。这种矛盾中的创作也不只是神戏独有。在《伊利亚特》的每一个插曲、每一种情境中都能找到。《奥德赛》则对此一无所知。事事都进行得那么艰难，最艰难的事却也安然无恙地过去了。

赫菲斯托斯*

重伤者有奥林波斯的笑。
人们只有必要之物。
　　　　　　　　——尼采

诸神中最不适合担任司酒之职的是赫菲斯托斯。这位气喘吁吁的跛脚者却充当起年轻女神，为众神敬献永恒的神液。他扮演的角色是无心的小丑。

小丑属于高贵者的欢宴，人间如此，神间亦然。奥德修斯带着乞丐的面具以同样的角色出现在伊塔卡青年贵族神昏智乱的筵席上。抑扬格诗人希波纳克斯（Hipponax）在以弗所贵族中用讽刺和自曝丑事把小丑演成尖酸刻薄的低等人。从无心之举到虚饰卖弄，最后成为行业。叙拉古哑剧诗人索弗隆在他笔下食客的独白中描述了这种职业的辛酸。[100]诗人把悲伤、不幸的小丑放在舞台上，他是他自己玩笑的残酷牺牲。诗人最终连这个可怜的家伙也要模仿？自此之后，小丑成为欢宴文学（die Gelageliteratur）的必备品。

《伊利亚特》中还有一个人也成了无心的小丑：冒充阿基琉斯的特尔西特斯。这个漫画式的贱民（der Plebejer），数据表似的把所有非英雄的特质统一在他的形象上，同国王们唱对台戏只是为了引人发笑（2.215），做这件事他实在太成功。小丑赫菲斯托斯扭转了诸神集会的局面，和他一样，无心的小丑特尔西特斯也造成军中集会气氛的转折。最深重的沮丧骤变为释放情绪的阵阵大笑。首卷570和599两行诗相应：宙斯宫廷中的众神心里感到烦恼，取而代之的则是：永乐的天神个个大笑不停。同样，第二卷270行标明了阿开奥斯人军营中相同的转变：阿开奥斯人感到苦恼，却在欢笑。

［原注］里夫 I² 页57及其他人（见米尔，页45）认为，军队的恐慌应该跟在特尔西特斯发言之后，倘若如此，特尔西特斯就没有改变情绪，贱民就掌控了王侯和军队，如果不是奥德修斯和雅典娜干预生效，特尔西特斯就不会擅自扮演这个角色，阿开奥斯人也有理由取笑他。——米尔认为特尔西特斯插曲属于诗人A，相反，首卷的赫菲斯托斯-插曲属于诗人B。

特尔西特斯只在这一处，在这个为他定做的事件转折点出现，他是诗人的杜撰。因此,为充实他说的话,需要详细描述他的形象。赫菲斯托斯则不然。神明通常不被描述,他们在行动中开显自身。但还是会注意到,赫菲斯托斯在首卷中一亮相就是老熟人,没有任何词语刻画他的特点,虽然他那么应该被说一说:他的母亲把他这个残废的瘸子扔出奥林波斯,后来他成为奥林波斯的铁匠。只需提及他的名字,他本身和他角色之间的强烈反差就跃然纸上。我们看到他跛着脚、拿着杯,给集会的在座者——斟酒,[101]却没有一个词说明他的外貌,没有任何暗示指出他的残疾。连"忙忙碌碌"($ποιπνύειν$),这个词本身也没有丝毫滑稽。

卷18《铠甲》中的描述何其不同!出场时正做手艺的神明被安排在他自己的环境中,他的所有家当甚至语言被刻画得多么活灵活现!他立刻就被称作"跛足神"($κυλλοποδίων$,371)——首卷中为什么不这样?他大汗淋淋在风箱边忙碌,他"技艺精湛"($κλυτοτέχνης$,391),他讲了自己的故事,从砧座上站起,一瘸一拐,浑身冒着火星的怪物,身下的细腿迅速挪动,他用海绵擦净脸面、双臂、强健的脖颈和毛茸茸的胸口,他穿上短衫,捡起一根结实的手杖,瘸拐着走出来,由黄金制作的侍女搀扶⋯⋯

首卷中他扮演司酒的角色,奥林波斯之所以大笑不停,是因为他在以这种形象斟酒。哪个在先?做手艺的工匠还是不做手艺的他?假设背离自己天职的神明在先,为何只字不提他的形象?要留待他是主人公、在其中有自己壮举(Aristie)的篇章,才会让他生动起来。首卷主人公是宙斯和赫拉,赫菲斯托斯在此只是为了安抚赫拉。奥林波斯兴高采烈起来,他的任务就完成了。由此看来,首卷及其闻所未闻的发明再次表现为后来者。该叙事的地方却出现了暗示:凡人吵吵闹闹,天神们也一样!反差之彻底,再无他者能出其右,反差基于限制。这是最终结果,而非开始。

然而,对神明的丑化并非这位诗人的创新。奥林波斯的其他神明也扮演着角色。他们喜欢带上面具彼此往来,或是出于诸神对欺骗天生的兴趣，或是因为他们偏爱诡诈多端的现身。可这种隐藏自身恰恰是赫菲斯托斯不会也不愿的，对于此道他太天真。他只想让生气的母亲平静下来，首先与所有其他神和解。他生来就自带某种矛盾：他形象中的神性和由他的天职决定的残疾之间的矛盾。如此看来，他却比其他任何一位天神都更合适表现丑角。由于某种内在的分裂，此事非他莫属。

[102]在《铠甲》里细致的工匠和首卷的斟酒者之间，另有一种更为紧密的亲缘：二者共有的是那种真诚、动人的东西，是热忱、乐于助人、全心全意。作为奥林波斯的纯洁生命（anima candida），他赢得诸神——看看忒提斯！——和诗人的格外青睐。这一点上，首卷也超越了《铠甲》。第 18 卷中他凭天职成为尽心尽力的相助者；首卷中他充当尽心尽力、令人感动的活跃人物，却是在做与他的天职毫不相干的事情，他让自己可笑——也因此完成了任务。他只是让自己可笑吗？奥林波斯那一瞬间的威胁性让其他众神全都呆若木鸡、噤若寒蝉，唯独他，这位跛脚神，发自真心地找到了打破僵局的话，他服务众神的姿态更明显地使他成为全心全力的救场者。对于他，诗人披心相付，首卷和 18 卷显然都是如此。但首卷更高于第 18 卷。

用他的话说：他难以置信，宙斯和赫拉竟"为了凡人的缘故"（ἕνεκα θνητῶν），争吵、破坏宴席的乐趣；阿波罗在神战中也用同样的理由回应了好斗的波塞冬（βροτῶν ἕνεκα, 21.463）。在交战情境中，通过把凡人比作枯萎凋零的树叶，这个论据升级，产生的效果分量加重，重到果真遏止住两位最伟大的男性天神之间爆发烈战。在赫菲斯托斯口中，这个理由没有生效，它只是他恐惧的表达，他必须绷上更紧的弦：

如果闪电神愿意，
他会把我们全都从座位上推下去……

由此看来,阿波罗在天神之战中说的话并不像是在模仿赫菲斯托斯。

比较卷 15,这种关系会更明确。赫菲斯托斯在首卷中提到的天神故事,我们一直不明就里。看来它差不多属于古老的诸神传说?赫菲斯托斯把杯子递给赫拉:

> 母亲,你忍耐忍耐吧,压住你的烦恼。
> 免得我——尽管你是我最最亲爱的人
> ——眼看你挨打,却不能对你援助而发愁,
> 因为与奥林波斯山上的大神难以抗争。
> 记得从前有一次我曾经很想帮助你,
> 他抓住我的两只脚,把我抛出天门,
> 我整天脑袋朝下地坠落,直到日落时才坠到利姆诺斯岛,
> 只剩下一点性命。[103]落地时辛提埃斯人友好地接待了我。
>
> 他这样说,白臂女神赫拉笑了笑。

可怕的回忆被唤醒,看啊,赫拉笑了。她经历过什么?她曾陷入何种处境,让她的儿子想帮助她?与宙斯为敌吗?他对她做了什么?故事结果如何?儿子这么惨,她怎么样?一个又一个无解的问题。发怒的女神笑了,在这个奇迹面前质疑沉寂下来。

赫拉挨了宙斯的打;想要帮助她的众神无能为力:这个警告的故事大体上与卷 15 开头天父亲口讲述的是同一件事,当时醒来的天父让欺骗他的女神回忆起前车之鉴,只是在卷 15 我们了解到更多:像现在一样,赫拉曾经欺骗过宙斯。像现在一样,她通过睡眠神让他入睡(14.250 及以下),使赫拉克勒斯从特洛亚回阿尔戈斯的返乡途中一直流落到科斯岛。当时她的诡计成功了,现在却因为宙斯在最后一刻醒来而挫败。因而现在没有了当初可怕的惩

罚,取而代之的是荷马式有惊无险的"几乎"。当时宙斯醒来后用永远挣不断的金链子捆住她的双手把她吊在高处,在她脚上挂了两个铁砧,还鞭打她(15.17)。

> 你吊在太空和云气里,
> 众神来到高耸的奥林波斯,心中气愤,
> 又不敢上前解脱,
> 因为我抓住谁那样做,就把他抛出门,
> 让他只剩下一点性命坠地。

这个场景,他把她吊在上面的太空,宫殿的门口,半是自然,半是建筑,就像8.393那扇云做的门。有人用《奥德赛》22.193比较这种刑罚,在那里,可怕的墨兰奥提斯被捆住手脚、扳到背后绑紧、高高地拉到天花板上吊起。也可以比较索福克勒斯的《埃阿斯》71及110,以为被捆住了的阿特柔斯之子和奥德修斯遭到鞭笞。整个奥林波斯都登了台,与之相匹配的是迭代词"我扔出一个又一个"($ῥίπτασκον$)。

首卷中,唯有这一位可怜的赫菲斯托斯代众神挺身而出。当初他代表众神,现在也独自承担起众神的责任。因而这里不是当初的重复,不是迭代词而是过去时叙述体:"他扔出了"($ῥῖψε$)。为了让他的卑微更醒目,"宙斯抓住他的脚"($ποδὸς\ τεταγών$),把他抛出天门,就像阿基琉斯[104]抓住死去的吕卡昂的脚($λαβὼν\ ποδός$)把他抛进斯卡曼德罗斯河(21.120)。①

相比第15卷,首卷的表达更上一层:完全只关注赫菲斯托斯

---

① 在《小伊利亚特》中,涅奥普托勒摩斯从奶妈怀中抢来阿斯提阿那克斯,"抓住他两只脚"从城墙望楼上扔下去。奶妈出自《伊利亚特》6.400。"抓住他两只脚"是《伊利亚特》1.591的逐字重复。《伊利亚特》24.735,如果指涅奥普托勒摩斯,是说"抓住胳膊"从望楼上扔下去。见贝特 II¹,页175残段13。

一位。其他神都被排除在外，同样被忽略的是奥林波斯的景象、赫拉遭受的惩罚及其原因、宙斯的愤怒、事件的结局。一切都不见了，此处尚存的只是可怜的跛脚神整整一天的坠落，他无非只想帮助母亲，他从"天门"（15 卷中没有"天"）坠下落在利姆诺斯——不幸中的万幸——若没有辛提埃斯人，他可能就活不过来了。而故事的结尾，不做任何解释，只有：赫拉的笑。

　　删节、概括、隐晦、反向叙事、矛盾集中，首卷这样讲出来的故事，超过了第 15 卷。首卷几乎达到一种"故事"（Ainos）的效果。讲述和回忆变成暗示。从"你不记得吗，你如何……"，变成"记得从前有一次我曾想……"。

　　* 不论第 15 卷的诗人遵循了过去的传说，还是他为仿造神话而把《伊利亚特》的情境——入睡，醒来——投射到远古，我都不会因为字面上一致（比较 1.591 和 15.23），把两则故事追溯到一个共同起源，它们彼此之间的关系照旧。敌神用风暴使凯旋返乡的英雄走上歧路，虽未置之于死境，却让他饱尝艰辛，这是返乡诗（Nostendichtung）中的动机。对于赫拉克勒斯在科斯岛上的一次冒险，我们一无所知。能确定的无非是：诗人在此使用了返乡诗的一个动机。首卷中连这种迹象都没有。从首卷缩减版凭空捏造出返乡的动机？它被解释性地补充上去？这条路大概走反了。首卷悬而未决的问题，刚好在第 15 卷中得到解答。答案是通过重构、从首卷密语中推断出来的？《塞浦路亚》表明，这种情况的确存在。但《塞浦路亚》中补充性的杜撰是另一种类型。编造得天马行空，[105]故事牵强附会、被强行插入其中……在这里，重复的讲述出现于相同的威胁性情境，一次详细，一次简略。即使不考虑第 15 卷，首卷被缩减过也显而易见。

　　第 15 卷讲述了事情的原委，因为这是重中之重——赫拉欺骗了被催眠入睡的宙斯。首卷中起因被略去，因为当务之急是要说，赫拉曾经挨过宙斯的打，而赫菲斯托斯爱莫能助。

故事以第一或第三人称讲述，表达也随之变化：第一人称气势汹汹，第三人称则危言正色。愤怒以及愤怒引发的对惩罚的回忆，何处更凶悍，何处更平实？从震怒者口中宣泄出来的愤恨，还是第三个小心翼翼的人发出警告时重新挑起的怨气？震怒者暴跳如雷时，还是他克制自己的时候？毫不客气地提到鞭笞酷刑时（15.17，$καί\ σε\ πληγῆσιν\ ἱμάσσω$），还是不明所以、震慑之词话中有话的时候？——"若我对你举起这两只严酷的手"（567 $ἀάπτους\ χεῖρας\ ἐφείω$）。此中所言之事在何处秘而不宣，在何处需要赫菲斯托斯破解它可怕的含义？哪一个在前？威胁作为完整的叙事，还是被分摊给两个男性角色？二重奏：宙斯和赫拉，还是三重奏：宙斯、赫拉和赫菲斯托斯？

第15卷中，威慑本身在一系列神戏里至关重要；首卷中则是在与剧情发展没什么关系的地方。如果第15卷中的威慑是从首卷中重构出来，那么所有神剧岂不是都要从首卷重构？其他后果大概也不必再继续推论。

第14卷也回溯过这次行刑，睡眠神讲述了当时他自己的情况（250及以下）。返乡冒险也是故事的一部分。同样的惊怖在睡眠神和赫菲斯托斯的回忆中得到不同的反映。睡眠神说，众神之中宙斯最生他的气，他被他的母亲黑夜藏了起来，因而得救——家世带来怎样的反转！赫菲斯托斯可就没这么便宜了，半死不活地被崇拜火的辛提埃斯人救下。（他坠落到利姆诺斯岛，据说，纯属偶然。）[106]如果黑夜没有把睡眠神藏起来，宙斯也会把他"从太空抛进大海"。

能认定睡眠神的冒险是在模仿赫菲斯托斯的遭遇吗？可睡眠神的冒险属于那场骗局，属于剧情本身，阴谋要成功，睡眠神不可或缺，他必须被赫拉收买……赫菲斯托斯的遭遇不在任何剧情之内，不背负任何前因后果，只与脱离剧情的纯粹情境有关。从剧情转变到情境——常常不在乎事实上的明确性，从这一点上看，赫菲斯托斯的插曲让人想到其他一些从阶段上看较晚的、独属于《伊利亚特》诗人的东西。

　　第15卷，回忆起那场残暴至极的惩罚，赫拉"心里惊惧"(34)。为避免重蹈覆辙，她发出可怕的天神的誓言。大难临头时这个誓言意外地救了她。在第1卷中对惩罚的回忆只是让赫拉笑了笑，就结束了。可这是何种意义上的微笑？剧情不再发展，取而代之的是永乐的天神们在缪斯的音乐和舞蹈中宴饮的画面。什么更原初？是"这样说，她心里惊惧"，还是"这样说，她笑了笑"？（这行诗的后半句根据当时的需要为女神填入了变换的套话。）

　　首卷的情境倒转了第15卷的情境。就像帕特罗克洛斯与狄奥墨得斯的关系，被死亡笼罩的帕特罗克洛斯三次冲杀，都被阿波罗警告着推下，因此他后退一大段距离，而狄奥墨得斯在雅典娜的帮助下刀枪不入，当他三次猛扑都被阿波罗挡回去——他只稍许后退（比较5.436及以下，16.702及以下）。在这里，更原初的也不是意外的无害，而是意外的恐怖，是结局前悲剧性的最后警告。人们无疑也搞反了这里的关系。同样，惩罚赫拉一事，更原初的是可怖、是"惊惧"。从中岔出的意外、微笑、化险为夷、诸神和解，是那位令人感动的天神、那个瘸子不知如何就完成的奇迹，他通过缴械服软征服了奥林波斯。

第 2 卷

试　探

[107]整一派竟然忍心,
在这种粗鄙中发现深刻的"荷马"艺术。
——维拉莫维茨,《伊利亚特与荷马》,页308。

无功而返的危险,是《伊利亚特》里反复出现的伴奏动机。从中抽提出多少意外和千变万化的情境,简直不可思议。

更使之数量倍增的是功德圆满后和平返乡的"危险"——相斗相驭的力量彼此和解之险有过之无而无不及。很有可能是同一位史诗诗人,时而如此戏谑,时而却转以如此悲剧的方式处理这种危险性。钟摆般的往复是他的一种史诗"技术"。可这种手段里有怎样的真理!比起19世纪的语文学家,当代人有种可悲的优势,能在两次世界大战中体会到这一点。

该动机第一次出现在1.59及以下。肆虐了九天的瘟疫"几乎"迫使阿开奥斯人撤退。在最后一刻阻止看似注定之事发生的神明,是关心达那奥斯人的赫拉。受她启示,阿基琉斯召集军队开会。他这样开场:

> 阿特柔斯的儿子!
> 现在,我想,战争和瘟疫将毁灭我们,
> 我们要撤退,开船返航,若还能逃离死亡。

第二次是阿伽门农,他希望能好好利用这个动机,借以试探性地刺激军队发心抗拒(2.115 及以下)。然而,他用以激将而描绘出的绝无可能之事,差一点就成了真。所有人都狂喊着奔向船只,[108]他们已经清理了下水的道路,想要把小舟拖入大海……又是赫拉,在最后一刻遏止住看似不可救药之事。她转向雅典娜:

> 阿尔戈斯人是不是就这样航过大海的宽阔脊背,
> 逃往他们的亲爱的故乡?
> 他们会让普里阿摩斯和特洛亚人自豪,
> 把阿尔戈斯的海伦留下,
> 许多阿开奥斯人为了她远离亲爱的祖国,
> 战死在特洛亚。

在此,这个动机与报复帕里斯和阿佛罗狄忒联系到一起:墨涅拉奥斯的复仇也是赫拉的复仇。一损则俱损。——雅典娜走向奥德修斯……

同样的诗句在 4.173 重复,此处第三次复现了同样的情景、同样的"几乎"。潘达罗斯的箭已穿透墨涅拉奥斯身体上的三层保护,刺入肌肉,若不是雅典娜在最后一刻挡住箭,就会再度发生使一切尘埃落定的事情:墨涅拉奥斯的死会让阿伽门农的复仇之旅终结于斥骂和讥嘲。没有墨涅拉奥斯,阿伽门农何苦还要为海伦而战?雅典娜在此处的任务是双重的,情境因而变得更加讽刺:一方面要阻止对立双方和解。通过诱导潘达罗斯向墨涅拉奥斯射去充满灾难的一箭,这一点她做得颇有成效。另一方面,她要小心提防,使无辜的墨涅拉奥斯根本不会相信此事。她要在两种同样威胁重重的可能性之间操控事件。

相同情境在第一天战斗结束时第四次出现(7.345及以下)。阿开奥斯人占领了平原,特洛亚的众位国王在高城上(auf der Burg)开会。安特诺尔的意见是,连同阿开奥斯人的所有财产一并交出海伦。帕里斯反对:他愿意交还财产,却不退还海伦。当狄奥墨得斯从这个提议中发现了特洛亚人的弱点,阿开奥斯人更是断然拒绝言和。

这是一次和平的"几乎",紧随其后的第二个战斗日则发生了战斗上的几乎:

若不是赫拉使阿伽门农心神发奋,
赫克托尔就会放火焚烧船只……(8.217及以下)

——由此展开了透克罗斯的壮举和另一段神戏。

如果后两次停战的可能性还显得无关紧要,那么,第二天战斗结束时,是否继续打下去就成了极为艰难的问题(9.9及以下)。第一天战斗结束时局面反转。[109]开始时满心希望的阿伽门农被阿开奥斯人意外的惨败打击得垂头丧气。一天前在他看来绝无可能,还认为可以作为手段激发斗志的事情,即将成真。他亲自描述这种局面,用的是一天前想象绝无可能之事时的那番话。他亲自提议迅速逃离。正是这种局面引出求和使团。

这个"几乎"最终第七次发生,是赫克托尔闯入阿开奥斯人的船营纵火,不仅仅是阿开奥斯人,就连阿基琉斯自己也"几乎"来不及救船,16.80及以下。《帕特罗克洛斯篇》由此展开。

这个动机已反复用得够多了,此外还有相反的情况,这边在船营,另一边特洛亚也"几乎"被提前攻破。因为攻打特洛亚并不仅止于帕特罗克洛斯和阿基琉斯的胜利。临死的赫克托尔预言了阿基琉斯的胜利——此处的"几乎"是主剧情的要求。这个"几乎"差一点在第一天战斗时就发生,若不是先知赫勒诺斯走向埃涅阿斯和赫克托尔,特洛亚人"几乎"在阿开奥斯人前逃回城中(6.73及以下)……正是这个"几乎",促发了赫克托尔和安德罗马克的相遇。第二天战斗一开始,这个"几乎"就再次出现,若不是宙斯掷出闪电,特洛亚人就会像绵羊一样被关入城墙(8.131)。

比较动机"几乎"的不同功能,就会表明,有些是插曲,有些对于主剧情必不可少。船上燃起的大火必不可少,帕特罗克洛斯因此才能加入战斗,他胜利的"几乎"同样必不可少,这招致了他的死亡。该动机的其他运用则是主剧情的漫长时程所需。在大跨度的框架中,它可以用来为截然不同的诸多插曲创造空间。

此外,还有悲剧和讽刺的"几乎",一种是英雄式的,一种是被质疑的。种类上看,前者更为原初。一个史诗术语称其为:ὑπὲρ μόρον[命运之外的]。在英雄式"几乎"的背景上,讽刺式"几乎"的讽刺性凸现而出。

[110]每次"几乎"都需要准备。其中包含着期待,悬念越久,就越是阴森可怕。英雄式的"几乎"可由集体战斗行动招致,但当它出自一个单独人物的壮举时,才似乎最伟大、最本源。如果阿波罗不与他针锋相对,就无法想象阿基琉斯这个人物会征服特洛亚。这种"几乎"在帕特罗克洛斯身上更是惊心动魄,此前他一直都不是什么有名的英雄,而只是一位在气力和地位上都无法与阿基琉斯相比的侍从。他被这种几乎就是他自己的"几乎"牵掣,超越了他自己的尺度。这"几乎"同时在他内外,缠卷入他的死亡;他的ὑπὲρ μόρον[命运之外]与ελευτή[终点]同一不二。

在诸多非英雄的"几乎"情境中,争议最大的也许是第二卷。这部分看起来太古怪,不乏有人建议要召唤它回归理性——把它分摊给三两位各怀鬼胎的诗人。每位诗人意欲如何,又再次众说纷纭,至少有四种意见可供选择!

[原注]米尔(《考订绪论》,页26,列有其他文献)也区分了诗人A和诗人B,他笔下的这两位比在其他重构中近得多。主要差别是,A尚不知道"试探":阿伽门农想唤起军队的荣誉感,军队却因此冲向船。为体谅阿伽门农的失算,B引入了"试探"。(他的失败因此变小了?)涅斯托尔的发言是B的补充。

每次"几乎"都得助跑,也就是说,必要期待某种与结果相反的东西。此处是最终的胜利,虽然是同一天!期待者是心中萦回着宙斯所送之梦的阿伽门农:就在这一刻,诸神同心,要赐予他胜利:赫拉通过恳求使众神"转变",宙斯亲自垂顾于他。相比于阿伽门农的经验世界,此梦更多关涉诸神的剧情——这常被忽视。送梦者是宙斯,一大清早,刚与赫拉和解,在她身旁度过第一夜后,他就背道而驰地计划起她本应"转变"的事情,诡计于是显示出双重性:它也是假的,不仅对深信王者无误的阿伽门农产生了错误影响,它本身也讽刺性地虚假——无处不胜者赫拉!她的"恳求",事实上让恳求的忒提斯取了胜。梦神伪装成涅斯托尔的形象:滥用与欺骗相伴。作为劝谏者,没有人会比涅斯托尔离阿伽门农更近。[111]就在前一天,他还把"由宙斯赐予光荣的,掌握权杖的国王"地位推举得高于阿基琉斯的英雄身份(1.279)。无疑,如果涅斯托尔犹豫不决,国王的信心就会遭受重击。梦神的欺骗利用了人类的忠信:他抢占了的不可收买者的赞成。作为王者之梦,它与西罗多德波斯故事里的君梦有某种相似,可增添了多少讽刺!阿伽门农当然要把它讲给诸王的私密圈子,还有什么会更加顺理成章!

[原注]部分阐释者删去了复述——如果按照他们的来,阿伽门农就立即走到集会的军队面前;根本不会提到梦,换句话说,对于他情况的特殊性,梦没起任何作用。

只有经过"深入讨论",它的迷惑效果才显现出来。可指斥之处也并未隐讳:

> 如果别的人提起这个梦,
> 我们会认为它虚假而掉头不顾,
> 但现在……

这位浑然不觉的好人想不到,欺骗本身竟源自神,宙斯竟亲自使用了在宙斯信徒看来是渎神的手段。又怎么会呢?

很难相信此宙斯非彼宙斯,比如第三卷 302 行休战时对人类忠信如此不屑一顾的那位。然而,比起 22.226 及以下的雅典娜,他的骗局就是小巫见大巫:一如梦神在此借用了最忠诚的劝谏者涅斯托尔的形象,彼处的雅典娜也变身为赫克托尔最喜爱的兄弟。这里是典型的诗人 A,那里却是诗人 B,我认为这极不可信。我们会在第二卷从阿伽门农的性格缺陷中推知这种情况:荷马从人神差异中推知:太过自信的王者做起梦来就会发生这类事情。更智性地表达(并非我赞成如此):历史人物的"幻觉"至关重要,也就是超越了这个人着魔的瞬间。这个梦展现出捉摸不透的多面性,既属于人也是神的戏,看到过去、也看向前去,扎根、开花,很快就枝繁叶茂,再也停不下来,差一点就……[112]在无视现存物而去寻找原初品的解释者们的重构中,一切都一笔勾销。可是,引入一个事后人们一无所知也根本不知道它有什么用的梦,值得费力吗?

其次诡异的是,涅斯托尔虽然驱散掉对此梦真实性所浮现出的疑虑,却对阿伽门农即将施展的伎俩未置一词。对此,本也应疑窦丛生,[文中]有所暗示,却只用了句出色的套话一掠而过,而这句话向来只用于中规中矩、已打消掉所有怀疑的情况:ἧ θέμις ἐστίν[像往常那样]。阿伽门农的计划无需讨论:他要"试探"军队,其他人应该说反话制止。如何?为何?结果要期待后续。

接下来发生了独一无二的事:整部《伊利亚特》中唯一一幕大型群戏。这一刻,成败取决于人群,取决于他们特殊的反应方式——只要他们是群体。作为群体登场，他们嘲弄了君权神赐的国王所有的期待。对戏的双方都被推上前来。他们从低海岸前的船上和营帐涌出，有如蜜蜂一群群飞离岩洞……处处喧嚷纷乱，九个传令官大声制止他们喧哗……如同所有被树为典型的譬喻，这个比方不容置疑：操控此处的正是盲目的集体冲动（der blinde kollektive Trieb）。首卷的军队集会上，士兵群体只是国王戏的布景，现在则截然相反。阿伽门农孤身一人面对群体。像开始做梦时一样，他所拄的权杖和他无可指摘的血统是他满心期待的标志。他从未如此自命为领袖，却就在此刻失去了领导权，这就是他的形象。梦幻在他身上继续。给他送梦的是宙斯，他也从这位宙斯那里继承到所拄的权杖。

他讲的话混杂着支持和反对起航的理由。抢在对手之先说出反对理由，大概在修辞术诞生之前就已经是一种常用的策略。阿伽门农的失误在于，他并未料到，在群体心理中最近的会压倒较远的，肯定理由会战胜反对理由。群体只能听出直接扑向他们的东西。对于任何一个"然而"或"尽管"，他们都充耳不闻。[113]阿伽门农也许在国王之间这样讲话，却永远不应在全军集会上。让我们回家吧！这句充满灾难的关键话语之后，是暴风雨般的启程和共同逃亡，事情发生得如此急遽，根本提不到众位国王。想一想：这可是半神的英雄们！有可能，这次"几乎"是整部《伊利亚特》里最大胆的东西。

骗局蔓生，超越起点，遵从起它自己的法则。我们不能发问，这是否恰如宙斯所愿。如其他情况一样，此处防避过激之事发生的神明是关心阿开奥斯人的赫拉和雅典娜（泽诺多托斯①认为只有雅典娜）。这场从更远处发起的事件，经由赫拉到雅典娜的程序

---

① ［译注］泽诺多托斯（Zenodot von Ephesos）：前280年，亚历山大里亚图书馆首任馆长。《伊利亚特》和《奥德赛》的首位校注者，并将其编为24卷。

路径，指向了一个人，唯有他，奥德修斯，才能从这败局中的最大败局，从这一错再错的境况中，把阿开奥斯人的军队带回理性。神的任务下达至他时，他正不知所措地伫立观望。然而，任务只是激发出他已有所准备的东西。刻不容缓，事不宜迟：他像个赛跑者，扔掉罩袍……

最后一刻，他扭转了局面，也同时拯救了权杖的尊严。他知道，对诸王讲话和对普通人讲话截然不同。他所做的恰恰是阿伽门农失手之处——后者只好把权杖交给他；这个象征不言自明：他才是真正的王。他述诸二事：1. 宣誓过的诺言及忠诚——或许这不仅涉及到某种传说的东西，阿基琉斯的行为里忠诚一直是十分捉摸不透的点，2. 宙斯曾预示过的未来。后世的修辞术会说，他述诸"理"(das Gerecht)和"用"(das Nützlich)。事实上，在《伊利亚特》的多场讲话中，这是成效最大的一次。它与阿伽门农的讲话形成鲜明对比，目的就是要得到相应的尊重。

奥德修斯应时而动，见机而言。时间成熟了，现在就是关头，此前已得证的卡尔卡斯预言，以后也必将应验。后者不仅仅是对《塞浦路亚》的追忆，没有这番话，我们就不会知道我们在哪个时间点上，要明白其他事情必须了解此事。我们有一定理由称其为奥德修斯的壮举(Aristie)。不论有何意义，它肯定是诗人的自由发挥，在任何现成的英雄传说中都无据可查。它也只能用这种精心打磨过的、晚熟的史诗风格讲述。[114]它只是插曲，就像赫克托尔向安德罗马克告别。但是，一如赫克托尔的告别，它显然也折射出曾非插曲之事：一如赫克托尔告别中特洛亚的陷落，①这里是已在英雄传说中讲过的奥德修斯的壮举。然而，折射出的境况与《求和》之初更为相似。"试探"时的诗行得到极其严肃的重复：九个年头过去，船只的龙骨已朽，那么多英雄死去，阿开奥斯人伤亡越来

---

① ［译注］原文如此，疑误，应为"忒拜的陷落"。

越多,涌入特洛亚的援军也越来越多,城市也就更难攻夺。这时,奥德修斯,这位"城市毁灭者",带着他的计划出场。此处也是雅典娜把力挽狂澜的功业交付于他。我不想进一步细谈后来的事。实际上到了返航的时候,这就够了。外在剧情中的策略,在第二卷的折射中变成这位头脑冷静者的壮举。

一段后戏是特尔西特斯的插曲。但它也同样不止是插曲,要重建失去的英雄的平衡,它必不可少。集体逃亡使阿开奥斯人水准大失,他们下陷太深,不得不被重新举高。同样,在帕里斯忍受过妻子、兄弟的所有怒气和鄙视后,他也必须被重新抬高(6.521)。特尔西特斯,阿基琉斯的拙劣摹仿者,方方面面都是英雄的反义词,但凡能想到的可鄙性都被堆到他身上。他的出场不沾任何一丁点双关的影子。对于他说的话,唯一正确的答复就是惩罚。

这种影射最终得到指明:当阿开奥斯人重回到英雄的高度,他们彼此承认:

> 真的,奥德修斯作为顾问和长官,
> 已做过无数好事,
> 这件——惩罚特尔西特斯
> ——好过他的所有壮举。(2.274及以下)

就这样,诗人为听众提供的特殊事件超越了所有惯例。

如果不把饱受斥责的"试探"归入一系列相近场面,可能就无法解释。阐释如果看不到那个"几乎"或只能从中解读出伪造,就没有什么破解谜团的希望。对特尔西特斯诗组的重构如果舍弃这个"几乎"——已有若干例子——就没有了噱头。如果设想,特尔特西斯在阿伽门农之前(多么不可能!)或之后,作为反对派领袖发言压倒他的势头(多么不可能!),而阿开奥斯人受他蛊惑向船只跑去,[115]就意味着荷马的世界里引入了自相矛盾的民众煽动者。

无疑,第二卷与群体有关——这就是它的特殊之处。人们不喜欢一时冲动的群体哗变,因此总是试图为其归因,若不是非英雄的理智,就是煽动。(他们说,)更古老的特尔特西斯诗篇被改头换面,第二卷的谜团就在于,它是加工品。可倘若如此,特尔特西斯也一定被同时加工了。因为他在《伊利亚特》里并不是民众煽动者,他没有随众,最终却成了不情愿的打趣者,成为没有小丑权利的小丑;阿开奥斯人的自我意识没有受他诱骗,反倒因为看到他而重新加强,回归英雄。反对国王的人实在可笑。

　　然而,特尔特西斯与这个"几乎"情境有着更为内在的关联。他的特征以及为之堆垒的大量非史诗的、有伤神圣经典的称谓,是对荷马形式世界严密性的侵犯,正如从岸边无序涌出的大群民众是对神圣社会秩序的侵犯。这两处如出一辙地颠倒了英雄关系。特尔特西斯妄自扮作阿基琉斯的角色,和他一样,那句灾难性的关键话一出口,民众就妄自领导起国王。能猜到,虽然为数不多,但也有一部分国王随民众弃离而逃,奥德修斯的客套话(190 行及以下)让我们一望而知:"阿伽门农是打算'试探',很快会惩罚阿开奥斯儿子们。"暗藏的威胁不会被漏听:会在法庭上秋后算账,我们可以说,将有一场对失败主义的审判。"他为此有足够的脾气($\vartheta\upsilon\mu\acute{o}\varsigma$)和荣誉($\tau\iota\mu\acute{\eta}$)来自宙斯。"针对民众所妄作的角色,他对普通士兵说:

> 你是懦夫,一无是处,
> 战斗和议事都没分量。

(因此你不能擅作国王。)

> 国王不是人人,而是那一个。

奥德修斯之后,涅斯托尔发言。不乏有人尝试,干脆把涅斯托尔的所有发言,特别是这番话,从本原的《试探》(Peira)中除去。总体上看,这番受到攻击的言辞三令五申地支持着奥德修斯的话。它在强调。唯独在一点上它走得更远:此时最低点已经过去,突然之间,一切都好像根本没那么糟。现在,突然之间,[116]好像阿开奥斯人不是重新团结起来,而根本一直就是同心同德!好像阿伽门农从未遭受过挫败!

> 阿特柔斯之子啊,你要像过去一样坚定,
> 在激烈的战斗中继续把阿尔戈斯人统领,
> 让这一两个阿开奥斯人的异类自寻毁灭,
> 他们另有所想、别有所图,绝不会有什么成就。(344 行及以下)

> 如果有人非常想返回家乡,
> 就让他攀住他的备有很好长凳的
> 黑色船只,当着人自寻死亡和厄运。(357 行及以下)

这意味着,倘若有那么一两个叛徒,其余所有人都会把他们就地处以极刑!这听起来就和奥德修斯话里暗藏的威胁不一样了:就算有,也只是一两个人。刚才可还是全体军队!

因此我们就应该污蔑涅斯托尔的话是假的吗?难道我们没有看到,此后不论人物大小,没人想当逃兵?群体的暗示力刚刚几乎席卷一切,它的巨大危险被突然遗忘了吗?抑或这是有意为之?如果我们不是语文学家而是心理学家,可能就会说:失败越惨,就越不会得到承认——若是不战而败,若是道德上的失败,就更惨了,"过度补偿"。我说,我们……,仿佛向林中呼喊,就会回响出漂亮话。可涅斯托尔描述的局面不仅仅是主观,真相不仅是被粉饰,

诗人的目的在于,军队确实转变了。起初的涅斯托尔和最后的涅斯托尔截然不同,的确,但这恰恰前后协调。我们在《伊利亚特》里处处都能看到这种反转。区别是,通常反转在个体身上实现,此处却发生在人群中。魔鬼永远都在伺机侵入,越是伟大的英雄越会深受其害,它的威胁在此扑向民众。成效则是,被反动袭击的阿开奥斯人,现在比以往更加斗志昂扬。

大量比喻被用来形容涌向灾难性集会的人群,这与后来形容转变了的、重获新生的军队从集会涌出(394)并受到雅典娜鼓舞开赴战场时(450 及以下)的比喻相应。阿伽门农本人在犯下如此大错,"几乎"搞砸一切之后,此时找到了[117]简直能让人想到提尔泰奥斯①战歌风格的激励话语。如出一辙的是,帕里斯受过羞辱后,比以往更增添了英雄之美。

史诗作者的任务是歌唱 $\kappa\lambda\acute{\epsilon}o\varsigma$ $\grave{\alpha}\nu\delta\rho\tilde{\omega}\nu$[男人的名誉]。不存在我们意义上的善恶,而是超拔出一切人性的"名誉"和它的反面。"名誉"越盛,它的危险就越是层出不穷。《伊利亚特》的特点是,这些危险在双向加剧,向内比向外更甚。它们必须一次次被祛除、超越、弥补、修复。就连奥德修斯这样的人也得犯一次错(8.97)……任何英雄都不会像赫克托尔那样,在最高荣誉的瞬间,在死亡之前,被那么可怕的对死亡的恐惧笼罩。英雄诗篇里也没有任何一支军队会像阿开奥斯人这样,即将胜利之时,还没打仗,就突然集体逃亡。或者,这只是障眼法?

应该感谢保罗・马逊(Paul Mazon),他以模范的明确性总结出会让逻辑推算的读者反感之处。②"阿伽门农能有什么理性原因,去上演这样一场不怎么适于促动希腊人下决心打仗的滑稽

---

① [译注]提尔泰奥斯(Tyrtaios),活动于公元前 7 世纪前后。斯巴达战争诗歌的开创者。

② 《导论》,页 147。

剧?""还不知道阿伽门农的真实意图,特尔特西斯就谩骂起来。"这当然就是他的习惯……马逊的解决方法是逃避。他相信避开不可能就能逃回现实。可是,他不是反而出离了现实?[他说,]一段异路的诗被插入《伊利亚特》,并通过阿伽门农的梦与首卷联系起来。原本要写的题材是,阿伽门农如何在战争的第九年末以妙计说动士气低迷的希腊人发起最后进攻。丧失斗志不是突然降临的特殊事件,而是普遍情绪。人尽皆知,没什么稀奇。计划和结果相符。逻辑上或许说得通,虽然我也很怀疑。可哪里有阿伽门农神机妙算的例子?如此一来,人物岂不是都要颠倒?这一切是为什么?如果有诗人真的这样写过——对此我不太相信,就能确知一点:有趣不是他的强项。

[118]＊"试探"阿开奥斯人军队并不是《伊利亚特》里唯一的"试探"。阿伽门农作为主上试探集会的全军,与此相似,第四卷开头宙斯也作为主上"试探"集会的众神。这里也有标志性的词:ἐπειρᾶτο[试图](4.5),在他"旁敲侧击"、并不直言的话里:παραβλήδην ἀγορεύων[挑衅地发言](4.6)。显然这属于"试探"。他话中的玄机是什么?不好战的阿佛罗狄忒把她的宠儿帕里斯从他与墨涅拉奥斯的决斗中救出来,两位强势的女神赫拉和雅典娜满意地看着。墨涅拉奥斯胜了。应该怎样决断?再挑起战争还是创造和平?如果大家喜爱友好相处,那就让普里阿摩斯的城市未来有人居住,墨涅拉奥斯可以把海伦带回家去。如同阿开奥斯人军中的试探,这里也在讨论和平返乡的可能性。宙斯装模作样,一如阿伽门农。实际上,他此刻的想法无异于"试探"阿开奥斯军队之初,要给特洛亚人和达那奥斯人带来苦难和呻吟(2.39)。如果这两处不是同一位诗人所写,那可就奇怪了。

可为什么要装模作样?假设他没有伪装:那他要说什么?会有什么结果?他必须在众神集会上宣布他的最高意旨,也许得抵制若干阻力,派雅典娜前去负责,令特洛亚单方失信,破坏庄严的誓约。他反其道而行,貌似违逆自己的主张,却达成了目的。他所实现的,正是阿伽门农在凡间的相似情况下希望实现却惨败未效之事。

宙斯做到了什么?他素知两位最强势的女神总和他唱反调,就让她们义愤填膺地反对他——正中他下怀!他使奥林波斯与他同心一德,却意识不到被他玩弄于股掌之中。诗人自己又借此做到了什么?无需枯燥宣说就完成一次奥林波斯最大型的揭秘。通过"试探",赫拉对这座城市的所有深仇大恨才得以曝光!才显现出众神以怎样可怕的誓约阴谋毁掉它!通过"试探"才揭示出,众神之间如何彼此制约依赖!诸神的政治由多么可怕的协定构成,其保障是:以牙还牙、以血还血![119]宙斯的把戏背后有怎样阴森森的现实:我们意识到,这是对多里斯人迁徙之灾的唯一暗示……通过"试探"才显现出,人间战与和的判定取决于怎样可怕的权力。此处的"试探"动机莫不是承载了一切!

阿伽门农的"试探"则截然相反!一次如此成功,另一次却如此失败。阿伽门农造成的众人一心,与他所盼之事背道而驰。那句关键的话"返回亲爱的家乡",让伟大的女神和所有奥林波斯都满腔义愤,对于凡人的耳朵——阿伽门农打错了算盘——却如此甜蜜,任何理性、任何伊利亚特的英雄气概都敌不过群体效应。(这句关键的话还反复出现在 2.140,158,174。)宙斯因何而胜,以宙斯为证的伟大国王就因何而败:

> 严重的愚昧:
> 因为他不知道,宙斯……

阿伽门农失败,诗人因此实现了什么?最重要的是,他触及到两件可疑之事:其一,自认为永不失误的国王不可信;其二,军队不可信:这是对阿开奥斯人此前无可置疑、不容侵犯的英雄气概最严重的攻击。"试探"本身在这里是双重甚至是三重的：阿伽门农想去试探，他本人却因此遭受了一番没能通过的考验；军队被试探，可不论它自己、领导者阿伽门农还是众位国王都没有通过考验，唯独奥德修斯胜出，却也只是因为雅典娜相助。诗人喜欢击碎《伊利亚特》英雄式的单调，这种不可信就是手段之一。

同一个史诗动机"试探"，一次用于众神集会，一次用于军队集会，我们要问：它在哪个领域用得更早？看上去更可能是神的"试探"借鉴于人，还是刚好相反？这样问也许太大胆。但之所以提出来，就是要说，"试探"在神的领域更合理。4.7及以下，宙斯的言辞里没有丝毫可疑、含混之处，而在阿伽门农用来导入"试探"这个想法的话(2.72及以下)里，他所援引的先例或合理性($\vartheta\acute{\varepsilon}\mu\iota\varsigma$)显得如此古怪，以至于考据反复在此开刀，或是干脆把"试探"删掉，或是要从中推求出误入此处的另一首诗。就算直接取材于"生活"，该动机似乎也找不到明白的解释。[120]"试探"让读者莫名其妙，这种挑剔是对的。一声令下就发生了意外，为什么，出于什么目的，却一直不清不楚。接下来则要指出，不成功的"试探"是对成功先例的模仿或倒转，而非相反。第三点要说，神的"试探"并非孤例，而是能回溯到诸神勾心斗角的更古老的模式。"试探"也是众神间的较劲：

> εἰ δ' ἄγε πειρήσασϑε, ϑεοί。
> [你们这些神前来试试，就会清楚。](8.18)

这里的"试"当然是宙斯的公然挑衅，光明正大的挑衅。而第4卷的众神集会和第2卷的军队集会一样，其中的"试"就是挑衅本身。

特洛亚人和阿开奥斯人

* 绝对秉公持正并非诗人之职。这样他或许就触犯了身后的传统。阿开奥斯人从未被特洛亚人俘虏,更别说阿开奥斯人会请求特洛亚人交赎金保命。似乎有一个荣誉点,能让自我认同为阿开奥斯人的听众敏感。虽然一次次损兵折将,但不容怀疑的是,他们本来就是优势者,也更富有英雄气概。如果战败,那就是宙斯有意致此。特洛亚人那边从未出现过埃阿斯或奥德修斯那般的孤注一掷(赫克托尔之死是另一回事)。可以设想,在更古老的传统中,阿开奥斯人和特洛亚人之间的某种等级差别要比在《伊利亚特》里更明显。帕里斯在受到方方面面对他毫不留情的训斥和咒骂之后还能再次作为不受鄙视者出场,这里能看到的与其说是早期作品的痕迹,不如说是《伊利亚特》诗人的创新,因为"不幸的帕里斯"在早期始终是光芒四射的英雄。① 阿伽门农,整场行动的首脑和灵魂,受到周期性崩溃的折磨,在病态的悲观中对一切都心灰意冷,这也不属于古老的传说,[121]而是由《伊利亚特》诗人发明的种种局面引出,它们既不在《帕特罗克洛斯篇》里,也不包含于特洛亚战争故事本身。至于首卷那个不怎么有利于他的角色,我们已经尝试指出,是杜撰的祭司克律塞斯和克律塞伊斯拖累他身陷是非,通过《伊利亚特》的诗人,他才与争夺国王之女布里塞伊斯一事联系起来。

* 通过决斗结束战争是特洛亚人提议——却结束得如此不光彩;赫克托尔向最强大的阿开奥斯人挑战,却差点被埃阿斯打败。阿开奥斯人是胜利者,最初却只是观众。这明示出特洛亚人与阿开奥斯人之间的关系。赫克托尔和帕里斯这两兄弟行事截然不同,却有一点极为相似:他们都太过高估自己的英勇。一个轻浮、优雅,另一个自律、悲剧。一个还没开始打仗,就虚张声势、盛装以豹皮,却在墨涅拉奥斯面前退回到同伴之间(3.16 及以下,米尔页66 认为出自诗人 A);另一个在最后、在死前,独自悔恨自己的错

---

① Vgl. *Das Parisurteil* (in: *Gesammelte Essays zur Dichtung*, S. 32)。

(ἀτασθαλίαι)使特洛亚人血流成河(22.99及以下,米尔页66认为出自诗人B)。不仅出身相同,与帕里斯相似的还有普里阿摩斯的幼子、他父亲的宠儿、愚蠢的波吕多罗斯,他想炫耀快捷的腿脚,却被阿基琉斯刺穿(20.407及以下,米尔,页307/308认为出自诗人A①)。寄希望于赎金的吕卡昂也是普里阿摩斯家族的这种类型(21.35及以下,米尔,页312及以下认为出自诗人A,由诗人B改写)。

另一种自负毫无魅力、黩武野蛮,属于阿里斯柏的许尔塔科斯之子、暴烈的阿西奥斯(12.95及以下),冲锋壁垒时,他是唯一拒绝波吕达马斯的明智建议,没有留下战车的人,因为他"一心以为"(125),涌入垒门的阿开奥斯人抵挡不住,失利后他"愤愤不平"(ἀλαστήσας)地埋怨"出尔反尔"的天父宙斯,不久之后则被伊多墨纽斯击毙,有如山间的橡树或松树在木工的利斧下倒地(13.384及以下)。阿开奥斯人这方也没有他这种人。表面上与他相近的是色雷斯的阿克西奥斯河神之子佩勒贡的儿子——派奥尼亚人阿斯特罗帕奥斯,[122]他作为双枪手吹嘘着自己的家谱,气势汹汹地向阿基琉斯走去——却连阿基琉斯投偏的枪都没法拔出地面(21.152及以下)。

特洛亚方面,伤亡更可怕,失望、期待和结局间的转换也更突兀。援军中有帕弗拉贡国王皮莱墨涅斯,他失去了儿子哈尔帕利昂,把惨死者抬上车、送回城,"不能报仇"(13.643及以下)。在阿开奥斯人一方,这种事情连想一想都不可能。

除了传说中已有的人物,诗人还依据特洛亚或亚洲人这种性情的基本共性另虚构出大批新形象。我们就简单说是诗人,如果像荷马考据处理这些人物那样追问,这些诗人会根据假说的需要,有时晚近,有时古远。

---

① 但很可疑,注13,页313。

某种意义上,他们同病于妄想,现实对他们隐而不显。为了让妄想更清楚地显现为妄想,需要一种受其遏止而无法发声的对抗力:劝谏者或先知。所以,为反对赫克托尔,他的叔叔波吕达马斯才作为劝谏者出场,反对普里阿摩斯和帕里斯的则是年迈的长老安特诺尔(7.347及以下,一部分话说得和波吕达马斯一样)。阿开奥斯人不需要这样的形象,他们不是将亡者。

＊越是注定要承受特洛亚人及普里阿摩斯家族的命运,这些新生的英雄就越是要脱颖而出:吕西亚人格劳科斯、萨尔佩冬和埃涅阿斯。

＊如果特洛亚人的弱势是由历史本身、由《帕特罗克洛斯篇》和特洛亚战争决定的,那么也就同时决定了,特洛亚人越弱,就越耽溺于幻象。连他们的毁灭也是一种妄念所致:他们相信,阿开奥斯人会返航离开。他们欣然接受西农(Sinon)的谎言。阿开奥斯人返航离开的动机有其历史根源,《伊利亚特》的诗人却使之内化为情绪上的威胁、恐惧、幽灵。奥德修斯和雅典娜的诡计算准了他们[特洛亚人]的自负;他们在败中妄想着庆祝胜利。最后的败者最初都是狂徒,这是失败的本性。七雄攻打忒拜时亦然。

＊[123]阿开奥斯方面唯一执迷不悟的人是阿伽门农。当然,犯错的阿伽门农并非完整的他;他是在特殊情况下犯错。倘若因宙斯送给他一个欺骗性的梦而错,那这个人就几乎不可能不错。然而由于神性和人性交错,他犯错也同时是因为,他自认身为国王自己不会错。《使者》(Presbeia)里,他和涅斯托尔一起犯了错。但他们犯错不是滔天大过,而是普通的人性,如果是人性的,就不会理解阿基琉斯愤怒的伟大。从职业上看,阿伽门农犯了另一种错,因为,作为国王,他对局面时而太过自信,时而却太过绝望。由于[国王的]职责,他有义务不可动摇地超凡出众,可作为优柔寡断、意气用事者,他却不得不位列于年轻的狄奥墨得斯身后。他不是总能在王者之尊里扮相出众。可这一切并不植根于特洛亚战争

的历史或《帕特罗克洛斯篇》本身,而是诗人个性分明的杜撰,一切都附着于受到挑衅、成为讽刺的王者威严,这与特洛亚人及普里阿摩斯家族的妄想,与那种灭亡前先行的妄想大相径庭。

* 阿伽门农的消沉和即刻返航的冲动在 14.65 及以下得到重复。此处反对他的也是狄奥墨得斯。现在二人都受伤,被判以同等的被动。

* 一切都说明,这个阿伽门农是一位诗人的发明。他被欺骗性的梦所骗是神的一个把戏,不能从其他神戏中剥离出去。刚一开始,宙斯就彻底断灭了他统领阿开奥斯人的高昂希望。领导还未开始就被毁,被毁的方式越不血腥,受辱越是深重。只有作为后来血腥惨败的前奏,才会构想出这第一次不流血的失败。第 2 到第 4 卷中,众神商讨决斗、派出雅典娜、潘达罗斯射箭,所有这些回合,宙斯都一如既往地紧紧把控着大权。写出这个阿伽门农的诗人与众神场景的诗人是同一位。《使者》(*Presbeia*)里,绝望的阿伽门农走投无路,如果他不会如释重负地把手伸向唯一的救命稻草——阿基琉斯的和解,也就不会如此意气用事地说要即刻返航。狄奥墨得斯,这个起初被礼貌地推到一旁的人,终究是对的。写出这个阿伽门农的诗人,同时也是编排插曲的大师。

第5卷

狄奥墨得斯的壮举*

神　戏*

＊[124]英雄与诸神穿插相斗的第5卷,在所有诸神与英雄之争中最为错综复杂。神战和英雄之战,不论在《神战》(*Theomachie*,20卷)、"中断的战争"(Kolos Mache)①,还是几场二者相关出现的戏中,都彼此泾渭分明。第5卷中,所有的神、英雄、友、敌、尘世和奥林波斯的舞台,起初似乎都混作一团,直至从看似随机的千头万绪中显现出凌驾其上的秩序,从众神兴风作浪的眼花缭乱里显现出奇迹,还有最终水落石出的形式和编排。

从第4卷起,被指定于添补阿基琉斯休战空白的已知英雄是年轻侠义的狄奥墨得斯,论骁勇,他是第二个阿基琉斯,却没有阿基琉斯的内在矛盾和魔鬼般阴森的心中渊壑。他天然的对手本应是赫克托尔。后者却一次次远离他,避开为时过早的定局。狄奥墨得斯的保护女神是雅典娜,赫克托尔的保护神是阿波罗。两位神明各自站在被保护者一方作战。这种对局就是基本情况,它却

---

①　[译注]指《伊利亚特》第8卷。

因横插入其中的埃涅阿斯偏移了：作为英雄他太强大，几乎使赫克托尔黯然失色。埃涅阿斯又把他的女神母亲阿佛罗狄忒拉入战斗。赫克托尔的保护神阿波罗，虽然高坐在此处叫作别迦摩（Pergamos）①的特洛亚卫城上，却置身于战事之外。

* 埃涅阿斯被对手狄奥墨得斯所伤，几于致命，他的生死如此依赖于疗伤神，竟使阿波罗从赫克托尔的保护者和复仇者——《帕特罗克洛斯篇》和包含它的《阿基琉斯纪》均以此为基础——变成埃涅阿斯的保护神。[125]最终阿瑞斯也加入这一伙，因为敌方的雅典娜作为年轻的狄奥墨得斯的助战女神，需要一位集种种凶残于一身的对手，使她能动用她的显赫威力制胜。阿瑞斯因此成为令人心惊肉跳的恶棍，被阿波罗找来对抗狄奥墨得斯，为赫克托尔打下伏笔。* 埃涅阿斯进入这种敌对格局的战场，阿佛罗狄忒随埃涅阿斯而来，这样阿瑞斯就同时成为阿佛罗狄忒的帮手；作为战胜阿瑞斯的相应事件或前奏，先行发生了阿佛罗狄忒被狄奥墨得斯击伤。

* 为使敌对格局更加盘根错节，最后还加入阿佛罗狄忒与联手的赫拉和雅典娜之间的宿仇。这无关埃涅阿斯的命运，与帕里斯和海伦这对情人的命运却并非毫无瓜葛。奥林波斯那幕讽刺戏谑的场景插曲式地中断了打得正酣的人神大战，女神的仇恨却在其中继续发酵。阿佛罗狄忒因而在神戏里参与了双重角色，其一是埃涅阿斯的母亲，其二是为反对她而结盟的赫拉与雅典娜的共敌。作为儿子的拯救者，她在战场上惨败，又在奥林波斯陷入两位竞争对手的联合挖苦。如她这般统一起两个角色，大概是极富创造力的《狄奥墨得斯纪》最别具匠心之处。

* 使狄奥墨得斯的壮举与众不同的种种特点之中，尤其突出

---

① 以别迦摩（Pergamos）代表伊利昂的用法似乎是一个客观的断代标准。出现它的诗卷显然很晚。它没有在第8卷、而在第6卷出现。

的是无所顾忌(die Unbekümmertheit),它激发了壮举——或是值得期待的动机被略掉。如果能让听众惊奇——就更好了。

从4.422(由军队检阅导入)直至第五卷结束这段精彩纷呈的过程,可以用雅典娜和阿瑞斯的敌对来概括。阿瑞斯推动特洛亚人作战、让赫克托尔成为他们的英雄,雅典娜则推动阿开奥斯人、以狄奥墨得斯为英雄;溃逃(Deimos)、恐怖(Phobos)和争吵(Eiris)这些魔鬼都随阿瑞斯参战。该卷的结局是,狄奥墨得斯一方的雅典娜痛打赫克托尔一方的对手阿瑞斯,使他落荒而逃。

这个大局被打断,主要是两段奥林波斯间奏的缘故,第一段:赫拉和雅典娜嘲讽阿佛罗狄忒,第二段:赫拉和雅典娜为作战亲自武装。大局表明,雅典娜与阿瑞斯在战斗中势均力敌。一如阿佛罗狄忒的冒险,奥林波斯山上的武装场景也是一段间奏。插曲的结局也使人毫不怀疑,两位战神的斗争,[126]亦即主剧情的后续发展,将会以得到最高批准的雅典娜得胜而收场。

因为阿佛罗狄忒-间奏,雅典娜不得不从战场前往奥林波斯。没有说如何去、在哪里,更别提动机。事实骤现,雅典娜和赫拉看着,她们就用嘲弄的语气激怒宙斯(418)。就好像雅典娜是众神的常务理事会成员。只有当雅典娜没有参与此前的最后几场打斗,才可能听到这段奥林波斯间奏。事实上她最近一次作战是290行,当时她把狄奥墨得斯的长枪瞄准了潘达罗斯。狄奥墨得斯和斯特涅洛斯击伤埃涅阿斯并抢夺他的战车,她就没再参与。她突然就极其平静地与赫拉一起坐在了奥林波斯山上,因为她们二者都不会白白错过仇敌惨败的乐子,如果爱神不承受竞争对手们(从帕里斯的评判而言)幸灾乐祸的嘲讽,那么她在打斗中的笨拙和不幸就还不够有趣。情境是压迫实际因果关系的专断独裁者。讥讽针对阿佛罗狄忒,话却是对宙斯说的,(雅典娜):父亲宙斯,你会不会对我要说的话生气(421)?赫拉以同样的话开场了第二段与此应和的诸神插曲(762)。这种重复是为了使人意识到段落的划分。

宙斯笑了笑，叫被嘲笑者来到身边：

> 不，我的孩子，战争不归你管，
> 把它交给阿瑞斯和雅典娜！

就这样，阿佛罗狄忒-间奏曲结束，同时返回、或是快进到大局中去。

奥林波斯间奏不止是插曲，同时也是承前启后的环节，对于剧情发展必不可少。两位女神，雅典娜和赫拉在奥林波斯山上的情境，将保持不变。雅典娜继续在战场上消失，此后战场就留给了在特洛亚城高处有固定座位的统治者阿波罗和安排给他工具、帮助赫克托尔的阿瑞斯（460及以下）。510行指出雅典娜的缺席：阿波罗，当他看见，雅典娜离开……①现在他成了战争的主人。现在，受他派遣、也在此期间被他疗好伤的埃涅阿斯重返战斗，健康无比、力量充沛（μένος ἐσθλόν）。② [127]不出意料，狄奥墨得斯和阿开奥斯人处境艰难。安提洛科斯勇猛非凡，却只是暂时拖延。阿开奥斯人不退却，于是赫克托尔和阿瑞斯在他们之中制造了一场毁灭性的血浴（699及以下）。（这里略去松散嵌入的萨尔佩冬-插曲。）这一刻，赫拉看不下去了。她转向雅典娜：要是我们让毁灭一切的阿瑞斯继续发狂，我们答应墨涅拉奥斯的话会白说（她想到了帕里斯的评判和抢海伦的事）。雅典娜曾悄无声息地从战争撤出，她的返场却在赫拉的陪伴下极其声势浩大：返场作为引子，导入这场戏剧化、对位（kontrapostisch）布局的战争戏的最后一幕——阿瑞斯的灾难。结尾指回开头。两位战神，雅典娜和阿瑞斯，一决胜

---

① 这显然是在制造悬念，——雅典娜不战而退、把战场留给了敌人？然而此处还是被反复证伪：这里不产生任何效果。参米尔，页99。

② 维拉莫维茨对516-518的校勘（页285）实难理解：μένος ἐσθλόν[力量充沛]扣回513。一切都取决于μένος ἐσθλόν[力量充沛]，战斗由此出现了新的转折。

负。雅典娜赢得还算道德，可怕的阿瑞斯在宙斯面前则变得卑微、可笑、愚蠢、奸诈，就像擅自妄演高贵角色、却恰恰是其反面的特尔西特斯。

本卷的惊人不仅在于游戏般的天马行空、包含于形式中的恣肆任性、偏爱借用自然现象的奇崛比喻，它尤其是一部构思上交错繁复的神作——然而，唯独不能期待它的一点是：使人信服的实际动机。在这一点上，本卷的诗人比任何时候都更加随心所欲。我只是有这种感觉——但无法指证，加重的随心所欲是老年文风的标志。雅典娜为什么离开战斗？为了那几幕神戏。她为什么一开始就以如此不可理解的方式拉住阿瑞斯的手、引他离开战场：

> 我们让特洛亚人和阿开奥斯人打下去，随宙斯所愿！
> 我们害怕他发怒！（29 及以下）

这话说的是什么？难道她想自己清场？（123 *ἀγχοῦ δ' ἱσταμένη* [站在边上]，290 *βέλος δ' ἴθυνεν Ἀθήνη* [雅典娜引导枪矛]）她这样做的理由是：阿瑞斯在战场外准备好，受伤的阿佛罗狄忒才能在他面前屈膝跪下，请求这个"兄弟"借战车，否则她的力量不足以去奥林波斯。剧情的合理性被牺牲给情境，肆无忌惮。为此，宙斯"发怒"、禁止诸神参与战斗这个动机，[128]被随心所欲地从第 8 卷搬过来，因为这里总要因为点什么。由此产生的旁效则是，既然阿瑞斯如此容易愚弄，他也还会吃到苦头。雅典娜在奥林波斯也是一样：她在那里是为了武装自己。武装自己是为了以盛气凌人的神迹开始最后一幕戏。

＊再没有哪卷书能使人对优越的奥林波斯式的轻浪浮薄印象更深，诸神之间无恶不作，他们叫喊、哭泣，好像对彼此造成了终极的祸患和痛苦，他们相互残害，阿瑞斯的伤在凡人中就意味着死亡，可他们不但毫发无损，还平安愉快地收场。哭哭啼啼的阿佛罗

狄忒伤得轻,被击中下腹的阿瑞斯伤得重,却因此更不可思议。他们像人类一样举止行事,却着迷于威胁、损害、限制人类存在,使之听凭命运摆布。他们的打斗是一种"好像"。他们好像在矛尖上声嘶力竭地叫喊,却仍然还是那些"无忧无虑生活着的"(die leicht Lebenden)。

埃涅阿斯*

从内容上看,敬颂埃涅阿斯家族、关于埃涅阿斯家谱的主要章节,可以位于书中埃涅阿斯出场的任意一处。为什么这一段在第20卷才出现?为什么不早一点?埃涅阿斯的首次出场——没有父名或特征,被嵌入狄奥墨得斯壮举的复杂战斗插曲,5.166-572这一段,没有家谱就无法理解。侠义的英雄在此处被卷入愚蠢的潘达罗斯的命运之中,他太想帮助潘达罗斯,却因为这个他拯救不了的人失去自己宝贵的战车。幸运的得胜者狄奥墨得斯趁此机会击碎了埃涅阿斯的骨盆。对于这个高贵的人,这是段残忍的故事。可还有更糟糕的。先是与他并肩作战的人帮不上忙,不久后连帮他的女神母亲也败下阵来。她把他从战场上抱起,想要救走他,却被狄奥墨得斯追上,被刺伤后她大惊失色,竟让埃涅阿斯脱手坠落;大喊一声,"把儿子扔下去"。髋骨粉碎、在战场正当中掉落,更别说是被女神母亲甩掉的,对于一位如此可敬的英雄,这难道不是有某种轻贱?[129]阿波罗可有得忙了,他得用神力补救这场发生在神之宠儿身上的劫难。埃涅阿斯受诸神庇护,第20卷中,波塞冬救了他,阿基琉斯大吃一惊地意识到:埃涅阿斯显然也为不朽的神明所宠爱(20.347)!与之相比,此处表现得多么荒诞!第5卷里,我们只能偶然从狄奥墨得斯的战友斯特涅洛斯口中间接得知,埃涅阿斯是阿佛罗狄忒和安基塞斯的儿子(5.247)。我们从第三个人口中听到了他引以为豪的身世,而在20.208,当贬损他的阿基琉斯发出挑衅,他亲口以高贵的得体话语自诩为被女神之子挑岬的女神之子！可谁是安基塞斯？安基塞斯和普里阿摩斯有什么关系？埃涅阿斯和赫克托尔是什么关系？他怎么会在特洛亚人那里？必须等到第20卷的家谱才能明白这些。更甚者：根据这份族谱，埃涅阿斯在第5卷被狄奥墨得斯夺走的马和战车的来头也才得到解释。这里狄奥墨得斯得知，马是传说中宙斯赠给特罗斯的良种、作为对伽倪墨得斯王子的补偿（ποινήν）：安基塞斯偷偷让拉奥墨冬的种马与自己的牝马交配。一个又一个迷，只有埃涅阿斯族谱才解得开。

由此推论：第20卷中以清晰、连贯的形式给出的埃涅阿斯族谱，一定早于第5卷中对它割裂的、不连贯的运用。此外，族谱在第20卷中被周全铺垫，它构成这段插曲的核心，作为不会被漏听的敬颂，它为自身而在。第5卷中，它被无意嵌入一系列几乎难以置信的事件之中——重要的是事件，而非族谱，这可是一些完全无视《伊利亚特》常规的事件，它们超出了允许发生在英雄世界中的一切。一位保护神，因为他是神，轻而易举地把他看似失败的宠儿从水火之中拯救出来，这是常情也是庄重大事，不论英雄还是神明都各得其所，对此，大厅里的听众也会喜闻乐见。第20卷中的埃涅阿斯也的确被极其庄重地赐予如许殊荣。可这样高贵的救助机制竟会以如此不体面的方式失败；阿佛罗狄忒在这次拯救行动中难以名状的笨拙竟会如此凄惨地曝光，以至于仇敌赫拉和雅典娜嘲讽她完全合情合理；女神母亲极度丧失神性，她只关心自己流出来的神血，却把该做的事抛在脑后，阿波罗不得不捡起如此颜面扫地的被弃者，把他裹在黑云里，[130]以补救女神母亲的疏忽。这展现出英雄模式的畸形，如此锋芒毕露、如此蓄意图谋，毋庸置疑：此处是在戏谑史诗的庄严。必须先知道模式期待什么，才能衡量出这里对它动了哪些手脚。

第3卷中阿佛罗狄忒使帕里斯脱身就已然是对英雄模式的叛离。第5卷的失败在第3卷成功了，可如此出乎意料，竟使天父宙

斯满腔挖苦地表扬女儿爱神,挑唆(赫拉)说:

> 女神中间有两位帮助墨涅拉奥斯,赫拉和雅典娜,
> 她们却只坐在远处观望,
> 爱笑的阿佛罗狄忒反倒总是袒护帕里斯,
> 使他侥幸,免于遭受死亡的命运。(4.7)

她刚好在最后一刻把她的宠儿裹在云里,使他脱身回到特洛亚。这位在第4卷里毫不掩饰讽赞的宙斯,在第5卷笑着劝她说:

> 我的孩子,战争不是你的事,
> 把它交给阿瑞斯和雅典娜,
> 你还是专门去管婚事吧!

第4卷中天父宙斯挖苦挑唆的话,透露出此事本身透露出来的东西:第3卷(帕里斯)的脱身已然不再严肃,至少不能被郑重对待,而是滑入了反讽。如果我们按层级衡量这种形式的进展,那么第5卷就是最后一级。此外,从第3卷到第5卷的递进,不止是失败相对于成功,更是因为,失败的牺牲品是卓绝的诸神宠儿埃涅阿斯,而成功的可疑英雄反倒是不成体统的帕里斯。成功多么不值,失败就有多么中伤。

　　* 每次被转移走是为了什么?埃涅阿斯的情况,是要让受伤的英雄受到神明照料,伤愈后精力充沛地返回战斗。帕里斯的情况则是,重新开战时,让这个拈花惹草的英雄毫发无损地在海伦身旁重温先前的幽会,并再次经历这个被拐走的不幸女人的反抗和屈从。埃涅阿斯被转移到最神圣的内殿(das Allerheiligste),"神圣的别迦摩"(Pergamos)上阿波罗神庙的"大阿底通"(das große Adyton),给他医治创伤、使他恢复精神的也是勒托和阿尔特弥斯

这样的大角色(5.446及以下)。一位被托付到祭礼三神组圣手上的英雄,在如此照料之下成为了某位神圣-不可侵犯者。帕里斯却被转移到他馨香馥郁的卧室里,不是疗伤,[131]而是被打扮。这个刚刚还在和墨涅拉奥斯决斗的人,如此光彩照人、如此锦衣华服地等待着他心爱的女人,好像他并非从战场,而是从舞会上回来。此中存在着关联,虽然是反义相关。

转移到神庙内,转移到床笫间:二者哪次更早?或者不能这样问?如若阿佛罗狄忒作为转移者已然违规,而阿波罗这样做则不仅更常见,也更符合身份,那么,作为转移目的,隐藏和疗伤的神迹显然比缠绵相拥更符合真正的史诗传统。但目前我们对此无法深究。且不论神庙内殿只在此处(5.448和512)被提到,对于一位要疗伤、要藏身的英雄而言,它显然也绝非普通场所或逗留之处,而是对这场为提升他形象而上演的神迹最高层次的升级。此外,阿佛罗狄忒在第3卷中意外成功的转移尝试,同样在第5卷一败涂地,第5卷成为第3卷的反转。两次转移虽然以截然相反的方式出现,却都是同一动机衍生出的最后方案。

还有更多相符之处。3.379及以下,阿佛罗狄忒使帕里斯脱身的诗句,也被用于20.442及以下阿波罗在阿基琉斯眼前转移走赫克托尔。卷20中阿基琉斯醉心于胜利,狂吼着冲向他的受害者,神则"轻松地"把死到临头者罩入浓雾,因他是神,此处二者的反差似乎更为原初。原初还在于,阿基琉斯三次徒劳地把铜枪刺入迷雾,而3.381笼罩帕里斯的浓雾只是让他不被看到。还有一处差别,第20卷的脱身不是导入插曲,而是拖延时间的手段,如此受害者才能避开打败他的人,直至后者穿过最狂暴的胜利和最极端的绝望,一路打到吕卡昂插曲并与河神交战。

最重要的差别却是,第20卷的转移,由于是最后一次推迟结局,满篇森然凛然;而其他两次转移中,讽刺随终将顺利收场的状况乘隙而入,打乱了一切。同一段本文,在第20卷中入耳悲怆,在

第3卷里却毫无悲剧之感。[132]就连埃涅阿斯不可思议的脱身，也是在一塌糊涂地惨败后才成功。经验丰富的阿波罗接手此事才挽救了局面。20.444（阿波罗使赫克托尔脱身）和3.381（阿佛罗狄忒使帕里斯脱身）所用的措辞："对（女）神这是件轻而易举的事情"，在埃涅阿斯的情况中（5.318）却找不到用武之处，本该是神轻而易举做到的事情彻底反转。然而此处的虚拟句：若不是宙斯的女儿阿佛罗狄忒看见（312），重复了3.374。看起来，作为阿佛罗狄忒的两个宠儿，帕里斯和埃涅阿斯处境相同：他们会双双丧命，若不是阿佛罗狄忒……两次危情越是在字面上看似相近，差别就越是来得惊心动魄。在埃涅阿斯的情况中，每句话都升了级：3.381和20.444共有的"浓密云雾"被女神的白臂和她的罩袍取代——与浓雾相比，这是多么特别的保护，又同时与金属长枪形成怎样的反差！紧接在"若不是宙斯的女儿阿佛罗狄忒看见——"之后，不是救援动作，不是神的行为："把他的头盔带子弄断"，而是在血腥沙场正中格格不入的爱神的抚慰：

> 母亲女神在安基塞斯牧牛时受孕生了他。
> 她伸出白臂抱住她亲爱的儿子，给他盖上发亮的罩袍抵挡标枪，
> 免得有哪个驾驭快马的达那奥斯人把锋利的铜枪掷向他胸膛，
> 丧他的性命。

但是，可悲呀，保护失败！那件罩袍，那件长衣，尚未物尽其用：追上来的狄奥墨得斯就用长枪刺穿了它，刺穿这秀丽女神们亲手编织的不朽圣物——如果这件超凡之物可以拿普通物品来对比：就像刺穿盾牌或盔甲（ἀντετόρησεν 337, ἔτορε 11.236）——并刺破了手腕……女神受伤又用了多少凡人写下的细节：这时我们听

说，从伤口中流出的不是血而是天神的灵液；伤情得到描述，其细致程度不亚于大写特写的英雄之战：狄奥墨得斯刺伤她的手腕，击中她抱起儿子的手，竟使她大叫一声把儿子扔到地上。伤情与13.527及以下得伊福波斯被墨里奥涅斯击伤相似：得伊福波斯夺下阵亡的阿瑞斯之子阿斯卡拉福斯的头盔，这时墨里奥涅斯刺中他的臂膀，头盔脱手，[133]铮铮地掉到地上；就像阿佛罗狄忒抱起她的儿子，普里阿摩斯的儿子波利特斯也搂住兄弟得伊福波斯，扶他离开战场到了有战车和御者等待的安全之地；他们把呻吟者带回城，涓涓鲜血不断淌出新鲜的伤口。得伊福波斯受伤简直就是女神受伤的样板。不论如何，这种相似性显示出，在第5卷里，神迹和现实如何大胆地彼此渗透交融。英雄得到如此神助，神却好似凡人。

＊不乏有人把特罗斯的马及其种系一节看作后来的画蛇添足，想把它从5.179及以下埃涅阿斯与狄奥墨得斯交锋的插曲中括出去。此类尝试中最近一次是米尔（页94及以下）。要括除的是，被看作出自诗人B的221-225行，还有259-273行，以及319-330行开头。这种治疗太极端。这样一来就根本不能再说起埃涅阿斯的马。于是，两人——他们都愿意与最强大的对手较量——摄人心魄的交锋就始于埃涅阿斯对绝望的潘达罗斯所说的话，后者抱怨说他把马留在了家里（218），——我只需要摆出译文，①这种关系就十分清楚了；我把被认为是多余的东西括起来：

> 不要这样说，在我们两人带着马和战车
> 一起上前迎击这家伙，举起武器
> 同他较量之前，情形不会好转。

---

① ［译注］莱因哈特采用了施罗德（R. A. Schröder）的译文。

【你登上我的战车,看看特罗斯先王的
马是什么样子,它们如何熟练地
追击或是逃跑,在平原上跑向东跑向西。
要是宙斯把光荣赐给狄奥墨得斯,
它们会把我们俩平安地拖回城里。】
现在我们赶快行动,由你接过
马鞭和发亮的缰绳,我跳下战车战斗,
或是你迎接他进攻,我照看这些马匹。

括号夺走了这段话的核心。最后三行没有要求(潘达罗斯)登上战车,反而是让被催战者自行决定,想当御手还是战士($\dot{\varepsilon}\pi\iota\beta\acute{\alpha}\tau\eta\varsigma$)。纯粹是出于谨慎,苦命的潘达罗斯做出了错误的选择:从狄奥墨得斯那里逃走时,马听不到熟悉的御手的呼声可能跑不快……[134]结果是,潘达罗斯被狄奥墨得斯击中,从车上摔下,埃涅阿斯必须跳下车掩护尸体。无主的战车将会如何?第二段删节不允许我们对此有所了知。狄奥墨得斯用一块石头重重砸伤埃涅阿斯的髋关节,是阿佛罗狄忒出手相救才使后者九死一生、被从战场抬走。他的马将会如何?倘若我们决定删除,那么狄奥墨得斯根本就不会关心空车,而会立刻追击逃跑的阿佛罗狄忒。可是车战早已有所预告:一次对"马和车"下手的"尝试"。另外,由于整场交锋对称布局,开战之前阿开奥斯人方面也有一场御手和战士的对话。御手斯特涅洛斯建议逃跑,可狄奥墨得斯与两个特洛亚人不同,他下了车,徒步与特洛亚人的车马对决:

帕拉斯·雅典娜女神不容我临阵逃遁。

如果我们同意删除,他就不会留给御手任何指示。后者在此期间该做什么呢?无所事事!然而,与那对特洛亚人不同,狄奥墨得斯胸有成竹：就算他们俩有一个能从我这里逃掉，他们的快马也不会把他们一起带走。也就是说：这是最不利的可能性。这句话要求出现更有利的结果——他会把两个人都杀死。对于这个他所预期的更有利的可能，他吩咐御手说：

> 你把这两匹快马控制在这里，
> 把缰绳拴在车前的栏杆上；
> 记住赶快冲向埃涅阿斯的马，把它们从特洛亚人那里
> 赶向胫甲精美的阿开奥斯人！

他没有失算。更有利的结果发生了，埃涅阿斯只是因为神迹才被救走，他丢了马。如果我们同意删除，就谈不上第二种可能，分配给御手的角色也就要撤掉。整体都进行得没有计划，没有预感，没有失算，没有呼应，没有反差，没有纠缠，没有讽刺。快马既不会被抢，也不会被救或是为之而战，我们不知道它究竟会怎样。英雄埃涅阿斯会为此把绝望的潘达罗斯拉上他的战车吗？没有一句话说过马有什么特别！这匹也与其他马一样，在它拉的战车上——为什么不呢？——埃涅阿斯与潘达罗斯并肩站了一会儿……

　　这时，诗人 B 或修订者或《伊利亚特》的诗人或不论怎么称呼的那个人，让快马成为特罗斯的良马后裔，现在它才值得让高贵者流汗去抢，现在才看得出驭马需要经验充足的好手，[135]潘达罗斯因此遭灾。是他才使得不知逃遁的狄奥墨得斯成为幸运的掠夺者；是他才创作出，特洛亚方面潘达罗斯和埃涅阿斯如何一损俱损，阿开奥斯方面狄奥墨得斯和斯特涅洛斯如何有幸得胜。是他把珍宝交付于幸运的赢家，也同时把残忍的死亡送给潘达罗斯，无疑；幸运得利和恐怖就应该如此映衬。是他把光和影、刺目的明亮和黑暗安排在一起。最重要的是，他在其中插入了神戏，在血流如注中插入雅典娜和阿佛罗狄忒的宿仇——如果有人问我，以何种

风格？我会回答：最晚的那种。可这种东西的生成，并不是因为某个诗人B给诗人A贴上了三块小膏药。

＊现在，不幸的潘达罗斯和义气得无可指摘的埃涅阿斯才有了关联！显然，潘达罗斯抱怨倒霉的一大番诉苦与他的弓息息相关——长达35行、越来越气急败坏的诗终止于一种不会更潘达罗斯式的尾声："要是我回到家"，——这位不幸者从未怀疑这点：

> 亲眼看见我的故乡、
> 我的妻子和高大的宫殿。（5.212及以下）

——此处不是"我就会幸福"，而是：

> 要是我不亲手
> 把这把弯弓折断，扔到发亮的火里，
> 一个外方人可以把我的脑袋割下来。（5.213及以下）

这把弓是用他亲自从山崖上射中的大羚羊角制成的杰作，他寄予它多少厚望！除了雅典娜，正是这把弓（4.105）诱使野心勃勃的青年伏击墨涅拉奥斯、射出那不祥的一箭！现在倒好！如果他带了马！他拥有怎样的马厩啊！当时要护惜马的念头多么愚蠢！因此，义气的埃涅阿斯把自己的马，那匹无出其右的神马提供出来，让潘达罗斯选择御马或战斗！他选择战斗，让埃涅阿斯成了御手！于是如此下场！

分析考据删掉了潘达罗斯的第二段话，把第一段归属于一位诗人，第二段归属于另一位。这样潘达罗斯的最后一句话就与他的结局失去联系。厄运变成了偶然事故。

[136]潘达罗斯是一个由诗人随意掌控的配角；首先在神戏

里,他是达到目标的手段,但也不止如此。作为"年轻的蠢人"(νήπιος),潘达罗斯分担着那种更为普遍的、千变万化的、以"阿忒"之名进入意识的东西。陷入错谬者在回顾自己的作为时才会发觉它。区别当然是,此处不再有回顾,也因此不再会指出错谬。潘达罗斯像开始一样作为"蠢人"而命终。为什么只字不提这个违背誓言者应得的结局?

如果潘达罗斯那段长谈不是临终之辞,它又有什么意义?临终之辞通常涉及死亡。对于埃涅阿斯的两个问题:这位英雄是谁?你的弓去了哪里?潘达罗斯的回答也有两段,第一:英雄是狄奥墨得斯,一位神佑者;我伤不到他,我的弓没用。第二:唉,如果我没有把车马留在家里!如果我听从了父亲的建议!……那把弓真该死!他无意识地用第二段话预言了自己的厄运。弓和车代表着近和远、真实和想象,是这个被野心吞噬的人在错处自责的托词。他的愿望实现了。从埃涅阿斯的提议中,他选择了更英雄的角色,也就亲自选择了毁灭。他第二次把自己想成他所不是的人。正如第一次出场时,受到伪诈的雅典娜诱导,他败给了自己本性的蛊惑。

可雅典娜不是在第 22 卷也成了骗子?那里不是也有宙斯的许可?且不去理会 167 及以下有争议的众神会议:她在阿波罗抛弃赫克托尔的瞬间走向阿基琉斯,然后又走向被骗的赫克托尔、以他最亲爱的兄弟得伊福波斯的形象煽动他战斗,使他白白投出长枪、徒劳地四下找寻战友……相比之下,对赫克托尔的欺骗多么可怕!有多少要怪愚蠢的潘达罗斯!她只是怂恿他去做他自己的愚蠢总归要做的事。与赫克托尔相比,潘达罗斯无足轻重,无非只是诗人为达到目的而杜撰的工具,他在以往的传说中既没有过去也没有立足点。他的命运也大可不必着急。赫克托尔一识破女神的骗局就意识到:完了。这正合宙斯和他儿子的心意……雅典娜欺骗赫克托尔,是与人类悲剧相应的神戏。雅典娜欺骗潘达罗斯,则是一场并非万无一失的神明诱导的杰作。

*可还不止如此，埃涅阿斯也被卷入这个人的不幸。[137]为保护死者，他不仅丢了马，还差一点丧命。他髋部受重伤，若不是被阿佛罗狄忒劫走，险些被狄奥墨得斯所杀。然而，看似刚刚得救，女神就撒手扔下他，实打实地扔掉他，因为她被追上来的狄奥墨得斯划破了手，如果不是阿波罗用黑云把他带出战斗，他就完蛋了。他被折磨得很惨。不止是在这里，诗人着意于让我们拿赫克托尔与他，或者拿他与赫克托尔比较。此处埃涅阿斯险些被狄奥墨得斯用石头砸死，赫克托尔也差一点被埃阿斯用石头砸死（14.402及以下），他被自己人拖出战场，又被阿波罗治愈（15.236及以下）。可是为埃涅阿斯费了多少力气！受伤者的姿势就已经英雄化了太多：

> 埃涅阿斯倒在膝头上，
> 跪在那里，用他的巨掌支在地上，
> 黑暗的夜色飞来，笼罩着他的眼睛。（5.308及以下）

反之，赫克托尔：

> 有如橡树受天父宙斯的闪电打击，
> 连根倒地，……
> 倒进了尘埃里。
> 他的长枪脱了手，盾牌和头盔掉在地，
> 身上的闪光铠甲发出琅琅声响。（14.414及以下）

没有英雄之姿。同伴们把呻吟者从战场拖到克珊托斯河边，他起身吐血，又再次倒下，昏暗的黑夜遮住了眼睛（14.438）。拯救赫克托尔只需要一次神迹，

认识周围的同伴，也不再喘气和淌汗，
　　自从提大盾的宙斯决定让他苏醒。（15.240 及以下）

阿波罗对他说话，给他"灌输力量"（15.262）……围着埃涅阿斯则有一整个协会的神明努力帮忙，阿波罗把他移送到卫城上自己的神庙，把他留给姐妹和母亲狄奥涅照料。阿波罗亲自做了一个埃涅阿斯模样的假人，阿开奥斯人和特洛亚人环绕着他作战，直至阿波罗使倒下的英雄重新强壮、再次把他带入战斗（5.512）。奥林波斯的场景与尘世急遽转换……两股线，诸神和战斗场景不再并行，而是绞在一起……如果赫克托尔的苏醒可以称作是古典的，那么埃涅阿斯的苏醒就到了巴洛克阶段。

　　这种升级却是以出卖体己为代价。听众有多么关心赫克托尔的昏迷，就几乎多么不在意埃涅阿斯的倒下。

第 8 卷

诘问第 8 卷的重复

[138]第 1 到 16 卷之间、《愤怒》到《帕特罗克洛斯篇》之间最必不可少的是第 8 卷,它的旧题为"中断的"或"残缺的战斗"。它把 4-7 卷和 9-15 卷这两组诗连接得更为紧密。宙斯在揭晓他的计划时(473 及以下),明示出远期目标:帕特罗克洛斯死后,阿基琉斯将受震动而重返战场。宙斯对奥林波斯集会众神的禁令,禁止他们以后武力插手人间的战斗(10 及以下),则指出更远的目标。禁令直至第 20 卷《神战》(*die Theomachie*)开始时的众神集会才被解除。再没有哪卷书含藏有出自天神之口、跨度如此之大的神示。忒提斯的请求被雅典娜回忆起来(371)。本卷的主要任务似乎在于,去连接,指向前文和后文。

在独立内容上,它远比其他卷逊色。短小的篇幅使它尤为特殊,这也是它题目的由来。第 2-7 卷共计 3800 行诗收录了第一天战斗,第 11-18 卷 5000 多行诗写出第三天战斗,而第 8 卷总共才 565 行,如果再减掉夜晚,那就仅用 488 行诗容纳下第二天的整日战斗。对于这个篇幅,种种祸患塞得太满了。不下三场可怕的奥林波斯戏、共计 198 行诗落入当天,在人间,阿开奥斯的军营有两次、特洛亚有一次危如累卵。转向得到了强调：

> 他们会像绵羊一样被关在伊利昂，
> 若不是凡人和天神的父亲很快看见，
> 他发出可畏的雷声，掷出闪亮的电光。（131）

与之相应：

> 若不是尊严的赫拉使阿伽门农的心神
> 奋发起来，……
> 赫克托尔本可能放火焚烧平衡的船只。（217）

阿开奥斯人重新取胜之后，新的困境接踵而至：

> 他们在逃跑当中，越过木桩和壕沟，
> ……
> 他们在船边停下来等待，相互呼唤，
> [139]每个人都举起手来，向众神大声祈祷。（343及以下）

在这种情境中，降临的黑夜"受到期盼渴求"，为拯救他们而到来（488）。这种需要帕特罗克洛斯的全部英雄气概和死亡的转向，在本卷中两处极为狭小的空间内出现，手段如此寒酸，被召入英雄之战者寥寥无几，叙述并不在史诗的涌流中浩浩汤汤，却从一个极端仓促赶往下一个绝境。听众要自己添补阙处！支离跳跃、戛然而终，奥林波斯山上也是如此。众神比英雄更是主角。凡尘俗事的反反复复，只是为了推动诸神的剧情。宙斯大肆威逼赫拉和雅典娜以贯彻他的意志，打击阿开奥斯人，帮助赫克托尔取胜，致使阿开奥斯军营中凄惶不安，如此情势下，阿伽门农决定派英雄们出使阿基琉斯求和。因神戏之故,目标在两次迂回中达成。阿开奥斯人必须先被赶入军营中去,赫拉才能最后一次试图以被允许的方式帮助他们,而下一次她只能造反。本卷对其他卷的借用比此外任何一卷都多,比喻则比任何一卷都少。没有节外生枝。

不足为怪,分析性考据偏爱在此处下手。"后期的衔接物","劣质填充料,远低于第18、19卷的艺术造诣",维拉莫维茨做出许多此类判定。作者,一位晚期的吟游歌手,想把手头两段较短的史诗连接起来。他的时代在赫西俄德之后,因为:塔尔塔罗斯在冥土之下如此深远,有如天在大地之上(16)。模仿了《神谱》720:

在大地之下如此深远,有如天在大地之上。

在凯泽尔(K. L. Kayser)那批著名的荷马论文(1881年由乌泽内尔[Usener]再版)之后,本卷最末晚的起源已被普遍看作是荷马考据最确凿的结果之一。①

与各卷比较*

[140]最宜于与第8卷饱受抨击的贫薄形成鲜明对比的似乎是第5卷,狄奥墨得斯的壮举。第8卷缺失的一切都在第5卷中迷人地饱满起来。除了那次唯一的迂回,第8卷叙事如此平淡无奇,以至于虚构表现出非荷马的效果;而第5卷,在舞台的流转变

---

① 维拉莫维茨,页319及45:"到处都是同一种风格,张皇仓促,强音太多,细节处不流畅,总有χόλον[构龙(格律单位)]。"除了像罗特(C. Rothe,页224)这样试图去谅解诗人的"整一派者",只有莎德瓦尔特是个例外,他认为,不论是被视作极其近晚的卷8,还是极其古老的卷11,都属于《伊利亚特》的总计划,包含在诗人的纲要之内。米尔(页144)跳过莎德瓦尔特,再次回到维拉莫维茨的看法上。马逊,《导论》,页176:"是一位不乏天分的编纂者所为。"第8卷一如既往被认为是诗行借用最多的一卷。米尔和贝特(I,页104及以下)均认为,它出自(晚期)的"《伊利亚特》诗人"或诗人B。

换、诸神与英雄的穿插出场、他们错综复杂的牵制联动中，成为交织风格无出其右的典范。

希腊人的主要英雄在两卷书里都是狄奥墨得斯。可出人意料的是，他的两场壮举颠倒了次序。英雄在第5卷做出远比第8卷伟大的奇迹。总能在《伊利亚特》中看到的升级无效告吹。更甚者，发生了倒退，从第8到第5卷逆向升级。

第8卷唯一的特洛亚英雄是赫克托尔。可这里再次前后颠倒。赫克托尔在第8卷的危险，非第5卷所能相比。值得注意的是，他在第5卷退到高贵的埃涅阿斯之后，后者却根本没有在第8卷出现中。第8卷忘了他吗？还是不知道？抑或为节约篇幅而牺牲了他？

作为援助者，天神在第5卷中成对出现：受赫拉支持的雅典娜帮助狄奥墨得斯；阿波罗和阿佛罗狄忒帮助埃涅阿斯。这还不够，随着剧情发展，特洛亚方面有越来越多的神明出场，可怕的阿瑞斯被阿波罗招来帮助赫克托尔。他对赫克托尔的支援可说不上是可圈可点。一切目的都指向最终结局，结局使其余事件都黯然失色。赫拉和雅典娜在奥林波斯全副武装，乘着赫拉的战车奔赴战场，雅典娜作为御手登上狄奥墨得斯的车站到他身旁，车轴因女神的重压大声作响，狄奥墨得斯把长枪向阿瑞斯的下腹投去，雅典娜加大了力度，有如九千或一万战士在战斗中大声齐吼，战神大叫着升上奥林波斯逃向天父宙斯，控诉这闻所未闻之事——他的男性版本对应着受伤哭泣、逃入母亲狄奥涅怀抱的阿佛罗狄忒。

人们越是坚定地相信第8卷是后加入的赘物，就越要热切地在第5卷中寻找古远的痕迹。人们一层层挖掘，搜索加工的斧痕，可结果（按照分析性考据的概念）不怎么符合预期。倘若这里有一个改编者，那他就已经出神入化地抹掉了自己的痕迹。

[141][卷5]卓绝的收尾早已被细密铺垫。一开始雅典娜就拉住嗜血成性的兄弟：

> 让特洛亚人和阿开奥斯人打下去，看父亲把荣光
> 赐给哪一方！我们尊重他的旨令！（30及以下）

她就这样把不明就里的恶魔引出战斗。第355行他还无所事事的坐在"战地左边"，枪靠云端，把战车借给了被狄奥墨得斯所伤的阿佛罗狄忒，让伊里斯驾车载她去往奥林波斯。他尚未意识到，他也即将步其后尘。第430行的众神谈话预示出他和雅典娜之间的决斗，宙斯对阿佛罗狄忒说："这些事情由活跃的阿瑞斯和雅典娜关心。"然后他遵照阿波罗的盼咐参战，看到雅典娜离战后，他给战场罩上了一层夜色。

第二个战斗日结束于烈战，第5卷却出人意料地在和睦的奇迹中收场。在所有天神中，宙斯最讨厌阿瑞斯，却无奈他是自己的孩子，就命令派埃昂给他疗伤，赫柏给他沐浴，穿上漂亮的衣服，阿瑞斯于是坐到宙斯身边，享受着他的荣耀。这个几乎成魔的家伙变回到奥林波斯神。比起首卷结尾处的其乐融融，这有过之而无不及。

第8卷结尾被认为模仿了第5卷的结尾。两卷的奥林波斯场景连用词都相近。第8卷读起来就像第5卷的反转。如果我们回想到留在第5卷中的宙斯，就几乎无法在第8卷中重新认出他来。第5卷中，他轻松从容地在奥林波斯巅顶的高座上任诸神自娱自乐。随便他们支持特洛亚人或阿开奥斯人，相斗相杀直至神血四溅！他嘲弄斗殴受伤、哭哭啼啼的小女儿的不幸，让阿瑞斯为赫克托尔击溃阿开奥斯人，也津津有味地看着赫拉和雅典娜在得到他的最高批准后狠狠报复这个肆虐的混蛋。他毫不掩饰对阿瑞斯的憎恶，可他终究还是自己的儿子。无上的淡定已经登峰造极。如今在第8卷里却截然相反，晨光初露他就召集众神到奥林波斯巅顶（往常那可是独尊之座）开会。夜里天气骤变。雷声已经让阿开奥斯人预感到不妙。现在他威胁：要是我再逮住谁有意去帮助达

那奥斯人或特洛亚人，[142]他回到奥林波斯，将受到（闪电的）痛击——如果我不把他扔到塔尔塔罗斯去！……他挑衅众神前来较量以吹嘘自己难以想象的强大威力。众神在第5卷随心所欲地插手战斗，如今（第8卷里）却仅有一次以身试险，可还没到奥林波斯大门，这次尝试就被新一轮更凶悍的威胁挫败。这一天在集会众神咬牙切齿的屈从中结束。第5卷中，宙斯安坐在他奥林波斯巅顶的位子上，第8卷的宙斯却在他第一轮威胁之后驾车去往伊达山顶峰。他在最近的近处主导战争。因战势而愤慨的赫拉和雅典娜在奥林波斯上武装起来，赫拉给马套上笼头，两位女神驶向战场；第5卷末尾，两位女神用同样的诗句做了同样的事情。在第8卷，她们出发后却被伊里斯的通告吓退，深受羞辱后又回到奥林波斯的原位；她们在第5卷驾车出战则是作为胜利者凯旋而归。

　　以相同诗句描写的武装和驾车出战分别位于两卷末尾。（我们把第二天战斗的结束等同于第8卷末，因为从8.489特洛亚军营入夜，《求和》已经开始了。）如果第8卷的诗人重复着第5卷末，那么他就必须用相同的诗句重复相同的情境。如果女神们武装起来，那她们此前就没有穿铠甲。第8卷中的确如此，当时她们参战受阻，被迫违心地在奥林波斯上闲坐。第5卷中，她们也坐在奥林波斯上，面对哭泣的阿佛罗狄忒构成嘲讽三角（418及以下），然而，雅典娜此前可是在酣战之中。她走向祈祷的狄奥墨得斯（123）。她引导狄奥墨得斯的长枪击中潘达罗斯（290）。后来，510，才指明她的离场。从这时起，阿瑞斯主导了战场。他把墨涅拉奥斯和埃涅阿斯推到一起决斗（5.563及以下），他挥舞着重大的长枪（之前靠着的那支），在战魔的陪同下跑在赫克托尔前面（5.594）。最后赫克托尔在他的引导下大开杀戒，致使奥林波斯上的赫拉和雅典娜再也无法袖手旁观（5.703及以下）。

　　雅典娜为什么一定要离开战斗？既未说明、也看不出原因何在，诗人的理由或许是：她要武装自己，就得离战升上奥林波斯。

(比较上文,[编码]页126。)[143]为使武装和驶离奥林波斯这两件事发生,第8卷中主题性、必不可少、理所当然的情况,被瞒天过海、莫名其妙地偷入第5卷。宙斯在第8卷里威逼胁迫、强制诸神服从的弃战令,则被他们在第5卷中自愿遵守。这位后世小卒,这位第8卷的劣等诗人需要怎样神通广大地阐释、发心,才能辨识出第5卷动机上的薄弱,由此推陈敷演,把淡定从容的宙斯变得气势汹汹,以赢得危情激怒女神去反抗他!

第二,第8卷的武装是一次反抗不在场的宙斯的密谋。事发于赫拉对被困的阿开奥斯人的"怜悯"($\dot{\epsilon}\lambda\acute{\epsilon}\eta\sigma\epsilon$, 350),赫克托尔在他的战车上四下追击,就像奔跑的戈尔戈或阿瑞斯。① 难道赫克托尔,这个暴怒者,能孤身击溃达那奥斯人?赫拉隐去了宙斯的名字,更口快的雅典娜则直言不讳:

> 我的父亲发怒,心胸不善,
> 残忍为怀,邪恶成性,阻挠我的心!
> 我的心若早知道,
> 就不会从冥王家救出他的儿子!
> ……
> 现在宙斯却恨我,
> 因为忒提斯吻过他的膝头。
> ……
> 你现在驾好马,
> 我进入手提大盾的宙斯的官殿,
> 披上作战的铠甲,去看特洛亚的王子、

---

① 对于349行,维拉莫维茨(页40)更偏爱阿里斯塔库斯异文中的 $\ddot{o}\mu\alpha\tau\alpha$[飞奔],而不是通行本的 $\ddot{o}\mu\mu\alpha\tau\alpha$[双目]。阿瑞斯是后加的。但我们也能想到20.53奔跑的阿瑞斯。此外,"跑"也更符合355的 $\dot{\epsilon}\iota\pi\acute{\eta}$[狂,猛烈冲击]。

头戴闪亮铜盔的赫克托尔会不会高兴,
在我们出现在战阵之间的空隙的时候。
一定会有特洛亚人在他们倒在
阿开奥斯人的船旁时,用他们的肥油和瘦肉
把野狗和猛禽的肚子喂得饱饱胀胀。(360 及以下)

谋反者目的明确:雅典娜决定抢在宙斯之先,乘赫拉(或是她自己的?)的战车,用长枪掷击车战中势不可挡的赫克托尔。想到就做。赫拉用黄金笼头套马之时,雅典娜把她亲手织成的彩色罩袍扔在她父亲的门槛上,穿上集云神宙斯的衬袍,披上铠甲去参加令人流泪的战争。(她从工匠和艺术家的保护神[Ergane]变成战神[Promachos]。)她登上发亮的战车,抓起巨大的长枪,[144]这位强大父亲的女儿曾以之击溃一系列触怒她的英雄。赫拉举鞭策马。(刻不容缓。)苍天和奥林波斯的大门自动作响,守门者是时光女神,她们的职责是打开或关闭浓厚的云层(门扇)。女神驾着被鞭打的马长驱而出。

听众会相信她们能如愿吗? 仔细去看,每句话不是都在暗示相反的情况? 她们的密谋难道不是妄想? 一开始就是妄想。雅典娜自以为闯入宙斯的宫殿而不被发觉,这难道不是妄想? 她竟穿上父亲的战袍? 竟希望打败受宙斯恩宠的赫克托尔? 她的失败本应在意料之中。可是不,考据不这么想。整一幕武装戏都是在字字句句地重复第 5 卷 719 到 752 行。在那里,这幕戏彻头彻尾都是在铺垫一场胸有成竹的胜利。现在已经认定,必然是第 8 卷的"后世小卒"洗劫了第 5 卷,因此成功就是初始的[版本],失败则是对它的扭曲变形。可是,这个不聪明的作者需要多么聪明,才能把成功颠倒为失败,又从失败逆推出女神因看到阿开奥斯人受难而绝望、以致荒唐地铤而走险。

第 5 卷里虽然是同样的武装,却绝无冒险意味。* 女神的侍者赫柏布置车马。我们应该认为,套马时她完全心无杂念。她不是密谋者之一,也没有像 14 卷的睡眠神那样被收买。＊赫拉出了天门,不下到凡间,却驾马驶向奥林波斯最高岭,停下来询问至尊的克罗诺斯之子:

> 父宙斯,你不为这些暴行恼怒阿瑞斯?
> ……
> 父宙斯,要是我用不体面的方式把阿瑞斯
> 痛打一顿,赶出战场,你生气不生?(757 及以下)

冒险反转。下凡有了最高层的批准。

地势上怎么看?奥林波斯最高岭上宙斯的宝座应该比下面众神的宫殿离天门更远吧?父亲看到穿着他的战袍的女儿,为何不置一词?他没看见她?那他又怎么会回答赫拉说:

> 你去鼓励战利品的赏赐者雅典娜对付他,
> 她特别惯于给他引起很大的痛苦。(765 及以下)

穿戴铠甲这一整幕他竟会无知无觉?还是他暗中默许?[145][赫拉的]询问只是为了逆转这种不论是武装本身还是用词上看都意味着冒险的事态。如此一来,在历经过所有神战之后,这卷了不起的诗最终就能以自作自受的阿瑞斯为代价,结束于奥林波斯上的其乐融融。

可目标是如何实现的?作为长枪战士,雅典娜在战车上如何使用她的长枪?一到达战场,她就不需要它了。行至西摩埃斯,马就从车前被解下,放走吃草。为帮助阿尔戈斯战士,两位女神如林鸽般步行。赫拉用斯滕托尔的声音召唤阿开奥斯人反击,雅典娜则急速走向受伤的宠儿狄奥墨得斯并与之交谈,二者谈话的亲密

程度和女神的策励效果让人想起《奥德赛》中雅典娜和奥德修斯的对话。女神命令御手斯特涅洛斯下车,她亲自登上在她的重压之下大声作响的战车,亲自为狄奥墨得斯御车。作为出手相助的女神,这个威猛的形象摄人心魄,只是有一点不能问:为此她需要宙斯的武器吗?阿瑞斯在奥林波斯怒问宙斯,他的问题(872)与赫拉之前所问过的(757)如出一辙,可他却遭受到怎样的斥骂,真是漂亮!像首卷和第4卷中一样,这就是奥林波斯众神之间私下的语言。整场行动从最初就不是反击宙斯和赫克托尔,而是针对阿瑞斯,顺带上阿佛罗狄忒;通过两位女神的武装,皆大欢喜战胜了恐怖,和睦战胜了龃龉分歧。狄奥墨得斯的壮举同时就是庇护女神的壮举。阿开奥斯人正是向这位雅典娜祈求庇佑,以消除恐惧、免遭残杀。第8卷中急不可耐的女儿在她济世救难的神迹中发生转变而显灵。

抑或,我们应该推断,是救护者变成阴谋起事之徒? 不乏蛛丝马迹,证明情况相反。和雅典娜一样,宙斯也发生了变化。雅典娜把可恶的兄弟拉到一旁时(5.30及以下),明指出宙斯的愤怒。创作出这一段诗的人太过熟知暴怒的、下禁令的宙斯,无需解释就可以使用这一动机。而勃然大怒、禁止诸神参战的宙斯正是第8卷中的那位。如果第5卷的赫拉刚出发就去求取宙斯的允许,这又怎会不是[146]对这种情况的暗示? 宙斯极其友善地批准了。这对至尊夫妻没有争执,而是同心同德。赫拉此外还曾在何处请求过宙斯批准? 同样,第8卷中,雅典娜在远离的宙斯的宫中武装,这是一场起义大戏,而第5卷中,它却摇身一变,被阐释为并未远离的父亲和他最贴心、好斗的女儿之间心领神会的默契。如果雅典娜的支援违背了宙斯的意志,她又怎么会堂而皇之地帮助她的朋友!

这些动机当然已经丧失了最初关联。在第8卷,雅典娜抓起沉重而巨大的长枪,是为击中疯狂的赫克托尔。伊里斯看到雅典娜手中的长枪,便以此结束了她的警告:

> 只有你叫我们害怕,你是条无耻的母狗,
> 要是你真敢把巨大的长枪向宙斯举起。(8.423)

第5卷雅典娜抓起长枪,就只剩下一个单纯的姿势,长枪没有了它的使命、它的恫吓、它的危险。那个蠢货必须多么机敏地走向作品,才能从第5卷保留着一切的茫无头绪中建立起这些关系。

奥林波斯的大门和作为守门者的时光女神,在第8卷中的意义是界限。大门之后开始了禁令的辖区。两位女神还没穿出大门,马还没有腾跃起来,宙斯就在伊达山上看到她们并派伊里斯传送返遣令。"快如风"的传信者①迅速从伊达山升上奥林波斯(她从天界的一端跨越到另一端),速度如此之快,竟在最外层的大门遇见溜出来的女神:"你们要去哪里?为什么胸中的心发狂?"

还在大门处就已见分晓。*[147]奥林波斯鬼斧神工的云门能在出行的女神面前自动作响、开启门翼,却成了奥林波斯丑闻的舞台和标志。如果女神受到恫吓,尚未出门就又悻悻返回,那么"自动"敞开的门翼又有何用? 武装和套马的结果多么让人失望!对她们的斗志是怎样的嘲讽! 负责守门的时光女神又立刻为她们把马从车轭上解下,这是何等羞辱! 神圣的马厩、车子停靠的发亮墙壁、潜逃者混在其他天神之中就坐的黄金椅,"心里很是忧伤",无法言说的忍辱纷至沓来! 二者的愁苦又是多么不同! 主谋赫拉徒劳地尝试保持姿态:"随宙斯之意去判处凡人吧。"骄傲的雅典娜

---

① 维拉莫维茨,《希腊人的信仰》I, 264,区分了信使伊里斯和彩虹神伊里斯。前一种以'开始,第二种没有。这行不通。保留'的是行末的老话:ὠκέα Ἶρις[迅捷的伊里斯]。不论第五次还是第二十次出现都没有差别。她随另一句套话出现三次,8.409 同 24.77 及 159,同样有'。相反,有悖于公式,当女神不来去、报信,她的名字没有保护时,一次有',23.201;三次没有,5.353、365 及 23.198,两次紧靠有'的形式。因此这相对古老。11.27 作为天象的伊里斯没有'。赫西俄德笔下,彩虹女神是风神的妹妹。在荷马诗人的想象中,她也与风有关,体现在 23.201 及以下她与风神会面,从她的修饰语"快如风的"也能看出。

被传信者伊里斯越俎代庖地斥骂为"无耻的母狗",却必须默默承受!

对于两位被赶回家的女神,隆隆作响的云门在此处的叙事中不可或缺,就像无法设想柏拉图的神话叙事中赎罪的灵魂没有了怒吼的深渊。在第 5 卷 748-752,用同样的字句行驶穿过隆隆作响、自动开启的云门,可天门在这里可有可无,对于叙事也无伤大雅。天门是她们纯然凯旋的符号,并不标志她们幻想中的胜利和事实上的屈辱无能。不是"快如风"的伊里斯在门口劈头而来、可怕地威胁说"别走!",而是女神亲自去找天父宙斯,赫拉停住马、询问他是否会责怪她出行。在这里,什么变成了什么?

难道说,天门这个动机最初只用于外在装饰,而这个奥林波斯的点缀物经后世诗人重新阐释、改造成为不仅扭转着奥林波斯、也同时扭转了达那奥斯人命运的拐点? *他必须在胜利出行之后额外杜撰出无功而返,他必须采用这个动机却让其意义背道而驰。他必须独具只眼地发现,出行只是全局的一半,若要意义完满,就需要与出行相反的另一面,它的意义不在于宙斯批准下的凯旋,不是两位女神堂而皇之地驶入战场,而是她们铤而走险的叛逆。[148]他的杜撰必须伟大到,能从几行无关痛痒的诗句中衍生出撼动奥林波斯的诸神仇怨。

至关重要的是对立,是正戏和反戏。第 8 卷的对立是:宙斯与两位逆反、不听话的女神。第 5 卷的正方和反方是:赫拉-雅典娜小组对抗阿波罗-阿瑞斯-阿佛罗狄忒小组。第 5 卷中,不论诸神还是受他们庇护的英雄的博弈都更加精彩。第 8 卷中则不可同日而语地生硬、粗糙,充满更为浓烈的敌意和仇恨。天门在后一场对抗戏的舞台上不可或缺。第 5 卷中它则与博弈并不相干。没有天门,第 8 卷就会坍塌,它位于其构思的中心。第 5 卷中它则像是在所有征战和神迹之外被最后添加了进去。

第 5 卷中,由于战车和出行要作为神性的表象以实现自身意义,因此需要强化它们的奇妙。第8卷中赫拉独自套马。第5卷给了她赫柏这个助手。车子是赫柏布置的,因为没有布置就不会有描述,她:

> 把铜的圆轮安放在两边的铁轴上,
> 轮上有八根辐条,轮缘是不可磨损的
> 黄金制造,上面套着青铜的轮胎,
> 看起来很奇妙;在两边转动的轮毂是银的,
> 站台是用黄金和白银的带子编织,
> 有两排栏杆环绕。车上伸出银辕,
> 她在辕端捆上美好的黄金的联轭,
> 把两条美好的黄金的胸带系在上面。(723及以下)

引入赫柏后,赫拉就只需套马,而不用再去打理车子。已经套好的马又被重新套上挽具:

> 赫拉把两匹快腿的马架在轭下,
> 她急于要去参加冲突,发出呐喊。(731及以下)

引入赫柏,就切断了8.382及以下的明显对偶:

> 伟大的克洛诺斯的女儿、尊严的赫拉
> 前去给两匹戴着黄金额饰的马
> 套上笼头;提着大盾的宙斯的女儿雅典娜
> 把她亲手编织、费心建材的绣花袍
> 扔在她父亲的门槛上……

引入赫柏就在二者之间插入了"赫拉-赫柏……"。马车之间出现了偏斜的对偶。如今不再是：赫拉（在外）作为御手套马，雅典娜（在内）作为战士武装——第 8 卷就是这样叙述的。奇怪的是，竟会有人推论出第 8 卷删节了第 5 卷的本文。[149]倘若如此，那么第 8 卷的作者、这位后世小卒就剪裁出任何语文学家均无能出其右的版本。

像战车一样，第 5 卷的诗人也扩展了雅典娜的武装并将其升级为神迹。他为此使用了常见武装程式的元素，"抛在肩上……"（739）。这句诗的开头亦见于阿伽门农（11.29）以及帕特罗克洛斯（16.135）的武装。11.41 或 16.137 也如出一辙，"戴到头上"。只是，在女神那里，一切都更美妙，一切都超出了人类的想象。她抛在肩上的不是盾牌，而是有穗的埃癸斯（Aigis）①，装饰、充斥其上的是各种战斗的魔力，溃逃神福波斯（Phobos）环绕四周，中间是争吵神厄里斯及她的眷属，（最中心？）是可怕的怪物戈尔戈的头，是手提大盾的宙斯发出的凶恶预兆。

[原注]第 5 卷中的埃癸斯包含着恶魔（5.740），那些人格化的战斗力量：争吵（Eris）、勇敢（Alke）和喧嚣（Ioke），在第 8 卷见不到。4.440，溃逃（Deimos）、恐怖（Phobos）和长到天上的争吵（Eris），构成阿瑞斯的随从。首语重复的"其中"重复了四次，恶魔固属于承载他们的器物，一如对阿佛罗狄忒爱情腰带的描写（14.216）。此处也是一串成员，同样的"其中"重复了三次：其中有爱（Philotes），其中有欢欲（Himeros），其中有作为迷惑（Parphasis）的甜言蜜语（Oaristys）。不会有人愿意宣称这是"早期"。战斗恶魔也出现在《铠甲》的战役中，就像第 5 卷这样，阿瑞斯和雅典娜对立领导两军（18.516）——怎么会把他们想成并肩作战？此处（18.535）也有争吵（Eris）、战乱（Kydoimos）和抓住活人或死者双脚、把他们拖出战阵的死神（Ker）。第 8 卷中没有这类东西。

阿波罗（15.308）在战争的关键时刻使用过埃癸斯；埃癸斯为冲锋的特洛亚人击毁阿开奥斯军营壕沟上的宽桥、推倒他们的一段壁垒（15.361）。宙斯

---

① [译注]神盾。

的埃癸斯是无可抵挡的神奇武器。奇怪的是,雅典娜在第5卷没有用过它。她执盾来到阿开奥斯人面前,登上战车作为御手站在狄奥墨狄斯身旁。如果仅此而已,她为什么要拿埃癸斯?

　　她戴在头上的是有多个犄角的金盔,坚如百城的战士。如此表达,就好像这顶头盔适合许多人;似乎它并非她私有,而更像是从宙斯那里借来的。对长枪的描述引回到原始本文。长枪是卷8中提及的唯一武器,因为它将对剧情至关重要。它被赋予常见的定语"又重又大又结实",16.141及802,19.388中阿基琉斯的长枪亦如此。第8卷的诗人对于第5卷的夸张一无所知。在第5卷中,这种张皇铺饰结束后,第8卷的诗文再次接续而来。

　　[150]＊第8卷中,女神武装和出行的目的在于含垢忍辱地返还。从结局倒推,一切才有了意义。雅典娜自以为能愚弄主导战场的宙斯;宙斯的威胁之所以有太古的恐怖,就是为了被当作耳旁风。＊

　　＊与她斗志昂扬的出行相比,刻薄的宙斯从伊达山的高座上重返奥林波斯形成了怎样的反差!他发现她们远离众神独坐……为他把马解下车辄的,不是服务性的小角色时光女神,而是赫赫闻名的波塞冬,他把车子放在支架上,打开一块布盖住。宙斯本人坐上他的金座,奥林波斯在他脚下颤颤发抖。她们却离开宙斯独坐,不问候也不发问。

　　＊结局指向开始,他对她们说话时的嘲讽,呼应着他离开时的恫吓。现在起义者有了教训:

　　　　奥林波斯山上的众神都不能使我转变;
　　　　你们俩看见战争和战争灾难之前,
　　　　抖颤会爬上你们的发亮的手臂和腿脚。
　　　　你们一旦遭雷打,便不能坐在车上

> 回到众神居住的奥林波斯高山。(451及以下)

描述宙斯这番话效果所用的诗句就是第4卷开始的6行。

> 他这样说。坐在一旁给特洛亚人
> 构想祸害的雅典娜和赫拉低声咕哝。
> 雅典娜沉默不语,尽管对父亲宙斯
> 感到愤慨,强烈的愤怒笼罩着她。
> 赫拉却难以控制胸中的愤怒,这样说:
> 克罗诺斯的最可畏的儿子,你说的什么话?(8.457及以下,同4.20及以下)

* 为什么低声咕哝的雅典娜沉默不语,即便"强烈的愤怒笼罩着她",而赫拉却"难以控制胸中的愤怒"?沉默的愤怒难道不是更严重?如果我们以此追问第8卷,那么雅典娜的确就是更苦大仇深的愤怒者。她对丧心病狂的父亲极度愤慨,雅典娜说服赫拉行动。宙斯对伴侣没有多少怨气,她的抗拒本就在他意料之中,不听话的女儿才让他勃然大怒。受到伊里斯警告,赫拉折身而返。倘若按照雅典娜的意思,她就会继续前行。更何况,清晨的禁令会上,在受到宙斯的威胁后,她是唯一一个敢在长久沉默后回嘴的人:我们这些神的父亲,我们知道……(8.31及以下)现在不是她而是赫拉发言,那就要演一出对戏。赫拉说了同样的话,但更生硬、更气愤。并非"我们这些神的父亲",[151]这还算友好,她说的是:"克罗诺斯的最可畏的儿子"(8.462)!并非"我们知道你力大无敌"(8.32),赫拉说"你的力量不虚弱"(8.463)。同样的话被两位女神说出来,却不尽相同。现在赫拉回话,他才能反驳:"只要你愿意,黎明就会看见更多不同!"清晨他还出乎意料地对怯生生的女儿说:

> 特里托革尼娅,我的好孩子,请你放心
> 我不想真这样去做,我愿慈爱待你。(8.39 及以下)

清晨尚有一线希望,现在却全然相反——可怜的阿开奥斯人。这种转变由两场语句上相应相和的神的对话标志出来。

如果拿第 4 卷比较,情境就发生了颠倒。第 4 卷中,更为暴怒者是赫拉,唯有她做出回答,并把她的深仇大恨发泄了给特洛亚。雅典娜无声愠怒的角色被降至随从。情境的颠倒另外在于,不是宙斯以其威势恫吓,而是赫拉用众神的愤慨相胁。而此处宙斯征求意见时,谈吐多么温和、谦逊、克制!一个统治者还能更加广纳谏言吗?

> 现在让我们考虑事情怎样发展,
> 我们是再挑起凶恶的战斗和可怕的喧嚣,
> 还是使双方的军队彼此友好相处?
> 如果友好相处为大家喜爱并欢迎,
> 那就让普里阿摩斯王的都城有人居住。(4.14 及以下)

他似乎优柔寡断。为什么雅典娜,作为他最亲近的人,不能回话说:"哦,我们的父亲,你怎会怀疑?在如此多的预兆之后……?"为什么她不置一词?为什么她怒火中烧?赫拉的猜忌也许可以解释她回答的过分:"克罗诺斯的最可畏的儿子",可雅典娜?她满腔愤懑的沉默不语针对着什么?宙斯在第 4 卷哪里对不起她?第 8 卷又是如何处置她的!他把她屈辱至极地赶了回去!如果第 8 卷的诗人是移用者,那么他就对女神莫名其妙的抗拒给出了一个理所当然的原因。他利用一次插曲式的、立刻和好的短暂争吵,创造出 8.470 所预言的情境,而这种情境不断发酵,竟招引出众神花样百出的、跨越 13 到 15 卷的勾心斗角。

事实一次次表明，只用诗句对比诗句还不够，必须加入情境。第 8 卷两场突兀的神的对话彼此精准匹配，一场在清晨（28 及以下），一场在黄昏（461 及以下）。[152]第一次反驳恫吓者宙斯的是雅典娜，第二次是赫拉。第一次，雅典娜作为宙斯最喜爱的孩子回话，她一开口，居然使极度的暴怒反转成微笑和鼓励。当她答复说：

> ［可我们］要对阿尔戈斯将士提供劝告，
> 对他们有益，使他们免遭你发怒的毁灭。（8.36 及以下）

就已经立刻猜到禁令的偏向性。8.370 她更是直言不讳：

> 现在宙斯却恨我［……］
> ［因为忒提斯］亲过他的膝头。

有人指摘他［宙斯］的回复：

> 我的好孩子，请你放心
> 我不想真这样去做，我愿慈爱待你。（8.39 及以下）

说完他就登上他的车。更细节的一切他都语焉不详。想要指摘这一点？如果现在他就气势汹汹地威胁，难道不是一整团迷雾？难道不是无缘无故的雷喷电怒？如果在第二场谈话中，雅典娜被他的怒火慑服，一言不发，这就又是第一场谈话的反转。现在回话的不是她而是赫拉，几乎说了相同的话。他的回答：

> 只要你愿意，
> 黎明时你就会看见，克罗诺斯的强大儿子

给阿尔戈斯枪兵造成更大的破坏。

再一次,反转了他对女儿微笑着的鼓励。可"不想真这样去做",οὐ ϑυμῷ πρόφρονι[不以积极的意愿]是什么意思?这种表达故意含混不清。事实上他真不想毁灭阿开奥斯人。他暂时隐瞒起第二场与赫拉谈话时(473及以下)会公开的事情:他的计划,亦即诗人的计划是,促动阿基琉斯加入战斗,也就是说:让赫克托尔败在他手下。

你发怒,我并不在意,
即使你去到大地和大海的最边缘。

赫拉不再反驳。她还能如何?太阳的光亮收入长河,引来黑夜——夜间,尘世汲汲皇皇。

相比于[第8卷内部的]这种匹配,[第8卷]与其他卷的相似性如何?4.20及以下重复了神[在第8卷]的第二场对话,但缺少第8卷中独有的反转。大概更容易把反转看作原创,而非后来的补充加入。否则补充者必须极具创造力,因为第8卷整体的布局、它后效深远的想法,都建立在反转的基础上。而前一种情况中,第8卷的诗人抽提出神的对话,并将其镜像翻倍。对摘取段落的翻倍是他创作的根本。因为和8.462一样,4.25、16.440赫拉回答:克罗诺斯的最可畏的儿子,你说的什么话?它们都是对8.31雅典娜回复的反转:克罗诺斯的儿子,我们这些神的父亲,最高的主上。

[153]宙斯在8.39及以下首次安慰雅典娜的回答,再次出现于22.183及以下。当时他的笑容消失了,因为他同意了赫克托尔之死。可起句"我的好孩子,你别怕",也并不太情愿被逐字逐句地

搬过去。此前发生过什么事会使她害怕?她在第22卷的出场不但自信,面对犹豫不决[的宙斯]也同样势在必得,这更像第4卷的赫拉。第22卷在它短暂的奥林波斯插曲中使用了第4卷的诗句和情境。同样,16.441及以下赫拉的回答也被放到雅典娜口中:22.179及以下。帕特罗克洛斯死前和赫克托尔死前的两场奥林波斯戏彼此相应。

*8.28及以下:

> 他这样说,他们全部默不作声,
> ……
> 后来……当众发言……

看起来过于俗套,向前后询证似乎没什么意义。这段诗,包括中间那句:他的话那样有力,大家表示惊异(8.29),十分完整地重现于《求和》(9.430及以下)。沉默之后开始了另一种语气,随福尼克斯的发言切换到亲昵状态。第9卷的情境更成熟、更深情。可要问的是,这难道是早先的证据?下文另述。([编码]页165及以下。)

因为8.30后半句和8.31与《奥德赛》1.44及以下一致,就有人忙不迭地把第8卷归入《奥德赛》的时期里去。那里也说:

> 目光炯炯的女神雅典娜这时回答说:
> 我们的父亲,克罗诺斯之子,至尊之王!

《奥德赛》1.80及以下亦然。可现在要说的是:在《伊利亚特》第8卷中,这种表示极度顺从的特殊称呼与下文和情境整体结合得更加紧密:我们也知道你力大无敌(8.32)。雅典娜如此恭维,是为达到其他目的。8.360的反转:但是我的父亲发怒,心胸不善。显示

出奉承话如何准确地从情境中诞生。在《奥德赛》中同样的称呼只是名号。大概《奥德赛》才是移用者。＊

按照公认观点,所有这些情况中,第 8 卷才是移花接木者。①如果我们承认这种观点,那么诗人就要从七零八碎、散落各处的诗句和语境中生产出为第二个战斗日设定轮廓的两场神戏,并使之严密契合;[154]他因此制造出没有任何样板的空前之物。22.183 及以下,虽然没什么好怕,却是"别怕,亲爱的孩子……",这几行诗让他灵机一动,虚构出威胁着的宙斯,在他面前,奥林波斯颤颤发抖、沉默不语。相反,如果天神吵架的基本构思在先,就能解释得通,为何其中的诗句在不同语境中反复出现。第 8 卷中特别具有示范意义的蓝本是阴晴不定、翻手云覆手雨的宙斯。他以矛盾、变化无常、捉摸不透为特点;他同时控制着近况和远景,二者却彼此矛盾。

＊人们现在却把他设想成后世的吟游歌手！他熟知第 4 卷,还东拉西扯地改编了它,他抽走 6 行诗,把愠怒的雅典娜的沉默补充成为愠怒的雅典娜的行动。他把行动安排在先,以触发沉默！他从原只是次要、无害的沉默中诱导出造反的女儿公然的放肆！他又从哪里搞来这个女儿的逆反？从第 5 卷女神的武装,可彼处,武装得到了最高批准,绝无半分乖违！这也无妨:他对自己说,那我就把听话变成不听话。通过威胁,我就能联系上后面几卷。"克罗诺斯的最可畏的儿子",这个称呼不应白费。与情节无关的一切我都舍弃。删除是我的强项,通过删除,我玩出反转,我对前文本裂缝的补充由此成为了柱石……如果他不仅使用了第 5 卷,还借用过第 4 卷的天神对话,那么他就在移动文本的同时拼凑出了他自己的新组合(为第 5 卷的出行,从第 4 卷拿来武装)。与此同时,他还做到,让借用的东西和之前第一场天神对话统一起来,他把它

---

① 维拉莫维茨,页 50;莎德瓦尔特,页 110 注 1 亦如此。

移植入一种情境——那种似乎是他从"求和"中拿过来的无言沉默。*

第 8 卷现在被认为比第 13-15 卷还晚。不论哪里出现一致性,都会有人推测,第 8 卷借用了别处。(根据维拉莫维茨页 39,15.367-369 是移用了 8.345-347 的例外,可这一整段都是被插入 15 卷中的。①)[155]我们对神戏的比较也包括晚期卷 13-15 诸神勾心斗角的大戏。

同样的诗句描述了宙斯外出(8.41 及以下)和波塞冬外出(13.23 及以下):

> 把铜蹄的马驾在车前,
> 两匹马奔跑快捷,脖子上有黄金的鬃毛,
> 他自己穿上黄金外衣,抓住一根
> 精制的黄金鞭子,登上他那辆车辇,
> 策马前行,(那两匹马乐意听从,
> 在大地与星光灿烂的天空之间奔驰。)

第 8 卷除了最后两行,与波塞冬这段字字相符。由于波塞冬出行是违逆宙斯的行动,由于诸神的勾心斗角随后在下几卷展开,由于这些阴谋均源起于第 8 卷的禁令,因此波塞冬的外出被看作是后世之作。这段重复强调了相似性,但同时,一切都更丰富、更精致,风格更加明艳。一如第 5 卷:重复升级了。出行被配以史前史,阔土浩荡,远方海岸波光淋漓,和伊达山上的宙斯一样,波塞冬也高踞在萨摩色雷斯"峰巅"(ἀκροτάτῃ κορυφῇ)。从那里,整座伊

---

① [译注]参后文,[编码]页 161 及以下。

达山对他"显现",普里阿摩斯的都城和阿开奥斯人的船只对他"显现"……,他对宙斯充满怨愤。然后跨出三大步、下至埃盖海渊的宫殿,然后是套马和武装,诗句与第8卷除末二句完全相同。他虽然像卷8的宙斯一样抓起金鞭,但是他没有以之策马,马也并未心甘情愿地在天空与大地间奔驰,而是:

他催马破浪;
海中怪物看见自己的领袖到来,
全都蹦跳着从自己的洞穴里出来欢迎他……(13.26及以下)

催马天神手中的金鞭哪里去了?连御车的赫拉手里都没少过它(8.392和5.748一样)?它是第8卷的诗人加进去的?反倒在第15卷里,它和天地间的驰骋一起消失了,因为第8卷中以鞭策马和天地间的驰骋构成了对句,删去天地,也就删去了马鞭。因此,是宙斯的外出被改头换面成波塞冬,[156]而不是相反。

[原注]米尔,页212,在卷13波塞冬的出行中区分了《伊利亚特》诗人B和他之前的A版。"堂皇的出行描写是典型的、对已有文本的滥用;正因如此,13.23-26与8.41-44宙斯的出行相同。""地理关系"出自B;"A版中,他(波塞冬)从17行起离开奥林波斯(里夫也这样认为)。他在埃盖驾上车;原本如此……33行的洞穴又是B所为。"此处也并非有改动的扩写,而是马赛克:1.原B,2.被B颠倒的A,3.原A,4.参照范本的A,5.原A,6.原B。而这一切只在不到20行的空间里。如果饰满黄金的挽具只出现两次,仅用于两位男性天神,那么对"典型"范本的使用至少是严格受限,无法与众所周知的武装程式相比。算上这样的范本或老套,依赖关系虽然发生了偏移,但仍然是,天神出行的A版在8.41及以下中保留得比13.23及以下更为完整。如果卷8是诗人B,卷13是诗人A,B不依赖于A,二者是互不干扰的同级别的受益人,为什么B要晚于A?甚至,如果卷13的诗人B就是卷8的诗人B,为什么他在卷8直接使用A版,而卷13间接使用?为什么他在卷8单纯给

出 A 版,在卷 13 扩写了地形、但在 A 的框架内,以便在地形上进一步框架出 A？这样卷 13 的 A 和 B 难道不是与卷 8 的诗人 B 有了可疑的、共同的区别？向来扩写的 B,为何在卷 8 反而缩写？

＊维拉莫维茨页 215 和 217 认为 13.1-38 的波塞冬出行是补写。13.39-42 夹在波塞冬出行和 43 行他的现身之间,是所谓的 12.470/1 的下句。他似乎看不出,这是张力达到巅峰时的舞台转换——多少史诗如此！他忽略了,转折随舞台转换开始,从细微的苗头扩展得越来越大。——事实上,13.9 并不是 12.471 的接续,而是回到前文,当时赫克托尔召唤特洛亚人越过壁垒,他们听从翻过垒墙,其他人冲向大门,达那奥斯人奔向船只,一片大乱！然后是舞台转换:"宙斯[157]把他们留在船边,他自己却把眼光向色雷斯人移去……"——纯粹的过去时——然后是波塞冬的出行。接着回到前文:"特洛亚人正有如一股猛烈的火焰或风暴,呐喊着跟随普里阿摩斯之子赫克托尔继续冲击,深信会得到阿开奥斯人的船只……"——过去时——"波塞冬从海底出来,激励阿尔戈斯人……"后面回到波塞冬的出行。维拉莫维茨想提升我们的品味,"从海中出来"足矣。他的分析不是保卫文本,而是肢解:"这种观点初看起来似乎荒谬,波塞冬的戏应该切分开来。"补写的诗人"一方面做得很好"……这样就避免了太过花哨的马赛克,但我们得到三位诗人:老诗人笔下,波塞冬只是从水中走出；第二位是补写者,后期的一位大诗人——《伊利亚特》的诗人,见页 243；第三位是水平相差太远的卷 8 的诗人。他只知道借用,见页 319。

阿佛罗狄忒颂与波塞冬的凯旋密不可分,对此见下文[编码]页 515。

波塞冬出行,不再像宙斯那样驶向唯一确定的目的地,而是一场海洋界的凯旋之旅。由此开始,这位仅次于宙斯的天神介入了特洛亚的命运。像准备和出行一样,到达(的场景)也从既定的始句起,发展成独立完整的画面。第 8 卷中宙斯:

　　去到处处有水泉、养育野兽的伊达山,
　　去到伽尔伽朗,那里有他的圣地
　　和馨香的祭坛。凡人和天神的父亲在那里

> 把马停住，解下辕，抛上一片浓雾。
> 他自己坐在顶峰上面，荣光得意。（47及以下）

相反，第13卷则是：

> 在特涅多斯岛和怪石嶙峋的英布罗斯岛
> 之间的深渊的海底有一处宽阔的洞穴，
> 震动大地的波塞冬把马在那里栓停，
> 解开辕绳（又是同一句），扔了些神料给马嚼食，
> 给马腿带上永远挣不脱、砸不坏的金镣，
> 让它们留在那里休息待主人归来，
> 他自己匆匆前往阿开奥斯人的营寨。（32及以下）

不像宙斯从天上操控战争，波塞冬戴着凡人的面具混入战斗，因此他出行、到达的意义和重要性并不是从剧情中产生，而是为了在属于他自己的环境里突显他的神性。（后文将述及此中的讽刺！他退出舞台时还不如出场体面。）第5卷和第13卷能使人注意到一种趋势相同的倾向——把细节升级为神迹使之独立。

如果背道而驰地寻找解释，像流行的看法那样认为第8卷较晚，那么，不论波塞冬外出，还是赫拉从奥林波斯奔赴战场（5.768及以下，775及以下），都不能被看作是初始版本，也不能因为卷13和卷5一致而把二者共同视作原本。因为，赫拉在第5卷中也"举鞭策马"，两匹马也

> 十分乐意地
> 在大地与满天星斗的天空之间飞奔。

赫拉也"停下"，虽然不在峰顶、不在天空和大地之间，却也在

> 西莫埃斯与斯卡曼德罗斯汇合的流水旁
> ……把马从车前解下来,
> 扯来一片浓雾抛在它们身上。

这当然不是山巅的浓雾。如果是第 8 卷的诗人移用,那么他就把浓雾从平原送到了山顶,从下凡的赫拉交转给集云的宙斯。巅顶之云不是更让人明朗吗?难道是后世小卒改进了上下文?第 5 卷赫拉的马和第 13 卷波塞冬的马一样,都吃了神圣的饲料。当然,女神没有像波塞冬那样把神料扔给马,让它们留在原地等待主人,而是:西摩埃斯长出神圣的刍草喂它们(5.777)。[158]在伊达山上宙斯的爱床下,大地也长出青草和苜蓿。神迹脱离了目的。赫拉和波塞冬的出行被做出不同改动,符合各自的新环境。如果第 8 卷的诗人是后世小卒,他为什么要放弃已有的细节?难道宙斯不可以给他的马扔去神料?可顶峰的浓雾就够了。而且合适得多!第 8 卷中停马的地方是峰顶,13 卷是洞穴,5 卷是河流交汇处。第 8 卷中有浓雾,13 卷是神料,第 5 卷是浓雾和神料。

假设第 8 卷的作者是后来的借用者,那么他是有多精明,竟从 13 卷和第 5 卷的一致性中抽身而出!他说,我的地点,既不是洞穴也不是汇流处,而是——在我的创造中——伊达山峰顶!峰顶有浓雾。所以我选雾、放弃神料……他还精明地搜索出 5 卷和 13 卷里能用的东西。宙斯使用黄金长鞭,他想到赫拉,就加了上去,同时,因为是从一个峰顶驶向另一个峰顶,"在天空和大地之间"也对他胃口。于是就拼成一幅精彩绝伦的马赛克。可是,与他的主要成就比起来,这只是小巫见大巫:作为出行的目的地,河水汇流处太无常,是专门虚构的,随即就会消失;作为目的地,特涅多斯岛和英布罗斯岛之间的洞穴也太无常,是专门虚构的,随即就会消失;与之相反,伊达山的峰顶亘古不变,并非专门虚构,从此以后,所有神戏都将在两座峰顶之间上演。

第三个战斗日,宙斯重新坐上伊达山峰顶(11.182)。他从天而降,手中握着闪电,派伊里斯去找赫克托尔。第8卷的诗人是模仿了这次从天而降才写出宙斯的出行吗?把从天而降改写成出行?那他的镶嵌艺术可就又上了一个台阶。宙斯下至伊达山是战争的转折点,这在11卷中无可厚非,因为,作为战争的操控者,宙斯在伊达山上并不奇怪。然而,第8卷的编纂者要聪明到何种地步,才能把这次下凡改造成宙斯的出行,并使之在第8卷内外都意味着翻天覆地的转折!

人们认为第8卷是起连接作用的晚期章节,我尝试描述了,这样去看的话会显现出怎样的诗人肖像。[159]有人认为好,有人认为不好。他们会问,另一幅肖像如何?因为,这幅一定是按另一幅反画出来的吧?难道是那个被整一派信徒们赞叹其功德圆满、在业余爱好者看来完整统一的著名歌者荷马?另一幅肖像,笔笔相同,只是——颠倒了。我们尝试描述过的肖像和另一幅就像底版和正片。第8卷仍然承上启下,只不过,它打下了地基,成为其他章节布局的中心,它源于一种想法,一种要拢集起远近之事的理念,其可行性则在由此衍生出的种种创造和变体中得到了证明。正是这种理念召唤出、渗透着《伊利亚特》所有其他神戏及与之相关的一切。

由于从属性的颠倒,改写取代了马赛克:现在,在第5卷中,不听话的女神出行变成相反意义的下凡,现在"无耻的母狗"雅典娜变成被她选中的英雄的卓越救护者,天神的完美无瑕与她疑点重重的形象、她的无所不能与她受到特殊束缚的有限性对立了起来。＊因为现在,她是作为可怕的阿瑞斯的征服者,乘着赫拉驾驭的战车下凡,穿过隆隆作响、自动开启的天门。天门意味着胜利、声望、荣耀;与女神同样声势煊赫的是她的出行。门翼的隆隆声响成为了背景音乐,成为她壮举的前奏。

《狄奥墨得斯纪》的宗旨征用了第8卷的发明(Erfindung)。

第5卷的诗人做出新解释,加入他自己的东西。引摘,是为了自由处理所摘取的段落。同样,波塞冬的出行也是升级的变化版本。天空主宰者直奔目的地的出行转变为海王显灵。作为马神,他喂了马。动手前他从容以待,他的出行因此有了某种意味深长。他穿行而过的阔野并非胡乱臆造,而是属于他的山岭、海岸和渊谷全景,重复的段落摇身一变,回响着宙斯的声音在这片阔野上开始了出行。天神尚未参与众神的明争暗斗,就被声势浩大地介绍给我们。出行成了序幕,成了一段小插曲。

[160]倘若如此,那么第13卷就超越了第8卷。反过来解读这种关系,那么第8卷的编纂者就落后于他的范本。作者从已有的整体中、从大山大水的波澜壮阔中摘选出驾车出行,把它改写到宙斯头上,加上两行诗,严格精准地驶向指定的目的地伊达山峰顶。这样编写,就好像他把铺陈开去的平面换成了被限定的线。相反的情况要合理得多吧!

* 不止神戏,战争场景也反复出现,它们也同样表明,第8卷比13至15卷更早。8.345-346,奔逃的阿开奥斯人越过木桩和壕沟,

> 他们在船边停下来等待,相互呼唤,
> 每个人都举起手来,向众神大声祈祷。

15.367-369诗句相同,情境相同,然而,现在不再是赫克托尔沿壕沟驾车驰逐,他的突破成功了,(阿开奥斯人的)危险远远超过第8卷。天神一马当先,在他势不可挡的猛攻后插入了三行诗。第一次进攻壁垒时,特洛亚的战马受了惊(12.50及以下);现在,特洛亚车战将士们则由赫克托尔率领、高呼战号跨了过去,因为:

福波斯·阿波罗冲杀在前,
毫不费劲地抬脚踢掉堑壕堤岸,
把它踢进深壕,填出一条宽道,
宽度相当于一支投枪飞行的距离,
当一个人尝试臂力把它投出的时候。
特洛亚人涌过通道,阿波罗持盾在前,
他又毫不费劲地把整段壁垒推倒,
有如顽童在海边堆积沙土玩耍,
他用沙堆起一个模型愉悦童心,
随后又不满意地手脚并用把它摧毁。
光辉的阿波罗,你也这样把阿尔戈斯人
辛勤的建造毁掉,使他们仓皇逃跑。(15.355及以下)

像《狄奥墨得斯纪》的诸神一样,创造奇迹的天神转瞬摧毁了凡人的工事。如果这是在重复第8卷,那么,比起第8卷中那些被围攻者的处境,这些诗句现在听起来可就悲惨多了!

[161]现在,当赫克托尔在堑壕前以戈尔戈的目光或奔跑气势汹汹地逼来,他们却没有像8.348那样祈祷(用了一个完美的对句:*οἱ μὲν... Ἕκτωρ δὲ...*[(一边)他们……(同时另一边)赫克托尔……]),他们现在祈祷,是为了让一个人的祈祷盖过其他所有人的声音:涅斯托尔。老人为全体说情,把双手举向星空(15.371)。第8卷与之对应的是阿伽门农的祈祷。阿伽门农的祈祷是将领的恳求。它充满责备:

父亲宙斯,你曾否动用这样的错乱(*ἄτη*)
毁一个强大的国王,剥夺他的大名声?
我认为我从来没有在坐上多桨的船,
航行到这里来的水道上,经过你的好祭坛时,

> 不向你焚献公牛的肥肉和大腿骨,
> 希望能够毁灭那城高墙厚的伊利昂。
> 宙斯啊,请你使我的愿望成为现实,
> 让我们逃命,脱离这场战争的危险,
> 别使我们败在特洛亚人手下。(236及以下)

错乱(Ate)是统帅的危险。这个刚刚还志在必得的人,这个不明真相的人,埋怨着让他感觉受骗的神。涅斯托尔为全体祈祷,更虔诚,更动人:

> 天父宙斯,如果有谁在生产小麦的
> 阿尔戈斯曾焚烧牛羊的肥嫩腿肉,
> 请求能平安返回,你也接受和应允过,
> 奥林波斯神啊,愿你能忆起驱除这灾祸,
> 不要让特洛亚人把阿尔戈斯人无情屠戮。(15.372及以下)

不再是受骗上当的征服者的意志,不再是要求回报的出征,回家的念头取而代之。

两次祈祷都被听到。在第8卷,宙斯放出鹰,它爪子里抓住小鹿,把鹿扔在宙斯美好的祭坛旁,阿开奥斯人暂时重获勇气(8.246及以下)。长远上看,宙斯不仅要拯救他们,还要让他们取胜。第15卷的回应是:

> 他(涅斯托尔)这样祈祷,远谋的宙斯打了个响雷,
> 接受革瑞尼亚的涅斯托尔老人的请求。
> 特洛亚军队听见提大盾的宙斯的响雷,
> 更猛烈地向阿尔戈斯人冲杀,斗志昂扬。(15.377及以下)

下文是被强风推动滚涌、扑过船舷的滔滔巨浪的比喻,它铺垫着向另一个舞台的过渡,那里将上演《帕特罗克洛斯篇》。此处,承诺的暧昧、远虑和近忧的矛盾已经被玩得炉火纯青,它被转化到剧情中成为身首不一的怪兽,如同打在祈愿者脸上的狠狠一拳。宙斯满足祈愿时从未如此深不可测。

维拉莫维茨破天荒地看出第 8 卷先于第 15 卷。15.367-369 取自 8.345-347。[162]可他没有继续展开由此得出的结论,而是连同 15 卷的诗句一起,证伪了涅斯托尔的祈祷:"一段想把涅斯托尔引入战争背景的十分生硬的加塞,为了纺出一条线,串联起 11 卷后半部分、14 卷开头直至《帕特罗克洛斯篇》。"①这段话的独特价值、它对上下文的重要性就这样被悉数抹杀。如果划掉这不能一笔勾销的几行,战争高潮、铺垫如此之久的击破壁垒,就失去了阿开奥斯人方面的回应。就丝毫都不会透露出,阿开奥斯人从此之后只是为保命而战。如果不是现在,他们该何时祈祷?特洛亚人和阿开奥斯人有多少次相对出现!此处却有一方消失了。遭遇灭顶之灾者被封了口。为满足第 8 卷晚期的出现时间,本文被不合情理地牺牲给教条。

这里也试一试反过来的情况?那就是第 8 卷的诗人把涅斯托尔的祈祷改写成阿伽门农的。他剥除卷 15 情境中的悲凉肃穆,把人性的、在绝境中信神的声音替换为感到自己受骗上当的统帅。编写时他降了调,这位减法的大师不顾史诗的丰富和崇高,孜孜以求狭隘偏仄。奇怪的只是,许许多多其他例子却与此相悖,显示出人性和严肃性不断增多的发展趋势。涅斯托尔的祈祷摄人心魄,

---

① 维拉莫维茨,页 39,注 2。页 238 批判更甚:"一段极其愚蠢的插入。"莎德瓦尔特(页 92)与之相反:准愿的矛盾"应从荷马神学的内在问题解释",所指的是 12.200 及以下。米尔(页 232)赞同莎德瓦尔特的反对,哪怕不是内在问题;但他认为 15.367 后的衔接很糟糕。于是他又逃到诗人 B 那里,后者不但是卷 8 也是卷 15 涅斯托尔祈祷的作者。

比起自觉上当的阿伽门农的祈祷,它更接近于普里阿摩斯对赫克托尔的恳求("把手伸向",22.37)。涅斯托尔的祷辞与1.503忒提斯虔诚的恳请如出一辙。

不仅祈祷,连第15卷开头也与第8卷相符:15.1-3和8.343-345一模一样,只是变更了主语,阿开奥斯人换成特洛亚人,特洛亚人换成了达那奥斯人,"在船旁"换成了"在车旁"。[与第8卷]相同的诗句描述着入侵的特洛亚人如何撤逃越过壕沟:

> [163]当特洛亚人后撤,越过木桩和壕沟,
> 许多人纷纷倒在达那奥斯人的手下,
> 直退到战车停驻的地方才止住脚步。

[第8卷的]对句:"他们(阿开奥斯人)……赫克托尔……",换成了:"他们(特洛亚人)……宙斯醒来……",中间插入一句:"惊恐得脸色灰白,满怀强烈的恐惧"(15.4)。战车并非最后庇护,它们需要捍卫,因为它们是可动的,"惊恐得脸色灰白"和"停住脚步"($\mu\acute{\epsilon}\nu o\nu\tau\epsilon\varsigma$)也不搭调。虽然如此,还是要认为第8卷的诗句是从第15卷借用。同时,15.3再次出现于15.367,这里却不是说特洛亚人,而是像8.345一样在讲阿开奥斯人;假设把15卷看作是较早的本文,那么就会得出如下的跳跃式结论:第8卷的诗人把15.367-369阿开奥斯人为主语的诗句复制到8.345-347,却找不到所需要的情境去安放重复的阿开奥斯人的祈祷。他在15.1-2讲特洛亚人的诗句中发现了"越过沟壕和木桩"。意外的是,虽然这里(15卷开头)的第三句是说特洛亚人的,却与另一段——他所需要的说阿开奥斯人的那段——首句相同,他很容易想到把二者结合。于是他就像多米诺游戏一样,换掉15卷开头的主语,把它放到原封不动的阿开奥斯人的祈祷前面粘合起来。第8卷诗节:逃跑越过壕沟、在壕沟后停下、祈祷,这种完整性只是空洞的假象,

事实上逃跑和祈祷①没有什么关系,前者是挑拣出来的15.1及以下,后者则是15.367及以下。

也许,对于那些认为第8卷的作者是后世编纂者的人而言,这是一个令人满意的结果。② 相反,如果认为第8卷更早,那么第15卷开头特洛亚人的处境就是第8卷阿开奥斯人处境的倒转。而众所周知,倒转很可能以相同的诗句重现。

我继续比较第8卷和后文。我指的是8.330-334和13.419-423。第13卷中安提洛科斯充当许普赛诺尔的保护者,模仿了第8卷中埃阿斯充当透克罗斯的保护者。[164]即便证伪13.421-423,这种从属性依然存在。根据维拉莫维茨(页48),短促的安提洛科斯-间奏应被删去。对于得伊福波斯之前的胜利,伊多墨纽斯的回应是,击毙安吉塞斯的女婿阿尔卡托奥斯。

波吕达马斯的告诫(13.725及以下)则不同。他在建议撤退开会时,想起"昨天"阿开奥斯人的失败(745):他们也许"会报昨日之仇",贪得无厌的阿基琉斯虽然还在船边,却不会永远退战。失败所指的只能是第8卷。维拉莫维茨自圆其说的方式是(页228),将13.741-747视为第8卷诗人后添入的赘物而删除。③ 波吕达马斯告诫的目的是,重忆起赫克托尔已经忘掉的、背景中的临头大难,这暗藏的杀机听众也不能忘。

随着第三次证伪,维拉莫维茨(页226)进一步干涉文本,他删去13.521-525,得伊福波斯没能击中伊多墨纽斯,他的长枪却刺穿阿瑞斯的儿子阿斯卡拉福斯,而维拉莫维茨竟能容忍我们对阿瑞斯在哪里一无所知。阿瑞斯没有立刻为儿子的死复仇,《伊利亚

---

① 抄本:停下。
② 维拉莫维茨页39:"8.342-345似乎仿照了15.1-3。"为什么似乎?
③ 参:里夫z. St.。莎德瓦尔特(页105)反对维拉莫维茨,正确。

特》的解释是：

> 当时他按宙斯之命坐在奥林波斯山顶，
> 金云底下，那里还有其他的神明。（523）

所以，没有复仇，而是开始争夺尸体，在此期间，得伊福波斯被墨里奥涅斯重伤出局。对这种情境的解释要回溯到第 8 卷，可第 8 卷不能存在，因此再次转入战斗的第 526 行（比较 496）被强行剥夺了它的对句。此外，这个解释还涉及 15.112 及以下，奥林波斯的情境依旧：现在才得悉儿子死去的阿瑞斯要冲入战场报仇，在一片哀叹的众神中，雅典娜责劝暴怒的兄弟，把他拦下。维拉莫维茨认为，这里"没有铺垫效果会更强烈"；铺垫是"吟游歌手的画蛇添足"。首先，对于听众，这种要求太过分，没有（第 13 卷）顺带讲到的铺垫，听众却要回忆起那次隔着 830 行诗的死亡。第二，"后来"才解释阿瑞斯勃然大怒的行为：他双手拍打有力的双腿，暴跳起来，要铤而走险，哪怕与其他死尸一起躺在血泊和尘埃里，[165]也要下凡去，他让溃逃（Deimos）和恐惧（Phobos）驾马以步赫拉和雅典娜后尘，后者却已经吃过亏，长了教训。如果宙斯没有对不死的天神第二次发火，雅典娜就不会离开座椅追上阿瑞斯，取下他的头盔、盾牌和长枪，劝责他说："疯子……"虽然亚历山大里亚学派证伪时总喜欢用的理由是，效果会被减弱，可在这里怎能让人相信？被削弱的是什么？阿斯卡拉福斯之死被记述得如此短促，如果不是为提示听众那种自第 8 卷起就一直存在的情境，何苦杜撰出他这整一段？不是为他本身，而是为他父亲的缘故才虚构出他的死，而阿瑞斯又是为[串联起]奥林波斯的那场间奏，作为诸神大搞阴谋并被打压的结局这太合适不过。如果继续删除整段阿斯卡拉福斯，也就一同删掉了得伊福波斯的退场，可他的角色却恰恰取决于此。一环又一环地碎掉。

重复着 8.182 的 14.47 也以第 8 卷的情境为前提，杀到船边的赫克托尔希望(第 8 卷中如此)或威胁(第 14 卷如此)烧掉船只，这无需赘言(莎德瓦尔特，页 119 及以下)。维拉莫维茨(页 230)把 14 卷的这段插曲给了"《伊利亚特》的诗人"，却因为赫克托尔的威胁陷入尴尬。他解释说："这可能是心血来潮的虚构。"这种解决方式显得太过简单，另一种就复杂得多了："也有可能指的是为插入第 8 卷而被删掉的第 7 卷末尾的场景，因为当时赫克托尔让军队在野外过夜。"我不想核算这种操作里有多少未知因素。

＊更难确定的是第 8 卷和第 9 卷的关系。第 8 卷宙斯的预言(473 及以下)没有暗示此事。字句上的重复有两处，9.430 及以下、9.693 及以下重复了 8.28 及以下：

> 他这样说，他们全部默不作声，
> 他的话是那样有力，大家表示惊异。
> 后来目光炯炯的雅典娜当众发言……

第 8 卷中回话者是雅典娜，第 9 卷中一处是老福尼克斯，另一处是狄奥墨得斯。以沉默开始的诗句会频频遇到，看起来像是俗套，同样还有句首的："后来……"①[166]阿基琉斯的力量不在于恫吓之辞，发言也不像他的拒绝那样震撼人心，因此 9.431 是："因为他话语坚决"(和 510、675 一样是 ἀπέειπεν[说出]，而非"发言")，相反，8.29 则是："他的话"(要理解：对全体，ἀγόρευσεν[(在大会上)发言];9.694 也是这样。然而阿里斯托芬②和阿里斯塔

---

① 9.693 及以下用相同的诗行，重复了期待的阿开奥斯人遭到拒绝的效果。7.398 及以下，10.218 及以下是同样的套句。

② [译注]指拜占庭的阿里斯托芬(Aristophanes)，是亚历山大里亚图书馆首任馆长泽诺多托斯的弟子，非同名雅典喜剧作家。

库斯①就已经证伪过这些诗句)。如果宙斯开始在集会众神前发表演说,8.4 ἀγόρευε[(在大会上)发言],结束时又重复了这个标志他讲话的词,就不应舍弃什么。宙斯开始时独自发言(8.4, αὐτός[独自]),与之相符的是,所有集会众神都对他的演说沉默不语。奥林波斯顺从了。对于阿基琉斯的话,所有人(三个)都沉默下来,则是因为他们无计可施。

第8卷,独自作答的雅典娜从沉默众神中脱颖而出。第9卷,沉默意味着这句话是第一个和第二个主题之间的过渡、停顿。从沉默中出现了另一个声音、另一个调子,不仅仅是另一个人,而是另一类型的人开始发言(就不说是唱歌了),爱取代了英雄式的激励理由,感动内心的语言取代了劝导。无疑,这种酝酿中的沉默高明得多——第8卷没有铺垫。无疑,出于畏惧的沉默原始得多。但并不能由此得出何者在先的可信结论。出于畏惧的沉默在第8卷恰如其分,并不逊色于第9卷的不知所措。

第8、9卷的第二重相似在于,8.470及以下:

> 牛眼睛的尊严的女神赫拉,只要你愿意,
> 黎明时你会看见,克罗诺斯的强大儿子
> 给阿尔戈斯枪兵造成更大的破坏。

和9.359及以下,阿基琉斯:

> 明天……
> 你就会看见,只要你愿意,有点关心,
> 拂晓是我的船在鱼游的赫勒斯滂托斯航行。

---

① [译注]阿里斯塔库斯(Aristarchus),亚历山大里亚学者,阿里斯托芬的弟子,后世通行本即为阿里斯塔库斯所编纂。

二者均怀有恶意的讽刺,第8卷中尤其体现在女神的全称,第9卷则是后加入的"有点关心"。第8卷的恫吓达到了目的;第9卷的威胁则相反,与之相应的是9.619:天一亮我们就考虑,是回家还是留下。

第9卷的讽刺更细腻,无情者自相矛盾,[167]讽刺的威胁者也讽刺着自己。第9卷中的威胁是一种史诗性的"几乎",第8卷则是伏笔。何者更早?我们在第9卷中看到了高度的技巧和个性化的形式,看到这位阿基琉斯的创造者。可谁能说,更高明的一定更早?无据可依。

* 第8卷包含着某些对未来的暗示。两次预兆着将要成为现实的第三次。阿开奥斯人两次被赫克托尔追逼到壕沟后。第一次赫拉救了他们,第二次是降临的夜幕。这意味着,第三次既不会有赫拉相助也不会有夜幕降临。——充当阿基琉斯或帕特罗克洛斯角色的狄奥墨得斯,从战车上用长枪击中赫克托尔的御车侍从埃尼奥佩斯乳旁的胸膛(120)。因失去伴侣而痛苦的赫克托尔很快找到另一个车士阿尔克普托勒摩斯顶替。为什么要讲这个?这两个名字是特意杜撰出来的。309及以下透克罗斯的壮举中重复了这些诗句,但有所变化。透克罗斯试图射箭击中赫克托尔却没有中的,最后击中了赫克托尔的御车人阿尔克普托勒摩斯乳旁的胸膛。因失去伴侣而痛苦的赫克托尔把缰绳交给他同父异母的兄弟克布里奥涅斯;可怜的透克罗斯为他射偏的箭付出惨重代价。布里奥涅斯不再是虚构的名字,而是由城市克布里恩(Kebren)得名。作为第三个人,他被安排了特殊的命运。他也会阵亡,然而是作为伟大的英雄、被帕特罗克洛斯这样的大人物所杀。帕特罗克洛斯也像透克罗斯一样,没有击中他的目标赫克托尔。抢夺御车手尸体将成为他的最后一战(16.737)。

在这些方面,现在的《伊利亚特》以第8卷为前提。但同样的

卷 8 也含有一个与现在的《伊利亚特》并不相符的预言。早有人看到,宙斯在奥林波斯山上公开的预言背离了后来的事实①:

> 赫克托尔不会停止战斗,
> 直到佩琉斯的捷足儿子从船边奋起,
> 那一天阿尔戈斯人将在船尾环绕着
> 死去的帕特罗克洛斯,在可畏的困苦中作战。(8.473 及以下)

彼时,我们会补充说,既没有神明也没有黑夜降临[168]助他们脱离"困苦";彼时,阿基琉斯将会为死去的朋友复仇,杀死赫克托尔。《伊利亚特》中,争夺帕特罗克洛斯尸体的战斗虽然像预言那样逼近了船舶和赫勒斯滂托斯(18.150 与 15.233 相同),但是并没有越过壕沟,没有在"可畏的困苦"中作战,战斗"在船只前"($\pi\rho\grave{o}\ \nu\varepsilon\tilde{\omega}\nu$)僵持不下(18.172)。被赫拉秘密派来的伊里斯吩咐阿基琉斯去堑壕前露面,雅典娜神奇地使他威仪显赫,单纯是他的出现和他的呼喊就足以让特洛亚战马掉头转向、仓皇而逃。

卷 8 的诗人似乎并不知道这段虚构,对于随之展开的两方军营入夜的情况和铠甲,他也一无所知。由此看来,"可畏的困苦"并不像人们评价的那样,"语焉不详"不只是失误。如果它有意违背了卷 18 的情节,此处也就应以值得赞赏的果断删掉或简化缩合。阻止阿基琉斯遵从他的第一次冲动、以他所是之身投入战斗的手段,反倒促使他从远处通过呼喊和耀眼的光幕击退特洛亚人,这种手段不仅强大,而且强硬。这些出于艺术动机的情节似乎是在一

---

① 这种"不准确"造成了麻烦。维拉莫维茨(页 42)反对:只是泛泛给出次日的剧情。莎德瓦尔特(页 110)进一步:"在这种预言中,我们只能期待一种十分特殊的'模糊原则'(Ungenauigkeitsprinzip)。"

个更简要的梗概之外设计出来的。被赫拉秘密派出的伊里斯不仅阻止了赫克托尔把尸体抢到特洛亚人那边，而且还让阿基琉斯在最后关头通过在战场上露面打败特洛亚人并使之撤逃。阿基琉斯第一次决定出战被忒提斯阻止，她反对的理由是：他没有武装（134）。同一个帮助动机在187及以下以相反的方式重现。现在是阿基琉斯提出这个理由，对此伊里斯指示他如何干预局势：他只要走到堑壕旁露面，而无需"加入战斗"（216）。结果就是，已有赴死之心的阿基琉斯虽然救下朋友的尸体，却没有冒什么生命危险。

即使没有卷8，也能猜测出，卷18的某段长篇累牍替换了相对简单的东西。这样能赢得什么，以后再说！意识到，这种[较简单的]东西只能被当作某种不能出现的情况而被取消，①就够了。壁垒战时，"在困境中"战斗的主题已经淋漓尽致，此后就必须废弃"在可畏的困境中"抢夺帕特罗克洛斯的尸体，否则这种重复就会让人难以忍受。

其他相似处＊

＊[169]可第8卷如今被公认为是"晚期的"，因此也就不是什么优秀的篇章。尤其是本卷中大量出现的 versus iterati[重复诗行]为这种坏名声提供了不少口实。它总归是欠了账，借用的词句被视作另一个缺陷，不论出现在何处都要追究债源。＊事实已表明，不能一刀切。那么其他的借用词句又如何？

＊穿橘黄色长袍的黎明女神照亮

---

① 许多人不满，加罪于第二位诗人；见贝特，页102；最后米尔（页275）认为改动得更深，是《伊利亚特》的诗人B所为。在此不能引用卷8的预言为证，因为预言也是晚期的，米尔认为同样出自诗人B。

整个大地,掷雷的宙斯召集众神。

第一行重现于 24.695。然而,彼处和第 8 卷不同,它不仅仅是诗-神话的时间表达。在第 8 卷,黎明女神的出场不影响下文,她的超越性不依赖外界。末卷中,同一行诗出现时不是独立的导语,而是补遗。赫尔墨斯在夜里唤醒入眠的普里阿摩斯,护送他带着两辆车和仆从,穿过阿开奥斯人的军营,无人发现,当:

> 他们到达那流水悠悠,有圆涡旋转的
> 克珊托斯河的渡口,……
> 这时赫尔墨斯返回奥林波斯,
> 那位穿橘黄色长袍的黎明照临大地。
> 老人和传令官鸣咽哭泣,赶着马进城(过去时的动词),
> 骡子拉着尸首跟在马车后面(过去时的动词)。
> 没有男人或束带的女人看见他们(过去时的叙述体),
> 那美似金色的阿佛罗狄忒的卡珊德拉
> 上到卫城,望见她父亲站在车上,
> 他旁边是传令官——城市的宣报人,她还望见
> 那个躺在骡车里停尸架上的人,
> 她尖叫一声,向整座城市大声呼唤。

在这里,黎明女神不仅仅宣示清晨的到来。晨光熹微,大地被初晓的寂寥笼罩,哭泣的队伍孤零零地移动着。黎明女神也升至沉睡的特洛亚上空,普里阿摩斯的小女儿卡珊德拉是唯一在远处看到队伍的人。通过自然和人的对比,黎明女神变成整体的一部分,她继续回响,成为后文哭悼的第一个和弦。

有人感觉对比两卷晚期作品没什么必要。末卷被认为是晚期的,第 8 卷也不早,[170]因此,不论它们之间关系如何都无所谓。

可是,倘若事实表明,末卷与首卷更为相似,结果就不一样了。难道是第8卷的诗人从第24卷整体中拆离出这行衔接补遗段落的诗?如果认为更伟大的就更古老,那确实如此。然而,这条路却被统计数字堵死了,因为,《伊利亚特》和《奥德赛》里有太多的黎明初升,这种出现在补遗段的情况却只此一处。① 8.1 早于 24.695。此二处成立的事情,也适用于全书。穿橘黄色长袍的黎明女神,在末卷中连接起前夜出行和早上返家两个部分。把她从卷首移至卷中的动力,是发展了的插叙技巧。

有人会反驳:这行诗不能是歌手们(Aöden)的公共财产吗?倘若如此,那么这行诗的使用方式也应该是通用的。可末卷诗人的方式却与第8卷大相径庭。

8.2 及以下:

> 宙斯召集众神
> 到山峰林立的奥林波斯岭上开大会。

有人认为,第三行不恰当地重复了 1.499,因为最高岭上没有开会的空间。可为什么没有?如果宙斯在"伊达山顶峰"(Γάργαρον ἄκρόν),有他的圣地和祭坛(8.48,14.292 及 352),那么奥林波斯的最高岭为什么必须要压缩成唯一的独尊之座?巅顶在首卷孤高僻寂,宙斯坐在那里沉思,远离众神。他从那里(下)去他的"宫廷",在大厅或庭院里看到集会的众神(1.533 及以下)。至尊天神在最高岭上的孤寂是由上下文决定的。舞台依随情境设置。宙斯与集会众神相对,正如最高岭与下面的"宫殿"相对。忒提斯的祈请使这场演出必须与清晨、与秘密联系在一起,可谁说第

---

① 《伊》2.48,埃奥斯为阿开奥斯人集会开幕,一如卷8开幕众神集会;11.1 及以下,19.1 及以下,《奥》5.1 及以下,15.495(在舞台转换中)。

8卷开头也要拘泥于此呢？只有当我们强用首卷中的意义去解释"最高岭"，第三行才不恰当。[171]我们已经太过习惯于把首卷看成标准。

5.733及以下坚守着首卷的情境及景象，与忒提斯一样，此处赫拉和雅典娜也"发现"宙斯在"有许多山峰的奥林波斯最高岭上"。

首卷中宙斯从那里下至他的宫殿，与之相应，赫拉和雅典娜离开众神集会，乘赫拉的车子从宙斯宫中上行去找独坐者。她们乘车而去，难道距离变远了？这次天神相会的诡异之处正在于此，可只要意识到它对首卷的依赖性就够了。（在1.498之前提到过众神，5.753不一样，因此像首卷那样只说："远离其他"是不够的，而必须加上"远离其他众神"，这也使"克罗诺斯的鸣雷闪电的儿子"有必要改成"克罗诺斯之子"。）这两处独尊的鸣雷的宙斯，均需要应允某事，为此有十足的理由请求他"远离其他众神"。可谁说这种情景也能当作标准用来评判第8卷呢？这行诗本身也可以很古老，但从未像1.499那样听起来如此崇高，崇高是独这一无二的场景的效果，是这史无前例的会面的魔力。

宙斯召集众神开会。但他们没有讨论，而是他独自演讲（笺注注意到，8.4和8.99均为αὐτός[独自]）。他的声明似乎只说出头尾、只有问候和将要严惩违者的威胁。①

第5行的问候：诸位天神、诸位女神，请听我说。重现于19.101及以下（只此两次是旧形式的ϑέαιναι[诸女神]），阿伽门农引宙斯为例，在集会的军队前为他自己的"错乱"(ἄτη)道歉。飘飘然的宙斯曾在赫拉克勒斯出生之前受到蛊惑女神阿忒(Ate)的诱

---

① 同一程式也能在对凡人开言时遇到，7.67及以下，348及以下。哪种用法更早，用于神还是用于人，我无法区别。

骗，而阿伽门农感到自己也被同种力量玩弄于股掌。至尊天神尚且会遭遇此事，一个凡人、一个国王又如何能抵挡得了？在宙斯的故事里，宣布预言时的郑重被赫拉的阴谋揭穿为虚张声势。第8卷中，赫拉和雅典娜则始终不是宙斯的对手。整卷诗都被这种调子影响着，[172]其威胁性直至卷尾依然只增不减。天神开示的庄重性难道是从讽刺的消解版本、从此处这个开始了重大转折的故事改写过去的？

阿忒的寓意与第9卷的"请求"（λιταί）及蛊惑女神一脉相承。第9卷以一个英雄传说为例说明了祈求女神和蛊惑女神，第19卷的蛊惑女神则在一则天神传说中得到刻画。所谓的寓意只存在于言谈之中。她们没有像争吵女神埃里斯或诸位战魔那样亲身出场。第8卷[宙斯]的问候与他的威胁所导致的后果有事实性关联：宙斯离开，女神抗旨出行又被遭返，相比之下，难道这句问候与蛊惑女神之间的讽喻式关联会更早？后者是一次可疑的自我辩护①的伟大范例，是《伊利亚特》所有演讲中一次绝无仅有的发明，第8卷中却是一系列事实性后果：可疑的例证难道会早于后果严重的事实？

宙斯公布的旨意又是什么呢？

> 所以任何一位女神或天神都不要企图
> 违反我的话而行动。(8.7)

"所以"（οὖν）这个词，引出了一个结论。可是它从何而来？

> 你们都要服从，
> 使我很快把这些事情办理成功！

---

① 参照3.59及以下帕里斯的自我辩护，当时他也援引诸神为例。

"任何一位女神"暗示出即将发生的违抗;事情将不会"很快"实现。但"我的话"意味着什么?"这些事情"是什么?雅典娜猜到,"这"只能是针对阿开奥斯人的朋友们。"违反"他的话是赫拉素来的习惯。但他为什么跳过他的意图?大概是为了在结尾才揭开秘密:以阿开奥斯人惨败促动阿基琉斯参战(471)。

他要求自己隐而不宣的意图得到一致认可。谁另有图谋,就是自绝于众神:

> 要是我看见有谁走开远离众神,
> 有意去帮助达那奥斯人或特洛亚人,
> 他回到奥林波斯,将受到可耻的打击。(8.10)

"远远地离开众神", ἀπάνευθε...ἐλθόντα[远远地……离开……],与1.35 ἀπάνευθε κιών[远远地走开]结构相同,它在15.33重复出现,ἐλθοῦσα θεῶν ἄπο[远离众神]:

> 你走开远离众神来到这里,
> 媚惑我的心。

[173]在赫拉身旁醒来的宙斯想起他的禁令。很难想象,第8卷是作为后期的衔接章节被镶嵌艺术家(Intarsien-Künstler)似的诗人天衣无缝地补写出来,刚好匹配着此处第15卷的回忆本文。第8卷是14、15卷诸神阴谋的前提。公然起事不成,赫拉才试图用计。

这行准备阴谋的诗也出现在1.549,即便并非借用,却也是模仿转化过。除最后两个词变位不同,诗行被逐字重复。关系从句的所指不是众神,而是宙斯的想法(μῦθοι):"我远离众神看到的(想法)"也就是他思考、计划的事;"远离众神"意味着:避人耳目。

接下来:你便不要详细询问,也不要探听!

难道第8卷的诗人把描述思想的话转用在了天神身上？把精神上的(远)变成空间的(远)？不是颠倒了吗？官能和精神上的感知是矛盾的。首卷的诗人以一种大胆的、几乎是隐喻的措辞,把孤独的至尊天神在空间上的远转变为精神上的远。第8卷和15卷里均是空间的远,因此是二对一。这里没有了"走开","有意帮助"变成想要为自己,"看到"这个词里思想超越了感官。通过改变两个词尾——从 $\vartheta\acute{\epsilon}\lambda o\nu\tau\alpha\ \nu o\acute{\eta}\sigma\omega$[我有意]变为 $\vartheta\acute{\epsilon}\lambda\omega\mu\iota\ \nu o\tilde{\eta}\sigma\alpha\iota$[我想要考虑],强权胁迫变为对最高权力的感知。

我们再看其他关联！首卷没有第8卷的威胁,而是:赫拉一针见血的反驳。难道也是由反驳转变成威胁？此处不也应该是相反的情况？1.552又是8.462那句:

克罗诺斯的最可畏的儿子,你说的什么话

她重新抓住他那句高高在上的"不要问,也不要探听!",讥讽地说:

我从前并没有过分地细问你或者探听,
你总是安安静静地计划你想做的事情。
现在我很恐慌,怕海中老人的女儿,
银脚的忒提斯劝诱你!

夫妇双方的情境与第8卷刚好相反。彼处宙斯是独断专行的威胁者,赫拉是不甘心的屈从者、面对他的强权束手无策的异议者、反抗者;此处的反抗者、徒劳为自己辩护的一方却是宙斯。揭穿他的赫拉占据上风。[174]哪种情境更微妙呢？首卷的情境是夫妻吵架这一主题的变化形式。可是在以多么精致的武器争吵！此处宙斯的回答不是大肆威胁的粗重狠话,而仅仅暗示说:

> 你且安静地坐下来，
> 免得奥林波斯的天神无力阻挡我前来……（1.565 及以下）

首卷巧妙回避的话在第 8 卷可怕地宣泄而出。赫拉在第 8 卷答复威胁者说：

> 克罗诺斯的最可畏的儿子，你说的什么话？
> 我们清楚地知道……

她的回答应和着[宙斯的]威胁。1.552 是相同的回答，可之前她并未受到威胁，反倒是她在进攻，宙斯在辩驳，[宙斯]不仅没有丝毫凌辱，还把她的至尊地位抬得和自己一样高：

> 凡是你宜于听见的事情，没有哪位神明
> 或世间凡人会先于你更早地知道。（1.547 及以下）

以"克罗诺斯的最可畏的儿子"作答，既出人意料，也很绝妙。因为现在克罗诺斯后人的可怕之处在于，他不愿说出真相！通过反转游戏反败为胜，"最可畏的"却成了试图维护自己尊严但白费力气的那个。

作为凡人的威胁，8.10 这行诗似乎发生了不同的变化，2.391 是阿伽门农的，15.348 是赫克托尔的。阿伽门农说这句话，威胁那些离战在船上逗留的逃兵命将不保。赫克托尔这样说则不是威胁逃兵，而是放言要杀死那些不攻船、却剥夺阵亡者盔甲的人。赫克托尔的威胁比阿伽门农更甚，后者是在开战之前，前者则是在战争的高潮。赫克托尔的威胁被简化为：

ἀπάνευθε νεῶν ἑτέρωθι νοήσω.
要是我看见谁站在远离船只的地方。(15.348)

阿伽门农的威胁更啰嗦。和第 8 卷一样,"有意"(ἐθέλοντα)回来了;但没有"走开"(ἐλθόντα),而是:

我若看见有人有意在弯船边逗留,
远远地离开战斗。

为什么对逃兵的威胁不会比对叛变天神的威胁更原初?可它多啰嗦!"远离战斗在弯船边逗留"还不够吗?为什么加上"有意"?即将上战场的军队首脑阿伽门农又怎么会看到这种"有意"?然而,已铸好的公式更为强势,它指向统治者明察秋毫的眼睛。因此,作为结语,它位于统帅演讲的末尾,阿开奥斯人向他欢呼,有如被西风卷起的波涛击碎在高耸的峭壁上……死刑得到所有人喝彩,而死刑所责罚的,却是刚刚所有人都有意为之、已经做过的事。哪一个更早?[175]难说。更成熟、反差更丰富的是第 2 卷。

这行诗每次都承载着什么?如果删除 8.10,那么《伊利亚特》的整体情节构架就会坍塌,不仅无法出使求和,也不会有诸神大战。因此我们看到,就连诸神的阴谋诡计,在 15.33 也回溯到这里。如果删掉 2.391,那只是一段插曲中一次形成反差的小高潮随之消失。阿伽门农对逃兵的威胁没有产生任何后果。赫克托尔的威胁也是一样。它只是作为"现实主义的一笔"突出战斗中赫克托尔的性格特征。如果不可或缺比可有可无更早,就保证了第 8 卷在先。

* 8.58 及以下与 2.809 及以下相同(参考里夫对 8.53 及以下的解读)。第二卷,赫克托尔解散大会,特洛亚人奔向武器:

> 城门全都打开,步兵车士冲出去,
> 巨大的吼声爆发出来……

他们移至巴提埃亚山前列阵。在山岗前停下时,引入了特洛亚人的名册。第 8 卷"巨大的吼声"接踵而至地重复,59 和 63。比较 58 及以下,自动打开的城门不可或缺,因为没讲过阿开奥斯人出兵。很有可能是吟游歌手的重复,这在本卷中尤为频繁。①

*8.60 及以下 = 4.446 及以下。战争总场面的描写。这些诗句在第 8 卷和第 4 卷同样恰切。第 4 卷,一个风景的比喻紧随其后:

> 有如冬季的两条河流从高高的山上,
> 从高处的源泉泄到两个峡谷相接处,
> 在深谷当中把它们的洪流汇合起来,
> 牧人在山中远处听得见那里的响声,
> 呐喊和悲声也这样从两军激战中发出。(452 及以下)

这段接在血"流"之后。难以判断,这个比喻是从第 8 卷中被删去还是被额外加入第 4 卷。通过这个比喻,现状(殷红的鲜血流满地面,过去时)获得了开篇的特性:这个比喻引入了两军的第一次交锋和主要战斗力(因此是过去时的叙述体 ἐγένετο[发出了])。于是就可以接下来说:安提洛科斯首先杀死特洛亚人的首领……

第 8 卷中对全局的描写一直持续到中午:[176]通过宙斯的天秤和鸣雷,才最终一决胜负:阿开奥斯人突然撤逃。在此处,那个比喻将有违上下文。也许正因如此,它被删掉了。它也可能是被

---

① 见莎德瓦尔特,页 100。

额外加入第4卷的，不仅是为那种疏离的宏大（在远处倾听的牧人，比较18.212远处邻岛的居民或19.375远处的水手），也同时是为引出接下来个体的决斗。这也符合第4、5卷大量使用比喻的风格。——无定论。

＊战争转折的过渡8.66-67与11.84-85一致。午时在第8卷被直接给出，第11卷则用了一个比喻描述。重复出现的诗句似乎是公式化的表达，因此何者优先的问题就并不多余。该句式的其他变形：15.319，16.777及以下。

公式化并非《伊利亚特》诗人独创的，还有命运天秤的称量，69-70，72与22.209及以下相同（71行也是套话，与3.127相同）。此处它不衡量个体，而是全军的命运，我并不认为这种用法荒唐。《伊利亚特》中没有一次战败不是死亡横行。两族人的"死去"①让众神煞费苦心；为什么死亡②或阿开奥斯人"注定的日子"（αἴσιμον ἦμαρ）不能被一同称量？命运天秤的称量从来都不是某个诗人个体的独创，因此大概也无法得出创作于后期的结论。

两位命运女神，死之恶灵，彼此相斗。宙斯称量争斗者，胜者更重，这极为生动形象——想一想远古的教育。她们被赋予权力。人人都有自己的命运，一如人人都有自己的死亡。然而，任何关于灵魂、个体命运甚或恶灵的精神化想象，都绝不是柏拉图意义上的。死神还会摧毁城墙(18.535)。第8卷，宙斯手持天秤的神秘画面取代了整场战争描写。此后个体命运就可以一笔带过。第22卷，赫克托尔赴死的奔跑精彩纷呈，此外加入的这个[称量命运的]画面结合起天界和人间，然而并不是作为决断——结局早已注定。那是什

---

① ［译按］原文sterben，强调死亡的动态过程。
② ［译按］原文der Tod，强调死亡的最后结果。

么呢？此处"天父"发出了令人难忘的声音。天父手中黄金天秤的无情升华为[177]宗教性的东西。首卷中点头应允的宙斯和22卷称量生死的宙斯、仁慈的和冷酷的宙斯，似乎是彼此对立却同属一体的两面。然而，这是整体的升华。试想：如果把所有外围的东西——对死亡的恐惧，竞相奔跑，被弃的凄凉，旁观的无能为力的诸神，旁观的无能为力的凡人——如果拿掉所有这一切，崇高感（die Erhabenheit）还会照旧吗。如此就会显现出，一切的一切合而为一，就是天父手中的黄金天秤。称量则是结局的最后封印。

第8卷的命运称量对这种崇高感一无所知。就此而言它似乎是二手货。然而另一方面，它在第8卷中更大程度上是决断，相比之下，它在第22卷中作为决断的意义退居其次，更重要的是——我要表达的——崇高意味。最伟大的东西最终才会达到，这不也适用于在整体中才有其意义的第22卷的命运称量？

* 8.146及以下与15.206及以下相同。（波塞冬对伊里斯说）：

> 女神伊里斯，你刚才的话说得极精妙……
> 强烈的痛苦侵袭着我的内心和灵智

第8卷狄奥墨得斯也对涅斯托尔这样说。如果把这两行诗看作史诗既定的附和模式，把附和看作可重复的动机，那么它自然更贴合涅斯托尔的角色——涅斯托尔理应得到赞同，而不是伊里斯。1.286重复了粘附于涅斯托尔的这两行诗的第一句。因此，在这两行重复的问题上，应视第8卷为给出者，第15卷为取用者。由于（15卷）要附和使者，此处取用诗句时发生的变化也同样得到强调，第207行被插入其中：使者作如此明智的劝告再好不过。里夫得出的结论正相反（对于8.78及以下）。然而，比起第8卷狄奥墨得斯让步时的英雄情境,维护尊严的波塞冬的让步无疑是衍生的讽刺。

8.222-226 与 11.5-9 相同。第 8 卷描写阿伽门农在营地中央、奥德修斯的船边向两翼呼喊,与第 11 卷被宙斯派到阿开奥斯人军营中的埃里斯用了相同的诗句。[178]莎德瓦尔特已经出色地阐明,描写阿伽门农的诗句更为原初:"对于凡人讲话者,中央的船是一个合适位置,阿伽门农挥舞红布吸引战斗中的人们注意也是很好的一笔。"①在高处呼喊的埃里斯还有更高级的对手,20.48 及以下描写两军进兵时:

> 雅典娜或是站在壁垒外的堑壕上吼叫,
> 或是沿着喧嚣的海岸大声呐喊。
> 阿瑞斯如黑色风暴,也在另一边喧呼,
> 召唤特洛亚人,或是从高耸的城头,
> 或是从西摩埃斯河畔卡利科洛涅山坡。

但我们不能说,第 11 卷的诗人只是用被派下凡的埃里斯替换掉在困境中召唤逃走的阿开奥斯人的窘迫统帅,用呼喊的恶魔替换掉呼喊的凡人,仅仅通过变更主语就舒舒服服地为第二日战斗的开场赢得一幅惊心动魄的画面。诗句被重复,也在他手下发生了变化。恶魔不像凡人那样"穿透性地"($διαπρύσιον$)呼喊、使最远处的人也能听到,她喊得"强劲、可怕、尖利";她没有在手中提着"红色的宽大的罩袍",使自己被看到,而是手持"战斗号令"($τέρας\ πολέμοιο$):令人畏惧者从天界下至人间,站在他们中央($ἐν\ μεσσάτῳ$),女神站在战船上发出可怕的呐喊。

---

① 莎德瓦尔特,页 32。米尔也赞同,页 190。他试图在第 11 卷中彻底区分开老诗人 A 和新诗人 B,对此我无法信服。

她驻足、呐喊的地方，也是前一天阿伽门农驻足、呐喊之处。因此也出现了另一番效果：前一天，宙斯怜悯绝望的呼喊者，送给他征兆，使绝望的战败者们重新鼓起勇气。埃里斯的战号：

给每个阿尔戈斯人的心里灌输勇气，
……
将士们顷刻间觉得战争无比甜美，
不再想乘空心船返回可爱的家园。（11.11及以下）

曾经是雅典娜的职责（2.451及以下）被转交给了埃里斯。同样的效果，彼处由雅典娜、此处由埃里斯产生：这是陈辞滥调吗？不是更像回忆？此处相对于第二卷的进展还表现在：可怕的——变得如此甜美。一次次单独实现的东西，汇集在阿伽门农身上。激发恐怖的特点甚至转移到他的武器上，这是巧合吗？他的盾牌上是戈尔戈、恐怖和溃逃之神：我们能将其与激励作战的埃里斯分开吗？持此盾牌者，[179]杀人不眨眼（11.137）。战争本身、死亡的方式，似乎都升级了。

＊8.397及以下重复了11.185及以下的诗句，如果不探讨第8卷、第13卷及后续几卷诸神的总剧情，就无法判断派遣伊里斯这一段在何处是原版。简单说：第8卷，大发雷霆的宙斯派"快腿的伊里斯"极速挡住两位出行的女神。第11卷，他不慌不忙。直至阿伽门农胜利地打到伊利昂城门前，他才从天而降，到达伊达山顶，手持闪电，叫来伊里斯。她此次要传送的旨意并不着急执行。赫克托尔（犹豫不决地）站在他的战车里，这时伊里斯向他走去。她指示和预言暧昧不明，她说：退避，等待，让军队代他作战，直至看到阿伽门农受伤离战。宙斯允诺他胜利，直至他杀到船边、太阳西沉。最终也确实如此，当然也不乏意料之外的可怕挫败。这太

过漫长的一天结束时,帕特罗克洛斯死去,夜幕降临(18.240及以下)。现在赫克托尔终于得胜,他一次次引证这个预言,现在又一次以此为证。当时波吕达马斯最后一次警告他,建议撤军回到特洛亚城内,①赫克托尔愤怒地反驳:

> 自伟大的宙斯对我们动怒。
> 正当智慧的克罗诺斯之子让我在船边
> 获得荣誉,把阿开奥斯人赶向大海,
> 愚蠢的人啊,不要给人们出这种主意。(18.292及以下)

此时,被降临的夜幕所迷惑的赫克托尔如此悲剧地拒绝了良策,可伊里斯当天早上传送给他的旨意早已这样阴暗。它具足神谕的暧昧。什么叫:"杀到太阳西沉,神圣的夜幕降临。"胜利为什么要被设定期限?然后呢?被如此推定期限的胜利还是胜利吗?宙斯对赫克托尔态度上的矛盾在此已然暴露无遗,他对这个"宙斯宠儿"的爱和他在8.473公开的计划:[180]为阿基琉斯牺牲他。他的爱是祭祀者对牺牲的爱,他用胜利和荣誉为毁灭者加冕,他的旨意既真又假。假,是因为,如此传达出来的旨意,一定会让领恩者信以为真。在近处和在长远处显效的意愿彼此融合,又彼此对立。

伊里斯传达的任何消息,都不会如此暧昧——同时又如此精彩。伊里斯在宙斯的宠儿面前现身时,不像3.122那样对海伦化身成凡人形象,也不像2.8那样是毒害阿伽门农不浅的梦,而是直接出现在面前,就像对阿基琉斯那样(18.166及以下,部分是相同的套话),甚或对普里阿摩斯也是如此,当他号啕痛哭、头上积满秽土,也不乏仁慈的神迹显现。暴怒的宙斯的旨意可简单得多(8.397及以下),为防止意外发生,火速传达给外出的女神!我们

---

① 莎德瓦尔特,页104及以下,有说服力地阐释了这些地方;亦参下文。

应该被迫接受,第 8 卷的诗人为此竟要从第 11 卷大跨度的、口蜜腹剑的旨意里取用诗句?

* 从另一方面也能证明这一点。此处构成中心的动机在 15.157 及以下作为次要情节再次出现——被遏止的灾祸,愤懑的天神不甘心地屈从宙斯的公认强权,后者让伊里斯转达旨令。此处送信者伊里斯在传达命令时也不止于逐字逐句地重复原话。(参 8.423 及以下;上文,[编码]页 147。)伊里斯对波塞冬说:"如果你不听他的话,而去做蠢事……"由于荷马考据者们习惯了把第 8 卷当成替罪羊,就连伊里斯的话他们也要批判!可她说得多好!波塞冬先鼓吹身世,然后伊里斯迫使他做出选择……比较这两位放弃的天神,波塞冬彰显威严的讲话更精致、更委婉。他如何试图挽回面子,真是自我表白的性情的代表作。可若要追问谁是更原始的版本,大概就要选那两位咬牙切齿的女神了。两处的共同点还在于,宙斯用提坦的命运和塔尔塔罗斯威胁奥林波斯诸神。谁要是因为塔尔塔罗斯的缘故把第 8 卷归功于赫西俄德(Hesiod),就不得不在《伊利亚特》中把它彻底独立出去。

[181] 在相同的语境中,第 15 卷与第 8 卷有一处字字相符(15.206 及以下与 8.146 及以下相同),这里也表明第 8 卷是供应方。(见上文,[编码]页 177。)

* 8.443 与 1.530 相同,宙斯撼动了崇高的奥林波斯。[①] 8.443,奥林波斯在就坐的宙斯脚下震颤,这是他勃然大怒的标志,

---

[①] 莎德瓦尔特《〈伊利亚特〉研究》,页 100.2) 考虑,是否把相似的 8.199 (Hibeh-莎草本在此有扩写) 也同样作为吟诵歌手的增补删掉:"σείσατο [摇晃(自身)]的中动态人称用法 (der persönliche mediale Gebrauch) 仅见于此。而且,奥林波斯的撼动大概只能是宙斯所为,8.443,1.528 及以下。"这行诗是为标明,打断上文的众神对话发生在奥林波斯上。

是他超越诸神的强势表现,在紧随其后的威胁中,这种强势赢得了话语权。震颤和威胁同属一体。他一坐下来就引发了一场地震。1.530,"崇高的奥林波斯震颤",不是因为天神有力地坐下来,而是因为他点了点头;甚至,几乎是因为"一片美好的头发从大王的永生的头上飘下"。

起因和结果对立——这是多么崇高的对立!仅仅点了点头就引发地震,并非愤怒的表达,恰恰相反:这是至极的恩宠和最神圣的允诺。此幕结束于姿态的崇高。8.443 则是威胁始于震颤。哪一个更早?已经表明首卷所有部分都是"后期的",那么就有权发问,此处被普遍接受的那种关系是否也可能颠倒了。

* 8.462:

> αἰνότατε Κρονίδη, ποῖον τὸν μῦϑον ἔειπες?
> 克洛诺斯的最可畏的儿子,你说的什么话?

我们已经看到,在 1.531 及以下,赫拉的回击中讽刺地使用了这行诗。14.330,赫拉诡计成功之际,宙斯炽烈的表白和她的回答之间形成的讽刺性反差更是无以复加:

> 天后赫拉重又这样诡诈地回答说:
> 克罗诺斯的可怕的儿子,这是什么话!
> 你让我们现在就……?

作为对求爱的回答,实在出人意料。16.439 及以下,萨尔佩冬插曲中,问和答也同样存在讽刺性的反差。心生恻隐的宙斯转向他的女神妹妹:

> 可怜哪,……
> 现在我的心动摇于两个决定之间:
> 是把他或者带出……
> 还是……?

她回答:

> 可怕的克罗诺斯之子!你说什么话?
> 一个早就公正注定要死的凡人……

[182]从赫拉口中四次说出令人惊讶的回答。① 8.462 是惟一一次,情境中毫无讽刺。这行诗在第 8 卷的运用是个例外。再一次,这并非偶然。唯独第 8 卷的夫妻戏,没有其他夫妻戏里常见的讽刺腔调或弦外之音。[讽刺]尚未出现?还是第 8 卷的诗人不再理解、不再欣赏这种语气?他要求更粗暴、更确凿?只是,按照流行看法,所有夫妻对话都是"晚期的",属于"《伊利亚特》的诗人",属于诗人 B、编辑者或诸如此类的某某。是不是讽刺,并无差别。另一方面,人们努力强调第 8 卷的特性,尤其是文风上的特性:来证明它的晚期起源。倘若有什么能算作这种特性,那就是天神对话的语气。攻击性的、绝无讽刺的语气也裹住了那个攻击性的、绝无讽刺的称呼:"克罗诺斯的可怕的儿子……!"(这句诗可不是填充料,每次它都与整体密切相关)那么就要问:第 8 卷的风格看起来是"早期"还是"晚期"?由于讽刺的展开,晚期风格行不通。到最后,第 8 卷反而是早期的?

* 8.496 和 2.109 间的一致之处:

---

① 我没有考虑 18.361 价值不大的对话,它与《伊利亚特》的事件矛盾。

靠在上面，对特洛亚人（阿开奥斯人）发表这样一段言说

第8卷是赫克托尔，第2卷是阿伽门农——有人将其处理为真正的"史诗"重复，在变化的情境中重复相同诗句。

当阿伽门农在军队集会上拄着那支历经三代之久、人神共计五位国王之手而承传下来的权杖，他所依靠的就是他的盲目自信，是他自欺欺人的梦，是他以为发言会成功的虚幻期待。一切都进行得体面庄严、井井有条——从外部看。内部看来——国王激起的骚动、阿开奥斯人涌向船只的疯狂撤逃，使他的所有自信都被一扫而空，使他性格懦弱的所有问题都暴露无遗。这里是依仗权势者和自欺者的冲突。

当赫克托尔在军事会议上靠着他十一肘的长枪①，[183]青铜的枪尖和金环在降临的夜幕中闪闪发光时，这个演说者的姿态和召集的会议并非出自传统。集会并没有发生在特洛亚广场上，而是在战场、在死尸中间，在距敌营最近、最危险的地方，鉴于这种特殊性，赫克托尔没有手持权杖而是倚靠着长枪。他的话不是劝辞，以劝说形式开始之后，就成了统帅和胜利者的命令。他所倚仗之物和随之而说的话，彼此并不矛盾。他的胸有成竹非虚妄。紧邻敌营露宿，点起成千上百营火，这既不是胜利也不是示威：火光会防止敌人偷偷趁夜逃跑。下一卷"求和"说明，倘若失之毫厘，这件他抢先下手防患的事情将多么可能成真。倘若没有狄奥墨得斯，赫克托尔的预料就会得到证实。此处，赫克托尔的确是"宙斯的宠儿"，自从涅斯托尔意识到，宙斯剥夺了阿开奥斯人的胜利(8.141)，自从赫克托尔意识到，宙斯"点头"(πρόφρων κατένευσε, 175)亲许他胜利和荣誉，却把灾难留给达那奥斯人，他所倚仗的就不只是十一肘的长枪，他就不只是自以为真理在握。宙斯(470)斩

---

① [译按]莱因哈特原文如此，王译本为十二肘。

钉截铁地表明,要赐他荣誉($\kappa \tilde{\upsilon} \delta o \varsigma$),有意让他继续胜利。

何者更早？反差对比还是文从字顺的艺术？可以论证说:第8卷的一切都与第2卷相反,第2卷更早。也可以论证说:第2卷的一切都与第8卷相反,第8卷更早。于此而言什么是对的？我们还是继续问下去:设定这两种情况,分别会有什么必然结果？

首先,如果像通常那样认为,8.493-495"宙斯的宠儿"以及他"十一肘的长枪"是第8卷的诗人从6.318及以下赫克托尔的告别一段中借用,紧随其后8.496"他靠在上面对特洛亚人说"借用了2.109的"阿伽门农试探军心";那么此处(第8卷)就完成了一份马赛克作品,其中每块石头都紧密嵌合,不但衔接得天衣无缝,甚至创造出如此逻辑缜密、如此无懈可击的情境,不但"宙斯的宠儿"与前后相符,连演说者的姿态都与上下文协调一致。

倘若不躲入基于某种神秘的原动力(Urtrieb)假说——认为原动力从诗的一种形式、一种情境或[184]一个动机出发,会发展出种种不同的特性,那么就有两种可供选择的可能性:

第一种可能,第8卷的诗人无法自立,按伏尔泰的话说:

> Au peu d'esprit, que le pauvre homme avait,
> Il compilait, compilait, compilait——
> [可怜人的那点聪明就是,
> 拼凑、拼凑、拼凑——]

这位诗人是拼马赛克的全能选手。那么我们来想一想,他完成了什么！在他让赫克托尔作为当日的胜利者对军队讲话时,突然想起赫克托尔向安德罗马克道别的一幕。赫克托尔当时提在手中、尖头闪闪发光的十一肘长枪吸引了他的注意。赫克托尔当时手持长枪并不是为了靠在上面,而是要对比那个不使用兵器、却只擦拭它的没用的兄弟。第8卷的诗人如何使之为己所用？他把那种对比变成标志性的姿势：战场上胜利者的姿势和态度。但还不止如此：他用一个动作同时贯穿起前后——该动作联系到赫克托尔离别时的长枪——不止如此，长枪的闪光还连接起降临的夜幕，特洛亚人则围聚在靠着这支闪光长枪的赫克托尔身旁、听他演讲。这时，赫克托尔的长枪在夜幕笼罩的战场上闪闪发光。在他的榜样下，长枪还悄悄地在海伦的卧房里闪光。这是怎样一位推陈出新的艺术家！同时他还借用了"宙斯宠爱的"这个定语。在周遭的情节中也没有任何先例可循。相反，作为陷落之城回光返照的庇护者，赫克托尔被众神——而不是凡人的失误——欺骗，也有所预感，但在预感降临之后他却重新燃起希望，此时他才真正上了宙斯的当（526及以下）。因此，"宙斯宠爱的"这个定语造成了如此强烈的反差。它被分配给即将入土之人。第8卷的马赛克艺术家何其成功！第6卷赫克托尔的长枪使他同时想到第2卷靠在权杖上的阿伽门农。赫克托尔可以不把长枪拿在手里，而是靠着它，这个想法让他回忆起有所倚仗的阿伽门农。因此也用了同一行诗。[185]虽然赫克托尔和阿伽门农毫无瓜葛，这却无妨，拼凑者跳跃性的记忆使他成功地完成任务，写到赫克托尔的长枪还能继续说"靠在上面——"，并让演说者以一种符合他本人、也符合情境的典型姿势出场。同时，他还成功地把阿伽门农自以为是的讽刺情境转化为赫克托尔清醒自知的英雄情境。而这一切，只在相继的4行诗内！——我们就这样看完了他无与伦比的艺术作品。

这是两种可能性之一。另一种呢？刚好相反。那不才真正怪异？也许未必。如此一来，首先给出的则是：赫克托尔作为战场上的胜利者靠在他的长枪上。两兄弟相遇时，这个画面从战场上转入海伦的卧房，接下来是赫克托尔告别时诗人的想法：艺术转化。现在他抓住"闪闪发光的长枪"和"被宙斯宠爱"，因为辅助情节、形成对比时它们脱颖而出。第8卷"宙斯宠爱的"缺少深层的内隐意义，因为 διίφιλος［受宙斯喜爱的］指的是赫克托尔看得见的成功。随即它也被用在受宙斯保护的传令官身上(517)。说赫克托尔时也并无他意。第 6 卷，长枪的闪光是"宙斯宠爱者"的死亡之光。然而这种光不是从这两句话、而是从整体发出的。第 8 卷的这句话同时经历了另一种转化：鬼迷心窍的阿伽门农所倚靠的不是十一肘的长枪，而是尊贵得多的权杖，尊贵到要献上 8 行诗赞颂。第 8 卷的这句话显现出两种不同的面貌。两次改写都得到了升级：第 6 卷动人，第 2 卷讽刺。如果这样理解，我们就摆脱了拼马赛克的想法，或许还让这行诗恢复了本来面目。

作为后辈，第 6 卷的诗人让这行诗在显义的同时内心化而造成反差的震撼，以至情节可以中断，以至于我们不再需要情节的连贯。"宙斯宠爱者"（缘何？为何？）走入海伦的房间。现在他成了宙斯的宠儿，因为他如此洞明练达、充满希望、英勇无畏——因为诗人如此喜欢他。我认为，很有可能，这才是最后的、最高水平的"晚期"风格。

埃涅阿斯和赫克托尔 *

*［186］赫克托尔是第 8 卷唯一的特洛亚英雄。埃涅阿斯没有出现。该卷不知道埃涅阿斯吗？似乎只有一处能够反驳，8.105 及以下，狄奥墨得斯邀请涅斯托尔作为御车手登上他的车：

看看特洛亚的①马
是什么样子，它们善于在平原上面

---

① 如 5.222，它们也被称作是"特洛亚的"。无需理解成"出自特罗斯驯养的品种"。狄奥墨得斯后来才对御手讲出它们的身世，5.266。［译按］王本此处译为"特罗斯的"，有违莱因哈特之意，依此注改为"特洛亚的"。

快速地跑向东,跑向西,不论是追赶或逃跑,
我曾经①从溃退制造者埃涅阿斯那里
得到它们。

5.259及以下讲过偷窃特罗斯神马的冒险及该良种的血统,埃涅阿斯的绰号"溃退制造者"也由此而来。对于第8卷对第5卷的依赖,这句引语——的确是引语——是有力的证据。可只凭它不能一锤定音。也可能是后来的补入。105-108的简短引语必要时也可删去,或者用一句诗取代其内容:"登上我的车,试试我的马!"可这亦非证据。阿里斯塔库斯因为"曾经"一词删去了这行诗,因为那次俘获刚刚才发生。但这仍然证明不了什么。这句引文在它被说出的情境里也许显得很奇怪:年迈体衰的涅斯托尔被疾驰而来的赫克托尔逼入生死绝境,他的一匹马被帕里斯射中眼睛、翻滚在地——奥德修斯为求援逃走——这时,当天的英雄狄奥墨得斯受庇护而来,站到老人面前,把他载上自己的车:

你的力量已经衰弱,令人悲伤的老年
正在追赶你,你的侍从软弱马迟缓。
让两个侍从照料你的马,
我们要直接冲向驯马的特洛亚人!
——他这样说,侍从照料涅斯托尔的马,
两个战士登上狄奥墨得斯的战车。

邀请险些丧命者检验特罗斯良马的本领,义气的埃涅阿斯也发出过相同的邀请,两次境况却截然不同——5.221-223用了相同的句子,邀请唉声叹气的享乐者——那个难对付的吕卡昂人潘

---

① [译按]王本没有"曾经"一词,据莱因哈特译文补入。

达罗斯试马,让后者耿耿于怀的是,他出于谨慎把马留在家里而作为弓箭手前来参战:"可我父亲的马厩那么气派"。在这里"特罗斯的马"与吕卡昂的马形成对比。此时的邀请是侠义之举。第8卷的邀请并非义气,[187]而是虎口夺命。这是生机和衰迈的对比。老人的马与他本人一样。狄奥墨得斯不能用自己的马救他吗?再说,我们从来不知道狄奥墨得斯如何把他的马换成抢来的马。抢来的马被交给了狄奥墨得斯的御手、他最信任的伴侣斯特涅洛斯,由他带回军营。当日所有奇迹都是狄奥墨得斯在御手斯特涅洛斯的支持下、用他自己的马完成的,而不是特罗斯的马。当雅典娜作为他的御手上车,车轴隆隆作响的也是他自己的车。第5卷虽然极具独创性,可《伊利亚特》里再也没有哪个例子像跳过换车马这样疏忽。① 又达到了什么效果?替换的良马有何出类拔萃之处?我们对此一无所知。当宙斯把闪电扔到狄奥墨得斯马前的地上(8.134),我们想不到这竟会是从埃涅阿斯那里抢来的马。这句引文是后来塞入:只有当事实证明,第8卷中所有其他的重复都是从属性的,才能推翻这种怀疑。

　　*在《伊利亚特》的战斗中,埃涅阿斯有时浓墨重彩,有时却似乎无人知晓。第8卷属于第二种,除了那句引文。第5卷中,埃涅阿斯与赫克托尔并列于同一级别。比较一下,就不会看不到其中的反差,阿开奥斯人方面,第5卷和第4卷(阿伽门农阅兵)的同一批英雄反复出现于第8卷的战场上:阿伽门农、墨涅拉奥斯、伊多墨纽斯、两位埃阿斯、涅斯托尔、奥德修斯、狄奥墨得斯、斯特涅洛斯;反之,特洛亚人方面,赫克托尔独自一人对抗着这一大批强敌。8.234及以下,阿伽门农败中痛斥阿开奥斯人:现在我们却不能对付赫克托尔一个人!(235被阿里斯塔库斯错误地证伪。)355,赫拉大怒:他们要毁灭在一个人的手下?

---

① 23.291明确说,狄奥墨得斯在车赛中驾"特洛亚的马"。

阿开奥斯人的所有努力都针对这一位赫克托尔，这个宙斯宠爱者奇迹般逃过所有人的手。整卷书均是如此。开始时，追击的赫克托尔杀向涅斯托尔，狄奥墨得斯反击未中赫克托尔，却击毙他的御车侍从（120），第二位御手阿尔克普托勒摩斯随即替代前者上场，接下来，狄奥墨得斯被宙斯的闪电和涅斯托尔的警告震慑，[188]愠怒地逃离赫克托尔：他，狄奥墨得斯，竟要躲避赫克托尔！这种状况持续贯穿了透克罗斯的整场壮举。比起其他人的壮举，人们更喜欢透克罗斯这段，因此有人猜测，诗人是从其他本文中将其移至此处。反对意见则注意到，这一段有多么契合本卷的主题和上下文：那个无论如何都击不中的赫克托尔。透克罗斯的壮举由八位勇士的名单引出，他们是敢于冲出军营围墙出战的第一批人，按照其卓越（Areté）的等级，最先是狄奥墨得斯，然后是阿伽门农和墨涅拉奥斯两位主上，然后是两个埃阿斯，然后是克里特岛的王侯伴侣伊多墨纽斯和墨里奥涅斯，第八位是色萨利国王欧律皮洛斯，最后的第九位（重音落在首位和末位上）是私生子——弓箭手透克罗斯，他不是大人物——他躲在同父异母的兄弟，特拉蒙之子埃阿斯著名的盾牌后。这种升级就像童话：最有本领的是最后一位、最卑微的小人物，他就像找妈妈的孩子总是逃入强大的哥哥的保护之下。在伟大的奥德修斯失手之后，作为弓箭手出场的他因私生子的身份相形见绌。

随后是他击毙的对手名单：又是八位。阿伽门农心里喜悦：

> 亲爱的透克罗斯，特拉蒙国王的儿子，
> 士兵的长官，你这样射箭，可以证明，
> 你是达那奥斯人的光明，你父亲的荣耀，
> 你很小的时候，他养育你，你虽是私生子，
> 他却把你收回。（281及以下）

阿伽门农许诺他:

> 要是提大盾的宙斯和雅典娜
>
> (如果他是基督徒,就会说:如果万能的主……)
>
> 让我们毁灭辉煌的特洛亚城,
>
> 我会在赏赐自己之后便赏你礼物!(287及以下)

透克罗斯回答:

> 我已经射出八支又尖又细的箭,
>
> 全都戳在勇于作战的人的肌肉里。
>
> 只有这条疯狗我还没有射中他。(297及以下)

决定性的又是第九位。他三次瞄准赫克托尔:第一次射中的不是他,而是普里阿摩斯的另一个儿子,他带有铜盔的头颅罂粟花般垂向一侧。第二次他再次射偏,却击中赫克托尔的御车人,这已经是第二位御手了,之前狄奥墨得斯同样没有击中赫克托尔而是杀死了他的第一位御手(有人竟试图拆开!),因此克布里奥涅斯,《帕特罗克洛斯篇》里的著名御手,作为第三位替代前两人上任。透克罗斯第三次把箭放在弦上要射击赫克托尔——这时赫克托尔抓起一块石头,透克罗斯还在瞄准的时候,石头击中他的锁骨,同时碰断弓弦,使他拉弓的手麻木,透克罗斯倒在膝头,弯弓从手中滑落。他强大的兄弟连忙赶来,用盾牌遮住虚弱者,使两位侍从能把这个呻吟的人抬回空心船。[189]凡人迷惑不解,赫克托尔受宙斯恩宠。他是金刚不坏之身,不论长枪还是箭镞,他都能免受其害。在伟大的英雄们一个个败阵而退后,连阿伽门农寄予最后希望的私生子(Nothos),也要为自己的精湛箭术付出代价。

第二天的战斗中,本不应略过之处却没有细述,而只是了了概括,但透克罗斯的壮举作为当日的最后一个回合出色至极。同时显而易见的是:它只能是最后一战。接下来仅仅是:特洛亚人再次受到宙斯鼓舞,赫克托尔紧追不舍,有如猎犬追赶野猪或狮子。逃亡者越过木桩和壕沟,达那奥斯人呼求众神:女神出手干预。如果透克罗斯的壮举是单独的一首诗,我们要如何惊赞第8卷诗人的组织艺术!我们不得不祝贺他,这首单独的诗竟误打误撞,刚好符合赫克托尔被宙斯指定获胜而屡击不中的势态!

[原注]分析派权威看法不同。对此,米尔(页151):"战内此段的原始价值得到某些人、特别是维拉莫维茨盛赞;B可能使用了特洛亚素材的一首古诗;贝尔格(Bergk I,页589)和维拉莫维茨(页48)就这样认为。如果我们与维拉莫维茨(页49)、贝特(页113)看法一致,312及以下赫克托尔的御手阿尔克普托勒摩斯被击毙就很可能是119及以下埃尼奥佩斯被毙的范本(314-17 = 122-25),而阿尔克普托勒摩斯是从透克罗斯的戏里被取出、作为候补御手安排到之前的位子上(如318的克布里奥涅斯)。那么295及以下可能早在252及以下之前就已经被创作出来。"重构作为移除和顶替的艺术于是成了下棋。三数哪里去了?几乎成功之事的重复呢?米尔倾向于把所有这些都给他的诗人B:"美化透克罗斯很容易让人想到阿提卡影响,就像卷7的埃阿斯决斗。第284行说透克罗斯是埃阿斯同父异母的兄弟,它被阿里斯托芬和阿里斯塔库斯删去,泽诺多托斯版根本没有,这一定是B的。"不看眼前,却要看最远的东西。

壕沟和壁垒

[190]首日战斗后,阿开奥斯人在涅斯托尔的建议下修建了军营的防御工事(7.336及以下,435及以下),如果追问其状况和重要性,我们就重新介入了一个似乎早已解决的问题。[①] 施设工事是为在其外围战斗,那么就一定能从围绕工事发生的战事倒推出

---

① 该问题的文献和讨论,贝特I,页120及以下;莎德瓦尔特,页125,注。

一张前后一致的地图。不止如此,根据这张图,第一天战斗时防御工事既不存在,也没有被清除或取代。看起来的确如此。第 5 卷《狄奥墨得斯纪》的烈战,来来回回都对防御工事一无所知。与之相反,第 8 卷跳跃式的战斗与其说是被描述莫若说是被暗示出来的,有人认为它们小规模地重复了第 5 卷,却从军营工事一直打到特洛亚的城墙。第三个战日,阿开奥斯人撤退时也出现了壕沟,11.48。① 后来发生的每场战斗都提到过工事。由此可以得出两种解释:或者,《狄奥墨得斯纪》独立成章,它比所有其他战斗都更为古老;或者,为了置于其他所有战斗之前,它被量身打造成纯粹的旷野战。哪一种可能性更大?

赫拉和雅典娜出行在 8.381 及以下和 5.719 及以下重复了相同诗句。第 8 卷促动她们出手的原因是,赫克托尔把阿开奥斯人赶到了堑壕和木桩后。第 5 卷的原因则是,赫克托尔在阿瑞斯的引领下对他们大开杀戒。《屠杀》(*Androktasie*)的格式需要有阵亡者名单,七个名字被在此提及。舞台上空旷的野地得到特殊强调:

> 阿尔戈斯人在阿瑞斯和身披铜甲的
> 赫克托尔前面并没有逃回发黑的船只,
> 但也没有发起进攻,而是在听说
> 阿瑞斯在特洛亚人中时慢慢后撤。(5.700 及以下)

[191]第二行补充了两种极端情况:他们不逃回也不进攻。第 8 卷,阿开奥斯人走投无路,以至于举起手来祈求众神。困境在此更严峻、更可信。相同的诗句在两处重复,或是被围攻者的绝境[卷8]取代屠杀[卷5],或是相反。由于第 5 卷阿开奥斯人根本没

---

① 当然被证伪。文献见莎德瓦尔特,页 5;米尔,页 191。许多证伪在多处排除防御工事,此处不予考虑。

有逃回船边,因此第二种可能性更大,这虽然出乎意料却合情理。祈祷更有分量、更为真实。第8卷,阿开奥斯人被逼入堑壕和木桩之后的绝境促使女神反抗宙斯。第5卷,阿开奥斯人血洗沙场,这使女神在宙斯的许可下进攻阿瑞斯:因为不存在筑有工事的军营,也就没有被围攻者的绝境。第8卷,阿开奥斯人祈祷(347),赫拉看到祈求者的困境而心生同情(350),二者之间的关系如同请愿和应允。第5卷,赫拉和雅典娜看到阿开奥斯人遭受屠杀,想起她们曾经对墨涅拉奥斯许诺,他将摧毁伊利昂(715)。前者[第8卷]近在眼前,后者[第5卷]回溯得很远。女神为回应绝望者的请愿出手,和为兑现一个明显是故意捏造的旧诺言出手,前者的动机无疑更好、更具说服力。这让人想起相似理由的相似承诺,见8.230。第8卷的编纂者——倘若我们仍然这样认为的话——再次改善了参照本文的动机。由于第5卷不能出现堑壕,所以阿开奥斯人也必须陷入另一种无关工事的困境。这还不能是最后的绝境,因为这多事的一天尚未结束。第5卷没有壁垒和堑壕,这却并不是它成书更早的证据,更可能的反倒是,杀戮取代了壕沟后的困境。不能说,第5卷一定是由一位尚不知晓防御工事的诗人所作。

根据7.436及以下,防御工事由三部分组成,带有高耸望楼的壁垒,墙下筑有能让车子通行的结实大门;壁垒外围是深深的壕沟;壕沟中立有木桩或栅栏。三者不是总被同时提到,常常只有壕沟和木桩,或者壕沟消失在壁垒之后。对木桩的描述看起来并不统一。时而它们似乎是"堑壕内"的附加障碍,时而(12.55)却好像是高耸到壕沟陡峭垂壁[192]之外的篱栅。① 堑壕和壁垒间的空隙,有时狭小到战车难以过壕,否则就会撞上壁垒(12.66),有时壁垒就在"堑壕之上"(12.4),有时二者的间距宽阔到守夜人能在壕沟附近露营野炊(9.67和10.180)。防御工事的主要障碍,有时候

---

① 对于12.55,里夫:"就像现代的铁丝网或绊马索。"

是堑壕,如第 8 卷,有时候是壁垒,如第 12 卷的《攻城战》(Teichomachie)。堑壕始终是车马的障碍,步兵战不会在此展开。徒步格斗时总要火烧壁垒,唯有一次,愚蠢的特洛亚车战手阿西奥斯,违背波吕达马斯的建议,灾难性地尝试驾车强攻阿开奥斯人逃入的垒门(12.110 及以下)。壁垒由大石片和树干(也许可以想象成固定用的木栅)堆砌而成。突出的"木桩"($\sigma\tau\tilde{\eta}\lambda\alpha\iota$),充当"高耸望楼"的护基(12.258 及以下)。垒墙最外修建有护墙($\dot{\varepsilon}\pi\acute{\alpha}\lambda\xi\varepsilon\iota\varsigma$),并以石质雉堞($\varkappa\varrho\acute{o}\sigma\sigma\alpha\iota$)强固。可以在"高大垒墙"的望楼之间巡行(12.265)。垒墙上缘足够宽敞,容得下两人格斗。"高大垒门"的两扇门扉由厚木板($\sigma\alpha\nu\acute{\iota}\delta\varepsilon\varsigma$)做成,装有门闩,通过两根闩棒锁住(12.131 及以下,455)。只有赫克托尔这种人才能难以置信地投石砸开它。根据所有描述,这一日之内立起的壁垒都是只有英雄才可能做到的防御建设的奇迹,连波塞冬和阿波罗去毁坏它也要大动干戈(12.17 及以下)。

[原注]我不知道,$\tau\varepsilon\tilde{\iota}\chi o\varsigma$何时、何由被译为 wall 并成为普遍用法。在我们较古老的词典中,$\tau\varepsilon\tilde{\iota}\chi o\varsigma$就有"墙和沟"(Wall und Grabe)的译法。英语的 wall 是墙,但复数也可以指壁垒(ramparts)。墙总是被"建"(gebaut),沟通常是被"挖"(gebrabene,$\dot{o}\varrho\nu\varkappa\tau\acute{\eta}$)。没有一处说过墙是用挖出的土堆起来的。只有与沟分开去想,墙与$\tau\varepsilon\tilde{\iota}\chi o\varsigma$无关才对。

参考北方民间堡垒的防御工事①,对我很有启发,但不足以作为例证证明这种筑防方式。壕沟、平缓带和木立面的壁垒并不是荷马描述的设施组成。莎德瓦尔特(页 125)把矛盾解释成(立柱在堑壕"里"和壁垒"旁"),诗人不明白上古(也许明白史诗的?)风俗,这引起了我的怀疑。倘若如此,就一定是细节古老,发明总体都是新的;因为没有壁垒战就没有壁垒。

[193]作为防御工事的主要部分,壁垒是根据涅斯托尔的建议、在第一天战斗结束后建造的。更奇的是,次日的战斗几乎没怎

---

① 舒赫哈特(Schuchhardt),《古欧洲》(Alteuropa),1935,页 269 及以下。

么提起它,除了两处情况特殊的例外,它甚至好像根本就不存在。宙斯在伊达山上三次鸣雷,终结了狄奥墨得斯的胜战,给特洛亚人发出信号:胜利属于他们,这时赫克托尔大声呼唤特洛亚人——用的是号召人们发起进攻的常用套话:

> 朋友们,要做男子汉,想想你们的勇气,
> 我看出克罗诺斯的儿子有意点头答应,
> 赐我以胜利和莫大的荣誉,把灾难留给
> 达那奥斯人。他们是愚蠢的人,构想出
> 这些墙壁,单薄无用,挡不住我们,
> 我们的马会轻易跳过深挖的壕沟。(8.173 及以下)

此时他已经下令准备烧船的火。他的第二次呼唤是对他的马发出的(185)。早已有人看出,此处是后来的改写、添油加醋,这四匹马的赫赫大名随后将会消失,取而代之以后文的两匹马。为随机地修饰内容:

> 你们现在报答我对你们的照料之恩,
> 是安德罗马克给你们放上甜如蜜的小麦,
> 在你们的心灵想喝水的时候为你们兑酒,
> 比兑给我还快,虽然我是她强健的丈夫。
> 你们快追,我们好夺取涅斯托尔的盾牌,
> 它的名声远达天际,盾牌表面
> 和里面的支架全是黄金;我们还可以
> 从驯马的狄奥墨得斯的肩上夺取
> 他的精制的胸甲,那是赫菲斯托斯
> 费力制造。我们夺获了这些东西,
> 渴望阿开奥斯人今夜里登上快船。

赫克托尔的宝马被养得像人一样,它们吃小麦而不是大麦,饮酒而不是喝水。此后另一方也不能逊色,因此提到金盾、出自赫菲斯托斯之手的胸甲。但是,赫克托尔怎能期待旷野上的车战会取得如此大捷?也许他的马是特罗斯那样的神马,它们奔跑时几乎蹄不着地。它们也许能跨过壕沟的障碍,可如何翻越壁垒?

第 8 卷前半部分的战斗均为车战,只有逃亡和追击,因此来来回回跨越了极远的距离。战斗在两位战无不胜、势均力敌的车战战士——赫克托尔和狄奥墨得斯的对决中白热化;狄奥墨得斯把涅斯托尔作为御手载上车。赫克托尔预期,如果成功地击败他们两人,迫使其逃跑,那么阿开奥斯人的抵抗就会彻底崩溃,他们会在夜色的保护下登船。[194]可是壁垒哪里去了?刚刚建好的奇迹般宏伟的壁垒,在赫克托尔的呼声中似乎根本就不存在。第 12 卷是多么不同!

有一句话插在赫克托尔对特洛亚人的呼唤和他对马的呼唤之间,它似乎刚好能给出解释。赫克托尔胜券在握,在他看来壁垒根本不值得费力,作为障碍,它甚至不值一提。接下来,随着名词生硬但并非空穴来风的变格,他的考虑以同位语的形式紧随其后:

> 他们是愚蠢的人,构想出
> 这些墙壁,单薄无用,挡不住我们,
> 我们的马会轻易跳过深挖的壕沟。
> 在我到达他们的空心船中间的时候,
> 要记住准备火焰

($μνημοσύνη\ γενέσθω$[要记得……],如 $οὐδενόσωρα$[无人留心的(因不值得注意)],仅此一处)

> 火焰熊熊燃烧,
> 我要放火烧毁船只,无情地杀死
> 船舶旁边的被烟雾熏坏的阿尔戈斯人。(177 及以下)

此处以同样的口气提到壁垒，它不被当成障碍，当然，是在赫克托尔必胜的信心中。然而，本卷的赫克托尔还绝对不是后几卷中那个被宙斯利用、悲剧地被自己的胜利毁灭的牺牲品。在对壁垒不屑一顾这点上，他和阿基琉斯是一致的，后者却预言得更为谨慎（9.349及以下）：壁垒也不能为阿伽门农挡住赫克托尔。阿基琉斯的预见得到了证实，赫克托尔的轻蔑从语气上看就已是狂妄。按字面去看赫克托尔的考虑（8.177-183），就是自大者的主观性使壁垒脱离了现实。在壁垒的实际构造与赫克托尔的呼喊和信心之间存在着无法消弭的矛盾。与壁垒的现实存在形成矛盾的事实是，若不是赫拉使阿伽门农心神发奋，赫克托尔本可能像壁垒并不存在一样焚烧船只。

卷8中第二处提到壁垒是难懂的第213行：

> 壕沟被船和垒墙隔出的空间（τῶν δ᾽, ὅσον ἐκ νηῶν ἀπὸ πύργου τάφρος ἔεργεν）如此拥挤，
> 布满了无数战车和手持盾牌的将士，
> 普里阿摩斯之子，勇如阿瑞斯的赫克托尔
> 把他们赶到那里，宙斯赐他荣誉。
> 若不是尊严的赫拉使阿伽门农的心神
> 奋发起来，[……]
> 赫克托尔本可能防火焚烧平衡的船只。

绕来绕去解释了多少遍！双重边界："被船、被垒墙隔开"算是什么？里夫有几分道理地认为，垒墙和壕沟之间的狭长带不可能挤得下所有的阿开奥斯军队。[195]为什么不像15.345那样穿过大门逃入墙后躲避？倘若船和赫克托尔之间还隔有一堵垒墙，他又怎么会险些焚烧船只？如果不是为防御此类危险，建造垒墙又有何用？此处这堵墙却仿佛消失一般根本没有提及。第213行旧病

复发,"被船和垒墙"。

　　[原注]阿里斯塔库斯在ἔεργε[隔开]旁写入变体ἔρυκε[挡住]。泽诺多托斯读成καὶ πύργου[……和塔垒]。一部分抄本调整为:τάφρου πύργος[壕沟的垒墙]。另一些老注家让"两处中间地带"(船和壁垒之间,壁垒和壕沟之间)都挤满逃亡者以解围。里夫经过长期慎重的考虑,修订为:ἐπὶ πύργους[延伸到垒墙],"壕沟圈起的所有空间,从船到垒墙。"——维拉莫维茨(页47)靠拢泽诺多托斯以自救,ἐκ νηῶν καὶ πύργων[自船和垒墙始……]:"阿开奥斯人被逼到壕沟和防御工事之间。我们可以想象这个空间很大,随诗人之意,被描述为'堑壕从船和壁垒一侧划出的空间'。"可"随诗人之意"意味着"按需要"。此处,一切都一笔带过,船边的空间与壁垒和壕沟之间的空间区别应是什么?没有赫拉插手,赫克托尔险些烧船,如果把他与船隔开的不止是壁垒,还有挤满阿开奥斯人的、大小随心所欲的空间,这又怎么可能? ——介词ἀπό[从……,远离……]显然无需改动。ἀπὸ πύργου[从垒墙……]就像18.215的ἀπὸ τείχεος[从壁垒……]:"他来到壁垒前面堑壕边,没有加入。"可这样"从船上"就多余了,如果理解为确定地点和边界,大概也只能如此,就与第二个边界不一致。——连莎德瓦尔特(页98.1):"向着船",在我看来也没有解决困难。

　　垒墙难道是最后修改加入的? 隔开(ἐέργω),多么合适与ἀπό[从……, 远离……]相连。壕沟(τάφρος)的修饰语是挖出的(ὀρυκτή)。① 如果读成"从船到挖出的壕沟所隔出的空间",也不会感觉少了什么,而且有助于理解意思和本文,唯独没有了垒墙:最后就会像179那样,ὅσον ἐκ νηῶν ἀπὸ τάφρος ἔεργεν ὀρυκτή[挖出的壕沟从船只开始所隔出的空间]—ὀρυκτή[挖出的]。我不想复原什么,②但不论是否复原或解释,事实都始终如一,对于第8卷

---

　　① 比较8.179,9.67,10.198,12.72,15.344,16.368,20.49。
　　② 停顿不利于此建议。更接近传统的仍然是ἀπ' ὀρυκτῇ τάφρος ἔεργεν[挖出的壕沟从……隔出……],参考16.369 ὀρυκτὴ τάφρος ἔρυκεν[挖出的壕沟挡住了……]。这同时也解释了变体ἔρυκεν[挡住]和污损处(απο τρυκτη)。

疾驰猛冲的赫克托尔，垒墙不构成丝毫障碍。

按照 235 阿伽门农的话，把阿开奥斯人驱赶到一起的赫克托尔也是拿着火把直接站到船前：

他会放出火焰，焚毁我们的船只。

[原注] 阿里斯塔库斯和阿里斯托芬证伪了 235 行。阿里斯塔库斯指责它减弱了斥骂的强度，就好像这里写的是："赫克托尔，奥林波斯的宙斯亲赐他荣誉。"上一行诗的意思是：现在我们谁都对付不了，当然也出现了 πάντων ἄξιος[所有人里有用的那一个]和πολλῶν ἄξιος[许多人里有用的那一个]，后来说οὐδενὸς ἄξιος："没有任何用"[译按：ἄξιος 直译为"有价值的"]。但这里是比较：阿开奥斯人自夸，他们每个人都能对付一两百个特洛亚人。与此相反，不太可能是"我们现在任何人也应付不了"，而是"那个独一无二的特洛亚人"。这个人就是赫克托尔。他用以威胁船只的火焰证明了他的强势。这行诗得到 355 的支持：达那奥斯人毁于"一个人的疯狂……赫克托尔"。透克罗斯的壮举就在于这位独一无二的赫克托尔。赫克托尔，只此一人，就是全体阿开奥斯人也应对不了的危险。没有这行诗，就没有了反照、对句。泽诺多托斯也一定读出来了。Ven. A. 对 235 的笺注可以不读成εἴπερ[果真]，而是ὡσείπερ[正如]（Townleyanus 没有ἄν[条件小品词，指定条件下将会（发生），（如果……）就会……]）。"就好像这里写的是"是一个常用的论据。

不可轻视的是，233 的 Ven. B 波菲力（Porphyrios）注未提及阿里斯塔库斯，却与他的证伪论战（阿波罗多洛斯来源？）。

如果壕沟之后立有宏伟的壁垒，[196]不论相距远近，这又怎能想象？如果阿波罗要把五河之水汇入一个出口、连续九天冲击阿开奥斯人的工事，宙斯要连降九天暴雨加速这项毁灭工程，波塞冬要震动大地掀起壁垒的根基(12.17 及以下)，阿伽门农又怎么能信口雌黄、好像这堵著名的垒墙并不存在？如果第 8 卷的诗人的确是人们认为的后世小卒，那么他就一定知道，却忽略了垒墙及其相关的一切。这座宏伟卓绝的防御工事于是被他的手法一笔勾销。

此外 8.343 及以下也有困难:宙斯重新鼓舞特洛亚人,他们把阿开奥斯人"直赶到很深的壕沟前"。赫克托尔逼迫阿开奥斯人,有如猎犬撒开快跑的健腿追赶野猪或狮子,杀死落在最后的人。

> 他们在逃跑当中,越过木桩和壕沟
> 已经有许多人败在特洛亚人手下,
> 他们在船边停下来等待,相互呼唤。

此处注者们也疑惑不解。里夫解释说:"此处未提及垒墙,它似乎被包含在短语(木桩和壕沟)中。"如果我们认为是这样——虽然垒墙绝非壕沟的附属品,那么首先,阿开奥斯人的这次新困境就和之前的那次(213 及以下)产生了矛盾,当时——我们紧贴流传的本文——阿开奥斯人被挤入垒墙和壕沟之间;第二,阿开奥斯人身在其中的新情境更难以解释。他们被挤在"船边",如果把垒墙也考虑进来,这就意味着在垒墙之后。[197]为什么垒墙不能防护?他们为什么表现得好像只有死路一条?他们为什么不在雉堞上配兵?如果能从雉堞上瞭望,赫克托尔又怎会戈尔戈般恐怖地左追右赶?他们祈祷,因为他们认为自己必败无疑。此处不提垒墙,并非偶然或概括,而是因为,他们的窘境和回避垒墙之间大概存在着某种相关性。如果提到垒墙,那么用古典考据的话说,阿开奥斯人的行为就"不可信"(ἀπίθανον)。

[原注]贝特(I,页 123)解释,壁垒在卷 8 没发挥作用,因为赫克托尔根本没到墙边。217,"赫克托尔本可能烧毁船只,若不是……"是夸张。诗人故意夸张,以便把危险描述得真正明晃晃。果真如此吗?他提出一种不正确的解释,以拯救这个断言:诗人夸张了。

赫克托尔如戈尔戈一般沿着壕沟东西驰逐,他的举动仿佛是一个无力的发狂者所为,而不是在寻找有利的进攻地点。可以用方阵步兵的探测(das Abtasten der Phalangen)打比方。阿开奥斯人在壕沟后颤抖、祈祷,他们害怕壕沟被突破。赫拉也担心此事,她先求助于波塞冬——未果,然后振奋阿伽门农,也无济于事,最后只能孤注一掷、和雅典娜一起武装。

壕沟和木桩构成的防御工事里没有垒门,不论它修造得如何坚固,在攻墙战中终究是薄弱之处,赫克托尔这样的人能攻破它长驱直入。但是壕沟和木桩的布局中也会有弱点,为了让防御者出兵或撤逃,会有跨越壕沟的堤道或木栅中的缺口。阿开奥斯人在壕沟后颤抖、祈祷,这当然呈现出栩栩如生的画面。可是,倘若壕沟后面耸立着带有雉堞、垒门和高高望楼的壁垒,又会是怎样一番景象?

于是,似乎豁然明朗,我们也许猜到了创作过程,当时的诗人只知壕沟而不知垒墙的存在。让我们承认吧,军营只以壕沟和木桩设防。对于一场漫长的战争,用壕沟和木桩把船寨围起来无需决议,无需一位赫克托尔的明智建议。船营自带壕沟,就像船有航道,英雄有独立的屋舍,一切神谕的作者(Panomphaios)①有宙斯的祭坛,[198]军队集会有广场,马有马厩,壕沟随船营而在。只有垒墙这样事关重大的奇迹造物才值得动笔描述,它如何出现又如何消失。

壁垒一定是为了第12、15卷的缘故,后来在壕沟之外加入的。垒墙的修建,7.337及以下和436及以下,预示了那几场战斗,但未必指的是第8卷。墙内修造出高高的垒门给车子留下通路,这已然指向阿西奥斯灾难性的尝试,他希望跟在撤逃的阿开奥斯人车马之后强行驾车穿过他要进攻的大门(12.120)。据称,阿开奥斯人筑造高墙,是为船只和自己提供保护(εἶλαρ),深沟紧贴

---

① [译注]希腊文作 *Πανομφαῖος*,"一切神谕的作者"是宙斯的别名。

(ἐγγύθι)墙下或者在墙近旁(ἐπ᾽αὐτῷ, 440),能阻挡各个方向上(ἀμφὶς ἐοῦσα)①的战车和步兵。战车?看来此处的壕沟也和第8卷一样,主要是为了防御战车。可是,如果高墙就在壕沟后拔地而起,为何要让壕沟阻挡战车?没有壕沟的话,马会对垒墙构成威胁吗?在抵御战车方面,壕沟仅止于预防突袭的危险,因此,赫克托尔在第8卷两次驾车把战事推进至阿开奥斯人军营。

根据垒墙存在与否似乎能得出一个标准,区分开《伊利亚特》创作的两个阶段。目前已有人试图强行做出类似的划分,他们把壕沟和壁垒视作紧密相连的一体,试图找出二者均不存在的早期层面。这种划分很难实现,没有一处能水到渠成。(莎德瓦尔特,页124)它主要是通过《帕特罗克洛斯篇》得到证明的。

可是,看吧,就连《帕特罗克洛斯篇》里,特洛亚人退出阿开奥斯人军营的著名溃逃中,说的是也堑壕而非壁垒,16.364及以下。为了逃离壕沟,真是无所不用其极!

    有如宙斯施放暴雨时,浓重的乌云
    [199]从奥林波斯山巅穿过晴和的太空滚来,
    从船舶边也这样开始了喧嚷和溃退,
    特洛亚人个个惊惶失措地往回逃奔。
    快马载走了赫克托尔连同他的武装

(也就是说,赫克托尔没有像其他人那样丢盔卸甲。)

    把特洛亚军队留在背后被堑壕截断

(也就是说,他们真的不是因为英勇才留下。)

    无数的战马飞速奔驰折断了轩辕,
    砸坏了许多首领的战车填满了堑壕。

---

① Chantraine 比较9.464。但也可以比较7.449波塞冬的抱怨:阿开奥斯人建筑壁垒来保护船只,绕着壁垒挖出壕沟(ἀμφὶ δὲ τάφρον ἤλασαν)。

接下来不再说被堵截者的困境：

> 帕特罗克洛斯疯狂地追赶特洛亚人，
> 命令达那奥斯军队跟随他。特洛亚人
> 溃不成军，条条道路充斥了逃跑和喧嚣，
> 滚滚尘埃直冲云端，单蹄快马
> 纷纷逃离船舶和营栅奔向城市，
> 帕特罗克洛斯看见哪里敌人最麇集，
> 便放声大喊（对他的马）冲向哪里。许多人从车上
> 翻身栽倒车轴下，战车辘辘（空的）被颠翻。

现在到了高潮：

> 帕特罗克洛斯径直越过宽阔的战壕，（像之前赫克托尔一样）
> 因为那是神马，神明给佩琉斯的礼物，①
> 他让神马飞奔，一心想追上赫克托尔，
> 打倒对手，但飞驰的快马载走了敌人。

一整段都被框架在两行重复的诗之间（367 和 383）：

> 飞驰的快马载他离开战场。

　　赫克托尔逃离了惨剧，一如开场，末尾再次用自然景象形容车马的灾难：有如秋天淹没一切、吞噬一切的洪水泛滥。370 和 383

---

① 16.381 同 16.867，在许多最好的抄本和一部莎草纸本中都没有。但这并不改变什么，因为 ἀντικρύς[直接地]和 πρόσσω ἱέμενοι[向前飞奔]说的只能是追击的马。

行框架出特洛亚大军的灾难;赫克托尔因为迅速才从中夺路而逃,正如现在所补充的,帕特罗克洛斯追不上他。这是《帕特罗克洛斯篇》中两位主要对手间的第一次接触。开头的逃亡呼应着截然相反的结局。考据者做了什么?他们在证伪:由于真正的《帕特罗克洛斯篇》根本不会知道堑壕的存在,这很可能是大肆篡改过的伪文。如果堑壕消失,那么帕特罗克洛斯和赫克托尔一段也就随之消失。二人的首次相遇将不再是为矫饰英雄之伟大而作的大追捕。

然而,为帕特罗克洛斯的壮举所做的所有铺垫都在此一举。可以划分出解围的三个阶段。[200]首先,帕特罗克洛斯在焚烧的船只间打响战斗(284)。大火被熄灭,但特洛亚人尚未被赶下船,他们还在抵抗。第二,帕特罗克洛斯在六位首领之先,开始了一系列肉搏(306及以下)。伟大的埃阿斯作为第七位首领独立成段,他想对赫克托尔投掷长枪,但后者躲开了。这样就把目光引到赫克托尔身上。第三,肆虐风暴的比喻引出疯狂的溃逃。赫克托尔脱离了他的军队,而帕特罗克洛斯则作为唯一的追击者脱颖而出。直到空旷的野地,他始终是唯一的追击者(394及以下)。这种布局层层铺垫,就是为了让帕特罗克洛斯在第三个阶段超越其他所有人亮相。按照维拉莫维茨——读一读他130页的重构!——帕特罗克洛斯被断绝了在第三阶段崭露头角的机会。

[原注]维拉莫维茨括除了提及堑壕的两组诗行369-371和377-382,因为真《帕特罗克洛斯篇》考虑不到它。372-376和377-382显然是复制。最后要说,两处并不重叠,因为372行帕特罗克洛斯追赶特洛亚人、呼唤达那奥斯人,377及以下他跳入最为混乱的特洛亚人当中(当然在堑壕周围),在马上让特洛亚车马遭受了惨重损失。删去这两处,就没有一个从船和帐篷逃出的特洛亚人被帕特罗克洛斯所杀。壮举缺失了。再说369和368衔接得无可指摘:赫克托尔被他的快马载出战斗,他把军队留在身后,因为堑壕妨碍了逃亡;战马在试图跨越堑壕时折断辕杆,把车(和主人)抛在后面。另外374

行回指向$\H{a}\varrho$[那么、于是]:"特洛亚人溃不成军,条条道路充斥了逃跑和喧嚷,因为他们被截断。"$\tau\mu\acute{a}\gamma\varepsilon\nu$[切断]。被什么?被之前提到的堑壕("他们被分开"或"冲散"这种解释,来源于笺注 Ven. B 和 Townlyanus; $\tau\mu\acute{\eta}\gamma\omega$意思是"切开"、"切断",比如,$\dot{a}\pi o\tau\mu\acute{\eta}\gamma\omega$[切下],同样,16.390 山洪切段岗峦;22.456 安德洛玛克害怕赫克托尔与城市被"切断"。连 16.354 的$\delta\iota a\tau\mu\acute{\eta}\gamma\omega$[使分割开],被比作在山中被狼群袭击、误入歧途的羊,也似乎指同一个意思:被袭的羊因牧人的愚蠢与其他羊群隔开、被切断)。另外,维拉莫维茨称第二段为伪作,因为帕特罗克洛斯在其中出来是为与赫克托尔作战:"这不是他,他还听从阿基琉斯的命令。"可这样的禁令在 16.90 及以下去了哪里?当时战斗尚未远离船只。

里夫认为 380-383 是插写的,米尔(页 247)看法相同,因为提到了堑壕。可是,如果战场在他们面前铺展开来,没有能让他们坠落的障碍,御手怎么会一头栽倒车轮下,(空)车辘辘被颠翻?删去堑壕,367 行也就必须删去,因为没有什么"不对头",要"再次""跨"回来。(维拉莫维茨却保留了这句。)12.53 和 63 也有越过堑壕的$\pi\varepsilon\varrho\acute{a}a\nu$[尖头桩]。米尔倾向于删去 364-371,亦即视之为诗人 B 所作。伪作一句句牵连而出。

最极端当然最简单,泰勒尔(Theiler)剔除了 364-383 整段。贝特(I,页140)也把整段从古《帕特罗克洛斯篇》删去、给了《伊利亚特》的诗人;"之所以不提壁垒,我的解释是,他不想让自己被车子无法翻过的困难拖住",于是所有困难的解决办法就是,帕特罗克洛斯连一根手指都不用动,特洛亚人就离开了船营。

相反,我认为 387-388 及其他多处是根据赫西俄德《工作与时日》第 221行及以下补入的。

如果认为,移除掉潜在的障碍壕沟,这场惊心动魄的追杀仍能有所保留,甚至能澄清出原本的核心,那么这个算盘一开始就打错了。他们没有意识到,如果清除障碍,也就剥夺了逃亡的效力。补写者必须多么天才——只是从诸多现成的例子里举一个——竟能预见到日别列津纳河战役(die Schlacht an der Beresina)![201]

免不了要承认，此处缺少的还是垒墙，此处垒墙还是不能被理所当然地与堑壕理解成一体。如果除堑壕外还把壁垒考虑进来，那么整场战争一定会是另一番景象，灾难也一定是另一种结果。从船上撤逃的车马必然要撞到垒墙上，为了不被围攻，他们定然会挤入垒门，彼此踩踏，把大门堵死等等。老注家们念念不忘垒墙，他们的说法是，从船上撤退的逃兵是穿过阿波罗打开的缺口跑出去的。可是 15.355 及以下，阿波罗不仅推倒壁垒，还填平了堑壕，为追击的特洛亚车马开辟出一条有一支投枪射程那么宽的大道。《帕特罗克洛斯篇》的诗人并不知道这种创造，抑或他知而不用。

壁垒被推入第 12 和 15 卷的壁垒战中，这是所有人天大战的中点。打响壁垒战之初，第 12 卷似乎忽略或者修改了第 8 卷：赫克托尔冲杀到垒墙之前，就好像他是首次到达此处。阿开奥斯人受到宙斯的惩罚，出于恐惧，紧紧挤在船边。赫克托尔驾着车，激励他的特洛亚同伴们驾车越过壕沟。但是战马不敢跳越，它们在沟沿放声嘶鸣，壕沟的宽度让它们心惊：

> 想要跨过或跃越那壕沟绝非易事，
> 壕沟两岸到处一线陡峭垂壁，
> 底面无数尖锐粗壮的木桩林立，
> [202]阿开奥斯人的儿子们当初埋没它们，
> 就是为了阻挡进攻的特洛亚人。
> 战马拖着战车很难越过堑壕，
> 步兵却跃跃欲试切望迅速超越。（12.37-59）

同样的情境在第 8 卷中出现过两次。可特洛亚人到现在才对此疑虑重重。因为犹疑，所以出现了细节。仿佛壕沟从未被真正看清楚过，仿佛从未在壕沟旁战斗过：现在，它才第一次变成命运，变成诱惑，变成灾难。

失败始于一次警告。起初谨慎的人,未能经受住诱惑,很快被首战大捷冲昏头脑,拒绝任何警告。在攻夺堑壕和壁垒的战斗中,赫克托尔凡人的举止,凡人的自信、迷误和无力无效,变得一目了然。争夺堑壕和壁垒的战斗也迁延至第8卷外,因为此卷在表现英雄之人性这一点上既未臻成熟,亦无心求之。波吕达马斯在他的警告中重新强调潜藏在阿开奥斯人防御工事中的危险:

> 要是那高空雷鸣之神宙斯真想让
> 达那奥斯人彻底毁灭,帮助特洛亚人,
> 我当然希望这事能立即成为现实,
> 让阿开奥斯人可耻地死去远离阿尔戈斯;
> 但若是他们回身从船边进行反击,
> 逼得我们陷进这条渊深的壕沟里,
> 我想那时甚至没人能从回身反攻的
> 阿开奥斯人手下跑回城里去报信。(12.67及以下)

值得注意的是,虽然是攻墙战之始,这段考虑中垒墙却退居壕沟后。为什么要在壕沟前停下?围攻垒墙的目的不是也要推进至船边?赫克托尔从善如流,命令将士们下车,这一点他虽然没有轻举妄动,却仍要面临进攻垒墙和军营的危险。警告是双重意义上的,首先,不要跨越壕沟;其次,不要进攻壁垒和垒门。第一重警告被遵从,第二重则被当作耳旁风。"回身反击"只想到壕沟,而只字不提垒墙。波吕达马斯没有考虑,倘若特洛亚人被从船边击退、拥堵在墙下,将会发生什么。对于他们,壁垒难道不是比壕沟更危险吗?15卷之初,可怕的反击发生了,可特洛亚人依然只是要逃脱壕沟和木桩。垒墙在此处似乎也不存在。只要遵照原文,真正的陷阱就是壕沟而非壁垒,虽然后者作为防御工事意义重要得多(12.223)。[203]即使撇开《帕特罗克洛斯篇》中那次最伟大的反攻,上述观察也可得出结论:反攻战并非由补入壁垒的诗人所作。相反,对于壁垒战的诗人,壕沟和反攻密不可分。围攻壁垒,壕沟成为灾难。显然,两种障碍各自的意图也正在于此。

　　无法指出、也没有证据能推断出,《伊利亚特》的创作期曾有过一个没有壕沟环绕军营的阶段;一开始就只能在壕沟旁作战时期待壕沟的出现,就像所有其他道具只在需要时存在。例如,2.465,阿开奥斯人第一次出兵时没有提到壕沟,但这并不能得出结论说诗人并不知道它的存在。如果说《伊利亚特》中有一处常被引用的章句,一次成败皆取决于壕沟的重要事件,那么它就是《帕特罗克洛斯篇》中的溃逃。它的第二重意义是,接收逃亡的阿开奥斯人,为他们提供最后的保护。如果和垒墙联系在一起,壕沟的意义和重要性将彻底改变。第 8 卷中,被围困者的险况迫使女神反抗宙斯,因此壕沟作为阿开奥斯人的最后保护,关系到两位女神的密谋,同样,第 13 到 15 卷,合体的壁垒和壕沟以更错综复杂的方式关系到诸神的种种诡计。以考据的眼光去看,当特洛亚人在壁垒战中险些再次败北之时,宙斯醒来,戳穿了赫拉的阴谋。第 8 卷,诸神之戏尚未与凡间战斗形成鲜明的、诗的、"对位式"的反差。第 14 卷的诸神诡计以及受骗上当的宙斯的爱床,与夺墙的血腥搏斗,与围攻中大量新的战争动机,形成如此骇人听闻的反差,竟使以柏拉图为首的哲学家们再也无法原谅诗人。

　　卷 15 开头诗句中间的场景转换,虽然可能也有借用之处,但它的叙事质量让《伊利亚特》中任何场景转换都望尘莫及;特洛亚人为了保命,在惨重损失下逃过壕沟,停下脚步:

　　　　惊恐的脸色灰白,满怀强烈的恐惧,
　　　　伊达山巅金座赫拉身边的宙斯,
　　　　终于睡醒过来,他立即跳起来站定,
　　　　看见特洛亚人在混乱逃跑,阿尔戈斯人

[204]从后面追赶,波塞冬王在他们中间。
他又看见赫克托尔昏沉沉地躺在地上,
同伴们围坐四周,他喘息着不断咯血,
打击他的不是阿开奥斯人中的等闲之辈。
人神之父对赫克托尔充满怜悯之情,
凶狠地怒目睥视赫拉,对她这样说……

倒数第二行与第8卷350行相应,当时赫拉看到被赫克托尔赶在一起的阿开奥斯人:白臂女神赫拉看见了,怜悯他们。

然而,第15卷的情境中,反差多么丰富,多么盘根错节!第8卷,场景只是从祈祷的阿开奥斯人转换到怜悯他们的女神,贯穿其中的线索是单一的,而第15卷则有四条线索纵横交错;第8卷,女神听到凡人的祈祷并作出回应,而15卷情境中的种种反差则是用一种无出其右的技术发酵出来。四条线索是:1.波塞冬的行动。2.赫拉的诡计。3.赫克托尔和埃阿斯的格斗,此前始终战无不胜者几乎因此丧命。4.攻夺壁垒的局面彻底反转。

幡然惊醒而挣脱爱乐、从甜蜜的忘我进入明争暗斗的苦涩现实,可与之相比者只能在《阿佛罗狄忒颂》中看到。颂诗中指明了战胜阿佛罗狄忒的力量:谬误女神阿忒。《伊利亚特》在此处并未提到她,但毋庸置疑,让宙斯犯错的也正是她。事情起因于,作为战争的主控者,宙斯胸有成竹,太过自信,他目光向北,向喝马奶的阿比奥斯人扫去,终于有一个让他满意的民族。当他在高地上神游,却忽略了在他身边策划的、违逆他的阴谋。现在,助他成就伟大神迹的力量迫使他承担此事的后果。《伊利亚特》的诗人通过赫拉克勒斯降生的传说,通过19.98及以下和8.362及以下的间接叙述,说明宙斯受制于阿忒之威。彼时让他受骗上当的也是自大:对爱子即将出世的骄傲和预感。看透他的赫拉催促他发下灾难性的誓言,新生儿没有成为统治周边广大地区的至尊之王,反而成为胆小鬼欧律斯透斯的仆从。

[205]赫拉借爱欲施展骗术是该主题的种种创作变式中最肆无忌惮的一次。荷马式的"几乎"取代了"根源"及其灾难性的后果。尽管是在最后一刻,天父迅速出手,还是重新掌控了局面,而他在传说中却迫于誓言,始终是赫拉的手下败将。这则可疑的天神故事经过怎样的改写!无与伦比的拥抱奇迹取代了赌注的诱骗,舞台扩展成无穷的自然,成为云笼雾罩的山巅,成为不朽生殖的春日魔法!可是,如果没有壁垒的修造,这种无出其右的骇人反差就根本不会出现。

现在有人会想到,这是一个预先设定好的计划被逐步揭开的过程:随着战争升级、随着打斗愈发恐怖、随着英雄性格和命运的显露,诗人每次只展现被允许、被要求说明的那部分防御工事,按照深思熟虑的计划,他对沉睡在夺墙战这一动机中的种种条件守口如瓶;出于艺术上的精简,最初只有壕沟,壁垒的重要性后来才渐渐开显。比如,第8卷中为何没有展开壁垒战?就是出于这个意图,也正因如此,第8卷的战斗主要是车战,因此对决双方几乎只有赫克托尔和狄奥墨得斯,因此诸神的对话如此简短破碎、如此粗糙轻浮,因此该卷的一切都与其他卷迥然不同。然而,明显无法自圆其说的是,夺墙之难已指明壁垒这种奇迹造物的存在,它好像却在《帕特罗克洛斯篇》中再次消失,特洛亚人在阿基琉斯介入前的最大灾难无关壁垒,而是因壕沟而起。

在我看来,壁垒也并非什么适用于逐步揭秘的动机。此处更可能是两个计划的交叠:其一,壕沟从始至终就是阿开奥斯人的保护,它成为特洛亚人的陷阱、关系着帕特罗克洛斯首战的胜利;其二,依照涅斯托尔的建议而修造宏伟的高墙是为了作为尘世的对照物,映衬以第8卷的诸神纷争为契机、后来继续发酵的众神诡计。相反,夺墙之战不是从《帕特罗克洛斯篇》中衍生出来的,它的模板更可能是在荷马时代广为传唱的、争夺七门之都忒拜的著名战争，此外也许还有知名度不亚于此的七雄攻忒拜。[206]这两部史诗，荷马均有引用。其中发生过可资借鉴的围攻，它在特洛亚传说中本不应出现。诗人敢于比试。

由于古老的史诗已经失传，无法对比细节、论证它到底胜出榜样多远。但亚里士多德的《诗学》(8，1459a 35 及以下)关于荷马"插曲"的那段著名证据说明，古老的《忒拜》(Thebais)中没有插曲，亦即没有《伊利亚特》中的反差。《忒拜》一线串联、毫无纠缠的篇章布局，也能在埃斯库罗斯的《七雄》、欧里庇得斯的《腓尼基少女》这些直接受其影响的作品中得到足够的证明。以后再谈荷马壁垒战的错综布局！

诸神纷争及阴谋

[207]第8卷诸神的不和与13至15卷他们的勾心斗角之间关系如何？二者相继源于共同的计划或"纲领"吗？抑或它们的关系看不透、"非理性"，根本谈不上相关？

第8卷和13至15卷的神戏，能让有心人辨认出相似的过程：一种相似的模式。卷8：宙斯禁止诸神参战，赫拉反叛，先求请波塞冬出手相助，遭到警告性的拒绝后，转而拉拢更迫切参战的雅典娜，一同武装出行，宙斯通过伊里斯变本加厉地威胁，二者被迫返还。第13至15卷，公然反叛被代之以诡计：欺骗($\delta\delta\lambda o\varsigma$)。赫拉并未再次求助于波塞冬，后者已非当初，他精明、独断，起初遮遮掩掩，最后堂而皇之地行动，现在这促使赫拉也施展出她的"手腕"，以免他失利。赫拉用计狡诈至极。比起卷15她的谋划经营，第8卷的公然反叛简直就是儿戏。反叛无济于事，此次她和波塞冬分头行动则致使特洛亚人惨败；即便壁垒战大获全胜也是徒劳，战败后他们在壕沟前挤作一团，赫克托尔战后几乎丧命。卷8那个暴戾的威胁者宙斯这一次没走极端。他让赫拉发誓不再与波塞冬沆潋一气就不再追究。他似乎原谅了性质严重得多的欺骗($δόλος$)？或许这是一个根深蒂固的弱点？他不是刚刚才在赫拉的白臂中重温最初的拥抱，享受天神的极乐？重温往日不也是婚姻女神的礼物？素来如此，总有更要紧的事召唤他。他的信使伊里斯对付波塞冬也不怎么迅速。

第二次诸神纷争以与第 8 卷相反的手段展开，与之背道而驰。事后产生的印象是，一切都应是统一构思。公然反叛的失败（卷8）是考虑到赫拉几乎成功的诡计，波塞冬明智的谨慎（卷 8）是为了在合适时机翻盘，[208]他的明智之下隐藏着他对更强大的兄长的怨恨。波塞冬开始时恰如其分地拒绝了在焦虑中口无遮拦的赫拉，这绝非偶然：此事说明，她[在卷 15 对宙斯]发的誓是真的。简短的第 8 卷是为卷 13 至 15 绸缪的前奏。倘若事实表明，相同诗句重复时借用者并非第 8 卷、而是后几卷，那么统一构思就得到了进一步的证实，而不是被推翻。

然而，即便统一性在结果中得到认可，仍不能否认差别，文风和技巧的差别、阶段性的差别依然存在。正如卷 8 把战斗叙述得如此单线，几乎不像荷马所为，壁垒战则力求反差鲜明、错综复杂的战争情节，卷 8 与卷 13 至 15 的神戏比较起来情况也完全相同。前者或许更突兀破碎，但并未以矛盾反差的方式表现一神对多神的态度。同时性或交错纠葛的东西并未在叙事中出现。一如壁垒战因其现实策略上细节的丰富而高明得多，卷 13 至 15 的神戏也因为比卷 8 复杂得多的诸神心理而处于更成熟的阶段。卷 8 的粗粝音色仿佛让我们回到提坦大战，它也的确暗示出此意。双方天神都只有强势胁迫、拒不从命和暴跳如雷，此外则是女神对煎熬在困境中的阿开奥斯人的同情和宙斯的喜怒无常。卷 13 至 15 的诸神以奥林波斯的方式相处，他们相互协商，以天神的语气谈话，上演着各自独有的神性。作为婚姻女神，赫拉懂得如何收买爱上卡里斯的睡眠神的心；她懂得如何恭维阿佛罗狄忒以诱骗她的魔力，欺骗她说她想借此调和众神始祖奥克阿诺斯和始母特梯斯的婚姻宿怨。尤其是，考虑到她作为婚姻女神的本性，对于宙斯的求欢，她懂得要首先拒绝！每一次她都懂得如何措辞，如何找到动机！一切都以如此典型的奥林波斯方式进行，骗局的顶点竟成为最具神性的瞬间！波塞冬撤退还要另谈。最重要的是，第8卷对奥林波斯诸神的呈现缺少了一点：更高级的讽刺，[209]通过这种讽刺，他们超越尘世又轻易和解的败坏游戏演变成凡间的悲剧事件，与天界的大吵大闹截然相反，凡间的真实沾满血污。宙斯在赫拉的双臂中忘忧而眠，赫克托尔晕厥，"被昏暗的黑夜裹住"，口吐伤血。两件事以相同的手法写出。

由于此处不仅涉及技巧上的差别，我不得不再次引用原文以指出反差的巨大。14.346及以下：

> 克罗诺斯之子这样说，紧紧搂住妻子，
> 大地在他们身下长出繁茂的绿茵，
> 鲜嫩的百合、番红花和浓密柔软的风信子
> 把神王宙斯和神后赫拉托离地面。
> 他们这样躺着，周围严密地笼罩着
> 美丽的金云，水珠晶莹滴向地面。
> 天父就这样无忧虑地躺在伽尔伽朗山顶，
> 被睡眠和爱情征服，拥抱着动人的妻子。

仅仅80行后就是天上的酣眠在凡间造成的后果：

> 载着大声呻吟的伤者奔向城市。
> 他们来到不朽的宙斯养育的河神
> 克珊托斯的水流充足、多漩涡的河滩，
> 把赫克托尔抬下车放到地上向他泼水，

> 赫克托尔长吁一声慢慢睁开了眼睛，
> 抬起身双膝跪地口吐伤血黑沉沉。
> 他重新倒地，昏暗的黑夜遮住了眼睛，
> 那一下打击仍然制服着他的精神。（14.433 及以下）

这种呼应是偶然吗？如果我们问询荷马考据，是的。

[原注]米尔（页 225）认为，无能的赫克托尔出自诗人 B，他在《诡计》(*Diòs apáte*)中利用了前版（页 222）："自然是 B 引入并使之与战斗情节相连（页 223）"。马逊（页 198）相似。贝特（I，页 295 及以下）划分得尤其果决。

这种反差鲜明的延宕风格（der kontrastierend verweilende Stil）——若我可以这样命名的话，难道与它的反例、毫不延宕的卷 8 叙事，同样是预定计划的一部分？二者间的关系难道是由艺术的精简所致？保持第 8 卷如此贫薄，是为了后几卷无所障碍、更加自由地展开？两种选择：无计划和计划，一边是各个片段（插曲、小史诗、衔接段、改写章节）的生硬拼合，[210]另一边是预先设定的生硬构思，有人故意些许夸张地称其为一种"《伊利亚特》纲领"（ein Programm der Ilias）。

[原注]莎德瓦尔特，页 54 及以下："诗人的纲领应铺垫、造成悬念，绝非把诗人的打算全部公之于众。若要有所预示地揭秘，就一定也要明智地沉默。透露的是主线、目标；路径隐而不现。尤其要对新的拖延、反弹守口如瓶。因为，所有叙事及戏剧艺术中的反弹，本质上都是出人意料。"据此来看，《伊利亚特》的统一性可与戏剧相比：纲领不仅仅作为基础，也预见到所有转折。更甚："诗人的纲领"也是"宙斯的纲领"，页 110：卷 8 宙斯的纲领——实际上也是诗人对卷 11-15 的战斗纲领。后者之于前者，就像"实施章程"。这似乎有悖于页 161 及以下"流动成文"（das fließende Gestalten）的说法，但彼处是指与更古老的主题、素材、原始材料的关系。

难道不能超越非此即彼吗？统一难道不能是另一种我想叫作

动态整体的整体？其中不同的圈子就像偏心圆,相继脱胎,彼此交叠,层层覆盖。就这样在基础构思或底层建筑之上不断扩展,这些或多或少遮蔽住主干的新事物部分从根基本身发展而出、部分依据情况从外界补充而入。应视其为补充和融合——我承认,就像色彩——萨耳佩冬和格劳科斯的插曲在后期,埃涅阿斯插曲在早期。从基础构思中衍生的例子,比如,克律塞斯及其女儿的形象,可能还有福尼克斯的创作,尤其是卷13至15诸神大型的明争暗斗及壁垒之战,后几卷中比如吕卡昂的插曲,铠甲也是。结论是,维系整体的括号可能有两种:或者属于最初的构思;或者,属于后一种情况,就像在一块反复修改的蚀刻铜板上(请原谅这与伦勃朗《百盾版画》的相似之处),创作者(如果有人不愿意听到"创作者们")留下他的作品。我更倾向于把第8卷算作第一种,衔接性的潘达罗斯插曲算作第二种。

被时间捆绑的艺术判断并非百验百灵,晚期加入的不是必然、毫无例外地更完美,早期的也未必不好、落后、粗糙。[211]但是,如果这种观点不想沦为现有许多空洞理论体系中的一员,就必须有两条共性的差别贯穿所有晚期创作:首先是技巧上的差别,其次是,在不受外界情况限制的条件下,成熟度的差别。被我视作成熟的东西包括:讽刺,闲聊的语气,发展得更为广阔的灵魂,尤其是,英雄气质中彰显的人性。技巧上有两点不能混淆。进步的技术并不意味着更严格的连贯性或动机上的无懈可击,可能恰恰相反:更肆无忌惮,明显的移花接木,毫不掩饰的置入,即兴发明,对若干手法的执着,强词夺理;连即兴创作都一样,既可能原始也可能是炉火纯青。进步的技巧更多体现在插曲艺术中,变化的丰富,反转的运用,对位式的呼应,特别与之关联的是对反差的处理。最后原有结构还会被补入陌生的东西,这无须解释。

如果不认同逐渐形成、动态发展的过程,而是设定某种一开始就奠基全局的计划,就会出现种种矛盾,为自圆其说,就不得不假设，诗人着意于某种第8卷不堪其任的卓绝讽刺。于是，从第8卷这个让诸神放马来较量、好让所有天神都看清楚他绝对权力的威胁者宙斯身上，就已经想到了那个粗疏大意、对胜利太过自负、反被妻子可耻愚弄的他。他的威胁、他的逞能就已经泄漏出至高强权的面具后天父的愚妄盲目。于是，第二天结束时，宙斯一意孤行，向两位不听话的女神宣布依神示将会发生什么，第一幕以此收场就是打算在第二幕中与神意背道而驰，从而把无所不能者曝光为大谬不然的自欺之徒。《伊利亚特》的宙斯于是将变成为《被缚的普罗米修斯》的宙斯。恫吓者的威力实则虚有其表。然而，第8卷没有任何蛛丝马迹能暗示出这些必要的深意。

第 9 卷

请　求[*]

[212]《使者》(*Presbeia*)，或《求和》，是饱受争议的一卷。一再被赞为登峰造极，一再被斥为不成体统，再没有哪一卷像它这样忍受着博学的修改。人们总不想错过它，如其所是的它却又总显得无法接受。然而，当人们改正、删除、补充或以诸如此类的方式改变它，使它似乎达到可行的状态时，它还值得称赞吗？这似乎是无法摆脱的两难之境。

颇有一些人杀伐决断，把本卷大屠杀式地献祭给分析的魔鬼：视其为独立诗篇而把它逐出《伊利亚特》或其原初状态。但这种牺牲不能让人心安理得。难道没有《求和》，《愤怒》的戏就会没完没了地继续下去，不会被各种其他情况打断？使之更可疑的问题是：缺少《求和》，不也就失去了某种能为帕特罗克洛斯的故事提供意义和支持的东西？当所有试图以请求和赎金平息愤怒的尝试都无济于事，愤怒的可怕不是才显现出来？倘若阿开奥斯人连手指都不动一动，从未尝试过补偿阿基琉斯遭受的不公，这样一部《帕特罗克洛斯篇》不仅会错过诗的奇迹，也根本就难以想象。

还是让我们想一想吧！阿开奥斯人会忘记阿基琉斯吗？他们

会束手待毙,不去求和,直至战争打到船边？直到阿基琉斯为了不让大火烧到自己的船上,派帕特罗克洛斯出战？即便他人不去,至少帕特罗克洛斯会也去请求他吧？说到"请求",它的本性也正在于,起初怎么劝都必定没用,[213]直至某件会改变一切的事情发生,——这种转折虽然使请求得到满足,但却不再因为请求本身。阿基琉斯难道会在几天不幸的战斗后走到阿开奥斯人面前说：你们的灾难足够严重了,我把帕特罗克洛斯派给你们？或者：你们的提请我很满意,我把帕特罗克洛斯派给你们？动机会有其必然结果。倘若荣誉受损能成为一部篇幅浩大的诗篇的动机,那么拒不言和的倔强也会坚持到底,直至极端情况出现。反面的规律也同样有其必然性：侮辱中伤的后果是悔恨和提供加倍补偿的建议。

这种包含在动机中的结果,首卷就已然有所暗示。雅典娜阻止阿基琉斯弑君,对他预言说：

> 正由于他傲慢无礼,今后你会有三倍的
> 光荣礼物。(213)

傲慢本身就包含着后悔。——阿基琉斯通过庄重的誓言强调他不会宽恕：

> 总有一天阿开奥斯儿子们会怀念阿基琉斯,
> 那时候许多人死亡,被杀人的赫克托尔杀死,
> 你会悲伤无力救他们；悔不该不尊重
> 阿开奥斯人中最英勇的人,你会在愤怒中
> 咬伤自己胸中一颗忧郁的心灵。(239及以下)

也就是说,你们会来请求我,但是我将不为所动。《求和》是预言成真的一卷。即使没有《求和》,也得把它创作出来。

[原注]米尔(页22)评论:"失利被改写得(A240及以下)匹配卷11-16的大战。"可彼处哪有机会表明全体阿开奥斯人都在渴望阿基琉斯?哪有能表现阿伽门农心绪骤变的间奏?他的无能和他对自己伤害了最卓绝的英雄的怨怒?还有一切的徒劳?即使从一扇门逐出《使者》的情境,它不是还会从另一扇回来?

请求的无效,是[本卷与]福尼克斯所举的"神话例证"的可比之处。为贴合《求和》的情境,墨勒阿格罗斯的传说在年迈抚育者的版本中几乎歪曲了意义:墨勒阿格罗斯的母亲大怒,他生她的气。"长老们"徒劳地派祭司们去他那里(一如《求和》),提议送他土地(比较阿伽门农的提议),父亲、母亲、兄弟们请求他均毫无结果,墨勒阿格罗斯锁上房门。(母亲在传说中是发怒的人,可此处连她也来请求,这个与传说的矛盾之处表明,墨勒阿格罗斯是按照《求和》的样子改造的。)最亲爱的伴侣们也[214]劝不动。(伴侣的地位在血亲之上,这符合《帕特罗克洛斯篇》盛行时的社会理念,不太可能是更古老的传说的特性。)这时他年轻的妻子祈求他,告诉他将会发生什么……这也是帕特罗克洛斯故事的情境,阿开奥斯人和涅斯托尔请求无效,福尼克斯请求无效,直至泪如泉涌的帕特罗克洛斯恳求他、咒骂他——那个在《求和》中如此谨慎克制的帕特罗克洛斯——为什么会?墨勒阿格罗斯将会胜利、倒下。阿基琉斯呢?那就把帕特罗克洛斯送上战场吧……除荷马外,墨勒阿格罗斯的传说从未讲到过请求。

[原注]在赫西俄德的《列女传》(*Eöen*)和《米女阿斯纪》(*Minyas*)中,墨勒阿格罗斯并非死于战争,而是死于库瑞特斯人的保护神阿波罗熄灭木柴的法术;保萨尼亚斯,《希腊志》,X, 31. 3: Ἀπόλλωνα ἀμῦναι Κούρησιν ἐπὶ τοὺς Αἰτωλούς[阿波罗帮援库瑞特斯人对抗埃托利亚人]。此处也有两个敌对的城市。

最初的转变在《使者》之前还是之后,尚无定论,对此存在着种种相反的证据。认为转变在先的有,库内尔特(Kuhnert, *Roscher Art. Meleagros*,

2593)、米尔(页177)、维拉莫维茨(Berl. Kl. T. I, 1. 26)、克劳斯(W. Kraus, Wien. Stud. 63, 1948, 11)。战无不胜的英雄在大捷中被敌神击毙,这既非常见特性,亦非任意之举;我只知道此事在帕特罗克洛斯和他的榜样阿基琉斯身上发生过。只有《使者》才会对比墨勒阿格罗斯与阿基琉斯。不论帕特罗克洛斯还是阿基琉斯,他们被敌神阿波罗杀死,都不是某部更古老的传说的变形。很难想象,阿基琉斯之所以被阿波罗击毙,是因为在一部更古老的墨勒阿格罗斯诗中,墨勒阿格罗斯曾被阿波罗击毙。若不想认为是两位叙事作者互不相干、却殊途同归,就必将推断出,赫西俄德和《米女阿斯纪》都遵从了《使者》。《使者》是最近晚的诗,这几乎确定无疑,人们因此推断:《使者》的诗人遵从了一部墨勒阿格罗斯之诗,其中墨勒阿格罗斯死于阿波罗之手;他替换了此版本中木柴这个童话动机。于是就绕起了圈子:1. 墨勒阿格罗斯死于母亲的魔法。2. 阿基琉斯死于敌神阿波罗。3. 随后墨勒阿格罗斯也如同阿基琉斯一般死于敌神阿波罗。4. 墨勒阿格罗斯得到警告,不像阿基琉斯那样死于阿波罗。5. 阿基琉斯得到警告,不像墨勒阿格罗斯模仿阿基琉斯那样死于阿波罗。现在阿基琉斯却最初就是被阿波罗所杀,如此等等,没完没了。——西蒙尼德斯(Simonides)曾以荷马之名引用过一首墨勒阿格罗斯之诗。①

请求只存在于这个为映衬《使者》而转述的版本中。相反,倘若没有请求,帕特罗克洛斯的故事就难以想象。墨勒阿格罗斯的故事构成《使者》插叙编排的中心。如果请求在《使者》和墨勒阿格罗斯的故事中均处于中心,那么对《使者》的阐释大概就必须从请求开始了。

设想,如果像《使者》中墨勒阿格罗斯的故事那样,以一种连贯的方式讲述《帕特罗克洛斯篇》,那么,阿开奥斯人会在第一次惨败后就懊悔地赔罪。阿基琉斯将继续无动于衷,直至痛心疾首的帕特罗克洛斯流着泪告知他阿开奥斯人的困境和他自己的船的危

---

① Athen. 4. 172 E.

险。倘若如此,《帕特罗克洛斯篇》就会缩水成更短的史诗,两段战事丰富的插曲就足以为请求做好铺垫,第一段:[215]没有阿基琉斯的阿开奥斯人首战告捷后连连挫败,第二段:特洛亚人最初战败后攻入阿开奥斯人的军营。

只有关系颠倒,《帕特罗克洛斯篇》的情境成为插曲,[战斗]插曲成为独立的、支配全局的状况,请求的性质才会发生根本改变。《伊利亚特》正是如此:自第2卷起直至派帕特罗克洛斯出战,《伊利昂之战》的篇幅是《帕特罗克洛斯篇》的12倍。战争以其特有的走向,在天界和凡间进进退退、反反复复,唯有一次,在第9卷、在"请求"中,《帕特罗克洛斯篇》和《伊利昂之战》这两个系列交汇一处,随即又彼此分开。之后阿开奥斯人与诸神争夺伊利昂的故事只是一点一点地再靠近帕特罗克洛斯的戏,听众很久以来一直对此不明就里。

诗人的发明——忒提斯祈请宙斯——把冲突无处不在的神戏与帕特罗克洛斯的戏联系了起来。《帕特罗克洛斯篇》的叙事风格大致与墨勒阿格罗斯的故事相同,其中没有上演奥林波斯戏目的机会,可现在,来回波动的战事却成为凡人和天神心念摇摆的结果。反之,要在《帕特罗克洛斯篇》的关键转折中寻找奥林波斯诸神的欲愿,只会徒劳。不论出使求和还是派帕特罗克洛斯替阿基琉斯出战,都没有诸神的推动。阿基琉斯和阿伽门农的争吵由阿波罗挑起(却不是由他策划),同样也是诗人的独特发明,与引入克律塞伊斯有关。《帕特罗克洛斯篇》本身没有神意,这显然出于很简单的原因,因为此诗中凡人的命运取决于他自己的"心性"(thymos)。[216]一位受诸神牵引的阿基琉斯,或者陷入圈套,或者成为他们计划的工具——征服特洛亚,这适用于阿伽门农,可阿基琉斯的意义远不止如此。

插曲与主剧情关系颠倒的结果是,使团的请求和帕特罗克洛斯的请求被一系列章节隔开,一次次请求演化成谋篇布局的独立单元,有各自的伏笔和高潮,简言之,发展成荷马式的插曲,它们指涉着前后文,在合适的瞬间暂时收住此间爆发的种种战事,然后又将其重新释放出去。单只是请求被提出、被拒绝并不够,就像单只为许诺的战利品、为最美的国王的女儿不足以爆发争吵;《帕特罗克洛斯篇》的情境要顶住其他来源精彩戏目的竞争,要超越它们,现在是需要升级的时候,需要推动剧情上升,直至某个几乎脱轨的点,同时要把外在事件推入内心深处,使半神、恶魔天性的力量释放出来,就好像《帕特罗克洛斯篇》彻头彻尾都只是阿基琉斯灵魂的浮现。首卷中已有过几次,剧情险些中断(阿开奥斯人因瘟疫险些返乡,阿基琉斯险些回家,阿伽门农险些被杀),这种情况在《使者》中得到了升级的重复。返乡的决定在首卷转念而过,本卷却被英雄事无巨细地长篇大论,且不止流于想象,而是将在旦暮之间迅速实现。为了情境的"几乎",必须歪曲传说,忒提斯的命运判词必须成为求生(9.410及以下),成为此刻阿基琉斯面临抉择时的预言:或是早逝和不朽声名,或是有福却无名的高寿——他决定选择后者!而这只是《使者》推衍出的一种极端情况,与之相对的另一极端是,强硬无法抵挡神秘老人殷切的请求——年轻英雄令人震惊的呼喊泄露出这种请求如何触动了他:

不要扰乱我的心灵!(612)

*[217]如果可以这样问的话,《使者》的诗人到底"想要"什么?情境最后和开始时一样,为什么还要大费周章?维拉莫维茨(页65)回答说:"他想做、也能做到的是,在对话中使人物及其性格完全表现出来,并使赫拉克利特那句深刻的话得到证实:ἦϑος ἀνϑρώπωι δαίμων[人的性格就是他的命运]。他还给我们展示出阿基琉斯这种人身上的矛盾……荷马从未有如此的 archegos tragodias[悲剧开端]。"

可人不止表现自己，还有其他东西与人一起呈现。阿基琉斯并没有仅仅把自己表现成矛盾的人。也并非只有他说的话才能把他的形象呈现给听众。他发言使期待落空。期待的动机远超出使团的劝辞、可追溯到更早的情况。阿基琉斯的对立方不只是奥德修斯或福尼克斯，也包括估计错误的涅斯托尔。忽略了从阿基琉斯回指向涅斯托尔的本文，也就忽略了根本性的讽刺——这远不止是布局的精致。年迈的智者相信自己十分理解阿基琉斯，后者却以如此难以置信的方式驳回了他的期待，这暴露出人与人关系的失衡。涅斯托尔越是看重他的计划、他的"metis[智谋、计划]"，认为它超越了任何其他可能性，他犯的错就越严重；他在精心准备后拿出解决办法时越谨慎，就是越失望的落空者。如果不是狄奥墨得斯先驳斥了阿伽门农，涅斯托尔的计划也就不会成为救急之法。如果把涅斯托尔这个人物从《使者》中删除，那么也就同时取走了本卷的一部分背景——讽刺。

分析实验是盲目的标志。《使者》的中心主题不是英雄性情，而是根植于人性本身的错。错谬构成插曲的内在关联，况且这并非《伊利亚特》中唯一的一处。由错谬串联而成的还有阿伽门农的《试探》(Peira)。开始和结束也还是相同的情境。期待也在错谬中不可或缺，首先也是他的胸有成竹；虽不是老而智的涅斯托尔促成，却也有他审慎的赞同，也有长老会……只是《试探》中的错误更过分、更荒诞、更异想天开——是君王之错。虽然它由宙斯一手造成，可如果君王对这种错没有特殊的易感性，宙斯也很难把欺骗的胜利之梦派给他：[218]这如何得以显现！《使者》中的错是更严肃的一种，它始于绝望而非自负，最终再次"忍耐和坚持"(perfer et obdura)而非一片混乱。

* 出使前后情境如一，但这并不是说，福尼克斯发言前后情境丝毫未变。福尼克斯的话不乏影响力。回答奥德修斯时，阿基琉斯极其果断地保证说(359及以下),次日一早他就将离开。堆垒的细节、向宙斯及其他天神献祭、装货上船、拖船入海、船队的景象、它们如何在赫勒斯滂高处航行、桨手的热情,一切都是目送者从岸上所见,这无疑已是铁心铁意。到达佛提亚、阿基琉斯娶妻、家乡的平静生活,也并不是不着边际地耽溺于想象——阿基琉斯不属于浪漫主义天马行空式的英雄,这是他的坚定决心和对将来之事的陈述。这一切都属于阿基琉斯托付使者们传达的"信息"(ἀγγελίη,422)。不是主观的未来画面,他们应该呈报的是宣判长老们"建议"彻底失败的事实。福尼克斯面临选择,或者留下,或者一同离开。只有当阿基琉斯确定了返航,他才有得选。

福尼克斯发言后情况就变了。虽然阿基琉斯委托使者转达的信息并未被收回(617),但是,将留宿在阿基琉斯营中的福尼克斯不用继续选择早上到底是与阿开奥斯人一同留下,还是随阿基琉斯离开;而是:

天一亮我们就考虑,是回家还是留下。(619)

这个"我们"是转变的标志。现在不仅福尼克斯前路未卜,本已确定的未来,对于他们两个人均变得飘摇难测。

[原注] 维拉莫维茨(页65)指出:"老人的话,……打消了阿基琉斯起航离开的决定(我们不再相信他会那样做,哪怕他还嘴硬,619)。"

请福尼克斯留宿阿基琉斯营中的要求始终未变,越是坚持这点,内心的转变就显现得越清楚。正如福尼克斯从选择者变成劝谏者,[219]阿基琉斯也经历了从斩钉截铁到犹豫不决的转变。不难估计,这个犹豫的人会继续在违背自己的矛盾轨道上滑行,直至留下。对阿伽门农的拒绝却依然不减。这也属于那种矛盾。

转折早已被本卷的诗人A写出,还是要把它归功于诗人B?

我曾在许多重构的《使者》原本中寻找这个问题的说法,却一无所获。转折与阿基琉斯下令在他帐中为福尼克斯铺床密不可分,而前提却是,福尼克斯代表涅斯托尔而来;因此,不论好歹,连阿基琉斯的转变也是改写者的发明,原始的《使者》对此并不了知。这将继续意味着:首先,福尼克斯的话像奥德修斯的话一样收效甚微,哪怕阿基琉斯在对二人的说辞作答时闪现出如此巨大的内心转变;第二,《使者》篇末让未来悬而不定,这也同样属于变化,也只能是改写者所为。继续推知,有幸听到既无扩展、亦无改动的原始《使者》的听众们就此散场,他们相信阿基琉斯次日一早就会带着他的船游弋在赫勒斯滂,正如357及以下他的预言。那则在语气上始终确定无疑的通告不会取消。听众会自己考虑,故事将如何以他能想到的结局收场。然而,接下来:通告在《使者》全篇中只是一个极端事件,而史诗式极端的根本属性是,它并非结局,而再要从中折回——一如某些本文所示,那么,作为插曲的原始《使者》就会触犯史诗行文的基本原则:它没有让未来摇摆不定,反而以静态的人物群像结束:"阿开奥斯人全体沉默不语,惊异他们听到的话。"剧终,歌手鞠躬。

* 我们从这个普通的想法出发:无用的请求一开始就属于《愤怒》的动机。如果只有帕特罗克洛斯的死才能击碎阿基琉斯的愤怒,那就要先拿出各种不能让他消气的东西。请求做不到的事,损失可以。

[220] * [1]如果从故事里除去所有请求,帕特罗克洛斯和他的死也就没法讲了。我们说,先是长老们请求他,军队请求他,阿伽门农请求他,最终,在他拒绝了所有这些人之后,帕特罗克洛斯请

---

[1] [编按]下段摘自莱因哈特1956年夏在柏林自由大学的一次讲座。段落顺序稍作改动,仅在个别处抹平即兴演讲的风格,根据莱因哈特的讲座笔记略有补充。

求他:他已有不忍,却依然束手坐视,让帕特罗克洛斯穿上他的铠甲出战。《伊利亚特》中,阿伽门农及长老们的请求与帕特罗克洛斯的请求各自成章,并被许多卷隔开。阿基琉斯的强硬无情也是他昏盲和愚蠢的一部分。他想看到阿开奥斯人遭受前所未有的苦难。第9卷的独立大戏正是以这一故事素材为基础、依照其自身规则搭建而起,它有自己的开端、自己的结尾和自己的高潮。

与单纯求而无果不同的是诉诸"敬畏"而求,诉诸那种神的也同时是人的训诫(das Gebot),它在 $αἰδώς$ [敬畏(名词)]和动词 $αἰδεῖσθαι$ [敬畏]中得到表达。有些请求不许人拒绝,否则他就会触犯神人之诫、背违他应对同类怀有的尊重。克律塞斯祈请归还女儿就是这类,当阿伽门农粗暴而无人性地拒绝了带着天神圣物、盛装前来的祭司,他就触犯了诫。帕特罗克洛斯之死和阿基琉斯的愤怒这两个故事本身并不包含此类请求。反倒是末卷与首卷同样诉求于人和神的 $αἰδώς$ [敬畏]之诫——当普里阿摩斯跪倒在阿基琉斯面前,把哀求的手伸向他的下巴,请他赎还儿子尸体时呼求:"敬畏诸神吧!"作为请求者而来的克律塞斯,与同样作为祈求者而来的年迈的普里阿摩斯,就像精神上的兄弟,一个几乎以同样的话恳求阿伽门农,另一个以敬畏之诫恳求阿基琉斯。此处论及的不再是盲目和理智,而是义和不义,或是神性中包含的人性,或干脆就是,人道。

福尼克斯的说辞构成第9卷中段,它被确确实实地布局为突出全篇的大中心,[221]连篇幅都远超其他人在阿基琉斯面前的发言:奥德修斯的话,或极度失望的埃阿斯更为简短的结束语。三个人出使。他们来找阿基琉斯和帕特罗克洛斯,最初似乎受到十分友好的欢迎。奥德修斯巧舌如簧,他作为代言人、作为外交家演讲:阿伽门农准备以多么出人意料、多么伟大的国王的迁就补偿阿基琉斯,一切都被列举出来:多少三足鼎和多少女人,数以七计,均来自累斯博斯,还有布里修斯的女儿;最后甚至还让他从(阿伽门农的)三个女儿中挑选一个成婚,附送大片领土:国王的慷慨馈赠难以置信。可接下来,一反所有预期,阿基琉斯竟勃然大怒,这可怕的——爆发。这番话恰如火山口喷射的石头,突然从他口中宣泄而出;这些话太恶劣,所有英雄气概都瞬间泯灭,哪怕特尔西特斯也从不曾如此作践,他还想当个英雄呢。是的,英雄的一切都被彻底否决,整部《伊利亚特》再没有什么比阿基琉斯口中这番话更不英雄,因为它的大主题是,战争毫无意义。他流入庸常,咒骂战争,然后,大局既已如此,他义愤填膺的控诉当中——由于可憎的战争经历——出现了这样的句子:胆怯的人和勇敢的人荣誉等同(319)。或是:

> 伊利昂……
> 或是德尔菲
> 围住的财宝,全都不能同性命相比。
> 肥壮的羊群和牛群可以抢夺得来,
> 枣红的马、三脚鼎全部可以赢得,
> 但人的灵魂一旦通过牙齿的樊篱,
> 就再夺不回来,再也赢不到手。(402及以下)

他郑重告别武器,次日就会航海离开,他对奥德修斯说:

> 只要你愿意,有点关心,
> 拂晓时我的船在鱼游的赫勒斯滂托斯航行!(359及以下)

在这种情境中,福尼克斯开始发言,这番话无法复述——伟大事件总是在无法复述的时候开始。福尼克斯,这位年迈的抚育者,他的故事背后当然潜藏着诸如神话中教育家老喀戎这类[原型]。奥德修斯讲话机敏、聪明,但他的话里缺少某种东西,正因如此,《求和》全程如果没有福尼克斯发言就不会完整。[222]缺的是心,奥德修斯探得不够深,他啰嗦着精明有理的论据:名声、荣誉等等,却无法靠这些动机接近阿基琉斯。他满怀期待地陈述着自己和阿伽门农的事情,可这种期待恰恰表明,聪明的奥德修斯不懂阿基琉斯,他们形同陌路,两人间有某种不可逾越的隔阂。此时老福尼克斯脱颖而出,竟使阿基琉斯最后不得不抗拒自己,不要扰乱我的心灵(612)!福尼克斯抓住了某种阿基琉斯内心的、他必须抵抗的东西。——无论如何,次日早上返航的威胁没有再重复。阿基琉斯留在了船边。整幕戏又是根据插曲规则设计的,高潮后缓慢滑回或瀑布般回落至结局:埃阿斯的结束语,使者返回并向等待消息的阿伽门农解释说,一切都无济于事。

相同的主题又在福尼克斯的话里重复,关于人性、关于敬畏,该主题在此以拟人化的方式引出——与其说是譬喻莫若说是拟人——宙斯的女儿祈求女神们:

> 祈求女神们是伟大的神宙斯的女儿,
> 她们腿瘸,脸皱,眼睛斜着观看,
> 她们总是留心追随蛊惑女神,
> 蛊惑女神强大,腿快,远远地跑在
> 她们前面。首先到达大地各处,
> 使人迷惑,祈求女神们在后面挽救。
> 在宙斯的女儿们走进的时候,谁尊敬她们,
> 她们就大力帮助,听取他的祈祷;
> 但如果他拒绝这样做,顽强否认,
> 她们就去请克罗诺斯的儿子宙斯,
> 让蛊惑女神随那人,使他入迷付代价。

与首卷相同的敬畏主题,还有同一套完整的插曲技巧;该主题在本插曲中也同样是高潮。

本卷与末卷的关系显而易见。[末卷中]阿波罗的某些措辞与此处说到祈请女神们一样突出:应呈现给祈请女神们的崇敬,能"转变(ἐπιγνάμπτει)高贵者的心灵(9.514)"。而末卷中阿波罗指责阿基琉斯,是因为他"胸中没有能转变的心(οὔτε νόημα γναμπτόν...)"(24.41)。

说过那么多诗人的个性,此处不也是一种吗?《伊利亚特》里存在着不同诗人各自的主题吗?在这个问题上,我们一定要极其谨慎。可此处涉及的也许的确就是某位诗人的独特主题。此处与首、末卷的插曲如出一辙,以同样的技巧依其规则而作。[223]这很可能甚至是必然表明,创作这些插曲的——并非人尽可为——就是那位借由aidos[敬畏]主题而入戏的诗人。首卷的敬畏主题由克律塞斯带入,他属于插曲而非故事;末卷,敬畏的主题重新出现,是纯然的插曲和伟大的诗,却仍然不属于故事,不属于所讲的故事本身。

特殊主题——我将不再称之为动机——属于史诗艺术的特殊谋篇原则。在"阿基琉斯的愤怒"这则古老的故事中,请求的动机是作为素材(Material)而在;在史诗里,[请求动机]被转化为某种在插曲艺术中展开的新事物。如果我们认为,对人道的偏爱和突出是相对较晚的东西——很可能的确如此,那么卷9的福尼克斯就一定与首卷之初引入的祭司克律塞斯以及24卷全篇地位相同,如果可以这样说的话,它们均归位于相对较晚的时代。现在我们不能继续删减了:福尼克斯不能从第9卷剔除,一如克律塞斯不能从首卷分离出去。一种转变在此发生,其影响遍及整部史诗。

[原注]并不是总能区分动机和主题,但下述[原则]或可作为参考。动机可以轮换,它们不绑定特定的诗人;它们贯穿文学,是无国界的。主题则不然,部分主题源于个人。比如说,在席勒的《唐·卡洛斯》(*Don Carlos*),能见

到对继母的禁忌之爱,反过来欧里庇得斯的《希波吕托斯》(*Hippolytos*)、拉辛的《斐得拉》(*Phaedra*)也有这个动机:它绝非席勒独有。再或,歌德笔下谋杀孩童的女人也和歌德没有关系。席勒式的主题可能像"自由与罪"或"思与行",歌德式主题则会是"圆满的瞬间"之类。

考据分析*

现在,我们不仅注意到《求和》的插曲性质,也意识到它在整部史诗中的接合功能。有人曾寻找过《伊利亚特》的原始构成,接合性的东西不可能是原始成分,[224]因此《使者》——它显然是衔接性的,从卷 8 过渡至卷 11——似乎就成了编纂者(或诗人 B)的成果。从各种原因看来它都是晚期的。如果《帕特罗克洛斯篇》确实属于原始成分,那么结论就是:存在过一部阿开奥斯人不曾求和的、古老的、真正的《帕特罗克洛斯篇》。有人认为,这部古《帕特罗克洛斯篇》的开篇被作为重点文段保留在首卷之中;后文则进入卷 16,哪怕本文有所改动,仍要重点对待。如此一来就建构出没有阿开奥斯人请求的《帕特罗克洛斯篇》。假设原始本文会作为文段保留在流传版本中,那么这种建构就是该前提的必然结果。

按这种观点,曾存在过一部没有请求的《帕特罗克洛斯篇》;根据同一观点,就也会有无关《帕特罗克洛斯篇》的请求。此处再次分成两派。一派认为,有可能从流传版本中剥离出《使者》原本(米尔),另一派虽然也相信有一版原始的《使者》,却不敢分享前者那个大胆的希望。

* 换种说法,为澄清《求和》与卷 8 的关系,维拉莫维茨的答案是:卷 8 的诗人,紧接卷 7 之后写出了"中断的战争",然后又插入两部各自独立、互不相干的小史诗《使者》和《多隆篇》(*Dolonie*),《多隆篇》丝毫不变,《使者》有几处改动。倘若确乎如此,那么首先一定能证明 9.346 至 356(修造壁垒)一段是插入的文字。他臆断 9.345 能与 9.357 顺利衔接,并以此作为该论题的主要证据。此外他还认为,现在已不能从改写过的版本中剥离出原本(页 64 及以下)。

　　* 一个补丁的标志是 356 行的 νῦν δ'ἐπεί[而现在之后],这是改写者在重复 344 行、以回到他开始偏离原文的地方(米尔,页 171,173)。然而,可现在(νῦν δέ)我一点不想同神样的赫克托尔作战(356),所关联的是,当我在阿开奥斯人中作战的时候(ὄφρα δ'ἐγώ)(352)。"当初"和"现在"的对比,正如首卷的 553 和 555(πάρος[此前]和νῦν δέ[而现在]);当阿基琉斯对显贵的阿伽门农生气时(18.257)和可现在我心中害怕(261),ὄφρα μέν[(一方面)当……时]—νῦν δέ[而现在……],更是与此一字不差。

　　也就是说,356 行的"可现在"并不是像有人认为的那样,重复着 344 行的"现在",后者毋宁是在对比从 316 行起大量用过去时态描写的漫长往事:[225]"我向来只收获到忘恩负义",344 行的"现在"为这一整段过往落了幕。相反,356 行的"现在"结束了赫克托尔不敢轻举妄动的时日,是对现状的总结,意料之中的是:"现在你们将无法抵挡他。"可这也已经在之前提及壁垒时说过,351:ἀλλ' οὐδ' ὣς δύναται...[但是他未能……]所以现在出现的是另一种对比:曾经奋勇杀敌的阿基琉斯和从现在起不愿再战的阿基琉斯——πολέμιζον[我曾作战]—οὐκ ἐθέλω πολεμιζέμεν[我不愿作战]。不愿再战的阿基琉斯就是那位"你会看见拂晓时他的船在鱼游的赫勒斯滂航行"的阿基琉斯。ἐπεί οὐκ ἐθέλω πολεμιζέμεν[之后我不愿作战]和ὄψεαι[你将会看见](359)的关联确凿无疑。同样确凿无疑的是ὄφρα δ'ἐγώ[当我……时]和νῦν δ'[而现在],ἐπεί οὐκ[之后不……]。

　　突兀感的产生只是因为,356 行的"可现在"有两个功能:首先,它结束了赫克托尔被阿基琉斯威慑而不敢妄动的时期,其次,它宣布返航。οὐκ ἐθέλω πολεμιζέμεν[我不愿作战]既标志着旧日的了结,也预示出新情境的开始。不是"赫克托尔会来打败你们",

而是"你们将会看到我离开"。说话者从一件事跳到另一件上。两件事被放在一起,说出的情境于是就成为未说之事的讽刺对比,返航于是就成为讽刺的回答,回应着藏在"可是现在"中的问题:"阿开奥斯人将会如何?"没有这种跳转,讽刺就撑不住。试想一下没有跳转的上下文:"可现在我一点不想同神样的赫克托尔作战,你们境况可怕。我却不会帮你们,你反倒会看见,只要你愿意,有点关心,拂晓时我航行离开。""只要你愿意,有点关心"表现出阿开奥斯人处境的可怕,但若这种可怕被明说甚至详细描述出来,就失去了讽刺的反差。跳转说的是:"随你们怎么办。"

  人们普遍认为,跳转是文本改动的结果。改动使返航和悲剧处境两个主题之间失去连结。返航(357)应该是原始的,在尚未出现矛盾的前版本中,返航或是对阿伽门农派使者求和而谋划新骗局(345)的答复——这是维拉莫维茨等人的看法,[226]或是阿伽门农要与其他首领共同想办法如何救船的理由(347)——米尔这样认为。他们忍受了连接词的省略(Asyndeton):αὔριον ἱρὰ Διὶ ῥέξας[明天我将向宙斯献祭祭品],是改写者才把它变成平顺的主从复合句。两种情况都无法安排ῥέξας[献祭],不论在345还是347之后,它都不能倚靠前面的主语。只有保留这句(νῦν δ'ἐπεὶ οὐκ ἐθέλω[而现在之后我不愿],356),357至359的错格(Anakoluthie)才可以理解。

  由于伪诗追溯至卷8,所以有人理所当然地认为,写出这些诗句的人无非是想把彼此抵触的卷9和卷8这两段黏合起来。它们从最初就被认定为糨糊和劣质品,因此也被否认有任何叙事价值。它们又能说什么呢?阿伽门农和阿开奥斯人为抵抗赫克托尔所做的一切,恐惧——除此之外阿基琉斯何时说过这种话?还有他们的白费力气:壁垒、壕沟、木桩。奥德修斯的话就已经陈说过恐惧:

> 他们会遭受毁灭，要是你不尽力。（230及以下）

可奥德修斯看到的恐惧源自卷8的情境（232-246）。因此这些精彩的诗句——必须被证伪，因为它们与前文相关。本可证真的种种理由都败给了这个决定性的原因。

阿开奥斯人视角中的情境，也出现在阿基琉斯角度的回答中。对于奥德修斯的提醒：

> 你要趁早想想，
> 怎样使达那奥斯人躲过这不祥的日子！（250）

阿基琉斯所做的回答也是些被证伪的诗句：

> 奥德修斯啊，让他同你和别的国王们
> 共同想办法，使船只避免熊熊的火焰。
> 没有我的帮助，他完成了许多事情，
> 他建造壁垒，在墙边挖壕沟，又宽又深，
> 在里面竖立木桩；但是他未能阻挡
> 杀人的赫克托尔的力量。我在阿开奥斯人中
> 作战的时候……
> 可现在……（346）

至此，这些诗句在思路的连贯和力量上无可指摘。也不会听不出它们意在言外。[227]张力在"可现在"这行释放。"可现在"是对奥德修斯恳求的答复：

> 奋发吧，要是你想在最后时刻从特洛亚人的
> 叫嚣中拯救阿开奥斯人的受难的儿子们。（247）

最后，奥德修斯向阿伽门农陈述出使失败时，如果没有再次出现极尽嘲讽之能事的威胁（ἠπείλησεν）返航（682），全篇就会失去完整性。如果奥德修斯说的只是"威胁"而不是宣布，那么很可能是他注意到了阿基琉斯对福尼克斯的回答，据此把决定推迟到次日早上。在他的陈述中，"威胁"与指责阿伽门农"欺骗"或虚伪无关，①而是关系到阿开奥斯人的绝望处境和危险：

> 他叫你自己同阿尔戈斯人一起想办法，
> 如何挽救船只和阿开奥斯人的军队。（680）

已有人看出（米尔，页173），此句几乎逐字重复着阿基琉斯的话：

> 奥德修斯啊，让他同你和别的国王们
> 共同想办法，使船只避免熊熊的火焰。（346及以下）

奥德修斯在陈述中略去他自己，这显然是因为，对报告者本人的嘲讽无需重复。"你自己"却意味着："你（阿伽门农）不要指望我（阿基琉斯）！"此中包含了"没有我"（νόσφιν ἐμεῖο）这个主题。"没有我"至此尚未出现在阿基琉斯的话中，接下去它才会成为主题：没有我的帮助，他完成了许多事情……（348）然后是对卷8情境的回忆。奥德修斯接下去说：他自己（阿基琉斯）还威胁你说，黎明初现的时候……（682）他自己与你自己（阿伽门农，690）形成对立。阿基琉斯的话里却并没有这种对比。难道因此[奥德修斯]报告所追述的本文就应该是另一版？显然还是同一段。只不过，并非这种对立，而是与之相应的：[228]"有我—无我"的对立。"奥德修斯啊，让他同你……"，意味着"与你，而不是与我！"如前所说，这再一

---

① 维拉莫维茨对346-356的摒弃即是这种情况。

次是对奥德修斯劝说的回答（250及以下）：φράζευ[你要考虑]……如果相互关涉的三处本文，其中两处改动过，那第三处还会真吗？我们别无选择：或者第三处也是改过的——那《求和》到底还剩什么？——或者，改写的假说彻底错了。

我不介意让半部甚至大半部《求和》都被改写过：那会是怎样一位改写大师所为！

＊个别问题：225及以下奥德修斯的话中，涉及卷8情境、涉及特洛亚营火的所有文字都应剔除（米尔，页170及以下）。需要的不是对清晨境况催人泪下的描写，而是"一种大致符合《伊利亚特》第三场战役的境况"。原诗中，奥德修斯的话意思大概只是"如今大难临头，关系到阿开奥斯人的存亡"，而不是次日才会降临的危机。可第三场战役与清晨毫无瓜葛。在船边和船上战斗时，既无时间也无空间召开一场秘密的军队集会；出使也只能入夜后发生，而在第三场战役的情境下根本不可能。随傍晚降临的是对早上的担忧。当时就一定已经停战。不止奥德修斯的话，阿基琉斯的回答也说到清晨。赫克托尔迫不及待的黎明（240），对应着阿基琉斯将把船拖到海上的拂晓（357）。如果划掉对清晨的担忧，也就能放心删去阿基琉斯的整段话了。

划掉问题"早上将会如何？"也就删除了气氛、删除了恐惧。在对清晨的思考中，阿基琉斯让人为福尼克斯铺床；在对清晨的思考中，本卷结束，一如它的开始。如果把清晨拿走，就不止是拿掉外在框架，而是拆去了某些内容上的东西。

＊最后，全篇结构也反对证伪，它是最完整的环形结构：卷首阿伽门农、狄奥墨得斯、涅斯托尔的三人商谈（所有三数都被证伪），[229]与之相应的是卷末阿伽门农、奥德修斯、狄奥墨得斯的三人组（狄奥墨得斯被证伪）。卷首涅斯托尔批评年轻的狄奥墨得斯（证伪），卷末狄奥墨得斯正色直言。推进至内环：卷首还是阿伽

门农帐中(不像平时在涅斯托尔帐中)的长老会议,酒菜之后涅斯托尔公开了他的计划(证伪);卷末则是在阿伽门农帐中满酒而待的相同会众(未证伪)。使者选择:首先是福尼克斯(证伪),与之相应,使者返回时没有了福尼克斯(未证伪)。涅斯托尔注视着每一个即将启程的使者,特别是奥德修斯(证伪);奥德修斯归来,报告一切都无济于事(未证伪)。阿伽门农出乎所有人意料的求和意愿(未证伪),阿基琉斯出乎所有人意料的顽固不化(未证伪)。

奥德修斯的话中有三个主题:阿开奥斯人的危难(证伪);礼物(未证伪);最后是"荣誉"和"名声"($κῦδος$):"现在你能杀死赫克托尔"(304,证伪)。阿基琉斯的回答也有三个主题:阿伽门农忘恩负义(至345,未证伪);阿开奥斯人的危难(证伪),因阿基琉斯返航而更加严峻(未证伪);拒绝礼物(未证伪),最后是拒绝"名声"($κλέος\ ἄφθιτον$,413,未证伪),长老会还是另想办法(未证伪)。唯一一段与前后的发言都没有关系的是福尼克斯的话。它独立存在,因为它是整卷核心。可它也并非没有回应:阿基琉斯认为应该早上再决定是否返航(未证伪);当夜福尼克斯应在阿基琉斯的帐中留宿(证伪)。福尼克斯的话只缺少不可缺的一点:军人的义务。在埃阿斯的结束语中,阿基琉斯的回答被扼要复述,并在英雄-伦理的视角下受到谴责:无情,对英雄集体的背叛;埃阿斯补充了奥德修斯(未证伪,哪怕谈到了热切等待消息的阿开奥斯人,628)。

关联还远未穷尽。阿基琉斯不仅始终拒绝、不仅油盐不进,他还在控诉。他反复说到欺骗($ἀπάτη$),他不会再被"劝动"(überreden),他把整个行动称为"劝诱"($πεῖρα$),并公开提到使他愤怒的事件:

> 他已经从我手里夺取礼物($γέρας$)欺骗我,
> [230]别想劝诱了解他的人,他劝不动我。(344及以下)

宣布返航后，他再次回到同样的谴责上——小范围的"环形结构"。接下来的七行诗中，关键词"欺骗"(ἀπατᾶν)反复出现三次：

> 使别人同样愤慨，要是他希望欺骗
> 别的达那奥斯人，他总是这样无耻……
> 他已经欺骗我，冒犯我。
> 他不能再用言语欺骗我……
> 即使赠送的礼物像沙粒尘埃那样多，
> 阿伽门农也不能劝诱我的心灵，
> 在他赔偿那令我痛心的侮辱之前。(370及以下)

他对欺诈的相同指责从308行就已经开始。因为312及以下：

> 有人把事情藏心里，嘴里说另一件事情，
> 在我看来像冥王的大门那样可恨。

不仅是坦率，不仅是为他将直言不讳道歉，① 而是对比；所以才有被强调的ἐγών[我]，以及与关键词"劝动"的衔接(314及以下)。在370行，阿基琉斯的"讲出来"(ἀμφαδόν)也与阿伽门农的"欺骗"形成对比。奥德修斯和他的幕后操纵者阿伽门农目的在于"劝动"，可他，阿基琉斯，早已对"劝说"本身深恶痛绝。虽未明言，可他已听出奥德修斯话中的意图。(直到587行"劝说"才在福尼克斯的话中得到正面评价。)

可哪里有"欺骗"？难道是阿基琉斯害怕，阿伽门农不会履行已声明的义务？怕布里塞伊斯事件重蹈覆辙？对此没有丝毫暗

---

① 里夫就这样认为："这条线当然不针对奥德修斯，而是阿基琉斯为自己的直言不讳开脱。"米尔同样："他为自己争取无所顾忌的坦率。"

示。他也没有对担保者埃阿斯和奥德修斯提出过任何这方面的怀疑。最后埃阿斯还以所有人的名义重申了那些许诺(638)。这两人的重要性无需福尼克斯强调(520)。如果阿基琉斯果真对此抱有怀疑,而只是没有说出——虽然他直言不讳,那他就根本不会郑重其事地权衡阿伽门农提出的补偿和他未来在家乡安逸生活的富足,不会像393及以下那样沉浸在这种对比之中。不。无疑,他只需要把手伸向所有这些珍贵的馈赠品[231]——在一个条件下,一个他无法接受的条件。

那欺骗到底指什么?显然,在阿基琉斯看来,不是某项提议,不是某种内容,出使本身就是"欺骗"。当然,抢走布里塞伊斯就已经是"欺骗"。但此后的出使求和才是真正的欺骗。他因此触动到整个计划中始终令人怀疑的地方,提供的条件愈是优越,就愈发可疑:倘若阿伽门农没有身处绝境,他就不会想到归还掠夺品、不会报答他最优秀的英雄?这一点阿基琉斯是对的,整场出使背后,他只看到唯一一个动机——阿开奥斯人的绝境!

由此触发的,是每一次迫于外在危机而收买人心的尴尬。而我们却一再经历到,收买者本人对此一无所知或是认识不足。阿基琉斯眼中的"欺骗",是某种连奥德修斯也不明白、埃阿斯更是根本不懂的东西:也就是说,倘若他们没有大难临头,就根本不会理睬他。"欺骗"在于情境。现在他们"引诱"(πειϱᾶν)我、试图"劝动"(πείϑειν)我。劝说本身无可厚非,可他们企图让他做的,无非只是利用他达成自己的目的,他们并没有发自真心,这是他无法接受的。"欺骗"和"劝说"与阿开奥斯人的危难息息相关。阿基琉斯长篇大论的回答中唯有一处谈到阿开奥斯人的危难——这一处却被证了伪!更何况,此处谈及危难也恰好符合预期的关联:在谴责"欺骗"、"诱惑"和"劝说"的上下文中:

　　　　他已经从我手里夺取礼物欺骗我,

> 他别想劝诱了解他的人,他劝不动我。
> 奥德修斯啊,让他同你(而不是我)和别的国王们
> 共同想办法……(344及以下)

接下来是卷8阿开奥斯人的危难在阿基琉斯眼中的讽刺映像。如果证伪,整段长篇大论的回答就被抽去立足点,全卷结构就会失去中心。

无疑,某种东西被由此暗示出来,虽然它是整场出使的核心,可只要阿开奥斯人方面对此一无所知,它就始终隐而不显。——抑或,是我们在此把某些自己的东西强加给了诗人?[232]但的确存在一些迹象,把我们所推断的阿基琉斯的拒绝引回至涅斯托尔的建议:

> 让我们想一想怎样挽救,
> 用可喜的礼物和温和的话语把他劝说。(112及以下)

最终也是这位涅斯托尔派出使者,敦促他们,特别是奥德修斯:试图说服佩琉斯的光荣的儿子(181)。这行诗的回声再次在阿基琉斯的回答中响起:他别想劝诱了解他的人,他劝不动我(345)。如果这行诗未曾被改,就一定是涅斯托尔的话被改过。此处操笔的是怎样一位改写大师?他竟成功地让两处协调起来!

这是唯一说明涅斯托尔的建议和阿基琉斯的拒绝之间有明显联系的例证吗?引人注意的是涅斯托尔提出建议时的笃定:因此我要说出我认为是最好的意见(104)。当然,比起之前所说:

> 老人涅斯托尔开始为他们编织计划($ὑφαίνειν\ μῆτιν$),
> 他所提供的劝告($βουλή$)从来最好不过。(93)

这(104)首先是进一步增强悬念,引出万全之策。可不论要烘托何事,都在同时强调将会屈辱落空的希望。只是,阿基琉斯并不像刚刚才听到风声,他回答结束时说:

> 你们回去把这个信息告诉尊贵的
> 阿开奥斯首领,长老们享有这种权利,
> 让他们构想出别的更好的策略($μῆτιν\ ἀμεβνω$),
> 挽救他们的船只……
> 他们现在构想出的策略……,
> 对他们没有效用。(421)

还是这个问题:诗人 B 多么鬼斧神工地改写了诗人 A!他拿到的本文并未明说长老会议以及他们认为最好的"策略",这只是阿基琉斯的讽刺话里的偶然暗示:"让他们构想出别的更好的策略!"——而他,这位大师级的人物,竟能利用起这些暗示,从中杜撰出长老会、杜撰出涅斯托尔的期待和自欺!

[233] * 9.182 及 197 的"两使节"与三人使团不一致,很久以来(自贝尔格起),这就是区分两位诗人手笔颠扑不破的标准,如今此标准再次被奉为金圭玉臬。另有人把整场出使视作插入或扩展段落,如此一来就相当于有了第三位诗人。第一位诗人创作出埃阿斯和奥德修斯两人的出使,第二位诗人加入福尼克斯(榜样-诗人),第三位则把两位前辈的作品嵌合在《伊利亚特》整体当中。

* 有人认为,涅斯托尔提名出使人员的方式证明了这种观点。因为,《伊利亚特》的诗人在引入新人物之时,从来不会忘记向听众介绍他。(见上文,[编码]页 21 及以下。)此处却出现了例外,使团中的福尼克斯(9.168)。挑选出访阿基琉斯的使者时,涅斯托尔选择埃阿斯和奥德修斯的建议再合理不过,此处他们发声的分量与以后争夺阿基琉斯尸体时排序一致,两次事件的优先权彼此佐证。

因此，先于二人提名的第一个人对于我们就成了更大的谜团——无人知晓的福尼克斯。只说了他的本名，没有父名，没有特征，我们甚至无从得知他是一位老人。他来自何处？属于哪里？他怎么会地位高于埃阿斯和奥德修斯？涅斯托尔的提名不是按照 a＞b＞c 排序，而是：a（福尼克斯）＞b 和 c，埃阿斯和奥德修斯作为两个下属人员出现，众所周知者位列无人相识者之后。

［原注］为"解决"这个问题，古代的阐释者们就已建议说，最先提名福尼克斯不应理解为地位高，而只是使团的顺序：福尼克斯应走在前面。米尔（页168）对此没有异议。可在这样的情境中，谁会关心礼仪和顺序？哪里有此类事情？与后续的事件发展又有什么关系？仅被涅斯托尔推举为随从角色的人，后来竟成了主角，这不奇怪吗？是智者犯了错？他没有意识到，被提名的人可远不只是一位传令官。

寒暄后、谈判开始时，这种神秘的优先地位被再次暗示出来：埃阿斯向福尼克斯点头，神样的奥德修斯会意（223）。

［原注］现代修订删去了此处福尼克斯的名字（Theiler, *Festschrift für Tiéche*, S. 156.4。米尔页169赞同），不是：

> 在他们满足了饮酒吃肉的欲望之后，
> 埃阿斯向福尼克斯点头，神样的奥德修斯会意，
> 他斟满一杯葡萄酒，举杯向阿基琉斯致意——

第二行诗应为：

> 埃阿斯挑了挑眉，神样的奥德修斯会意。

原文中对另一个人发出的无声信号被奥德修斯会意，重构文本中这个信号却是对奥德修斯发出的，而且，奥德修斯在开始之前还得先去会意信号！为什么奥德修斯自己不能意识到时机？他为什么不能只是等着另一位，而还

要去会意给他使的眼色？他的会意有什么意义？如果只有两个人：还用怀疑二者之间谁先开始吗？还是说奥德修斯羞于开口？这在他身上是多么新的特性！如果不是暗示让福尼克斯加入，所有这些回合都多余、空洞。原文竟应承认这种没意义的东西，千百年来就等着一位修订者指出前前后后！

阿基琉斯丝毫没有流露出[234]这位神秘客人让他惊异。他对使者说话，就好像只有他们两个人（197）。直到阿基琉斯可怕的拒绝后，直到所有手段似乎都已用尽后，福尼克斯才"在漫长的沉默后"发言——这时我们也才终于了解到这位"年高的策马人"。他从自我介绍开始，此前封藏他的谜越大，自述就越详尽、越动人。可这番身世并没有单列成章，它与劝诫合而为一。第一次提及此秘密就已然关系到将会保留到结尾的答案。该段文字也许参照了格劳科斯与狄奥墨得斯相遇时的布局。格劳科斯首先也作为无人相识者登场（6.119），以便此后能在神话的光辉中更具体地揭晓他超越凡人的族谱；狄奥墨得斯起初越是看错他：

> 这位勇士，你是凡人当中的什么人？
> 我从未在人们赢得荣誉的战争中见过你……（6.123及以下）

此后发现他是自己的宾客时就越发惊讶。可求和使团里的这位默默无闻者与他自己揭开的身世之间形成了多么强烈的反差！最后表明，涅斯托尔首先任命他的想法多么正确！即使阿基琉斯没有放弃他的决定，他却受到了多深的触动！极力克制的柔软如何打破了他的强硬！对奥德修斯的答复结束于讽刺。福尼克斯发言后，讽刺让位给悲凉的预感，阿基琉斯不得不抗拒自我。

难道我们应该认为：首先有位诗人让阿基琉斯以讽刺结束回答，此后第二位出现，超越他，把讽刺转入悲凉？对于第一位诗人，所有聪明概括起来也无非就是奥德修斯述诸理智而谈的大量好处,第二位诗人却拥有述诸内心而言说的天赋,特别是非福尼克斯莫属的、推心置腹的告诫? [235]第一位诗人让埃阿斯和奥德修斯代表阿开奥斯人(第250行的"祸害"也是达那奥斯人的毁灭),第二位诗人让福尼克斯代表反对阿基琉斯的阿基琉斯,这样,当阿基琉斯谴责对立的养育者时,就更加昏盲? 对于第一位诗人,只说一段话就做尽人力所及的一切,第二位诗人用第二段话才触及、推进到事情的核心,才造成最终的无望失败? 埃阿斯关于补偿和战友情谊的简短发言无非只是结语,失败随之成为定局。

不论如何选择,显而易见的是,福尼克斯的特殊入场不能与首卷中的帕特罗克洛斯相提并论。

与福尼克斯个人之谜紧密相关的是双人组:好像仅有两位使者。只需一句说明特征的话,就再找不出什么有分量的理由指摘双人组,比如:"首先任命我阿基琉斯的抚育者,年迈的福尼克斯,是佩琉斯把阿基琉斯交给了他。然后是阿开奥斯人的国王埃阿斯和奥德修斯。福尼克斯会带领他们。"可是,如果第一次提到名字就按常规附带出人物特征,那么自我介绍就被抢了先,自述就将失去其完整、意外和口吻的转变:

> 如果你心里存有回家的念头,一点不愿意使那些快船
> 免遭毁灭,只因为你的胸中有怒气,
> 亲爱的孩子,没有你,我怎能独自留下?
> 你的父亲佩琉斯……
> 把我和你一起送走……,
> 我把你养育成这样子,
> 我从心底里真正喜欢你;……
> 把你当儿子……(433及以下)

涅斯托尔会毁掉这个谜,会泄露他的意图:在只知道战争、失败和阿开奥斯人命运的王者之中,让爱开口说话!或者不是涅斯托尔,而是诗人将泄露他自己。只有爱能劝诫;只有爱才会担忧——不是阿开奥斯人,而是被爱者。自述变成倾诉和动员。抚育者若不随后举出抚育的证据、故事和神话的例子,他又怎能作为抚育者而可信?

　　* 对于淘汰福尼克斯,几乎只有维拉莫维茨提出过异议(页65:"剔除福尼克斯的尝试,敲碎了这一流的年轻诗篇王冠上的宝石")。他为福尼克斯发言所做的辩护不乏影响力,[236]因此"只能认为,在原始的《求和》中,福尼克斯本就在阿基琉斯身边"。 *
与其他学者共同认定这个答案的米尔相信,现存的《求和》中包含有真正出自荷马的古老本文,可能起自 116 或 119 行。(米尔,页 167 及以下)据此观点,古老的《求和》是为自主表演而作的独立诗篇。(米尔,页 159)诗人 B 把它与《伊利亚特》的情节拼接起来,同时扩写了它,并引入涅斯托尔、福尼克斯(只要他支持阿开奥斯人)、狄奥墨得斯的角色。它可能始于第 16 卷的情境。它如何结束,细节上说不清,总之没有成功就是了。

　　涅斯托尔不在,就只有两种可能性:或者是阿伽门农自己想到派奥德修斯和埃阿斯出使。他一定为此召开过军队集会或长老会,不论如何都要在会上独白式地出尔反尔。诗人 B 拆开这段独白,把它分配给几个人……若非如此,不能出自涅斯托尔的计划就得由奥德修斯之类的人想出来(米尔,页 167):也就是说,奥德修斯必定是天生的调解者。我们得到了一位新的、陌生的、被涅斯托尔排挤掉的奥德修斯。不论怎么选,重构都成了现代的改写。

　　如果不让福尼克斯同奥德修斯和埃阿斯一起去找阿基琉斯,而是虚构出后两个人在阿基琉斯的帐篷中遇到了他,也同样需要改写。首先,福尼克斯话中所有以阿开奥斯人的名义或为阿伽门农担保的地方都要删去，他不能作为曾参与过会议的人出现。第二，提到他的名字时不能连带有任何期待。第三，在阿基琉斯的可怕拒绝后，典型情境下的典型诗句就不再合适：

他们全体默不作声，……
年高的策马人福尼克斯在他们当中发言。（430及以下）

因为福尼克斯本不应在对话当中；出人意料地，他突然从背景中出现，插入僵住的对话和三位对话者之间。

第四，一位对阿伽门农没有义务的自行擅入者，不再会为某个任务发言。现在给他任务的是佩琉斯：当他把你，阿基琉斯，送到阿伽门农主上那里时，［237］也把我和你一起送走（也就是说，去阿伽门农那里），派我教你一切。因此我不愿没有你而留下（444）。也就是说，福尼克斯不愿意留在阿伽门农身边而阿基琉斯离开。因此，他曾在阿伽门农身边。他没有说：你返航，我就离开你，投奔阿伽门农。阿基琉斯的回答则是：留在我这里（617）。事实上，福尼克斯已经做到，把已经决定、宣布的返航推至次日早上再做决断。因此他（从现在开始）留在了阿基琉斯身边。如果福尼克斯不处于阿基琉斯和阿伽门农之间，那么不论是他的话语、行为，还是阿基琉斯的回答（613）都无法解释。

第五，只有《使者》的主题对他保留——奥德修斯和埃阿斯都听不到它，虽然他自己根本不属于求和者，却主动成为他们未授权的维护者（哪里还有这种事情？）。

第六，阿基琉斯回复中将导致福尼克斯与其他两位使者分离的一切都要删去，亦即始自607行的整段答复。阿基琉斯让人铺床的命令，表达的既不是爱，也不是担心（die Sorge）或警觉，而只是最微不足道的琐事，也就是，根本没有意义。最后，阿伽门农或阿开奥斯人对此永远都不会有所耳闻，他们不会知道一位叫福尼克斯的老人曾如此正直地为他们的事说了话。否则就必须在690以下如此改写,奥德修斯向阿伽门农汇报说:"突然,正当我们无计可施时,站出来一个叫福尼克斯的人"——或者,如果不想这么说,就是:"那个我们所有人都熟悉的福尼克斯——他说了很多精彩的话,却仍然无济于事。"

不论选择以上提出的哪一种方案,此处被认为是理所应当的创作过程都不像有人认为的那么简单。现有的《伊利亚特》文本称作 B。之前设定了一版 A。二者的关系是:改写;远非单纯的增增减减。为了从 B 到 A,就要逆推出古时吟游诗人把设定的 A 改写成 B 的创作过程,也就是说,反转古时候的改写过程,以现代的、语文学的方式把 B 改写回 A。于是从中出现了第三版 C。之所以第三版是因为,它通过语文学阐释而来,可语文学阐释大概不会是改写的方法。现在宣称:C 版与 A 版相同。而鉴定正确的唯一证据[238]只是显而易见。显见性或是在诗的力量(in der dichterischen Kraft)之中,或是在(上下文的)统一之中。鉴定时会穿插用到两者。相比于 B,与 C 同一的 A 一定表达力更强、更合理,或矛盾更少。

意义或力量取决于对诗的了解;统一性则有一个被视作客观的标准:C 的正确性。C 的正确性是一种语文学的正确,断言称,首先,A 的诗人也以此为标准,其次,诗人 B 违反了它。此处所使用的方法论观念就是文献修订(die philologische Konjektur)基础的那一套。只不过在修订学中是误漏(die Verderbnis)而非改写,是计划性的修复而非创作过程的逆推,A 和 C 的同一性是依据语法、文字学和语境的规则或类比推论而出的。荷马考据则不同,这里没有方法性的计划,而是臆测:用臆测的目标,臆测吟游诗人们彼此之间的可能关系,据我们的史诗创作观念臆测他们的可能行为。即便如此,倘若这能带来确凿无疑的好处,也可以认同结果。

在我们的情况中:福尼克斯不以使者同伴的身份,而是出其不意、令人吃惊地作为阿基琉斯的亲密导师发言，他的话才能显露出全部力量；阿基琉斯并不区分使者和福尼克斯，他的行为不在无情和担心之间分裂，才能呈现出完整的阿基琉斯；使者们未曾和福尼克斯一同来找阿基琉斯，他们返回时也没有福尼克斯才合理。若有谁自信地认为这些都显而易见，就可以尝试重构作为独立诗篇的求和。

可还是要考虑，在无情和担心之间分裂的阿基琉斯是一种尴尬处境的结果：尴尬在于，福尼克斯原本是阿基琉斯离不开的伴随者，通过与涅斯托尔的联系，他才转入阿开奥斯人军营——而涅斯托尔不应该属于原始版本。新诗的一切都出自涅斯托尔，福尼克斯也因此被他引入。涅斯托尔推举他出使，那么阿开奥斯人也就一定在等他回来，奥德修斯必须解释他为什么去而不返。要解释他留宿，就必须虚构出，阿基琉斯需要他留下来过夜，直至次日[239]早上作出决定。因此初版中没有阿基琉斯对福尼克斯的担心，这是改写后的结果。如果福尼克斯一直在他身旁，如果福尼克斯不论与阿开奥斯人一同留下还是随阿基琉斯返乡都不会陷入矛盾，阿基琉斯为什么要担心他？他在阿基琉斯和阿伽门农之间特殊的中间位置让这种矛盾一目了然。第613行阿基琉斯谴责他的也正是这种两难身份。最初阿基琉斯没有在担心和无情之间分裂，福尼克斯也没有身不由己地同时被双方信任。正是诗人B才虚构出矛盾的情境，初版中一切都平顺简单。

可是，分裂于无情和担心之间的阿基琉斯也是末卷的阿基琉斯。末卷中，阿基琉斯也在担心一位老人，他是阿开奥斯人军营中的特洛亚国王，所以忧虑更重一层，末卷的担忧也用了相同的诗句。如果有人认为：这说明末卷也是同一位诗人B的作品，就更好了。可末卷如此完整，如其所是地完整。不论把它算作早期还是晚期诗人：尚未有考据者动手从中剥离出一个原本。在无情和担心之间分裂的阿基琉斯就是为他本人而作，并不是改写的动机。

如果我们在《使者》中没有看到那个因他本人如此、因他的伟大、因他的灾难而出现的矛盾的、分裂的阿基琉斯,会如何?如果情境不是为表现他而创造?如果他只是从旧诗中产生出新诗的手段?如果福尼克斯和阿基琉斯,老人和年轻人,在相似的、预示着未来的情境中并不像阿基琉斯和普里阿摩斯那样同心同德?可是福尼克斯和阿基琉斯二人之间的关系也是《使者》的核心和真正源起。本卷与末卷一样,为表现年轻人,需要他与老人形成反差。他们属于一体;合起来才是有生命的整体。

* 若想摘除阿基琉斯对福尼克斯的担心,就要动两刀:首先,要切掉阿基琉斯对福尼克斯回答中的 617-622 行,[240]然后要从奥德修斯向阿伽门农的报告中切掉 688-692 行。692 行(同 429)早已被泽诺多托斯证伪。阿里斯托芬和阿里斯塔库斯补充说,688 至 691 亦为伪诗;维拉莫维茨则将其扩增至 684 至 692 行,施瓦尔茨(Schwartz)和米尔也同意。

[原注]维拉莫维茨,页 65 注,688-691 与 617-619 相应,两处福尼克斯都与保证传递答复的其他使者分开。亚历山大里亚学者证伪的理由是诗行的"后荷马"(nachhomerisch)和"散文"(prosaisch)特性,也就是与前文相反。如果这也被证伪,那就不能再援引亚历山大里亚学者的艺术判断。——证伪第 684 行,已不再因为 682 的 αὐτός[他本人]与 684 的 τοῖς ἄλλοισιν[其他人]对立,或 ἠπείλησεν[他威胁]有悖于 ἔφη παραμυθήσασθαι[他说会劝告](684 同 417)。

维拉莫维茨补充的理由是:"如果奥德修斯并非不得已,就直接原封不动地复述了阿基琉斯的原话,他就是在否认他的聪明。况且这根本不属于他回复的内容,还会对阿开奥斯人的情绪产生最恶劣的影响。"可奥德修斯不是对全军、而是在长老会上报告,他们大概有权知道全部真相。荷马怎会让应被传递的消息不被转达?何况是这样一种!还是说,没有结束语,才能充分表现出可怕?但那样印象也就相应减弱了很多。

棘手的是,维拉莫维茨没有把 680 及以下一起证伪。因为,阿基琉斯的话里与这两行相关的 347 行被维拉莫维茨证伪,好让臆想的 345 与 357 平滑相接（见上文页224）。如果680及以下也被证伪，那奥德修斯的报告就什么都不剩了（680 αὐτόν [他]意味着："没有阿基琉斯"，与678行的κεῖνος [那个人]相对）。

米尔（页180）接受了维拉莫维茨对684-692的证伪，批注说："荷马诗中，只有684行出现了带ἄν[条件小品词]的潜在不定式（beim potentialen Infinitiv）。"从这个语法纰漏也能看出后人伪造。[译按：一般ἄν＋祈愿语气表示委婉的请求，如417: ἄν...ἐγώ...。684行，祈愿语气已被改成不定式，前面的ἄν却仍被保留下来，因此出现了"潜在不定式"这种不存在的语法纰漏，下文称之为"笨拙的一半转化"。]417是：

καὶ δ'ἄν τοῖς ἄλλοισιν ἐγὼ παραμυθησαίμην
[我还会劝其他人……]

684变为：

καὶ δ'ἄν τοῖς ἄλλοισιν ἔφη παραμυθήσασθαι.
[他还说会劝其他人……]

不符合语言的精神么？有违规则么？684及以下重复417及以下的直接引语只做了笨拙的一半转化。但418也出现了从不定式到第二人称复数的转变，够清楚的。第二人称是为那些要被转告消息的人。

米尔认为，奥德修斯报告阿基琉斯的话，劝阿开奥斯人离开（684＝417），和劝他们找到更好的方法救船（681＝424）矛盾。在阿基琉斯的话中，第一点只是"暂时随口一说"。诗人B犯了错，才把这"随口一说"理解成答复，并传达了它。但这"随口一说"却是他与阿伽门农交恶的结论。（316行也是"随口一说"？）414的οἴκαδ'ἵκωμι[不定过去时虚拟式，要是我回家]在418接收为οἴκαδ'ἀποπλείειν [现在时不定式，起航回家]。怎能相信，只是"随口一说"的东西，竟会如此正确地指明阿开奥斯人切实所处的绝境？而劝和的所有想法都因这种处境而起？——回去，正是阿基琉斯建议阿伽门农和阿开奥斯人们应"自己"想的"好办法"：他自己要走了，劝其他人也一样……

可即便如此,阿基琉斯对福尼克斯的要求(617 及以下)也摆脱不了干系：ἅμ' ἠοῖ φαινομένηφιν[他还威胁你说](682)并不像其他诗句,它不是在重复阿基琉斯对奥德修斯的回答,而是复述阿基琉斯对福尼克斯回答(617)。——如果删掉这行阿基琉斯回答福尼克斯的诗,就会在他的警告"你不要讨阿特柔斯的儿子喜欢"(613)和埃阿斯的结语之间出现一个留待语文学家添补的缺口。阿基琉斯要求使者们传达他的回复,此外难以想象其他填空的可能。(删去后)唯一区别会是,这种要求将不再是间接对福尼克斯、而是直接对使者们提出的。[241]那么埃阿斯打断他的话就驴唇不对马嘴:

> 拉埃尔特斯的儿子、宙斯的后裔、智谋的奥德修斯,
> 我们走吧,我认为我们这次前来,
> 没有达到使命的目标,我们应该
> 赶快向达那奥斯人传达信息,虽不是喜讯(以防浪费更多时间)。(624 及以下)

如果阿基琉斯之前的要求是:"你们回去报告……!"埃阿斯怎会说这些。此话的前提与这种直接要求相反,它的前提是,阿基琉斯把使者们晾在了一边。阿基琉斯不睬他们,现在他只关心福尼克斯:让人为他铺床,清晨将和他商量以后的事。埃阿斯的话以某种羞辱为前提,对于阿基琉斯,使者们仿佛已不在这个世界上,当着他们的面说 οὔτοι δ' ἀγγελέουσιν[这些客人会去传达我的信息],那种口吻就好像意味着"有他们就够了……"。如果连埃阿斯的话也要删去,那也就同时删去了所有埃阿斯和奥德修斯英雄性情的对比;《使者》也就不值得存在了。手术的成效是,从一段在情境中得到生命力的戏中切除情境,再缝合上没有任何情境、也无法与存留的边缘长合的东西。谁会认为这样的手术成功？

倘若关注福尼克斯对阿基琉斯情绪造成的影响和转变，就会发现，后者在"别扰乱我的心！"(612)这激动的呼喊中表达过心绪，不止如此，他［对使者］的置若罔闻也同样透露了内心。主导他的意图当然不是羞辱使者，[242]可若如此，他的行为反倒更让人感到羞辱。这是荷马所有作品中凡人请求凡人最重大的成功！且不止于荷马。涅斯托尔期待这次劝谏生效，把阿开奥斯人彻底拯救出困境！被请求者内心最深处翻江倒海，但在他激烈的情感和阿开奥斯人的困境之间好像突然出现了一堵后者无法穿透的墙。本应由阿开奥斯人引起的忧心，——从公事滑落到他亲爱的福尼克斯身上！

现在纵观全过程，从前奏到两次升起的希望以及随后两次希望的破灭，第二次挫败更甚，因为这一回没有像第一次那样爆发出滔滔不绝的反驳，反倒是滑脱，是使者突然站到局外，束手旁观，无望因此一目了然。有人竟敢从整体中拆去涅斯托尔这个人物、甚或夺走阿基琉斯对福尼克斯的关心！就好像对他床榻的关心无非只是多余的琐事，可以安排，也可以或最好是省去！就好像铺床不是在代替回答！好像它不比回答表现得更多！就好像《伊利亚特》中看似常规的东西竟不是空前之事！末卷，比如说，亦是如此。

对于这一切，分析（die Analyse）无动于衷。它要求的牺牲比它所知的更为残酷。它命令。它是一种策略。在它命令下发生的一切罪大恶极都再也无法触动它。＊

第 10 卷

多 隆 篇

[243]《多隆篇》分为两场,一是铺垫,二是主戏。主戏是狄奥墨得斯和奥德修斯被派出夜巡特洛亚军营;第一场的目的是国王们集会,他们讨论产生出这个想法。涅斯托尔的想法同时也是诗人加入到《伊利亚特》剧情中的、他自己的新想法。《涅斯托尔篇》(*Nestoris*,卷 11)那场深夜里战战兢兢、本身就是冒险的碰头与此相反,彼时涅斯托尔的想法由既定剧情决定,铺垫是多余的。[本卷]涅斯托尔的想法被留到最后。它要在第一场结尾突出成意料之外的点睛之笔。《伊利亚特》和《奥德赛》中均再无类似布局。

初看起来,似乎只是要写气氛、谈话、英雄会面。英雄会面似乎是一类行吟诗——也就是著名的英雄们在不同环境中变化多样的碰头、对话,它在《奥德赛》里也有反映。"阿伽门农阅兵"(4.233及以下)不是也由会面构成?可当时,一次次会面被串在一条线上,如同目录一般,没有交错,区别只在于表扬或批评,目标直指最后一位决定性的人物,那位被错认的、最年轻的狄奥墨得斯,他将在后文成为最伟大的英雄。阿伽门农鼓舞着士气,匆匆走过一个又一个英雄,赏识某些人,却误解、错认了另一些;所有会面都是同一主题的变化。

此处恰好相反,《多隆篇》的会面如此复杂,它避开了任何线性排列!此处阿伽门农也可以依序赶去,叫醒一个又一个国王。可取而代之的是彼此穿插的两线行动,一线由阿伽门农发起,另一线是墨涅拉奥斯。两位传唤者变成三位,三位又变成四位。最后一个被叫醒的,是将去冒险的英雄狄奥墨得斯——他如何被叫醒亦有描述。与其他人不同,[244]他的营帐枕戈待旦:

> 伴侣们围绕着他,
> 靠着盾牌睡眠。(152)

这位最年轻的人也睡得最沉。为把他从酣眠中摇醒,涅斯托尔呵斥着用脚碰了碰他,睡意惺忪的年轻人跳起来,骂咧咧地回应说:

> 老人家,你真认真,一向这样勤谨,
> 难道阿开奥斯儿子们中没有年轻些的人
> 可以去各处把尊敬的国王们一个个唤醒?

这里也有人犯了错,不是阿伽门农,是涅斯托尔。他也不是在讽刺。当涅斯托尔看到国王在众人之先如此忧心忡忡,不仅流露出对墨涅拉奥斯的不满:他太不成器,对此漠不关心。国王体贴谦和地为兄弟的名誉辩护(比较 17.588):

> 他经常怠慢粗疏($\mu\epsilon\vartheta\iota\epsilon\tilde{\iota}$),不愿意勤劳努力,
> 但不是由于呆滞,或是头脑蠢笨,
> 而是一切仰望我行动,等我发命令。
> 但今晚他比我更用心……

阿伽门农对兄弟的体恤同样体现在他对狄奥墨得斯所说的话里：挑选战友时狄奥墨得斯不要碍于情面、顾忌出身。卷7赫克托尔和埃阿斯决斗之初（107），阿伽门农对较弱的兄弟的关心也如出一辙。只不过当时更加体贴，因为关心被隐藏起来，没有说出墨涅拉奥斯的缺点：想到却不说出，既不为欺骗或策略，也不是出于讽刺，此类情况很少，这就是其中之一。就像要在新的光线中尽可能细腻地解读已定型的英雄形象。我们寻找着微妙差异的魅力。

《多隆篇》是基于《使者》的情境构思的。国王们回到各自的营帐里休息（9.712），船只和克珊托斯河之间的特洛亚营火（8.560），无眠的阿伽门农心中忧惧，他看到营火"靠近船"（9.76）熊熊燃烧，近到能听见传来的声响和乐音（10.13），特洛亚人"只相隔很小的地段"（10.161）；遵照涅斯托尔的盼咐墙外壕沟边安排了守望人（9.66及以下）；[245]《求和》所有的人群和空间布局都是《多隆篇》的基础。因此，有人毫不迟疑地把两卷诗归功于同一人，即便他不是创作者（比如米尔），也是把它们一同收入《伊利亚特》的改写者（比如维拉莫维茨，页38）。但应首先判断：共同情境也是有意作为两卷诗的基础而虚构出来的吗？在最初设想中就已经拟定、准备好，要在《求和》的基础上创作《多隆篇》，还是说后者是根据已有本文另外写出的？

[原注] 有人认为，即使不是整批守望人，七位首领的名单被引入第9卷（81及以下）也一定是因为，把他们写进来的人打算在接下来第10卷的《多隆篇》用他们。因此，哪怕《求和》与《多隆篇》不是同一位诗人所杜撰，它们也一定在更古老的来源中连在一起。因此，不同于另一个方向上所推断的[结果]，《多隆篇》不会是《伊利亚特》整体中的例外（维拉莫维茨，页38）。数字七从何而来？首先是涅斯托尔的儿子特拉叙墨得斯，作为战友的儿子——除他的兄弟安提洛科斯之外唯一一个——他理当在首位；兄弟作为"首领"大概太年轻了。接下来是阿瑞斯的儿子阿斯卡拉福斯和伊尔墨诺斯，然后是墨里奥涅斯、阿法柔斯和得伊皮罗斯，后三者与阿斯卡拉福斯在13.478被合为一组提名。阿斯卡拉福斯在13.518阵亡，得伊皮罗斯在13.576，卡勒托尔

之子阿法柔斯在13.541。墨里奥涅斯和克瑞昂之子吕可墨得斯活了下来。伊阿尔墨诺斯和阿斯卡拉福斯在2.512作为弥尼埃奥斯人的首领被提到。所有人,而不只是阿瑞斯两个儿子,构成了精兵队。

  名录无需剧情要求,无需在事实上给出理由。他们是代表性的,带来直观;名字的魔力使这组人生动起来。他们无需铺垫,无需为后文的目的服务,他们不需要其他存在的理由,本身就有价值,值得欣赏。列举七位首领和各队人数,让人想起16.168及以下列举五位米尔弥冬人首领和他们手下的人数。接下来的战斗"没用上"他们,这似乎足以证伪(维拉莫维茨,页124及以下)。如果诗人感到有义务"用上他们",他会被怎样束手束脚!为了给阿基琉斯带去许诺的礼物,奥德修斯在身边集合起七位年轻的英雄(19.238及以下)。引入七个名字,只是为了让剧情更庄重,他们也"没用上"。在高得多的层次上,这也对涅柔斯女儿们的名录(18.39及以下)成立。

  另外,《多隆篇》的诗人并不知道如何处理守望者。只是以造作的方式,他才终于让他们对剧情有了点贡献,让特拉叙墨得斯和墨里奥涅斯与国王们一起去战场参会。但这也只是伴奏。

  事实表明,首先,虽然《多隆篇》谨守《使者》的情境,但也绝非毫无改动地照搬。依照赫克托尔的命令,军队在野外宿营,五万人围着千堆营火(8.562),孩子和老人则在城中据守城墙,这不外乎意味着能出动的军队都已经出动。《多隆篇》中,奥德修斯却从多隆口中得知(10.418),五万名围火守夜的人都是特洛亚人,从各处召来的盟军则在睡觉。为解释还补充说,盟军不像特洛亚人那样身负重担,因为他们不是为妻小而战。[246]这种区别必须要有,否则,如果盟军不睡,夜里的冒险就不可能成行。

  距离也变远了。如果特洛亚营火能阻止阿开奥斯人逃跑,就一定能让人看到阿开奥斯人在做什么。与此相符的是敌方就在听力范围内。可当阿开奥斯国王们到达壁垒和壕沟之间,虽然敌人仍还在不远处(221),国王们却可以神鬼不知地越过壕沟,找到没有死者尸体的空地(198)。现在夜色茫茫(276)。外出侦察的奥德修斯和狄奥墨得斯看不到雅典娜放出的苍鹭,只能听见它的啼叫。多隆也跑进黑暗。两人让他跑过去,到骡子耕地一犁的距离时,便从后面追上去直至相隔一枪之远,他们切断他的退路,紧追他到阿开奥斯人的前哨,后者却不能发现他。那就要问,阿开奥斯人和特洛亚人距离那么近,这一切又怎么可能。

情况相同的是,涅斯托尔首先听到抢来的马哒哒的蹄声——夜那么静——起先他并不知道是谁——夜那么黑(532及以下)。当然,介意这类矛盾很愚蠢。诗人处理地形甚或光照,都随他喜欢。但偏差并不会因此取消。《使者》的情境是为《使者》而虚构的,也就是说,是为渲染事态危急,从而让阿伽门农决定派使者去找阿基琉斯,它并不在意能让瑞索斯及他的手下被杀、多隆被追赶的地理状况本身。

* 国王会议为什么不在军营保护下召开?为什么一定要越过壕沟?表面动机是,因为阿伽门农想到,涅斯托尔可能要命令他在外面的儿子做事(56),儿子最听父亲的话(57及以下)。会是什么命令?阿伽门农本人提议巡视(97)不才更合适?虽然起初隐而不表,只在38行有所暗示,可真正的目的是,派出密探。涅斯托尔的命令会与此相关吗?阿伽门农的想法并不明朗。大概只是在提示,老人有一个儿子在守望的年轻首领中;[247]应准备好父子碰头。他们的会面令人十分满意,这就够了。特拉叙墨得斯和墨里奥涅斯可一同参会。特拉叙墨得斯是报名的志愿者之一,——他太愿意随狄奥墨得斯前去,奥德修斯比他优先,他也没办法……可之前的情境依然存在:壁垒和壕沟之间的守望者不是为侦察、而是为了守护。他们的位置在《多隆篇》成为集合地点,所有人都从不同路径去那里集合(127)。派密探无需守望者,如果他们不在外面放哨,阿伽门农不会想到他们。岗哨成为集会地点并不是阿伽门农的模糊想法,更深层的原因是,会议必须被推到这么远的地方,为了暗夜的布景,为了阴森可怕,为了死尸横陈的战场,为了冒险行动，为了焦灼的等待，为了深夜的出行和未卜的命运。出于以上原因使用了第9卷的情境，同时也做过改动，会议越过壁垒和壕沟被安排在野外举行，岗哨成为后方，父子碰头成为令人满意的附带事件。

* 愿意冒险的国王们赴险会面。情势危急，英雄们起身离营时均有所武装。阿伽门农武装时，墨涅拉奥斯带着铜盔和投枪来找他。但装备并非《伊利亚特》里平素所用，它们流于装扮。墨涅拉奥斯肩头裹着豹皮。当初帕里斯从特洛亚列队中走出、挑战阿开奥斯人时，也披上豹皮(3.17)，以之为战争饰品。自以为是的亚洲王子亮相时需要豹皮。在《多隆篇》中它是戏服：阿伽门农与墨涅拉奥斯的关系，就像他披在身上的狮皮和兄弟的豹皮。狄奥墨得斯也选了狮皮。相反，他的对手多隆则是狼皮(334)：狮子对狼。头盔也很醒目：狄奥墨得斯从特拉叙墨得斯手中借来牛皮制的便盔(Kataityx)；墨里奥涅斯交给奥德修斯的是迈锡尼时代的传家宝，一顶插有野猪獠牙的珍贵皮盔；多隆的便帽则由貂皮制成：有多少头盔，就有多少稀罕物。但它们被简化到寒酸。奥德修斯被叫醒时虽然抓起他的盾牌(149)，却既未戴头盔也没拿剑或弓，起初我们不太在意。我们相信缺的东西会补上，[248]直到最后才搞清楚，他真的忘了——忘记，是为了在野外向哨兵里的墨里奥涅斯借！狄奥墨得斯也如出一辙，戴上没用的狮皮，却忘记了必需的头盔、盾牌和剑。

不能辩解说，他们所选的衣着是为集会而非冒险；他们物资匮乏，所以才向哨兵特拉叙墨得斯和墨里奥涅斯借用缺少的配备。哨兵，这两位最有名的哨兵，没有一同外出侦查，可他们总归还是要完成一个任务。否则岗哨就只是碰头地点。但这个任务虚假造作；要低调进行。没有它，哨兵们对于冒险行动就会比现在更多余。

＊已有人注意到,《多隆篇》是《伊利亚特》中唯一不指涉前后篇章的一卷,是唯一可以删去而不留明显缺口的一卷。或许还能再进一步。《多隆篇》是唯一自绝于《伊利亚特》的一卷,毫不关心后者的主题、情节和目标。可它又无法自立门户,它不是为演出而单独定制的诗篇,它之前的故事和情境、英雄人物和时间点均取自《伊利亚特》,它被创作出来就是为了在这个位置插入《伊利亚特》。一眼看来它似乎只是众多插曲之一。但它又与众不同;它与《伊利亚特》一以贯之的"计划"无关:那是诗人的、也是宙斯的计划,不论凡人还是天神——他们的决斗、休战、约定、逃上船、轰轰烈烈的失败和轰轰烈烈的胜利,都是在开展计划,都是在试图绕开它、阻挠它、破坏它,有多少插曲,就有多少威胁和推动,就有多少对宙斯计划的暗示,《多隆篇》却与这一切毫无瓜葛。

作为插曲,就连看似独立的《铠甲》也意在指向赫克托尔之死。赫克托尔必须阵亡,因为他杀死了帕特罗克洛斯,帕特罗克洛斯必须阵亡,这样才能把阿基琉斯拉上战场。《铠甲》通过拖延(sich verzögern)服务于计划。[249]作为对计划的威胁,《使者》也着眼于目标,[求和失败]不是因为阿开奥斯人的溃败还不够惨,而是因为,如果阿基琉斯与阿伽门农和解,派帕特罗克洛斯披挂阿基琉斯的铠甲、代替阿基琉斯出战就将是多余且不可能的。在埃阿斯与赫克托尔的决斗中,埃阿斯胜出已成定局,计划险些落空,是降临的夜色(7.282)改变了结果。没有一次延宕(die Retardation)漫无目的;只有着眼于目标,才可能延宕。

另一些插曲是相反的类型,比如赫克托尔与安德罗马克,或卷11中涅斯托尔与帕特罗克洛斯的相遇,它们把目光重新引回失焦的目标。它们是统一性的支柱。

与整体关联较弱的只有第6卷和第20卷中被粉墨包装的家谱(格劳科斯与狄奥墨得斯、埃涅阿斯和阿基琉斯相遇的过程中),这两处主要是对王室家系的回顾。

唯有《多隆篇》格格不入，它自为自在，目不外张。

[原注]新词不少，却不能证明什么，反倒是"处在剃刀的锋口利刃上"(173)这种后世常用的惯用语更有说服力，它在荷马文中虽不乏使用的机会，却仅见于此。新的动词形式更能说明问题，比如 $\vartheta\eta\kappa\alpha\tau o$[放置(译按：10.31 处意为"戴上")]取代了常用的 $\xi\vartheta\varepsilon\tau o$[放置](531)。此个例似乎能得到 14.187 支持。但在 7.207 的同一行诗中，$\vartheta\eta\kappa\alpha\tau o$ 换成 $\xi\sigma\sigma\alpha\tau o$[穿上/戴上]。因此 14.187 的 $\vartheta\eta\kappa\alpha\tau o$ 可看作变体，$\xi\sigma\sigma\alpha\tau o$ 比它更早。《多隆篇》则不然，$\vartheta\eta\kappa\alpha\tau o$ 不能被换为 $\xi\sigma\sigma\alpha\tau o$。它是例外。

* 若要搜寻范本，按《奥德赛》4.242 及以下的叙事风格来看，与其考虑奥德修斯在特洛亚的冒险，莫不如参考《多隆篇》本身 285 行所提示的提丢斯的冒险：后继者狄奥墨得斯祈请雅典娜佑助，就像当年她佑助父亲，那时他出使忒拜，归途中遭遇埋伏，杀死了五十个年轻人（$\kappa o\tilde{v}\varrho o\iota$）。这大概也是后世之作；4.382 及以下更详细地讲过这个故事。

或许，也能用这同一个范本解释戏装：两位被逐者，披着狮子皮的波吕涅克斯和披着野猪皮的提丢斯①（绪吉努斯 69），夜晚（[250] 阿波罗多洛斯 III 6.1，欧里庇得斯《腓尼基妇女》415）在阿德拉斯托斯（Adrastos）的田庄前陷入争执；阿德拉斯托斯使两人和解，因为他看到神谕成真：他将把女儿们嫁给一头狮子和一头野猪。此处的兽皮不仅是戏服，更是灾难，七雄毁灭的故事序曲随之开始。

* 冒险深受欢迎。但这一次我们可能会有些别扭。与其他战役相比，它缺少英雄的怒火和仇恨、缺少激情的高贵。两位强者对可怜的多隆优势过于明显，某种英雄式的东西会被因此抹杀。作为正例和反例，两个希腊人对亚洲人逼迫太甚，不由得让人反感荷马式的民族意识或民族自负对诗意的压制，亦即那种悲剧的、人性

---

① 只有当狮子和野猪在盾牌上很常见之后，它们才会作为代表盾牌的符号被讲出来。

的、可叹的、素不拒绝弱者的东西。两名有勇有谋、紧密协作的阿开奥斯人，榜样性地展示出突袭者应如何行事，二人堪称完美组合。杀敌也并非毫无危险。但我们还是希望，雅典娜佑助她的宠儿另有所为，而不是屠戮沉睡者和可怜虫。

阿基琉斯在特洛亚人中肆虐施暴时，他发了狂。战无不胜的赫克托尔也是发狂者。阿基琉斯生擒十一名特洛亚青年，是要用他们的血悼念他的伴侣，一如献祭最伟大的国王。奥德修斯对睡梦中的色雷斯人大开杀戒，则是出于考虑他可以做的"最卑劣的事"是什么。"卑劣"（das Hündische）在《奥德赛》中当然也属于奥德修斯的本性，可它在彼处毕竟还是要忍受、要克服的东西。本卷中，它却成为值得称颂的智勇之举。战争的道德要求：不惜一切代价伤害。

连奖赏的反差也那么大！阿开奥斯方，每位将领都将赠送一头黑色母羊——合起来则是数目可观的羊群；特洛亚方却是先得抢到手的佩琉斯之子的马！希腊人谨守现实，那个亚洲人却是傻瓜和幻想家。最后还有色雷斯国王的马额外奖励希腊式的克制（griechisches Maßhalten）。这有异于《伊利亚特》通常奖励的美德。艰难重任常得到酬赏，但不是因为克己、神助、或实力悬殊。﹡

第 11 卷

败　　退[*]

[251]在卷11被认为分裂的两部分中出现了正戏和对戏。上半部分包括阿伽门农的壮举，夭折的胜利，随后是他的重要亲信们终究退败的英勇事迹，他们接替着国王的胜利和厄运。在首卷争吵和卷9冲突加深后，卷11上半部分停留在战斗的阿开奥斯方，下半部分则在不作为的阿基琉斯方。下半部分也发生在涅斯托尔的营帐中，同样不乏转移视线的往事，但开头、中间和结尾都指向不在场的阿基琉斯。剧情的推动力来自他，就像最初来自阿伽门农。这位愠怒的无所事事者，从他当作瞭望台的宽阔的战船艄头观看"艰苦的厮杀和悲惨的后退"，盼望着阿开奥斯人溃败——现在突然召唤伴侣出营。到了需要（χρέω，606）他的时候。他派他去询问，他猜到最后一位伤员的名字，却还想进一步确认，这件小事看似无关紧要，却透露出他多么密切地关注着一切，在多么焦急地等待。这两部分并不是后来才合并，维系它们的亦非撮合者的细线。彼处是溃退者，这里是伺机而动的人：它们不分先后，不是为把它们绑在一起而设计出探询的戏，它们唇齿相依。

作为阿开奥斯人的领导者，阿伽门农从未像本卷中这样无可指摘，他和追随他的英雄们不应得到他们的厄运。让人惊叹的是，大量比喻凸显出每个个体及军队的特性，这似乎可以佐证本卷前半部分的古远。恰如易变的星辰在夜空云层中时隐时现，赫克托尔在首批勇士中现身，最后却又消失。将领们犹如富人小麦或大麦田上的禾秆，纷纷倒在割禾人手下。[252]正午时分，阿开奥斯人击破特洛亚阵线，如释重负，就像伐木工为吃午饭而就坐。阿伽门农身边战斗的烟尘滚滚被比喻为吞噬丛林的烈火(155)，他本人如同袭击奔逃牛群的狮子(172)，赫克托尔在阿开奥斯人中间有如风暴肆虐(305)，砍杀特洛亚人的埃阿斯仿佛满溢的山涧(492)；被敌人包围的奥德修斯就像被猎狗和猎人围堵的野猪(414)，受伤后的他则被比作猎人射中的、落入褐狼群的长角鹿。相反，埃阿斯好似被农人和猎狗吓退、被矢石火把彻夜挡在农庄外的狮子，又像一头被驱赶的驴，任凭顽童们在它脊背上打折棍棒(548及以下)。每个人攻击或被攻击的特殊状态均对应有特殊的比喻。

无疑，此处是英雄式的。因此容易想到更古老的史诗类型。可是：英雄的东西堆垒得越多越没用，这是偶然吗？并非悲壮地终结于自我牺牲或生死大难，而是英雄的霉运？倘若并非偶然：那此处的英雄主义就仍还纯粹，显着直白、没有歪曲或隐微？

第二点要考虑：取胜后剥铠甲从未如此重要，也从未如此螳螂捕蝉，黄雀在后。

第三点：与每位阿开奥斯英雄交手时，都有一对特洛亚人出场，英雄和御手或是任何一种组合。首先与阿伽门农对决的是比埃诺尔和奥伊琉斯(91及以下)，第二对是两个普里阿摩斯之子(110及以下)，第三对是安提马科斯的两个儿子(122及以下)，接下来，短暂的群战和继续进逼之后，是两个安特诺尔的儿子伊菲达马斯与科昂(221及以下)。对战奥德修斯的也是一对兄弟卡罗普斯和索科斯(426及以下)。别处也不少出现成对的战士。它带来的好处是，使剧情更集中，交错得更紧密。但本卷这些例子情况还更特殊。不论阿伽门农还是奥德修斯，他们的清剿方式都是，杀死第一个人，意外伤到前来复仇的第二个人，却使他一命呜呼。每位阿开奥斯英雄都能战胜两个特洛亚人，哪怕他受了伤。负伤更是偶然或意外结果，并不符合交战双方的真实关系。[253]阿伽门农正剥取死者的铠甲，没有注意到复仇的兄弟站在他斜对面（251）。隐在碑石后的帕里斯从背后击伤抢夺中的狄奥墨得斯（369及以下）；欧律皮洛斯也是在抢夺时被帕里斯击中（581）。为兄弟复仇的索科斯虽然来到奥德修斯近前破口大骂，却马上转身逃跑（446）。

第四点：作为整体，本卷第一部分是线性结构。叙述从一位位阿开奥斯英雄跳到下一个关键人物。这个系列上升还是下降？如果看英雄，就是上升。狄奥墨得斯和奥德修斯比阿伽门农更伟大，埃阿斯又比前两者更伟大。如果看交战的运气，就是下降。起初阿伽门农的胜利远远超过我们对他的期待，最后埃阿斯却出人意料地突然退缩。奥德修斯比阿伽门农更英雄，因此受伤更重。英雄和胜利的匹配从未如此失真——且不只是阿开奥斯人：赫克托尔一再回避出战，却一次又一次取胜。本卷服从魔鬼规则：阿开奥斯人的每次新胜利都使之陷入新灾难。

结构从三。不止赫克托尔，较弱的帕里斯也三次引发决定性事件，出现了三次转折点：第一次转折在战场正中、伊洛斯的碑石和斯开埃城门之间，特洛亚人逃聚至此（166及以下）[①]。夺门恶战前的暂停导入场景的转换（以常见形式："当他……的时候"，这相当于："几乎……，若非……"）：宙斯前往伊达山顶，派伊里斯警告赫克托尔：不要在阿伽门农退战之前上场。赫克托尔听从指示，重新组织起特洛亚人摆开阵线（210及以下）。此后阿伽门农再次

[①] 米尔把166及以下特洛亚人的逃聚给了真诗人，把181—209派遣伊里斯给了新诗人。我认为，这样特洛亚人就没有了着落。

获胜,直至他被击中小臂、离开战斗。撤退时他还充满信心地号召英雄们保护船只(276及以下)。第二个转折点:赫克托尔现在遵照神旨率领特洛亚人、吕西亚人和达尔达尼亚人进军(284及以下),他鼓舞着将士,就像猎人催促猎狗……[254]阿开奥斯人几乎逃到船上(311)。第三次转折由狄奥墨得斯和奥德修斯两人引发。战斗再次叫停。宙斯:

> 从伊达山顶俯视战场,
> 他使战斗保持均衡,双方互有杀戮。(336)

阿开奥斯人再次取胜。赫克托尔被狄奥墨得斯击中头盔,一片昏沉沉。但狄奥墨得斯还没斥骂着发泄完怒气(362及以下),①就被帕里斯射中脚跟退场(有朝一日阿基琉斯将一模一样,第5卷中他[狄奥墨德斯]也替代过阿基琉斯)。(未来的悲剧动机被提前转借使用,但结果不太严重。)奥德修斯孤身一人,离绝同伴,处境极危,他腰胁重伤,在雅典娜的帮助下死里逃生,并大声呼救。墨涅拉奥斯听到他的呼喊,叫上埃阿斯,协力把他救出。同样的转折重复了三次。胜利的希望从一个阿开奥斯英雄传给另一个,每次都被同种藏在暗处的反击挫败。登车而退如同副歌,每次都终结了一个行动。

最后还剩埃阿斯。我们不能问他之前在哪,因为英雄们各据其位,在命运的回转中轮番上场。埃阿斯也从大捷开始,他如同夏日的山涧冲刷着战场,阿开奥斯人似乎在继续前冲(496)。他不能遇到赫克托尔——这次相遇要留待以后再说,因此,虽然他被赫克托尔领导的特洛亚人击退而使事态陡转,却并未与赫克托尔本人交手。这个难题已被吟游诗人解决。为了这轮新的冲击,赫克托

---

① 更早在20.449及以下由阿基琉斯说出,见莎德瓦尔特,页6。

尔先"在左翼"战斗,在次要舞台上与涅斯托尔、伊多墨纽斯和马卡昂厮杀,直至马卡昂受伤后那里不再需要他,才驾着溅满血的车子,踏过铠甲和尸体,疾速奔赴与埃阿斯对决的主战场。(534及以下浴血而行的诗句也是转借的,它们本用于描述胜利者驰骋疆场,即20.499及以下无人能阻挡的阿基琉斯。)544行①及以下:

> 高坐的天父宙斯使埃阿斯陷入恐慌。
> 他惊惶地把七层牛皮厚盾背到肩上。

最后的坚持者,开始撤退。

*[255]作为最后一位英雄,背上盾牌的埃阿斯忧心忡忡地站住。伴随他撤退的比喻关系到一种时间状态。他坚持了那么久,就像彻夜与牧人相持的狮子……或是对抗顽童的驴……(第一个比喻是传统英雄式的,第二个则独特到诡异;范畴发生了变化,两次都是兽对人。)特洛亚人在一定距离外追击,埃阿斯在密集的矢石火把中犹豫不决地撤退,这也同样指示出时间状态(第二个比喻所指)。假如年轻诗人曾在此处生硬地截断更古老的诗篇(维拉莫维茨说:"这当然让我们很遗憾"):那么接下来应该发生什么?还会有英雄之战吗?或者:"阿开奥斯人终于……?"可诗中哪里有?埃阿斯的撤退就是终点。此后只会发生不同的东西。

[原注]维拉莫维茨(页183)试图证明卷11的前半部分是一部独立的古老史诗,"《伊利亚特》的编者"把涅斯托尔的诗安排在它后面,所以它的后文失传了。古诗的前提,大致就是卷8末尾(页194)。它的后文与卷15、16的船边大战重合,"重合使它们至少不能在史诗中并存。因此 A 必须避开它,对此我们当然感到遗憾"。也就是说,有一部更古老、篇幅较小的史诗,它平行但有别于《伊利亚特》。如若这种假说不是空中楼阁,就必须证明,11.499-

---

① [译按]原文为554行,误。

520涅斯托尔离战是后来插补的。维拉莫维茨页192试图证明，但未果，因为，按维拉莫维茨所作的清理，就会出现如下状况：赫克托尔不会知道埃阿斯进逼而来，因为他在战场"左翼"。他的御手克布里奥涅斯注意到特洛亚人的混乱，对他说："我们在此战斗到底，但其他特洛亚人仓皇大乱，埃阿斯在逼迫他们……我们去那里吧！"没有说，赫克托尔"在左翼"做什么，没有说为什么那边不再需要他。被维拉莫维茨删掉的诗行才对此做出解释：首先，此前赫克托尔一直在与涅斯托尔、伊多墨纽斯和马卡昂作战，第二，虽然赫克托尔作战勇猛（μέρμερα），但若不是帕里斯射中马卡昂，阿开奥斯人就不会被打退！涅斯托尔随马卡昂一起离战。插写的《伊利亚特》的编者"看出并填补了前辈留下的破绽。他的插写取得双重效果：引入期待中的舞台转换，同时为涅斯托尔的诗做好铺垫。老诗人说的是，523：

    Ἕκτορ, νῶϊ μὲν ἐνθάδ᾽ ὁμιλέομεν Δαναοῖσιν,
    赫克托尔，我们在这里同达那奥斯人厮杀。

没讲ὁμιλεῖν[交战、遭遇]是什么，他立刻由此制造出502：

    Ἕκτωρ μὲν μετὰ τοῖσιν ὁμίλει μέρμερα ῥέζων.
    赫克托尔在他们中间勇猛地驱车挥枪。

是他才按常规使用ἐπ᾽ ἀριστερά[去/冲向左翼]：舞台和事件转入下一个。（参5.355，12.118，13.326，13.675，13.765。17.116和682略有不同，情急之下"在左翼"战斗的英雄被叫去帮忙。）

另外，维拉莫维茨注意到，16.36及以下被他算作古《帕特罗克洛斯篇》的阿开奥斯人名录，只有通过卷11中主要英雄的离战才能解释。这份名录中，涅斯托尔被他的两个儿子替代。所有的英雄角色都被次等英雄占据。为什么？因为，一流的英雄离战了。所以，卷16是以卷11包括涅斯托尔在内的英雄们离战为前提。

莎德瓦尔特的犀利考据认为，卷11前半部不是原汁原味的古文。或是受他影响，或是独自权衡，米尔虽然坚持这一段原文年代古远，但篇幅上极其有限。作为核心留下来的几乎只是阿伽门农离战前的战绩,奥德修斯离战前的战绩和埃阿斯的撤退;也就是 60-71,84-188,211-309,401-496,544-574,抛开简短的插写段,共计约 340 行。维拉莫维茨则认为约有 540 行。对此要提出异议:如果阿伽门农和奥德修斯没有形成系列,如果他们毫无关联,看不出为什么要把他们选出来。为什么这个系列始于阿伽门农?因为他是第一位离战的人。埃阿斯是最后一位,因为他是这个系列里唯一没有离战的人。如果阿伽门农和奥德修斯各自离战,二人之间没有关系,埃阿斯是最后防线怎会合理?给出人物的第一位诗人,要怎样正中第二位诗人下怀,使他能只字不改,就把彼此孤绝的人物嵌入他建立起的关联?

另一个难题:新诗人笔下的所有伤亡都是为了让帕特罗克洛斯、再通过他让阿基琉斯知道。在假定为前提的老诗人那里,阿伽门农和奥德修斯受伤都不是为了让帕特罗克洛斯或阿基琉斯知道。受伤无非只是逐渐败溃的开始。否则,如果不派出帕特罗克洛斯,阿基琉斯怎会得知?史诗不懂倒叙;一部古《帕特罗克洛斯篇》的开头不可能诸如:"这段时间阿基琉斯一直在船上观战,他没有忽略,阿伽门农……。"老诗人笔下的伤亡只是事实,因此也不可能让宙斯借此暗中实现阿基琉斯的愿望。反正米尔认为让宙斯当上控战者的是新诗人。如果是新诗人才把伤亡与《帕特罗克洛斯篇》可见地联系起来,那么也就是他才把细节移入整体的大视角,那么判断就不可避免:新诗人更伟大。

[256]涅斯托尔的插曲由本身无足轻重的欧律皮洛斯引入,也以他结束。他的呼救应和着墨涅拉奥斯的呼救。刚刚还是拯救者的埃阿斯现在自己也孤立无援,他被接回到同伴中间,又转身面向敌人。这时,《涅斯托尔篇》可以开始了。

[原注]米尔(页 158)找到一处矛盾:"欧律皮洛斯对达那奥斯人大声呼喊:保护埃阿斯!这是古诗的意思,说的是埃阿斯独自掩护其他人撤退。"——570 行埃阿斯在特洛亚和阿开奥斯人之间战斗。显而易见,他身处困境。594 行,他被自己人接回。其实也没有讲过阿开奥斯人撤退,叙事从一位英雄跳到另一位。埃阿斯是否在"古诗"中独自掩护撤退,因而不会陷入需要他人相助的困境,超出了我的所知。我也不知道,要如何继续下去。他

迟早得停下来吧？在哪？怎么停？

[257]至此一切都顺理成章。前后衔接相续。（也就是说，本卷把前后衔接起来。）却也不是就这么简单。

即使宙斯不出场，战役也只能由他一手操纵。从他在伊达山上控战的短暂间奏就能看出，始终在运行的到底是什么。如果最后他让埃阿斯陷入恐慌，那就意味着，他的意志并不是现在才起作用。最终把恐惧投入埃阿斯灵魂的神，卷初也曾把执掌着战争魔法的争吵女神埃里斯派去阿开奥斯人的军营。当初是烈火般的斗志，如今是迟疑的撤退。若在整部《伊利亚特》开头，斗志昂扬理所当然，并无需派埃里斯挑唆。埃里斯不仅指引着未来，也结束了之前的消沉。不可信吗？着眼于可能性的考据者们很反感这种骤变，他们青睐的看法是，卷11曾是卷2的延续（当然没有埃里斯）①。可宙斯无所不能，凡人什么都做得出。考据者们拥护的大概率事件——从未在人间发生，难道我们应该要求荷马写："战战兢兢度过一夜之后，阿开奥斯人几乎不敢离营，渐渐地他们才……"然后呢？"可他们出师不利，因为三位最伟大的英雄都受了伤……"就算这很有可能，也不值得写。阿伽门农一定先是胜者，因为，不始于胜利的失败不可鉴。可资借鉴的失败需要转折。难以捉摸之事渐渐才会从表象之后走出来。

＊神意不但在上操控，也潜藏于过程之中；只不过，意图起初并未显露。阿伽门农的呼喊"宙斯不许"(278)，是一个失望者的呼声。他尚不知晓，[258]这只是他命运链条上的第一环。听众也一样。他也还未意识到结局将会如何。他专心致志又惊愕不已地倾听着不可思议的武装，追随着一件件摄人心魄的功绩（总是相继而

---

① 米尔，页188及以下。

来),欣赏着层出不穷的比喻,若不是宙斯从伊达山上派伊里斯给赫克托尔的暗示也给了他暗示,谁知道他还会继续笃信多久。该暗示足以为此后发生的一切投下可疑的影子,笼上看不透的光。这种暧昧要说的是:一切都在闪耀的英雄之光里显现,因此有接踵而来的大量比喻、种种风格鲜明的英雄性情,可是,纵然英雄战功赫赫,仍非当者披靡,而是节节溃退,最后竟在惊恐中陡转直下。

帕特罗克洛斯的使命

第二部分,所谓的《涅斯托尔篇》,统一起插曲的所有典型标志:外框与所框内容在两个舞台之间形成对比:外面尘嚣滚滚的战争与老人待客小屋内的惬意,窘急与平静,战斗的困迫与谈话所表现的从容自若,痛不可忍的伤口和老酒客的美馔佳肴……这类对比举之不尽,总有人提及它们以证明本卷的两部分不可能出自同一位诗人之手,就好像它们不是反差、而是偶然的不同——他们没有考虑到,反差不是离间而是联结;也没有考虑到,所有惬意根本不纯粹、放松,而是危机四伏,只有与危难对比,这种舒适才有意义,它所需要的慢条斯理是从心慌意乱中强取的;不只是急不可耐的帕特罗克洛斯,急不可耐的听众也被老人拦住;风暴正在平静中酝酿。

相反,外部战事的铺垫显得十分模糊随意,11.505:马卡昂被帕里斯射中肩膀,阿开奥斯人担心他会被特洛亚人夺去,伊多墨纽斯转身对涅斯托尔说:[259]尽快载他回到船上,医生能抵上许多人。貌似在说马卡昂,实际上关系重大的是涅斯托尔。伊多墨纽斯是唯一催促涅斯托尔回营的人。此事本身没有合理意义,既非壮举——马卡昂虽然称作ἀριστεύων[最卓越的],可只是称呼,亦非战事的转折。"尽快"是一个小钩子,钩住615行的下文(笺注):飞奔的马使阿基琉斯无法准确辨认出伤者。从忧虑程度看似乎是重伤——否则为什么要疾驰？此后却好像根本没有伤。到达涅斯托尔的营帐后，两人先在海边让海风吹干衣衫的汗水（战后这是怎样的享受！可箭还插在肩上？如果没有，伤口怎样了？），然后他们坐在帐内的宽椅上喝酒解渴，被绝妙的赫卡墨得服侍，相互交谈尽兴。对伤口只字不提，老人或女奴更是毫不担心伤员。

可以解释说伤口并无大碍（维拉莫维茨这样说），①虽然帕里斯的箭平素并非温柔无害。赤裸裸的结论是，诗人需要，伤口就在，诗人不需要，伤口就消失。作为辅助角色，他被如此专横地拉过来，明目张胆、毫不掩饰地充当达成目的的手段，一如赫克托尔与安德罗马克相遇前的鸟卜师赫勒诺斯（6.76）。彼时，为远离战场的插曲所作的铺垫和插曲本身也被另一段战斗隔开。在那段插曲中，没有人会令缪斯厌恶地提问，危难中怎会缺少最强大的英雄，为什么不让别人替他送信，同样，此处也不能质疑，为什么涅斯托尔不想回到恶劣僵持的战斗中去。平日里他自己就是提供建议的人，现在却接受了伊多墨纽斯的委托，于是我们回忆起，彼处［260］［赫克托尔］也是受托于人，遵行托付时也引出意外，而所托之事也如出一辙地只是达成目的的手段，将要在更重要的、主题性的东西之后消失。《使者》也是同样随意地、由大量因会触怒缪斯而无解的问题引出（9.167）。比起剧情线索，这种对比契合得更为紧密。

插曲隔断，也同时衔接。本段开头回指过去，也遥指向未来。阿基琉斯站在他的船艄上观望。现在是时候召唤帕特罗克洛斯出营了。这个此前一直默默无闻、几乎是被雪藏的人，在双重意义上首次被召唤出来。他将被选中做些什么，至此尚未透露一词。现

---

① 这种解释让我想起一则学堂故事。学生："如果斯芬克斯把所有解不开谜的人都推入深渊，人们在忒拜怎么会知道她出了一个谜？"老师："我们可以这样想，其中一个跌入深渊的人没死透，刚好可以对一个赶来的人说出他遭遇过什么。"学生对此很满意。

在,第一束强光首次打到他身上。

> 帕特罗克洛斯应声出营,
> 样子如战神……:
> "你为什么叫我?"(603及以下)

如战神? 毫无武装? 只为问上这一句? 正是。如果有人把召唤删掉,代之以"他和阿基琉斯站在船上,正相谈甚欢",可就真是一窍不通。

[原注]维拉莫维茨(页198及以下)把603-7行划归给那位想把《涅斯托尔篇》和《帕特罗克洛斯篇》结合起来的作者。他证伪的理由是,602的 προσέειπε[打招呼]不可能是纯粹的召唤,而只是"对……说",说话的对象不能"首先发问"。区分说话和召唤很吹毛求疵(προσέειπε φϑεγξάμενος[他(阿基琉斯)大声呼唤说……]!);605却是以 τὸν πρότερος προσέειπε[他(帕特罗克洛斯)先称呼他(阿基琉斯)]作为套话引入真正的谈话。被维拉莫维茨删去的问题:"你为什么叫我,要我做什么?"符合阿基琉斯的回答:"你现在去!"按照维拉莫维茨的意思,没有召唤,更别说听从召唤。对话的焦躁、冲动和情态消失了,不再以未着魔的帕特罗克洛斯对照出着魔的阿基琉斯的剪影。帕特罗克洛斯不应、也不能被照亮,他不能开口讲话,他在本卷只是"阿基琉斯的下属,仅此而已",——原话。

在此舍弃独立诗篇的想法,米尔,页198。

这声召唤,这句一语成谶的修饰,与悲剧之源(das incipit tragoedia)"不幸的开始",彼此缺一不可。被召唤者的诧异合情合理:"你需要我做什么?"阿基琉斯从未以如此庄重的称呼对他讲话:墨诺提奥斯的高贵儿子,我心中的喜悦(608)。我们期待的回答是:"我企盼已久的事情终于到来。"他希望什么? 阿开奥斯人的危难和绝望,就像首卷中那样(240)? 通过哪些行为和姿势、如何表达?《使者》的总情境再次得到升级的重复:我看阿开奥斯人终于要来到我膝前,向我求情?[261]事实上他们并未屈辱至此。那又是什么?他的愿望仍然不清不楚。

不论是什么。可任务与此多不匹配!确知他猜到的名字有什么用?又不是哪个大人物,并非阿伽门农或奥德修斯,而是毫不起眼的马卡昂?然而,悲剧就喜欢如此开始:鸡毛蒜皮。

阿基琉斯恶毒的愿望和其他应发生的一切都隐晦不明,此中原因在于情境本身的矛盾,而不是因为存在多部史诗或不同层次,仿佛创作出本段的诗人并不知晓《使者》或是删去了它。听得出,阿基琉斯在等。等什么?他眼前有目标吗?他在按计划行事吗?要期待他此时说出 9.654 那样的话吗?他想等到所有其他阿开奥斯人的营帐和船只都被烧毁,才会从他自己的船和营帐击退赫克托尔?他应该说"现在,我的帕特罗克洛斯,赫克托尔已站在我们船前"?可那也就意味着:"到时候了,我必须准备出战了。"也就意味着:"到时候了,我不能再听凭愤怒摆布。"他希望的,只是全体阿开奥斯人在追悔莫及的绝境中。任何更明确的目标都不可能。

把故事当成故事讲,很容易毫无破绽:他等了那么久,直到特洛亚人烧船,后来这也的确发生了(16.124 及以下)。可是,如果把梗概转化为期待、把故事转化为需要派出帕特罗克洛斯的情境,就会显现出,期待某种具体内容是不可能的。可以表现的,只有笼统的东西,只有因期待而起的愤怒、冷酷、委屈。愤怒在故事里的意图是,让没消气的阿基琉斯派帕特罗克洛斯代替他自己。可是,愤怒在阿基琉斯眼中有什么用?无非是他还没消气。一个发怒的人应如何思考自己愤怒的意义?那些指责 11.609 的人却要求,阿基琉斯希望的就是他已在《使者》中得到满足的东西——不完全相同,而是更多。能作为故事轻松讲述出来的东西,并不是全都能同样容易地转换为情境,更别说在"悲剧之源"。

情境要把握的是阿开奥斯人的危难与阿基琉斯心境间的对比,是要把它表现成叙事无法触及的可见的当下。[262]这会让人想起《使者》！可怕的愿望如果不"比以前更可怕！"，就"一如既往！"这种对比同时要求，要从更有利的方面表现阿伽门农与他的亲随们。一位不怎么勇敢甚至可鄙的阿伽门农将意味着，阿开奥斯人并不是在遭受无妄之灾，阿基琉斯的愤怒也就不会显得那么可怕。此外，将来之事也可以解释阿基琉斯的焦躁：阿开奥斯人不会如他所愿，跪倒在他膝前。也许会有一个人声泪俱下地请求他，这个人他却根本想不到。帕特罗克洛斯被唤出，不止归因于他的愤怒，更是因为错误。他骇人的愿望是一种狂妄，他因之陷入虚幻。朋友的死和他自己的昏盲：二者首次联系起来。它们都还在最初的铺垫中。

帕特罗克洛斯上路了，希望马上就回来——听众们又能有什么别的期待？还有什么比他的任务更不起眼？——他却因此情非所愿、无法抗拒地陷入另一件后果严重、紧紧抓住他的事件，某种再也不会放开他的境况……《涅斯托尔篇》是欧洲史诗及小说文学中首例始于微末小事的灾变。是阿开奥斯诗篇中唯一一处意欲脱身而不能的题材。一个现代的例子："最后他不耐烦起来，同时却尴尬不已，因为他想离开，却不能伤害那位老人。"这不是《伊利亚特》，而是霍夫曼施塔尔（Hofmannsthal）的《第672夜的童话》（*Märchen der 672. Nacht*）。当然是完全不同的世界。可在这一点上难道不相似？——当帕特罗克洛斯出现在门边，老人请他进屋、邀他入席，年轻人虽谢绝，却留下了下来，留了那么久，离开时竟"灵魂撼动"。虽然荷马笔下似乎缺少阴森骇异（das Unheimlich）。可真的缺少吗？这次逗留不也正被那句谶语的阴影笼罩：就这样开始了他的不幸（604）。这种安闲难道不是越惬意，越致命？

《伊利亚特》里不是也有一个被拦下却必须离开的人？一个被敬酒却推辞、被邀请入席却谢绝的人？一个匆匆走向死亡、却被仁慈的命运再一次推迟终点的人？赫克托尔不是也在第6卷这样回探伊利昂？他的进程和拦住他的东西,不是响着与《涅斯托尔篇》截然相反的调子？——悲壮凄然,[263]结局却轻松、和谐;《涅斯托尔篇》听起来轻松、和谐,却引出惨雾愁云。帕特罗克洛斯拒绝涅斯托尔的邀请时说:

> 老人家,承您盛情,但我没时间就坐。(648)

赫克托尔拒绝海伦的邀请时则说:

> 别叫我坐下,谢谢你的友爱,
> 你劝不动我。① (360)

两段插曲,伊利昂的赫克托尔和涅斯托尔营帐中的帕特罗克洛斯,是同一位诗人所做,虽然这一切都无法证实,但已经太明显不过。

有人认为,《涅斯托尔篇》中有一部被"《伊利亚特》的编排者"安置于此的、"保存良好"的诗,因此他们期待着"稍作变动"以重现古篇原貌(维拉莫维茨,页198及以下)。显然,"微小的变动"包括,把那句谶语当作编排者添加的话加上括号:就这样开始了他的不幸(604)。这就好像将绷紧的弓松懈开,请人来参观:"看啊,多完美的杆子!它只在上下两端刻有弓槽!"于是《涅斯托尔篇》流于无害的闲谈,它的骇异成了题材,老人特征鲜明的讲述只是为讲述本身,他与年轻人的会面则变成一出英雄时代的"生活剧",成了一段"交谈"。(维拉莫维茨,页207)此时考据者不再说独立诗篇,但仍然固守着与之相关的风格判断。"交谈的语气"(biotische artige Ton)是两位诗人中较年轻者的典型特征。现在,人们把自始以来

---

① 行末:"你劝不动我"(οὐδέ με πείσεις),虽然常常出现,但只在《涅斯托尔篇》此处,说话者证明自己说了谎。通常它是用来拒绝欺骗性的意图。

遇到的所有问题都推卸给他。他要负责,比如说,虽然帕特罗克洛斯喊"我不能坐下来",可还是入了席。(米尔,页199:"帕特罗克洛斯还是留了很久,这已经让赫尔曼[G. Herrmann]感到奇怪。")一如既往,这就像是在指责弓是弯的。[264]他们采用了一种拒斥叙事文学首要范畴的美学标准。

最后还有没考虑到的一点:《涅斯托尔篇》中,阿基琉斯和涅斯托尔各有委托,两个任务彼此交叉。前者多么不起眼,后者就多么重要。第一个能迅速解决:伤者是马卡昂;后一个却如此悬而不定、如此意义深远,以致未来人神的一切事件均将取决于此。它使受托者心潮澎湃,远超言语所示,它使他兴奋、充满预感。任务是:劝服阿基琉斯……他会成功吗?阿开奥斯人的命运被交付在他手中。他自己呢?他从未梦想过的未来声名不是正向他招手?离开或跑回去的时候,他已不是来时的那个人,"心中撼动"(804)。为了什么?来找涅斯托尔的时候,他还是一位顺从的、顾忌着主人一颦一笑的仆从:"身为信使"他想赶紧回去禀告:

> 你也知道,他是一个
> 可怕的人,很容易无辜地受他指责。(652及以下)

当他从涅斯托尔处离开、迎面遇上欧律皮洛斯时,依然行色匆匆,但决定性的区别是——他不再为了遵照命令回禀主人马卡昂的名字,而是:

> 怎么办?如何安排?
> 我现在要去向刚勇的阿基琉斯传达
> 阿开奥斯人的护卫涅斯托尔托转的口信。(838及以下)

第二个任务取代了第一个。离开时,他变了。

宙　斯﹡

﹡《伊利亚特》有三条离散的线索，它们在节点上相交，又再次分开。情节的三条线对应着第11卷里的三个舞台。正中上演着阿开奥斯国王们的死伤，他们被宙斯从东边、高空操控，被阿基琉斯从西边、近处观察。这种布局看来并不像事后才逐一出现。为证明它们的先后，人们括上一个又一个括号，却一无所获。此处的诗节也只好被原貌容忍下来，没有另作文章。

现在却要问：如何继续？宙斯把埃里斯派到阿开奥斯军营，随后亲自去往伊达山峰顶，他的戏就这样停住了吗？卷11正中的[265]战斗才刚刚开始，另一边[阿基琉斯]的戏仍还无法想象，作为独一无二的操控者，宙斯尚未完结他的计划，诸神的故事也才刚有眉目，必须继续展开。当然，他的高座将成为他的危险，他的孤独将成为诱惑的舞台，他的雄性独裁将变成赫拉对他的胜利，战争的瞭望台将成为鲜花绽放的春日爱床。可是，但凡听到过阿开奥斯人惊心动魄的危难，有谁会想到这些？有人问，高座和同榻而眠有什么关系？回答或是："一点都没有！只有像我们这样马后炮的人，才会因为对《伊利亚特》有所了解而把它们联系在一起。"或者："高座也得消失。把高座变成爱床，或为了爱床而补入高座，是第二位、晚期诗人的想法。"何等天才！当初曾是——曾是——可能曾是什么？或者：当时宙斯发现自己在[……]，应该在哪？深深的沉默。

难道宙斯，这位巅峰之神，在如此宙斯式地到达伊达山峰顶后，除了让特洛亚人取胜之外，什么都不做，就在随后某一时刻下山了？后辈诗人难道不会发觉这个机会没有被充分利用？然后对自己说：伊达山峰顶恰合我意？众神戏刚好是我公认的强项，反正要发生点事情，为什么不换个花样，把诸神的阴谋也改成情爱？这也许能让人满意——如果第14卷的诱惑故事没有被筹划那么久，而且没有被准备好舞台。诱惑的情境，不仅要有目的上的为何（wozu），还需要如何（woraus）——他如何会被诱惑。

这只能出因于全然不同的、相反的东西。比如，贞洁者可被诱惑，但我们必须首先知道他是贞洁的；自信者可被欺骗，但我们必须首先知道他是自信的。在宙斯的情况中，相反的东西只能是，施展他自以为拥有的无限霸权。宙斯在何处如此自以为是？《伊利亚特》中，只有卷 11 和 12。不仅仅是伊达山峰顶，他所有的命令、阻碍、推动、恐吓和鼓励，他的要求和作为，都显示出扮演这种角色的他。作为伊达山峰顶的控战者，他在第 13 卷开头如此危险地自信，竟然不再观看近处的血战，[266]而是把

> 眼光向远处移展，
> 遥遥观察好养马的色雷斯人、擅长近战的
> 密西亚人、杰出的喝马奶的希佩摩尔戈斯人
> 和公正无私的阿比奥斯人栖身的国土。(3)

从大权独揽的操控者到受骗者，这种转变难道是后辈诗人补充的巧妙发明？倘若如此，就再次出现了那种情况，早期的诗人无心插柳，却使后辈深获其利。

第 12 卷　壁垒战

[267] * 第 12 卷，壁垒战，始于对该主题序曲般的吟诵：阿开奥斯人如何环绕军营修造壁垒和壕沟，它如何在特洛亚败灭后依然屹立不倒，后来阿波罗和波塞冬等天神如何从伊达山泻下河流、冲毁这巍峨造物。序曲以第 7 卷阿开奥斯人在涅斯托尔的建议下建起高墙为前提，却手笔旷阔。这是诗人唯一一次站在他自己的当下，把他所吟颂的英雄时代看作遥远的古昔。缪斯只能歌唱曾经。被缪斯赋予灵感的人就好像走出他的角色，把他自己、也把我们换位到当下。这几乎相当于，他走到帷幕前开场致辞："曾在的一切，均化为乌有。"天神与河流长达九日的破坏让过往笼罩住一切。虽未提名，但那个时代以及它的烟消云散却为人共知。出于这个角度，英雄在《伊利亚特》里被唯一一次称做"半神的种族"（ἡμίθεοι），"种族"（γένος）这个词被唯一一次在该意义上使用。此名意有三分：作为半神，他们介于人神之间；赫西俄德文集（159 页及以下）出现过这个称谓，"神种的英雄，他们因此被叫作半神"；英雄之名固然是颂称，对于史诗却太过老套，英雄之间也这样彼此相称。在《伊利亚特》里，"半神"这个定语似乎尚未完全僵化成范畴。它意味着赞美。用到这个词的吟游歌手，作为现世的凡人，观察、惊赞着遥遥相对的英雄世界。在赫西俄德那里，genos[种族、民

族]似乎已经固定下来。[268]这个词在《伊利亚特》里仅出现过一次,它所在的角度和文脉参与着一种反思,它使诗人少见地突破了史诗层面。即便《伊利亚特》的诗人依赖于赫西俄德,这种依赖性也仅限于个别词汇,除此以外,一切精神旨趣均大相径庭。

反思始于阿开奥斯人筑防,却涵盖了伊利昂的毁灭、普里阿摩斯、敌与友,最后是整个"半神"种族。自然暴力具象成天神与神河,把销毁呈现为长达九日的工程,于是,不仅特洛亚的淹埋,军营的灰飞烟灭也有了传说的形式。前者[特洛亚传说]的源起近于埃涅阿斯家族的记载,讲述了特洛亚城墙的建造者、国王拉奥墨冬的罪债,天神阿波罗和波塞冬为他做苦役,他却扣下讲定的酬金,并威胁要割下他们的耳朵,把他们卖为奴隶,因此,最初就被诸神憎恨的特洛亚注定毁灭。和这个传说一样,我们也听到,军营筑防亦背负着罪债:阿开奥斯人疏忽了献祭诸神。所以,一如特洛亚,违神意而造的阿开奥斯工事也势必毁灭。不止是传说的形式,波塞冬和阿波罗这对天神也同样取自这一记载,对此,21.442及以下的神战有所提及。只不过,传说的形式在这里并不怎么适宜于它的内容,形式在此无非只是容器,它的内容则是主题:名誉和无常。正因如此,诸神的憎恶,这敬奉给传说的供物,看起来实在很难和赞颂之名"半神"协调一致。当然,我们必须补充,是按我们的概念来讲很难。普里阿摩斯和他的子民有多少次被称作天神所憎恶的人。可宙斯为他的普里阿摩斯、为他的赫克托尔操了多少心! 荷马的天神,可以在恨的时候爱、在爱的时候恨。

亚里士多德把阿开奥斯军营的毁灭理解为诗人的自白:"创造它的诗人,销毁了它"(斯特拉波,598)。诗的想象掌管着存在与非在(Sein und Nichtsein)。然而,满怀此种自我意识的荷马歌手并未走到听众面前。在历史主义时代(Zeitalter des Historismus),曾有人认为诗人的目的是应对听众圈子里的历史考证:"如果诗人想要应对那些曾沿着赫勒斯滂航行过、能核对叙事真实性的听众,他就会发觉有必要通过诸神造成毁灭：[269]防御工事因此无迹可循"（维拉莫维茨，页 210）。如果考虑到视点高度及由此产生的时间意识的激情，就会看到这种极为外在的因果解释太过肤浅。它没怎么考虑到，此处言及的不只是军营壁垒，

> 那里倒下过
> 无数的牛皮盾、头盔和一个半神的种族。（22）

也没有考虑到语气。虽然"氛围"（Stimmung）也是个危险的词，可不论怎么想，它在这里看上去都比"核对"与"怀疑"来得更近。不能漏听的还有"再次"、"重新"：

> 然后重新把沙石
> 铺到宽阔的河岸上。（31）

波塞冬所为之事，是永恒自然的杰作。① 人类的作品湮灭于永恒。曾出现过的伟大，只活在诗里。要回忆类似的说法，无论如何都会想起西罗多德："西罗多德所以要把这些研究成果发表出来，是为了保存人类的功业，使之不致因年深日久而被人们遗忘。"② 如果《伊利亚特》有某种让人不习惯的东西，那就是这种以传说形式呈现的反思。当目光从军营转向往昔、未来和永恒，当它占据着整部宏大史诗的中心，难道还应该认为这只是偶然？

卷 12 的战斗，壁垒战，一眼看来好像是第 11 卷的继续。卷

---

① 这些河流的名字在赫西俄德的《神谱》337 及以下再次出现。《伊利亚特》列举它们，产生出一种洪水奔涌的总体效果（ποταμῶν μένος）。赫西俄德的列举则是博学。

② ［译按］译文引自王以铸译本：《历史》，商务印书馆，1997 年，第 1 页。

11回避着与防御工事相关的一切,只在阿开奥斯人出兵时提过一次(11.46及以下与12.76及以下、84及以下相同)。[卷11]仍还在平野上厮杀。卷12,冲锋军营时已让赫克托尔第一次攻破垒门,大规模入侵紧随其后。卷12引用了卷11:赫克托尔继续勇猛冲杀,有如风暴(12.40)。[270]该比喻在11.297更详细:(赫克托尔)冲进战涡,有如一股高旋的风暴。句尾则完全相同(ἴσος ἀέλλῃ)。赫克托尔还在12.235引证了宙斯让伊里斯传达给他的承诺(11.200)。种种比喻也相似。形容英雄的例子:赫克托尔在工事前战斗,

> 有如一头野猪或狮子被猎人和猎狗
> 包围,……
> 一堵墙似的把野兽围住……(41及以下)

最后他掀起一块石头,两个人也很难把它们抬上车,他却轻松地抓起,有如牧人一只手抓起一头羊的绒毛(451)。更具独创性的比喻是把密集投射的矢石比作席卷大地和海洋的暴风雪(15及以下),甚至把[阿开奥斯人的]抵抗比作黄蜂的巢穴(166及以下)。即使卷12延续着卷11,也能看出方向上的差别。第11卷,赫克托尔按计划有条不紊地退场,第12卷则按计划从各个方向把焦点引到赫克托尔身上。虽然壁垒战阵线很长——特洛亚人编成五个列队,由五位将领领导进攻(87)。可出乎意料的是,他们再未取得任何胜利,这样赫克托尔才能最终投出巨石,成为他注定要成为的、第一个砸开大门的人。

要是能读到《忒拜》(Thebais)就好了,那就可以证明,这场战斗中的新史诗现实主义到底在何种程度上超越了老风格。展现了四种进攻壁垒的方式:首先是跟在逃亡者身后冲入,第二种是破坏、拆毁壁垒,第三种是攀爬,第四种是砸坏大门。第一种方式以阿里斯

柏的英雄阿西奥斯为例,他是首位求胜心切却无望取胜的人。逃回的阿开奥斯人涌进敞开的垒门,他希望能借机驱车冲入。他被两位拉皮泰血统的(拉皮泰人会更让听众惊讶,或许比起阿西奥斯有过之而无不及)守门悍将打退,困入暴雪般砸来的巨石之中,他拍打大腿、抱怨宙斯。后者却不为所动。他要让赫克托尔赢。宙斯:

> 从伊达山上刮起强烈的风暴,扬起尘埃
> 直扑战船。(253)

这是他第二次插手战斗。特洛亚人受到鼓舞,试图破坏壁垒——第二种进攻方式:

> 开始冲击达那奥斯人的高大的垒墙。
> 他们攻击望楼的护墙,毁坏雉堞,
> 拔除壕边的木桩,[271]当初阿开奥斯人
> 把它们砸进地里作为壁垒的护基……(257及以下)

阿开奥斯人用盾牌堵住缺口。特洛亚人的进攻败给了两位埃阿斯的抵抗。此时宙斯着手防御反击:他让他的儿子萨尔佩冬及其兄弟格劳科斯冲向面前的壁垒。抵御他们的守墙者是墨涅斯透斯。他感觉自己太弱,派人向两位埃阿斯求援——战斗的喧声使人听不见呼喊。特拉蒙之子埃阿斯和他的兄弟透克罗斯急忙赶来,他们解了燃眉之急,当时吕底亚人已经爬上雉堞,如同黑色的风暴——这是第三种进攻形式。萨尔佩冬摇晃雉堞,直至整列坍塌,壁垒露出缺口,可容大批人通过。这时透克罗斯和埃阿斯射中了他。宙斯虽为儿子挡住死神①,却无法阻止他后退……交锋之处,

---

① [译按]原文为 die Keren,复数形式,指在战场上带来死亡的恶灵。

全线势均力敌：

> 有如一名诚实的女工平衡天秤，
> 把砝码和羊毛放到两边仔细称量，
> 好为亲爱的孩子们挣得微薄的收入。(433及以下)

在僵持不下的漫长搏斗后，终于出现了转折——本卷中仅此一处：赫克托尔受宙斯激励，用巨石砸开第一扇垒门。特洛亚人响应他的召唤，越过壁垒，攻破一个又一个垒门。达那奥斯人向空心船奔逃，喊叫声混成一片(471)。

  作为控战者，宙斯在第12卷甚至比11卷筹划得更为精心。第12卷貌似是续篇和升级，可其中的一切都在某种程度上乾坤颠倒。阿开奥斯人处境如此糟糕，竟再没有任何一个阿开奥斯英雄令人惊赞。[萨尔佩冬]高贵的兄弟格劳科斯被透克罗斯的箭射中，赤裸的手臂受了伤，伤处一如前卷阿伽门农。阿伽门农尝试继续战斗，格劳科斯更英勇，他想要隐藏伤口。宙斯亲自挡住死神，救下他被击中的儿子，一如前卷中雅典娜制止奥德修斯死去(11.437)。伤口本身更令人同情受伤者，而非伤人者。落空的希望与伤口效果相同。第11卷里，被厄运纠缠的受骗者是阿开奥斯人，如今则是特洛亚人。阿西奥斯首当其冲。可是，由于他没有遵从波吕达马斯的建议，或许看起来更像是个笨蛋，一个悲惨地抱怨宙斯的傻瓜，[272]大失所望的萨尔佩冬因此更显高贵。他对兄弟的劝诫充满着吕底亚贵族对祖国的热爱。眼看就要胜利，他却悲愁地看到高贵的兄弟为他受伤。当时他已为吕底亚人打开窄路，却受到反击、不得不放弃，只能在行动挫败后屈于激励者的角色。与此差别最为明显的是表现赫克托尔的方式：彼处是一退再退的避战者，此处这位却如此豪情壮志，几乎认不出是他。

卷12远比卷11统一。(里夫①看法相反。整卷都很糟糕,除了一些可能取自其他文脉的比喻。维拉莫维茨、米尔等人认为,估计大改过。)宙斯策划的整场战斗,包括五列队进攻,都是为了让赫克托尔作为一等一的人脱颖而出。然而,我们曾在第11卷说过一种暧昧的光(das Zwielicht),它也为卷12投下暗影,只是不再笼罩阿伽门农及阿开奥斯国王们,而是大获全胜的赫克托尔。两次相继出现的征兆已散布开这种蹉跎:老鹰被爪中的蛇咬伤而抛下它,宙斯为搅乱阿开奥斯人掀起沙暴,前者不利于特洛亚人,后者却对他们有利。不利被有利抵消,这让宙斯的意愿难以捉摸。意愿的矛盾可从最远处和最近处解释,首先,我们和特洛亚人一样,面对着一个谜。

[原注]维拉莫维茨找到了一种振奋人心的乐观答案(页217):"赫克托尔不顾警告发起进攻,宙斯帮助了他。这不违背警告性的预兆,只是因为宙斯仍还喜爱赫克托尔。连他不听话也不责怪,反而在反击开始时再次出手相助。"他据此推测出他想在第12卷中辨识出的古诗的趋向(没有格劳科斯-萨尔佩冬插曲)。他通过重构除去矛盾,却没有注意到,贯穿整部《伊利亚特》,赫克托尔的心性里始终有某种悲剧-分裂的东西。对此,莎德瓦尔特(页42和页106)已有例证。米尔(页207)也赞同。

分派给赫克托尔的劝诫者波吕达马斯使赫克托尔的处境更加莫测。无疑,在《伊利亚特》所有劝诫者形象中,波吕达马斯是最晚的一个。

古希腊史诗中不存在西罗多德笔下那种陪伴在国王身边的劝诫者。[273]《忒拜》里的安菲阿剌俄斯集劝诫者、先知、英雄为一身。值得注意的是,先知卡尔卡斯在《伊利亚特》里只费心过一次,还不是作为劝诫者。13.45,波塞冬乔装成卡尔卡斯,作为先知行

---

① 2. Aufl., *Introduction zu XII*.

事,却不怎么看得透。帕特罗克洛斯的故事里根本没有先知的空间。因为阿基琉斯本人虽然糊涂,却也同时谙知未来。相反,赫克托尔只是糊涂。或更准确地说,阿基琉斯从昏盲变得洞明世事,赫克托尔起先深谙世故——与安德罗马克分别时,后来却成了瞎子。不能确定说,他在这里就表现出将像阿基琉斯一样发生转变。可后来他的确变了。

特洛亚人这边,前几卷出场的是赫克托尔的兄弟赫勒诺斯,他作为有神示能力的英雄开启了两段插曲。只要兄弟气运未衰,他就在身旁辅佐。后几卷中,波吕达马斯取代了赫勒诺斯。他首次出现在第12卷,虽然也是作为占卜师,却并非凭借他自己的预见天赋,而是,如他所说,因为他看到鸟的征兆,所有其他人也看到了,唯有赫克托尔视而不见,特洛亚人惊恐不已……(208)虽然他亲自解释了征兆,如同先知一般,可他的释义也无非是任何一个职业先知都会、也必定会宣告的东西:攻入军营后将会遭遇反击,特洛亚人的溃逃将损失惨重。他始终只是一位劝诫者。他第一次被征兆证实的警告,是出于战术上的考虑(12.61及以下)。第一次警告中就已经说到意味深长的"反击"(παλίωξις),就已经考虑到宙斯可能不想毁灭阿开奥斯人。他已经感觉进攻军营像个陷阱。但当时的危险还不是冲锋壁垒之险,而只是车马难以越过堑壕。当时赫克托尔让了步,听从了明智的建议。而阿西奥斯则要为自己的蛮勇付出代价。现在赫克托尔把警告当作耳旁风。宙斯让伊里斯传送的旨意他怎能"忘"(12.235)?他满怀使命意识,爱国激情让他忘乎所以。的确,此时不正是更高的信仰超越了低级的迷信?直接超越了间接?一种自由的、私己人性的虔信超越了被魔力捆绑的宗教?赤诚超越了战战兢兢?他心中澎湃着更高级的信,因而对低级的东西充耳不闻——

[274]以至于竟要我忘记鸣雷神宙斯的意愿,

> 那是他亲自晓谕我并且应允会实现。
> 你要我相信那空中翱翔的飞鸟,
> 我对它们既不注意,也不关心,
> 它们是向右飞向朝霞,飞向太阳,
> 还是向左飞向西方,飞向昏冥。
> 我们应该信赖伟大的宙斯的意志,
> 他统治全体有死的凡人和不死的天神。
> 最好的征兆只有一个——为国家而战。(12.235 及以下)

鉴于这样的责任和预言,不论出于道义还是理智,不论出于私人理由还是普遍原因,赫克托尔对飞鸟的征兆充耳不闻难道不是完全合理?然而,正是那句应该牢记的、他那么愿意引用的漂亮话,一说出来,就很可疑。笼罩情境的暧昧之光也打在他身上。凶兆无法避而不解,它只能被另一种声音盖过。尚无启蒙,也无意于肯定命运。相反,恼怒令他不公,他谴责诚实的释兆者丧失理智,斥骂聪明的劝诫者在敌前胆小如鼠,甚至把此后的异议视作背叛,威胁要杀死他。相较之下,涅斯托尔的处境简单了多少!第 2 卷 346、357,阿开奥斯人陷入恐慌后,他说出如此肺腑之言,用死亡威胁怯懦者回心转意!

人事不会没有神意,宙斯持何种态度?无疑,他要提升赫克托尔。但同样毋庸置疑的是,赫克托尔的胜利中隐藏着失败,失败也是宙斯的意志,或许现在还不是,可以后总会是。说这是神的诳骗,还是要有所顾忌。更何况,当下和未来、人和神的关系目前尚不明朗。但这种不明朗是高超的技巧,自有其深意所在。赫克托尔死前,当这个被众神和宙斯本尊离弃的可怜人在自责中想起劝诫者(22.100 及以下)的时候,一切变得多么清楚!不仅于此,帕特罗克洛斯死后之夜,赫克托尔和波吕达马斯再次爆发争吵,因为天亮后阿基琉斯就会汹汹来袭,当时事态就已经清楚得多!后一次争吵中,开场的套话得到部分重复(18.284-286 = 12.230及以下、235),波吕达马斯被称作"明达事理的"(πεπνυμένος),"只有他一人洞察过去未来"(18.249及以下)。现在为什么不这样说?因为,在这里,对劝诫者毫不隐讳的称赞不符合尚不明朗且应保持暧昧的情境。

[275]劝诫者履行着劝诫的职责,即将发生的胜利却斥之为谎言。在此意义上,第12卷是第18卷的颠倒,一如第22卷尚未死心的安德罗马克(437及以下)反转了第6卷过早绝望的安德罗马克(373及以下)。因此,波吕达马斯在第12卷中作为劝诫者的预示性未必少于帕特罗克洛斯在第11卷中听差上路。一如卷11从无害小事发展到涅斯托尔的重大委托、最后演变成胜利和灾难,本卷也从最初的和睦——赫克托尔遵从了第一个明智的建议——发展出第一次龃龉和最终的毁灭。第一次对话的开场诗句(60)与第二次(210)相同:"波吕达马斯走向无畏的赫克托尔这样说。"赫克托尔的两次回复完全相反;先是:

波吕达马斯这样说,赫克托尔心里喜欢。(80)

然后:

波吕达马斯,你现在这样说话我不再想听
竟要我……(231/235)

18.285及以下重复了这句诗及其句首,那是在最后酿成大错之前。比起卷18,"不再"在卷12的情境中显得更准确。[①] 虽然第

---

① 12.231及以下的这几行诗,也在7.357及以下帕里斯反对安特诺尔发言时使用过。它们在第12卷更原初。

18卷中的对话貌似更原初,因为这里终于补充了劝诫者的履历——他是潘托奥斯的儿子:

> 还是赫克托尔的同伴,出生在同一个夜晚,
> 一个擅长投枪,另一个擅长辩论。(250及以下)

第12卷对于他本人未置一词,他突然作为劝诫者出现,就像第9卷的求情者福尼克斯。他在发言中也介绍了自己并联系到以前——这也像福尼克斯,只不过简短得多:

> 即使我在会议上发表的见解
> 合理正确,也总会招来你严词驳斥,
> 因为你不允许一个普通人在议院里或战场上
> 和你争论,……
> 可我现在还要说……

他指出金字塔尖上不容任何异议的骄傲王者[276]与不足以成事的反对派"普通人"($\delta\tilde{\eta}\mu o\varsigma$)之间的对抗。骄傲者的骄傲将被如何挫败!忧惧者将在他最后的恐惧、绝境和思想斗争中如何敬畏现在这个受辱者合理至极的指责(22.99及以下)!

[原注]难以理解,维拉莫维茨竟会删去第一次警告,他的理由(页216)更难理解:"波吕达马斯……一开始就说:赫克托尔,即使我在会议上发表的见解合理正确,也总会招来你严词驳斥。如果赫克托尔没有反驳他的建议,而是屈尊奉行,他怎能这样讲?之前那一幕显然是抄袭。"就好像他从来没听说过战争会议或议院。就好像他从没在世界文学的长篇小说中遇到过反转。

《伊利亚特》中,再没有第二个人物像波吕达马斯这样从赫克托尔的形象中衍生而出。可以想想福尼克斯,他也与另一个人,与

阿基琉斯处于独一无二的关系中。福尼克斯的"请求"最后不是也变成了警告(9.600及以下)？然而，比起同龄、唱着反调、就事论事、有理有据却不解人情的波吕达马斯，这位年迈殷切的抚育者在他跌宕起伏的人生故事里、以他充满譬喻和画面的言辞呈现为多么独立的形象！我们领会到，波吕达马斯不是兄弟，不是亲眷，他不能平起平坐，他，低人一等的同伴，虽然刻画恰切，却也无非只是个包装成人形的标志，指示着起初危险、此后将一步步导向灭顶之灾的决定！他与赫克托尔密不可分，就像阴森路上不离漫游者的影子。最后，他几乎要变成赫克托尔自己内心的反对声音，仿佛赫克托尔在自身内部感觉到那种批判他的东西，并被它迎头痛击。比较波吕达马斯与涅斯托尔，众口流传与独创形象之间的差别一目了然。波吕达马斯与赫克托尔，即这位悲剧的、迷误的、丧失自我也寻找着自我的赫克托尔，的确出生在同一天。把这位赫克托尔塑造成普里阿摩斯最伟大的儿子塑造成怯懦的帕里斯最英勇的兄弟，塑造成阿基琉斯对手的诗人，也同时给了他作为反面的波吕达马斯。只有从后者身上，他才能弄懂自己。

正如第11卷铺垫了阿基琉斯的悲剧，第12卷也铺垫着赫克托尔的悲剧。也许"铺垫"并不是十分正确的词。没有任何东西理所应当是纯然铺垫而毫无自身存在的意义，所以要补充铺垫的概念——与这个词无关。要补充的东西或许可叫作"暂且"(das Vorläufige)。"暂且"意味着，它虽然预先言及以后确定的事，却仍以一种全然开放的形态，仍在进行中，尚对多种不同的可能性敞开，最后抉择仍悬而未定，任何方式都有可能，不论阴森骇异还是与"暂且"截然相反的结局。对于《伊利亚特》的行文布局，它有不可低估的重要性。

[277]第12卷高度成熟的艺术性在于，它统一起那些使防御工事的发明丰满起来的、新的现实主义战斗动机——我们所说的外部动机，与波吕达马斯和赫克托尔的反目——我们所谓的内部

动机。此外,这二者还与宙斯操控战争的动机相结合。整部《奥德赛》都没有如此复杂之事;那里总是非黑即白,从不至于扑朔离迷。必须往后走,直到埃斯库罗斯才会遇见可与此媲美的东西。本卷中看不透的首先是宙斯——他到底要如何?其次,两个相互矛盾的征兆让人看不透;第三,看不透波吕达马斯与赫克托尔的反目,二人谁对谁错?谁才是更伟大的护国者?第四,看不透被放在赫克托尔口中的那句极为崇高的话及它所在的整套言辞:最好的征兆只有一个——为国家而战(243)。

同样看不透军营筑防及那些描写细致、被卷入战斗的工事:堑壕,堑壕正中的木桩,有墙基、雉堞、望楼和垒门的护墙,虽然有人也想从中挑错(对此不予详述)。可是,即便技巧如此突出,即便有种种新的战斗类型、新任务和试探勇气的机会,所有发明却都紧密联系着赫克托尔将要做出的抉择。几乎就像防御工事悄悄与波吕达马斯联合了起来、共同对抗着赫克托尔。最后,连工事本身也成为某种模棱两可的东西,在赫克托尔和波吕达马斯眼中截然不同。是为了或当初曾为危害赫克托尔才出现工事?还是因为或当初曾因工事的缘故才有赫克托尔?问题相对出现。只有当这些问题能指示出复杂编排的统一性,才值得被提出。作为类似发明,河战可兹比较,它也同时牵涉了许多关联。在完整性上,第 12 卷超过了它。

第 13 至 15 卷

船边之战

波塞冬与赫拉*

[278]在第13卷,如火如荼的战斗陷入了新的延滞阶段。第12卷末攻破壁垒后,没有像人们期待的那样争夺船只,而是开始了一场大型的、意外的新战役——在壁垒与船、寨之间。舞台随战斗的扩张而扩张。如果不是为了放长、放广的战役,壁垒和船只之间怎会突然出现如此旷阔的空间?那种认为马上就将一决成败的期待,再次落空。

壁垒战由宙斯操纵,船前战斗的掌控者则是波塞冬。兄弟俩各自掌管自己的战役。会有一些读者厌倦了厮杀。他们也许应对自己说,为平行的缘故,必须要求一定的饱满度。不能只用几行就打发掉天神控制的战役。另外,任何战役、任何神的控制,都不会没有败笔,不会没有人的反抗。

对胜利的自负为事态骤变提供了良机——不是人的自负(如此前的阿伽门农),而是至高无上的战争之王[宙斯]。他刚把眼光移向远方,向虔诚的阿比奥斯人与喝马奶的民族望去——这是怎样的分心休息!——对戏就已经上演。波塞冬在萨摩色雷斯的峰巅伺机而动。地理上无误；可以从那里越过英布罗斯到看到特洛亚平原。他走下瞭望的山头，三大步就到达埃盖，堂哉皇哉地飞驰过向他效忠的大海后，把马停在特涅多斯岛和英布罗斯岛之间，登上特洛亚海岸。不清楚埃盖位于何处；某个以之命名的海岸边。

[279]他为什么不愿意从萨摩色雷斯迈上三两步、立刻到达阿开奥斯军营，而是要绕路埃盖和他深海中的宫殿呢？① 如果随后就要把马留在身后，他为什么还要费力气给它们套上黄金战车？主宰者为他的行动武装，就像英雄要开始壮举。作为一个将会耀眼很久的开端，此次出行启动了一系列波塞冬试图扭转战局的诗卷。该行程导入的阶段篇幅不小，就像前一天宙斯从奥林波斯去往伊达山一样(8.41 及以下)。

[原注]米尔(页 212)和里夫认为，在前本中，波塞冬从第 17 行离开奥林波斯。当时他与其他众神一起坐在那。8.440 他也在奥林波斯上，然而是为他归来的兄弟卸马。我看不出这样会得到什么好处，除了地理正确，然而，只有当人们认为，不论埃盖在哪，反正离奥林波斯和伊达山之间的连线不远，这种正确性才成立。在我看来，这种地理假说太缥缈，犯不着为此讨好一位诗人、改正另一位未被证实的诗人。出行神迹不解决地理问题，也不是摆脱尴尬的办法：我怎么才能把波塞冬从奥林波斯带到特洛亚？

重复几行诗不足为奇：即便不重复，两次出行也相和相应。宙斯在天地之间，从山峰驶向山峰，波塞冬则在地表穿行，连车轴都没有被海水沾湿。海怪向大海的主人致敬。宙斯的行程没有相似的奇迹。作为马神，波塞冬不同于宙斯，他亲自照料马匹：给它们

---

① 《奥》5.381 ἵκετο δ'εἰς Αἰγάς, ὅθι οἱ κλυτὰ δώματ' ἔασιν[返回埃盖，那里有他著名的宫阙]是摘自《伊》13.20 及以下ἵκετο... Αἰγάς· ἔνθα δέ οἱ κλυτὰ δώματα[去到……埃盖：这里(……)他的著名的宫阙]的引文。不能反过来解释。但《奥德赛》此处被认为是最早的一部分。波塞冬的跨海之旅反倒应属于《伊利亚特》的新诗人(B)。倘若如此，米尔确立的时间顺序：先《伊利亚特》A，后《奥德赛》A，然后《伊利亚特》B(约前 600 年)，就不对了，除非假定《伊利亚特》卷 13 有更古老的前本。

扔去神料、系紧金绳，与之相反，伊达山上的雷神只为他的马抛上一片浓雾(8.49及以下；连这里也有部分句子相同)。

波塞冬把去路欢庆成凯旋。这胜利难道不是来得太早？上岸时，他变化成另一位。海中怪物"认出自己的领袖"(28)，凡人就难多了。这位次生子，这位海神，无法动用宙斯控战时所用的帮手和方法：他戴上假面，走向阿开奥斯人的国王们。[280]宙斯的权杖意味着、也授人以胜利。波塞冬把他的手杖当成了魔棒。被它一击，两位埃阿斯就重新"充满力量"，"手脚关节变得轻松灵活"。有人认为，这使人想起雅典娜在《奥德赛》13.429用魔棒触碰奥德修斯、把他变成乞丐，甚至喀尔刻(Kirke)那支也不无可能。魔棒、飞走、认出神明，一切都是后期《奥德赛》的特质，进入其魔幻领域——晚期艺术(米尔，页213)。然而，波塞冬的手杖也同时是他所乔装(σκηπάνιον，而不是ῥάβδος)的卡尔卡斯的手杖，它是先知的道具，就像克律塞斯的祭司服饰中包含祭司的手杖，用以触碰出产生奇迹的、"唤醒的"话语：整套东西聚合出一个意义，对此《奥德赛》没有给出范例。在《奥德赛》的变化中，奇迹发生并不是因为女神显现，而是为了让英雄童话般地变身。相反，卡尔卡斯的手杖不能与神明开始作为阿开奥斯人出演的角色分开：他乔装成凡人行事。

他伪装的人物，更年长，更重要。他化身为卡尔卡斯对两位埃阿斯所说的话，真正的卡尔卡斯差不多也能说——假若话里没有带着刺讥嘲宙斯：

> 那个自称是全能的宙斯的儿子，
> 疯狂如火的赫克托尔在这里指挥攻击。(53)

神明夸张了，在他看来，赫克托尔被宙斯偏爱得太过分。更露骨的是下面这句：

> 即使奥林波斯主神亲自激励他,
> 你们也能把他从这些船边击退。

货真价实的卡尔卡斯大概不会以这种可疑的方式提出劝导。谋反的兄弟-神露了馅。① 神如同鹞鹰般腾空而去,他的消失和两位埃阿斯感受到的魔力虽然使他们意识到遇见了神,却并不清楚到底是哪一位。这一点也不同于《奥德赛》。神一直在暗中行动,他说的话模棱两可,阿开奥斯人不可以惊讶地发现:看啊,我们的护佑神来头不小,他是波塞冬!这将会怎样事与愿违!他在对抗天界的主宰。一位神明的意愿终将与另一位相撞,要问的只是:什么时候;要说,[281]在设置了多少灾难之后。这次魔法有别于《奥德赛》的最大不同,在于崇高与可疑的杂糅;大胆的杂糅产生出可怕的后果。《奥德赛》的神明显灵使凡人怎样绝渡逢舟!在这里,跳过最近处往下看,却是怎样的背景和角度!

波塞冬完成的第二件奇事,虽未显神迹,却也超越了他对两位埃阿斯的所为。神转入阵"后",可局面已无望。并非第二卷中罢战的众人(λαoí),而是包括透克罗斯、墨里奥涅斯和安提洛科斯在内最优秀的年轻人们放弃了战斗。他们不知所措,心力交瘁,眼看着特洛亚人蜂拥越过壁垒,瘫软在船前"热泪盈眶"。阿开奥斯人的毁灭从未如此不可扭转,斗志——原谅这个词——从未如此低落。壁垒战已是特洛亚进攻的转折,现在,在这同一次转折中,血浴和洗劫似乎就在眼前。此时,仍乔装为卡尔卡斯的波塞冬对绝望者说话,他的话竟使刚刚还在哭泣的人们围绕两个埃阿斯布起阵列,这堪称战术的奇迹:投枪挨投枪,圆盾挨圆盾,头盔挨头盔,人挨人,排列得就像基吉宫的科林斯

---

① 米尔(页213)另有高见:"58行极好:即使有宙斯激励,你们也会吓退赫克托尔。"

壶上①那样紧密。然而奇迹只是奇迹，并没有其他用处，阵列保持不变，所有英雄的战斗动机，双方挑选交战对手，一组组战士争抢尸体，剥夺盔甲，跳入、退出"厮杀"，追取投出的长枪，把它从死者身上拔出，全套《伊利亚特》的战斗样式都走了一遍。战争停住，分别描述一位位战士。集结出强大阵列，能截住赫克托尔领导下的特洛亚人进逼就够。两队短兵相接，战况再入僵局。

紧凑有素的阵列像壁垒战一样，都是现世可见的生活，它们有着相似的与年代不符的现实感。虽然阵列步兵与车战似乎彼此排斥。但哪里不是新旧并存？诗人生活在转变期吗？不论如何，[282]这种新东西——也就是说，并非一位英雄创造奇迹，而是一支训练有素的队伍挽回危急的局面——在风格上突破了较古老的史诗传统。军纪上的奇迹符合描述它的语言。

刚刚还痛哭流涕，现在则是团结一心的反攻队伍——不能只看其一不看其二。有些人感觉，痛哭者让他想起《奥德赛》里某些"多愁善感"的场景。有人因此推断，《伊利亚特》的这部分一定年代较晚。可是《奥德赛》哪里有这样的对比？

波塞冬引发转折奇迹的话是哪种类型？有人认为，史诗作者借用了一种新体裁：战争哀歌（die kriegerische Elegie）。这虽然会让神所说的话得到与年代不符的现实感，却也要面对一些有力的反驳。战争哀歌亦非无中生有，因为升华了那些紧要时刻最严峻的东西，它才得以进入诗的语言。即使不考虑这一点，它的语气也与其他体裁大不相同。波塞冬的话里没有爱国伦理，没有熠熠生辉、欢欣鼓舞的东西，没有转化为激励的赞颂，没有那种因对殉国者的崇拜和尊敬而产生的荣誉思想。波塞冬的话虽不乏劝告（Paränese），但其中混杂着斥责，而英雄的斥责是史诗路数，不用等到悲歌。警策毫无圣火的迹象。语气是英雄同仁们所用。

---

① Pfuhl, *Malerei und Zeichnung d. Gr. Buschor*, *Gr. Vasen*(1940) Abb. 467.

"我们"与"你们"交替出现。"亲爱的朋友们啊"（120, ὦ πέπονες），是对最亲近的高层贵族的称呼，通常在兄弟、朋友之间，长者对年轻人也会这样说，例如 17.238, ὦ πέπον, ὦ Μενέλαε［亲爱的朋友啊，墨涅拉奥斯啊］。埃阿斯把他同父异母的兄弟称作 Τεῦκρε πέπον［亲爱的透克罗斯］(15.437)，萨尔佩冬称他的同伴为 Γλαῦκε πέπον［亲爱的格劳科斯］(16.492)。《奥德赛》里，波吕斐摩斯把他的公羊叫作 κριὲ πέπον［亲爱的公羊］(9.447)——模仿崇高语气，在童话氛围中映射英雄主义。英雄同仁间的语言沉寂后，这句话的灵活用法也随之一同消失。在斥骂者以及扮演阿基琉斯的特尔西特斯口中，ὦ πέπονες［懦夫们啊］(2.235)变成了无耻，一如斥责变为漫骂。

ὦ πέπονες［懦夫们啊］这个称呼在语气上顺应着惊叹词 ὦ πόποι［天哪］。17.171 及以下，赫克托尔怒斥格劳科斯时，称呼和叹词共同出现在一句话里。15.467 及以下，对于透克罗斯的惊呼 ὦ πόποι［天哪］，埃阿斯回以 ὦ πέπον［我的朋友］。

［283］* 撼动大地者沉浸在他作为胜利之神的新职业里不能自拔，最后竟化作老年战士握住阿伽门农的手——阿伽门农被保留到最后出场，他不仅是最高统帅，也是最灰心的人——［波塞冬］触动他最敏感的地方，提起阿基琉斯因阿开奥斯人溃逃而幸灾乐祸，还不忘加上一句：

> 那个蠢货！愿天神让他遭殃。
> 永生长乐的神明们对你毫无恶意！（14.142 及以下）

为加强效果，他放下此前的矜持，扯去伪装，

> 放声大喊奔过平原。

> 如同九千个或一万个士兵在战场上,
> 齐声呐喊。(14.147及以下)

到了这个时候,奥林波斯上的赫拉再也不能坐视不管。

有人认为,波塞冬口中发出的吼声(14.148及以下)或许适合狂暴的战神阿瑞斯,但并不适合高贵的海洋统治者;呐喊及相同诗句初见于《狄奥墨得斯篇》5.860及以下。阿瑞斯被雅典娜击中下腹,因剧痛而大吼。然而,九千或一万个士兵的呐喊原本所指的只能是此处这种伴随进攻的战号,因此才会有前置词ἐπ-ίαχον[欢呼、大声叫喊];这个词通常意味着:在人群中欢呼。能把这一万人想成是一万名伤员吗?当时可没有大规模杀伤武器。奔跑的神"放声大喊","伟大的震地神从胸中也发出这样的吼声",如同一万名——当然是进攻者——齐声呐喊。终于,等了这么久,神终于亮出真身,在他换了一个又一个新面具、拖了这么久之后,终于,在他兴师动众地出场、在他越过大海的奇迹之旅(13.27)后,人们早就在期待的事情终于发生。14.135 重复着 13.10,著名的震地神对这些并非盲无觉察,接续上神首次现身时的奇迹;听众得到提醒。如万人般大吼的阿瑞斯虽然可怕,听到的阿开奥斯人和特洛亚人全都吓得发抖,可声音不是从神威严的胸膛中迸发,它不是踌躇满志的神强力与威严的标志,而是可怜的败寇的嘶吼——虽然伤口倒不危险。是勇猛变成无能?还是反过来,丑角变得崇高?对比第5卷的其他神戏,就不会怀疑:优先权应给予第14卷;[284]而且,二者背后一定还有更古老的范本。可即便如此,第14卷也是更忠实的复制品。

* 波塞冬为何第三次显现为无名"老人"?为了让变化的神迹更加宏大。一如得墨忒尔(Demeter)从穷苦的老妇人变化为伟大的女神,波塞冬也从谜一般的老人化为不可思议的神、呐喊者和冲锋者。第一次变化时,假扮的卡尔卡斯消失后只留下让人猜测到他是神的痕迹,与之相比,最后这次变化奇异得太多。把乱成一团的战斗划分开的三次相遇,在一次次升级。

有人挑剔说,波塞冬如此声势浩大地跨过大海而来,上岸后神却消失在凡人的形象里。可消失是始末两次现身之间的过渡和手段。最后他再次作为出发时那位伟大的神明出现。在确知胜利的一刻,他扔下面具,释放神性。

可一切只是开始。现在,诸神的意愿相互牵缠。153及以下:

> 金座赫拉站在奥林波斯山顶,
> 展开视野极目远眺……

现在轮到赫拉,兄弟兼夫弟的惊人举动让她萌生出新想法。她把一切都看在眼里,伊达山上的宙斯,下面军营里的波塞冬,后者让她多欣喜,前者就让她多憎厌——她意识到危险。考虑到一切的赫拉,决定要迷住提大盾的宙斯的心智。(另外:此处在如何处理诸神的称号!提词的理论多么勉强!)

第8卷的动机经变化和发展,再次于此处出现。之前是波塞冬忠心拒绝、明智提醒,不听劝的赫拉得到雅典娜支持,铤而走险,局面尚未打开,就被宙斯派来的伊里斯赶了回去。在14卷,波塞冬自己也抗拒不了曾让赫拉冒险的诱惑。他另起炉灶,乘战车堂皇出行,好像要赶超赫拉的架势,之后却躲到面具后偷偷摸摸做事:他发生了怎样的反转!同时,他的形象得到怎样的发展,他怎样从第8卷限定的反面角色发展成完整的神性个体!混合着尊严、精明、阴谋、对阿开奥斯人的爱和原始的自然暴力!所有这五点诱发出的冒险轰轰烈烈,远非第8卷的赫拉可比。

[285]卷15.157及以下,他(波塞冬)的归返又多么不同、多么迥异于卷8中愠怒的赫拉掉头折回!仍然是伊里斯转达宙斯的旨

令,就像前一天下令给赫拉。派遣用了与8.398相同的诗句:

> 快腿的伊里斯,快去。

但旨令客气了一层,威胁也更加委婉。不是:

> 我要这样说,这件事将会成为事实:
> 我要把她们车前的快腿的马弄瘸,
> 把她们从车子上面扔出去,把车子打破,
> 她们在十个轮流旋转的年头之内……(8.401及以下)

现在:

> 命令他立即停止战斗,退出战场,
> 回到神明中间或去神圣的海里。
> 如果他不听我的命令,不愿执行,
> 那就让他用心灵和理智好好想想,
> 他虽然强大,但能不能抵挡我的攻击,
> 因为我自视比他强大,也比他年长,
> 然而他心里却以为可以同我这个
> 其他众神见了都害怕的宙斯相匹敌。(15.158及以下)

最后半句(同7.112)也许是指提坦,随后15.224及以下,宙斯回到相同的措辞上,更明确地点明:要是[他和波塞冬]打起来,连"其他那些"深渊中的提坦们都会听见。语气变得客气了,或许要考虑一下这份暗示性的最后通牒。不会听不出它与第8卷的差别。统治者的优先权力取决于他出世在先。在人间,首卷(186)为抢夺布里塞伊斯而辩护时发生过相似的地位之争,也因此出现相同的词

句:φέρτερος εἶναι, ἶσον ἐμοὶ φάσθαι[……是最强大的,……说与我相等……]①。[卷15的]神如国王般讲话。但我们可不能说第8卷的宙斯也是这样。

为符合更繁复的风格,卷15中迅速出发的伊里斯被赋予一个源于自然的比喻。从8.409的修饰语ἀέλλοπος[快如风的](24.77重复了整句诗,ἀέλλοπος[快如风的]仅现于此二处),衍生出以下画面:

> 有如雪片或寒冷的冰雹被由气流生育的
> 波瑞阿斯无情地驱赶迅速降落,
> 迅捷的伊里斯也这样快捷地向远处飞去(15.170及以下)。

如果把相反的情况,即不寻常的修饰语取代了比喻,看作是创作过程,看作是某种浓缩,就很难一目了然。

伊里斯走近赫拉:

> 你们要到哪里去?为什么胸中发狂?
> 克罗诺斯的儿子不让……(8.413)

没有称呼,没有名号。伊里斯走向波塞冬则是:

> 黑发的绕地神,我如此迅速前来你这里,
> 从掷雷的宙斯那里给你带来了消息。(15.174)

威胁时她不得不比宙斯更明确:

---

① [译按]1.86原文是"我比你强大,其他人也不敢说与我相等……"。

> 如果你不听他的命令，不愿执行，
> 他威胁说他将亲自前来和你对抗，
> [286]他奉劝你要小心他的双手。（15.178）

除了"双手"不在旨令中，此外她谨守原话。沟通的语气加强了。

波塞冬获知消息，不禁悲从中来：

> 天哪，他虽然显贵，说话也太狂妄，
> 我和他一样强大，他竟然威胁强制我。（185）

他解释说，关于先出世者的特权，宙斯犯了可悲的错误。他澄清说：我们是克罗诺斯和瑞娅所生的三兄弟。有三个王国。决定我们三个的不是头生子的权利，而是阄子！我们抓阄，我拈到灰色的大海，哈德斯是昏冥世界，宙斯拈得太空和云气里的广阔天宇，大地和高耸的奥林波斯归大家共有。因此我决不会按宙斯的意愿生活。他虽然强大，也应该安守他的三分之一！（多么无理的要求！）至于他的双手——说到伊里斯对旨令自作主张的更改——不要拿他的双手恫吓，好像我是个懦夫！他最好用这些可怕的话斥骂他自己生的儿女们：不论他们愿不愿意，都得听他的命令。

现在局面变得多么危险！波塞冬没有像赫拉那样折身而返，他不让步，也没有动摇。这时伊里斯放出大招。她暗示说：

> 黑发的绕地神，我真得将你刚才作的
> 如此严厉、强硬的回答去回复宙斯？
> 或者你想做些改变？高贵者的心灵可以回转。（15.201及以下）

她的回复结束于一句格言，形式上它让人想起波塞冬本人激励年

轻战士的格言:高贵者的心灵可以抚平(13.115)。语义上它则使人想起福尼克斯在《求和》中的劝诫:

> 天上的神明
> 也会回转,他们有的是更高的美德、
> 荣誉和力量。(9.497)

她又警告着暗示说:你也知道埃里倪斯们总是助兄长(15.204)。她重提永恒的秩序、宗氏的基础。现在,这个被她震慑住的宗族意识者终于让步:

> 女神伊里斯,你刚才的话说得极精妙,
> 使者作如此明智的劝告也很高贵(他回到她的格言上)。
> (206及以下)

他就这样屈服宙斯了?他回心转意了?更确切地说,他隐藏在辩驳里的退却现在才刚刚开始。他力守尊严,引证那伤害他自尊的可怕痛苦,他所用的诗句:强烈的痛苦侵袭着我的内心和灵智(15.208),[287]与狄奥墨得斯(8.147)被当作懦夫、感到自己遭受侮蔑时是同一句,与阿基琉斯无法释怀阿伽门农使他蒙受屈辱时是同一句:

> 因为有人……竟要抢劫
> 和他相等、强力超过他的人(16.54及以下)。

——本卷随后的"因为"使相似性更加明显。波塞冬也感到自己是受辱者:

> 因为他竟以如此激烈的言词责备和他
> 同样强大、享有同等地位的我！（15.201及以下）

神以一位受伤王侯的语气说话。区别当然是，阿基琉斯的确蒙冤受屈。波塞冬则不然，他自己是如何对待宙斯的？［宙斯］有什么话攻击了他？他怎能击败胜券在握者？现在他却宣称，虽然他十分气愤，可还是愿意让步。措辞与1.297及以下让步的阿基琉斯相同，最后他威胁说：倘若发生某事，……！——根本就不可能。
阿基琉斯：

> 还有一件事告诉你：
> ……黑色的快船旁边归我的其余的东西，
> 你不能违反我的意志把它们抢走。
> 如果你想试试，那就让大家知道：
> 你的黑血很快会流到我的矛尖上。（1.297及以下）

波塞冬：

> 还有一件事告诉你：
> 他如果违背我，违背赏赐战利品的雅典娜，
> 宽恕巍峨的伊利昂，不想让它遭毁灭，
> 使阿尔戈斯人享受不到巨大的荣誉，
> 那他该知道，我们的怨隙也不可弥合。

他避而不提出过丑的赫拉。

阿基琉斯在首卷里的退出源于他反复无常、突然暴跳如雷又突然骤变成忍辱怨恨的矛盾心性。如果认为诗人对他玩了一把讽刺，就太不理解阿基琉斯了。退让的狄奥墨得斯也同样不在此列。

可波塞冬这边,实际情况与他的举动之间的矛盾实在太明显,不会听不到讽刺。曾伪装成凡人的神,最后不禁作为神装腔作势。神说话越像国王,语气就越分裂。阿伽门农的退却和讽刺则在另一种文脉提到。这一切都是晚近的,[波塞冬]最后退场时人神之间鲜明的牵缠关系亦然:

> 震地神说完,离开阿开奥斯军队回大海,
> 阿开奥斯将士们强烈的忧愁涌上心头。(15.127)

相似的是宙斯,在特洛亚人攻入阿开奥斯军营的一刻他移开了目光(13.1及以下)。

[288]*第13卷遮遮掩掩的开头直指第15卷的公开冲突。但是,如果没有赫拉加入,这场冲突将会如何?我们应当认为,最果断的分析学者也无法得出结论:起初只有两个兄弟神之间的冲突,夫妻的冲突作为扩展内容被加了进来。赫拉并非因波塞冬之故才出现,反倒波塞冬显然是被赫拉引入场。这幅完整的、人神尽收的宏大构图,在伊达山巅的爱床上到达顶点。

[原注]相反,米尔,页222:"几乎就是复制品,如果 B 还要在他之外、通过诡计(Diòs apáte)把赫拉扯入行动,他当然就能以此应对质疑,为什么宙斯在伊达山上最后不再看战场? B 也许会说,缝两遍更结实。"

如果把一段段插曲从战斗中抽掉:如果没有阿开奥斯人无望的失败在先,如果他们没有振作反击,没有因此获得新胜利,如果最后一刻没有发生使局面退回原点的新挫败,就不会出现欺骗的爱床。阴谋必定功亏一篑。游戏的赌注则是残暴至极的战事。如果拿走太多搏斗的严酷,也就从诸神游戏里抽掉太多令凡人胆战的轻松。"轻松生活者($ῥεῖα\ ζώοντες$)"的陈词滥调,从未像此处这般,化作一场血腥的沉重大戏。

任何括除都不能肢解整体。貌似对许多插曲都有用的手段，在处理这最长的一段时失效了。但层层包裹（des Umschließens）的史诗技术（洋葱布局，die Zwiebelkomposition）仍然与其他大型插曲一样。最内核是伊达山上的爱床，赫拉的欺骗及其准备围绕着它，继而包裹的第一层内皮是波塞冬私下的隐蔽行动，外围的表皮则是战况及其间的溃败和壮举。《使者》（第9卷）中表皮是阿开奥斯人的第一次战败，第一层内皮是长老会议，阿伽门农、涅斯托尔及狄奥墨得斯开始和结束时讲话，第二层内皮是奥德修斯和埃阿斯在阿基琉斯的帐篷里，内核则是福尼克斯的演讲。《使者》首尾也情境相同。第6卷，最内核是赫克托尔向安德罗马克道别，外围是战况及狄奥墨得斯的壮举，[289]表皮是帕里斯离开、又回归战场。

　　然而，所有这类结构中，从11跨越至15卷的这一次远比其他复杂，同时它也最难让人从开头料想到结局将会如何。宙斯眷顾阿基琉斯的计划竟会遭遇这么多阻力，竟会招致种种天界势力、种种人间的胜败、死亡和英雄行动反对他，《帕特罗克洛斯篇》的雏形里不会包含这么多人神尽收的内容。如果除了阿基琉斯，所有阿开奥斯英雄都不是赫克托尔的对手——也的确如此（见1.242，9.351及以下）——还有什么比赫克托尔得胜更顺理成章？现在诸神和英雄却插手其间，特洛亚人意料中的胜利将兑现天父许下的承诺，一个隐蔽的计划因之而生——隐蔽是因为，[阿开奥斯人的]败局将引发更大的胜利。计划的展开唤起众神反对，阿开奥斯人的抵抗本已溃败，却重振旗鼓，开始坚韧的、血腥无度的搏斗，胜败随操控而变，白白流淌的血越来越多。可诸神之上还有一位超越他们自己的、捉摸不透的主宰，赎罪的不是诸神，而是凡人。《奥德赛》与这一切多么不同！仅次于宙斯的神，赫拉和波塞冬，暗地里反对他，他最后却只能遂了他们的愿：阿基琉斯重新加入战斗，阿开奥斯人因之而胜。但他们不明白，阿开奥斯人战败只是天父的手段,而非最后目标。要对听众展现出多么严重的败局,才会让这些神明也害怕起来!"策划阴谋"($\delta o\lambda ó\mu\eta\tau\iota\varsigma$)的赫拉挖空心思想出的诡计($\delta ó\lambda o\varsigma$)全盘落空,她不是视之为支持肆无忌惮的波塞冬、拯救她所爱的阿开奥斯人的唯一出路?"再无退路;如果特洛亚人攻上船,阿开奥斯人必将全军覆没":即使不说是"边缘情境",这也是卷 13、14 里(13. 42,89,98,227,629;14. 47,99)僵持未变的境况:阿开奥斯人对此太清楚不过,赫拉也因此,如她所想,决定在胜利和毁灭之间插手拯救阿开奥斯人。

* 然而却有人断定:起初曾有一首波塞冬帮助阿开奥斯人的颂歌或诗;他帮助他们,是因为他作为本土"深渊的主宰"站在他们一边。[290]赫拉违逆宙斯的阴谋大戏后来才加入去支持他。

[原注]维拉莫维茨(页 240)重构了一部古诗:波塞冬作为阿开奥斯人的帮手,对抗特洛亚人的帮手阿波罗。《诡计》的诗人在此基础上创作。二者无法分离,只能看出过程,最后从过程中产生出我们的文本。古诗在第 13 卷末、赫克托尔与埃阿斯开战前中断。

那就必须也切除第 13 卷开头波塞冬守在萨摩色雷斯上、波塞冬反宙斯以及其他许多对戏。"古诗"纯粹是想象。

可这里忽略了,波塞冬的伪装一开始就显露出要与宙斯竞争,这已经是他诡秘举止的推动力,他坚持充当控战者的要求超出了他的神职权能,越是希望不被兄长觉察、暗中扭转战况,越权就越严重。显然,在发生大规模战事时,波塞冬才能介入。他寄希望于未来,这也似乎给他了希望;一步一步地,他先在阵前活动,然后到了阵后,最后在受伤的国王身边、在阿开奥斯军营中站稳脚,通过一次次变化,他最后成功地使被打击得如此绝望的阿开奥斯全军重新振作,事竟至此,人们不禁生疑而问:还能坚持多久?

这个问题不仅困扰听众,女神赫拉也如此自问。无需宙斯从北方转回视线,接下来呢?

奥林波斯上的赫拉不但意识到巨大的机会，也同时看到巨大的危险。一句对偶表现出，兄弟兼夫弟的奔忙让她多么高兴，看向坐在伊达山巅峰的宙斯时她又有多么阴郁：

> 金座赫拉站在奥林波斯山顶，
> 展开视野极目远眺，立即看见
> 兄弟兼夫弟正在让人扬名的战场
> 来回奔忙，欣喜之情顿然涌心间。
> 她又看见宙斯正坐在多泉流的伊达山
> 群峰之巅，心头泛起强烈的憎厌。（14.153 及以下）

这句话言简意赅地总结了整场准备已久、如今已推至极限的情境；这个句子证实了，从第 13 卷开始，一切就在按部就班地运行着。正是这种推至极端的情境，这个大获全胜或全盘皆输的瞬间，让赫拉萌生出欺骗宙斯的想法。波塞冬的努力其实掩饰得差强人意，一定会有人想到：[291]这行不通。赫拉的诡计可就不一样了。如果宙斯在她怀里多睡一小会儿，决定特洛亚人胜败的赫克托尔就会完蛋。相比之下，她准备得多好，事情做得多狡猾！那位兄弟兼夫弟，即便他出行胜利，也始终只是个眼高手低的糊涂虫！与之相反，赫拉做事，无一不服务于目的。他与她扮演的角色多么大相径庭！

她在演自己，她过去是、也可能是的自己。她出于自己神性中本来就具有的矛盾而演；相反，波塞冬进入了一个陌异于他本性的角色。最后他竟忘乎所以地发出胜利的吼叫，而赫拉在她的角色里始终如一。宙斯在生米煮成熟饭前的最后一刻醒来，这不是她的错，而是因为，宙斯毕竟是宙斯。

她也像波塞冬一样武装自己。他在海渊金光闪灿的宫殿里驾上他金色鬃毛的马，披上黄金铠甲，抓起黄金长鞭，登上战车——

虽然只是为了威风凛凛地驶过大海;她则走进闺房,走进她亲爱的儿子赫菲斯托斯为她建造的内室(der Thalamos)。它的门上有一把只有她才能打开的秘锁。事实上,这里的确有需要严守的秘密。秘锁或许源于更古老的想象:除了宙斯,唯独雅典娜才有密匙,能打开保存闪电的屋子(埃斯库罗斯《厄默尼德》827)。《伊利亚特》中的秘锁示意着秘密不可抗拒的魅力。

暗中发生的,是一次特殊的武装。武装就是她的梳妆打扮——清洁全身不用水而是用安布罗西亚(Ambrosia),涂上香气馥郁的安布罗西亚神膏:在宙斯的宫殿里撒入一滴就能让馨香充满天地。她梳理"永生的头上"垂下的"美好长发"。"美好长发"、"从永生的头上垂下"(ἐκ κράατος ἀθανάτοιο)让人想起宙斯(1.529及以下),换句话说,让人想起崇高的场面,而她打算摧毁这冠冕堂皇。

[292] 1.540及以下,夫妻的争吵也围绕着要保"密"的计划。诸神的秘密决定了最高层的政治。13.352的插入语"偷偷"(λάθρῃ)指出波塞冬的"隐蔽"计划,而在他的种种伪装中并未明确提及保密。他也的确不是按照一个事先筹划好的秘密计划行事。他伺机而动。赫拉则不同:她做事,动用了所有能用的方法,一切都深思熟虑过。

＊赫拉对宙斯的反抗从首卷起就开始了,它持续下去,在第4卷全面爆发——宙斯与赫拉达成协约,阿尔戈斯、斯巴达和迈锡尼的毁灭导致特洛亚必将毁灭(4.50及以下)。第8卷初,宙斯的威胁似乎终于把反抗打压下去,可是,他只在第12卷才能不受干扰地操控战争。更隐蔽也更危险的新反抗险些在第14卷取胜。神戏在15卷开头宙斯醒来时达到高潮。紧随其后,凡人的戏也在帕特罗克洛斯的胜利和死亡中达到高潮。神戏的转折点(15)和人间悲剧的转折点(16)被紧紧推到一起。让它们紧密相连的要旨,是那种神与人相反相成的想法。胜利和赐予胜利的神的手腕、失败

和他的醒来,彼此相应。使它们紧密相连的手法是两次"几乎"的交织。如果宙斯没有在木已成舟之前醒来,没有重新抓住权力的缰绳,帕特罗克洛斯就不会哭泣着请求阿基琉斯,让他在局面不可挽回之前出战。两次几乎,一次由帕特罗克洛斯的故事决定,另外一次是由创作的想象力补入的杜撰。

伊多墨纽斯的壮举*

* 第13卷的战斗围绕着一个中心段落编排:宙斯的孙子,克里特的伊多墨纽斯的壮举。

壮举要服从该类题材的惯例,不论诗人大小,不论他想要何种文脉,均需满足一些他脱不开干系的明确要求。被期待的是,对决双方不能只凭行动出场,还要以辞令相斗,要为他们创造场地,[293]要留给他们时间,虽然总战事还在继续,但要在英雄周围空出一片专门的竞技场。决斗者要彼此相识,进而才能打赌、挑衅、讥嘲,他们要旗鼓相当,人们期待硬碰硬。在荷马史诗中,这常常太突兀,太不现实,作为加演节目,它就像歌剧中的独唱,几乎没什么比它更不得人心。壮举是赞颂先祖、对歌手服务的王侯致敬表忠的官方形式。荷马无法创造出这种社会条件,因此用以致敬的壮举形式也不会是他独自发明。或许,《伊利亚特》的诗人对这种艺术形式的看法不同于现代考据者,他在壮举中看到的并非只有官方许可:显赫的祖先一旦出现,剧情也要暂停片刻,好奇的听众还不知道将发生什么,就会更加迫不及待。

有纯诗的壮举,它们与被歌颂的伟大英雄的传奇一致,比如帕特罗克洛斯、埃阿斯和阿基琉斯的;也有些壮举带有现实的附加目的,它们是作为配料被人们带着某种完成命题任务的、有目的的乐趣(mit interessierter Freude)欣赏。即使有人推测,两种类型曾有过渗透转化,也绝不是一种从另一种衍生而出,英雄传说不止源于歌功颂德。在《伊利亚特》中，它们有明显区别。无需怀疑，不仅歌功颂德的壮举，比如稍有一点外部框架、是单独表演的埃涅阿斯或萨尔佩冬伟业，那些被用在更宏大的文脉中、突兀的、插曲式的壮举也不是《伊利亚特》诗人的首创。这一点也能从归类方式看出：某些要盛赞的王室英雄、传说史中的新人，被分给闻名天下的老英雄们当对手。从这种分配能看出，新人和古老传说已有的英雄之间存在着有计划的分野。可以有几分把握地猜测，不存在一部古老的、本土的埃涅阿斯-传说。更不会看错的是那种尽量让后引入者与《伊利亚特》的大英雄们一比高下的良苦用心，最勇者甚至要与大英雄里的头牌较量。他面临的任务不得不升级。此外他还与狄奥墨得斯、伊多墨纽斯、埃阿斯交过手，可他打的最危险的一仗是，对决阿基琉斯，[294]这是对他的英勇最严酷的考验，他对此中危险心知肚明，竟至需要保护神令他振作，毫不意外，这也是他的最后一仗。因有神助，埃涅阿斯从阿基琉斯手下死里逃生，而吕西亚人萨尔佩冬，伊奥尼亚氏族的祖先则丧命于《帕特罗克洛斯篇》里最伟大的英雄帕特罗克洛斯之手，他虽然只是伴侣，名声却几乎盖过阿基琉斯。吕西亚人格劳科斯与著名的"后继者"(Epigone)狄奥墨得斯旗鼓相当。甚至，著名的狄奥墨得斯惊喜地发现，二人因祖辈的宾客情谊而有所关联(6.212)。格劳科斯，格劳基德人(Glaukiden)①的先祖，跻身于被歌颂的传说英雄之列，成为他们的同侪。

可断定，《伊利亚特》诗人赞颂的埃涅阿斯是埃涅阿德人(Aineiaden)②的祖先，虽然对伊多墨纽斯无法如此确证，但从称扬他的方式和风格上也能推知相似的意趣。即使风格有别于第12卷的壁垒战，这些差异也未必能证明诗人的不同。题材亦有其要求。

---

① ［译按］指格劳科斯的后裔，此为音译。
② ［译按］指埃涅阿斯的后裔，此为音译。

不难推断：彼处（第12卷）是现实主义-直观生动的壁垒战，此处是符合惯例的、非现实主义的壮举，彼处笔法集中，此处是松散串联：同一位诗人怎会下笔如此不同？只有比较两段攻城战，这些推论才会有说服力。伊多墨纽斯的壮举与第20卷中埃涅埃斯的很像：后者难脱神战的文脉，伊多墨纽斯的壮举也同样难以脱离壁垒和船只间的战斗。后来被赞颂的埃涅阿斯，此处作为伊多墨纽斯的对手登场，而且是以一种倒转的形式：对决阿基琉斯时，埃涅阿斯是临危者，此处上了年纪的临危者则是对抗埃涅阿斯的伊多墨纽斯（13.480及以下）。

* 壮举首先需要开场。不论是否在意料之中，英雄必须走上前台或被叫出来，他必须武装自己，必须出现在需要他的地方，等等。为把伊多墨纽斯叫出来，伪装成埃托利亚国王的波塞冬提醒他阿开奥斯人的"威胁"：

> 伊多墨纽斯啊，克里特首领，阿开奥斯人
> 对特洛亚人惯有的威胁而今在哪里？（13.219）

《帕特罗克洛斯篇》也始于相似的对"威胁"的提醒，阿基琉斯对出战的米尔弥冬人喊话：

> [295]米尔弥冬人啊，愿你们谁也不会忘记，
> 当你们被留在快船上，你们曾愤怒地
> 对特洛亚人发出威胁……（16.200）

波塞冬让伊多墨纽斯想起的"威胁"，当然发生在很久之前，与阿开奥斯人被打回到船上的当下形成对比。威胁出自战争爆发时的士气，更何况当时人们相信正义在自己这边。米尔弥冬人的威胁则缘起不同。它虽然也是针对特洛亚人，却是不久之前刚刚发生。

它源于对伟业的渴望,那种被阿基琉斯的怒火遏止的行动。与其说不满针对特洛亚人,莫若说它是针对阿基琉斯的。虽然阿基琉斯也会对米尔弥冬人大喊:"现在让你们的威胁成真!"但米尔弥冬人并非不能。他们无需像阿开奥斯人那样证实他们的话,他们没有说下大话。这个动机在伊多墨纽斯所处的情境中更纯粹,更自然。也许错位还没有足够的分量,不足以证实伊多墨纽斯的壮举比《帕特罗克洛斯篇》(在这个地方)更早,但它也对那些关于年代和真伪太过草率的结论发出了警告。同样的激励和话语也在埃涅阿斯的壮举中重现,被用在特洛亚人身上:

> 埃涅阿斯,特洛亚人的参议,你的威胁呢?
> 你曾经高举酒杯向特洛亚首领们宣称,
> 要同佩琉斯之子阿基琉斯迎面厮杀。(20.83)

这也证实,该动机原本不在阿基琉斯对米尔弥冬人说的话里,而是在真正的壮举中。两段壮举共用诗句中的共用头衔"给出建议的国王"(βουληφόρος),适用于战场上的英雄埃涅阿斯,以之称呼"头发半白"的伊多墨纽斯也没有丝毫不妥。

相同诗句重复出现,第一次为提醒伊多墨纽斯、第二次为提醒埃涅阿斯他的"威胁",更值得思考的是,两次提醒者都是乔装的神,第一次是假扮成托阿斯的波塞冬,第二次则是以吕卡昂形象出现的阿波罗。(此处的吕卡昂与 3.333 一样,只是普里阿摩斯的一个儿子,他还不是 21.34 及以下吕卡昂-插曲中那个愚蠢、沮丧、痴心妄想、哆哆嗦嗦、跪地哀求的年轻王子。如果吕卡昂的形象已经被写出来,就很难想象,阿波罗偏偏会选择这个人物、作为普里阿摩斯之子向英勇的埃涅阿斯说出如此果断、如此激励性的、产生奇迹效果的话。[296]称谓"普里阿摩斯的儿子"、"英雄"就已显示出,波塞冬幻化成的这个吕卡昂是一位不可小觑的英雄。吕卡昂-

插曲表明，它的创作一定晚于第20卷的埃涅阿斯-插曲。）

阿波罗戴上重要人物吕卡昂的面具，波塞冬也如出一辙地选择伪装成一位高层英雄去激励伊多墨纽斯。这位统治着整个普琉戎、高峻的卡吕冬和埃托利亚人的安德赖蒙之子托阿斯，似乎是专为此处杜撰的。第4卷（529）的托阿斯是位普通的埃托利亚人。他贡献出名字。船队名单指出问题所在，统治普琉戎和卡吕冬的为什么是安德赖蒙之子，而不是传说中著名的奥纽斯的子孙？唯一的答案是，不知其所终：奥纽斯的儿子们已不在人世（2.638及以下）。

在第13卷，埃托利亚国王和克里特国王地位相当。

此外两段壮举的共同点还在于，对于神的问题："威胁在哪！"两位惊觉者均回以相同的辩白：如此局面，责不在我（或我们），而是因为缺少神的助佑。由于伊多墨纽斯没有被召唤去对决某位明确的对手，他的反驳当然更为普遍，他着眼于全体阿开奥斯人的困境，以众人之名诉苦，再用一句大义凛然的"可是"提出不满：

> 亲爱的托阿斯，我看没有哪个人有错，
> ……
> 显然是强大的克罗诺斯之子喜欢这样，
> 让阿开奥斯人不光彩地丧生远离故土。
> 托阿斯啊，从前你总是作战勇敢……（13.222及以下）

波塞冬模仿同阶同心之人回答克里特国王：

> 即使弱者联合起来也会变勇敢，
> 更何况我们一向敢于同强敌厮杀。（237及以下）

波塞冬为自己选了一位重要人物的面具，作为志同道合者讲话。

他的话也同时映照出他自己——暗中谋反神兄的伪装的神。如果毁灭阿开奥斯人是宙斯的意志,弱者合力还会有用吗?可以理解,[297]化身为普里阿摩斯之子的阿波罗——埃涅阿斯不仅在此处与他们地位相当——得用另一种方式劝说,而不同于波塞冬故作的同志-英雄姿态。但不会看不出两段壮举出自同一位诗人之手。

刚刚在两位埃阿斯面前现身为卡尔卡斯时,波塞冬不是没有透过人形闪现出神性;遇到伊多墨纽斯时,他虽然在话里有所影射,但伪装得密不透风,伊多墨纽斯并未意识到他是神。以这种方式开始了壮举的伊多墨纽斯,斗志昂扬地走上战场。

*伊多墨纽斯的壮举中也同时包含他的侍从及辅助他的战友墨里奥涅斯,因此战斗之前两位英雄要首先碰头。会面包括二人的来、去以及联手对敌的交谈,共 90 多行诗(13.239-329),英雄的对话要表现出,国王和战友彼此实力相当。从类型上可以对比赫西俄德《铠甲》(78 及以下)中赫拉克勒斯与伊奥拉俄斯(Iolaos)的对话。

*也许是壮举[这种题材]的风格,使伊多墨纽斯如新英雄一般振奋地走上战场。为遇见波塞冬,他必须从一个被他送回营帐的受伤的同伴那里返战(211)。为了即将发生的英雄会面,他必须撞见从战场退回、为掷出的长枪寻找替代品的墨里奥涅斯。以往战斗里属于壮举的惯用语——再看看埃涅阿斯—壮举——变成了大量战利品:二人的营帐里都有不少特洛亚武器。掷出的长枪的替代品也与所有事情一样有所铺垫,247 指向 168。一对对战士的交织,一方拉入安提洛科斯,另一方加进去得伊福波斯,从单打独斗到团队作战(477 及以下)的过渡,一切都同等地谨慎周全。然而我们不能问,为什么伊多墨纽斯先要在他的营帐里武装(241 及以下)。他下战场时本打算立刻重返战场(214)。他必须武装,才能发出耀眼的光芒,就像克罗诺斯之子握在手中、从光辉的奥林波

斯掷下凡间的闪电。壮举需要武装。

　　*按风格阶段看,伊多墨纽斯的壮举成书较晚——在此我说的是相对年代,并不触及《伊利亚特》诗人多或一的问题。表明这一点的,不只是我们注意到,[298]某些伤势不合常理,可怕得矫揉造作。比如伊多墨纽斯的对手,尊贵的安基塞斯的女婿阿尔卡托奥斯,波塞冬令他两眼昏冥,双膝麻木,使他只能在战场中间束手待毙,①于是伊多墨纽斯一枪穿透他的胸甲,刺入心脏,那心脏还在蹦跳,枪杆随着颤动(443)。类似的还有被墨里奥涅斯击伤的阿达马斯,他被击中阴部和肚脐的半中:

> 那里是不幸的凡人遭打击最痛的地方,
> 投枪就刺中那里,阿马达斯绕着那支枪
> 扭颤,有如一头牛在山里被牧人逮住,
> 牧人用绳子拴住想把它强行牵走。
> 那位受伤者也这样扭动,时间不长,
> 英雄墨里奥涅斯走近他,从他身上
> 拔出那支枪,他的双眼便罩上了黑暗。(569及以下)

墨涅拉奥斯也如此击中对手的山根,竟使他脑壳碎裂、眼珠血淋林地滚到尘埃里(615及以下)。

　　相对晚期的东西不仅仅是这些造作的恐怖,还有对手之间尖锐的反差。*克里特首领伊多墨纽斯,不论在哪里出现,始终表现

---

① 这引起不满,因为有人要求更古老的伊多墨纽斯的壮举没有波塞冬支援。米尔,页216:"波塞冬很不适合让人两眼昏冥、双膝麻木。"我感觉自己并不这么精通希腊宗教。维拉莫维茨(页226)在其中看到"编者的修改"。为成三数,阿尔卡托奥斯不可少,这就意味着,原诗中倒下的不是他而是另一位,或者他以另一种方式阵亡。然而,根据递进律,第三位的死一定使特洛亚人受创最重,第三位本人则被最残忍地击毙,"修改"中的确如此,那就一定是编者的任务解决得不错。

为强大的国王；4.257 他与阿伽门农地位相同，3.232 他作为墨涅拉奥斯的常客而为人所知。但是，只在他的壮举中（13.361 及以下），他才被描述成战斗中"白发缕缕"（μεσαιπόλιος）的老人。听众全都知道他年迈，就像默认涅斯托尔为老人？可涅斯托尔是作为两个儿子的父亲参战。对伊多墨纽斯的儿女则只字未提。（根据后来的传说，当他与耶弗他——动机相连时，迎接他的儿子是个小男孩。）英雄年迈还是年轻，取决于讲述他的故事。可哪里有故事讲过"头发花白"的伊多墨纽斯？［299］他在第 13 卷白头出场，是为了让他的角色相对于对手们分量更重、更严肃稳重，特别是，比起那个澎湃着年轻人的愚蠢妄想、刚刚作为新人踏入战场的卡柏索斯的奥特里奥纽斯，战功赫赫的年迈英雄、克里特国王知道自己承担的责任是什么。奥特里奥纽斯得到许诺，无需聘礼就能娶走普里阿摩斯最美的女儿卡珊德拉，条件是他要赶走阿开奥斯人。伊多墨纽斯击中"傲然走着"（13.371）的他。他对中枪者的讥嘲让人想起阿基琉斯对吕卡昂的讽刺，其中释放出地位显赫的稳重者对如此轻浮之徒的蔑视："普里阿摩斯幸运的女婿啊！如果你许诺摧毁特洛亚，我们也会把阿伽门农的最俊秀的女儿嫁给你。"——这样看来，很可能白发的老年伊多墨纽斯无法追溯到更古老的传说，而正是这位诗人的发明。

赫克托尔*

*赫克托尔的伟大壮举发生在壁垒和船只附近的战斗中，而不是《帕特罗克洛斯篇》里。赫克托尔的伟大在他对帕特罗克洛斯的胜利中令人怀疑，那时他的伟大越不明朗，他就越要在壁垒战和夺船战中对决更伟大的英雄以证明自己。就好像一件事是另一件的补偿。

*谈及神戏与赫克托尔血光之灾的反差时，我说的是——讽刺。(见上文,[编码]页 208 及以下。)可有什么理由?另有人说,这是幽默和一种得到满足的希腊民族自豪感,他们在"祖先打败亚洲人的伟业中"看出"诗人及其听众的沉迷",找到一种显而易见的"因伊达山顶控战的宙斯受骗而起的快乐"。这种在喧嚣和杀戮之间、被置于船营绝望战斗之中的幽默多么令人神清气爽!

[原注]埃里希·贝特(I,页 280)就这样认为,他继续供认:"连自认已圆满决断的神主也会遭受一点儿挫败,就算在今天,这也会让每个无拘无束的人愉悦!如果当时的希腊人看到,连与他们相似的神也全都反特洛亚人,也如此无害地敏感于这种人性—太人性的戏谑,他们会多么开心!"对于这种观点,"无害"确实是个好词。

[300]即使不努力区分讽刺和幽默:诗行也不大让人舒服吧?我尽可能简单翻译。

埃阿斯撤退;他转身时,赫克托尔的长枪击中他挂盾牌和挂佩剑的皮带交叉处。这个偶然让埃阿斯死里逃生。赫克托尔后退时,埃阿斯捡起一块散落四周、支撑船只的石头,击中了赫克托尔铠甲上缘,靠近脖颈的胸膛。如同一棵被闪电劈开的橡树连根倒地,——现在遵照译文:

> 赫克托尔也这样立即倒进了尘埃里,
> 他的长枪脱了手,盾牌和头盔掉在地,
> 阿开奥斯儿子们大声欢呼着冲过来(已经)。
> 想把他拖走(像个死人),不断投出密集的长枪,
> 但没有一个人能伤着或击中士兵的牧者,
> 因为一群最勇敢的将领已把他护卫,
> ……
> 一个个站在他面前把圆形盾牌高举。
> 同伴们用手把他托起抬出战涡,

>　　　去找他的快马，那些马连同御者
>　　　和那辆斑斓的战车停在战场后面，
>　　　当即载着大声呻吟的伤者奔向城市。

（对于希腊人的民族自豪感这是怎样的满足！）

>　　　他们来到不朽的宙斯养育的河神
>　　　克珊托斯的水流充足、多漩涡的河滩，
>　　　把赫克托尔抬下车放到地上向他泼水，
>　　　赫克托尔长吁一声慢慢睁开了眼睛，
>　　　抬起身双膝跪地口吐伤血黑沉沉。

（对于希腊人的民族自豪感这是怎样的满足！）

>　　　他重新倒地，昏暗的黑夜遮住了眼睛，
>　　　那一下打击仍然制服着他的精神。（14.418 及以下）

* 现在，作为后续事件的治疗（15.236 及以下）被神戏打断。宙斯醒了，他威逼造成如此局面的波塞冬，使之愠怒地退回大海，并派他"亲爱的福波斯"去帮助赫克托尔。天神如同苍鹰冲下伊达山，找到英雄时，他不再躺着，已经坐起来，恢复了知觉，认出周围的同伴，也不再喘气和淌汗，因为宙斯的意志（νόος）已让他苏醒。远射（或主事）之神走向他。他的问题就像忒提斯面对哭泣的阿基琉斯时所问（1.362 及以下）。两位，阿波罗和忒提斯，都明知故问，如此打开被问者的嘴和心。关爱的神这样问：

>　　　赫克托尔，你为什么离开军队坐在这里？
>　　　[301] 软弱无力？或者你遭到什么不幸？（244 及以下）

像阿基琉斯一样，赫克托尔也在作答时倾吐了心声（对于希腊人的民族自豪感这是怎样的满足！）：

>　　　　　　头盔闪亮的赫克托尔疲惫地对他这样说：
(修饰性的形容词得到强调)
>　　　　"你是哪位最慈善的神明，
(以高度信任的语气称呼)
>　　　　亲自来同我说话？
(阿基琉斯的回答是："你问我什么？你是知道的。")
>　　　　难道你不知道正当我在阿开奥斯人在船尾艄，
>　　　　杀戮他们的同伴时，大声呐喊的埃阿斯，
>　　　　用石块击中我胸部，打掉了我的斗志？
>　　　　当我喘完最后一口气时，我原以为
>　　　　今天将去见死人，前往哈得斯的宫殿。"

这的确是宙斯醒来时他的处境。神让他苏醒，同时显灵：

>　　　　放勇敢些，这是克罗诺斯之子宙斯
>　　　　从伊达山给你派来救助者保护帮助你，
>　　　　我是金剑神福波斯·阿波罗，
>　　　　以前也曾挽救过你本人和你们那座巍峨的城堡。

神预言真相，也同时撒了谎，这是一个矛盾，诗人对此并非无所觉知（比较234及以下），这有助于他更深刻地解释赫克托尔的悲剧。

刚刚还昏迷不醒的人迅速赶到同伴之中，如同挣脱羁绊、在原野上奔跑的骏马，（该比喻借用于6.506及以下和22.24，但被升级为奇迹，并被置于强烈的反差之中），疗伤的奇迹引出战况转折。阿波罗，最后是宙斯本人，亲自为他铺开跨越壕沟和壁垒的路。

　　＊对于古风文学中（in archaischer Literatur）神的欺骗及其角色，已有诸多评述、探讨。可是，倘若欺骗的神与被骗的人不相对立，作为欺骗者的神——常常是友神，或表现成朋友——就不会被

如此深信，不会被如此铭记。《伊利亚特》中有大量仅提及一次的个例受骗者，他们被卷入战争，死在大人物手里，是喂饱他们胜利欲望的饲料。上当的英雄有两位：阿伽门农与赫克托尔。受骗更深的是赫克托尔。（不算阿基琉斯。应该说，作为发怒者他欺骗了自己，所以是另外一码事。）阿伽门农与赫克托尔反复被神所骗，虽是各自不同的独立事件，却已半入人性。欺骗（der Betrug）即将变成幻觉（der Trug）。[302]这将在巴门尼德和赫拉克利特那里得到哲学发展，此处仅略作提示。

对阿伽门农的欺骗依附于他的地位和职位。他遭遇的是君王的错觉。不论作为英雄还是国王，他都可以用其他方面示人。对赫克托尔的欺骗更深；它起于宙斯，却在内心最深处与他的本性和存在息息相关。从晚近的、古风时期的东西来看，赫克托尔是《伊利亚特》的英雄形象中最现代的一个。埃斯库罗斯的厄忒俄克勒斯（Eteokles）与他很相似。

埃阿斯毫不动摇地坚守已失去的阵地已经不可思议，赫克托尔则有过之而无不及，他必须以他的弱点为代价才能赢得英雄名分。有可能，甚至极有可能，对阿开奥斯人的偏爱也是一种相对古老的普遍态度，比如在特洛亚人喧声大作的进攻和达那奥斯人默默行军的对比中，这就有所体现（3.1及以下）。阿开奥斯人还更好地彼此救助，他们的伤亡也因此少得多（17.36），这也许源于早期希腊殖民者对他们的征服地所怀有的优越感。不是说《伊利亚特》中这样的段落定然因此更古老。但显然有位诗人发挥了作用，他感到自己有突破传统、在常态中标新立异的使命。他一反那种主流的、在战斗中对阿开奥斯人清一色的歌颂，他要以悲悼赫克托尔结束这一整部由种族意识承载的名诗，[303]他要为了死者把祈求的普里阿摩斯引入阿基琉斯的帐篷。但突破常规并不是在结尾才发生。如果赫克托尔的悲剧没有铺垫这么久，一部《阿基琉斯纪》又怎么可能以如此结局收尾？宙斯和贯彻他意志的阿波罗救活险些丧命的赫克托尔,这与他们费尽周折保全死者尸体的努力不是刚好相符?负伤不也是他命终的前奏?他再次死里逃生,最终的毁灭越是无情,这次拯救就越神奇,越充满慈爱。表达出这种关联的诗行(15.59及以下,231,596及以下,610及以下)却总被考据者们证伪。可这个已被死亡笼罩、已在冥府中看到自己的人——再没有哪个英雄见过——不止在此处排练了他的结局。他与安德罗马克的离别,也是一次死之阴影笼罩着生者的预演。当然,那次先兆离结局更远,并构成一段独立插曲的核心与高潮。那里也有将来事的映像。结局如此猛烈地袭来,与小阿斯提阿那克斯的别离竟如梦之方醒,使人重回生活和当下。当时,在预感到死亡的人面前,一切未卜。如今,若不终结,就还会有两次伟大的胜利等着他。他仍是那个被神选中的人。

[原注]米尔(页225)看法不同:"在阿提卡地界创作《伊利亚特》的'编者',出于他的民族热情,也想让他(埃阿斯)打败赫克托尔,就像之前11.345及以下让狄奥墨得斯战胜。他在13.321及以下赞扬了他的壮举,参阅15.11。这就导致,这部分战斗中的胜利者赫克托尔整体上看来颇为反常,他被迅速打倒在地,却同样迅速地被神救助、恢复精力。"于是,无需睡着的神,人间事就得到了解释。解释允许不合情理的存在,因为它出因于为雅典人创作的编者的民族热情。必须拒绝让爱国诗人显现出来的埃阿斯事迹。奠定基础的情境模式没有被注意到。设定(《伊利亚特》)在公元前600年诞生于雅典的想象决定了阐释。

维拉莫维茨(页235)得出结论:"不论如何,这重要的一段不能让人满意,估计赫克托尔在古诗中没有受这么重的伤:宙斯的保护也不会允许。"也就是说,对于那些作诗的语文学家们,受伤不这么重,他们就会更满意。由于宙斯保护不力,才重构出古诗的相反情况,然后又对宙斯保护不力不满。阐释在绕圈子。

* 安提洛科斯的简短壮举是大祸之前最后的拖延。叙事流(der Fluss der Erzählung)的落差越来越大。特洛亚人像贪婪的狮子冲向船只。从现在起,领导者中只有赫克托尔和埃阿斯两相对决。所有其他人的力量和命运,似乎都集中在二人身上,一个进攻,一个抵抗。宙斯此后将独自操控战争。帮手阿波罗消失了,但他并不是在第 592 行才离开——有人愿意让本原的《帕特罗克洛斯篇》从此开始,而从 567 行甚至更早就逐渐退场。

> 宙斯伸出他那只巨掌在后面推动。(15.694)

一如之前的波塞冬,现在最高天神也亲临至战斗者之间。他不再从伊达山上通过命令遥控。他无处不在。在 610,他示现为"从上苍下凡的赫克托尔的保护者",这个插入语被亚历山大里亚学派出于美学原因删掉,因为它被看作是对激情的削弱。"在赫克托尔和宙斯面前"(637)阿开奥斯人转身就逃:怎样的一个"和"!最高天神与最伟大的特洛亚人的联合,[304] 对于阿开奥斯人意味着即将到来的最严峻的危险,意味着赫克托尔将注定获得的最高胜利。他的喊声很快就会在火光后响起(718)。与此相比,他对帕特罗克洛斯的胜利只是徒有其表:打败后者的是另一种力量。现在,宙斯有所筹谋的意愿与英雄胸中燃烧、贲张的怒火,构成独一无二的局面。(分析考据排除了人神的趋同,把 597-604 括掉或推给诗人 B,不论从文义还是形式上,过渡都因此变得不再明朗。)天神也迫切希望亲自看到第一批船燃起耀眼的烈焰——可是,与凡人的目标多么不同!为满足忒提斯的请求、实现渴盼已久的"反击"($παλίωξις$),天神一再谋划阿开奥斯人的败局。考虑到将来,神与人此刻越是同心协力,他们的关系就越是矛盾重重。这种潜含于情境中的矛盾,在几行饱受指责的诗(15.597-604)里得到表达。我们因此就应视其为篡改加入?此时的赫克托尔,已不再是那个鲁莽轻率之人,不再是那位相信宙斯、火烧军营、把波吕达马斯的话当做耳旁风的赫克托尔(12.210 及以下);他也还不是那位对胜利太过自负，将在帕特罗克洛斯死后的夜间军队集会上声势压倒警告者波吕达马斯的赫克托尔（18.249及以下）。没有警告者上前反对他，此处不会、也不能像13.747那样想到阿基琉斯，第一艘船上的烈焰如同烽火，预示着挡不住的胜利。反击越是临近，越要深藏不露。只有当唾手可得的胜利乍现为失败，才能符合一条同样古老也同样年轻的叙事艺术法则：意外之事发生了。

要求英雄表现的昏盲，也适用于神吗？

＊由于对忒提斯的承诺，宙斯不仅与赫拉及其他众神产生冲突，还始终把赫克托尔当作他计划的手段和工具。此处讲明了这一点——有人因此将其证伪，直至帕特罗克洛斯出战前，这就是暗中奠定着宙斯与赫克托尔所有关系的基础。不论哪次让赫克托尔获胜，宙斯的姿态都决然不同于友神阿波罗。

作为特洛亚人的神，阿波罗是赫克托尔的朋友。宙斯通过构成《伊利亚特》而非《帕特罗克洛斯篇》的一连串事件，才与他建立起更密切的关系。[305]为打压波塞冬与赫拉领导的其他诸神的反抗，宙斯坚决让赫克托尔对阿开奥斯人取胜，由此才成为赫克托尔的助佑者。但他仍不同于赫克托尔真正意义上的友神阿波罗：阿波罗始终真心待他，宙斯却将会、也必然对他背信弃义，他知道这一点，因之痛苦，并陷入分裂，而那种分裂恰恰属于发生在《伊利亚特》里的最伟大、最独特的东西。赫克托尔的悲剧与此相关，他的悲剧需要他相信天父的真诚，需要他在种种经历之后不得不信，宙斯是他诚挚、恒久的真朋友。

宙斯行为中的矛盾可用他的近期与长期意图解释，这也造成了15.372及以下的矛盾情境。特洛亚军队通过壁垒上的缺口攻入军营时，涅斯托尔祈求拯救和返乡。宙斯打响雷，暗示他接受请求，同时，进攻的特洛亚人却感到斗志昂扬，一直冲到船边。

[原注] 与此相似，彼此缠绕的矛盾征兆，也出现在《攻城战》12.200和

252,第一个是抓着蛇的老鹰,不利于正准备跨越堑壕的特洛亚人,第二个是不利于阿开奥斯人的风暴。(米尔,页 207;莎德瓦尔特,页 42,105。)比较 13.822,埃阿斯呼求宙斯,得到吉兆翱翔的苍鹰,这个征兆不仅预示出战争的来来回回,还一直关系到赫克托尔逃向城市。

表面上看,涅斯托尔的祈求没有用,响雷是欺骗性的,特洛亚人有理由认为响雷对他们有利。他们又怎会知道,涅斯托尔求过宙斯。在天神看来,特洛亚人攻到船上是有利于阿开奥斯人的转折。因为现在距阿基琉斯派出帕特罗克洛斯的时刻越来越近了,换句话说,到了涅斯托尔的劝说(第 11 卷的《涅斯托尔篇》)生效的时候。可祈求的涅斯托尔对此一无所知,他又怎会知道,帕特罗克洛斯还在去找阿基琉斯的路上,在这整段漫长时间里,他一直被耽搁在受伤的欧律皮洛斯身边。涅斯托尔只能认为,自己的劝说无济于事——如果他在绝境之中还能想到这点,如果我们不被这些让诗篇古怪的想法干扰。可是,如果帕特罗克洛斯在进入[306]欧律皮洛斯营帐的一刻,看到特洛亚人攻入军营,看到阿开奥斯人溃散而逃,悲痛地拍着大腿说:"让另一个人照顾你吧,我要赶去阿基琉斯那里,[307]劝他出战",那就只能如此关联:涅斯托尔祈求,宙斯打响雷,特洛亚人攻入,帕特罗克洛斯上路,寄希望于阿基琉斯,此中有三重动机牵缠(在此不细述):首先,始自涅斯托尔的(帕特罗克洛斯的悲剧);其次,始自忒提斯的(阿基琉斯的悲剧);第三:始自诸神阴谋的动机。

现在,宙斯在伊达山上醒来,委托伊里斯和阿波罗,把阿开奥斯人赶回船上(15.62,73 及以下,229 及以下)。

[原注]15.390 及以下一段因为用了《伊利亚特》中不常出现的两个词而陷入严重质疑:393 的 λόγοις[话语、逻各斯]和 412 的 σοφίης[属于智慧的]。在维拉莫维茨眼中,这两个只此一处的词(Hapaxlegomena)如此严重,竟让他推断为后荷马的插补(页 238 及以下)。相反,米尔(页 233):"肯定是 B,

不是补写者。"λόγοις[话语、逻各斯]此外只出现在《奥》1.56,它取代了常用的μῦθος[言辞、故事],倒是真够讨厌,就好像诗人B费尽心机想把它归入古《奥德赛》的诗人名下。却又要问,为什么这位诗的管家不怎么常用这个词。

按15.393的笺注T,[这个词]有两种异文:"τινές: ἔτερπε λόων"[某些:清洗](瑙克[Nauck]认同,抄本是λούων[清洗])。这种异文有据可依,首先是比较14.6,当时涅斯托尔交代懂医的赫卡墨得用温暖的浴水清洗马卡昂伤口上的血块。第二,联系到15.401:帕特罗克洛斯告别马卡昂时说:你的侍从会让你"喜悦"(ποτιτερπέτω)(笺注认为这些句子不对劲)。这种异文的维护者辩护说,这是指:此处的τέρπειν[使喜悦]一定有"照料"的意思。帕特罗克洛斯可以把照顾他的其他事情留给侍从,而并不是让他和马卡昂聊天。第三,联系到5.447:当时勒托和阿尔特弥斯医治埃涅阿斯,使他"喜悦"(ἀκέοντο τε κύδαινόν τε),此处要像《奥》14.438那样理解κυδαίνειν[以荣耀使人喜悦]。通行本的维护者则引用了米南德的诗(Menandervers)反对:"对于人类,逻各斯是医生。"

λόων[清洗]这种异文不可能源自λόγοις[话语、逻各斯]。但λόγοις[话语、逻各斯]这个词并不让语法学家反感。它才是真正的 varia lectio[异文]。λόων[清洗]让人奇怪,因此阐释者得拿出平行例证。λόγοις[话语、逻各斯]并不怪异。今天依然如此:人们毫不迟疑地优选λόγοις[话语、逻各斯],并以11.643为证:μύθοισιν τέρποντο[相互交谈尽兴]。但当时涅斯托尔是在喝酒时与马卡昂聊天。涅斯托尔是绝佳的谈话者,可他不照料伤者。他让懂行的赫卡墨得去照顾。帕特罗克洛斯不同,他是训练有素的疗伤医生,11.830及以下,他能顶替不在场的马卡昂和波达勒里奥斯。卷11末,830行更加强调"从腿股里拔出箭矢,用热水把黑血洗净,再给伤口敷上上好的缓解药膏……"帕特罗克洛斯不能拒绝伤者的请求:"他用热水洗去……"15.390及以下逐字回指向这一句。那里没有提到额外的谈话,这里也不应该期待:"他清洗(伤口),用手把苦涩的草根研碎,敷上伤口,让他喜悦,让他轻松,让他振作。""喜悦"是因为疼痛减轻,帕特罗克洛斯通过阿基琉斯从克戎那里学到的疗伤方法见效如神,而不是因为他讲了故事,让精神麻痹了肉体。卷11末,一位"侍从"(θεράπων)帮他为伤者铺床。15.401,帕特罗克洛斯也同一位侍从继续照料。ποτιτερπέτω[使高兴]回指向ἔτερπε[使喜悦]。怎么会想到,侍从不继续照料,反而要给伤者讲故事使他开心!正因为通行本似乎更容易理解,才是更糟糕的异文。如果帕特罗克洛斯真的只是为欧律皮洛斯解闷,那才是不可原谅。

第 16、17 卷

换 铠 甲

　　[308]*《帕特罗克洛斯篇》的故事包含了三场彼此相仿的死亡：帕特罗克洛斯之死、赫克托尔之死和阿基琉斯之死。三场死亡的相似处在于，第二个人为第一位死者偿命，第三个人则是诸神为第二位复仇。在因起于报应的死亡里，固有着一种可以理解的、与将要偿还的死相称的努力。如果第一个人在讽刺话里倒下，就可以期待，第二个人，那位讽刺者，会在同样的讽刺话里倒下。看一看埃斯库罗斯的《奥瑞斯忒亚》（Orestie）！如果尸体在第二场死亡中遭受亵渎，那就不足为奇，第一场死亡中已然存在着辱尸之意——即使它受到阻拦没有发生。深思熟虑、着意于平行和反差的史诗诗人，迎合着故事本身固有的自然趋势。赫克托尔已从死者身上剥下盔甲，正想把尸体拖到特洛亚人那边，威胁要把脑袋从肩上砍下喂狗（17.125 及以下）。同样，阿基琉斯也夸口宣称，要把赫克托尔的尸体拖回军营喂狗（23.21），此外还要把十二位特洛亚青年的脑袋从肩上砍下。有意保持平行的史诗诗人还补充上胜败双方最后一次对话的平行结构：

　　　帕特罗克洛斯，你原以为可以摧毁

> 我们的城池……
> 傻东西，……鹰鹫却要来把你啄食……
> 车战的帕特罗克洛斯啊，你虚弱地对他说……（16.830 及以下）

阿基琉斯也同样对赫克托尔说：

> 赫克托尔，你原以为夺走帕特罗克洛斯的盔甲，
> 无惊无恐心安然……
> 傻东西，……恶狗飞禽将把你践踏……
> 头盔闪亮的赫克托尔声音虚弱地回答……①（22.331 及以下）

[309]听起来一模一样的还有，两处各三行描写死亡的套话，以及嘲讽性悼词的开头：

> 他这样说，死亡终于把他罩住，
> 灵魂离开了他的肢体，前往哈得斯，
> 哀伤命运的悲哭，丢下了青春和勇气。
> 他虽已死去，光辉的赫克托尔还在对他说：
> （神样的阿基琉斯：）（16.855 及以下，与 22.361 及以下相同）

此外，临终者每次都预言出胜利者的死。
　　一场死亡抵消另一场。冤冤相报，唯有以阿基琉斯的死清算。阿基琉斯派出帕特罗克洛斯，就在不知不觉间成为打败赫克托尔的人；

---

① [译注]译文参王本，有改动。

作为打败赫克托尔的人,他又充满预感地被阿波罗打败。最初干巴巴的故事即是如此。阿基琉斯之死不论怎样讲述,都必须与另两位的死相应——以后会读到《埃塞俄比亚》(Aithiopis)①的版本。因为阿基琉斯派帕特罗克洛斯代替自己出战,帕特洛克罗斯也就替他而死。击毙阿基琉斯、让他丧命于凡人之手的神,把此事先安排给帕特罗克洛斯。帕特罗克洛斯穿着阿基琉斯的铠甲阵亡也就顺理成章。

分析派荷马考据的一条原则是:如果两相呼应或彼此一致,就要在一处找"样板",另一处找"模仿"。对于彼此没有内在关联的段落这可以成立;可是,如果两相比较的段落彼此指涉,内在相关,甚至互为因果,样板和模仿这类概念就没什么用了。或可一问再问:哪个动机通过其固有力量引来相似的东西? 却不能据此区分古老与年轻的诗。

在《伊利亚特》中,帕特罗克洛斯和赫克托尔的死彼此呼应,与两场死亡相关联的是换铠甲的动机。铠甲轮流易主,从阿基琉斯到帕特罗克洛斯,再从帕特罗克洛斯到赫克托尔,每次都是胜利的虚假许诺和致死诱惑,最后又回到阿基琉斯手中;随着铠甲几度易手,[310]也同时产生了一种复仇的循环。如果把记述换铠甲的诗行从《伊利亚特》本文中删除,两场死亡间的呼应还可能在《伊利亚特》的层次上保持下去吗? 倘若如有些人的猜测,换铠甲也是那位额外描写了铠甲的诗人添入的东西,那么的确可以。为了让赫菲斯托斯锻造铠甲,帕特罗克洛斯必须把阿基琉斯的铠甲输给赫克托尔。易主是达成目的的手段。

但是,真有可能不着痕迹地从《伊利亚特》中删去换铠甲?

---

① [译注]《埃塞俄比亚》是"特洛亚诗系"中的一部长诗,共5卷,现存约1000字,讲述了《伊利亚特》之后的故事:赫克托尔死后,特洛亚的盟军阿玛宗女王彭忒西勒亚和埃塞俄比亚国王门农到来。门农杀死安提洛科斯,但他自己被复仇的阿基琉斯杀死。随后,阿波罗操控帕里斯的箭,射杀了阿基琉斯。奥德修斯和埃阿斯为争夺阿基琉斯的铠甲而战。

本　文

* 为证明换铠甲是补作，总有人指出，相关诗行（即 16.130 及以下的帕特罗克洛斯与 19.369 及以下的阿基琉斯）多么轻松地取自两段武装场景。几句伪诗，换铠甲就消失了。我们看一看武装场景的格式，就会发现，它由两部分共同组成：一种常规的、相同词句反复出现的基础结构，和负责凸显出它多么稳定、造成区别的附加物。基础结构由以下诗行各一构成，分别用重复的相同套话描述：

（1）胫甲

（2）胸甲

（3）剑

（4）盾

（5）有顶饰的头盔

（6）长枪或对枪

帕里斯的武装程式（3.330 及以下）最纯净，因为此处最不需要差别。武装与随后的决斗形成讽刺的反差，铠甲对他毫无用处，因此只记述了他的武装，而没有提墨涅拉奥斯。唯一的区别是对胸甲的补充：

> 再把同胞兄弟吕卡昂的精美胸甲
> 挂在身前，使它合乎自己的体型。（333）

此行对应着帕特罗克洛斯的武装：

> 接着又把埃阿科斯的捷足后裔的，
> 星光闪灿的美丽胸甲挂到胸前。（16.134）

(后半句的异文:"抵挡卑劣的箭镞",米尔不建议剔除,[311]否则武装的主要部件胸甲就没有了特性。)

阿伽门农的武装更富个性(11.17及以下)。它也形成讽刺的对比:武装没法保佑国王不退战。个性化首先在于,主要部件胸甲被附以起源故事(他是库普罗斯国王基尼拉斯的礼物)以及对"饰带"和长蛇花纹的描写。除了开始的常用套话,双刃剑被配上精致的零件,有金钉、银制剑鞘和镏金的过肩背带。对圆盾的描写更加悖离常规,金属佩带,盾牌中心的银质浮雕,恶魔戈尔戈、恐怖和溃逃之神的图像;佩带上盘绕着浮夸的长蛇装饰。头盔和顶饰的诗句变化不大(升级:"四饰槽")。第六项投枪或双枪的公式另加入了一句:"铜辉灿耀天际"(11.44)。为向迈锡尼国王致意,雅典娜与赫拉抛出惊雷。这些附加物使武装成为一种排场,成为国王的公示,成为独树一帜的表演。它只能存在于此处。它与眼下这个瞬间息息相关。

与之相比,帕特罗克洛斯的武装仅限于不可或缺之物。它发生在最紧急的时刻,阿基琉斯拍着大腿说:

> 我的帕特罗克洛斯……
> 你赶快披挂铠甲!我去集合米尔弥冬人……(16.125及以下)

武装后准备车马——是阿基琉斯的!同伴武装后是军队备战,其实两件事同时进行。文中并未 expressis verbis[明说]阿基琉斯把他自己的装备交给帕特罗克洛斯,而是以程式代之。对于耳中仍回响着帕特罗克洛斯请求阿基琉斯备战的人(16.40),无需进一步解释其来源。阿基琉斯不仅把自己的车马交托给朋友,还迫切地要求同伴披挂主人的铠甲而非普通装备,这表明,他对朋友的关心要多得多!唯有附加句才能显示出这次武装不同于其他几次。首先在

134 行：*ποικίλον ἀστερόεντα*[星光闪灿的铠甲]。星光闪灿的铠甲只能指王侯之物："埃阿科斯后裔"星光闪灿的铠甲。（异文不改变什么。）伊多墨纽斯的胸甲耀眼如同闪电（13.242）。阿基琉斯的武装堆垒了大量星辰的比喻（19.369 及以下）。特别能让人注意到换过铠甲的是附加句：[312]"他没拿阿基琉斯的投枪！"有人指责这一行的形式，可它之所以是附加，正是因为，借由它，套话才能用在特例上。程式本身未变，非诗人不能，而是因为他想要史诗风格。

[原注]米尔（页 244）：140-144 愚蠢地对比了克戎的著名长枪与两支普通枪。分析从笺注或泽诺多托斯与阿里斯塔库斯关于这行诗的争论中一无所获。泽诺多托斯证伪 140 行，是因为他感觉前一行和这一行提到了换铠甲。他"不写"之后的 141-144，是因为他选择了重复着这四行诗的 19.388-391。阿里斯塔库斯选择相反，他证伪了卷 19 的几行，把它们保留在第 16 卷，理由是，在卷 16 它们不可或缺，"这样我们才能知道，帕特罗克洛斯为什么没有拿梣木枪"。两处的笺注彼此指涉，19.387 的注说，泽诺多托斯也"证伪了"16.141-144。因此不能从 16.140 的"他不写"这句话推断说他没看到。（几部抄本中倒是的确没有卷 19 的那几行。）现代证伪参考米尔，页 244。"说到著名的克戎长枪的补充段与两支普通长枪形成愚蠢的对立"，在我看来，只有把与换铠甲有关的一切全都证伪，才会这样认为。只有阿基琉斯的枪他没拿，除了阿基琉斯本人，没有阿开奥斯人挥得动它。阿里斯塔库斯也这样理解，我感觉很正确。——16.141 = 19.388：

> *βριθὺ μέγα στιβαρόν·τὸ μὲν οὐ δύνατ' ἄλλος Ἀχαιῶν*
> [既重又长又结实的（投枪），其他阿开奥斯人都不能（挥动）它……]

结构如 1.234：

> *ναὶ μὰ τόδε σκῆπτρον·τὸ μὲν οὔ ποτε φύλλα καὶ ὄζους...*
> [我凭这根权杖起誓，它不会再（长出）叶子和树枝……]①

---

① [译按]小括号（）内的内容不在希腊语原文中，但意思连贯，因而补入。根据希腊语诗行的内容对中译本作出部分改动。

通过τὸ μέν[它/这把枪/这根杖]，突出了长枪与其他普通武器的对比。它在卷19中并没有那么与众不同，因为盾牌和头盔也来头不小。

为何只字不提阿基琉斯怎样转交装备？可3.328及以下也只字未提帕里斯如何脱下他曾经炫耀过的豹皮(3.17)，或是他的兄弟吕卡昂如何转手装备。取而代之的是武装程式。并没有说：他套上兄弟的胫甲……，因此也不会是：帕特罗克洛斯拿来阿基琉斯的胫甲……每次的特殊情况均从附加句与上下文中得到解释。附件或可删去：它们的确是额外之物。至于删除是否是分析的胜利，则是另外一个问题。

帕里斯的武装与英雄们、与他的情境相关，是因为，帕里斯脱下他用以招摇的豹皮，披挂上他兄弟吕卡昂的装备，它很合身。阿伽门农的武装与他本人相关，是因为，他的装备是传说中著名的库普罗斯国王送给著名的迈锡尼国王的传奇礼物。[313]阿基琉斯的武装，通过那种使英雄周身的一切都熠熠生辉的神性光芒，关联到阿基琉斯本人。唯独帕特罗克洛斯这位主要英雄的武装——依据分析学者的要求——不应与英雄本人有丝毫关联。（比如米尔，页244重构：删16.314,140-144、148-154同样。）读一读剩下的诗句。不仅换铠甲，就连帕特罗克洛斯、连阿基琉斯也荡然无存。与帕特罗克洛斯之死有关的东西也都不在了；同样，帕特罗克洛斯死去时与武装相关的一切(793-804)也都被清除。只有干巴巴的、其他武装场面的基础程序留了下来。另外，有些人认为，帕特罗克洛斯甚至不可以有车，因为这也与他本人有关！这一切都出自诗人B！此人虽然恶劣，却也多亏他，才把主要英雄的武装从无所关联中解救出来！

每场武装都唤醒悬念。披挂上重步兵装备的弓箭手帕里斯将会如何？穿上基尼拉斯奢华铠甲的阿伽门农会取胜吗？帕特罗克洛斯的强烈请求得到允许,他要为此付出什么?如果加了一句"只有阿基琉斯的投枪他没拿",就不仅仅意味着:他抓起两支自己的、合手的长枪,更是:即使换过铠甲,也不能让他成为阿基琉斯!可不论阿基琉斯还是我们听众都想不到:这套铠甲将从他身上一块块掉落!谁的铠甲?他自己的?阿基琉斯又怎会认为帕特罗克洛斯这样就得到了保护?还另有神助?不允许他有任何人性的神?

　　分析考据只看到换铠甲是达成目的的方法——一种缝入《铠甲》的针,因此[我]就要指出,没有换铠甲,《帕特罗克洛斯篇》会多么贫瘠空洞。两个朋友间的关联因之深化——不只是装备,阿基琉斯连骨灰坛都要与朋友共用……不仅如此,恐惧和担心要抓到这种方法,才能放手被关心者走上不归路,[阿基琉斯的]这种忧惧在荷马的本文中得到证实,并凝聚为情长的挚语,他祈祷说:

　　　　让他身披铠甲,率领全体同伴,
　　　　安然无恙地返回到这些快船上来。(16.248)

这意味着(此处根本不可能有另一种理解):[314]决不能只在铠甲中辨认出某种纯粹目的性的、服务于编排的东西,披上铠甲,他[阿基琉斯]就让他[帕特罗克洛斯]出战——这太容易让人想到悲剧传说中的相似主题(克里姆希尔德担心西格弗里德①,德伊阿妮拉②担心赫拉克勒斯,西罗多德叙事中的克罗伊斯③担心他的儿子)。他给他神马、给他米尔弥冬人——最强悍的精兵,这些都可以,为什么唯独铠甲不行?他越是呵护、关怀同伴,就越把他推入主人的角色。

---

　　① [译注]西格弗里德(Siegfried)和克里姆希尔德(Kriemhild):分别是德国本土史诗《尼伯龙根之歌》的男女主人公。
　　② [译注]德伊阿妮拉(Deianeira):古希腊神话人物,赫拉克勒斯的第二任妻子。
　　③ [译注]克罗伊斯(Kroisos)吕底亚王国的最后一位君主。

换铠甲激发出一种期待:最后,当它暗示的东西出现时,它还会被重新提起,这也恰是期待的本质所在。在此期间,此事隐退幕后。否则它又怎能再次上演?在抢夺萨尔佩冬和克布里奥涅斯尸首的斗争中,帕特罗克洛斯披挂着阿基琉斯铠甲这件事被忘记或似乎被忘记。直到阿波罗把头盔从他头上剥下,我们才得知,这是阿基琉斯的。注定命运的东西,只有在命运兑现时才会凸显。阿基琉斯的长枪亦如此,当他武装自己时,这支厚重的佩利昂梣木枪,这份克戎的礼物,首次在阿基琉斯手里出现(19.390);待到它再次出现,闪亮如金星太白,就击中了赫克托尔(22.317)。无需赘言,如此光辉夺目的长枪当然就是那支佩利昂梣木枪。可是,当阿基琉斯把长枪投向吕卡昂的时候(21.69),为什么不提它?大概因为,不同于兄弟赫克托尔,对于吕卡昂,这支佩利昂梣木枪并没有成为命运。

有一个貌似违反常规的例外:阿基琉斯与色雷斯的阿克西奥斯河神的孙子派奥尼亚国王阿斯特罗帕奥斯的决斗(21.139及以下)。后者受斯卡曼德罗斯鼓舞,从他自如栖身的水中爬上岸,作为双枪手,挥动着两支长枪走向阿基琉斯:咄咄逼人,吹嘘他自己的神性出身。阿基琉斯对他举起那支"佩利昂梣木枪"(21.162)。此处的确是骄傲对骄傲,出身对出身,武器对武器。色雷斯人的一支长枪被"神的礼物"、盾牌上的黄金弹回,另一支擦伤佩琉斯之子的肘膀。这时,"佩利昂梣木枪"使"出色的枪手"大难临头!阿基琉斯错失目标,梣木枪从对手身旁飞过,插入堤岸的斜坡。克戎的礼物险些落入派奥尼亚国王之手,要不是——长枪在泥土中扎得太深,阿斯特罗帕奥斯用尽全力三次晃动枪杆,却白费力气,[315]甚至最后想把它折断而不是拔出来。他不理解这无法理解之事,阿基琉斯竟会用剑劈中这个毫无掩护的倔强者的肚脐。阿基琉斯在他高傲的悼词里,在他对自己的天神血脉、宙斯世系的炫耀里,揭示出这屈辱至极的惨败是渎神之果。此处不能绕开"佩利昂梣木枪"的来源。此处让人相信,阿基琉斯的确使用着一支再没有任何阿开奥斯人挥得动的长枪。

此外还提到铠甲是"神的礼物",对于分析派的阐释者们,这无疑表明阿斯特罗帕奥斯-插曲属于《伊利亚特》中最晚、最微不足道的一段。以后再说它与吕卡昂-插曲的关系([编码]页 439 及以下)。

若非旧铠甲丢失,就不会锻造在河战中意义重大的新装备。铠甲——就算出自赫菲斯托斯之手——在汹涌的波涛中帮不了他,巨浪拍向铠甲,险些把他淹溺(21.241);不仅如此,愤怒的河神斯卡曼德罗斯在呼唤兄弟西摩埃斯河时威胁说:

> 我要让他的勇力,他的美貌和那副
> 精美的铠甲都救不了他,要让这一切
> 躺在水底淹没在污泥里……(21.316 及以下)

"精美的铠甲"($\tau\varepsilon\acute{\upsilon}\chi\varepsilon\alpha\ \chi\alpha\lambda\acute{\alpha}$, 21.317)回指向 19.10 从忒提斯手中接过神的礼物:

> 你且来接受赫菲斯托斯的辉煌铠甲,
> 这样精美的铠甲从没有凡人披挂过。

[原注]对于埃涅阿斯插曲 20.79-340,见下文[编码]页 453 及以下。此处也对阿基琉斯的枪和盾说明了出处(盾是"神的礼物",20.268 如 21.165),但二者都未对埃涅阿斯构成灾难。埃涅阿斯自己也知道,若非波塞冬出手相助以保埃涅阿斯氏族不灭,单是阿基琉斯受神保护的武器就能战胜他。

而这又再次回指向 18.466 的承诺:

> 为他锻造精美的铠甲,

令世间凡人见到它们赞叹不已。

最后,当其他神明都无法从斯卡曼德罗斯紧追不舍的怒涛中救出险些溺亡者时,铠甲的锻造者应赫拉之请化险为夷——如同此前一展炉火纯青的技艺,这一次他肆无忌惮地挥霍他的自然之力。虽未指明与讽刺有关(21.328 及以下),但赫拉对跛足神说的话依然是奥林波斯上赫菲斯托斯那几幕戏的风格,它们总是把畸形的神与赫拉放在一起。(修饰词 κυλλοποδίων [跛足神], 21.331 如 18.371。)

[316] * 有人解释说,16.281 指的不是换盔甲:特洛亚人看到率领米尔弥冬人的帕特罗克洛斯,就立刻误以为阿基琉斯积怨已消销……

[原注] 米尔,页 245:"特洛亚人大惊;因为他们以为,阿基琉斯放弃了 μῆνις [愤怒]。其中没有任何换铠甲的暗示。"马逊虽措辞不同,但看法相似,《导论》,页 203:"这只是简单指出,他们认为阿基琉斯像平时一样离帕特罗克洛斯不远,选择同一个动词 ἐλπόμενοι [被期待的] 也有利于这种解释。"荷马的英雄们出击时总会先派出另一辆车上的御手吗?另外,如果这意味着:不,阿基琉斯没跟在他后面!这是怎样的错误!

如果之前已清除掉意指换盔甲的所有字句,那么很可能此处也不会想到此事。如果保留前文,就不可避免地回忆起易甲。否则要如何解释 ἔλπομαι [期待,设想]?"期待"只能是错。例如 3.112:阿开奥斯人和特洛亚人在战争结束的虚假希望中欢呼:ἐλπόμενοι [被期待的]①。12.407,萨尔佩冬的"希望"自欺欺人。他希望在壁垒战中取胜(κῦδος)、满誉而归,宙斯却没有把胜利(κῦδος)

---

① [译注] 被期待的,阳性复数属格的被动态分词。

给他,而是赐予了赫克托尔(12.437)。托阿斯的话也一样:

> 赫克托尔已经命终,现在竟又复生,
> 我们本已(错误地)希望($ἔλπετο$),他必死于埃阿斯手下。
(15.288)

如果特洛亚人认为阿基琉斯已经消气,他们的料想里哪有虚妄?看错了阿基琉斯与阿伽门农的关系?他们的阵线开始溃乱,每个人都恐惧地四处张望,看哪里能躲避死亡。难道他们应该在权衡生死时,而且还是错误的权衡中,琢磨阿开奥斯军营里的私密事件?况且,他们只看到帕特罗克洛斯在奥托墨冬(阿基琉斯的御者)身边、铠甲闪烁,就"立刻"想到这些?作为套话,"抛弃积怨"不也与别处一样意味着阿基琉斯重新加入战斗?他们为什么不能也因眼之所见,因为看到人化为阿基琉斯的"速亡"迎面走来而错?错和逃为什么不会在一起?

* 然而,有人不无道理地指出,诗人在后文中极少拿换铠甲做文章。如果帕特罗克洛斯首战告捷要归功于一次混淆,为什么只字不提特洛亚人后来搞清楚真相?

此处要区分铠甲易主的三重意义:首先,它意味着军事策略,是一种障眼法;[317]第二,它意味着对同伴的保护和庇佑,他被主人送入危险,而神明锻造的铠甲本应刀枪不入;最后,除此之外的第三点,很快就会更详细地讨论。

* 作为战术,换装只在首战中产生了效果。特洛亚人误以为,在车上奥托墨冬身旁,率领米尔弥冬人的是已经息怒的阿基琉斯(280及以下)。他们从船上逃走。但并未离开,而是又开始顽强反抗、重新集结,烈战开始了(302)。并未提及他们意识到错误。在整部长诗的所有战斗中,乔装的动机再未被使用过。能想到的一个例外是：萨尔佩冬想知道，究竟是谁让那么多特洛亚人倒下（16.423）。但也可以甚或更好地将其理解为：那个没有人认识的生面孔是谁？5.175 及以下关于狄奥墨得斯的两行诗也是这个意思。与提问的埃涅阿斯一样（5.180），萨尔佩冬也没有得到答案。充斥第 16 卷的战斗无法拆解为受骗上当和发现真相。就连赫克托尔对垂死者的嘲讽（16.830 及以下）也没有此类迹象：帕特罗克洛斯，你原以为……可以想象一部《帕特罗克洛斯篇》，披挂着阿基琉斯铠甲的帕特罗克洛斯在其中的出场让人印象深刻。

很容易理解，为何这种战术用武之地少之又少。如果帕特罗克洛斯的伟大要靠欺骗和面具，他就不会是撑得起《伊利亚特》的大英雄。一位"侍从"（16.224，阿基琉斯说"我的侍从"［$\dot{\eta}\mu\acute{\varepsilon}\tau\varepsilon\rho o\varsigma$ $\vartheta\varepsilon\rho\acute{\alpha}\pi\omega\nu$］）打败了吕西亚国王和宙斯之子，这远远超出《帕特罗克洛斯篇》的基本要求，若要获得声名，帕特罗克洛斯只能靠他自己的壮举。在这种情况中，面具的动机因其自身原因受到一定限制。该动机不能超出最初的成功。

* 在帕特罗克洛斯所向披靡的过程中，换装的第一层意义如此靠后，甚而不必考虑它对战斗情节的任何影响，然而，换装的想法［318］第一次出现时，人们却对它的效果满怀期待，希望聪明的涅斯托尔的聪明（且如此灾难性的）计划能如愿实现：

> 他（阿基琉斯）若是心里惧怕某个预言，或是，
> 他的母亲向他传示了宙斯的旨意，
> 他也应该让你（帕特罗克洛斯）带着米尔弥冬人去参战，
> 或许会给达奥斯人带来拯救的希望。
> 愿他把他那精美的铠甲给你穿戴，
> 特洛亚人也许会把你当作他而停止作战，
> 疲惫不堪的阿开奥斯人的儿子们便可以

稍许喘口气。(11.794 及以下)

危难之际,短暂的喘息意义重大,诈术至此足矣。在《帕特罗克洛斯篇》,始料未及的英雄气概超出此处的预计效果越多,作为诈术的换装就越是要消失在真正的英雄行为之后。如同出现了另一位帕特罗克洛斯,他绝不是靠伪装才打败萨尔佩冬!

　　* 也许计划在聪明的涅斯托尔口中合情合理,可是,当它被帕特罗克洛斯声泪俱下地重复时,就显得不那么顺理成章:

> 再请把你那套铠甲借给我披挂,
> 战斗时特洛亚人可能会把你我误认!(16.40 及以下)

仿佛不乔装成阿基琉斯,帕特罗克洛斯就不敢上战场。最后阿基琉斯让他披挂着自己的装备出战,虽然没有说过当时他在想什么,但他之所以这样做,也许更是为了保护朋友,而不是像涅斯托尔那样着眼于计谋。

　　* 换装,同时也是对帕特罗克洛斯的保护——因为阿基琉斯的铠甲是神的礼物(17.195)。阿基琉斯还试图作为警告者保护他;禁止他追杀到船外,他很容易遇到神。最后他还向宙斯祈祷以求保全帕特罗克洛斯:

> 让勇气充满他心中,使赫克托尔知道,
> 我的同伴也能单独出色地作战……

接下来,

> 要让他身披盔甲,率领全体同伴,
> 安然无恙的返回到这些快船上来。(16.242 及以下)

换装的第二层意义起初就超越了第一层,结尾时更是如此:宙斯允许了他一半心愿,拒绝了另一半(250)。

最后,一切关照都成了空。神明一掌就让铠甲从被护佑者身上滚落。

与这第二层意义相连的是第三层:显现人的错误、弱点、微渺、昏盲。最后一点,紧接在帕特罗克洛斯请求铠甲之后就已有预言:

> 他这样说,作着非常愚蠢的请求,
> 因为他正在为自己请求黑暗的死亡。(16.46)

[319]此处预言的事,在最后帕特罗克洛斯之死,在那个既败也胜的普遍情境中显现出来:一直被阿基琉斯的铠甲护佑的战无不胜者突然彻底暴露;他非凡的胜利和盛名化作梦幻泡影;同时,胜利者只有在灾难性的昏盲中才心安理得,当他披上阿基琉斯的铠甲,这种昏盲也达到巅峰。该动机的意义从剧情发展转移至揭露真相的情境。*三层意义中的最后一层最富诗性。

*帕特罗克洛斯的结局(16.796-800),如何与他的出战和铠甲对应?只是描写头盔滚落的几行?

> 沾满血污和尘土,
> 那鬃饰的头盔在这之前从没有,
> 让尘埃玷污过,它一直用来保护
> 神样的阿基琉斯的俊美的前额和面颊。
> 现在宙斯把那顶头盔交给赫克托尔,
> 捡去系戴,他的末日已经到来。

有人认为它们是后添入的伪诗,这种臆测貌似合理。

[原注]对于维拉莫维茨(页141及以下),从16.698起一切都是改编。

对帕特罗克洛斯之死的表现不留痕迹地消失了。"新编"把"赫克托尔推回来,成为打败帕特罗克洛斯的人"。它本身提供出一种几乎是流畅无扰的因果。但新编也否定了换铠甲,页 145。是《盾牌》(卷 18)的诗人才把换铠甲加进来,也是他,把改编过的《帕特罗克洛斯篇》收入史诗。也就是说三个阶段:古《帕特罗克洛斯篇》,改编的《帕特罗克洛斯篇》,《伊利亚特》。维拉莫维茨认为暗示悲剧的东西"漂亮":"改写者发明了一种漂亮的新手法。落笔动人。"17.198–210 和 16.796–800 就是这样被解读的。

可是,如此就清除了对武装场景的回应? 当初一件件穿上的铠甲(130 及以下),一下子就被全部收走(793 及以下)。若不是帕特罗克洛斯得到的掩护超出凡人所能,若不是任何凡人对手都拿他无可奈何,就无需神明一掌从他肩上、头上击落所有武装。他在阿基琉斯的铠甲里得到的保护无懈可击,却因而也如此彻底地沦为鱼肉。若非如此,又能另作何解?

为打倒阿基琉斯,阿波罗控制了帕里斯的箭! 为打倒穿着阿基琉斯铠甲的赫克托尔,[320]无需铠甲从他身上掉落,阿基琉斯扫视一眼就足以发现头盔、铠甲和盾牌之间的裸露处。三场死亡虽则如此相似,可独创的击落铠甲却不可转借,因为,阿基琉斯想出的对朋友的保障正是由此反转为杀身之祸。

先是头盔从头上飞落。这是宙斯的意愿。赫克托尔得到它,这表明,他大限将近。

按照分析考据的意思,帕特罗克洛斯披挂着自己的铠甲作战,阿波罗在他背后拍击一掌,他头晕目眩,赫克托尔用长枪击中他小腹,抢走铠甲并将其送回特洛亚。铠甲两次易主作废。神的拍击和铠甲掉落之间划出了一条分隔线。前一半属于第一位诗人,后一半属于第二位。界限出现在 792 与 793 行以及 804 与 805 行之间。第二位诗人找到了多好的机会! 如果这一掌不只让帕特罗克洛斯两眼发花、双膝摇晃,而是还发生了其他事情会怎样? 比如说，倘若铠甲也被击落呢？……于是，从刚才所说的界限开始，他赋予了这一掌新的意义：作为神的干涉，它的效果明显可见！除了神智模糊，还加上丢盔卸甲！唯有这样一掌，才可能把《铠甲》缝补进去，如果是第一个版本中、第一种意义上只能让英雄两眼发花的拍击，这就根本不可能。现在，多亏有这一掌的第二层意义，帕特罗克洛斯的铠甲才可以被换成阿基琉斯的铠甲，可以"易主"，而一掌之后，马上再度易主！

把拍击拆解成两部分，一种是内部的、身体-精神上的成分，作用于英雄的灵魂状态，另一种外在显效，涉及英雄的铠甲；后者又指向更高的、支配性的关联，这种拆解——即合乎潮流的所谓的"分析"——无疑残留了不少19世纪的特征。如今我们更倾向于接受相反的情况：那位大胆的诗人，不但创作了阿波罗的拍击——平素他并不出手，也创作出铠甲掉落、身无寸铁的暴露。那一掌意在铠甲，所以击中英雄；意在英雄，所以击落铠甲。[321]此后，在我们的想象中，留在我们回忆里的帕特罗克洛斯，总会是那个赤裸裸的任凭鱼肉之人。

[原注]帕特罗克洛斯从背后被阿波罗击中，所有保护都从他身上掉落：这个场面如此震撼，竟让荷尔德林在精神崩溃前不久，从中发现了他自己的命运（1802年12月2日给布伦多夫[Böhlendorf]的信）："……就像步英雄后尘，也许我可以说，阿波罗击中了我。"①

让我们想一想语文学批评：他引证的是哪位诗人？A还是B？

* 如果帕特罗克洛斯的结局有所开示，那就是内外、人神、显见与灵魂之殇、眼睛失灵与铠甲滚落、可见与不可说、内外暴露的不可分。如果是老诗人写出震慑，新诗人加入卸除武装，而二者的统一是为铺垫铠甲才后来产生的副作用，谁能心安理得？谁敢通

---

① Hellingrath, 5, 323.

过这种分工把整体割成两半、而不怕也会劈裂诗的内核本身？相互交融恰恰是《伊利亚特》中神性显现时的独特之处。正如常引用而不依从的奥托（Walter F. Otto）无与伦比地指出："在他眼前盘旋的是，头盔琅琅滚入尘埃，长枪完全粉碎，装备七零八落。我们称其为恶魔般的、此处内外同时失灵的可怕状况是神之所为。"（《希腊众神》III，页196。）

* 有人认为，新画面比现有的身无寸铁的场面更好、更完整、更伟大、更诗意，它是怎样的？神明一掌拍下——他站不稳，我们应该理解为：他披挂着铠甲踉跄？这时，欧福尔波斯跑上前，用长枪刺中他的脊背，又立即跑回去——我们应该删去胜败双方的对比（814及以下）？删去欧福尔波斯"仍不敢"（！ οὐδέ）与"暴露的"甚至是手无寸铁之人（γυμνόν περ ἐόντα）交战，以显现出真正的荷马？那么欧福尔波斯的整场胜利还有何意义？跑上前、跑回去，不就意在于此？这不是剥夺了它的所有意味？只因为帕特罗克洛斯在真正的荷马笔下无论如何都不能"赤裸"？

[322]"他呆木地站着"（στῆ δὲ ταφών），这句话本身并不必意指致死的危险。被宙斯震慑的埃阿斯"呆立住"，把盾牌背到肩上，转身撤退（11.545）；普里阿摩斯"呆立住"，使乔装的赫尔墨斯走到他身边（24.360）。痛哭的涅柔斯们的女儿们也经历过（18.31）四肢瘫软（λύθεν δ'ὑπὸ φαίδιμα γυῖα）。这一切，加上后来的"理智模糊"（ἄτη φρένας εἷλε），表明被拍击者不清醒到何种地步。

[原注] 米尔（页252）不满的是："虽然在805帕特罗克洛斯λύθεν δ'ὑπο φαίδιμα γυῖα[四肢瘫软]，可806他仍然站着。"

如果帕特罗克洛斯被神明拍击后全副武装在身，右手长枪，左手盾牌，与神明的整场相遇岂不就毫无危险可言？欧福尔波斯如何看得出帕特罗克洛斯已成败将？难道他看到了帕特罗克洛斯看不到的、裹在浓雾里的神?(连浓雾也被否决,790行被删。)对于一个全副武装、只是眼睛发花的人,他不是有充足理由小心提防?人们毫不怀疑这听起来更像荷马。是改写的后辈诗人,为把他发明的换铠甲也不合时宜地搬到这里,才把情境推至极端。为了他的换铠甲,他毫不迟疑地为虽然年轻,但行事十分理智的欧福尔波斯编造出很成问题的举动,竟让他在手无寸铁的人面前逃走,而不是相反。荷马笔下的他,只是迅速靠近武装者,然后又迅速撤退,他的投枪击中帕特洛克罗斯脊背也伤不致死(οὐδὲ δάμασσε),荷马笔下的帕特罗克洛斯虽然站立不稳,但还是身着铠甲。现在那一掌的效果才在他身上显现出来,直到816行才重新回到真正的荷马:

> 帕特罗克洛斯受神打击,又中投枪,
> 也迅速向自己的同伴后退,躲避死亡。

如人所愿,带着长枪和盾牌,全副武装地后退,以"躲避死亡"(κῆρα)。然而是哪种死亡?欧福尔波斯立即逃走,没有一个人敢靠近伤者。他还披挂着铠甲站在那里呢。他绝不是毫无掩护。马上也就显示出他的举止多么反常——前提是他还披坚执锐,他把最危险的敌人的目光引到自己身上:

> [323]赫克托尔看见勇敢的帕特罗克洛斯,
> 被锐利的投枪击伤后退,放弃战斗,
> 便穿过队伍冲上来,一枪刺中
> 他的小腹……

这就是结果,在人们想象的真荷马笔下,帕特罗克洛斯减色多少,欧福尔波斯与赫克托尔就增色多少。欧福尔波斯逃避的不是一位赤手空拳者,赫克托尔杀死的也不是无法抵抗之人。赫克托尔始终是一位毫无瑕疵的英雄。他的胜利名副其实,神的拍击只产生了心灵上的效果,是改写者或第二位诗人才把可见的神迹加进去。没有战无不胜者与身无片甲的"赤裸"者之间的反差,取而代之的是更中庸的东西:战无不胜者只是踉跄了一下,再无其他。对于他的死,神所为越少,凡人的成就就越多。我们不禁注意到,帕特罗克洛斯死前对赫克托尔说的最后一句话严重地夸张了:即使是二十个同你一样的人来攻击我,他们也会全都倒在我的投枪下(16.847及以下)。无法抵抗的人这样说可以理解。可甲胄俱全者?

* 如果原始本文中没有换铠甲,那么第 16.846 行也要消失。自 844 行起前后文如下:

> 赫克托尔,现在你自夸吧,是克罗诺斯之子
> 宙斯和阿波罗把胜利给你,他们战胜我,
> 很容易,他们亲自剥去我的盔甲。
> 可是二十个你这样的人来攻击我,
> 他们也会全都被我的投枪战胜。

首先能注意到对偶:"他们[神]战胜我"($δάμασσαν$),对应"被我的投枪战胜"。同一动词的主动式和被动式在行末彼此呼应。同时对偶也包含着:此事对于神很容易,但你这种有死的凡人——永远不可能。形成对偶的还有:"他们亲自"($αὐτοί$)和"你这样的"($τοιοῦτοι$)。这里却只从本文删去了以"很容易"开始、本身及其文脉都无可指摘的那一行。① 在自然句末和诗行之首,干涉战争的神"很容易"($ῥηιδίως$),也见于 4.390(= 5.808)的雅典娜,17.178 的宙斯,22.19 的阿波罗。[324]帕特罗克洛斯临终的话里响起败

---

① 米尔(页 252)的判词:"一行拙劣的诗,删,拉赫曼(Lachmann)等。"

者对胜者的尖酸讽刺:"赫克托尔,现在你自夸吧,是克罗诺斯之子宙斯和阿波罗把胜利给你,他们战胜我。"可接下来的"很容易"才解释出"战胜"的涵义;通过后一句话才显现出讽刺的矛盾,神之所为与赫克托尔的夸口不符。剥夺铠甲被视作大功告成,是胜利的象征,6.480 赫克托尔祝福他的小儿子:愿他杀死敌人,带回血淋淋的战利品,讨母亲心里欢欣。赫克托尔自诩得胜,帕特罗克洛斯却针锋相对地道破真相。"他们——神——亲自剥去我的盔甲。"也就是说,不是你!二十个你这样的人也无法战胜我!被证伪的这行诗含有对赫克托尔胜利的回应。它以真相对抗着赫克托尔的狂妄。它与上下文的嵌合比人们所认为的更加紧密。

我们设想一下,如果没有易甲,临终者全副武装地倒在赫克托尔脚下。那么,帕特罗克洛斯所言之词,赫克托尔就永远不会理解。他不可能看到、也无法证实,阿波罗曾击打过死者。他很久之后才赶来(833 行表明,他乘车而来)。甚至不好说,他是否认出了立即退回到人群中的欧福尔波斯。他能看到的所有情况只是,帕特罗克洛斯受伤,向米尔弥冬人的队伍撤退。于是他冲上来,击中他……现在他嘲讽地站在甲胄在身的、倒下的人面前——已设定,后者全副武装:那么后者的话指的就是不可见事,而不是任何与神有关的东西!844 及以下:"宙斯和阿波罗战胜了我,你连第二位都轮不到,你只是第三个!"——整个情境可都在呼唤,他得身无片甲地躺在他前面!

宙斯与阿波罗齐心协力赐予胜利,摩伊拉[命运女神]与阿波罗也同样齐心协力带来死亡。以"其实"开始的第 849 行($\dot{\alpha}\lambda\lambda\dot{\alpha}$),是之前的虚拟式"他们永远不会战胜"的后半句。死者的回答主要在于公布真相,且是双重真相:其一为当下:看吧,我被神击倒!其二是未来:强大的命运和死亡已经站在你身边(853)。看啊(im Ecce),临终者的命运与预言的命运相符。

[325]临终者的回答揭开真相,因此也回应了盲目的胜利者的

嘲讽。瞎子看不到显见之事,若非如此,人性的昏盲何从开显?

> 傻东西!
> 赫克托尔的这些快马为保卫特洛亚女人,
> 已经赶来战斗!在好战的特洛亚人中,
>(被杀者刚刚才三次冲向这些逃兵,每次都杀死九个人)
> 我是最杰出的枪手,也来保护她们!(16.832及以下)

可是,已经发生过和将会继续发生的事情却恰恰相反。还有更瞎的:

> 可怜的人啊,高贵的阿基琉斯也未能帮助你!
> 他自己留下差你来,也许对你这样说:
> 善驭马的帕特罗克洛斯呀,你现在去把
> 那个嗜好杀人的赫克托尔胸前的衣服
> 染上血污,否则不要回空心船来见我。
> 他这样对你说,你也就没头脑地听信他。(16.837及以下)

赫克托尔的胜利虚妄,他本人昏盲。他的话不容怀疑。使这些言词一目了然的合理情境,竟应由一位改编者补入。荷马语文学坚决反对诗人,不认为这是对无力抵抗、身无片甲之人的胜利。超出第一位原创者的"第二位诗人"或改编者,得如何把他碰上的半截想法补全,为已存在的昏盲另外杜撰出战败者被卸掉武装这种外显的相关事件!打败失去武装的人,这种胜利并非胜利,而是虚妄,它最初就在赫克托尔的命运和形象深处,从本文里删几行诗根本清除不掉。

如此讲述的、失去武装所致的帕特罗克洛斯之死,如同《伊利亚特》里若干个同时上升的拱面至顶交汇的冠石。从帕特罗克洛斯的角度看，这回指向 16.131 及以下，他披挂阿基琉斯的铠甲；阿基琉斯向宙斯祈祷，让帕特罗克洛斯毫发无伤、全副武装地回来。此外还有帕特罗克洛斯向阿基琉斯请求借给他铠甲（16.40）；以及首次在涅斯托尔的念头中出现、无需阿基琉斯宽恕什么的、拯救阿开奥斯人的计划（11.794 及以下）。帕特罗克洛斯当时就深受感动（11.804）。当他把计划当成请求讲出来时，还加了句：这个傻瓜！他在为自己请求死亡和灾难（$x\tilde{\eta}\varrho a$）（16.46）。这叫"迷乱"（Ate）：

> 这个傻子，被严重迷惑（$\mu\acute{\varepsilon}\gamma'\acute{a}\acute{a}\sigma\vartheta\eta$），
> [326]倘若他听从阿基琉斯的谆谆诤言，
> 便可以躲过黑色死亡的不幸降临。（16.685 及以下）

迷惑、错误，是英雄遇到神时常有的凡人状态。被神击中，上当者身无片甲地站着。他是傻子，却毫不会减损他被敬、被爱，再没有哪个英雄像他那样迷人。

在易甲的三层意义中，第三层压轴，从创作史看显然也最晚，因为它最成熟。这表现在，它蔓延到、预示出更远的东西，并在帕特罗克洛斯与赫克托尔的两段毁灭戏之间形成内在关联；还因为，它也同时为赫克托尔悲剧的成型设定了前提。

如果三层意义中第一层最重，那么我们就得到一部《帕特罗克洛斯篇》，其主人公并非通过一己之力成为第二个阿基琉斯，这位扮演主人的侍从需要欺骗性的装备，才能表现成阿基琉斯：这部"原-帕特罗克洛斯篇"的帕特罗克洛斯还没有呈现出光彩熠熠的形象，是《伊利亚特》的诗人才将其赋予这个悲剧的被诱惑者。打败伟大的萨尔佩冬也加剧了悲剧性的诱惑，因此，这部更古老的《帕特罗克洛斯篇》也应对此一无所知。曾否存在过这样一部《帕

特罗克洛斯篇》,无法证实、也无法反驳。更古老的篇章无法从荷马的本文中复原出来;但我们可以继续顺着这种想法思考,去弄清楚,为什么从战事角度看,易甲的现实层面无法肆无忌惮地展开它包含的可能性。在《伊利亚特》中,这层意义只能、或几乎只能显现为计划,由于英雄的伟大升级,该动机绝不能成真。

《帕特罗克洛斯篇》的伟大创造与第三层意义相关:阿波罗一掌拍向胜者的脊背,使他的保护、他的胜利,使阿基琉斯的铠甲从他肩上掉落。易甲的动机由此揭晓。可以从中看到,在神前、在神的"轻松"姿态前,人的赤裸、逃避的无用、置身刀俎间的无可奈何。帕特罗克洛斯的死与赫克托尔甚至阿基琉斯的死,相应处不少,但产生出如此效果的神的动作是某种根本性的新东西。[327]与这一"掌"相比,被阿波罗操控的箭或神自己的箭,又算得了什么?

* 随着死前的暴露,帕特罗克洛斯的灾难完结了。对于赫克托尔,灾难开始了最后一次爬坡。

在《伊利亚特》的所有英雄里,赫克托尔作为战士出场最频繁。其他人来来去去,他始终在。他绝对算得上最优秀的特洛亚人,不仅如此,他也比所有阿开奥斯人都更出色,除了一位,阿基琉斯(9.351,1.242)。阿开奥斯英雄们轮流替换,他独当一面。在帕特罗克洛斯和之后阿基琉斯参战之前,他撑起了战斗的所有重量。

短暂的间奏后,他开始披挂抢来的阿基琉斯的铠甲作战,这就僭越了他自己被许可的伟大。常常恩宠他的宙斯,不无遗憾地表示:

> 可怜的人啊,你不感觉自己的死亡
> 已经临近,现在竟然穿上了那个
> 别人都害怕的最杰出的英雄的不朽铠甲!

(也就是说,比起其他人,你会更害怕他)

你杀死了他那个勇敢仁慈的同伴……(17.201 及以下)

换句话说:你不怕他复仇吗? 你看不到你惹来了什么? 死到临头还这样做,你瞎了么? 对于分析者,以易甲为前提的这一段当然得去掉。然而,在宙斯看来,此处的赫克托尔就是那个对临死前的帕特罗克洛斯自吹自擂的糊涂人(16.834)。按照逻辑,16.830 及以下的第一处不是也需要随第二处一同去掉? 那么,还能剩什么?

* 易甲的动机于第 17 卷再次出现。作为招致厄运的礼物,阿基琉斯的铠甲先给了帕特罗克洛斯,现在则传至赫克托尔。帕特罗克洛斯之时就已经能注意到,易甲的战争—现实意义退到了悲剧的开示意义之后;而现在,当交换牵连上赫克托尔命运,它的意义才开始从其一转入其二。没有一句话说过,帕特罗克洛斯命运的不可抗拒是阿基琉斯的铠甲所致,在赫克托尔身上,这就更无迹可寻——况且,他远不像帕特洛克罗斯那样不可抗拒。[328]但是,当他与阿基琉斯的死战临近尾声(22.322 及以下),当他的命运再次突显为启示、发露,被他恶劣地占为己有的铠甲也再次意义前现,此处依然是那第三层。

唯有一点在这场战斗中确定不变:赫克托尔是被阿基琉斯的长枪击中致死。"梣木枪"属于阿基琉斯,就像佩琉斯属于佩利昂山。这支佩利昂的梣木枪,这支阿基琉斯继承的、克戎送给佩琉斯的新婚礼,重得只有阿基琉斯挥得动——倘若阿基琉斯不用它来战胜最强大的对手,描述它又有何用? 能想到,其余的东西无需如此确定,它们不必如此,亦另有可能。

决战常分为第一段和第二段,这场仗也是。

投枪战的常规是,弱者先投,但未击中目标——长枪从对手身旁飞过(16.478 即如此)——然后胜者击中目标。此处好像是先反了过来:阿基琉斯先投,但长枪飞过了蹲下的赫克托尔(22.275)。赫克托尔暂胜,他现在处于优势。事实上,他击中了目标：击中佩琉斯之子盾牌正中，"没有白投"；陈述赫克托尔的 οὐδ᾽ ἀφάμαρτεν［并没有落空］(290)，与阿基琉斯的 ὑπέρπτατο［从上方飞过了］(275) 形成对比。他一定期待着投枪像平素那样穿透盾牌。然而，长枪却被盾牌弹回，τῆλε δ᾽ ἀπεπλάγχθη［远远弹开］。结果是懊恼、愕然，这时，得伊福波斯不见了，他明白自己上了神的当。长枪被无效弹回是决定性的。没有此事，他就不会去找第二支长枪和得伊福波斯，也就不会意识到：雅典娜骗了我。从此刻起，他不再为生而战，但求英勇死去。

米尔(399页)写道："此处诗文不知盾由赫菲斯托斯锻造。"当然知道，否则为什么再没有哪面普通盾牌挡住过普通的枪？被击中者可以把盾牌远远地伸出去，折断投中的枪。可是，刀枪不入，甚至赫克托尔的长枪也在最后一战中被它"远远弹开"——这样的盾牌必定性质特殊。同样，从荷马的本文中也不能排除，[329]赫克托尔对此一无所知。如果他料到，这面盾牌能弹回一切武器，甚至他的长枪，他还会以之为目标吗？不能说长枪被弹回没有发挥作用，因为这让他突然看清了真相。

我们应如何想象：有过一位诗人 A 和一位诗人 B；诗人 A 讲到一面盾牌，它变成了不幸者的灾难。诗人 B 读到此处，突然想为这面盾牌配上一个故事，把它改编成赫菲斯托斯的杰作。于是，人们就不会把它想成寻常之物，赫克托尔的长枪之所以从盾牌上远远弹开，是因为它作为神的作品庇护着持盾者，但赫克托尔并不知道。也许，此时人们仍然认为诗人 A 更伟大，但却相信他写出：赫克托尔的长枪被弹开，因为他力气不够。赫克托尔的错，并不在于诸神反对他，而是因为他高估了自己的肌肉力量。于是就可以得出以下结论：是诗人 B 灵机一动，才把盾牌和长枪、把赫菲斯托斯的杰作和雅典娜的欺骗紧锁成被围者逃不掉的圆环。

双方战斗要表现出，保护二人的武装均刀枪不入，赫克托尔不明所以，阿基琉斯仔细斟酌，精确瞄准致死的细微暴露处，一击而中。

动　　机

　　* 有几处发明，初看似乎局限，却跨越了一长串诗卷。有人认为它们大部分是后来添入的东西，便将其从本文中删去。比如第一个战斗日之后围绕船营修造的壁垒(7.433 及以下)，比如禁止诸神参战的宙斯(卷8初)，比如换铠甲。这三者都很特殊，因为它们并不总是天经地义，且总被用于不同目的。也许它们看起来很适于区分不同的层次或诗人。这暂且不论。还有其他可以算进去的东西，例如，结合不怎么紧密、跨过一长串诗卷、[330]时而被遗忘时而又复出的动机"错乱"($ἄτη$)。该动机本身并不怎么重要，它也出现在《忒拜》里；冲锋壁垒的卡帕纽斯也犯了糊涂，与卡帕纽斯类似的还有，比如，攻城战里的阿西奥斯(Asios)；重要的不是它，而是它随后引出的洞见。试图在此取消联系可就太危险了：整体都会开始分崩离析。与错乱不可分的还有换铠甲。在此我们不止想到赫克托尔。

　　换铠甲引出第18卷的《铠甲》，可它的意义远远超出这个任务。它最初作为涅斯托尔的想法出现在11.798，把目光从阿开奥斯人越陷越深的失败第一次引回至阿基琉斯。换铠甲连接起阿基琉斯的拒绝与他的一半让步，因为他派帕特罗克洛斯代替他出战；易甲伴随着后者的胜利、迷误和毁灭。继续还有第二次换甲，按照宙斯的意愿，它有过之而无不及地支撑起、加速着赫克托尔的胜利、迷误和毁灭。

　　想要除去它，在几处删掉几行诗办不到。以之为基础的诗卷有 11、16、17、18、19、20(见 268 行)、21(见 165 行)、22(见 291、319、323 行)。如果不换铠甲，帕特罗克洛斯既不会被阿波罗"拍击"，赫克托尔削尖的长枪也不会被阿基琉斯的盾牌"远远弹回"

(22.291),所向披靡者更不会在攻打河神时失去神造铠甲的保护(21.317)。无法设想,一个以多重意义轮流出现、连接起这么多事件的动机,会是在最后阶段才加入《伊利亚特》。如果引入《铠甲》是该发明的核心意义,那么在荷马的赫克托尔身上寻找这个核心也同样合理,因为他的形象也是通过换铠甲才可能丰满起来。应在《帕特罗克洛斯篇》的原始形态(die Urgestalt)中寻找它:易甲的意义核心就在阿基琉斯最根本的悲剧里,这种悲剧在于,他以为能帮助、保护朋友的东西,在神前却一无是处,甚至,就是它才把命运真正招引到朋友头上。神必会出手,因为没有凡人能对抗他。虽然帕特罗克洛斯战胜宙斯之子萨尔佩冬一段忘记,或似乎忘记了易甲之事,但不能因此视之为原始本文:[331][阿基琉斯的]伴侣这次超出所有尺度的新壮举改变了文脉,现在他的胜利太大,毁灭不得不随之而来。此后他的所为,只是在拖延宙斯准许他的期限(16.644及以下)。萨尔佩冬-插曲必然要掩盖换铠甲的意义。但掩盖并不因此本原。如果帕特罗克洛斯打败萨尔佩冬是像最初一样靠阿基琉斯的铠甲,是因为铠甲在身,凡人无论如何不可能战胜他,那么萨尔佩冬就成了白费力气的反抗者,成了第二位赫克托尔,可他的形象却恰恰是为对比赫克托尔而创造。

事实表明,换铠甲无法被切除掉,但这并不是说,要把此事的所有意义看成不可分割的整体,好像它一下子就完成了;这也不是说,没有不同阶段的东西汇聚于其中。虽然差别不在本文中,也无法严格界定,可还是能区分出本原和衍生、较老和较新的东西。为追问这类可能,我也必须进入假设。在此,我区分两种意义:第一种易甲因帕特罗克洛斯发生,另一种是为了其他东西。追踪其他那些东西的动机,就会显现出一系列似乎关系到双重性的难题。

第一个难题是,显然出现了一种尴尬,帕特罗克洛斯失去阿基琉斯的武器后,——阿波罗把它们从他身上击落,它们掉在地上,头盔远远地滚到马蹄下,盾牌的背带扯断或滑落,铠甲七零八落地散成胸甲和背甲,①这些被击落的武器(16.791及以下),不仅持有者变更,连佩戴者也同时轮换,这怎么可能?临终者最后对赫克托尔讲话,仿佛是取胜的后者亲手剥下他的铠甲,此事如何发生却只字未提。要怎样去想?[332]宙斯和阿波罗取下我肩上的铠甲,凡人中杀我的是欧福尔波斯:你是第三个,把铠甲从我身上剥下(ἐξεναρίζεις,16.850)。难道是说,赫克托尔从地上收集起四散的武器?但动词意义准确:"剥去"(ausziehen)。鉴于胜者将面临的危险,夺铠甲标志着最高胜利。该动词在此只能是在嘲讽地指出绝无可能之事:一种无法实现的夸口;它预见出将来。可赫克托尔,伟大的赫克托尔,怎会为以后吹嘘胜利,从地上拾起一片片铠甲?此处[帕特罗克洛斯]说到宙斯和阿波罗的话(16.846),与之前16.650说到赫克托尔的话相同:宙斯考虑,是否现在就让赫克托尔杀死帕特罗克洛斯,剥下他肩上的铠甲。据此来看,赫克托尔不会是拾起铠甲,盛名需要他将其从死者身上剥下。

此后很久都不再提铠甲。赫克托尔用脚踩住尸体:

> 从伤口中拔出铜枪,把死者仰面丢下。
> 他随即又手持那杆枪去追赶奥托墨冬。(862及以下)

这意味着,他并不关心四散的铠甲;但同时:他也没有从尸体上脱下铠甲。否则他就一定要先从伤口中拔出铜枪。

赫克托尔追击阿基琉斯的车马,这就给欧福尔波斯的死创造出空间。他由于吹嘘自己第一个击倒伟大的死者(他没有看到神),而被墨涅拉奥斯击毙。分离开来的帕特罗克洛斯的尸体和装备引发了争斗(17.13)。墨涅拉奥斯用长枪刺中欧福尔波斯的喉

---

① Helbig⁴,287。"散开"(Lösen)也可能是泛指,就像在 λῦσε δὲ γυῖα [松解四肢] 中。

咙,但他没有像人们期待的那样掩护帕特罗克洛斯的尸体和装备,而是打算脱下欧福尔波斯的铠甲(17.60)。难道他认为非此就不算胜? 阿波罗不愿赏他胜利(对欧福尔波斯的胜利),召回徒劳追击的赫克托尔。(但不是为了此后再无人关心的、死去的欧福尔波斯,而是为了死去的帕特罗克洛斯。)赫克托尔撞见墨涅拉奥斯时,后者没有掩护死去的帕特罗克洛斯及其装备,而是正在从死去的欧福尔波斯身上脱铠甲。在更漫长的、典型(史诗风格)的权衡是否应丢下帕特罗克洛斯(及其铠甲)后,他"留下尸体"(17.108),[333]向埃阿斯跑去,催促他赶快,哪怕只能把裸尸交给阿基琉斯,因为"铠甲已经被赫克托尔剥去"(17.122)!

让我们暂停一下。神拍击后,特洛亚人和阿开奥斯方面都罕见地转入若干离题的插曲。连续性似乎被切断。大概在215行才接续上,开始了夺尸之战。强行插入其中的是,1.墨涅拉奥斯和欧福尔波斯的决斗(17.1-69),2.赫克托尔追击车马返回,以及墨涅拉奥斯的离开(70-115),3.埃阿斯来到近前,赫克托尔离开帕特罗克洛斯的尸体(115-139),4.格劳科斯的责备,赫克托尔的辩护(140-182),5.赫克托尔令人吃惊地退到战线后,换上铠甲(183-212),6.宙斯对此说的话。从现在起,赫克托尔成了另一个人,他各个方面都表现得有所不同,也能从各个方面看出他的变化:英勇的佩琉斯之子的铠甲在身上闪光灿(214)。

出现了两次离战,第一次是墨涅拉奥斯离开欧福尔波斯的尸体(同时离开帕特罗克洛斯!),带来埃阿斯;然后是赫克托尔离战,引入叱骂的格劳科斯,同时还有赫克托尔举止上惊人的骤变。

此间帕特罗克洛斯的尸体发生了什么,始终不明。唯独一次,且是回顾时提到:赫克托尔已剥下帕特罗克洛斯的辉煌铠甲(125)。怎样、何处、何时,都没有说。也几乎没有合适的机会说。

也就是说,这里出现了裂隙。叙事开始了,却没有继续下去。神从帕特罗克洛斯肩上击落的铠甲怎么了? 夺尸战发生在另一种文脉中。神的这一掌完全孤绝于所有其他事件。

当然，与此同时发生的还有一点：没有神的这一掌就不会有欧福尔波斯-插曲。帕特罗克洛斯站在那里，依然强大，却是多么无助、多么赤裸，这只有通过无名小卒、年轻的新人欧福尔波斯如何冲上来、击中他才得以显明：在脊背上！几乎就像哈根（Hagen）杀死西格弗里德，帕特罗克洛斯也绝非刀枪不入！恐惧中的欧福尔波斯刚一进攻，就立刻逃回去，寻求队伍的保护，就好像英雄还会转过身来。

[334]欧福尔波斯-插曲显然不属于流传下来的古老传说。它简短的前史比起其他故事就像刻意的杜撰，同时它把赫克托尔妄称胜利的虚狂推至极端，它被记录在册，就如同对一部几乎完成的草稿所做的最后一次强化效果的修改。神的拍击似乎也是由创作出欧福尔波斯的诗人所作。

从另一方面着手，就毋庸置疑，帕特罗克洛斯的死亡和葬礼是对阿基琉斯之死的模仿：那部我们看不到的伟大范本。一如阿基琉斯，帕特罗克洛斯也在几乎就要攻入伊利昂时死去；一如阿基琉斯，帕特罗克洛斯也被城市的保护神阿波罗杀死；作为任何凡人之力均无法抵抗的凡人，他被神所杀。区别是：阿基琉斯死在神的箭下。箭、弓、射手帕里斯，都只是远射神的手段和方法。神的拍击（πλῆξεν）虽极富象征意义，却非远射神专属。也可能有，比如说，宙斯的拍击（Διὸς πληγή, 14.414），闪电击打橡树。与之相似，埃阿斯用大石击中赫克托尔胸膛时，呆住的他身披铠甲琅琅倒下。

试验一下，如果尝试把远射神也引入帕特罗克洛斯的故事，首先要找的就是帕里斯。但当我们四处环顾，却惊诧地发觉：对阿开奥斯人的失败起到决定性作用的帕里斯，在帕特罗克洛斯制胜的第16卷全篇中从未出现过。他在哪里？帕里斯素来与赫克托尔、阿波罗同在。倘若他在《帕特罗克洛斯篇》中出现，我们就不免担心，他会像对付阿基琉斯（22.359）、对付卷11的阿开奥斯国王们那样，背后伏击身穿阿基琉斯铠甲的胜利者帕特罗克洛斯。为了试验，如果假设成立：那么帕特罗克洛斯就不止会任人宰割地呆立住，被箭射中，他一定会像阿基琉斯那样倒下；或者，若有人不想如此，他也一定会受到妨害，使赫克托尔能轻而易举地战胜他。不论如何，他一定身披铠甲、像阿基琉斯那样倒下。阿基琉斯倒地见哈尔基季刻花瓶（根据《埃塞俄比亚》绘制）。我们继续试验——故事有两种发展的可能：或者，赫克托尔洗劫尸体没有成功，引发了一场夺尸战，类似于争夺阿基琉斯尸体的著名战斗，对此荷马的听众们一定耳熟能详；[335]如果是这种情况，就不会有赫克托尔的昏盲（起码不像《伊利亚特》里这种），不会有掩护裸尸，不会有未披甲的阿基琉斯在坟前呼号，更不会有铠甲的描写、和解，阿基琉斯一定会毫不迟疑地上路，为朋友向杀死他的人复仇。另一种情况，故事大概可以像《伊利亚特》里这样继续讲下去。只是不会有欧福尔波斯之死，也不会有墨涅拉奥斯的复仇者角色，不是墨涅拉奥斯而是埃阿斯来得太迟，没能抢下胜利者夺走的阿基琉斯的铠甲……叙事一气呵成，没有那些似乎碍事的顾左右而言他，没有矛盾，却也没有了史诗诗人备好的意外。

　　有人会反对说，这一切是纯粹的建构（reinste Konstruktion）。但却有一点，甚至两点，使这种建构触及现状。其一，伏击的帕里斯是阿波罗最特殊的工具，神却并不熟悉欧福尔波斯这个人物。可是，呼唤远射神、从暗中射出辉煌一箭的潘达罗斯也是帕里斯的一种映像，倘若如此，那么帕里斯的神秘消失与欧福尔波斯出其不意的、同样神秘的登场，就显然并非毫无瓜葛，而是彼此相关。或者帕里斯，或者欧福尔波斯：二者不能同在。此外，普里阿摩斯之子赫克托尔与帕里斯之间的竞争关系远比赫克托尔与年轻的欧福尔波斯之间的关系更确凿。后两者彼此无关，他们不必相遇，无需知道对方。

　　另外还有第二点，也许是更重要的一点：在英雄背后伏击、暗中走近他、拍击他的神,代替了暗中操纵帕里斯的箭、射中英雄之踵的神。不论设想的《原—帕特罗克洛斯篇》是否如此,这种相关性都始终存在。关系不可能颠倒。或者,阿基琉斯之死是《伊利亚特》诗人直接的、有待超越的范本,迫使他、诱惑他创作另一场死亡。或者,他看到范本,将其转借到更古老的《帕特罗克洛斯篇》中已有的帕特罗克洛斯之死。不论哪种情况,引出周遭其他事件的都是(对范本的)偏离——也就是说,看不见的拍击的神取代了看不见的操控箭的神。

[336]所有这些考虑却不能满足一点。最严重的毛病在于:它们太片面地执着于把负面的、有失体统的东西当作缺陷。刚刚所说的那些枝枝杈杈,不仅涉及到帕特罗克洛斯四散在地上的铠甲如何到达赫克托尔手中:它们延宕、推拖、阻挠、回避,绕着弯到达了结果,正因为不是直达,结果更显得出其不意、更意味深长:赫克托尔披挂着阿基琉斯的铠甲!一组短小的插曲如同一组暂时掩护。在表面的偶然事件之后,能感觉到向某种东西的冲涌。比较一下,如何继续:

墨涅拉奥斯呼唤埃阿斯去救尸体:因为铠甲已被赫克托尔剥去(122)!在此期间回顾说,赫克托尔夺走了尸体上的装备(17.125),正打算把尸体拖到特洛亚人那里,要在城中侮辱他,把脑袋从肩上砍下,把躯干扔去喂狗(17.125及以下,引发争斗的尸体极度危险)。在埃阿斯和墨涅拉奥斯面前,他[赫克托尔]退出,把铠甲交给特洛亚人,让他们送回城,为他带来巨大的荣誉(131)。(就像帕特罗克洛斯在16.664把萨尔佩冬的铠甲交给米尔弥冬人。)他尚未想到要自己穿上。这时发生的事情改变了一切。高贵的吕西亚人格劳科斯,极其严厉地谴责他、侮辱他,因为他在埃阿斯前懦弱地退出,他回忆起萨尔佩冬之死大仇未报的耻辱。现在赫克托尔灵机一动;现在他突然要为一个计划退出,在远离恶战的地方,

> 换上著名的阿基琉斯的精美铠甲,
> 就是我杀死帕特罗克洛斯夺得的那一副。(17.186及以下)

他立即跑开,追赶那些正把铠甲送入城中的同伴。这时,在他胜利巅峰的一刻,他的灾难开始了……他穿上"佩琉斯之子的不朽铠甲"(195)。我们趁此了解到此前不曾听闻之事,铠甲从未曾如此重要:

> 那本是天神们
> 送给他父亲,佩琉斯老迈传给了儿子,
> 儿子却注定不能穿着它作战到老年。

这场戏闻所未闻,竟把天父的目光吸引下来:

> 集云宙斯远远看见神样的赫克托尔
> 穿上佩琉斯之子阿基琉斯的辉煌铠甲,
> 不禁摇头对自己的心灵暗暗这样说:
> "可怜的人啊,你不感觉自己的死亡
> [337]已经临近,现在竟然……
> ("越级")从他的头和肩上剥下了铠甲……
> 我现在赐给你巨大的力量,但你将不可能
> 从战场返回城里,安德罗马克不可能
> 结果你递给的佩琉斯之子的著名铠甲。"
> 宙斯这样说,动了动他那暗黑的眉毛,①

---

① 当然是依照1.528,因为此处没有提出请求,并不完全一致。米尔,页258:宙斯"点头同意他自己的话(!)"。他认为宙斯的自言自语多愁善感,不怎么高雅。

> 使赫克托尔穿着那副铠甲正合身,
> 凶猛的阿瑞斯也暴烈地进入他的心灵……(17.194及以下)

于是,夺尸开始了。

[原注]米尔,页259:"这一整段太弱,赫克托尔曾答应格劳科斯与他一起对抗达那奥斯人抢夺帕特罗克洛斯,承诺还没有实现,他却突然起意要换铠甲,这个决定太不合时宜,让人怀疑是篡改……"米尔认为这也要算在诗人B头上。——维拉莫维茨(页145)则认为,这是《铠甲》诗人的补入。

显然,经过帕特罗克洛斯死后横插而入的种种事件,这一刻就是剧情所趋的目标。该剧情的前提,正如反复强调的,是赫克托尔亲手从尸体上剥下铠甲。此事与神拍下的一掌相矛盾。与欧福尔波斯插曲的矛盾也不小。后者与神的拍击挂钩。一边是神的拍击和欧福尔波斯插曲,另一边是铠甲两度易手和夺尸战的开始,两方不一致,却又要统合起来。为调和矛盾、使听众能够接受,就在二者之间插入了两件事:一是赫克托尔追击阿基琉斯的车马,二是欧福尔波斯的死。另外,赫克托尔炫耀战功、劫掠尸体一直是在倒叙,这也让接受变得容易。(宙斯的谴责:"越级",只是泛泛指出,帕特罗克洛斯的制胜者不是赫克托尔而是神。)

这样的矛盾,人们可以接受。他们可以自行解释说,被拍击的人束手就擒,赤裸裸地被"一掌"夺走所有保障,这画面本身太惊心动魄,因为它,故事如何继续的问题可以黯淡下去。如果人神相对的这幅画面有违史诗技术,有违其他事实的衔接,有违夺尸之争的常规开始,那就只好[338]尽可能地掩盖裂隙。谁会为事件前后衔接的流畅,牺牲掉这样一幅把人的意义(die menschliche Bedeutung)升至普遍象征(das allgemein Sinnbildliche)的画面?也有人作为历史学者猜测,古本的残篇与新本发生了不对等的折叠。但

［我］仍然倾向于：以这种方式，无法刺探到那个对换铠甲一无所知的古本。若要追溯到那么早，就必须彻底撇开现有本文不看。假如剥夺是更古本，那么阿基琉斯的铠甲就能顺理成章地到达赫克托尔手中。如果神的拍击更古老，那就根本不知道，起码我不知道，要如何继续。与剥铠甲的动机不同，被拍击者的画面里不含有对后续发展的提示。只能确定一点，神的拍击也针对阿基琉斯的铠甲。

［原注］如果把换铠甲视作补入本文的次级品，同时要调和铠甲下落与臆想原本——没有换铠甲的文本——之间的矛盾，就会很尴尬。米尔，页256："奇怪的是，卷17的几处似乎不以换铠甲和帕特罗克洛斯被打落铠甲为前提……赫克托尔剥下帕特罗克洛斯的铠甲：125，187，205。这些都是诗人B随手插入的。如果诗人B把原本没有的叙事包装为史诗形式，却没有能力坚守他的新发明——让帕特罗克洛斯披挂阿基琉斯的铠甲参战，而是下意识地妥协了原版，他也无力发挥出换铠甲的效果，这就能够理解了；如果猜想，他取用了某部前本已成型的个别诗行，大概就更好理解了。"我没发现任何"随手插入"、"无力发挥"。然而此处推断的一切，无能为力，下意识，坚守，妥协，老版，新发明——一整套刻意建构的失败心理学。

  故事像现在这样讲，第二次换铠甲就悬于一线，取决于偶然。倘若格劳科斯没有叱骂赫克托尔（这也是反复出现的动机之一），赫克托尔就——按荷马的意思——根本想不到要去追赶在他的命令下早已上路回城的阿基琉斯的铠甲，取回它们，把自己裹在那金光闪灿的灾难之中。赫克托尔对格劳科斯的回答不是他的斥责——不是控诉对控诉、愚蠢对怯懦——而是他的动作：他的变身以及变身者对特洛亚同盟军许诺奖励的话语（220及以下）。

  创作的偶然并非偶然，而是有所指向。［339］赫克托尔离开战场，号召特洛亚人坚持作战，就像他与安德罗马克告别前一样（6.111及以下）。相同诗句的重复不是巧合。不仅有重复，还出现新的意外。无疑，他现在变了一个人似的返回！让主要事件悬于一线也不乏相似情况。安德罗马克-插曲也悬于一线,它取决于先知赫勒诺斯一次偶然的卜示。首卷中,争吵从克律塞伊斯到布里塞伊斯的转变多么偶然!在第一场关于克律塞伊斯的口角似乎已经平息的时候,新的、真正的、关于布里塞伊斯的争执出其不意地燃着了。阿伽门农已经提议与神和解,要装备船只、把女儿送还给父亲,并为此选出一位队长,我们已经期待着阿开奥斯人会同意此事,这时,一个刺激性的转折引爆出新争执(1.141及以下)。没有这次转折,似乎就不会发生布里塞伊斯之争,甚至整部《帕特罗克洛斯篇》都将不复存在。(前文已有推测,克律塞伊斯以及那条把第一次不重要的争吵挂在第二次主要争吵上的线,是《伊利亚特》诗人的发明。)

另一个例子。帕特罗克洛斯首次获捷后,遵照阿基琉斯的禁令,把特洛亚人赶向城边。他折身回船,截断一部分特洛亚人。他们成群倒下。这个契机——因为它不涉及战术——使宙斯之子与他相遇。战败的萨尔佩冬成为他的灾难。因为这让宙斯决定毁灭他。宙斯使赫克托尔胆怯,他传令集体撤逃(16.656)。现在帕特罗克洛斯再也禁不住诱惑。他紧追特洛亚人和吕西亚人:

> 这个傻子,被严重迷惑,
> 倘若他听从阿基琉斯的谆谆诤言,
> 便可以躲过黑色死亡的不幸降临。
> 但宙斯的心智永远超过我们凡人。(16.685及以下)

据此看来,好像萨尔佩冬不参战,帕特罗克洛斯就能逃脱命运。然而,他的灾厄最初就已注定(11.604),对此,故事里从未有片刻的怀疑。可灾厄似乎钟爱与偶然为伍。没有毫无出路的祸患。萨尔佩冬出场所加入的动机是次要的。一如换铠甲,这里也是双重动机。而诗人恰恰于此显现。

[340]对于表面上偶然却绝不只是偶然的事件,《伊利亚特》的诗人似乎有某种特殊偏好。如果阿基琉斯不站在船上,不偶然看到涅斯托尔带着受伤的马卡昂经过,涅斯托尔就不会让帕特罗克洛斯萌生出请求阿基琉斯、让他披上阿基琉斯的铠甲代他出战的想法(11.599及以下)。当然,这不是根本,而是附加的动机。可格劳科斯的叱骂也是这样的"附加"动机,第二次换铠甲因之才得以发生。在必将到来之事发生前,先要回避,这叙事者的洞见,也同时是他的手段:赫克托尔起初根本没想到这种可能——直到他自己的恶魔,他本己的、从内心最深处的隐秘弱点升起的命运,让他自己大吃一惊。

其中宙斯的话,无非就像凡尘事里的一个奥林波斯场景。

帕特罗克洛斯取胜萨尔佩冬

[341]* 如果追踪帕特罗克洛斯故事的内在必然性,他胜利过程中的主要对手就非赫克托尔莫属。赫克托尔是阿基琉斯的对手。帕特罗克洛斯代阿基琉斯出战,计划上他就仅需面对赫克托尔。赫克托尔在阿波罗的帮助下战胜他:因此阿基琉斯要为帕特罗克洛斯向赫克托尔复仇。故事基于三者的关系:阿基琉斯、帕特罗克洛斯和赫克托尔。在这个三者同归于尽的故事里,最强大的英雄们的命运在三归一的连锁中纠缠。帕特罗克洛斯证明自己是仅次于阿基琉斯的最强大的人。

可在《伊利亚特》里,帕特罗克洛斯的主要对手不是意料中的赫克托尔,而是吕西亚国王和宙斯之子萨尔佩冬。萨尔佩冬使赫克托尔黯然失色。萨尔佩冬的死虽然被大肆歌颂、悲悼,却远离所有命运的纠缠。赫克托尔决定对战帕特罗克洛斯,却没打算为宙斯之子复仇。他在斯开埃门前犹豫不决,阿波罗以他母舅的形象上前训斥:

> 我比你弱得多，要是我能像你那样强，
>
> （恶毒的伪装神恶毒的谎话）
>
> 你就该立即后悔不该回避战斗。
> 驱赶你的健腿马去追赶帕特罗克洛斯吧，
> 阿波罗赐给你胜利，也许你能追上他。（16.715）

若是为赫克托尔，萨尔佩冬无需阵亡。并不是说他的死没有任何铺垫或后果，但只是一笔带过，且仅限于一个人，即格劳基德人的祖先格劳科斯。最后终于到来的帕特罗克洛斯与赫克托尔的交锋，演变成特洛亚人与阿开奥斯人的常规战：争夺御者克布里奥涅斯的尸体。这是与抢夺萨尔佩冬尸体相对应的战斗，但更单薄、更简短，两场如此相似，却毫无关系。赫克托尔偏偏避开了争夺萨尔佩冬的尸体，宙斯让他逃跑（16.656）。

无需赘言，与一位国王、与宙斯的一个儿子对战使伴侣帕特罗克洛斯的壮举升级了多少！[342]对于这位所向披靡的无名之徒，宙斯之子放话说：让我去会会那家伙，看他究竟是什么人，竟强大得……（16.423）特洛亚人逃跑时——英勇的吕西亚人仍在抵抗！致敬格劳基德人更合乎艺术目的，对埃涅阿德人的致敬却并不总能天衣无缝地嵌入整体。帕特罗克洛斯和他的国王对手如同两只弯爪曲嘴的老鹰在山间厮斗，奥林波斯上的宙斯看见顿生恻隐——怜悯他们两个：现在我的心动摇于两个决定之间（435）！此时帕特罗克洛斯及其对手被抬高至何等地步！于是，与萨尔佩冬的对手戏使《帕特罗克洛斯篇》正当中出现了一段奥林波斯插曲！

这一特例证实了那个平素也总是露头的规则，《帕特罗克洛斯篇》里——如果我们纯粹视之为《帕特罗克洛斯篇》——没有奥林波斯插曲。宙斯悲哭不是为了主人公，不是为这位伴侣，而是哭他的爱子。二人的打斗使帕特罗克洛斯陷入危险，这在《帕特罗克洛斯篇》中仅此一次。萨尔佩冬投中阿基琉斯那匹凡间的骓马，帕特罗克洛斯因此陷入的危险不亚于涅斯托尔——若不是狄奥墨得斯（8.91）或安提洛科斯（《埃塞俄比亚》）出手相救，他[涅斯托尔]就会命丧黄泉。此处的拯救者是阿基琉斯的（第二位）御者奥托墨冬，他迅速砍断受伤骖马的缰绳。第二段战程让帕特罗克洛斯获胜。国王被击中，如同高耸的云杉被伐木人的利斧砍倒，垂死之际，他恳求格劳科斯，不要让他的尸体和铠甲落入敌手。宙斯眼下反反复复的夺尸战构成一段独立的中心。萨尔佩冬的命运要求有他自己的结点、他自己的解决方式：

> 宙斯给整个战场罩上可怕的昏暗，
> 围绕着他爱子的战斗变得更加恐怖。（16.567及以下）

人间的失衡在天界的异音中重现。作为最高操控者和天父，宙斯从未如此分裂。为祭祀儿子他洒下濛濛血泪，这一神迹在凡间横流的人血中掺入了天界的沉痛之血。

　　神子必死——何以如此，[343]冷酷的赫拉解释过（440）——当落入死亡的恐怖，落入它令人面目全非的无情威力之中，生前如神一般的人，死去时竟成为最可悲的可悲者：

> 即使最敏锐的眼力都难以把那个
> 神样的萨尔佩冬辨认，从头到脚
> 被无数的矢石盖住，沾满了血污和灰尘。（638及以下）

不堪忍之事要求化解。遵照宙斯的吩咐，阿波罗夺走尸体，给他清洗、涂油、穿衣。睡眠和死亡把他送回遥远的吕西亚安葬并奉为英雄。在《埃塞俄比亚》中，睡眠和死亡也运送过门农的尸体；一如阿波罗，《埃塞俄比亚》里也有厄俄斯（Eos）先为尸体清洗、涂油、穿衣。可门农的尸体也如萨尔佩冬这般不堪入目吗？无法设想阿基琉斯会从他身上剥下赫菲斯托斯锻造的铠甲,否则他要如何处理它们?反差要求,经神的手清洗、涂油的尸体,损毁之惨不应亚于萨尔佩冬。宙斯也要为萨尔佩冬的死痛苦,只需抛出闪电或点点头就能扭转战局的宙斯也要受制于更高的必然。尸体的毁败和涂油、侮辱和恢复,皆因最高神的一个意志而起,仿佛一个命令被拆成两个动作。在宙斯把决定权交给天秤的《埃塞俄比亚》里,这种意志不同于《帕特罗克洛斯篇》,它并非无所不包——否则就难以想象。神母厄俄斯并不像阿波罗那样奉宙斯之意而行,她作为母亲主动出手。此处不继续深究这种对比,而只是要指出,作为插曲中的插曲,《帕特罗克洛斯篇》中的奥林波斯插曲与萨尔佩冬插曲的关联多么内在,以及,帕特罗克洛斯的剧情因奥林波斯插曲才趋于完整。

越过所有语文学分析,我们始终不能忘记一点。战斗不止是战斗,大量高雅的传统惯例随之涌现,不仅语言,还有事实,用于武装的史诗词汇,表现伤亡的诗的恐怖,垂死者悲惨的人体构造;从狮子、野猪、狗、雕、鹰、公牛等的比喻中,从大量流传下来的细节里,世事与命运脱颖而出[344]——我们常常不加思考地接受了这些,以为它们理所应当,我们开始改造文本,删除、挪移,试探如果此处另有其貌将有何果……而《帕特罗克洛斯篇》的诗人,他的特殊成就是,让胜利和毁灭,在形成反差的大群落中,通过所有这些纷杂繁复的细部,彼此关联。

争夺萨尔佩冬的尸体与争夺赫克托尔的御者克布里奥涅斯的尸体看起来是平行剧情。两场战斗中,帕特罗克洛斯都是首次出击放倒对手后,经过漫长、血腥的夺尸战,才成为胜者。两次胜利均以剥铠甲圆满;萨尔佩冬的是:

> 人们上前剥下萨尔佩冬肩上的
> 闪光铠甲,勇敢的墨诺提奥斯之子
> 把它交给同伴,让他们送往空心船。(16.663及以下)

克布里奥涅斯的是：

> 他们把英雄克布里奥涅斯的尸体从呐喊着的
> 特洛亚人的枪矢下拖出，剥下了肩头的铠甲。（16.781及以下）

萨尔佩冬之战始于每次三个特洛亚英雄名字的三行名单（415及以下），与克布里奥涅斯之战如出一辙（694及以下）。在这两次，九个名字均意味着决定性主战前的准备部分、泛泛屠杀（die Androktasie）的结束。厮杀在克布里奥涅斯身上来来回回，他的尸体也在尘土中面目全非；一如萨尔佩冬的尸体（638及以下），此处是克布里奥涅斯的尸体：

> 无数锐利的投枪和紧绷的弓弦射出的
> 箭矢戳立在克布里奥涅斯的尸体周围，
> 无数石块撞击着在他身边战斗的
> 人们的盾牌。他躺在尘埃的漩涡里
> 伸开手脚依旧伟大，但忘却了车战。（772及以下）

只不过，与赫克托尔的御者相比，围绕萨尔佩冬发生的一切更暴烈，反差更强，辅以更悲壮的细节，国王及宙斯之子因此也更伟大。

相较于中心段落，《帕特罗克洛斯篇》起自698行的第二部分更像在逐渐减弱，而不是愈来愈强。荷马考据普遍认为，萨尔佩冬插曲比起克布里奥涅斯插曲是次生、晚期的东西，[345]人们倾向于从后者中识别出真正"荷马"的古《帕特罗克洛斯篇》里留存下来的段落。谁又会把弱者移至强者之后？相反的情况则更容易解释，也就是认为，晚期诗人把他创作的升级段落插在更古老、更节制的本文之前。

可是，这里却没有看到，萨尔佩冬的出场破坏了计划。该计划最先出自聪明的涅斯托尔的建议(11.796及以下)，然后帕特罗克洛斯声泪俱下地以此请求阿基琉斯：

> 让我带领米尔弥冬人的部队，
> 立即去战场，也许救得了达那奥斯人。
> 再请把你那套铠甲借给我披挂，
> 战斗时特洛亚人可能会把你我误认，
> 止住他们进攻，疲惫的阿开奥斯人
> 稍得喘息：战斗间隙不需很长久。
> 精力恢复的我们很容易把战乏的敌人
> 从这些船舶和营帐前驱开赶回城。(16.38及以下)

第40至43行被看作11.798及下文的重复，由于是在铺垫换铠甲，自贝尔格起它们就被删去——按照米尔（页241）的说法，"它们把话冲散了"。然而不止40至45，从36到45行整段都在重复涅斯托尔的建议(11.794-803)。其中16.44及以下不能舍，因为不能错失精力充沛的米尔弥冬人(λαὸν Μυρμιδόνων，38行)将轻易击败疲惫的特洛亚人的暗示。但阿开奥斯人的力竭和喘息(ἀνάπνευσις)毕竟也与此相关，这里关键就在于"喘口气"；只要把特洛亚人从船营驱开赶回城(νεῶν ἄπο καὶ κλισιάων)就够。这已是在帮阿开奥斯人大忙！删去40至43行，也就删掉了这个限度。帕特罗克洛斯为自己设限，与此相关相连的还有阿基琉斯的命令，87行及以下"把敌人赶离船只便立即回来"，以及686行帕特罗克洛斯违令。想法最初是帕特罗克洛斯自己的，它证明了帕特罗克洛斯的谦逊。开始时，他甚至没想过要从远处模仿阿基琉斯行动，他无非只要让阿开奥斯人"喘口气"(ἀνάπνευσις)，他没有料到短暂的喘息后还会进一步发生什么。

[346]这看起来像"插入"或"挤入"吗？帕特罗克洛斯没有在阿基琉斯的禁令后发誓；他的请求，实际上无非是让阿开奥斯人"喘口气"。

如果划掉40到43行，也就删去了"喘口气"的想法，我丝毫看不出，这对《帕特罗克洛斯篇》整体有何益处。同样的话只在11.801（涅斯托尔原封不动的建议）和18.201出现，后一处也在同样的两句诗里，伊里斯受赫拉的派遣，吩咐阿基琉斯不着铠甲去堑壕露面：

> 特洛亚人也许会被你吓得畏缩不前，
> 使战斗得疲惫不堪的阿开奥斯儿子们
> 稍得喘息：战斗间隙不用太长久。

虽然200-201也可能是吟游歌手加入的句子，是对16.42-43的重复。（米尔，页275，即这样认为。但是18.199仍然引自16.41。伊里斯的戏被米尔安排给诗人B。也就是说，他一定自己引用了自己。）但不论如何，这都是《帕特罗克洛斯篇》的独创事件。

动词"喘息"（ἀναπνέω），频频出现，比如16.301及以下：

> 达那奥斯人也这样把船上的烈火扑灭，
> 得到喘息的时机，但战斗并没有停歇。
> 特洛亚人在勇敢的阿开奥斯人面前
> 并未从外层发黑的船舶前溃退不止，
> 他们仍在抵抗，只是被迫离船几步。

此处却一定要问：这难道无关乎帕特罗克洛斯16.42的期待？这里不是说的清清楚楚，愿望没有实现？"只是被迫"意味着：如果帕特罗克洛斯不继续战斗，如果他折身返回，特洛亚人就会毫不迟疑地杀回来？

[原注]米尔(页259)："达那奥斯人稍作喘息,特洛亚人仍然抵抗。"这属于诗人A,从284行起他就开始了；然而第42行,帕特罗克洛斯请求中的"喘息"属于诗人B。这或者是一个矛盾,或者是诗人B采用了诗人A的"喘息"。B把他插写的换铠甲与A的动机"喘息"连接起来。事后看来,多亏他的插写,帕特罗克洛斯才没能实现期待。真是位鬼斧神工的改写者。

帕特罗克洛斯请求阿基琉斯的意义还在于,此后事态的走向不但不符帕特罗克洛斯的预期,与阿基琉斯的所想也大相径庭。按照帕特罗克洛斯的请求,他的目的只是[让阿开奥斯人]喘口气。他请求两件事：派他参战,让阿开奥斯人"得空",也就是得到拯救，[347]并且,把阿基琉斯的装备给他披挂：

> 战斗时特洛亚人可能会把你我误认,
> 止住他们进攻,疲惫的阿开奥斯人
> 稍得喘息；战斗间隙不需很长久。

再容易不过：
> 精力恢复的我们很容易把战乏的敌人
> 从这些船舶和营帐前驱开赶回城。

阿基琉斯重复了同样的想法,95：一旦阿开奥斯人得"空",帕特罗克洛斯就应该返回船上。事实上,后来只是部分达到预期。虽然特洛亚人起先把帕特罗克洛斯误认作阿基琉斯而从船上逃跑(281)；但是他们一离开船只,就开始了顽强抵抗(301及以下)。现在已不可能中断战斗而返回船只。战斗继续。此时帕特罗克洛斯把特洛亚人赶过堑壕；被围者损失惨重。试图掩护撤退的赫克托尔(363),被他的战马载出战场。帕特罗克洛斯驾阿基琉斯的战马越过堑壕追击赫克托尔,却徒劳无果。特洛亚车马全面溃败。

帕特罗克洛斯转身——也就是折返回去,截住逃兵,把他们成群打倒(《屠杀》415及以下)。我们认为,他现在就会按照阿基琉斯的吩咐凯旋回船。可是,萨尔佩冬却向他冲来(419)……打败此人后,胜利再也停不住了。

宙斯正是此意(644)。赫克托尔逃跑——宙斯让他怯懦,帕特罗克洛斯追击"特洛亚人和吕西亚人"(从现在开始):愚蠢地害了自己,倘若他听从阿基琉斯的谆谆诤言(685)。此时是新一轮大屠杀(第二部《屠杀》694及以下),逼进至斯开埃门,赫克托尔向他走来……争夺赫克托尔御者克布里奥涅斯死尸的战斗和帕特罗克洛斯的结局。

纵观该过程,就不会怀疑,按诗人的意愿,决定性瞬间就是帕特罗克洛斯打败萨尔佩冬的一刻,此后——遵宙斯之意——灾难汹汹而来。此次胜利如此阴森可怖,"错乱"竟随之袭向英雄。如果此前难返阿开奥斯军营,这时却轻而易举。可帕特罗克洛斯变了。如同另一个灵魂上身,他仿佛醉了。

帕特罗克洛斯忘记阿基琉斯的警告,不仅因为他的冲杀、不仅因为外部事件,更是因为他自己也变了,他不再是那个承诺过的、曾经的他。阿基琉斯忠心耿耿的"侍从"(θεράπων)对战赫克托尔的私生兄弟亦即御者克布里奥涅斯,大获全胜。[348]他用石块击中后者眉心,使他像潜水者一般从车上一头栽下:

> 车战的帕特罗克洛斯啊,你当时这样嘲笑说:
> "朋友们啊,看这人多灵巧,多会翻跃!
> 他如果有机会走到游鱼丰富的海上,
> 准会让许多人吃个够,从船上潜进海里
> 摸来牡蛎,也不管大海如何咆哮,
> 灵巧得就像刚才从战车跳到地上。
> 特洛亚人中竟也有这样的潜水好手。"(16.744)

简直已是吕卡昂-插曲中阿基琉斯的语气(21.54及以下)。死到临头者就这样说话。ὢ πόποι ἦ[呜呼哀哉](与16.745相同),这句表示发现的惯用语向来用得严肃(比如23.103、20.344),这里却成了讽刺。是怎样的语气? 21.54:

> 天哪,一个巨大的奇迹……

(13.99波塞冬说了同一句话,但并无讽刺。)

> 难道心灵高傲的特洛亚人被我杀死,
> 都会从昏暗的冥界重新返回人世?

更过分的是讽刺的收场:

> ……斯卡曼德罗斯河将把你送往大海的怀抱。
> 鱼儿从水下浮起,追逐黑色的浪沫,
> 为了如愿吞噬吕卡昂的洁白的嫩肉。(21.124)

如此尖酸讽刺的阿基琉斯也已站在死亡的魔咒中。我们再回想一下那个泪在眼中、为阿开奥斯人的毁灭深忧不已的帕特罗克洛斯,他请求阿基琉斯让他出战,只求阿开奥斯人能稍许"喘息",绵薄之力亦可有所作为。然后我们把目光从那个如此谦逊的人身上移开,转向这位目空一切、刻薄讽刺的胜者:此中转变莫不是一清二楚?

《伊利亚特》与《埃塞俄比亚》

续篇还是前传?

[349]*后世,人们常把《埃塞俄比亚》里读到的门农故事算作

《伊利亚特》间接或直接的续篇。《奥德赛》的诗人就已经如此。这种次第是何时、怎样出现的？倘若续写《伊利亚特》就是门农诗人的意图，这就不是问题。倘若情况相反，《埃塞俄比亚》在《伊利亚特》出现之前就已经存在，人们又怎会把它当作《伊利亚特》的续篇去读？有两种解释的可能：或者，《伊利亚特》二十四卷诗通篇都是诗人着眼于《埃塞俄比亚》、为契合前辈而创作的，《埃塞俄比亚》并不知情，是《伊利亚特》的诗人才使它成为续篇；或者，来了第三个人，安排出二者的顺序。

　　假设：对于《伊利亚特》的诗人，《埃塞俄比亚》已经给定。在他之前，既没有赫克托尔也没有帕特罗克洛斯，两个人物都是他从《埃塞俄比亚》中衍化出来的，如同"分化"与"整合"。他与《埃塞俄比亚》的关系，类似于《伊利亚特》前传《塞浦路亚》的诗人与《伊利亚特》的情况。但也不尽相同，因为《塞浦路亚》的主要人物，阿伽门农、墨涅拉奥斯、海伦、帕里斯、佩琉斯、忒提斯、阿基琉斯等等，包括他们的前史，都是耳熟能详的老一套；而《帕特罗克洛斯篇》，虽然主人公和重要动机与《埃塞俄比亚》密切关联，但他们的名字、命运和性情都是诗人凭空发明。诗人不但给《埃塞俄比亚》添了一部前传，还同时一气呵成地创造出它的一部变形记；二者可都是空前的大手笔！除了许多不同，门农之诗里出现过的一切都在这部前传中出现——唯有一个例外：门农！对于诗人，这个人物无处不在，甚至最微小的细节里也有他的痕迹，他却被略去。这是为后文而省，以便不损伤续篇的惊人。竟至于，哪怕在埃涅阿斯的族谱中说到提托诺斯，也闭口不谈他的长子！尽管诗人知道，他的听众在多么迫切地盼着他！[350]同时他还要实现改造，要在这场与前辈、与他自己设计出的续写者暗中展开的诗人竞赛中深挖、论证、关联、对比、倾注精神，不啻于要超越所有前辈创作的基础：如履薄冰的铺垫者和拥有肆无忌惮想象力的改写者在他身上合而为一。

这是一种可能性。另一种可能性，如前所说，是第三个人，我们说一位编纂者，事后整理了《埃塞俄比亚》，使之读起来像是《伊利亚特》的续篇。他的工作不针对《伊利亚特》，而是《埃塞俄比亚》，他移除或协调了其中所有与《伊利亚特》冲突的东西。例如，帕特罗克洛斯与阿基琉斯的骨灰合葬在安提洛科斯坟旁（《奥德赛》24.77 及以下），可能就是这样的事后协调。前提始终是，《埃塞俄比亚》并非自发地续写《伊利亚特》。

看似涉及两种可能。但《伊利亚特》的诗人亲自排除了第一种，原因有二：首先是阿基琉斯与赫克托尔结局的关联。如果《伊利亚特》的后事依照暗示和预言已成定局，那么对于诗人，就并不存在以其胜利和死亡插入赫克托尔与阿基琉斯结局之间的门农。如果垂死时赫克托尔是在对阿基琉斯预言他的结局（22.359），他说的正是，他死后，另一个也注定立即丧命。赫克托尔的预言重复了忒提斯的预言：

你注定的死期也便来临，待赫克托尔一死。（18.96）

他不知道也不可能知道，阿基琉斯必死与否取决于门农尚未到来、尚无定论的命运。《伊利亚特》与《埃塞俄比亚》相符的预言关乎阿基琉斯的死，却毫不涉及门农。《伊利亚特》的诗人知道与《门农纪》(Memnonis)啮合的《阿基琉斯纪》，却不知《门农纪》。由此推断：《埃塞俄比亚》的中心人物门农是《门农纪》诗人的杜撰，事实上这本来就毋庸置疑。如果假定第一种可能，那就是《伊利亚特》的诗人从纯粹的门农—动机中衍生出整部《帕特罗克洛斯篇》，却要想尽办法略去门农的命运，同时拒绝任何可能来自于门农的信息。

相反，《伊利亚特》里找不出任何东西可用以推断说，门农的诗人不知它的存在。[351]从《伊利亚特》看，赫克托尔与门农的死在时间上重叠，从《埃塞俄比亚》看则没有类似冲突。作为后荷马的拓展文本,《埃塞俄比亚》毫无矛盾地加入到《伊利亚特》的内容中去。它虽然开始时创造出新情境,却不与《伊利亚特》矛盾,不论结局还是开场。

帕特罗克洛斯的葬礼与赫克托尔之死情况相仿(23. 243)。帕特罗克洛斯的骨灰被用双层脂肪封紧,装入金罐保存,坟丘只垛一半,好让阿基琉斯和帕特罗克洛斯的遗骸殓入同一器皿,葬于同一冢下,这里没有给第二位朋友安提洛科斯的空间,帕特罗克洛斯没有占据他的位子,更不可能是《奥德赛》中的三人葬(24. 76 及以下)——阿基琉斯、帕特罗克洛斯和安提洛科斯合葬:帕特罗克洛斯和阿基琉斯的骨骸在同一个容器中,安提洛科斯的骨灰另置,却在同一个坟丘下。安提洛科斯是被后来加入的。

[原注]佩斯塔洛兹(页 24)删去了《奥》24. 77-79(莎德瓦尔特赞同他,《荷马》², 页 162, 注 1),认为这"显然是对《伊利亚特》23. 82, 91 的迎合"。但《奥》24. 80 的衔接就有问题。《奥》14. 78/9 似乎在古代被证伪(莎草版上没有),因为与《伊》24. 574 及以下矛盾(见《奥德赛》,米尔编)。文本不能动。佩斯塔洛兹的唯一理由是,他可以不需要帕特罗克洛斯。

侍从的骨骸与国王的骨骸合葬:对于死者这是最高荣誉,是在所有其他王室嘉奖之外阿基琉斯赐予朋友的终极尊敬。"生死与共":阿基琉斯与安提洛科斯不论生前死后都不可能如此。与安提洛科斯遗骨合葬是后来的杜撰:因此"另安放"。即便有一部更古老的、历来就存在的安提洛科斯之诗,它也对《伊利亚特》的葬礼毫无影响。

《安提洛科斯篇》*

* 不论内容还是源起,《埃塞俄比亚》都接续着《帕特罗克洛斯篇》。菲洛斯特剌托斯所遵照的绘画传统也这样认为:在安提洛科斯尸体旁悲悼的阿基琉斯削去了头发:他已把鬈发献祭给帕特罗克洛斯。①

＊表现的是已死的安提洛科斯,阿开奥斯人为之恸哭;阿特柔斯的儿子们、奥德修斯、狄奥墨得斯、两位埃阿斯,特别是阿基琉斯。奇怪的是没有涅斯托尔。阿基琉斯扑倒在死者的胸膛上悲诉,声称要与他合葬,为他向门农复仇,[352]要赐给他不亚于帕特罗克洛斯的荣誉。描绘的显然是理想情境,理想到连仇敌门农也同在画中,能远远地作为胜者被看到。② 在《埃塞俄比亚》里不仅此事难成,连阿基琉斯哀叹安提洛科斯、向尸体发誓复仇也不现实,因为他正躺在战场上某处引起混战。③ 阿基琉斯的当务之急是赶去救援,因为他必须对决的可怕的门农正站在尸体上。没有空间展开轰轰烈烈的悼唁,阿基琉斯不能像《伊利亚特》里那样决心痛悼帕特罗克洛斯的尸体。哪怕再精简也没有空间。

《伊利亚特》里阿基琉斯因帕特罗克洛斯的尸体而痛苦、他发誓复仇和他的决心由三层动机所致:第一,阿基琉斯没有铠甲;第二,埃阿斯和奥德修斯代替阿基琉斯掩护撤退,尸体因墨涅拉奥斯的壮举得以保全;第三,夜幕降临。这三个因素妨碍了阿基琉斯,他自然无法跨在帕特罗克洛斯的尸体上与赫克托尔打斗、无法在保护尸体的同时击毙赫克托尔。

对于《埃塞俄比亚》,《伊利亚特》的阻力消失了。哪怕夜幕降临也不构成障碍。即使入夜,就算没有阿基琉斯救援,安提洛科斯的尸体也必将被送回军营、得到保护。可倘若如此,阿基琉斯就不

---

① Philostrat, *Imagines*, 2.7.

② 1.7画的也是理想情境:埃塞俄比亚人哀悼死去的门农,他的母亲埃奥斯请求黑夜提前到来,因为她在等盗取儿子的尸体。在《埃塞俄比亚》里,埃奥斯于战斗正酣时夺走尸体,就像阿波罗在《伊利亚特》中转移萨尔佩冬的尸体。唯其如此,她才能给尸体清洗、涂油,一如阿波罗为萨尔佩冬所做的事情。

③ 菲洛斯特剌托斯的这一幕也与安提洛科斯的葬礼无关(莎德瓦尔特,第16幕,见页180),因为它也是发生在阿基琉斯死后。

会跨在尸体上与门农相斗。他必须重新出战。

画家再怎么随心所欲,也难以让人相信,安提洛科斯因父亲的意愿而死,后者却没有在吊唁他尸体的圈子里出现。军中最年长者哀悼最年轻的人,他不是比阿基琉斯更悲痛欲绝?涅斯托尔后的第二位吊唁者,难道不应是去得太迟、没能援助弟弟的长兄特拉叙墨得斯?《奥德赛》(4.187)也有兄弟哀悼兄弟。[353]为什么菲洛斯特剌托斯把整个家族都排除在葬礼之外?原因只能是:插入父兄对至亲的伤悼,就会扰乱、分散阿基琉斯对挚友和挚爱的悲怀。悲悼的阿基琉斯就将不再是中心。这幅违反人之常情的画面,符合《伊利亚特》的情境。

倘若如此,那毕竟还是有了一个关于《埃塞俄比亚》的结论。如果把安提洛科斯的死亡和葬礼与帕特罗克洛斯的死亡和葬礼看作平行事件——不论彼此关系如何,它们的确平行:从叙事的可能性来看,两个主题,或者说两段故事,各有其特殊劣势和特殊优势。

帕特罗克洛斯只与阿基琉斯亲近。他的少年经历——杀人、逃亡、被佩琉斯收留(23.85及以下),二人的共同教育(11.787),他举目无亲、只有伴侣这一个身份,这些才奠定了二人友谊的发展基础,才创造出条件使之达到排他和激情的程度,唯有这种感情才能引发阿基琉斯式的痛苦和复仇。阿基琉斯的愤怒致使朋友替他而死,他派他出战,接回他的亡魂。二人共赴黄泉,早已命中注定(18.329)。

这一切都不在安提洛科斯的故事里。就其本身而言,从它自己的、基于故事内部的因果来看,它更像是一部父子悲剧,而不是对升华至最高排他性的同伴情谊的颂歌。最好免去罪责一说,因为这本身就成问题——我们谈谈原因:涅斯托尔也是他的儿子安提洛科斯死去的原因:为什么也叫他去助战?正如阿基琉斯也是他的朋友帕特罗克洛斯死去的原因:为什么派他替自己出战?二者各自造成挚爱之死。两个故事的必然结果是那种极深入骨的悲痛,就像阿基琉斯对同伴,就像父亲涅斯托尔对他的儿子。

阿基琉斯为帕特罗克洛斯复仇,报复直接源自悲痛。对于他,帕特罗克洛斯远不止是兄弟。阿基琉斯替涅斯托尔(面对强大的门农他太老、太弱)、[354]替特拉叙墨得斯(应是他最近的人)为安提洛科斯复仇,因为他也是他的朋友,复仇虽然与死亡相关,关系却比帕特罗克洛斯的情况松得多。作为强大的朋友,阿基琉斯代表着涅斯托尔家族的权利和责任;爱的权利,复仇者的责任。

根据所证实的和我们推断的一切,阿基琉斯在《埃塞俄比亚》中的痛苦和复仇欲不会像《伊利亚特》里那样展开到惊心动魄,《埃塞俄比亚》与《伊利亚特》卷17至19并不呼应,甚至没有可以遥相比较的东西,此中原因大概并不仅仅是诗的质量,也同样要在故事本身的必然性中寻找。

不像《伊利亚特》,《埃塞俄比亚》无法给盛大的悲情场面提供机会,但另一方面,作为叙事,它却比《伊利亚特》有重要优势:《伊利亚特》里的帕特罗克洛斯与阿基琉斯太近,与他贴合得如此紧密,几乎就像他的副本:和之后的阿基琉斯一样,帕特罗克洛斯也马上就要攻入特洛亚,和之后的阿基琉斯一样,帕特罗克洛斯也被阿波罗挫败。他所向披靡,连赫克托尔也不是对手,他已经变成阿基琉斯,而不仅是披挂着他的铠甲。神把他交到有死的胜利者手中任其宰割,那位神亦如此对待阿基琉斯。没有神助,赫克托尔永远不会取胜,就像帕里斯没有神助永远不会战胜阿基琉斯。

作为相关联的故事,《帕特罗克洛斯篇》与阿基琉斯的结局讲述时没有递进,《帕特罗克洛斯篇》聚敛起一切使阿基琉斯之死独一无二、任何其他英雄的命运均无法相比的有用的东西。如果神已经以完全相同的方式出手干涉过,如果已对死者发誓,两个朋友的遗骸将合葬于同一冢下,留给他[阿基琉斯]的还有什么?然而,无法想象没有誓言的《帕特罗克洛斯篇》:合葬才为此前的过程打下解释的、证明的光。随后的一切,哪怕是阿开奥斯人对阿基琉斯的大悲大痛,也无非只是前事的苍白重复。并非只有忒提斯和海中仙女的哀哭才预演出阿基琉斯的结局。可毋庸置疑的是：阿基琉斯之死是帕特罗克洛斯之死的范本。范本在摹本后讲述，却成为模仿者的苍白重复。这是怎样的关系！

[355]相反，如果想象《帕特罗克洛斯篇》不存在，死在阿基琉斯之前的是安提洛科斯，那么，《帕特罗克洛斯篇》与阿基琉斯之死这两个主题的先后顺序所能引发的任何指责都将立刻云开雾散。不论出于何种原因，即使安提洛科斯死时阿基琉斯缺席战斗，安提洛科斯也不是因为阿基琉斯和他的愤怒而死，而是死于儿子的义务。他并没有在阿基琉斯之前死于同一种死，而是十分不同的另一种，即使阿基琉斯"此后"为他复仇，也不是为了与他共赴黄泉，他和帕特罗克洛斯不一样，从少年时代起，阿基琉斯就是后者生命里唯一同在的至亲(23.84)。复仇不是为了兑现誓言，死去的安提洛科斯也不能像死去的帕特罗克洛斯那样，惊醒活着的阿基琉斯。因此，二人的葬礼，哪怕全体阿开奥斯人共同吊唁他们，哪怕能让忒提斯和海中仙女悲悼死去的儿子，也全都不能与过去那场的更宏大的悲伤相提并论。

* 在《伊利亚特》中，虽然涅斯托尔是安提洛科斯和特拉叙墨德斯的父亲，是所有英雄中唯一一位携子出战的父亲，可整部长诗中，他从未在任何一段插曲里与任何一个儿子短暂相遇，更别提与他们两个同时登场；作为参谋，他警诫着全世界，却从未提醒过儿子(唯有一处例外，却证实了常规)；他，这位白发的车战战士(ἱππότης)，不与儿子们一同作战，他丢了车马，为自救而登上狄奥墨得斯的战车，仿佛特拉叙墨德斯和安提洛科斯都不存在，就好像连接他与儿子的纽带被人为地剪断。英雄的父亲在哪里会亮相这么少？唯一的例外也在《帕特罗克洛斯篇》本篇之外、葬礼竞赛的插曲中(23.304及以下)，且与帕特罗克洛斯死后对安提洛科斯这个人物渐增的关注度有关。帕特罗克洛斯死后，安提洛科斯取代了他。仿佛他是最年轻、深受所有人喜爱、特别是最让阿基琉斯推心置腹的英雄，但整部长长的《伊利亚特》在即将结束之前都不可以恰如其分地注意到他，[356]否则就会令《帕特罗克洛斯篇》的主人公、他竞争对手的名声和独一无二减色。帕特罗克洛斯死后，为什么选定安提洛科斯作为阿基琉斯最亲近的人告知他死讯（17.679及以下）？难道不是因为，帕特罗克洛斯生前作为阿基琉斯唯一的朋友把第二位朋友挤出局，而他一死就给安提洛科斯腾出了地方？

安提洛科斯是一张无字纸。作为阿基琉斯的朋友，《帕特罗克洛斯篇》的诗人一定对他有所耳闻。他不可能是被凭空杜撰的。否则又何苦？难道是让阿基琉斯失去帕特罗克洛斯后身边立刻有第二位朋友，就好像他是备用品？难道御者奥托墨冬还不够（24.574）？阿基琉斯曾经为他、安提洛科斯又为阿基琉斯做过什么？他给朋友带去噩耗（17.680及以下，18.2及以下），帮助绝望中的他。的确，他帮助承担起大诗的大悲场面，但他并不因此就是涅斯托尔所生。而是因为，作为涅斯托尔之子他已经存在，才去帮助承担。

如果安提洛科斯是一位与阿基琉斯关联如此紧密的英雄，此前他为什么不以此身份露面？比如，在《使者》？为什么在受伤的阿开奥斯英雄中找不到他？为什么在混乱、漫长的壁垒战中他第二轮才出场？毕竟当时调来的都只是还用得上的小英雄。整体上看，他的角色多么微不足道！这是他的几次出场：

1. 5.565及以下，他担心正与埃涅阿斯对决的墨涅拉奥斯，帮助他，并夺了一辆车。

2. 13.545及以下，船边战斗中，他奋不顾身地作战，在波塞冬的保护下才九死一生，重新回到自己人的队伍里化险为夷。

3. 15.568及以下，墨涅拉奥斯在撤退中激起他的豪气深入险境，他击毙普里阿摩斯之子墨拉尼波斯，凭借动作迅速逃过赫克托尔的枪矢。

4.《帕特罗克洛斯篇》,16.317及以下,涅斯托尔的两个儿子,安提洛科斯和特拉叙墨得斯,与萨尔佩冬的同伴,即一对吕西亚兄弟交战。特拉叙墨得斯保护安提洛科斯。战败的吕西亚兄弟二人是为涅斯托尔的两个儿子杜撰的。[357]这段简短的插曲与以后安提洛科斯遭难情况相反,此处兄长帮助弟弟,彼时将不会有兄长在他身边支援。——8.80及以下同样是对未来之事的颠倒:涅斯托尔在混战中失去骖马、被狄奥墨得斯救下,这次脱逃与他失去自己儿子的混战情况相反。

5. 17.377,争夺帕特罗克洛斯尸体的战斗中,涅斯托尔的两个儿子遵从涅斯托尔的嘱咐,在远处的"左翼"。他们是唯一不知帕特罗克洛斯已死的人。简短提到他们,为以后派安提洛科斯送信埋下伏笔。最为之揪心者,最晚得知:安德罗马克亦如此(22.437)。

概括起来就是:首先,不同于他的哥哥,安提洛科斯年轻气盛的性情害了他。倘若涅斯托尔家注定有一人悲壮赴死,那就是他。第二,他与墨涅拉奥斯亲近,从17.691墨涅拉奥斯让他给阿基琉斯传送死讯就能看出。他与墨涅拉奥斯亲近,因为他已经确定是阿基琉斯最亲近的人之一。谁痛哭着向阿基琉斯报告阿开奥斯人的困境,就注定要在当天命丧黄泉,这种关联预先奏响帕特罗克洛斯的结局。安提洛科斯给阿基琉斯送去噩耗,他自己也满心惊愕:

> 一阵呆木说不出一句话,
> 他双眼噙满泪水,梗塞了年轻的嗓音。(17.695及以下)

安提洛科斯被这样派到阿基琉斯那里,他本人也被死亡打上印记,阿基琉斯救不了他,就像救不了帕特罗克洛斯:此处并非偶然,不论如何相关,谁会怀疑其中的必然?由此推论:或是《埃塞俄比亚》的诗人受到《伊利亚特》此处的激发,杜撰出安提洛科斯之死和阿基琉斯的复仇。或是刚好相反：这段被门农的诗人所熟知、重现的故事，《伊利亚特》的诗人也知道；他之所以最后把安提洛科斯如此醒目地突出到所有其他英雄之前，是因为他与帕特罗克洛斯命运相似。

假设是第一种情况，《埃塞俄比亚》的诗人根据几段一笔带过的短插曲，创造出决定全局的文脉和意义，首次在那张只有安提洛科斯名字的白纸上书写，并如此令人信服地将它填满，竟至于，不看它，就无法合情合理地解释《伊利亚特》的这一段。

相反，葬礼竞赛中安提洛科斯的角色很可能是《伊利亚特》诗人的自由发挥：他与墨涅拉奥斯的争吵险些尖锐地打碎葬礼的和谐，这时，[358]年轻人可爱的率真与年长者成熟的理性把刺耳的异音化解成皆大欢喜。这次争吵——与首卷情况相反——把史诗诗人不可或缺的危机、那种"几乎"带入葬礼。这是他在《伊利亚特》里的唯一事迹，刚好就在死前。

* 至此都好。现在才出现困难。我们不是认为，《伊利亚特》的诗人不但熟悉安提洛科斯，也一定同样知道打败他的东方英雄、埃奥斯之子、埃塞俄比亚国王门农吗？像涅斯托尔幼子的献身一样，门农的胜利和死亡不也就在眼前？没有门农就一定没有安提洛科斯？然而：安提洛科斯出现了，门农没有。也没有[门农的]空间。即使帕特罗克洛斯在，安提洛科斯也可以出现，而不必等到他死去。门农不能：赫克托尔与门农不可以并存。因为两人均独一无二。若两人都要出现，就只能先后而来。若只要一位，难道相对年轻的人物赫克托尔要挤走相对古老的人物门农？我们推断出的结果，的确具有颠覆性。

门农不但超越了赫克托尔，也是像极阿基琉斯的人。在阿基琉斯胜过赫克托尔的方方面面，门农都与他势均力敌：他的母亲甚至是一位更大牌的女神，他的铠甲也是赫菲斯托斯锻造。他无懈可击。他不会像可悲的赫克托尔那样被胜利冲昏头脑,他如此英俊强大,与阿基琉斯不相上下,唯有宙斯的天秤才能决断二者高低。属于赫克托尔悲剧的是,他在保护家国,他的友神是阿波罗,也是阿波罗为他复仇。门农来自摩尔人之国。他从彼处前来支援。可是,只有当特洛亚危在旦夕,他才会从那么遥远的地方来援。有可能存在这样一部诗吗,普里阿摩斯和他的儿子帕里斯、墨涅拉奥斯以及海伦,阿基琉斯和阿伽门农,埃阿斯、涅斯托尔等等都在其中出现,唯独缺少赫克托尔?门农取代了赫克托尔?倘若如此,应怎样开场?比如,此时门农率领他的埃塞俄比亚人前来。何时?"在……之后"。我们试想能置入这种"在……之后"的情境。现在不可以再说:赫克托尔死后,必须有另一个人死去,所以我知道什么?

[359]《门农纪》只能以门农开始。忒提斯预言,阿基琉斯杀死门农之时便是死期。但只有门农出现,她才能预言(见莎德瓦尔特,《荷马的世界与作品》,页 159)。我们依照这种重构继续(按莎德瓦尔特的思路),于是第一幕就是:"门农,埃奥斯美俊的儿子和普里阿摩斯的侄子(侄子是因为,在 20.237 的埃涅阿斯族谱中,埃奥斯的挚爱提托诺斯与奥里昂[《奥》5.121]、墨兰波斯族谱中的克勒托斯[《奥》15.250]都是拉奥墨冬的儿子,)为援助叔父到达特洛亚。描述赫菲斯托斯为他锻造的精美铠甲。"第二幕:"忒提斯与阿基琉斯的对话。母亲向儿子预言'门农之事'。"可如果忒提斯预言阿基琉斯杀死赫克托尔就命不久矣,那这场对话就可以在任何时间发生。因为,没有赫克托尔就没有特洛亚;没有门农,不仅特洛亚仍然存在,还会是一个需要门农支援的特洛亚。门农和他的埃塞俄比亚人可不像其他援军,门农独一无二、至关重要。特洛亚的胜利和毁灭取决于埃塞俄比亚人,正如取决于那位独一无二的普里阿摩斯之子。

* 假设《埃塞俄比亚》的诗人更古远:那就是《伊利亚特》的诗

人不可思议地擅自把自己的新作和发明放在了古诗之前。门农莫名奇妙地登场,这来自遥远东方的奇迹与阿基琉斯方方面面都不相上下,竟至于让局面骤然反转——这段发明本质如此。特洛亚升起新希望。门农的诗人使得《伊利亚特》的诗人可以把剧情引到一个定点上:活着的特洛亚英雄里,再无人能抵挡阿基琉斯。后世的诗人荷马用他的《伊利亚特》填补了老诗人留下的空白。

* 有人断言,曾经一度门农之诗存在,而我们的《伊利亚特》尚未出现,要弄清楚这意味着什么,需要首先有一个大致设想。我们想象还没有帕特罗克洛斯的情况,因为到《伊利亚特》里他才会取代安提洛科斯出现。也没有赫克托尔,因为到《伊利亚特》里他才会取代门农出现。如果与门农同在,赫克托尔作为赫克托尔,亦即特洛亚的"守护者",还有何用? 如果门农之诗以赫克托尔之死为前提,[360]那么它也就是以《伊利亚特》为前提,也就预先规定出阿基琉斯是打败赫克托尔、而不是打败门农的人。

不论[《门农纪》]开场前的九年战争集聚起哪些英雄:唯独不能有赫克托尔。也许其中有帕里斯,他是打败阿基琉斯的有死的凡人。但是,普利阿摩斯之子帕里斯尚无对比角色,这意味着:在诗人原本的概念中,帕里斯没有兄弟。如果给他兄长,他才能成为弟弟,我们就会陷入尴尬。他没有对比。虽然他是海伦的丈夫,虽然他要对整场战争负责,但他没有对比。门农,这位出征伊利昂的埃塞俄比亚英雄,并不是他的对照者。如果帕里斯没有对比:他到底是什么? 对于普里阿摩斯,他是好儿子还是坏儿子? 虽然他是弓箭手,却没有持枪作战的兄弟做对比,就像透克罗斯作为埃阿斯的半兄那样。他就是赫克托尔痛骂他的全部? 可倘若没有赫克托尔,这一切又有何意义,又怎能一目了然? 相差悬殊或彼此敌对的兄弟,这个在传说、童话和世界文学中散布如此广泛的动机:虽然在《伊利亚特》之前的忒拜和迈锡尼传说中出现过,却不曾在特洛亚传说的圈子里发生。

没有赫克托尔,普里阿摩斯如何？阿基琉斯夺走的不是他最亲近的挚爱之人,而是一个来自东方的陌生人,一位通过杜撰的家谱才与他有所关联的远亲。是荷马才创作出这一切,是他才从《门农纪》中精炼出我们现在终于看到的东西,甚而让我们相信这是一部实实在在的真本。荷马从门农衍造出赫克托尔,目的是要得到一位特洛亚人,使阿基琉斯能为他的新朋友帕特罗克洛斯向他复仇,并且额外获益,让帕里斯成了他的兄弟。这时老人才有了他最英勇的儿子,特洛亚才有了本土最伟大的英雄,而不是一位从遥远东方赶来的陌生人。这时普里阿摩斯才成为不幸的英雄的父亲——这意味着：普里阿摩斯之为普里阿摩斯,赫卡柏之为赫卡柏,现在才有可能。现在这对夫妻的两个儿子才能成为对照者,现在整个家族才出现差别、光影、秩序。

如果想象家族中没有赫克托尔：还剩下什么？空留他置身其中的氛围,而他的位子上只是虚无；一场没有中心的英雄活动。想象没有赫克托尔的特洛亚,还不如想象一部没有阿基琉斯的《伊利亚特》来得容易。

[361]＊赫克托尔之死和伊利昂的陷落也存在着一种命定的、归根到底是巫术式的联系。它在理性上并非不可理解：身为最卓越的英雄,赫克托尔是唯一能"守住"特洛亚的人。但这类目标、胜利或奖品与某种条件相联的情况,无一例外地从古老故事的基底中渗透出巫术的残留。譬如,没有菲洛克特斯的弓箭就无法攻破特洛亚,它的沦陷关联着巫术式的条件。再譬如,如果特洛亚城墙受到魔力的保护,就需要法术或骗局毁坏它。——赫克托尔之死招致伊利昂的陷落,该情境转化为哭丧,在《伊利亚特》末卷得到表现。

同样,阿基琉斯与赫克托尔的关系也太深入、太相反相成,无法从阿基琉斯与门农(门农确乎只是第二个阿基琉斯)这对形象中抽取。阿基琉斯将会成为伊利昂、成为 Ptoliporthos[正在遭受洗劫的城邦]的征服者,并不是因为他摧毁堡垒,而是因为他剥夺了伊利昂唯一的守护者。

伊利昂与普里阿摩斯之子的关系一定很古老。所有诗卷均以此为基础,阿波罗与他的关系也可从中得到解释。＊赫克托尔知道自己受阿波罗庇护,阿波罗是他的友神。直至宙斯做出决断,阿波罗才抛弃他(22.213),赫克托尔才落入阿基琉斯之手。临死时赫克托尔知道:在斯开埃城门前,帕里斯和阿波罗将为他报仇(22.359)。但预言成真是在《埃塞俄比亚》里:根据摘录片段和瓶画,此诗在门农死后的最后一部分讲述了争夺阿基琉斯尸体的烈战。在哈尔基季刻的双耳罐瓶画①上,被帕里斯射中脚踵的阿基琉斯全副武装地倒地;帕里斯转身逃跑,埃阿斯、狄奥墨得斯、斯特涅洛斯对战格劳科斯、埃涅阿斯、拉奥多科斯和埃西波斯(Echippos);除了埃西波斯,所有人都在《伊利亚特》里出现过。格劳科斯已经成功地用绳索或腰带捆住了尸体的脚,这时埃阿斯的长枪刺穿这位英勇的吕西亚人。埃阿斯身后站着确保胜利的雅典娜。战斗的两个阶段在花瓶上合二为一:帕里斯射箭使佩琉斯之子丧命;埃阿斯刺穿格劳科斯,让僵持不下的夺尸战终见分晓。

但是,阿基琉斯之死怎会成为《门农纪》的结局？阿波罗与这位埃塞俄比亚人有什么关系？他是母亲的爱子,[362]只有他,不论生前死后都是她的全部。她为他求情,夺走他的尸体(一如阿波罗夺走萨尔佩冬的尸体),为他清洗,为他悲悼。此后杀死阿基琉斯的阿波罗,如何还能作为复仇的、震怒的神($\vartheta\varepsilon\tilde{\omega}\nu\ \mu\acute{\eta}\nu\iota\mu\alpha$, 22.358)插手？凡人中有复仇之责的是最近的至亲。为兄弟报仇的动机在《伊利亚特》的诸多战斗中重复了多少次！阿波罗选定帕里斯、射神选择射手作为工具,是为他的兄长赫克托尔复仇。可帕里斯,作为射手的

---

① Chalkidische Amphora, Rumpf Taf. 12, Schadewaldt, *Von Homers W. u. W.*, Abb. 26, Jongkees-Verdenius, Platenatlas Taf. 30.

帕里斯,凭什么为埃塞俄比亚人复仇? 由此推断:在《埃塞俄比亚》中讲述的阿基琉斯之死,是在门农插曲之外回指向《伊利亚特》或《帕特罗克洛斯篇》的结局。我们想象一下,如果没有赫克托尔,争夺阿基琉斯尸体的战斗就失去根本,不成定局。

《伊利亚特》的结局以一部讲述阿基琉斯之死的诗为前提,它大概与《埃塞俄比亚》的结局一致。帕里斯的箭、葬礼、入土、忒提斯的哀悼、海中仙女悲吟丧歌的合唱,甚至阿开奥斯人的葬礼竞赛,都极有可能已经存在于这部诗中。它被纳入《埃塞俄比亚》。但接受的同时亦不乏改动和扩展。因为,如果现在阿基琉斯为报安提洛科斯之仇而打败门农,那么安提洛科斯的遗骸也必定要与帕特罗克洛斯的遗骸一起埋入同一个坟丘。双人墓成了三人。《奥德赛》里第二段《招魂》(Nekyia, 24.78),也的确是这样说的。同时,为超越《伊利亚特》的结局——更确切地说是《帕特罗克洛斯篇》,一切都要被提升得更高级、更不可思议。诸神走到有死的凡人之间,九缪斯吟唱悲歌(der Threnos),忒提斯献上双耳金罐,这份狄奥尼索斯的礼物要被用来收殓阿基琉斯和帕特罗克洛斯的骨骸。若依照普罗克洛(Proklos),海中仙女(如《伊》18.51 所示)与九缪斯共司哭丧之职,或者,依照《奥德赛》24.59,九缪斯哀哭合唱,海中仙女只为死者穿衣。如果我们依照《奥德赛》,那就是忒提斯亲自举办葬礼竞技赛,并亲自悬赏。

涅柔斯的女儿们从海上传来呼号,达那奥斯人因之惊惧,向船只逃去,[363]涅斯托尔挽回局面的开言向他们解释了原委并宣告神迹(《奥》24.49 及以下),无法确定这些事情是在何种程度上为升级而出现。阐释该场景,则会感到一种导引,一种效果的渲染,一种从惶恐到惊赞的戏剧性转折,这种排演就如同让引领亡魂的赫尔墨斯(Hermes, der Psychopompos)在奥林波斯上集会的众神前称量生死。显然,这一幕与忒提斯在此诗中升级的、不再私密而是公开的、几乎是气势汹汹的登场有关。很难断想,早先是大张旗鼓,后来才私密现身。

如果埃奥斯得到宙斯批准,让她死去的儿子升入不死之界,那么贯穿全诗始终的平行性就要求,阿基琉斯的灵魂也被忒提斯从柴堆上夺走、并被作为不死者送往光明岛(die Lichtinsel)。普罗克洛讲述了两次移升。《奥德赛》对此只字未提,然而考虑到第二次《招魂》中的阴间插曲,这就不难理解。

如果事实表明,《埃塞俄比亚》的最后一幕改写了一部关于阿基琉斯之死的古诗,改写主要涉及阿基琉斯的死——门农的移升导致阿基琉斯也被移升,另一方面,如果能从《伊利亚特》推断出安提洛科斯的悲剧结局,那就很容易推测,《埃塞俄比亚》的第三幕以及第一幕的安提洛科斯之死,均以一部古诗为基础,这部诗也与第三幕一样,因着眼于门农之死而被改写(莎德瓦尔特考虑过这种可能性,《伊利亚特研究》,页 98,注)。如果埃塞俄比亚人门农是《埃塞俄比亚》诗人的杜撰,如果存在一部关于安提洛科斯的古诗,他在其中不被门农打败,而是——被谁?只有赫克托尔!在这种情况下,也同样是门农取代了赫克托尔,正如他取代赫克托尔、把阿基琉斯对后者的仇恨拉到自己身上,致使《埃塞俄比亚》里的阿基琉斯用他取自古诗的死为另一件他根本没有被命定卷入的事情赎罪:因门农之死,他受到惩罚,就好像门农如赫克托尔那般与他息息相关。

[364] 赫克托尔在《伊利亚特》也对安提洛科斯构成威胁 (15.579):赫克托尔看到他击毙墨拉尼波斯,向他迎面冲来。安提洛科斯逃跑,就像一头在牛群旁伤害了猎人或者猎狗的野兽⋯⋯躲入同伴的队伍后,才又转过身来重新战斗。在《埃塞俄比亚》里,这个虽然身弱但毅然扑向门农的人,为他的勇敢付出了生命。《伊利亚特》的插曲是《埃塞俄比亚》插曲的反转。如果把门农换成赫

克托尔,这种反转就更加明显。在《伊利亚特》中,赫克托尔也对父亲涅斯托尔构成威胁,8.80及以下,帕里斯的箭射中涅斯托尔骓马的额头。马翻滚在地,涅斯托尔试图挥剑斩断它的挽索,这时追击的赫克托尔向他冲来。若不是狄奥墨得斯看到危险,来到进逼的马前,让老人登上他的车,涅斯托尔就性命不保。

这段插曲使《埃塞俄比亚》的涅斯托尔-安提洛科斯-插曲转悲为喜。① 《埃塞俄比亚》里也是被帕里斯击中的惊马妨碍老人逃走;危难之际他呼喊儿子前来相救,安提洛科斯"以死换来父亲生还"(品达,《皮托凯歌》6.28及以下)。胜利者是"埃塞俄比亚国王门农",他取胜,是为了随即被阿基琉斯打败。此处把门农换成赫克托尔,同一动机的重复就更加一目了然:决意赴死的年轻的儿子取代了战无不胜的年轻的狄奥墨得斯,阿基琉斯遇到他命中注定的对手,遇到唯一能如此长久地守护特洛亚的人。

有人以史诗的通用动机解释这种相似性。这种"辅助动机"(das"Beistandsmotiv",莎德瓦尔特的《伊利亚特研究》)是,拯救者"敏锐地意识到"危险,把遇难者救上车;被射中的骓马必须被砍断挽索,该动机在16.467及以下重复。然而相似性不止如此:在《帕特罗克洛斯篇》中,有死的凡马被萨尔佩冬的长枪击中右肩,涅斯托尔的骓马却两次被帕里斯的箭射中。帕里斯本人,即使对涅斯托尔,也不是危险的敌手,[365]但他引起的混乱是致命的,随后紧逼的强者可因此追上老人,两次都是他无力抵抗的人。相似性并不在于随意可用的动机,相仿的是情境。如果能这样说,情境的坐标体系中有两个变量和两个定量。定量是涅斯托尔和帕里斯,变

---

① 维拉莫维茨,《伊利亚特与荷马》(Ilias und Homer),页45及以下;佩斯塔洛兹,页9;莎德瓦尔特,《荷马的世界与作品》,页163,相悖于他自己的《伊利亚特研究》,页97,注2。霍尔舍尔返回到莎德瓦尔特早期的阐释上,格诺蒙(Gnomon)7(1955),页392:《埃塞俄比亚纪》的"悲壮升级"。值得注意的是:对于品达的《皮托凯歌》6.31,注者引用了"荷马"的《伊》8.86,这证明,"荷马"熟知品达复述的《埃塞俄比亚纪》插曲。

量是狄奥墨得斯或安提洛科斯、赫克托尔或门农。

然而,在此处并列的帕里斯和门农之间,没有任何一目了然的关联。截然不同的是,兄弟帕里斯与赫克托尔之间则关联明显得多。赫克托尔叱骂弟弟是Dysparis[可鄙的帕里斯],可恰恰是被骂者将为赫克托尔复仇。在第11卷,赫克托尔与帕里斯同心协力,击溃阿开奥斯人。正如年轻的狄奥墨得斯取代了年轻的安提洛科斯,此处也是门农取代了赫克托尔,就像他丧命之时成为阿基琉斯的搭档,这样推测是否太过大胆?反过来,假设第8卷的情境曾为《埃塞俄比亚纪》提供范本:那就是,偶然结对的涅斯托尔-狄奥墨得斯对比并非偶然结对的涅斯托尔-安提洛科斯,相反,并非偶然结对的帕里斯-赫克托尔对比偶然结对的帕里斯-门农。如果两边都把偶然换成非偶然,就出现了难以调和的局面:涅斯托尔-安提洛科斯对比帕里斯-赫克托尔。这种解决方式只会是灾难性的。

* 既然都是靠推测,不妨去想,不论作为故事还是诗,安提洛科斯的结局首先已经独立存在。但依照英雄主义情怀,一位如此可爱、如此年轻的英雄的悲剧之死必然需要复仇者出现——例如,可参考年轻的波吕多罗斯之死(20.407及以下)。报仇若不发生在殉难后,作为故事的故事就不能结束。复仇者,非阿基琉斯莫属。 *

可讲述安提洛科斯悲剧结局的故事如何能与《帕特罗克洛斯篇》统一?如果安提洛科斯的死仇不是阿基琉斯去报,他怎会被赫克托尔杀死?如果不针对赫克托尔,阿基琉斯又如何为安提洛科斯复仇?我们不是落入了死胡同?

可究竟为什么一切都要彼此吻合?假设,关于阿基琉斯死前之事,有过两个彼此矛盾的版本:[366]无论如何都不能容忍此类矛盾?无证可查吗?索福克勒斯在他的《特拉基斯少女》(*Trachinierinnen*)中,用俘获伊俄勒(Ioles)的两个彼此矛盾的版本达到了戏剧效果。类似的矛盾不计其数。如果终点确定,通向它的路可以各不相同。间或也能推知荷马之前的此类情况。作为海难的幸存者,奥德修斯如何到达费埃克斯人那里？《奥德赛》(5.346)说，琉科特埃的伊诺救了他，她在汹涌怒涛中交给他头巾。但还有另一个版本，载他上岸的不是女神的头巾而是乌龟。救他的不是女神，而是他自己的主意：他蜷坐在乌龟身上，在它眼前举着草叶，乌龟不停地吃，就不会潜入水，而是载着他、游向他所指之处。① 为符合史诗的高雅风格，心生慈悲的女神的佑助排挤掉乌龟的摇摇晃晃。民间传说中包含着更古远的、前荷马的东西，比如塞壬的冒险。

[原注] 波吕克塞娜(Polyxena)的结局有两个版本。按照《塞浦路亚》，在攻掠特洛亚期间，她被奥德修斯和狄奥墨得斯击伤——她可能躲过了他们，就像当初阿基琉斯伏击特洛伊洛斯时她也死里逃生，——后来被涅奥普托勒摩斯安葬。②《洗劫伊利昂》则说，她被涅奥普托勒摩斯献祭在阿基琉斯的坟上。两个版本本就无法协调并存。

前荷马的东西对安提洛科斯的性情和命运也有所暗示。最深切的友谊连接起两位年轻的英雄，两个儿子都有名闻天下的年迈父亲，两个人都牺牲了自己，安提洛科斯为他的父亲而死，阿基琉斯为安提洛科斯而死；阿开奥斯人为二者举办了共同的葬礼，将他们埋葬在同一坟冢之下。阿基琉斯回避那么久不与赫克托尔交战，也许是因为忒提斯向他公布了未来（普罗克洛的《埃塞俄比亚》这样说）；但也不排除，某种类似于《帕特罗克洛斯篇》的冲突使阿基琉斯无法出战。（那么《埃塞俄比亚》的杜撰就要追溯至《伊》16.36及以下。）

我们假设，在《伊利亚特》诗人之前，两个版本都已存在。因为，由他杜撰出帕特罗克洛斯的假设也会与某些特殊情形相左。（见上

---

① Georg Lippold, Gemmen, Taf. 49, Nr. 12-14. "伊特拉斯坎和早期罗马风格"，奥德修斯被描画为长胡须的赤裸男子，特点是他戴的水手帽。此外还有不久前在帕埃斯图姆附近发现的6世纪塞莱河畔的神庙排额。

② Schol. Eur. Hec. 41.

文，[编码]页19及以下。)王侯与侍从之间关系的排他性，[367]忠守彼此的至死不渝，换句话说，那种随君臣关系升华至骑士社会理想(das Ideal der ritterlichen Gesellschaft)而来的悲剧性义务，这一切的极致表达都能在《帕特罗克洛斯篇》中找到，而不是安提洛科斯之诗。默默无闻的伴侣平步青云成享有最高盛名的英雄，为他到来、有如天命的时刻，无限献身的光辉力量带给他的升华：这一切都是安提洛科斯之诗所不具备的诗的优势。安提洛科斯是前途无量的年轻王侯，是一位名满天下的父亲的儿子。帕特罗克洛斯只是朋友。安提洛科斯为父而死，死得其所——品达和《奥德赛》均如此赞颂他——可是，他无法在社会化贵族理想的神光中熠熠生辉。

《伊利亚特》诗人的天才选择了《帕特罗克洛斯篇》，依诗人之意抬升帕特罗克洛斯的全部荣誉使安提洛科斯之诗退入合并的强光投下的暗影。它篇幅短得多，冲突少得多，因此沦为更跌宕、更惊心动魄，也更正宗的流传文本的惨淡仿品。如果赫克托尔在打败安提洛科斯之前打败了帕特罗克洛斯，安提洛科斯之诗就降级到了一种传说异文的水平(die Stufe einer Sagenvariante)。《伊利亚特》的诗人从中攫取到许多能用于抬升帕特罗克洛斯的东西：因此，安提洛科斯与阿基琉斯早已众所周知的友谊，在帕特罗克洛斯死去的那一刻开始了，——生者因帕特罗克洛斯之故才产生友谊；因此才有葬礼竞技赛上的安提洛科斯-插曲，这是唯一一次能看到父子同在。因为，帕特洛克罗斯死后，这段插曲也能用于祭奠死去的他。

可《伊利亚特》的诗人不止如此处理安提洛科斯之诗。他也如出一辙地利用了另一部也必然早于荷马的失传之作：那部关于阿基琉斯之死的诗。他也从这部诗中大肆搜刮，几乎攫取了它的所有光芒，使之失色。在帕特罗克洛斯，在这位全胜之时被阿波罗一击而败的人死后——阿基琉斯，这位在全胜之时被阿波罗一击而败的人,他的死还能有什么更胜一筹,还能用什么去超越低微者的登天和陨落? 阿基琉斯,[368]这位更显贵的人物,还会像身世低微的帕特罗克洛斯那样,在丧命的瞬间追求最高功名? 在阿基琉斯如此悲痛之后,阿开奥斯人对阿基琉斯的悲痛还算得了什么? 葬礼还能被超越吗? 阿基琉斯举办的竞技赛,不是一定会让阿开奥斯人举办的盛会黯然无光?

还有一点能使阿基琉斯的结局超越帕特罗克洛斯:忒提斯在海仙女的合唱中悲哭死去的儿子。可连这一点也被《伊利亚特》的诗人抢去。当然不能让忒提斯像哭悼阿基琉斯那样哭悼帕特罗克洛斯。为此,他把忒提斯的哭丧变成阿基琉斯哀悼帕特罗克洛斯的回声。他把恰切的情境:忒提斯从海中升起,与海中仙女一起,围绕灵床上的尸体凄凄长歌,改成一种偏移的、仿佛倾斜的异境。她在海中老人的海下洞府里听到儿子的嘶吼,听到安提洛科斯和女奴们为失去意识的阿基琉斯痛哭——外面还在争夺帕特罗克洛斯的尸体——营帐前的悲悼场面影响之远,竟能与海中洞府的悲悼场面遥相呼应(18.22 及以下);此处女奴们捶打胸脯(30 及以下)对应着彼处海中女神捶打胸脯(50 及以下)。＊阿基琉斯抓起黑土洒在自己头上,女奴们围在他身旁涕泪涟涟,哭丧的画面呼之欲出,恍若帕特罗克洛斯已入柩停灵,忒提斯在涅柔斯的女儿们之中悲诉,也恰似一场哭丧,忒提斯甚至被称作是丧歌歌队的领唱者(50),虽然海中仙女们的悲哭不针对死者,而是针对仍然活着的阿基琉斯! ＊这一位的痛苦如此强烈,居然使常情中针对死者的整幕戏如今只为他而在。

何以认为偏移的角色比恰切情境更具诗意? 或可问询音乐……试想,顺次过程[本应]是:阿开奥斯人的送葬仪式、停灵、忒提斯和海中仙女的哭丧、柴堆点火。可事件不再相续,而是围绕着唯一的中心成环。——如果只有哭丧:难道不应是阿基琉斯领起悲悼? 他却一言不发,他的手被抓住、以防他自寻短见。中心默而无言。嚎啕恸哭与无言沉默的对照,也是情境偏移后才有的结果。

* 第 18 卷的母子戏回应着首卷。同样的诗句再现,同样的情境重复。[369]但这种重复与开篇相反。恍若乐队全奏后忆起独唱、狂风暴雨后忆起叹咏调。首卷的会面发生在局外,阿基琉斯抽身离开同伴,坐在岸边,遥望大海,呼唤母亲。她在海水深处坐在她的老父亲身边,母亲听见他,云雾般从海水中升起,坐到他身旁,用手抚摸他说:

> 孩子,你为什么哭?你心里有什么忧愁?
> 说出来,让我知道,不要闷在心里。(1.362 及以下)

她作为被恳求者出场,会面因他而起。第 18 卷,安提洛科斯为已有预感的等在船边的人带去丧讯。痛苦的黑云罩住他,他双手抓起泥土撒到自己头上,俊美的容颜变了样,馥郁的袍裆染上黑垢,他全身摊开倒在尘埃里,双手撕扯着头发。阿基琉斯和帕特罗克洛斯俘来的女奴们失声大哭,冲出营帐,围在他身旁,双手捶打胸脯、纷纷扑倒在地上。安提洛科斯泪水涟涟,哀求着抓住朋友的手,怕他割断自己的喉咙……这时"他的母亲听见,她正坐在海的深处老父身旁"。诗句相同——可现在她不去倾听他,当他在岸边嘶吼,她的听觉与他的悲恸共鸣。* 首卷中,[阿基琉斯]祈求后,[女神]随即现身:

> 她听见了他的祈祷,急忙从灰色海水里
> 像一片云雾升起来……(1.359 及以下)

第 18 卷中:

> 她不由也痛哭不止。女神们围在她身旁——

> 所有住在海的深处的涅柔斯的女儿们。(18.36 及以下)

共情不止于聆听。女神的现身与聆听被海中洞府里的戏——开场、悲哭和结束——隔开。连首卷中紧密相接的诗行也在重复时远远分开。＊

有人会想,即使没有涅柔斯女儿们的戏,母子也能在第18卷相会。忒提斯让再也拦不住的阿基琉斯出战。让他奔赴胜利和死亡。但这就将缺失某种东西,在我们的概念里,没有它的《伊利亚特》将不再是《伊利亚特》:缺的是母亲的哭悼。然而,母亲不能哭悼活着的儿子。而哭悼需要相伴的合唱。另一方面,只有母亲才能像抱起死者那样,用手抱起倒在尘埃里失去意识的儿子的头,并重复那个首卷的问题[370](18.73 与 1.362 相同):

> 孩子,你为什么哭?你心里有什么忧愁?
> 说出来,让我知道,不要闷在心里。

同一个问题,发生了怎样的变化！ ＊或许有人把它解释为母亲的讽刺。但它不是心理上、出于故作的同情而问的问题,它是显示情境变化的纯粹标志,它指出在请求的实现与实现请求的代价之间的鸿沟。他希望母亲去请求宙斯:把阿开奥斯人逼到船尾和海边(1.409)。从用词和情境上,这就已经关涉到18.75及以下请求的实现:

> 你当初举手
> 祈求的事情宙斯已经让它们实现:
> 阿开奥斯儿子们……
> 已被挤在船艄边。

(从"举手"大概读不出什么矛盾。)字句的重复使状况更加明了：昏盲者的请求，莫不如遭到拒绝，对于请求者，愿望的实现才是无尽大难。这个基础性的动机在耶弗他(Jephta)小女儿的传说和伊多墨纽斯返乡的故事里人尽皆知。

以请求和实现彼此关联的两段母子戏，扎扎实实地括起了卷2-17浩浩荡荡的汹涌事件。后续的一系列相似处和重复清楚地表明两段戏如何呼应：1.414"不幸的母亲"(αἰνὰ τεκοῦσα)，被18.54"悲惨的英雄的母亲"(δυσαριστοτόκεια)超越。1.417 ὠκύμορος［短命的］在18.95得到升级的重复，如今它预指出注定的临头大祸。

第一场母子戏导入阿基琉斯对阿开奥斯人的报复。第二场母子戏把阿基琉斯的报复引向赫克托尔。两场戏——不论各自以什么主题为重——都同把儿子表现成极度不幸的人，第一场被夺去"荣誉"，第二场被夺去"朋友"。重复中在怎样递进！

首卷和18卷还有第二重能注意到的平行性：忒提斯不仅仅是关心者，她在场不止是为了儿子能向她倾诉。两场戏的结束，都是她为帮助他去往奥林波斯(1.420与18.136)。她去找宙斯，后患无穷，他启动了《伊利亚特》直至18卷的整部戏并使之持续动荡。她的第二次出行，去找赫菲斯托斯，引入最后一幕。两次忒提斯都是祈求者。两场浓情大戏，不论愤怒还是痛苦，都重回到剧情的轨道上。

［371］阿基琉斯的决定(18.79至126)被编插在这样一个环状整体中。最伟大的消沉避战者振奋而起，从被哀怜者变为哀怜者——现在定然是他为母亲悲叹，从颓靡者变为复仇者，从悔恨、自我退避的无能者变为决意行动、决意赴死之人。转折以叙事上循环的、几近独白的倾诉形式出现，由两条殊路同归的弧线勾勒而出。第一条弧线的主题：失去朋友、忒提斯的婚礼、复仇。第二条：愤怒的诅咒、死难、行动的功名。两条弧线之间是忒提斯的命运判词：赫克托尔死后你也命不久矣。自我退避中出现了［对命运的］

接受。反转中展开了外部和内心过程的统一。

在18.97及以下的答复中,他所是的一切浓聚合一:过去与未来,错过的东西与尚可做的唯一之事,妄自菲薄("大地的负担",18.104)与复仇的责任,不可逃的死与争取荣誉的生(121, κλέος ἐσθλόν[好名声/荣誉])。《帕特罗克洛斯篇》的剧情被彻底收入内心。内心却矛盾重重。决断和行动源于入心之事。行动是逃离过往深渊的出路,也是遁入未来祸患的开始。这是留给他的唯一可做之事,亦被他主动选择。选择也表现在,他追随榜样而死:那位受到宙斯宠爱的赫拉克勒斯。

内心在一种逻辑、一种激情的语言中展开。"立即"(98)回应着"一旦"(96),未能挽救朋友的罪人以求死之愿回应着赫克托尔身后自己的死,:

> "赫克托尔一死……"(18.96)
> "那就让我立即死吧……(18.98)
> 既然现在(νῦν δέ,101)我不会再见到亲爱的家园,
> 也没能救助帕特罗克洛斯和其他人……
> 却徒然坐在这里……
> 我现在就去(νῦν δέ,104)……"

祸事——与阿伽门农的争吵——也必要同在其中,这个"现在"才能从双重契机中出现,"既然现在"同时也是"现在就去":

> 我们且让它过去……,
> 我现在就……!(113及以下)

长长的插入语现在让这个"现在"背负了多少重量!现在这个"现在"惨淡阴森!现在不再叫"赫克托尔",而是:"亲爱的毁灭者之

首",ὀλετῆρα[毁灭者]：仅现于此。[372]现在不叫"死亡",而是"挺住,或迎接"死神克尔——δέχομαι[迎接]一词二意。"何时"取决于宙斯。他效法的榜样赫拉克勒斯,尽管(ὅς περ)是宙斯最宠爱的人,也难逃一死。摩伊拉与赫拉的嫉恨逼迫着他！

> 如果命运对我也这样安排,我愿意
> 倒下死去……(18.120及以下)

这时对句脱缰而出：死和生,"盛誉"的念头。这个"现在"不再相对于过去,而是面对着未来：但现在我要去争取荣誉……(18.121)！现在这个"现在"从怎样的黑夜走出！刚刚他还菲薄自己是"无用的大地的负担"……

也许并不是每个人都明白结尾。在观望了这么久后,现在阿基琉斯终于作为光芒四射的英雄出场,想象胜利时,他为什么要以特洛亚和达尔达尼亚女人们从柔软的两颊抹下的泪水为乐？这意味着一种突破,一种野蛮的原始冲动！是为即将发生的骇人之事铺垫吗？是预指《伊利亚特》收场时三个女人的悲哭？措辞如："亲爱的妻子(或母亲)将不会迎接你",是得意洋洋的胜利者讥嘲尸体的老套悼词。阿基琉斯是在以这种陈词滥调收尾吗？亦或,这是用来表现他的个人性情？

若说这是寻常之辞,那么它在此处绝对得到了非同寻常的强调。他要"争取"的高贵荣誉(κλέος ἐσϋλόν)与女人的眼泪如此靠近,二者几乎合一。这显示了英雄的主观性？还是暗指出,高贵与可怕在英雄身上交汇？英雄越伟大,二者越相近？客观上看,"高贵的荣誉"不也显现出两副面孔？它不是意味着敌友两方的毁灭？宙斯本身就受制于这种双重性,它也充斥着《伊利亚特》的结局。别停在疑虑上。这番话的结束令人毛骨悚然。忒提斯的认同好似在安抚。她明示出没有歧义的高贵：

> 你的想法很高尚,要去帮助
> 陷入困境的同伴们,使他们免遭死亡。(18.128 及以下)

在我看来,只有两段话能从强度和形式上与此处相比,两段都是阿基琉斯的话:《使者》9.307 及以下,与《赎还》(*Lytra*) 24.518 及以下。这三段话都渗透着同样的对反差的觉悟:[373]家乡与特洛亚,父母与儿子。(佩琉斯的婚礼:24.534,18.84。)卷 18 如同死中惊觉。决定,因为转入内心,又比表现死亡本身更强烈——不论死亡自以为能被讲得多好。

*《帕特罗克洛斯篇》支撑着《伊利亚特》,它的大转折也同时是《伊利亚特》的转折,这第二场母子戏展开了从怒火到复仇、从息止到行动的过渡。第二场回指向首卷中的第一场。如果单看《帕特罗克洛斯篇》的情节本身,只思考其抽象形式,那么它的目的就在于这种转折:从极度的不作为的固执到极度的行动加速的骤变。貌似曾构成英雄的意志和意志趋向突然消失,一位新的阿基琉斯从旧形象中走出,愤怒者变成复仇者,无所事事者变成壮怀激烈的英雄。

如果单看安提洛科斯之诗的情节本身,只思考其抽象形式,那么它的目的也在于类似的转折。类似?不一样吗?的确不尽相同。也就是说,如果我们坚守流传的文本而不考虑此外任何飘渺的、推测的构思。

在安提洛科斯的诗里,对行动的回避取代了原则性的、绝对的不作为,谨慎取代了肆无忌惮的愤怒。忒提斯警告过他。《帕特罗克洛斯篇》无需忒提斯警告,他因愤怒离战。但安提洛科斯的诗是另一码事——我们且称它作《安提洛科斯篇》。其中主导的、与愤怒相应的动机是警告。别去管对手到底是门农还是赫克托尔:阿基琉斯的行为在《帕特罗克洛斯篇》里被愤怒左右,在《安提洛科斯篇》里则受到警告的影响。警告者是忒提斯,她也仅只是警告者。作为动机,她的警告只要被遵从就会真地有效。(比如说,参见太阳神的牛!)只要遵从就平安无事,一旦偏离就将发生不幸。开篇作为警告者出现的母亲,结尾时成了为亡子凄凄哀哭的人,这极符合逻辑。在《安提洛科斯篇》里,警告随门农的出现而来。《帕特罗克洛斯篇》[374]虽然没有警告,但取而代之的倾诉与赫克托尔有关。我们尝试用赫克托尔替换门农,那故事就是:阿基琉斯稳占上风。但赫克托耳受到阿波罗的保护。赫克托尔躲着阿基琉斯,阿基琉斯也躲着赫克托尔。很久不见胜负。这时,赫克托尔杀死阿基琉斯最心爱的朋友,跨在他的尸体上战斗。从回避死亡,变成一心赴死。这样讲,故事自身就顺理成章。在史诗中,这也不会是孤例。英雄受到警告而回避某一位对手,类似情况也在《伊利亚特》里发生过。在《狄奥墨得斯的壮举》里,雅典娜就如此警告过顶替阿基琉斯的狄奥墨得斯,不要与参战的神交手(5.128),被警告者因此不与赫克托尔打斗,因为阿瑞斯在他身边(5.600)。宙斯也通过伊里斯如此警告过赫克托尔,只要阿伽门农不离开战场就不要插手(11.187)。

然而,只有当与警告关联的条件仍还在未来,忒提斯才能警告。试想,现在,在阿基琉斯听到死讯的一刻,她发出警告:那就太迟了。那不是警告,而是吐露天机:要知道,你在赴死。对揭晓之事的回答只能是决定。警告必须前置:不要派走帕特罗克洛斯!事实上,警告在这个地方缺失了。阿基琉斯尚未听闻死讯,就想起忒提斯的预言:

> 米尔弥冬人中最优秀的人将在我
> 仍然活着时在特洛亚人手下离开阳世。(18.8及以下)

已经太迟。他何不在派朋友出战时想起预言?可彼时他还一无所知,甚至不知道与他自己相关的预言(16.50)。

当然,这些矛盾不能指责诗。但还是可以问:如何解释记忆的失灵,是诗人还是英雄? 当然,警告性的预言,此处需要,彼处不需要;阿基琉斯必在彼处昏盲,在此处有所预感。有洞明的和昏盲的阿基琉斯,诗人可在二者间切换。二者共同构成完整的阿基琉斯。可整体中还包括那个愤怒的他,那个直至 18 卷始终控制着场面的他。作为动机,愤怒如何与警告关联?

我不是想说,两个动机一开始就彼此排斥。但是,如果纯粹把愤怒看作动机,只要怒气不消,警告就无效。息怒吧,[375]否则你还会吃亏,失去你的挚爱:这不是忒提斯的预言,而是老福尼克斯的劝告。它不可能是预言或预言性的神的警告。随着事情的发展,恰恰是怒火的止息使他失去朋友。忒提斯也没有干涉愤怒,她赞同他,支持他。但是,如果替换掉《埃塞俄比亚》里的警告者忒提斯,就会出现矛盾。警告的女神在《埃塞俄比亚》里成为埃奥斯的对手;一位英雄的母亲与另一位较量。两位英雄之战将在奥林波斯上定夺。两位母亲为了她们儿子的性命在宙斯面前争吵,宙斯让赫尔墨斯手持死神天秤决断。忒提斯,这位争斗者和竞争者,怎么可能同时知晓未来! 她不止为保住儿子的性命而战,还要让他打败门农! 同时她知道,阿基琉斯一战胜门农,也就死到临头。假设,忒提斯想使他通过胜利晋升——这也无法证实;她可不是宙斯——为什么先去警告他? 她唯一要做的是——与《伊利亚特》十分不同——作为母亲,救她的儿子,不论以何种方式,不论何时何地,先通过警告,然后通过她的说情。但她的两次努力很难统一。警告和说情,各自可行;结合在一起,则彼此排斥。说情者不能知晓警告者所知之事,她必须和埃奥斯一样;而警告者也不会妄想,说情会让她自己的警告变得毫无意义。

矛盾之所以产生,是因为两个动机无法协调——门农的剧情,亦即两位抗衡的母亲支配两位对决的英雄;与安提洛科斯的剧情,亦即警告和对警告的无视。

安提洛科斯之诗又与此何干？《安提洛科斯篇》里的阿基琉斯并不完全是《帕特罗克洛斯篇》或《伊利亚特》里的阿基琉斯。他尚未在可怕的固执中冥顽不化，他没有祈求灾祸降临到阿开奥斯人头上，他没有幸灾乐祸于阿开奥斯人的毁灭——他是完美无瑕的阿基琉斯。因此他也不是抱恨者，不是咒骂自己、主动和解的阿基琉斯。没有矛盾，没有张力。他避免与赫克托尔交手，并不是因为他被自己阴暗的心魔摆布，而是因为他听从了慈母的警告。他没有被命运打上记号，并非最初就注定早死，不是阴森可怕之人。

[376] 在那部古诗中，赫克托尔的尸体将会如何？也许，不是赫尔墨斯（如《伊利亚特》中众神所愿，见 24.24 及 71），就是阿波罗（见《伊》24.32），会把他转移出去，或送出战场，或送出将把他喂狗的阿开奥斯军营，特洛亚人哭悼他、安葬他。但不论赫克托尔的尸体经历了什么：这只能发生在阿基琉斯死后。阿基琉斯必定"立即"在赫克托尔之后身亡。22.385 他被中断的胜利过程必须首先圆满。

假如，胜利的中断以及《伊利亚特》结尾众神计划的改变指示出一部更古老的诗，我们说是一部古《帕特罗克洛斯篇》，它不以和解收场，而是终于阿基琉斯之死：这部诗里既没有被痛苦压倒的人、也没有决心赴死的阿基琉斯，其中没有母子戏，也就同时没有了《铠甲》。现在，假如这部更古老的诗就是《埃塞俄比亚》，将会如何？

从门农衍变出赫克托尔，一如从安提洛科斯衍变出帕特罗克洛斯。假如，这对我们也无妨：阿基琉斯击毙门农（而非赫克托尔）后，没有立即追击特洛亚人直至城墙之下，他没有立即像赫克托尔死前对他预言的（22.359 及以下）那样，在斯开埃门前遭遇阿波罗和帕里斯，在此之前首先讲述了主要英雄尸体的命运：这幕经常被表现出来的场景不会讲得太短，因为埃奥斯要从战场上抱走死去的儿子，把他送往寂静之处（是斯卡曼德罗斯河边吗？）为他清洗、涂油、哭泣——因为忒提斯也将为死去的阿基琉斯哭泣,平衡要求埃奥斯也悲哭亡子,且不能只是一笔带过。然后她把亡魂交给孪生恶灵睡眠和死亡,他们把他送往遥远的童话般的故土。她为他向宙斯祈求不朽的永生。她是否为此奔赴奥林波斯？大概会的。宙斯应允了请求,大概是在倾听她之后,——对于忒提斯的请求,他也是先倾听,然后才满足。洋洋洒洒讲述的这一切,都插入到门农的死与阿基琉斯的死之间。《伊利亚特》中没什么与之相应,倘若有,那就是对死去的赫克托尔的侮辱。

《伊利亚特》的诗人——如果他并不是古《帕特罗克洛斯篇》的诗人——用赫克托尔取代了门农,以此把敬奉成神歪曲为对尸体的侮辱。女神母亲的哭泣被替换成三个有死的女人为赫克托尔哭丧。而在另一处,16.666及以下,为赞颂阵亡的宙斯之子萨尔佩冬,[377]他大肆借用了门农诗人的创作：现在阿波罗为宙斯之子涂油、清洗,把他交给孪生的恶灵睡眠和死亡,让他们把他送往远方的吕西亚故土,虽然比起门农的家乡,吕西亚近得多,在那里他虽未得到永生,却也被敬奉为英雄。不死在彼处被换成辱尸,在此处则被换成按吕西亚习俗涂油。没有升级。通过削减神迹,《伊利亚特》诞生了。

门农整个人仿佛就是一道显灵之光,他是俊美和辉煌的奇迹,从东方而来,又在东方消失。显灵与封神相应。他不是无缘无故地出身于提托诺斯家族：埃奥斯曾向宙斯为凡人请求过永生的不朽并得到了允许。作为埃奥斯之子,他生来就不属于阴间。阿基琉斯不同,他是女神和一位有死的凡人所生,生来就注定早逝、归入哈德斯。阿基琉斯封神是在门农封神之后吗？还是刚好相反？答案毋庸置疑。阿基琉斯被忒提斯移送至光明岛,既不符合阿基琉斯与忒提斯的本性,更与他们造成的所有惨剧相矛盾。这个版本也并不成功。虽然《奥德赛》的诗人了解《埃塞俄比亚》,也将其为己所用,但他还是保持了原貌。11.486《招魂》如此,虽然他在那里提到门农(11.522);第二次招魂亦然,24.15及以下。就是说:如果认为《伊利亚特》更古老,就是保持原貌。相反,如果认为《埃塞俄比亚》更古老,那就是《伊利亚特》改写了:把应忒提斯之请的阿基琉斯封神和去往光明岛,变成人类的普遍命运,变成回归哈德斯。

《埃塞俄比亚》被感受为对战死沙场者的敬颂、对英年早逝者的神化。晨曦之光落在她阵亡的儿子身上。瓶画家们因此对她青睐有加,移送门农比移送萨尔佩冬更让他们倾心:怀抱儿子的母亲,几乎就是一位圣母玛利亚。睡眠和死亡将其带入更好的存在。不同于运送萨尔佩冬的尸体,它们不是生死无常的安慰,而是来准备神一般的命运,准备永恒的极乐。

埃涅阿斯

[378]假如《埃塞俄比亚》是更古老的诗,两位联手的英雄埃涅阿斯和格劳科斯将会如何?在《伊利亚特》的一些诗卷里,埃涅阿斯出乎所有意料不见踪影。为什么他没有在第16卷的《帕特罗克洛斯篇》出现?此处特洛亚受到的威胁还不够吗?他在哪?帕特罗克洛斯的大对手是被他战胜的萨尔佩冬和打败他的赫克托尔。此外似乎没有给埃涅阿斯的空间。接下来的17卷也一样。然而似乎有一个例外。特洛亚人暂时溃逃,阿波罗敦促埃涅阿斯出手;埃涅阿斯重整旗鼓(17.319-365)。这段插曲也可以没有。没有什么与之接续。它被插进来,似乎就是为了不让人们忘记埃涅阿斯。争夺帕特罗克洛斯尸体的英雄里没有他。

达尔达诺斯人的名字也未在这两卷中出现,只有一个例外:17.184赫克托尔呼唤特洛亚人:特洛亚人、吕西亚人和达尔达诺斯人,近战的英雄们!同样的称呼见于11.286,13.150,15.486。但这些大概也可替换。与17.183最准确相似的是6.110及以下。

第 6 卷是：

> 赫克托尔大声呼唤，鼓励特洛亚人说：
> "特洛亚人啊，英勇的人们，名声远扬的盟军啊，
> ……你们要显出男子的气概，
> 朋友们，怀念你们的凶猛的勇气，
> 我去伊利昂……"
> 头盔闪亮的赫克托尔这样说，立即离开。

第 17 卷是：

> 他这样说，对特洛亚人大声呼喊：
> "特洛亚人和吕西亚和达尔达诺斯人，近战的英雄们，"
> 你们要显出男子的气概，
> 朋友们，怀念你们的凶猛的勇气，
> 我去伊利昂……（换上阿基琉斯的铠甲）"
> 头盔闪亮的赫克托尔这样说，立即离开。

除了称呼，两处在情境和用词上一致。但是，在保存于一些抄本的次传统中（eine Nebenüberlieferung, in einer Anzahl von Handschriften erhalten），连称呼也与卷 17 一致。首先，不论是否提到达尔达诺斯人（9.233 也没有达尔达诺斯人），两种称呼的套句都可以互换。[379]如果特洛亚人的勇敢毋庸置疑，"英勇的人们"（ὑπέρθυμοι）也可以成立，就像 20.366。也就是说，称呼达尔达诺斯人的套句并不是稳妥的证据，无法以此确知写有埃涅阿斯族谱的诗卷是否将达尔达诺斯认同为他的始祖。《伊利亚特》里没有迹象表明，是《伊利亚特》的诗人才把埃涅阿斯作为光宗耀祖的英雄引入诗中。但的确有一些段落，他显然没有或尚未想到他的新英雄。

从遵照《埃塞俄比亚》的哈尔基季刻瓶画来看（见[编码]页

361)，埃涅阿斯是争抢阿基琉斯尸体的主要英雄之一。如果《埃塞俄比亚》更早，结论就是，《伊利亚特》诗人拜其所赐，特别是埃涅阿斯这个人物。但 20.214 及以下致敬埃涅阿斯家族与之[《埃塞俄比亚》]是什么关系？两部诗都有敬颂，较古老的一部无涉家系，较新的一部反倒带有族谱？

另外：格劳科斯的家族情况如何？同样，《伊利亚特》诗人不仅让格劳科斯的先祖完成伟业以敬颂他们，还细述了他们的族谱（6.119 及以下）。然而在《伊利亚特》里，格劳科斯是宙斯之子萨尔佩冬的堂兄弟。他在《伊利亚特》里所出演的侠义、高贵、忠诚于国王的角色，完完全全由他与更伟大的人物的亲属关系决定。以帕特罗克洛斯交换吕西亚国王的铠甲和尸体也是他的想法，因为最后是他催促赫克托尔把前者的尸体和装备拖入伊利昂（17.140 及以下）。有理由推断，他和萨尔佩冬也是《伊利亚特》的诗人引入的。

可是，格劳科斯也出现在同一幅哈尔基季刻瓶画上。当时他正试图用皮带捆住死去的阿基琉斯的脚，却被埃阿斯的长枪刺穿小腹。他的所作所为和他所承担的命运与特洛亚人希波托奥斯如出一辙，残忍程度则过无不及，后者在《伊利亚特》(17.288 及以下)也如此对待帕特罗克洛斯的尸体。如果《埃塞俄比亚》的诗人也把格劳科斯传给了《伊利亚特》诗人，荷马对格劳科斯家族的敬颂将会如何？没有他的皇室表兄，格劳科斯及其族谱将会如何？不同于萨尔佩冬，格劳科斯在《伊利亚特》里保住了命，有人推断，之所以如此，是因为他注定要在《埃塞俄比亚》里死于埃阿斯之手（佩斯塔洛兹，页 24；莎德瓦尔特，《荷马的世界与作品》[2]，页 191）。[380]然而，对于格劳科斯家族，让他们的祖先如此残酷地死于如此狼狈的企图，这可算是殷勤？先祖应大难不死。看看埃涅阿斯！有哪位显赫的英雄会被击中下腹而丧命？他的家族岂不也要随之消亡？不同于《伊利亚特》的诗人，《埃塞俄比亚》的诗人似乎并没有对格劳科斯家族表达敬意。

　　*最后说一句埃涅阿斯的族谱,因为有人(佩斯塔洛兹,页8)也据此推断《伊利亚特》的诗人熟知《埃塞俄比亚》。根据《埃塞俄比亚》,门农是提托诺斯的一个儿子,提托诺斯也出现在埃涅阿斯的族谱中。难道他从《埃塞俄比亚》进入这张族谱?很难在埃涅阿斯-特洛亚族谱中把这位埃奥斯的情人,(《伊》11.1),这位由于女神的可悲疏忽而被判定将永远衰老下去的人,想成埃塞俄比亚人或摩尔人。是门农的诗人才在地理上臆测,门农是埃塞俄比亚人。① 只需一眼就能看出,提托诺斯作为什么出现在埃涅阿斯的族谱中(同一份系谱见20.215及以下,5.265及以下)。

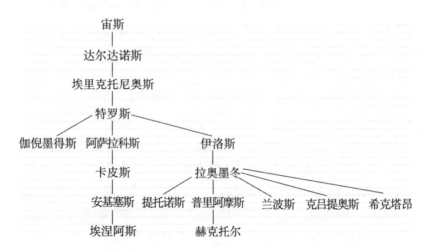

　　这个显赫的世家主要以养马为豪,也以男人摄人心魄的俊美著称。古老史诗与神话的人名相融合。阿佛罗狄忒的情人安基塞斯,一方面是普里阿摩斯的表亲,另一方面也是被[381]埃奥斯所爱的提托诺斯的表亲,是宙斯宠爱的伽倪墨得斯的侄孙。提托诺

---

① 比较赫西俄德《神谱》984, Τιϑωνῷ δ᾽ Ἠὼς τέκε Μέμνονα χαλκοκορυστήν, Αἰϑιόπων βασιλῆα[黎明埃奥斯为提托诺斯生下了穿铜甲的门农,埃塞俄比亚人的国王]。

斯不可能以所向披靡者门农生父的身份进入这张族谱。

族谱一边下延至赫克托尔，另一边到埃涅阿斯。赫克托尔与埃涅阿斯的曾祖是同胞兄弟，是特罗斯的两个儿子。就是说：埃涅阿斯与赫克托尔不论家世还是地位都相同。他与赫克托尔的亲戚关系在最后得到着重强调：他没有对手。他无可匹敌。但是，没有一句话提到，埃涅阿斯与强大的门农和他与赫克托尔的亲戚关系远近相当。

* 设想：诗人和他的听众都熟知一部著名的伟大史诗，其中埃奥斯之子门农相当于赫克托尔！门农的女神母亲也设法为他弄到一套赫菲斯托斯锻造的神的铠甲，一如忒提斯为她的儿子。阿基琉斯在《伊利亚特》里的待遇超出所有其他英雄，而在这部诗里，他不再享有特权！在这部诗里，绝对无敌的英雄门农出身于达尔达诺斯世家！在这部诗里，还有一位比赫克托尔更高、更伟大的同宗者！与这样一部诗竞争的诗人，如果把他的埃涅阿斯置于英雄荣光下与赫克托尔比肩的位子上，难道不会陷入窘境？他不可能超越门农。所以他对他——只字不提？只字不提——却处处以他为前提？

* 依此看来，关系比想象的复杂。一方面，《伊利亚特》以一部阿基琉斯之死的诗为基础，依赖于它，转变了它的动机；另一方面，把最后一幕献给阿基琉斯之死的《埃塞俄比亚》又以《伊利亚特》为前提展开一系列创作。《埃塞俄比亚》的诗人似乎是着眼于中间成文的《伊利亚特》，改写同时翻新了那部古诗。

他的一个伟大创造是埃奥斯之子门农。以之取代赫克托尔，他就能并置阿基琉斯结局的两个矛盾版本。现在，在帕特罗克洛斯死后，安提洛科斯的牺牲也能进入荣耀之路。安提洛科斯不再是被赫克托尔所杀，打败他的是一位更负盛名的反—阿基琉斯！阿基琉斯也不再同弱于他的赫克托尔对决，[382]他得到的对手如此强大,不止胜败难断,连死亡的天秤也在二者间摇摆不定。

补附之事另有,阿开奥斯人不仅让安提洛科斯与阿基琉斯合葬,还把帕特罗克洛斯与阿基琉斯的骨骸同殓入狄奥尼索斯送给忒提斯的金罐。同生共死的一对朋友被替换成三人组合——本身就是矛盾。

吟唱悲歌的九位缪斯的现身亦属补附,为此,《埃塞俄比亚》也得到品达的印证。因为它要超越《伊利亚特》诗人移用自古诗的海中仙女的哭丧。缪斯与海中仙女并列,本身矛盾也不小。改写,不仅体现于埃涅阿斯与格劳科斯的用处。

决断的宙斯

由于被卷入者交错的轨迹、希望和放弃,萨尔佩冬之死的叙事充满悬念。大量冲突在这一事件里相激相撞。让其中一个出局,事态就全变了。

似乎无休止的"虽然……但是"充斥了一切。反差诸如:帕特罗克洛斯的胜利和盛名正中宙斯下怀,却要以萨尔佩冬的死臻至巅峰;被顶礼膜拜的伟大的吕西亚王,宙斯的爱子,强大的王侯,一个"丰饶"帝国的统治者,他的命运竟会是被一位侍从打败;萨尔佩冬的表亲,英勇的格劳科斯的壮举发生在夺尸战中;宙斯瞻前顾后的决断,为亡子悲痛,为追敬死者操劳;吕西亚的阿波罗关照吕西亚人;宙斯不让残杀迅速结束,如他所愿、长久僵持不下的夺尸战却使尸体悲惨地面目全非;睡眠与死亡的护送使之解脱;客死他乡,却在故土奉为英雄。此外,一切都同时发生在可怕的现实和神迹的幻境里。如此漫长的争战对比着睡眠和死亡,如此伟大的国王对比着披挂王者铠甲的无名小卒,[383]他被宙斯选中一举成名——原因竟是,他将为此而死。

有人挑剔说,宙斯的决断取决于奥林波斯上的一次讨论,当时赫拉指出了他的界限——他不能免除凡人之死,这有违奥林波斯的规则,但可以把他交付给睡眠和死亡——甚至这也不是宙斯自己的想法……然而,此处也可能就是那种形式与表达并不紧密相扣的情况。纷争、对抗与和解的神戏很典型,但在其典型进程中,不寻常的、通常不会在史诗形式中表达的东西得到了表达:天父的恻隐之心如此强烈,竟让他想做不可能的事!谈话与反驳的奥林波斯惯例显现出,交付给睡眠与死亡的任务意味着怎样的爱的放弃、怎样的自我克制。整体放在一起,才标明他的爱。他为祭奠爱子洒下的血雨,也不是非神性的无能,而是最高的神性之泪。

* 对凡人的怜悯贬低了神,这是一神论的偏见。不能说是基督教的;比起色诺芬、赫拉克利特、柏拉图、斯多葛学派的精神—世界之神(der Geist- und Weltgott),基督教仍然是多神的。在色诺芬那里,还很快出现了关键的东西:绝对权力。荷马的宙斯尚非绝对,他只是强权。仅被赋予强权的神,哪位能逃过不得不恸哭的境遇?如果因此谴责他,我们就与荷马笔下的赫拉一致(16.440)。荷马的赫拉是对的,但她很容易正确:区别在于,她什么都不决定,什么都不承担,无需考虑任何枝枝权权的后果。她不顾忌事态的交错复杂。她毫无压力。因此她更要据理力争。没什么妨碍她走向极端。她可以恨这一个,爱那一个,不像宙斯,她无需关照双方。她的据理力争也触碰到宙斯的界限。此刻,作为陷入同情的分裂者,他如同瘫痪,在深重的无能为力里摇摆不定。没有凡人如他这般矛盾,没有国王如此无助。他必须一次又一次做出决断。与之相连的是,他要一次又一次维护自己的强权。相对于一神论,这种体系的优点显而易见,比如,在战争的情况中,[384]宙斯可以卷入一切,却仍然公正无私:凌驾于混战之上(au dessus de la mêlée)。

《埃塞俄比亚》的宙斯是另一位。大量描绘他做决断的瓶画证明了他后来的随心所欲。反之,《伊利亚特》相应情境所表现的宙斯消失了。所有绘画传统的共性在于,其一,赫尔墨斯取代宙斯手执天秤,其二,奥林波斯场景只在宙斯、天秤、两位母亲埃奥斯与忒提斯之间上演。没有任何地方暗示,决断是在《伊》20.209 那样的众神集会中称量死亡做出的,如 22.166。虽然在一个黑彩调酒罐上①例外地加入了几个人物,可他们不是奥林波斯神,而是画面的补空者。在马德里的一面伊特鲁坎镜子②上,坐着称重的赫尔墨斯正对着充当挂件的阿波罗(附注是 Aplu)。不能从此处使用的构图模式推论,阿波罗参与了《埃塞俄比亚》的事件。这是埃斯库罗斯《称魂记》(Psychostasie)的结果。即使《埃塞俄比亚》的奥林波斯神围坐在天秤旁,他们也只是群众演员。

只要《埃塞俄比亚》以称重来做仪式化的决断,就不会知晓神的争论,因此也就不会了解扮演决断者角色的宙斯。他无需介入两位母亲的纠纷,无需在赫拉背后偏袒任何祈求者,天秤替他决断。若他并非亲自持秤,而是让赫尔墨斯代劳,那么作为裁决机制的天秤就更与他无关。无疑,《埃塞俄比亚》的诗人相信,把称重安排为宏大的仪式场面,就能使天父超然于《伊利亚特》的称重,更加高高在上——如果诗人知道此事。现在,《伊利亚特》里出自雅典娜或赫拉之口的指责再也不会落到他身上。天秤无可挑剔。它使他不必辩解,却剥夺了他用情至深的表意。称重是一段生动的神学。瓶画与埃斯库罗斯的《称魂记》一致,它们证明的确要如此理解。比如,我们在爱比克泰德碗③上看到,与两位母亲的激烈姿态不同,宙斯[385]手执至尊的权杖和闪电坐在赫拉身旁。* 这与《伊利亚特》卷 22 的天父形象多么不同！此处,他在痛苦和犹豫后

---

① In Wien,235, Lung S. 14.
② Lung. S. 18, Roscher II 1143.
③ Aus Caere, Rom; Schadewaldt Abb. 22.

取出天秤，于阿基琉斯与赫克托尔间做出决断。

《埃塞俄比亚》的描写似乎可做多重解释。其中之一是，作为最高神和审判者，宙斯自己不去称重，而是授让神使及护送亡灵的赫尔墨斯处理（莎德瓦尔特，页164）。据此看来，赫尔墨斯与天秤的关系显得比宙斯更近。宙斯似乎太超然，除私己事外概不会亲躬操办，哪怕是另一位属神以他的名义所行的权责。

但也能反过来解读：并不是宙斯凌驾天秤，而是天秤凌驾宙斯。他不说话，而让天秤开口，天秤不可违抗。这就接近了那种在天秤中看到"命运之秤"、看到"卜谕"的观点，它把天秤等同于那位连宙斯也要服从的"摩伊拉"。① 作为最高审判机制，天秤处于这幕戏的中心，两位争斗的母亲求它垂爱，宙斯为决断诉问于它。然而仍旧是：在《埃塞俄比亚》中，天秤与宙斯之间出现了距离。

＊哪一种更古、更真？难道天秤不像埃癸斯和闪电那样属于宙斯？意思是，不像它们那样构成宙斯自身所表达的本性？二者被他拿在手上——常挂于身侧的埃癸斯在《伊利亚特》里亦是手执之物，所以人们能直接感受到震撼：这是宙斯的闪电？此处的决断物，是宙斯的天秤吗？它最初只是神话神学的派生物？就像在埃斯库罗斯的《厄默尼德》里，除宙斯外，唯独雅典娜有那把存放闪电的房间钥匙。房间如同神圣的宝库，雅典娜就像一位女祭司（掌管钥匙者[Kleidouchos]）。如果在《埃塞俄比亚》里赫尔墨斯执秤，就肯定不能认为先是宙斯掌管、然后再交给赫尔墨斯："你替我来称！"一定是宙斯命令赫尔墨斯把秤拿到他面前。也许它就在奥林波斯器具当中。交给赫尔墨斯的任务是宙斯的答复，对于两位彼此争执、求情的母亲，这即便不是唯一答案，也是决定性的那个。

＊[386]有人说，是赫尔墨斯执掌天秤而非宙斯；作为灵魂向

---

① s. z. B. H. Schrade, *Götter und Menschen Homers*, S. 128.

导,引领亡魂的赫尔墨斯比宙斯更离死者更近……如果连论据都找不到,似乎就不应该给出什么[结论]。赫尔墨斯不是能让人祈求胜利的神,他手中并没有生杀予夺的工具。他既非神话里的胜者之神,也不能决定成败。天秤属于宙斯,正如那两个他从中分配善恶的酒桶。两种想象彼此相关,19.223 及以下:宙斯是 ταμίης πολέμοιο[战争的分配者],他以此身份让天秤当机立断。"宙斯的神圣天秤",如 16.658 所言,不可能与宙斯分开。

  天秤不对心灵的命运决断,而是对战争中的战士。不论《埃塞俄比亚》与《伊利亚特》有多少差别,二者的共同点在于,天秤要留到最庄重、最关键的时刻。它不仅决定两位英雄的命运,也同时裁断胜败。如果天秤的形象也偶然例外地用于两军,那就是军队间的较量被比作决斗;它还意味着决定性的转折。8.69 的称重带来有利于特洛亚人的决定性转折,他们虽有退败,却总体上一直坚持到帕特罗克洛斯介入(16.658)。这一切都不符合赫尔墨斯的本性。他在《埃塞俄比亚》里执秤,也是在宙斯面前受他委托执秤。我们已经吃惊地注意到,《伊利亚特》的诸神如何事事亲躬、很少要求属下效劳。

  理应强调,死亡称重与古埃及死亡审判的灵魂称重无关,彼处是审判者用死者的所为称量他的心。我们也必须更坚决地把它与赫尔墨斯的本性分开。荷马的天秤不裁断任何彼世命运,不属于死亡的领域。它也只在十分有限的意义上才是命运之秤:在致命的决斗中裁定双方生死。作为决断,它有明确的时间特性。它意味着,非此即彼、无法回避的时刻到来了。"天父"执掌决断。《伊利亚特》的一系列争斗、交锋、胜败、拯救,每次都发生在称重那一刻之前,称重每次都被保留到最后,这才符合原初意义。[387]结果无需公告,更不用执行:天秤直接生效,神乎其神:它就是决断。

  *《伊利亚特》里参与决断的一切,都处在一种动态、弹性的相互关系中。《埃塞俄比亚》里,一切都是僵化的,对立方互不相干,

不引发冲突和矛盾。《伊利亚特》的灵活也包括自成一格地使用叙事的修辞手段,例如那次犹豫不决的称重的叙事形式。争夺萨尔佩冬尸体的血战持续了那么久,这通过宙斯在交战正酣时思忖如何结束战斗(16.645及以下)得到强调。他另下决心(如福斯[Voss]认为,众所周知的套句被用在他身上):帕特罗克洛斯在倒下之前,要先攻打到特洛亚城边。权衡与决定的叙事形式,由英雄情境转移到宙斯。这最高决定,这位决断的化身,抗拒、放弃、心软、坚定。为了在帕特罗克洛斯阵亡前加强他的伟大和狂迷、声誉和盲目,宙斯让儿子的尸体上血流成河。他伤害到自己,而不止是牺牲了儿子……《埃塞俄比亚》里的宙斯在超然的冷漠中高倨王位,一切"浓情"、一切是非,都被两位争执着恳求他的母亲接手。

然而,会有人反驳,门农不是也被牺牲给阿基琉斯的伟大?设想一下!谁发声,谁表态?谁为此悲恸?那架被问询的、赫尔墨斯执掌的天秤?还是唯天秤之言马首是瞻的宙斯?难以想象。在《伊利亚特》里被诸神争吵的形式包装起来的内心戏,《埃塞俄比亚》里并没有。

* 阿波罗听到格劳科斯的炽烈请求,止住他伤口的血,让他能为国王的尸体而战,在宙斯斟酌过是否让帕特罗克洛斯死在萨尔佩冬的尸体旁之后,他转向似乎就站在身旁的阿波罗,就像最终的批准:

> 集云神宙斯这时吩咐阿波罗这样说:
> "福波斯啊,快去把萨尔佩冬的遗体
> 移出矢石之外,擦去黑色的血污……"(16.666)

宙斯是一切的始作俑者,[388]他违心要求发生的一切,必须超越其他诸神。其他神始终只求其一。宙斯却兼要熊掌与鱼——他必须兼求。

对比《埃塞俄比亚》，来看重构的对应部分如何描述，不论多相似，根本性区别是，其［《埃塞俄比亚》］中没有任何张力。宙斯没有违心之愿，他被免除了决断。天秤取代他决定，他甚至不亲手执秤，而是让赫尔墨斯代劳。此处没有神明、没有赫拉插嘴。就算他对双方均怀恻隐，也无需表现出自相矛盾的念头和决定。旧约中神的独白，在史诗风格里没有机会。取而代之的是多神的奥林波斯。宙斯不会也无需考虑，像祭奠他自己的儿子萨尔佩冬那样祭奠埃奥斯之子，他没有托付睡眠和死亡，亦未交代阿波罗：作为母亲，埃奥斯会设法夺尸、清洗。宙斯超然而出。对于有死者，睡眠和死亡的护送不是代以永生的最高恩宠，它并不意味着："既然未曾，那么……！"宙斯让他的儿子沉入死亡之眠越是神奇，就越不会让任何混战持续得比它更久。由于埃塞俄比亚是幻境，也就消弭了陌土和故国的反差，也就没有了追封英雄。护送的目的不是［使之］名垂千古，不像它对于吕西亚人那样意义深长。护送本身只是被插在阵亡和许可永生之间。

对于被封为英雄的萨尔佩冬，作为孪生兄弟的睡眠和死亡有着未来的象征意义。如此血战之后，被这样运送、安葬，是一种恩宠。门农那边，埃奥斯为他求取了永生（不止是象征意义上的声名不朽），这种意义消失了，杜撰未超越眼下。奇迹没有替代陨落的生命，它不是异音后收场的和谐，它不是尾音。

＊埃奥斯为门农的尸体涂油、清洗，她作为母亲如此行事，因为最后照料尸体是女性至亲应尽的关怀和义务。已有人感到，［389］神明母亲比阿波罗更适于此事，尤其是，按照后世观点，阿波罗不能触碰污秽。萨尔佩冬之死模仿门农之死还在于，埃奥斯处理门农尸体被阿波罗处理萨尔佩冬尸体所取代。由于荷马没有为萨尔佩冬安排一位神明母亲，他就把埃奥斯为尸体涂油、清洗的事

情转交给了有违其神性的愈疗神。

至少荷马表明,对于阿波罗应司何职,人们看法不同。《伊利亚特》23.185及以下,阿佛罗狄忒与阿波罗共同保护赫克托尔的尸首免遭凌辱之果。被阿佛罗狄忒日夜涂油的身体,完好如初,魅力长存,不会再受污损。因此她是涂油者。阿波罗天降黑云,保护尸体不被烈日烤干。此处他作为愈疗神的权责似乎再次延扩至死者。另外,他还移走受伤的埃涅阿斯,在他的神庙中治愈了他(5.445)。阿佛罗狄忒和阿波罗都是特洛亚友神。两次他们都通力合作。吕西亚人萨尔佩冬,像他的表亲格劳科斯一样,把他们家乡的阿波罗敬称为"出生于吕西亚的"(16.514,4.101)。阿波罗对萨尔佩冬尸体的照料使吕西亚起源的氏族受到尊崇,正如阿波罗与波塞冬对祖先埃涅阿斯的照料也使埃涅阿德人门庭光耀。

* 追祭死者的两种情况,外在看来虽然相似,意义却十分不同。* 阿波罗为死去的萨尔佩冬清洗、用安布罗西亚涂油、裹入不朽的衣袍,作为受托于宙斯的神,他接手照管死者,同时按照吕西亚本土的风俗准备尸体防腐。埃奥斯为门农的尸体做了同样的事情,却不是为筹备一位王侯的入土,大概也不是为向宙斯祈求封神而做准备,而是,很可能,因为儿子让她悲恸。《伊利亚特》的悲恸者是宙斯自己。儿子让父亲悲恸。彼处则是儿子让母亲悲恸。是宙斯把他的痛苦传递给了母亲? 还是应该反过来推断:《伊利亚特》把母亲的痛苦转移给宙斯?《伊利亚特》的诗人始终对宙斯念念不忘。从第五句诗起,"就这样实现了宙斯的意愿",他就没有停止过探问宙斯,他把他卷入一切,把一切加在他身上。《奥德赛》的诗人多么不同! 在《埃塞俄比亚》中,[390]作为决断者的宙斯消失到天秤之后。担忧萨尔佩冬、犹豫不决的宙斯是《伊利亚特》的宙斯。

在此不能把《伊利亚特》和《埃塞俄比亚》的比较局限于一个细节,比如埃奥斯或者宙斯的角色,我们必须把比较扩展到《伊利亚特》里的完整的宙斯，扩展到整个奥林波斯场景。为萨尔佩冬悲恸的宙斯，也是为赫克托尔悲恸的那位……如果这位宙斯是晚期的、次生的、走样的，是由于改写动机而从《埃塞俄比亚》的退隐状态中脱胎而出的——那么，这也要一以贯之地符合《伊利亚特》的宙斯形象及所有神戏，因为萨尔佩冬插曲中的宙斯是整部《伊利亚特》奥林波斯场景的一个成员。《伊利亚特》的凡人事件始终被奥林波斯操纵、打断，《帕特罗克洛斯篇》的主要情节不可能没有奥林波斯诸神的参与。缺失违反常态。可以料到，如果诸神不在萨尔佩冬-插曲中交谈，奥林波斯上会有多久百无聊赖，诸神对帕特罗克洛斯的命运守口如瓶简直就是尴尬。倘若此处并非悲恸的宙斯，而是《埃塞俄比亚》里悲恸的埃奥斯更早：那么也就是，夹在埃奥斯和忒提斯之间的宙斯更早，而不是夹在赫拉、雅典娜和阿波罗之间的宙斯。没有赫拉、夹在埃奥斯与忒提斯之间的宙斯，不属于奥林波斯场景，绝对不是《伊利亚特》的风格。荷马的整个奥林波斯都源于《埃塞俄比亚》风格的转变。

第 18 卷

诸神来访

[391]古《奥德赛》第 5 卷始于卡吕普索-插曲。卡吕普索在她的奥古吉埃岛上迎接前来拜访她的赫尔墨斯,一如写铠甲时赫菲斯托斯在他奥林波斯的锻工场迎接前来拜访他的忒提斯。《奥》5.87 及以下与《伊》18.42 及以下相同。解析《伊利亚特》和《奥德赛》时,人们习惯于在该情况下把《奥德赛》视作两者中更古老的,《伊利亚特》则较晚。(米尔,页 279 及以下,认为这种问候"典型",因此就切断了优先性的问题。他认为整段都晚于"古《奥德赛》"。)

两次同样是意外来访。受访之神都在忙着其他事情,卡吕普索歌声曼妙,在机枢旁来回走动,用金梭织布;赫菲斯托斯大汗淋淋,跛着脚用力摇着风箱,制造二十张还没有装上把手的三脚鼎……两次都铺展出工作之神周遭的环境。卡吕普索处是一尘不染的田园景象,岩洞、树木、鸟儿的歌声,空旷无遮、粗朴旖旎的自然使神明也惊异地驻足观赏;赫菲斯托斯处则是星光闪烁的青铜宫阙,是他自己的作品。倘若此处没有观察者,锻工场与忒提斯的请求就连接得更紧了。赫尔墨斯传达的命令可以没有风景,忒提斯的请求却不能缺少神的锻造场。所以,不同于《伊利亚特》,《奥德赛》里的自然和环境能随时脱离剧情。另外,此处和彼处,都似乎先在前台出场,然后转入后台。赫尔墨斯首先驻足观望,然后从小树林走入洞穴之内,忒提斯也先在门前受到欢迎,然后被请进屋内……接下来两处都是宴客。《奥德赛》的招待更详细,可以想到,赫尔墨斯之前漫游了多久。

[392]不论何其相似,两段插曲却也可以独立成章,人们未必会从一个想到另一个,它们的诗人也未必知道彼此——倘若并未出现两相一致的诗句!赫菲斯托斯对忒提斯说,《伊》18.424及以下:

穿长袍的忒提斯,无限尊敬的女神,
今天怎么驾临我们家?你可是稀客。
请告诉我你有什么事情,我一定尽力,
只要我能办到,只要事情能办成。

卡吕普索对赫尔墨斯说,《奥》5.87及以下:

执金杖的赫尔墨斯,我敬重的亲爱的神明,
今天怎么驾临我这里?你可是稀客。
请告诉我你有什么事情,我一定尽力,
只要是我能办到,只要事情能办成。

《伊利亚特》里,这是最隆重的一次迎接。赫菲斯托斯的妻子卡里斯跑出来欢迎走近的女神,拉着她的手说话,卡里斯说的头两句诗,此后还会被受访的神更郑重地重复。她把贵客引入屋内招待,请她坐上一张配有脚凳的包金椅,从邻屋召唤丈夫:赫菲斯托斯,你过来,忒提斯找你有事情(18.392)。接下来的主场迎接,不乏内在及外在的准备。卡里斯(以及听众)需要知道,这次拜访对于受访者意味着怎样的稀有大事。当初赫拉想掩藏她瘸腿的新生儿，他大难不死，是绕地长河的女儿欧律诺墨和忒提斯把他抱在怀里，九年间他躲在怒涛滚滚的深邃洞府里打铁，神人均对此一无所知。所以：

> 我所敬重、尊敬的女神（δεινή τε καὶ αἰδοίη θεός）来到我们家，
> ……是她挽救了我。（18.394）

赫菲斯托斯亏欠她的"救命之恩"，就像宙斯对她的亏欠（1.398 及以下），可溯回至鸿蒙之初。两次拯救谁模仿了谁？恳求宙斯的忒提斯与恳求赫菲斯托斯的忒提斯：没有前者就没有《伊利亚特》，没有后者则没有《铠甲》。二者同样重要，分量相当。此处请求被愉快地、毫不迟疑地应允，宙斯那里则是迟疑不决，沉默许久后，请求在不妙的预感中得到许诺，然而两次的忒提斯都是同一位伟大的、让人敬畏的女神。[393] 末卷中，宙斯在众神集会上以相同的"爱与敬畏"（αἰδῶ καὶ φιλότητα）问候她：

> 忒提斯，你来到奥林波斯，精神痛苦
> 情绪忧愁……（24.104 及以下）

为了他对她始终怀有的"爱与敬畏"，她应该感化出儿子的人性。因此铁匠神对她的称呼在双重意义上深深地植根于她的本性。（依诗人之意，她似乎正是因此缘故才出场，与欧律诺墨并列成为赫菲斯托斯的奶妈。）

内心铺垫后还有外在准备。为了她，赫菲斯托斯悉心装扮，收起工具，用海绵擦洗脸面、双手、脖颈和毛茸茸的胸口，穿上短衫，抓起手杖，由黄金制作的侍女搀扶着，一瘸一拐地走出门来。接下来是刚刚引用过的问候辞。惊与喜，感恩与愿效犬马之劳的在所

不辞，直至最后的敬畏与爱，全部的内心状态都在问候中证明得淋漓尽致。"办到"（τελέσαι）一词三次重复，表现出他多么"发自真心"（θυμὸς ἄνωγεν）。她说完请求，他就立即回答：

> 请你放心，用不着为这件事情忧烦。
> 但愿我能在他命中注定的时刻来临时，
> 也能轻易地使他摆脱可怕的死亡，
> 就像我很容易为他锻造精美的铠甲，
> 令世间凡人见到它们赞叹不已。（18.463 及以下）

卡吕普索则用相同的话迎接截然不同的客人。既不能说她的致辞同等程度地发自肺腑，也不能说这些话符合被迎接者的本性。她凭何感恩，什么会促发她如此的爱与敬畏？就算赫尔墨斯是仙女的朋友，就算她在遥远的岛屿上欢迎任何神明来访：神使也并不值得特殊敬畏。但凡一位神明去找赫菲斯托斯，哪怕是海中女神忒提斯，他都会立刻知道，他们需要他的技艺。而赫尔墨斯去杳无人烟的荒岛找卡吕普索，不论何事她都会尽力去办的甘愿并不合理，再说，我们想想，她又有多少能力和善愿能拿得出手？赫尔墨斯去找她也不是作为请求者，而是宙斯派来的传旨者。他让她明白，抗拒是徒劳的：

> 对于提大盾的宙斯的任何旨意，
> 没有哪一位神明胆敢回避或违逆。（5.103 及以下）

他传达的旨令让他自己也难堪，何况在这样的迎接之后。但必须如实说出情由，因为你这样要求（5,98）！怎么会？他把要求塞入了她的迎接辞，偷换了她的话：请告诉我你有什么事情（5.89）。问候[394]与回复并非同类，它们彼此处在一种紧张、一种不和中，而

《伊利亚特》无染于此。停顿加重了尴尬,在默默无语的宴客中度过。他一言不发地享用她摆上来的神食、调制的红色蜜液。神沉默着用餐,就像奥德修斯在费埃克斯人那里(8.177 及以下)。当然,叙事很漂亮!但是,《伊利亚特》的迎接辞从该情境的核心发出。《奥德赛》的诗人则把借用的诗句置入新的反差之中,由此改变了话语的表达。现在,仙女的矛盾从这些话开始了。一无所知者会被说服离开爱人。她欢迎时说过三次的"办到"变成讽刺的高潮,要办成的事她情非得已,将给她带来如此痛苦。她的甘愿效劳结束于"心震颤"(116)。

反过来想,如果《奥德赛》的诗人是榜样,《伊利亚特》的诗人是模仿者,他把"敬畏"、"爱"和"办到"这些词移用到《伊利亚特》顺理成章、含义明确的情境上——这是不可能的。就其与《伊利亚特》的关系来看,《奥德赛》中被认为古老和晚近的段落之间并没有显著区别:《奥德赛》没有可与受骗的阿伽门农、受骗的赫克托尔、潘达罗斯射出的箭相匹敌的类似事件。这也不是说,《伊利亚特》反差更少。但不同于童话式冒险所自带的希望与失望连续不断的快节奏交替,《伊利亚特》的反差,不论讽刺还是令人震惊,都体现在整体尺度上,在紧实的文脉中。英雄被囚入爱恋中仙女的怀抱,这也是原始冒险更成熟的反戏。英雄频频从喜极的期待跌入晴天霹雳的深渊,此处仙女也像他一样。或许还能留住爱人的最后尝试以及她万念俱灰的送别,在更高层次上对应着原始冒险的常见结局,那种有惊无险的逃脱……与之相反,《伊利亚特》的反差在铺陈的大块光影中交替。若像有人狠心做过的,把忒提斯拜访赫菲斯托斯作为独立篇章从上下文中分离出来,它就会减色一半。它所处的格局,[395]不论《奥德赛》的诗人运用多少舞台流转、平行操演多少事件,都无法实现。

除其所是,格局还把第二重东西纳入它所在的整体变成链环:首先是事实关联(die pragmatische Verknüpfung),或者说那根把它编入剧情的线,其次,更强的力量,是框架与被框架戏幕的对比,或者,导向同一结果的减速力(die Dynamik der Retardation)。拜访发生在赫克托尔被胜利冲昏头脑、鄙弃波吕达马斯良策(18.249及以下)的那夜,他没有回城,而是把军营迁到船边(18.243-314);他希望天亮时大获全胜。这是一幕在整体中有所预指的戏,同时发生的阿开奥斯人悲悼帕特罗克洛斯亦如此。悲悼的领起者是阿基琉斯。作为领起者,他同时许下不可或缺、指向未来的复仇誓言。《伊利亚特》里有过多少次死伤后才发誓报仇!它怎会不在最轰轰烈烈的死亡之后?阿开奥斯人的悲悼,死者的清洗、着衣,一直持续到早上(18.315-355)。同时,忒提斯去找赫菲斯托斯:银足的忒提斯来到赫菲斯托斯的宫阙(18.369)。一时三事!设想,如果忒提斯的拜访连同《铠甲》都不存在,那么卷19开头的新一天就直接跟在两场军营夜戏后。为了看清楚,比如说:

> 橘黄色的黎明从环地长河的涌流中升起,
> 把自己的光明送给所有的天神和凡人。(19.1及以下)

接下来大概就是:

> 神样的阿基琉斯迅速奔行于海岸,
> 他大声呼叫,召唤勇敢的阿开奥斯人,
> 甚至那些以前一直留守船舶和军营的人……(19.40)

甚至伤员,甚至狄奥墨得斯和奥德修斯,甚至负伤的阿伽门农,也全都来集会……

我们看到,这行不通。如此过夜后,醒来的一天不能这样开始。呼喊的阿基琉斯,是清晨从忒提斯手中接过赫菲斯托斯的作品、被神明的礼物鼓舞了士气的阿基琉斯。作为天界的间奏,赫菲斯托斯-插曲插入尘世戏幕之间,为新的开始创造了空间和可能。否则,就必须连同《铠甲》把卷19整卷一起塞给后世诗人。[396]实际上,的确有人这样做过。

[原注]米尔就这样认为,页283及以下:"根据卷18开头的古本,人们一定期待着,19.1及以下的清晨紧接在18.241及以下的夜晚之后,随即尽快开始新的战斗。"

然而,被排除的困难中又产生了两个新难题:第一个是如何继续,第二个是前文如何结束。如果删掉两幕军营戏,让漫长的战斗日结束于18.239的落日,就会更糟糕。赫拉让迟疑不决的太阳神沉入长河(已经尽责)。阿开奥斯人安置死者,围着他长哭,阿基琉斯在其中泣下沾襟。描述不可能就此结束,安置尸体、围聚、停灵前的阿基琉斯,这些本身没有意义,而是哭悼死者的开始。

[原注]米尔看法不同,页276:"摄人心魄的18.232及以下或许残留着A的痕迹:尸体被安放在灵床上。阿基琉斯哭泣。如果把237、238、241、242行想成是结尾,是荷马告别他的帕特罗克洛斯,那它们就效果极佳。此后314及以下的哭悼及后面所有死去的帕特罗克洛斯出现的场面,都是《伊利亚特》的诗人所为。""荷马告别帕特罗克洛斯?"就像底比隆花瓶(Dipylon-Vasen)上描绘的葬礼不存在似的。

有人一定要相信,后世诗人用新本文换掉了古篇里的哭悼。

换句话说,若切除赫菲斯托斯插曲,就会产生一个与前后都不相通的光秃秃的断面。之前之后的东西都不能留,全都得改写。怎么改,诸神和那些凭靠语文学的人才会知道。结果就是:阿基琉斯接回死去的朋友。太阳沉落(即使不遵照赫拉的命令)。次日早上阿基琉斯传唤军队集合。可这算什么诗?只要想到是一部按天数算的史诗,就无论如何都少不了集结军队。哪怕是为了对称也不能少,作为对等段落,呼应《帕特罗克洛斯篇》开篇时阿基琉斯传唤军队集合(1.54)。

所有大型的奥林波斯戏都与尘世形成反差。与《奥德赛》里的神戏不同,它们不仅是在继续剧情,不仅是在开始新故事。所有奥林波斯反差中,最强烈的大概就是夜间哭悼死者与夜间赫菲斯托斯的煅工场的对比,甚至强于伽尔伽朗山顶天神的爱床——彼时人间则翻滚着壁垒战的硝烟。[397]事实关联在侧傍行,辅以一些醒目度各不相同的次要发明(Nebenerfindungen)。于是,失去铠甲、伫立在壁垒边的阿基琉斯放声呐喊,才使尸体被成功营救。即将偃息的打杀(18.134 跳到 18.187 及以下)已升级至一发千钧的最后阶段,这种衔接预指向次日之战。同时,两段忒提斯插曲——哀诉的母亲与出手相助者,被接合成一个系列剧情。另说一句,从阿基琉斯的转折来看——从大哭着抱怨命运的人到决意捐生的复仇者,哀诉的忒提斯早在 18.72 及以下就已成为支援者。(有人在哭悼和预言的忒提斯插曲中[18.73 及以下]寻找这一点或那一点古诗,以拯救真荷马。猜测和种种诗的建议以及施瓦尔茨[Ed. Schwartz]的那些,见米尔,页 269 及以下。)

扛尸者回营(17.722 及以下)与死讯的接收、与悲叹着在尘埃中翻滚的阿基琉斯(18.22 及以下)形成对比,同样,放声大喊的阿基琉斯肩头光明,有如被围攻的岛城在大海上升起火光(18.203 及以下),仅凭声音就足以震慑特洛亚全军的呼号者,大哭着跟在救下尸体的幸运脱逃者身后,二者又怎能不形成对比?如果可以,我要以此唤醒我们的艺术良知。哪种艺术批评权威能允许我们分开"幸运的营救"(ἀσπασίως ἐρύσαντες, 18.232)和佩琉斯之子的"呼号",并断言说:此前是诗人 B 所作,此后是真正的老荷马?或者,也许有人想另作安排,分开呼号者和哭泣者?可哪种批评权威能授权我们区别对待此处与 8.485 及 7.465 的落日,把此处作为下文的导入,作为夜戏的开始,而不止是前文的结束?难道,在荷马笔下,落日就必然是期待中的结局?

何不如不做划分而坦然接受整体?不能否认,这些虚构是衔接性的，但即便有衔接功能，也接受从中涌流出的一切，而不以之为现代小说，不是只把哭泣和[398]自然的落日看做真正的、原始的东西，不好吗？当然，仅从故事本身的需求去想《帕特罗克洛斯篇》，这就离得远了。如果从故事的需求出发，这一切都是成熟的"晚期"艺术。但是，在晚期之后、从现有文本中寻找可能更早、更伟大的东西，大概就错了。我们一再看到，伟大是最后的。总体上并未继续创作下去。

铠甲是为毗邻段落而作。没有这节描写，就失去从哀哭者到呼号者的转变。将其插入此处的诗人，必不会只写铠甲，他一定同时创作出前一夜和次日早上。贝尔格以后的分析派学者认定，《伊利亚特》的诗人偶然发现了《铠甲》的独篇，不论其中忒提斯是否拜访过赫菲斯托斯。倘若如此，则此诗描述了神明的作品，却不会提到它产生的效果，描述了铠甲，却不会提到它振奋士气的魔力。公元前7世纪末或6世纪初的阿提卡画家，已经明确无误地再现出荷马的《铠甲》所催生出的魔力、期待、渴望、接收神礼的瞬间。（通过阿基琉斯的手势，向武器伸出的手臂。米尔另有高见，页276："哈姆波①和马迅②提到的公元7世纪交送武器的画面③，符合不同版本。"相反，马迅是对的。）《伊利亚特》及《铠甲》当时已经是令人惊叹的名作。

贝尔格认为，插曲与衔接段落间的关系可统一解释，插曲较早，衔接段落较晚，二者各出自不同诗人。因此，晚期的诗人会自问，我如何把《铠甲》插入我的《伊利亚特》？为此他必须杜撰，首先，为复仇而爆发的阿基琉斯没有铠甲。为此，第二，帕特罗克洛斯弄丢了它。为此，第三，阿基琉斯让帕特罗克洛斯披挂他的铠甲

---

① R. Hampe, *Frühe griechische Sagenbilder*, 1936, 80.
② Mazon, Introd. 267.
③ Explor. arcli. de Delos XVII pl. Xlla.

出战。因此结果是，他必须有一套新铠甲替换旧的，于是铠甲得到它在《伊利亚特》里的关联。不论过去还是现在，这笔账都似乎无法反驳，它被一次次拿出来，证明《伊利亚特》里交叠着两部诗，[399]一部有《铠甲》及换铠甲，另一部没有。

[原注]参米尔，《考订绪论》，页278及以下及其中记载的文献。"为了《伊利亚特》的这一元素，那首诗被修改过。忒提斯让赫菲斯托斯给他制造神的铠甲不是现在，不是在阿基琉斯马上就会死去的时候，(也许不值得了？)不可能是为了特洛亚之战。"也许是还在皮提亚的时候(米尔，页281这样认为)？或是在奥利斯？或者登陆之时？反正总要好于在他大难之前，在他最伟大的胜利和死亡之前……然而，如果忒提斯去奥林波斯找赫菲斯托斯(或者，如人们猜测的，最初是去利姆诺斯)，那之前她一定是在阿基琉斯那里。只有儿子需要她，这才有意义。早期的花瓶显示出(见上文)，他如何等她回来，如何渴望武器，无疑，这也是在描绘壮举之前交送武器。

新武器和即将到来的死亡不搭，"这个元素降低了凡人的英雄气概，有种低级意味"，盾牌也可能是为门农打造的，忒提斯取代了埃奥斯——对其他这些判断和考虑不予探讨。

这笔账的两个缺陷被掩盖了。第一：自由飘荡的《铠甲》纯粹是语文学者想象的产物，试把它固定在其他某处，就生出为之寻找时机的任务，而且不能在权衡过种种可能性之后恍然大悟：《伊利亚特》的诗人比着手创作的语文学者强太多。我无所谓摆出几个建议以飨读者，比如，在登陆上岸或告别母亲的时候插入，但我不敢说这会产生什么诗意。我也不知道任何一种能让阿基琉斯脱胎换骨的可能。他应先颓唐，后英勇？或先被打败，后战无不胜？还是先男孩，后男人？还有更愚蠢的选择。新转折将在何处随神礼发生？它会在何处成为诗的支点？在什么位置上它会更加重要？铠甲一节如此，忒提斯拜访赫菲斯托斯一节亦如此。好像它也是棋盘上的棋子，能随意移来移去。好像它不是在讲一个宏大至极的请求何以神奇地得到满足！好像神随时造物即可实现同样的奇迹！如果锻造在白天而不是夜里，阿基琉斯就会安静地坐着，或干一点我不知道会是什么的事情，一直等到神收工！

[原注]米尔，页281及以下："《伊利亚特》诗人把更古老的原诗改造成他编排的一个元素，一旦清楚这一点，我们也就可以推测，古诗的赫菲斯托斯不在奥林波斯上，他的锻炉在利姆诺斯，并且，就像反复说过的，他在白天工作。"

[400]神的造访在《奥德赛》里带来转机，如果该动机与同一套欢迎辞是《奥德赛》的诗人从《伊利亚特》借用，此事所致的转机又怎会不出自《伊利亚特》？

这笔明账的另一个缺陷是，不加考虑就预设出，换铠甲与阿基琉斯的铠甲落入赫克托尔之手必然是同一件事。事实上，《伊利亚特》里铠甲两次易主，先是帕特罗克洛斯披挂着阿基琉斯的铠甲取胜、阵亡，然后是赫克托尔披挂着阿基琉斯的同一套铠甲、遭遇相同的命运。然而，完全可以想到一个铠甲尚未二度易主的合理故事。阿基琉斯让同伴披挂着他的、阿基琉斯自己的铠甲替他出战，没有凡人能够抵抗被如此保护的同伴，但阿基琉斯警告过他小心提防的神施展诈术，出其不意地打败了他，一如在他之后阿基琉斯本人……阿基琉斯认为能保护他的谨慎，却把他送入死亡。

英雄与他的装备分道扬镳，是此处独有的个例发明。实际上，铠甲从帕特罗克洛斯转入赫克托尔之手，也造成《伊利亚特》叙事上的明显困难，并存着两个彼此相左且各有其自身矛盾的版本。铺垫《铠甲》的，不是我们认为的第一次易甲，而是第二次；同时，在灾难的平行关系中，赫克托尔像帕特罗克洛斯一样，披挂着阿基琉斯的铠甲，先意气风发，然后被胜利冲昏头脑，继而因昏盲毁灭。因为二度易甲，才出现了困难——如果我们不把剧情当作史诗，而是作为故事来看，问题是：阿基琉斯夺回的铠甲将会如何？现在他同时有了两套装备？这个问题没有答案。同时产生的问题是：为什么我们对第一套铠甲再无所知？不论是给佩琉斯、阿基琉斯还是给两个人，它不也是赫菲斯托斯的礼物？就像阿基琉斯的长枪是克戎送给佩琉斯的礼物？作为动机，第二次易甲才与忒提斯的拜访、铠甲形成密不可分的串联。综上，它属于最后、最成熟的创作阶段。

阿基琉斯的盾牌

[401]在《伊利亚特》描写的盾牌中（18.478及以下），形容词"美"（καλός）出现了六次，再加上"可爱"（ἐπήρατος）和"令人动心"（ἱμερόεν），指明造物之美的提示词就更多了。然而，此处什么美？艺术品？还所绘之物？神做出的两座人间城市是"美的"，城市本身之美不亚于雕饰神的杰作。祥和的城市因其中上演的景象而美：有着婚歌与舞蹈的婚礼，围坐成"圣圆"的长老仲裁法庭。被围攻的城市是"可爱的"，这个修饰词不会让人想到视觉艺术。为设伏偷袭，阿瑞斯和帕拉斯·雅典娜率领守城者诱骗攻城者，两位黄金制成的神均身穿金衣，魁伟而美丽，麾下的战士身形较小。艺术和对象相称：黄金是美的，神是美的。黄金雕镂的葡萄园是"美的"（562），葡萄黑，护沟蓝，外围以锡铸栏杆。少年采摘葡萄时唱的利诺斯歌是"美的"。谁会拆解开这种美？如果山谷间的牧场对于羊群是美的，我们就更会想到风景而不是再现的图像（588）。如果最后跳克里特圆舞的姑娘们的额带是"美"的，那么一切都仅仅是装饰。

雕饰神描绘在同心圆上、位于中央天空和边缘奥克阿诺斯之间的尘世，是脱俗而"美"的生活。战争与和平，城市与乡村，耕田与牧场，播种与收获，劳作与舞蹈，彼此反差互补的景象被依次挑选出来；它们把更平淡的东西排除在外。入选和排除的标准，不止是美学的，更同时是贵族的。没有工匠、陶匠、铁匠、木匠，没有任何下等活计,比如,没有奥德修斯家中那种用手摇磨磨面、怨叹工作繁重的女人(《奥》20.105),没有为抚养孩子仔细称量羊毛以赚取微薄收入的贫穷的纺织女工(《伊》12.434)。[402]即使出现女奴,她们也是在节日场合超然世外:在橡树下为割麦人准备餐肴。耕田者并非阿基琉斯的亡灵怨叹时提到的自由农夫(《奥》,11.489),但却热火朝天地耕作,因为"有人"在他们转身时递上一杯甜酒——友好的地主。耕地肥软,劳有所报。收获则成为纯粹的庆典。割麦不像《奥德赛》18.366那样劳顿——白昼变长时,就要空着肚子忙到黄昏。割麦人、捆麦人、抱麦秆的男孩、劳作与准备犒赏的餐饭,这一切合成一幅喜乐福足的景象。无人赏景,不像在《奥德赛》里,赫尔墨斯观赏卡吕普索的洞府(5.75)、奥德修斯观赏阿尔基诺奥斯的宫殿(7.133)、特勒马科斯观赏墨涅拉奥斯的厅堂(4.69)。如画的风景尚未脱离人的活动。但有一位国王,面对草垛,站在正中,默默握着权杖,喜悦充满心头。为何沉默?也许他在享受。因为他是国王。仿佛这一刻在他的沉默中永恒。

一块罕见的宝地是藤叶繁茂、被护以黯蓝沟渠和锡铸栏杆的"黄金"葡萄园。描绘的对象与质料相符。这里的收获者不再是"劳工",而是"少男少女们",他们"心情欢畅",在精编篮筐里提着甜蜜的果实。响亮的竖琴、歌唱少年的弹奏、舞蹈($μολπή$)和榨汁者的欢呼,使采摘如美酒般可贵:劳作成为优雅精致的青春欢宴。

最后的景象最为雅致,"青年和姑娘们"跳克里特圆舞。姑娘们的贵族地位被修饰词"牵来公牛的"(ochseneinbringend)所证实,它只出现在此处以及同样文脉中的《阿佛罗狄忒颂》(Aphroditehymnus)119行。她们裙衫"轻柔",与安德罗马克为赫克托尔织就的衣衫一样"轻柔"(22.511);青年的褂袍(die Chitone)"纺织细密",与包裹赫克托尔尸体的褂袍一样"纺织细密"(24.580),更不必说少年们的黄金佩剑和少女们的黄金额饰。人群在舞者周围挤得水泄不通,惊异地注视着他们的身影。"一位神明歌者"为他们奏响竖琴。两位从舞者中腾翻而出的优伶结束了这场表演。歌者压轴并不偶然。

[403] 大地与人、穷与富、国王与奴仆之间的和谐更甚于赫西俄德所写。诗人站在统治者一方。亦无《奥德赛》自下而上的透视和批判角度。和平的城市生活也是贵族式的。城中所有贵族都出席了集体婚礼,不但有新娘的父亲,还有同样多的宾客。在一行行火炬和婚歌中,新娘们被从闺房送到街心,青年们随长笛竖琴旋转舞蹈。妇女们在各自门前惊奇地观赏。

这是和睦与青春的图景,接下来则是争端和老人。纠纷双方各有支持者。所争之事是一桩让群情激愤的的命案。传令官必须禁止"民众"喧哗。起诉是为求得赔偿。被杀者一定是高位之人。因为死者仇人拒绝抵偿的高额罚金是依死者身份而定的。人群的狂热与法庭的秩序井然截然相对,长老们在光滑石凳上围坐成"圣圆"。每人均从传令官手中接过权杖,依次说出判决。两塔兰同黄金的预设奖励将此案的地位提升至竞赛(Agon)的高度。或许人们认为,有此敬意,就能持平公正。比起婚歌,这一场景更社会化、贵族化。

被围攻的城市本可提供一幅人间百衰图。但城中却没有丝毫惨象或毁灭之兆。它是特洛亚的反例。虽然无法想象没有战争的尘世生活,此处却无胜亦无败。所绘之事如同一段史诗插曲。从两侧围城的进攻者(一如出土于阿玛索斯[Amathus]的腓尼基银盘所示)已胜券在握,他们争执的只是条件:无条件或有条件的征服。这与阿开奥斯人在第一个战斗日结束时的争吵(7.400)相似。在此期间,被困城中的居民由阿瑞斯和雅典娜率领,开始着手秘密突围和偷袭——有如此领导又怎能不成功?他们在城墙上安排了妇孺和老人,一如第二日战斗结束时赫克托尔所为(8.518)。攻城者还在争吵时,他们的补给受到伏击,对畜群与不知情的牧人的偷袭迅速引来军队,攻守双方由此开战,如此烈战,[404] 竟让所有战魔全部加入。结局未定。赫克托尔仅作为可能性指出的埋伏（λόχος）和危险（8.522），在此成为事实。可战争的风云里不仅有埋伏和诡计，还包括对自我的错误认知——《伊利亚特》的诗人在这一点上露出真容。争执的攻城者与2.36阿伽门农的处境不无相似：

> 他考虑那些不会实现的事情。
> 因为他真的相信当天能够攻下
> 普里阿摩斯的都城，他是个愚蠢的人，
> 不知道宙斯心里在计划什么行动。

呈现图像避开了陈述。自欺怎会被刻入青铜？它只能通过反差场景间不可见的内在关联，通过不可见的"同时"，通过所争执的不可见的问题表达。并列意味着舞台转换。更甚于审判，所现之味超出可现之物。同时期的视觉艺术，一连串打杀、阵亡的战士比比皆是，只有到《伊利亚特》的层次，才可能取而代之以如此复杂的关系。以青铜画为契机的诗人同时成为亲自书写所绘之物的阐释者。这种方法在街头唱艺人或中世纪的插图画家那里或许会很幼稚。但此处表现的，不是信徒心念中现成的圣徒传说，不是山墙或瓶画上古已有之或讲述出来的神话，而是诗人自己发明的、成熟的纯诗（Poésie pure）。如果此处没有人的臆想与事实经过的对比，即可称为现实主义——《伊利亚特》壁垒战的那种现实。可杀戮与恶魔的恐怖继而与祥和的田园景象形成对比。丰足的喜乐掩盖了可怖之物。

因此莱辛的措辞："荷马只用寥寥几幅画，就把他的盾牌变成缩影，尽收人间发生的一切"（《拉奥孔》，第18章，注释），需要稍许限制。

生活的界限——星辰与奥克阿诺斯——永恒。生活本身的一幕又一幕,各自在某个瞬间达至巅峰:在递给耕田者的提神酒里,在割麦人的餐肴里,在交给审判长老们的权杖里,在两军交锋之时,在少年摘葡萄时唱的利诺斯歌中,[405]在随圆舞表演的优伶身上。这就出现了一种剪辑。一个个高潮相对。事件在升顶时戛然而止,虽有此类例子,却没有过这种柱间壁式(metonartig)的排列。这样的写作形式有种目录的意味,就像传统的"诗赛"($\mathring{\alpha}\vartheta\lambda a$)。后者中每段新诗也始于相同的套话:"他转述说……"

"诗赛"文体有社交功能。贵族亲身享乐于其中。如果声称,描写盾牌归根到底也是在以此方式社交,就有失偏颇了。它的衔接,那种新的衔接方式,不再出于贵族听众对吟诵诗人所抱的期待,而源自某位诗人作为艺术家的自由。这以后再说吧。还没到那么远。

在维吉尔的《埃涅阿斯纪》(8.608及以下)里,维纳斯在埃涅阿斯与图尔努斯开战之前交给他的盾牌,也是锻造神的作品,它指向未来、预言历史,象征着从罗慕路斯到奥古斯都的罗马国风及其传世之物:clipei non enarrabile textum[不可描述的盾纹]。埃涅阿斯必然要专心赏玩。阿基琉斯的盾牌不包含任何对阿基琉斯本性、伟业与未来的暗示。对于盾牌上波谲云诡的事件及其意义,他无动于衷。有人指责这点。可恰恰是这种无关,使盾牌变成更普遍的关联,它无涉《伊利亚特》的内部主题,而是《伊利亚特》本身:它洞察到生活的绵延,那种不受时间束缚、始终无名、不属于任何过去或传说却超越着英雄式毁灭的生活。它被视作最著名的谋杀、最残忍的复仇和最哀怨的悲诉之始。它所是的、它所表现的,拦截住悲剧的洪流,悲剧却因此更加汹涌。

再无他例。也许有一处遥似的停顿:卷12攻城战的开头。《铠甲》在《伊利亚特》之末,攻城战则正在中间。特洛亚亡城后,阿开奥斯人的军营和壁垒、大动干戈的战场,均被夷为平地。波塞冬与阿波罗让众河流(我们会说是大自然)合力完成毁灭,然后像从前一样重新铺开宽阔的河岸。回顾起来,这是唯一一处,著名的修饰词[406]"半神"(ἡμίθεοι)被用于英雄族群(12.23),自赫西俄德起,该词成了专用属名。不论时间上还是成就上,英雄与今人的差距均由此彰显。有些名句或许已做好铺垫,比如:

> 我们当代人
> 只有华年壮士才勉强能用双手
> 把那块石头抱起。(12.381及以下)

但此处是诗人唯一一次,为追忆而采用当代眼光纵观整个英雄时代。盾牌虽然映照出当下,可它显然不在当下也不在传说中,它处于史诗诗人的眼睛常常触之不及的生活的绵延里(这类比喻是另一码事)。我承认,相似性并不严格,但这是我所知的唯一一处。

可在盾牌的描写里不是也有一种象征性的关联,只是不同于我们所想?能说荷马的诗对象征完全陌生吗?且不提诡辩术(die Sophistik)以来大受追捧的宇宙—譬喻意义,也不提东方自古就熟知的神—君符号,那种释读深藏其内的世界观的想法怎么样?这种象征也出现在一幅已经失传、被若干庞培壁画模仿的古希腊绘画上,其中忒提斯在命运的天图前陷入沉思。不久前,莎德瓦尔特在他长期以来最重要、最正确的荷马著作中,把这些想法发展成极让人印象深刻的阐释。从"根本"、"此在"的角度,他得出结论:"家族的结合,统一了生活,并确保着城市经久不衰的繁荣。它内部的稳定基于约束生活、平息纠纷的公正……集体生活与农耕是开化存世的根本形式……我们浏览了一幅劳作图,那种被季节规定的无休止的劳作,农人因之被安置于自然的整体之中,那同时也是文明的原型(Urform)……两头狮子撕碎一头公牛,牧人束手无措。就这样,原始的毁灭力再次闯入开化的世界。"

正义(Dikaiosyne)是国家生活的实质,伟大的希腊人梭伦、埃斯库罗斯和柏拉图,均曾以各自的方式对此设言施教。农耕为开化存世与群居之本,[407]这是公元前5世纪厄琉息斯原教(die klassische eleusinische Religion)的庄严奥义之一。如果这种被总结、串联起来的思想就是荷马盾牌的隐旨,那么缤纷图像的背后必定存在着一个普遍问题:人是什么？比如,索福克勒斯《安提戈涅》的第一合唱歌就提出了这个问题。然而其中反思的是"基础的东西":没什么比人更可怕,他超出了自己的界限,以船嘲讽大海,用犁折磨最神圣的大地女神,他制服野兽,发明出语言、群居和公德意识,他越升越高,直至他的高明碰到义与不义的抉择……

在正义与人之界限的古典思想中,总是同时存在着省思的劝诫,可省思并不因于某位超常强大的个别英雄,而是因为凡人的僭越。僭越自己的尺度,成为他本性的灾难。埃斯库罗斯的普罗米修斯终究也是人性的象征。因英雄横行而失效的原始公理,将在更高层次上回归。这样的象征意义难道不会使阿基琉斯之盾负载太过沉重？

我们想要肯定象征性本身,而不是附会古典模式以拔高或加深,并因此情愿忘掉,某些情况下,预设的基本象征关系也可能是束缚和局限。用在赫菲斯托斯的作品上,这种预设会给它置身于其中的反差增添一种相去甚远的思想,却不会使对比更强烈、更纯粹。如果婚礼变成结合家族的纽带,有着确保城市生活不断发展的重要性,那就不止是赫菲斯托斯的艺术,除了显见的方方面面,《伊利亚特》里出现的一切都与此相关。在埃斯库罗斯的信仰中,城邦的安危与神圣才构成保障,任何事物都不能与之相比。《安提戈涅》开头的第一合唱歌中断了统治者的戏,并与之精准匹配。这不能只从社会学的假设解释,更不能不考虑把阿提卡的年代与《伊利亚特》的世界区分开的一般性转变。

[408]为确证荷马描写盾牌的别开生面,最后把它与时间上相近、包含《赫拉克勒斯之盾》的赫西俄德《列女传》(*Eöe*)对比,也是

一种不可小觑的方法。赫西俄德式的诗人越试图堆垒、扩增画面以超越榜样，就越远离了荷马式挑选场景的独特原则。赫拉克勒斯的盾牌充斥着大量有辟邪魔力的图像，在这一点上，它更像阿伽门农的武器（非神所造，《伊》11.32及以下）而不是阿基琉斯的盾牌。英雄与他的武器在《伊利亚特》里缺失的关联得以重建，但并不是象征性而是想象式的关联。十二个可怖的巨蟒蛇头打败英雄的敌人。赫拉克勒斯作战时，巨蟒的牙齿就开始咯咯作响。只写无名凡人的限制取消了，尘世画面中混入了神话场景：奥林波斯上缪斯的表演，拉皮泰勇士们与人马的战争，珀尔修斯逃离戈尔贡，均为同期艺术钟爱的主题。在荷马笔下率领守城者的阿瑞斯和雅典娜都变成独立神像。陆上动物连串出现，就像在科林斯瓶上，它们被描绘出来不是为了人类，而是因其自身，此外还补充了水中的海兽。渔夫撒网……耕田者没有接过美酒，而是卷起外衣。贵族的标志消失了。荷马笔下如此频繁、如此重要的词"美"一次都没有出现。（"让人心动的圆舞"重复自《伊利亚特》18.603。）没有与"美"相关联的分段句式，"他附上"。赫西俄德的盾牌不是在赫菲斯托斯手中诞生，它已经做好；和盾牌一样成型的一幕幕场景也因此不再引向高潮。战火中的荷马城景避开了显见结局，没有描绘征服、亡城（Halosis），赫西俄德式的诗人则毫不手软，他让女人们在城墙上大声哭喊、涕泪滂沱；更让老人们在城门外对诸神举起双手、颤抖着为子孙祈祷。城市命运已定。赫西俄德式的诗人模范地示现出，如何背荷马之道而行。如果视常态（das Reguläre）为源起，就会颠倒历史的关系。

[409]赫西俄德的盾牌比荷马多一个场景，此前确立的挑选原则对此失效。赫西俄德最后描写的是所有娱乐活动中最高雅的战车赛。哪有更贵族化、对当时而言更美、在文物上更常见的东西？没有船，可以解释说，几乎就在赫菲斯托斯锻造盾牌的那一夜，船险些被烧毁。没有描述与婚礼形成对比的葬礼，可能是为避免不

祥之兆。可阿基琉斯的盾牌上不止没有车赛，而是根本没有任何比赛，这种缺失只有一个解释：它被第 23 卷葬礼竞技赛的主题抢占了。通常会避免交叉，比如，避开造型艺术里常见、赫西俄德的画面上也有的抢夺阵亡者之战，否则《铠甲》就要重复《伊利亚特》里频频发生的事件，车赛显然也是这种情况。据此推断，卷 18 会根据卷 23 做出调整，两卷可能是同一位诗人。

倘若如此，《铠甲》之所以与《伊利亚特》全篇关联，首先是因为它表现了被《伊利亚特》其他篇章排除在外、与之互补的东西。如果它此前独立存在过，或是曾被认定为其他史诗的外篇——不论是《诗系》的某部阿基琉斯之诗（ein Kyklisches Achilleus-Epos），还是近来如此众望所归的《门农纪》，两部分主题间泾渭分明的区别就只能用阴差阳错来解释，比如说，分析派的考据者就比我更容易相信这种巧合。

（此外超乎我想象的问题是，这面根本不适于作战的盾牌，与一位如此俊美、英勇的摩尔人国王如何相配？）

神作被隔绝为纯粹的艺术，无法纳入其美的一切，雕饰者似乎全都忘记——甚至骇人的佩琉斯之子。如同一种安慰、一种缓和，它位于万般恐怖、万般丑恶的开端，此后屠杀与辱尸将祸乱滔天，直至最终和解。

雕饰神锻造的作品同时也是幻术（ein Zauber）。就像他正在制造的二十张有黄金转轮的三脚鼎，它们能在神明们集会时"自动"跟随他；[410]就像搀扶跛足神的黄金侍女"栩栩如生"，"被赋予智识、语言和力量"，描绘在盾牌上的生活逼真如实，也根本不是只想超越凡人艺术家所能。之所以回避赫西俄德盾牌那种超自然的粗暴魔法，则是因为，荷马盾牌的幻术自控在艺术、技艺（Techne）的界限内。

赫菲斯托斯集艺术家与幻术神为一身。在不同色泽的金属中，风景、城市和人从背景上被雕凿出来。且不说这会怎样让人想到某些工艺，让捶打、焊接、镂刻、压花、镶嵌浮现在眼前。神作是一场用来观赏的"奇迹"（ϑαῦμα）。角色"像活生生的凡人一样打杀"（18.539），也许是对艺术的称赞。可是，当音乐的甜美、唱利诺斯歌的童声、国王的沉默、长老们求索正义的庄严，当这形形色色的一切仅通过词句就被打造得呼之欲出，图像的幻术就转入了诗。

这种幻术不同于黄金制作的侍女。世界，生活本身，在诞生之时就被摄入青铜，又同时从青铜中一幕幕地释放出奇特的生命。金属化作媒介，幻术则成为媒介之幻。诗人大概从未如此流连于一场神戏，他满心讽刺地投入到这位怪物般喘着粗气、满身煤炱的天神连夜的限期任务之中——忒提斯会等到日出，此前他必须完工，神与诗人的作品，不论作为限期任务还是外篇，再次同一不二。

作诗若是手艺，就要对诗人抱有一种匠气的（handwerklich）、符合他职业的期待。按照史诗传统，作为动机的铠甲和盾牌是武装的一部分。例如，阿伽门农的武装（11.15及以下）如此，赫西俄德《列女传》里的《盾牌》亦如此。武装后紧接壮举。在此意义上，荷马的《铠甲》服从着史诗传统。试想一位公元前8世纪的听众。英雄为报不共戴天之仇出战，听众会如何料想他的盾牌？然而神并未制造意料之物，他雕绘出纯粹、超凡、毫不悲壮的此在的纯粹图像，在这种此中，欢愉和精致远远超过英雄与战争。与开始造物的神如出一辙，诗人也从被期待之物中解放了自己。［411］当他的手艺被工匠神接手，他的技能已登峰造极。诗人借赫菲斯托斯表现着他自己，一如《奥德赛》的诗人借歌手得摩多科斯或菲迪亚斯（Phidias）在帕特农手持的盾牌内侧画上自己，这样断言或许夸张，但不能否认的是，诗人对创造奇迹之神怀有秘密的同情，经其滋养和激发，虚构出来的艺术品最终回指到创作本身。

第 19 卷

和　解

[412]不是每天都会让我们知道吃过早餐，或为保持豪迈而大进晨宴。开战之日的盛宴是隆重开场；隆重到几近仪式，它在从臣与王侯向诸神的献祭和祈祷中进行着，一切都是随众中心王者的期待、准备、代表性想象(2.399-407)。第二个战斗日只用一行诗提到早饭(8.53)，用餐与武装匆匆带过。第三个战斗日彻底忘了吃饭。阿伽门农的武装抢过所有风头(11.15 及以下)。在第四日战前，餐饭的意义远远超过首日。漫长的反复讨论后，阿基琉斯终于决定(19.275)下达与阿伽门农相同的命令(2.381)。现在，用餐与和解联系到一起；武装、和解、用餐彼此相系相缠。忒提斯最先提醒要武装、消释怨恨(19.35 及以下)；决意进餐、和解继而成为阿基琉斯召集军队开会的主要任务。

如同第 2 卷，在决定性战斗之前，阿伽门农应再次邀请诸王，可这一次还有阿基琉斯！是奥德修斯，那位求和使团中的奥德修斯，一口气促成了两件事，交送礼物——前日他曾徒劳地以阿伽门农之名提出此事，同时用餐。急于出战的阿基琉斯哪一件都没想到。他对发言的阿伽门农说，他不在乎是否给他礼物甚至布里塞伊斯(19.147)。在奥德修斯的指挥下，庄严的授礼因誓言与献祭更加郑重——他任之发生。却仍反对进餐。补偿对应不公，奉敬对应侮辱，[413]被选定替代克律塞伊斯作王妾的女俘被完璧归赵对应着她被抢走。一切都运行着同种逻辑，根据反转律（Gesetz der Umkehr），不论新老文体，甚至在小说中，混乱的厘清都与混乱的置入对应。

［原注］《伊利亚特》的主要布局准则反转律多处可见，它也适用于19世纪伟大的长篇小说，比如歌德的《维特》。在托尔斯泰的《安娜·卡列尼娜》里(1876)，情人最后在月台上卧轨，对应着爱人在月台上初遇。现实主义者托尔斯泰运用了征兆这个古老的叙事手段。首次碰面时，一位工人出了事故，被火车轧死。"不祥之兆，她说。"这个征兆在她心中沉睡，一直藏到她死前："她突然想起初次与沃伦斯基见面时被轧死的那个工人，于是她知道了，她该做什么。"对应不仅于此，第一部，17章："几分钟后，月台颤抖起来……"第7部，31章："月台颤抖着……"老伯爵夫人在第一次见面时锁入她心中的吻："请允许我亲吻您漂亮的小脸。坦白说，作为老妇人，我喜欢您。"对应着第8部，4章，同一位伯爵夫人的咒骂："她的死是一个没有信仰的坏女人的死……连对她的回忆，我都不得不憎恶。"小说开始和结束之间是640页排版紧凑的故事。《伊利亚特》的争吵与和解之间是排版稀疏的380页。《伊利亚特》布局不像小说那样要求听众。整部小说构架周密，遍布着一系列彼此相关、反差的情境，或者，如果愿意，反复出现的象征。通过结局，开头才清楚起来。通过对应，纪事才变成小说。比如，只有通过反转，才能明白为什么老伯爵夫人一定要一同出现在站台。最初，邂逅看似偶然，"现实主义"。若要理解小说，就不能局限于其中某一段。却有许多人相信，《伊利亚特》可以此法操作。［编注］关于反转，亦见页466及以下。

反转早已被雅典娜劝诫中许诺的三倍补偿预指出来(1.213)，它也不定形地体现在阿基琉斯退战时所说的先知式的东西里(1.240)。他的爆发、他的过激反应，早已兆示出决裂的结局：阿基琉斯预言出阿伽门农会如何追悔莫及，与此同时，他却视而不见将降临到自己头上的苦涩悔恨。倘若只能讲出未来的一半，他的先知先觉就将成为蒙蔽。虽然雅典娜进一步预言：

今后你会有三倍的光荣礼物。（1.213）

(παρέσσεται[将会到来]，更意味着：它们会被送给你，你却鄙薄地拒绝。)但女神不会指出代价是什么，[414]因为它是那种不容许预言的东西。在这个暗点上，连有觉有知的阿基琉斯，甚至知晓未来的忒提斯，也不得不目盲：剧情(die Fabel)因此才停住，继而陡转直下。

愤怒始末相应，明显到连字句都大量重复。在相同字句看似如出一辙地重来之时，对应越精准，意义的差别就越显著。首卷和卷9(使者)设置出界限，正因为情节在此界限内几近克制的发展，才能估测出转变的分量。可以推知阿基琉斯性情的转变，并追踪出能辨认出来的、他前后变化的标志。这类东西随处可见：柔软对强硬等等。同种转变亦可从故事的旨趣理解——只要故事的结局也是这种变化，简言之：最后意义变得荒谬，荒谬成了意义。

如果生死皆因荣誉而有意义，英雄式的意义，那么，对于除阿基琉斯以外的所有人，不出于责任而甘愿为朋友赴死就是荒谬。如果史诗诗人利用了故事本身提供的机会，动用他的手段、他的技术、他重复叙事的方法服务故事，他就在故事的意义上发展出符合宏大史诗的情境。这无异于索福克勒斯把俄狄浦斯的传说搬上剧场，或莫扎特把博马舍的费加罗(Beaumarchais Figaro)化作音乐。为了对应(die Entsprechung)，赔礼、归还布里塞伊斯要隆重庆祝。为阿开奥斯人的尊严而庆祝。王者的认"错"(ate)精彩绝伦，他援引的例证不是什么小人物、而是宙斯——阿伽门农主动以此维护自己的君王之尊，越是如此，阿基琉斯就越发成为古怪、无情、乖僻、孤独、格格不入之人。是的,他从未被如此孤立,哪怕他独自在海边呼唤母亲之时(1.349),哪怕在英雄们求和失败后咒骂他匪夷所思的固执之时(9.630及以下)。当所有人都认为,他重新回到了他们之中,重新成为他们的一员时,他却从未如此脱离他的本真之在。《伊利亚特》中再没有哪个情境像此处这般,把碎裂深藏在和谐的表象下。老话说,"整部书都是《伊利亚特》的诗人故弄玄虚",[415]如果把故弄玄虚换成其他东西,倒是可以赞同。老话也可以反过来说:整部《伊利亚特》,从最初起就奔向这一情境。

表相如此强势地掩盖住陌异(Entfremdung),在阿伽门农与阿基琉斯发言中貌似一意同心之处,两人反倒更加势不两立。为弥合两人之间应消除的鸿沟,二者均引证宙斯。阿伽门农以神话为例,论证说——连宙斯都挡不住 ate[错],他,国王,更不能。就像求和使团中的福尼克斯,基于人性,却落在讽喻近处,前者为别人担忧,阿伽门农则在为自己开脱。由于失而复得布里修斯之女,阿基琉斯以此话结束了达到顶点的军队集会:

> 父宙斯,你常常让凡人深深陷入错,
> 否则阿特柔斯之子绝不会激起我
> 胸中的心灵如此愤怒,绝不会横暴得
> 夺走我的女子,违背我的意愿。
> 显然是宙斯想让阿开奥斯人遭灾殃。(19.270 及以下)

结束句无疑符合史诗诗人的宙斯信仰,因此有意蕴相似的:就这样实现了宙斯的意愿(1.5)。当然也可追溯到阿伽门农的致歉(19.90):我能怎么办?神明能实现一切事情。但阿伽门农此时想的是阿开奥斯人的"一再"指责(πολλάκι νεικείεσκον):"罪不在我!"阿基琉斯想的则是死者。提到死者时,不论此处还是19.203,他都在想着被赫克托尔杀死的人,尤其是帕特罗克洛斯。宙斯的意愿夺走了他的朋友,也推着他继续向前。阿伽门农想的,是他认为可以作为后盾的东西。虽然两人说出同样的话引证宙斯,意义却不尽相同。正是在此心境中,他[阿基琉斯]首先咒骂了这场使他失去朋友的争执之因:

> 愿当初攻破吕尔涅索斯挑选战利品时,
> 阿尔特弥斯便用箭把她射死在船边。
> 那样我便不会生怨气,也不会有那么多
> 阿尔戈斯人被敌人打倒,用嘴啃泥土!(19.59)

接下来召开的军队集会,以隆重归还未被触碰过的布里修斯之女结束,这也是一种应赏识而非指责的反差:咒骂与成真之事同指向,陌异。军队集会的结尾,回指向最初。

第19卷里的对比游戏(das Spiel der Gegensätze)大体上由反转律规定,[416]关于晨宴的大争论则是此外的新要素。它无法用反转解释。赔礼与新添加的晨宴动机多处、刻意地交织起来。奥德修斯根据以往的作战经验,先提出异议,反对"空着肚子"立即出战(19.156)。同时他也否定了阿伽门农的提议,不能让侍从们把礼物从他的船上送交给阿基琉斯:如果要送,就不能只让阿基琉斯看到、验收,而是要"放到会场中央",让阿开奥斯人全都看到(19.173)!同时,阿伽门农应在阿开奥斯人的集会上"起誓"(ἀναστάς,19.175),从未碰过布里修斯的女儿。由于奥德修斯的建议,赔礼才成为大动作,成为仪式。

他还补充上另一条建议:阿伽门农要在他的营帐内款待阿基琉斯(19.179),摆设一席2.404那样的首领或"长老们"的盛宴,让他在这方面也得到补偿(ἀρεσάσθω),不少任何应得的权益(δίκης)。即使往后去看,同冒犯者谦言和解(ἀπαρέσσασθαι,夸大了24.369

的诗句),也无伤君王之威。

阿伽门农比奥德修斯更热切:他不仅愿意发誓,而且奉命赔礼者不再是提议所说的"侍从",而要精选出一队年轻的阿开奥斯首领(19.193)。年轻的阿开奥斯首领们取代了当初曾奉命带走布里塞伊斯的塔尔提比奥斯和欧律巴特斯(1.320),塔尔提比奥斯则抽身出来主持阿伽门农的宣誓献祭(Eidopfer)。奥德修斯再次挑选出年轻的英雄——阿开奥斯青年的佼佼者们(19.238),涅斯托尔的两个儿子名列七人榜首,所送的三脚鼎和女奴亦以七计,更不用说其他东西。所有礼物都被公开摆到会场中央,奥德修斯亲自称量十塔兰同黄金,当然也是在众人眼前的公共会场上。待战士们用餐后纷纷回船备战,米尔弥冬人才把礼物收入阿基琉斯的船舶(278)。这代表性的一幕被讲得繁琐至极。艺术鉴定称:"写实"、"许多表达像《奥德赛》"(米尔,页283)。[417]似乎对进餐的重视也符合后者的风格类型。只是忘了一点:这场离奇的进餐之争——事实上的确是在争斗——加剧了阿基琉斯的陌异,它穷工极巧地揭露出,在和解的掩蔽下,阿基琉斯实则与同伴们,就是说那些自以为与他志同道合的人们,渐行渐远。这样的餐宴,不啻于一桩高贵的军事事件,为结义缔盟最后打上封印——想想斯巴达会餐(die spartnischen Syssitien)——然而,阿基琉斯并未回归集体。

奥德修斯先在同一段话中两次提出(160及以下、179及以下),接下来是长老们,他们都在争取、都在劝请阿基琉斯(λισσόμενοι,304),一如在《使者》中,劝请不断升级。酒菜遍历种种意义:战略必要,应表现的敬意,凡人天性之需,最后是绝望的关心。阿基琉斯对所有意义均充耳不闻,一如他在《使者》中听不到任何请求。或更确切地说,一如在《使者》中,此处他也悄然不觉地私下里稍稍让了步。最初他认为,全军都会像他自己那样毫不迟疑地冲入战场,奥德修斯提出异议后,他同意:军队可以吃饭,他自己却另做打算：

> 等到太阳下山，
> 洗净我们的耻辱后再好好用餐。（208及以下）

连他的让步也显示出他的与众不同。一如《使者》，或更甚于《使者》：老谋深算、谙熟人性的机智的奥德修斯，不得不对油盐不进的年轻人倚老卖老（19.218，类似9.254及以下），他不懂阿基琉斯。他不懂他，因为这个人或悲或怒，或顺命或发愿，都超然于他丰富的世间经验。他的奔走操劳、他的处心积虑，根本就触之而不及。这个能施展手段操控众人、把无助的阿伽门农从僵局中解救出来的人，对阿基琉斯无计可施。他甚至意识不到症结何在。他错看了阿基琉斯，更甚于《使者》。当他最后毫不掩饰地诉诸自然需求，无人饿肚哀悼（19.225）。他就成了生活、机智、必然、人性、重人集体、恢复旧态的代言人。[418]毋庸置疑，以人性去衡量，他是对的，正确到天经地义，正确到近乎平庸——倘若阿基琉斯不是阿基琉斯！情境中这种无所不用其极的荒诞，并非《奥德赛》的类型。

最后，"长老们"没开成期待的荣誉宴，只好又被他打发走——留下一小组更年长的精英：阿特柔斯的两个儿子、奥德修斯、涅斯托尔、伊多墨纽斯和福尼克斯（19.309及以下；涅斯托尔、伊多墨纽斯——两位老人与奥德修斯在2.405也是这对君王最近的亲信）。他们最后也将离开他用餐。可此前他们一直在试图安慰无法安慰的他。他想的却是曾经帕特罗克洛斯随他一同出战前准备餐饭的时候……失去他，更甚于丧父，这个人本应在他死后给他的儿子指点父亲的遗产。（24.467也想起了儿子。）

[原注]一再有人宣称，此动机及其他若干依赖于《塞浦路亚》。没有证据表明，攻掠吕尔涅索斯和佩达索斯出自《塞浦路亚》。普罗克洛斯摘录《塞浦路亚》，"阿基琉斯赶跑埃涅阿斯的牛群"（依《伊》20.91）。"劫掠了吕尔涅索斯和佩达索斯（20.92：'他劫掠了吕尔涅索斯和佩达索斯'）以及周

围许多城市,杀死了特罗亚洛斯(此文脉中唯一《伊利亚特》以外的新东西)。帕特罗克洛斯把吕卡昂卖到利姆诺斯(按《伊利亚特》21.40 及以下获得自由)。阿基琉斯在战利品中得到布里塞伊斯作为奖赏,阿伽门农则得到了克律塞伊斯。"因为不能从《伊利亚特》得知,克律塞伊斯为什么不在克律塞、而在忒拜被抢,所以《塞浦路亚》诗人发明说,她是偶然作为埃埃提昂妹妹的朋友去参加阿尔特弥斯节。① 如果所有其他事件都符合《伊利亚特》,就得提供出攻掠吕尔涅索斯情况相反的证据。可劫掠吕尔涅索斯又与源自《伊利亚特》的其他侵袭连在一起。所以维拉莫维茨(页 189)没有在这里寻找《塞浦路亚》的痕迹,当然是对的。相反,有人却更自信地推断,那位《塞浦路亚》的诗人也一定知道 19.326 阿基琉斯在斯库罗斯养育的儿子。(提到涅奥普托勒摩斯这个名字的 327 行真伪难断,阿里斯托芬和阿里斯塔库斯将其证伪,但后来这个名字又被记起来。)米尔,页 289:"不用说,荷马的阿基琉斯想不到会有个儿子。"我必须承认,我看不到任何原始迹象,表明埃阿科斯的后代佩琉斯和忒提斯以及阿基琉斯的家族应该像普里阿摩斯家族那样灭绝。女神嫁入某些家族,通常不是为了毁灭它。如果这是从 9.438 及以下推断出来的,我倒是认为,福尼克斯的话里没提后代,更可能是为了上下文的衔接,而不是因为《伊利亚特》的诗人后来才从《塞浦路亚》和《小伊利亚特》知道这个子虚乌有的儿子。

长老们悲从中来,回忆起各自的家财,不再拉他吃荣誉宴,[419]而是与他一起、重新放声哀哭。受他感染,他们与被归还的布里塞伊斯及其他妇女一样哭泣。长老与女人的哭悼(301)呼应:他这样哭着说,长老们同他一起哀悼。(一如哭悼赫克托尔。22.429,515;24.722 及 746。)

剧情停下、僵住。这个始于嚎啕哀鸣的清晨,我们看见阿基琉斯与首领们坐在他的帐篷里,再度放声悲泣。这一次是阿开奥斯人、是奥德修斯的和解行动成功所致。

---

① Eustathius und Schol. zu Il. 1.566.

剧情僵滞到如此地步，只有神明才能使之重新运转。于是宙斯鼓励他的女儿去帮助"她的"朋友，她立即动身，用好过所有人间佳肴的佳品振奋他——这句套话与4.73的转折如出一辙：把一些琼浆，和甜美的玉液灌进阿基琉斯的胸膛(19.332及以下)。本卷成环而终，闭合如《伊利亚特》的每一段插曲。情境被推逼得越来越远，直至难以收拾，不亚于第2卷中阿开奥斯战士们为回家而蜂拥上船(2.142及以下)，不亚于第3卷中阿勒珊德罗斯受阿佛罗狄忒引诱退场，阿伽门农宣布阿开奥斯人取胜、战争结束(3.445及以下)，或是第15卷开头特洛亚人从船上逃散、不再攻打阿开奥斯人，直至阿基琉斯被说服、派出帕特罗克洛斯。往小处比，若不是阿波罗把埃涅阿斯转移到他的神庙，交给亲熟的女神照料，埃涅阿斯就会失去应为后世未来悉心护存的宝贵生命(5.445)。神每次出手，都遏止住无法挽回之事。第2卷，赫拉派雅典娜去找奥德修斯(2.155及以下)；第4卷初，宙斯激怒赫拉与雅典娜，恢复了局面。第15卷，宙斯从爱床上醒来，重新掌控大权。此处亦有神明出手相救，正是宙斯本尊。阿基琉斯不吃不喝(ἄκμηνος)，没恢复体力就要奔赴眼前的恶战，可此战之凶险远非阿开奥斯人所料，甚至忧心忡忡、见多识广的奥德修斯也只知其一二——此事亦将无可挽回。

在我看来，迄今为止的褒贬——有些颇不善意，首先都误解了一点：[420]那种升级的英雄主义里轻微而持久的讽刺。

［原注］贝特(I,72)与前辈们一致认为："颇有些单调乏味"。米尔，页288："9.132及以下，274及以下阿伽门农发誓担保很得体，他在此处的献祭宣誓还有整场交接则毫无品味……塔尔提比奥斯把被杀的公猪一挥抛进大海。"这很难用严肃的语气说。页286："(吃喝的)分量几乎可笑，因为与此相关的是军事目标"等等……维拉莫维茨(页163及以下)看出了一位与卷8相似的诗人，他把两首或两组独立的诗拼接起来，亦即《铠甲》和《帕特罗克洛斯篇》与《阿基琉斯纪》(一部讲述阿基琉斯之死的小史诗)。他是换铠甲的发明

者。此后这种方式发展得更有利:"人们读起来轻松、愉快,却也很容易忽略那些明显的断裂"(174);"被样本带偏的诗人让人物以他们根本不可能的方式讲话"(178);"争吵的主要对象布里塞伊斯"在"整场争论中根本没被提到",因为:"诗人认为归还她理所应当,根本不值得说。"

莎德瓦尔特(《伊利亚特研究》,页132及以下)则更为严肃地看待本卷,从总体布局的角度看它也很重要:"主导整卷的,是英雄涌现出的反差……和人们生而追求的需要与形式……在理性、目的性的背景中,英雄狂热的伟大的非理性脱颖而出。"

先是阿基琉斯转向阿伽门农,咒骂布里修斯的女儿、他们不祥之争的缘由:但愿阿尔特弥斯当初射死她(59)!然后阿伽门农庄严发誓——其郑重不亚于第3卷,他以独一无二的神秘赔罪仪式把这位布里塞伊斯归还给阿基琉斯,后者却没有表现出丝毫感动,此时不是已经有了某种讽刺?19.260呼唤冥界惩处伪誓者的诗句一如3.279,但由于现在要发誓自证清白,起句并不相同,而是如同15.86的赫拉誓言:"请……为我作证。"(ἴστω νῦν)(《多隆篇》中赫克托尔的誓言虽不是自证清白,但也以ἴστω νῦν[请……为我作证]开始,10.329。)第3卷中如此郑重发誓,是因为誓言随后就会被打破。第19卷的誓言虽未被打破,却更成问题:它没有造成丝毫变化;阿开奥斯人赋予它的意义越深,也就越是表明,他们与阿基琉斯之间的关系发生了多么深重的改变。勾销前嫌的神秘仪式(3.292)——公猪被割断喉咙、由塔尔提比奥斯抛入大海,与对战两军共同契约的标志(19.266)——两头绵羊被杀(普里阿摩斯杀死绵羊后又带走羊肉),同样徒劳,也是相同的诗行:他这样说,用那把无情的铜剑割破绵羊(公猪)的喉咙。

[421]奥德修斯脱口而出的重话不是也表明某种讽刺?

总不能让阿开奥斯人饿肚哀悼死者,

> 每天有那么多人一个接一个地倒下,
> 有哪个人或者什么时候能了却悲伤?(19.225及以下)

的确,悼礼也包括禁食,的确,被铜枪撕裂的死者,躺在帐篷里尚未安葬,脚对营门,同伴们围着他悲悼(211)。可仪式并未得到特殊强调。阿基琉斯的特殊之处在于,不论复仇还是悲悼,一切仪式化的东西都进入他的本性,与他的气质合而为一(得到莎德瓦尔特的合理强调,《伊利亚特研究》,页164)。连举办葬礼,也是阿基琉斯式的炽烈,成为他最本真的表达。如果把个性理解为与众不同,我们就会在荷马的阿基琉斯身上看到,个性以独一无二的方式被认可,却又好像同时被否定。离与合(Getrenntes und Verbundenes)、集体与个别(Kollektives und Differenziertes)仍然同根同脉,只不过是一方超过另一方,从此根脉中壮大地抽出,而阿基琉斯的本性超越了这个层次。对此我们有一个多义的形容词:本原的(elementar)。暂且打住。

这跌宕起伏的一卷,虽有种种反差,却始终以帕特罗克洛斯之死为不可动摇的中心。因此布里塞伊斯也立刻扑向死者,仿佛阿基琉斯不在身旁。在为他哀鸣的悼词中,也不乏与整体关系更松散的、悲泣着感谢他的女性声音。悲悼帕特罗克洛斯因此更明显地对应着悲悼赫克托尔。赞颂他的"友善"($μείλιχον\ αἰεί$),已然与海伦致谢那位总是"温和"($ἤπιος$,24.775)的朋友有某种相似。为此而自述的生平(以第一人称),也是在模仿安德罗马克凄凄哭诉的往事(6.414及以下)。

[原注]是阿基琉斯,设法把克吕塞伊斯还给她的父亲,为埃埃提昂修造坟墓,1.348 布里塞伊斯不愿离开的也是他。9.343,她虽然是女俘,他却"从心里喜爱她"。如果19.298补充说,帕特罗克洛斯想让她成为阿基琉斯的合法妻子——谁又能说这种发明有违《伊利亚特》的精神?

还有一点要特别指出。阿基琉斯的咒骂：但愿我当初攻破吕尔涅索时，阿尔特弥斯便射死布里修斯的女儿！[422]其中的城市名字仍是个迷。布里撒的公主怎会去往吕尔涅索？从累斯博斯到埃德雷米特湾？① 她的故事在首卷（392）一直隐晦不明。直至第19卷她的悲悼才揭开秘密：

  阿基琉斯摧毁了神样的米涅斯（她的丈夫）的城邦。（296）

与此相似，福尼克斯在《使者》里也先是个谜，直至他自述的故事揭开秘密。然而，在首卷她与对等的克律塞斯的女儿一样是少女（1.336，392，κούρη），此处却成为人妇，这个矛盾仍未解决。（比较前文[编码]页51及以下。）

  无论如何，这一切的前提是：出身于累斯博斯布里撒的布里修斯之女，是阿伽门农同意分给阿基琉斯的战利品，在争吵爆发之前，她必定一直与阿基琉斯一起住在他的帐篷里。她曾是他没有争议的财产，惟其如此，才会以如此隆重的形式为抢夺她请罪。阿伽门农的克律塞伊斯被带走，他要求补偿，惟其如此，布里塞伊斯才会作为阿基琉斯的私产被抢。对首卷的观察表明，之前的争吵不是为请罪，而是争战利品，不是为两个女人，而是争一个女人，——归还也因此发生，并且动用了卷19的插曲风格所要求的隆重形式。

  按阶段算，卷19无疑属于《伊利亚特》最晚期。起码不要期待这类讽刺最初就有。但作为《伊利亚特》的一卷，它没有脱离其他本文。

---

 ① 显然是因为，不像另一部古诗，阿基琉斯在《伊利亚特》里的攻伐不针对累斯博斯，而是针对埃德雷米特湾诸城（除了9.271及以下的暗示）。

第 20 及 21 卷

河战与众神会战

*[423]从阿基琉斯出战到他遇见赫克托尔的这段时间,由卷 20 和 21 填充,"众神会战"与"河战"。两段剧情彼此叠合、相互交织,共同构成一段篇幅最长的减速插曲。作为动机,河战似乎引出了众神之战。可如果追踪剧情的发展,河战反而成为充实神战框架的中心。众神之战正在酝酿,两个阵营对峙而踞,他们仍在犹豫、等待,这时,执锐披坚的阿基琉斯冲破他们的等待,就像御车手闯入观众席。

如果阿基琉斯立刻遭遇赫克托尔,就会发生史诗里永远不会出现的事情:如人所料。在移近的目标和抓住目标之间,一定会出现越不过的障碍、翻不过的山、跨不过的渊流、打不败的魔怪,这符合可回溯至童话源头的规则。此处,在高度发达的史诗阶段,老规则被用于新趣旨;为创新而动用古物。

在英雄传说与童话之间的阶段——阿尔戈英雄或忒修斯的传说可算作这类例子,旅程之末、胜利和凯旋之前,定会发生一场与怪物的搏斗,一次致死的诱惑(迷宫),英雄在神助下绝处逢生。我们在埃特鲁斯坎博物馆(im Museo Gregoriano)出土于切尔韦泰里(Caere)的花瓶①上看到,雅典娜的魔力制服巨龙,使它吐出力竭将死的贾森。不经历生死、不克服死亡的恐惧和战栗就达到预定目标,算什么神话英雄?

[424]当然,阿基琉斯并不是贾森、赫拉克勒斯、忒修斯、珀修斯这类神话英雄。他们取胜、获利、超越,他却注定早逝:他的形象较晚,已有历史原型。可卷19和20的诗人(或诗人们,假设不止一位)仍大胆地把他的英雄气质提升至接近神话的范畴。其目的并不只是在《伊利亚特》里为神话—奇幻、超人—魔怪提供入口,更是要同时把这位被胜利冲昏头脑、自认为战无不胜的人带入生死大难,甚而使狂热于胜利和复仇的他会诅咒自己的出生,对自己绝望。若非与神作战,刀枪不入的人又怎会落入大难? 在《伊利亚特》的强光里不存在神话式的魔怪,可神的敌手身上必须残存某些魔怪式的东西。因此,曾上演过国王争吵、缔约结盟、使者来来去去的可控的尘世,其界限定会被逾越,与此同时,荷马的世界却必须始终如一。不看其他种种,计划本身就有着不可消抵的矛盾。回想一下帕特罗克洛斯的剧情梗概:它容不下这样的奇幻。诗人(或诗人们)却似乎毫不畏难,也远没有感到束手束脚,他不遮遮掩掩,反而兴致盎然地炫示——对于阐释者,这匪夷所思。

比如,被唤出攻打阿基琉斯的恶魔统一起多少东西! 他是自然、无辜、平静的窄河,更准确地说,是界定出泥泞战场的溪流斯卡曼德罗斯;对于荷马时代的希腊人,每条河都同时是神,每条南方的河都不时会刹那间漫溢河岸,淹没周遭一切,他也是这样一位不能责怪的神。可撰写批评的人不能容忍:作为神,他被伤及最不可触犯的神性,他警告、威胁、发怒、汹涌奔流,除这一切外,必须周流特洛亚的他还去过奥林波斯上的众神集会,甚至化

---

① Pfuhl, *Malerei und Zeichnung d. Gr.* Fg. 467.

作凡人,袒露上身从水中升起,不限于此,他竟半神话式地公牛般吼叫,这能让人想起阿刻洛欧斯河(Acheloos)。若无如许夸诞,[425]众神之战就无法与河战统一,据此推定的结论简直一望而知:众神之战及河战的浮夸处均为晚期诗人画蛇添足。只有一场清理过的、通过删减从走样的外壳里剥离出的河战,才能留归给真正的荷马。

保留河战,就少不了更大胆的头脑,想把原始的河战回迁至英雄的祖籍地色萨利。[我]不免几分忐忑地问,只是河战吗?不再有其他东西?一场单纯的河战算是什么?意义和目的何在?最初它就已是延宕减速?在什么之前?什么之后?可这样的问题通常不会被提出。

有一点被推予创新者,它同时也能解释创新的目的和趣旨:有人在其中发现了第一批"巴洛克"艺术家。"巴洛克"一词当然要求向未来、向以后的世界文学时代看,而不是回视古风早期(Früh-Archaisches)或更古老的东西。维拉莫维茨说(页82):"罗马的巴洛克史诗沉溺于此类发明,其后效远及但丁(他十分推崇斯塔提乌斯)和塔索斯的魔鬼戏(die Teufelsszenen Tassos)。这种矫揉造作单向偏离了真荷马的伟大,就像《奥德赛》里连篇累牍、常规而冗长的寡淡。"

不论如何:让我们守住细节,别进入咒语"巴洛克"的魔圈及其诸多问题。

解释之前还要先说几句:首先是关涉到更大文脉的东西。在阿基琉斯遇到赫克托尔之前,不能绕过特洛亚人的大败,哪怕出于另一个原因:赫克托尔的悲剧。这首先是一个被离弃者的悲剧,在特洛亚人阵前,他独自一人,孤零零地与强敌对视。他是被出卖的人。外在的背弃符合内心。连诸神也背弃他、欺骗他,最后他只能靠自己。为获得这种情境,首先发生一次集体惨败是可以理解的:为留下他,需要先有集体溃逃。宏大的史诗风格是,不越过任何事情，不留任何缺口，比如，不能说"这时所有其他人都逃回城……"，任何时段都要填满，每个情节都要让人看到，连溃逃也要成为诗卷。

[426]此外第二点，在最后被遗弃之前，赫克托尔仍还是受到保护的，他也一定自视有庇护在身——否则转变不会彰彰在目、惊心动魄。第三，他需要经历内心冲突。一切都要在这几卷里得到铺垫。舞台转换应这样安排：通过另一个恢弘场面把赫克托尔移出视野，当他被引回时，仿佛已被遗忘。我颇怀疑，草草溅起几朵带血的水花是否能满足这样多的要求。

让我们先把众神之战及与之相联的埃涅阿斯-插曲放在一边，转向河战。

河　战

克珊托斯，或诸神所称的斯卡曼德罗斯，除了在献给他的20、21两卷之外，鲜有提及。对他流向的勾画相互矛盾。他常常标示战场外的一个地方，比如赫克托尔被埃阿斯击伤时，特洛亚人把伤者抬出战斗，用河水清洗(14.434)。此处，河在特洛亚人身后流淌；另外一处，战场却在西摩埃斯与克珊托斯河之间展开(6.4)，也就是说，在城市以西或以东。据此看来，阿开奥斯人跨过斯卡曼德罗斯方能战斗。雅典娜把阿瑞斯引出战场、来到斯卡曼德罗斯河边(5.35)。第二夜，特洛亚人的营火在船舶与克珊托斯之间燃烧(8.560)。这样看来，战斗至此都在克珊托斯以东甚嚣尘上？在斯卡曼德罗斯与西摩埃斯交汇处，赫拉与雅典娜下车(5.774)——战场之外。在克珊托斯河边，赫尔墨斯离开普里阿摩斯(24.692)。当赫克托尔奔入死亡之时，安宁的景象与追击形成反差，河流亦在其中(22.148)。赫克托尔曾"在左翼"、在斯卡曼德罗斯河岸边厮杀，但河流没有其自身的意义(11.499)。"流水悠悠的斯卡曼德罗斯"只出现过一次，第一天战斗结束时涅斯托尔在发言中提到河两岸横流的阿开奥斯之血(7.329)，同一段话中还含有修造军营壁垒的建议。斯卡曼德罗斯与西摩埃斯不是在卷20、21才成对，[427]这两卷里的西摩埃斯应是后来的补充。有人推断，在真正的荷马文本中，战斗的斯卡曼德罗斯不会召唤兄弟来援。这种事情英雄或神可以，河流却不行。

如果已经找到某位特殊的诗人，认定他发明了船寨外围的壁垒与壕沟，就更有理由去寻觅一位把斯卡曼德罗斯河岸改造成战场的特殊诗人。《伊利亚特》的仗从军营打到城市，再从城市打回军营，反反复复来来回回，却从未到达河岸或跨过斯卡曼德罗斯。只有第20、21卷在河边作战。倘若争夺溪岸的战斗自古就占据着歌手的想象，则可想而知，克珊托斯会被频频提及，且其重要性将不亚于特洛亚城墙或斯开埃大门。不乏考据者像战争历史学家那样从地形上解释军事行动。然而，如若诗人需要河流，那么河流必定只在诗人需要的地方流淌。

尽管如此，也无法断然设定出一位斯卡曼德罗斯的诗人。可是，从军营壁垒的发明者身上认出他就容易多了！但总归还是有足够的理由，从古老的、真正的荷马笔下除去河战。越往下分析，就越让人反感。只有篇幅剧减，河战才能挺过被迫接受的治疗。然而余篇还是要留给荷马，这是因为，第一，连余篇似乎也不乏某种伟大，重要的是第二点，自打我们的古典文学对他的一段插曲大加褒赞：阿基琉斯与普里阿摩斯之子吕卡昂的相遇①，如此的残酷无情就只能出自古老的、真正的荷马。

---

① 见席勒《奥尔良姑娘》第2幕第7场蒙哥马利(Montgomery)的戏。1952年我在图宾根做过一场该主题的讲座。1955年发表于《重音》(*Akzente*)，第3期；见《论诗文选》(*Gesammelte Essays zur Dichtung*)，页375及以下。

*简言之,结论是:有两位诗人。他们重叠着,够别扭的。下面是老的、好的、令人惊异的诗人——只要正视:他就是荷马。但如上所说,他并不舒服。一位年轻的诗人压在他上面,是他的改写者和夸大者。后辈一定对前辈进行过改造、遮盖、稀释——可惜!——以他著名的矫揉造作渲染升级。当代的分析学者把年轻的诗人从老诗人身上揭下,[428]因此成为伟大诗篇的解放者、成为荷马的拯救者。他有权自夸:他仅仅通过分析就直抵荷马。这条路虽然经过《伊利亚特》的尸体,但只要跟着我就大可放心!我们只需切割,将开出怎样的奇迹自然就会显现。

*理论上如此。实践中作何表现?我该怎么写?就好像切掉蛋糕上的美味,理由是:不好吃的东西是另一位艺术家外加或塞入的。可问题是,并非每次都能搞清楚,要在哪里划出好吃与不好吃的界限。然而,对此竟无异议。方法的根基似乎不可动摇:从毋庸置疑的真实、伟大出发,看看到底能走到哪。吕卡昂插曲算是最纯正的诗——谁能反驳?有人苟活着,帕特罗克洛斯却死了,对阿基琉斯而言这是莫大的讽刺,在散布死亡的他与全身暴露、求饶保命的王子之间,陌异被表现到如此地步,唯独荷马才配得上——谁能反驳?但吕卡昂一幕发生在斯卡曼德罗斯河畔,同属于从平原上的追击到河中围剿的过渡,不久之后阿基琉斯就将从追击者变为被追击者。因此吕卡昂的戏需要一场河战——然而,是一场有节制的河战!从斯卡曼德罗斯呼唤西摩埃斯起就过分了——何须求援?如此一来,水太多,就急需火,从而再过渡到众神之战。此处应切上一刀。

可是,像很多例子一样,这里再次表明:不能一切了之。如果切掉西摩埃斯,河战应如何结束?例如:阿基琉斯终于在超人的挣扎后逃出洪流——当然,只要强大的河神不会永远汹涌奔袭、拦在他前面,他迟早能成功。可现在呢?河水就此平息下来,重新流回河床?如果河流是一位神,如果他正在暴怒中,还能做此期待?维拉莫维茨切开了相依相存的两行:

> 阿基琉斯抬膝跨步,迎着水流前进,
> 任河神波涛汹涌,也难把他阻挡,
> 雅典娜给他胸中灌输了巨大的力量。

[429]在这里下刀;此后改写者开始了:

> 斯卡曼德罗斯没有松懈自己的进攻,
> 对佩琉斯之子燃起了更强烈的怒火,
> 一面翻腾巨浪,一面呼唤西摩埃斯河。(302及以下)

这难道不像鼓励对鼓励、支援对支援?句法骗了人,第二句是对真正后文的偷天换日。要显现真荷马的伟大,此处应是:看哪,这时斯卡曼德罗斯忘记了怒气,河水平静地奔流入大海。诸如此类。没办法:谁切除,就也得创作。

* 如果河流应作为阿基琉斯的对手登场,就必须为交战奇观创造空间。先要解释,为什么阿基琉斯没有像人们料想的那样,立刻撞见赫克托尔、轻而易举地打败实力悬殊的弱者。第20卷353行之后的下半部正是此意,——可这一段不被考据看好,被评为不配荷马。阿基琉斯告诫阿开奥斯人,就算他本人万夫莫当,也绝不要认为现在他们可以置身事外(提示出,不同于之前的所有卷,下文中阿开奥斯方面将只讲述这位举世无双的英雄);赫克托尔则劝告,不要怕佩琉斯之子:

> 阿基琉斯并非所有的话都能实现,
> 有的话他做到了,有的话只完成一半。
> 我这就去和他对阵,即使他双手如烈火——
> 即使他双手如猛烈的火焰,勇力如灼铁。(369及以下)

阿基琉斯与赫克托尔的警励让人期待,《伊利亚特》全篇所指的终极对战就在眼前。可这时,阿波罗作为警告者和保护者走向赫克托尔:

> 赫克托尔立即退进人群,
> 心情慌颤……(379 及以下)

神音正中凡人下怀,他愿行神意。此处、此后直至最后一刻,自视也努力表现为英雄的赫克托尔一直在硬撑。其他人战败没有内心斗争,不配,或埃涅阿斯那般始终英气凛然——他不是。赫克托尔背负着高者、贵者的悲剧,[430]他深知不如人,却拼命抗拒败势,并切身亲历着勇力不持的痛苦。第 20 和 21 卷描绘了这种情形,异乎寻常地温柔。迟迟不下决心也同时能从他自身解释。强者和弱者的两段发言彼此应和,似乎后者是对前者的回答。(由此推断,赫克托尔一定听到了阿基琉斯的话;一定还能继续推断的是,赫克托尔一直等到阿基琉斯说完才发言。)我们见过太多鼓起勇气的弱者,不会感觉赫克托尔的振作是敷衍塞责——他指望着回击的可能。

可是,赫克托尔很快就放弃躲藏而现身,若非如此,他也就不会隐入混战。隐遁与现身之间需要阿基琉斯的一系列胜战。此处有三次,第四次胜利让赫克托尔忍无可忍,他愤怒地冲向阿基琉斯。三或四次让人想起史诗套句:"他尝试(或进攻)了三次,可第四次……"递进布局的规则要求,同种情境、同种急剧转换的进退,一次次强化着重复。

最先成为阿基琉斯牺牲品的两位不是小人物。首当其冲的是强大的国王——一支大部队的首领,女河神与攻掠城市的奥特伦透斯之子伊菲提昂,他的故乡是雪盖的特摩洛斯山下肥沃的许得。阿基琉斯用长枪刺中直冲而来的人的脑袋,把脑壳劈碎……阿基琉斯的悼词在此与彼、死地与生处之间恣肆，几乎让人想到后世墓志铭的形式：

> 死亡在这里赶上了你，可你却出生在
> 古盖亚湖旁，那里有你父亲的田地，
> 在多鱼的许洛斯河和多旋涡的赫尔摩斯河边。（391及以下）

为了让胜者洋洋自得，通常客观讲述的东西（例如17.301）被置入胜者口中。有人非难，阿基琉斯从何得知？这类质疑可以有很多。他知道，因为说话时他只能是阿基琉斯。因为这样说话的他马上还会说别的。他的第二个受害者，安特诺尔之子德摩勒昂，也是"一位杰出的战士"。阿基琉斯击中他的太阳穴，长枪穿过"铜颊头盔"，脑浆四溅。这三行诗几乎一字不动地在12.183及以下重复，[431]保卫船寨时，在一系列无名小卒中仅被提及名字的达马索斯也如出一辙地被佩里托奥斯之子波吕波特斯击中。有人解释说，这是原创，德摩勒昂之死是复制品。可达马索斯的情况有违常规，缺少击中点，没有"太阳穴"。尾句"穿过铜颊头盔"更为常见，"铜颊"是固定修饰词。（面颊也不是太阳穴，不保护大脑。）这些诗句可用于达马索斯，但不能用于德摩勒昂，否则就无法区分德摩勒昂之死与伊菲提昂之死。因此句首相对，"刺中他的脑袋"（387）与"击中太阳穴"（397）。如果卷20的诗人是复制者，他就是在创造性地复制。相反的情况更有可能：诗句从德摩勒昂转用于达马索斯。笺注标记出卷20的战争转折，表现为三次击伤：从前方、侧面、背后。

从第三位受害者起，我们开始毛骨悚然。一位不知名的希波达马斯，可能指的是德摩勒昂的御车手，跳下车逃走时被阿基琉斯追袭，击中肩胛骨：

> 他大喊着放弃了生命,有如一头公牛,
> 他大喊着放弃了生命,有如一头公牛,
> 被青年们拖着围绕赫利克尼奥斯的祭坛
> 大声哞叫,震地神见了心中欢喜。(403及以下)

至此赫克托尔一直隐退,第四位受害者则把他推上前来:在所有被父亲禁止参战的年轻英雄中,他的毁灭最可怕。神样的波吕多罗斯,普里阿摩斯的幼子,父亲的宠儿,赛跑冠军,在前线来回奔跑,幼稚地炫耀"脚力"。阿基琉斯的长枪击中他的背窝,枪尖从肚脐穿出,

> 他大叫一声跪下,眼前一阵昏黑,(417)

5.68、16.350后半行均以此句终结,此处的句尾则独一无二:

> 用手堵住流出的肚肠栽倒地上。(418)

赫克托尔眼前一黑,再也不能忍受退隐在后,挥舞着长枪扑向阿基琉斯:

> 如同一团烈火。(422)

阿基琉斯看到他,立刻跳起来高呼:

> "这就是最大地伤了我的心的人,
> 他杀死了我那个最最亲密的伙伴,
> 我们不会再在战阵里互相躲藏。"

[432][他这样自语,怒视神样的赫克托尔这样说:]①
"你再走近些,好更快领受你命定的死亡!"(425及以下)

再一次,似乎即将尘埃落定。"再走近些",让维拉莫维茨赞叹不已,仅此一行,他就窥测出荷马的吉光片羽——这声惊呼力透纸背。② 可随后赫克托尔的回答根本不符情境,它败坏了一切。已为回答做出铺垫的428行必定会被我删去,因为惊呼本身无需回答:"怒视着说"($\dot{\upsilon}\pi\delta\delta\rho\alpha$ $\dot{\iota}\delta\omega\nu$),向来只在争吵和纠纷中遇到,只在大段发言之后和大段回答之前,却从未在决斗前出现。它在此是要把同一段话继续下去,只为了加一行诗。扑向赫克托尔的阿基琉斯,怎么会有闲心"怒视"? 这行诗割裂了句子的连贯性。否定的"不会再",对应着肯定的"再走近"。铺垫回答的诗行,切断了这两个环节。而赫克托尔的应答更是淡然。毫无失去兄弟的剧烈痛苦,绝无在致死之恨与致死之畏中间的犹疑,他的回答如此从容克制,如此谦逊而骄傲,他不怒而威,姿态绝对高贵,又如此听天顺命,仿佛说话的不是赫克托尔,而是——埃涅阿斯! 确实:回答的头三行,逐字照搬了本卷200及以下埃涅阿斯的回答。就算重复无处不在,也难以忍受如此不合时宜、如此近距离地连续出现。"你不要把我当作孩子,企图用大话吓退我",在埃涅阿斯的回答里,这种高贵的优越感恰如其分,本就是阿基琉斯威胁在先,最后劝他退出。赫克托尔的回答重复了20.364及以下的强(阿基琉斯)弱(赫克托尔)关系,可接下去并非绝望的结论,而是重复了17.514对战友所说的话:不过这一切全都摆在神明的膝头……并且,着重强调的"这"(意思是,来吧,不论什么)绝不意味前事,而是

---

① [译注]莱因哈特原文中略去了这行诗(428),他的说明见下文。
② 6.143是同一行诗。当时狄奥墨得斯对格劳科斯说了这句话,但情境陌异。没有 $\dot{\epsilon}\gamma\gamma\dot{\upsilon}\varsigma$ $\dot{\alpha}\nu\dot{\eta}\rho$[近前的人],逃避者终于临近,格劳科斯是英勇出战的敌手,他不需要被喊出来。

指向未来:虽然我比你弱,但我也可能……(20.436)决斗开始了,看起来胜者将是赫克托耳,而非阿基琉斯;否则雅典娜就无需[433]把赫克托尔的长枪再次吹回到他脚下来保护阿基琉斯。阿基琉斯可怖地呐喊着冲向赫克托尔,投出致命一击——阿波罗却将后者摄开。

怎会发生这种不可能的事情?重复给了我们解谜的钥匙。在无法复原的原始文本中应是:赫克托耳再次退后,若不是阿波罗把他移开,他就会被阿基琉斯击中。先是警告,现在是转移。某位吟诵者显然不能容忍大英雄赫克托尔如此逊色于埃涅阿斯。就算不在上古,迟至亚历山大里亚学派早期(frühalexandrinisch),此类不满仍造成过相似的文本改动;为表现赫克托尔战斗志气,一份海德堡莎草纸(ein Heidelberger Papyrus)在他悲惨的独白中私带入一行振奋人心的诗(22.126之后)。一份希贝莎草纸在22.99加了一行,其中赫克托尔痛斥自己的怯懦,他决意自救。一份伦敦莎草纸认为,有必要把赫克托尔抛给波吕达马斯的死亡威胁(12.244及以下)转变为和解。① 还有人认为,颇具争议的6.433-439行亦是要把赫克托尔抬升为无瑕的英雄形象的尝试——对此点到则止。无论如何,都不能用此处文本的缺陷,把卷20的整个后半段贬低到一无是处。

被罩在阿波罗浓雾中的赫克托尔消失了。阿基琉斯三次举枪猛冲上去(445),却三次击入"空虚的迷雾":

> 阿基琉斯恶煞似的发起第四次冲击,
> 可怖地喊叫着说出有翼飞翔的话语:
> "你这条狗,又逃过了死亡!……"(447及以下)

---

① s. G. Jachmann, Nachr. Ak. Wiss. Gott. 1949, S. 189 und Anhang S. 531.

判词是,恶劣。由两处凑合而成。445 行重复自 16.784。448 行自 16.706。彼处也先发生了三次猛冲。然而,当时的主语不是出言不逊、三次猛冲的英雄,而是迎击英雄的的神阿波罗。《狄奥墨得斯篇》(*Diomedie*)陡转直下的地方也一样:当他第四次……(5.439)为什么不能是其他结果,而偏偏让猛冲者破口大骂?难道应该认为,前面已注意到的缺点,还得继续传下去?或者,我们不是更应该舍弃全部?后人伪造?

[原注] 米尔(页 308)与维拉莫维茨和贝特同样认为,20.419 及以下赫克托尔第二次的出现,与他首次现身一样,是"插入段"。那就解释不清楚,以赫克托尔为唯一目标的阿基琉斯,怎么会在没有遇到赫克托尔的情况下追击那么久。赫克托尔在斯开埃城门前的犹豫(22.5 及 92 及以下)就始终毫无铺垫,整整两卷,只字不提阿基琉斯唯一的目标赫克托尔,这可就违背了叙事最基本的规则。

[434]可这严厉的判词有一处不妥。整套语言结构已在《伊利亚特》中成为一种句式上,同时是情境上的定式,即便用在《帕特罗克洛斯篇》里亦无损其伟大。很可能,它本就在无法重构的原《帕特罗克洛斯篇》(*Urpatroklie*)里。它的使用在第 20 与第 16 卷作何区别?只是老调重弹吗?是吟诵者的记忆不合时宜地充数所致?与其说是区别,莫若说是对比。它在反义上得到运用。卷 16 中能平直地读到这一整套,卷 20 即使不是它的讽刺(ironisch),也是它的曲折(gebrochen)或矛盾(paradox)形式。在第 16 卷中,帕特罗克洛斯是势不可挡的胜利者;他三次跳上城墙突角(或,他三次大开杀戒,每次击毙九人),第四次,神说出"可怖的有翼飞翔的话语:……"(或,福波斯迎击他)。第 20 卷是同一位敌神,他却没有迎击,既无警告亦无行动:阿波罗蒙骗了英雄,"欺诈"——如阿基琉斯所说,三次必胜、不可挡的进攻刺入虚空,神的恫吓反转为阿基琉斯的恫吓:

> 你这条狗,又逃过了死亡,但终究逃不过
> 面临的灾殃。福波斯·阿波罗又一次救了你,
> ——下次遭面时我定会立即把你杀死,
> 若是有哪位神明也前来帮助我。(20.449 及以下)

英雄对神及其被保人的恫吓取代了神对英雄的恫吓。重复相同的诗句,是为说出相反的东西。相同诗句的反复也表现出阿波罗的本质转变:曾经,任何凡人的违抗均被他挫败;现在,他只能防止死亡过早发生,只能戏弄、拖延。即便如此,胜者仍是英雄,而非曾经的神。如若神的威胁姿态转给了阿基琉斯,这就不是老调重弹,而是深思熟虑过的颠倒。有人会反驳,这是强词夺理。可此处非孤例。例如,5.443 是 16.710 的回音。神作何表现?像他的被保人一样,他消失了。这段插曲虽短,却是衔接性的,回指过去也指向未来,它同时揭开序幕:因为,现在才开始全线溃逃。这是赫克托尔的最后一次抵抗。

[435]向平原的溃逃一泻千里,阿基琉斯只击杀在逃者,或徒步或乘车,十个人被点到名字,他从一个人扑向另一个,有的投去长枪,有的用剑直刺,最后才再提到他自己的车(可想作车跟在他身后)。在这份迅速滑动、新伤不断的死亡名单里,一切都定置在逃不掉的位子上。一行人中的第五个、最中间名叫特罗斯的那位成了例外,他是唯一与追杀者迎面相对的人——抱住他的膝盖!他指望阿基琉斯"可怜他年轻"! 请求俘虏他! 这个傻瓜! 他不知道,面前的人不"仁慈和软"($\gamma\lambda\upsilon\varkappa\acute\upsilon\vartheta\upsilon\mu o\varsigma$, 467, 仅此处)。他刚刚为求饶抱住阿基琉斯的膝盖,后者就一剑刺入他的肝脏……同一情境我们在吕卡昂-插曲中读到,它在彼处被扩充为颇具规模的独立戏码。哪个更古老? 此处是成熟戏的回音? 还是反过来,成熟者是对此处速写般简略者的升级? 从吕卡昂-插曲入手,才能回答这个问题。

＊波吕多罗斯死后，开始与阿基琉斯交手的赫克托尔不再光彩熠熠，这很可信，更何况在《伊利亚特》整个后半部，甚至与帕特罗克洛斯对战之时，赫克托尔都没有表现为刚勇之人。

＊然而，如果按赫克托尔在这几卷里的表现认定他怯懦，就没有说出他的关键：他身临大难。他感到胜利在远逝，嗅到了危险，决意采取守势……而年轻的波吕多罗斯，普里阿摩斯的爱子，这个与赫克托尔截然不同、本应避战自保的人，这个与他截然不同、竟敢凭年轻气盛的愚蠢混入最前线的人，他死去的场面令赫克托尔忍无可忍、冲向阿基琉斯。(让波吕多罗斯-插曲在此处终结是什么想法？只有考虑到赫克托尔这段插曲才有意义。)他再次退后(按我们的一种复原建议)：仿佛当头看到自己必死无疑。然后，卷22开头，到了抉择的时候。他犹豫了……声名、耻辱、自负、拯救，他的曾是与所是，一起涌上心头。他必须选择：决斗或逃到城墙后。普里阿摩斯与赫卡柏徒劳地苦苦哀求。阿基琉斯近了；他瘫痪般立住……[436]三次交锋彼此指涉。无需先由哭诉的普里阿摩斯指出波吕多罗斯的命运……(22.46及以下)可是，属于波吕多罗斯的是——吕卡昂！

在吕卡昂-插曲与普里阿摩斯的哀求中重复着相同的东西，这不奇怪吗？不论哪段都让人感到荷马式的纯正与古老：但难以相信二者的一切均为原创。估计补入段在吕卡昂-插曲中较长，在普里阿摩斯的哀求中较短。(米尔，页312及以下，331及以下。)但两处都难以界定。另外，两处要移除的东西彼此相关。必要有同一位编者编订过这两处、并使之发生关联。

什么引人反感？吕卡昂场景中，莫过于那一段被塞入求饶者话中、几乎完整的履历。这样的履历有惯用模式，虽常作简化，但全套包括：故乡与双亲、成长、登场出战以及死亡方式，死亡与出世和生平形成失衡到出人意料的反差。吕卡昂-插曲的特别之处在于，首先，为这一刻而杜撰的英雄履历绝对是此类型中最丰富的一例；第二，履历先以第三人称然后由英雄本人报告——"报告"当然不是恰当的词：身世成了求生之请。这种以"激情"吸收、包纳事实的形式使吕卡昂-插曲成为最成熟的东西，不仅如此，还有第三点使之从所有类似文段中脱颖而出——它的布局。

它的布局如同一场三幕迷你剧，其中动作和台词共同生效，但二者均如此矛盾、如此意外地自相否定。第一个动作是起跑。阿基琉斯期待地站着，吕卡昂向他跑去，角色调换了，被害者跑入灾难。吕卡昂与溃逃的特洛亚人被逼到河边或河里，他逃离河岸。他膝头乏软地迎着阿基琉斯走去，没有头盔、铠甲和长枪，所有东西都在他汗流浃背地上岸时为更方便逃跑丢掉了。吕卡昂走近的过程，阿基琉斯有时间自言自语(21.53)，就像阿基琉斯走近时的赫克托尔一样：他长叹一声，对自己高傲的心灵这样说。[437]这行诗虽然在《伊利亚特》里并不很常见，但却是套句。它通常领起深沉的悲剧话语。比如，阿基琉斯走近时，赫克托尔的犹豫以及求死之心(22.98)，或安提洛科斯送信之前，阿基琉斯对帕特罗克洛斯已死的预感(18.5)。它只有一次在埃涅阿斯-插曲中(20.343)被用于表达惊奇，即便如此，也要理解成胜券在握者因牺牲品被转移而大失所望。吕卡昂一段，则是这行诗身负讽刺意义的唯一一处。"叹息"在此无关真实的恐惧，而只是装腔作势的怕。虽然此处的叹息和埃涅阿斯-插曲中一样，也是对一场"亲眼目睹"的"大奇迹"(μέγα θαῦμα)表达惊异(ὦ πόποι)，但彼处是真正的神迹，此处却只是演戏：

  天哪，我亲眼看见了一个巨大的奇迹！
          （与20.344相同）
  难道心灵高傲的特洛亚人被我杀死，
  都会从昏暗的冥界重新返回人世？
  这个人怎会逃过悲惨的死亡，又出现在这里？……

(21.54及以下)

相应的末句也发生了同样的变化：

> 阿基琉斯在那里思忖,吕卡昂惊慌地
> 向他跑来,想抱住他的双膝……(21.64及以下)

这行与套句呼应的诗,另外只出现过一次,说的是如此这般迎来阿基琉斯的赫克托尔：

> 赫克托尔思虑等待,阿基琉斯来到近前。(22.131)

变异使人不再怀疑,这行诗不是为吕卡昂而是为阿基琉斯打造的。但在吕卡昂-插曲中,它不止是被重复：其悲剧意味被扭转为讽刺,与"他长叹一声,对自己高傲的心灵这样说"如出一辙。阿基琉斯此处的思虑和等待,和长叹一样,是装出来的。彼时,事实、台词与动作一致：死亡渐近,不安的"等待",痛苦的"思虑"。此处,事实与表现根本不符。事实是：曾被打败、卖掉的人手无寸铁地跑向胜者,与其说活着不如说已死。表现是：好像此人现身的危险与恐怖值得等待、思虑。单单是首尾两行诗的关系就足以证明,[438]吕卡昂-插曲并非最古老而是最年轻的一层。

　　另外,即使忽略外在情境的矛盾和不可能,也能看出晚期风格。情境是：阿基琉斯截断逃窜的特洛亚人,把一半人赶入河中。到达岸边,他跳入水中追击,在河心展开一场血浴。他交给同伴十二个活捉的特洛亚青年。这时遇见了吕卡昂。可奇怪的是：相遇时他离河流那么远,远到吕卡昂在双膝乏软地走近他时竟会扔掉甲仗,远到阿基琉斯能陷入震惊的思忖。最后他又重回岸边,近到能抓住尸体的一只脚,把他扔进河水。河中又浮出下一位对手,阿斯特罗帕奥斯。两个情境,河战与走近,结合在一起,后者模仿了阿基琉斯的走近(22.98及以下);唯一重要的是内心情境。

"第二幕"情境的改造更加肆无忌惮。有多少次,英雄弓身躲过嗜死的长枪,长枪飞过他,扎进地里。此处,这个本应一瞬而过的战斗情节,竟被赋予了能容纳多达23行请求、15行回答的空间。吕卡昂左手死死抓住长枪,右手抱住阿基琉斯的膝盖!

第三幕动作表现出最后希望的破灭。吕卡昂放开长枪,坐倒在地,摊开双手,如此引颈就戮,迎来肩头和锁骨之间的致命剑击。

在这一整套动作中,传统的东西被整合、升级、变异,从时段上看,整合者一定晚于许多散见的细碎处。一个向来在战斗情节的连串元素中平淡无奇的瞬间,由于此处的动作变得醒人耳目。可荷马的英雄不常用动作,更要以语言战斗。此处这些元素得到如此强化,竟让内在的、心灵的东西从中浮现,相比之下,目的性、技术性反而无足轻重。抵抗变成请求。没法说其中什么是抵抗、什么是请求。两臂的姿势,一只手挡住长枪,另一只环抱膝盖,成为抵挡危险、求取希望的表达。[439]姿态与话语重合,二者所指为一:嵌入到生死之间的状态。

[原注] ὅς τοι (οὐ δὴ) ἑταῖρον ἔπεφνεν (ἔπεφνες) ἐννέα τε κρατερόν τε [他(你)杀害了你的(他的)善良而强壮的伙伴],21.96 = 17.204,两处都合适,但17.204更遭非难,更为紧张。多数人选择相反,因为17.204说的是换铠甲。

* 忍无可忍的河神还在思忖如何终止杀戮,阿基琉斯已冲向新对手阿斯特罗帕奥斯。不论如何兴风作浪,这条单薄的溪流都并非最佳人选,无法安排一位自家英雄对战阿基琉斯。与阿基琉斯势均力敌的强大勇士,克珊托斯—斯卡曼德罗斯河的子孙——这样一位英雄不应该早已在赫克托尔一方战功赫赫?然而,河神毕竟是河,河流都是兄弟。再往后就升入神话;看看格劳科斯!

(比如：在吕卡昂抄本中。)于是，从色雷斯山间流出、穿过派奥尼亚荒野的"水流宽阔的河流"阿克西奥斯的更伟大的孙子被克珊托斯"赋予勇气"浮出的浪涛、替他出头——克珊托斯如同该情况下一位奥林波斯神的所为。家谱保证了勇士的天赋之力。阿克西奥斯与阿克萨墨诺斯的长女海仙女佩里波娅生出以闪电得名的阿斯特罗帕奥斯的父亲佩勒贡。由于这场较量，其他派奥尼亚人必须在"援军"的行列里出现。(阿斯特罗帕奥斯以助手的名义出现时，没有介绍出身，12.102。)

荷马笔下，"水流宽阔的"阿克西奥斯另外只出现过一次，16.288它也是派奥尼亚人的故乡河。"手持火枪"(mit dem Feuerspeer)、把派奥尼亚人从阿克西奥斯带到特洛亚的皮赖克墨斯，是帕特罗克洛斯击毙的第一个人。两次出现，原创似乎是卷21。在帕特罗克洛斯的胜战中仅有空洞名字的阿克西奥斯，河战时才显现出本己意义，它在叙事中不可或缺，被卷入一场命运，并与阿基琉斯息息相关。它首次告捷亦不乏镜像(Spiegelung)，故事映照出16.317及以下安提洛科斯的死。详尽者似乎更早。反过来想：如果显白脱胎于费解之事，如果阿斯特罗帕奥斯和派奥尼亚人血淋淋的命运，是从谜团般简短提及的皮赖克墨斯的命运中扩展出来，就还得找出后者映照着什么。暂且不论荷马在多大程度上同时依循了地方传统。

[440]一场舌战以惯有方式开启了决斗。考据者评判，不配荷马。可没有口角，就不知道为何而战。此处不是争论谁更高贵、更优先，而是自然力的等级和强权。这也出现在阿基琉斯胜利后的骄横悼词中(21.186及以下)：宙斯比所有河神，比大地上所有水体之源都更强大；流出一切河、海、泉、井的阿克洛伊奥斯河(甚至奥克阿诺斯)①，因此宙斯所生养的佩琉斯之父埃阿科斯的氏族，

---

① 莱因哈特的手写本怀疑这行诗的真伪。

强于河神的氏族。他因此在死者身后如此讥嘲:"你的后援,这条大河——若有什么用处!"(此处指的是一同被嘲讽的克珊托斯,而非遥远的神明祖先。)

[原注]米尔,页316:"从河神(克珊托斯)帮助对抗宙斯的后代……突然变成可能发生的河神与宙斯之战以及宙斯对河神始祖毋庸置疑的优势,这里不好。"此处真的指一场可能发生的战争?一场《神战》那样的战争?此处跑题了?毋宁说是引入主题吧?

* 不能评价说,相继发生的两次交战,阿基琉斯—吕卡昂(21.34及以下)和阿基琉斯—阿斯特罗帕奥斯(21.139及以下),前者铺垫后者,后者超过前者,事件发生了升级。吕卡昂-插曲明显更强。因此有人推测,它出自于更古老的诗人,出自荷马,而阿斯特罗帕奥斯-插曲是一位年轻诗人所作。通常认为,年轻诗人就是创作出20.159及以下埃涅阿斯-插曲那位,或者就是《伊利亚特》的诗人。强者一定更古老。此外,三次交战彼此间有某些共性。有人推断,这是年轻诗人依附于老诗人。倘若如此,切掉阿斯特罗帕奥斯-插曲将会有利于上下文的衔接。(米尔,页315;维拉莫维茨,页87。)

于是我们就切掉阿斯特罗帕奥斯-插曲,137-234的近百行诗,感觉一身轻松。于是上下文就出现了关联(用维拉莫维茨的话说):"阿基琉斯把吕卡昂的尸体抛入河流,讥讽地放言:[441]连河神也救不了特洛亚人。"136和235两行相连:

> 他这样说,河神听了心中气愤——
> 喧嚣着鼓起所有急流滚滚席卷,泛起残尸……

第二行展开河战,并过渡到阿基琉斯的困境,二号诗人却切断两行绝配的诗,在其中插入他百行之长的阿斯特罗帕奥斯-插曲。让我们再把插入段切掉！古怪且极度可惜的是：虽然轻松，可我们卸掉了什么？不仅是阿斯特罗帕奥斯，同时还有让我们得知神因阿基琉斯无人性而发怒的两个地方：

  克珊托斯给他（阿斯特罗帕奥斯）勇气，怨恨阿基琉斯
    在他的水流中无情地杀戮那些年轻人……（145及以下）

  捷足的阿基琉斯本会杀死更多的
    派奥尼亚人，若不是汹涌的河神气愤……（211及以下）

神的愤怒自有其渊源。阿波罗也怨恨阿伽门农：他对国王生气……（1.9）但在惩罚前，他让阿特柔斯之子得到了警告——借祭司之口：敬畏宙斯之子（1.20）！此处的警告也十分克制，毫无敌意：

  愿居住奥林波斯山的天神们允许你们
    毁灭普里阿摩斯的都城……（1.18及以下）

怨怒者报复性的惩罚可就残暴得多，一场视所有阿开奥斯人为刍狗的肆虐连那些劝谏畏惧祭司的人也不放过：他心里发怒，从奥林波斯岭上下降……（1.44）作为发怒者、警告者、复仇者的神，和对警告充耳不闻并为此付出代价的人——集聚这四点的传说无需列举。河战中，怒而施暴前也有警告，就在阿斯特罗帕奥斯-插曲中！它配得上神，始终有节有度，如一贯的神明风格，化作凡人的神让自己从水深处被听到，他只要求[阿基琉斯]敬畏神的圣地：

  阿基琉斯，你比所有的凡人都强大，
    但暴虐也超过他们，你一直有神助佑，
    即使宙斯让你杀死所有的特洛亚人，

也请你把他们赶往平原成就大业，
[442]我可爱的河道充塞了无数尸体，
我已无法让河水流往神圣的大海，
尸体堵塞了去路，你还在继续诛杀。
住手吧，军队的首领，这场面使我惶颤！（21.214及以下）

阿基琉斯的回答更盛气凌人：

我听你吩咐。
不过要我停止杀戮傲慢的特洛亚人，
需待我把他们赶进城去，与赫克托尔本人
决胜负。（21.223及以下）

杀戮，就是21.3及以下河战开始时所说的目的。他追杀到河中，因为溃逃的特洛亚人被截断，他还能看见那部分人窜入水中。现在目的仍未改变。没说过阿基琉斯放走追逼之下的特洛亚人回城。对于他，河战是追击的一个阶段。对于神的劝词，他回应以是和否。他的行动如回答一样，显示出他对忍气吞声的神的蔑视。他恶煞般冲向特洛亚人，从岸坡跳入河心……河神尽其所能地自救。他首先求助于阿波罗——无济于事。后者看来并不在乎宙斯要求他帮助特洛亚人的命令（20.25及以下）。所以他开始自救，越来越肆无忌惮，并召唤兄弟西摩埃斯河来援，二者合力，洪水滔天……

河流对阿基琉斯发怒，掀卷起所有水浪，抛出尸体以求解脱，如公牛般发狂、吼叫，这不足为奇。然而，若无人性的警告，何来吼叫？若无凡人对他神圣的嘲讽，何来怒火？若不忍气吞声，何由释放？若无阿基琉斯带给他的灾难，他何以置阿基琉斯于绝境？直至 136 行的诗句中哪里写过这些？如果按照切除处方,按照维拉莫维茨的方法,就要在 136 行后直接怒吼。关于河神,宗教史学家指点我们说,"他或许有意志,也就是灵魂,但还完全是原始的自然力;河神公牛般吼叫;诗人充其量(!)像古代艺术那般,把河神想成公牛的形貌(!):这样一头公牛不会升上奥林波斯"(页 88)。若要说,公牛是用来比喻神发怒的吼声,这一点我们必然同意。但是,用作比喻的公牛显然不能发出警告。把用作比喻的公牛和化为公牛的河神混作一团而切去,要付出怎样的代价！

[443]＊阿基琉斯—埃涅阿斯,阿基琉斯—吕卡昂和阿基琉斯—阿斯特罗帕奥斯的三次交手彼此不同,并不是一场亦步亦趋地模仿另一场。它们以对手的类型相互区别。埃涅阿斯是绝对的刚勇之人,如果没有阿波罗,他就会刚勇地死在不可征服者手下。他的长枪如此猛烈地击中阿基琉斯的盾牌,连尚未熟悉新武器的阿基琉斯自己都以为投枪会穿透盾牌。除了埃涅阿斯,任何人都会被阿基琉斯的投枪击毙。长枪击在盾牌边缘,越过埃涅阿斯,扎入土里。埃涅阿斯高举盾牌、弓下身($εάλη$),才逃过死亡。

阿斯特罗帕奥斯的名字"闪电"(der Blitzer)已经暗示出,他是比埃涅阿斯危险得多的对手。作为双枪手,他一次投出两枪;他出手扎实、精准,如果阿基琉斯的盾牌不是出自赫菲斯托斯之手,就会被他的一支枪刺穿,而另一支枪险些击碎阿基琉斯举起的小臂。他如此相信自己作为枪手的能力,竟敢不执盾就开战,最后他不设法自保,反倒试图把阿基琉斯未击中他(!)的梣木枪拔出堤岸,这使对手轻而易举地一剑刺入他的肚肠:他自以为是的强大害了他。也许,这是为了提示野蛮。——绝望大概在 177 行及后的荒唐中得到了表达:他一心要拔出枪,不论晃动或折断。他大概根本想不到,阿基琉斯投出的枪竟能如此牢固地扎入地里。可为什么阿斯特罗帕奥斯牢牢扎入地面的长枪,一定是在模仿被吕卡昂死死抓住、连阿基琉斯也无法再对他举起的那支

(米尔,页316)?

吕卡昂丢盔卸甲,跑向阿基琉斯,就在阿基琉斯要举枪——不是投掷、而是刺倒面前之人的刹那,他俯身跪倒(不是 ἀλείς[蜷缩,被动态],而是κύψας[弓身,主动态分词]:前者是英雄的、好斗的,后者不是)。正因为阿基琉斯想要用枪刺倒弓身者,长枪才能近距离地扎在地上,近到后者竟能一手抓住它,另一手抱住欲杀者的膝盖。

[444]在此,谁模仿了谁?有人推断,阿斯特罗帕奥斯插曲模仿了吕卡昂插曲。有人做过比较。然而诗行的对比无法证明吕卡昂插曲优先。比如,米尔认为,阿斯特罗帕奥斯插曲依附于吕卡昂插曲,因为21.167及以下是对21.69及以下的荒谬重复:阿斯特罗帕奥斯的枪越过阿基琉斯扎入地里,一如阿基琉斯的枪贴身飞过吕卡昂。"可阿斯特罗帕奥斯的枪擦伤了阿基琉斯,因此 λιλαιομένη χροὸς ἆσαι[本想能饱餐人肉]就不再合适"(米尔,页316①)。就好像阿基琉斯手臂上根本不足挂齿的擦伤能"满足"长枪"对人肉"的"渴望"!就好像使用这个司空见惯的后半段套句就是荒唐:ἐν γαίῃ ἵσταντο λιλαιόμενα χροὸς ἆσαι[却早已扎进了泥土,怀着吃肉的欲望](11.574,15.317)!事实上,阿斯特罗帕奥斯插曲使用的半行诗,在吕卡昂插曲里发生了变化。阿斯特罗帕奥斯插曲中的λιλαιομένη χροὸς ἆσαι[渴望着饱尝人肉],在吕卡昂插曲中被代之以ἱεμένη χροὸς ἄμεναι ἀνδρομέοιο[21.70,未能如愿地饱尝人肉]。Χροὸς ἀνδρομέοιο[人肉]在17.571苍蝇的比喻里更贴切。在吕卡昂插曲中不是ὑπὲρ αὐτοῦ / γαίῃ ἐνεστήρικτο[那枪从身旁飞过,颤悠悠扎进地里](21.167及以下),而是ἐγχείῃ δ'ἄρ' ὑπὲρ νώτου ἐνὶ γαίῃ / ἔστη[那枪紧贴后背飞过,扎进地里](21.69及以下)。这与埃涅阿斯插曲20.278一致:

---

① 引自赫德维希·乔尔丹(Hedwig Jordan)。

> ἐγχείη δ᾽ ἄρ᾽ ὑπὲρ νώτου ἐνὶ γαίῃ | ἔστη ἰεμένη
> 投枪越过他的后背，插进土里。

Αἰχμὴ ἰεμένη[被投出的枪]（被动态）是固定套句。它在投掷中静止了。类似如 20.399：

> ἀλλὰ δι᾽ αὐτῆς (κόρυθος) αἰχμὴ ἰεμένη ῥῆξ᾽ ὀστέον
> 枪尖穿过铜层，脑壳被砸碎

15.543 开头亦如此：πρόσσω ἰεμένη[他的胸膛被穿透]。ἴεσθαι[被投掷]表达出动态，λιλαίεσθαι[渴望]是未止息或未饱足的渴望。吕卡昂插曲中的ἰεμένη[被投出]就有λιλαιομένη[渴望]的意思，不能因此推断它不怎么好或是错谬。问题反倒是：这两种结构关系如何？埃涅阿斯插曲中的ἔστη ἰεμένη[插进土里]是ἰεμένη χροὸς ἆσαι[渴望饱尝人肉]的缩减吗？平行例证不支持这种看法。ἰεμένη[被投出]太多次被用于表达长枪的投掷，不能认为它源于意为λιλαίεσθαι[渴望]的ἴεσθαι[渴望着]。αἰχμὴ ἰεμένη[枪被投出]看起来并不像αἰχμὴ λιλαιομένη[枪渴望着]的拙劣替代品。从这种一致性亦无法推断吕卡昂列位先于埃涅阿斯，而是恰恰相反。

另外，米尔认为，阿斯特罗帕奥斯插曲依附于吕卡昂插曲，因为吕卡昂回乡已十二天，阿斯特罗帕奥斯带派奥尼亚人到达特洛亚则是第十一天（21.156），"这是对派奥尼亚人的草率编排（类似 13.793），更原初的 10.434 不会原谅"（米尔，页 313①）。[445]可阿基琉斯与阿斯特罗帕奥斯的整场对战都基于，阿基琉斯从未听说过阿斯特罗帕奥斯。阿基琉斯惊异地询问他的祖籍和家世：

---

① 引自赫德维希·乔尔丹，页 123。

只有不幸的父亲的儿子才同我抗争！(21.151)

对此,阿斯特罗帕奥斯骄傲地反驳着解释:

今天是第十一天自我来到伊利昂。(21.156)

阿基琉斯不可能认识他。十一和十二是众所周知的典型数字。从利姆诺斯被赎回的吕卡昂只(!)能与亲友欢聚十一天,而阿斯特罗帕奥斯十一天之前才(!)到达特洛亚,前者被他的灾星纠缠不放,后者则是满怀希望的新来人。如果要求阿斯特罗帕奥斯的诗人,没有吕卡昂生前幸福的十一天,就不能让阿斯特罗帕奥斯说:"今天是第十一天自我来到伊利昂",大概就太过分了。

吕卡昂-插曲以河战及阿斯特罗帕奥斯插曲为前提,而非相反。虽然河战铺天盖地,关涉着过去和未来,可吕卡昂在其中无迹可寻。虽然在暴怒的河神转而保护特洛亚人之时,当他掀起巨浪,以神迹藏起洪流中活着的特洛亚人使之免遭屠戮时,很容易想象到特洛亚人的河神崇拜、活马献祭(21.132),但这些也毫无暗示。从抵御可怕的入侵者到公然为特洛亚人而战,这种转变无关佩琉斯之子残害吕卡昂后的渎神,而是讲回到众神会战的序幕(20.32及以下)。河神求助于阿波罗(21.228)——未果,他提醒他宙斯的吩咐:若无神助,逃窜将没有尽头(20.26)。吕卡昂插曲收尾时,神的惩罚似乎必将紧随渎神出现。然而没有惩罚,取而代之的是阿斯特罗帕奥斯出场。倘若惩罚随后出现,神就不能先发出警告,更何况,吕卡昂好像并不存在。

如上文所示,可推知:诸神会战、河战和阿斯特罗帕奥斯独立存在而不受制于吕卡昂,反过来却不成立。＊吕卡昂插曲被写入河战之中,就像伦勃朗画上(不论大师还是学徒之作)伦勃朗式的涂改。

众神之战

[446]神话世界的两个范例可作为卷20、21的背景:众神之战背后是诸神与提坦的斗争,阿基琉斯与斯卡曼德罗斯之战背后是赫拉克勒斯与始祖河阿克洛伊奥斯的较量。阿基琉斯与河神世家的阿斯特罗帕奥斯(21.194)之间的决斗指向后者,有人否认它出自真正的荷马;新诗人觉察到老诗人忽略未说的东西。世界秩序陷入的危险(20.54及以下)使人想起提坦之战;特洛亚的战场扩展至宇宙,天地强权、提坦大战的主题映照在高山和深渊的对比之中:宙斯从上天向下鸣雷,波塞冬在深渊抖动无垠大地和险峻陡峰;冥王哈德斯惶悚大叫着从宝座上跳起,唯恐波塞冬震裂他头顶的大地,暴露出人神共恶的亡魂居地。万物秩序在古老的提坦大战中也如此岌岌可危,下界之神在赫西俄德的《神谱》中也如此心惊胆战(850)。克罗诺斯的三个儿子代表了一切:一切分成三份(15.189)……赫西俄德《神谱》455及以下亦如此。(亦见米尔,页295。)可想而知,一些形式上的东西,比如名录般列队出战、每位都以堂皇盛大的形容词修饰的诸神,也符合提坦大战的风格:

> 与……波塞冬交战的是
> 手持带翼箭矢的射神福波斯·阿波罗,
> 与目光炯炯的雅典娜对阵的是战神阿瑞斯,
> 赫拉受到喜好呼喊的金箭女射神、
> ……阿尔特弥斯的攻击,
> 勒托受到分送幸运的赫尔墨斯的攻击……(20.67)

提坦之战中亦是一对对战士相继出现。(米尔看法不同,页296:"语言上已然是苍白的堆垒,部分没有特殊目的,$ἄντα$[面对面]这类词就能证明诗人B的作者身份。")

想把这种东西移用到英雄史诗里的诗人,必须解决难题:首先,荷马的神明机构无所不包。诸神"在自己人中间",没有提坦势力与之对抗,他们根本不是为宇宙大战而生。再者:对于一场会战而言,两对敌手太寒酸。[447]为规划阵仗,就要加入不可信、牵强附会的东西,比如赫尔墨斯和勒托这种莫名其妙的对手:《伊利亚特》的全体奥林波斯神都来出演这场本与他们无关、非其力所能及的戏。这种场面闻所未闻。论神圣的肃穆、论神话的连贯逻辑,新戏的发明者与范本没法比。他的计划本会一败涂地——若不是他最初就跃跃欲试,想把古老的神圣主题变成游戏性、不神圣、不肃穆的东西,并使之匹配他热闹的奥林波斯场景。因此,比如说,当他把斯卡曼德罗斯指定为无所不能的奥林波斯神赫菲斯托斯的对手时,就把这条溪流抬高成几乎能与阿克洛伊奥斯并驾齐驱的"多旋涡的大河神"。只要溪流能化为水,奥林波斯的铁匠就能变成火。这是有意发明新的神话元素(ein Mythologem)吗?可是,看看如何收场吧!所有神战和诡计,只留下荒芜、死者、毁灭之城!宇宙—神话与受限于地域的东西结合,鸿蒙之初的肃穆与诗的任性相聚,有理直气壮的玩笑,亦不乏一丝丝讽刺之意。

然而,我们不能忘记,荷马式的讽刺有其可怕之处——与古老的提坦大战截然不同的可怕。提坦大战里秩序与混沌之力的生死较量,变成了填充插曲、为取悦宙斯而排演的戏。开场时把舞台想成天空和大地,上演过程中舞台却收缩成特洛亚的战场:等待中、尚在观望的诸神自动划成两组,亲希腊者前往海边"赫拉克勒斯的高垒",亲特洛亚者去到"卡利科洛涅山顶"(Καλλικολώνη, 20.144及以下:大概二者均为诗人的杜撰)。

然而,让众神摆脱提坦之战,并不是引诱诗人去克服的唯一困难;第二个任务是,把神战与阿基琉斯的告捷和绝境结合起来。无论如何,神战最后必须联系到阿基琉斯。然而,它不可能因阿基琉斯爆发；哪怕诸神重新与宙斯一心，宙斯也不会单为一个阿基琉斯屠戮阿开奥斯人。两次开战解决了这个困难：神战第一次由宙斯的旨令揭开序幕，以洪荒之势始于雷电和震动，第二次[448]则由阿基琉斯与斯卡曼德罗斯河的战斗引出。两次开战之间插入了停滞和等待。当虎视眈眈、相互对峙的诸神仍还在犹豫，同时展开的人间事已轰轰烈烈。杀气腾腾的等待持续着，直至赫拉放手让她的儿子赫菲斯托斯攻打骇浪滔天的斯卡曼德罗斯河。可以说，神战爆发，由宙斯促成，由赫拉发动。赫拉召唤赫菲斯托斯出手救援、攻打汹涌的斯卡曼德罗斯河，由此发出全面进攻的信号。

各自去想，或是神战终结于河战，或是反过来，河战扩展成神战。然而，此处与其说是前后接续，毋宁说是穿插交错。卷20、21缠结成一段"插曲"，构成最初描述过的那种"环状布局"（eine Ringkomposition）。神戏环绕着人间事，宇宙舞台围住了斯卡曼德罗斯平原。诸神并不在凡人有限的战场上交战。赫菲斯托斯与斯卡曼德罗斯河的打杀已经蔓延得更广阔、更宏大。整个自然都在与河流一起遭灾。就像首卷中阿波罗降下的瘟疫，此处赫菲斯托斯也层层递进。他先从较远处开始（21.343的"首先"对应着1.50的"首先"）。首卷中先出现的是骡子和狗，此处先是平原。赫菲斯托尔先烤干了它：有如秋日的北风把刚被淋湿的打谷场，迅速吹干（21.345）。然后他焚尽尸体，之后才转向河流。

> 一排排榆树、柳树、柽树燃烧起来，
> 燃着了生长在克珊托斯清澈水边的
> 一簇簇旺盛的百合、芦苇和棵棵莞蒲。
> 火焰惊扰了鳗鲡和各种游鱼，它们被
> 机巧的赫菲斯托斯的炎热的气息炙烤，
> 焦急地清澈水流的深渊里向下窜游。
> 河神本身也被燃着，痛苦地哭喊……（21.350及以下）

(考据者否认这段是真荷马。)

从源起上看,河战与神战关系如何？可以理解,考据者们为此绞尽脑汁。是河战在先,然后才加入神战吗？分析学者似乎对此看法一致。显而易见,二者都与帕特罗克洛斯的剧情本身无关。神战是奥林波斯插曲链上的一环。它由阿基琉斯重新参战引发,以恢弘的宇宙景象开启了奥林波斯情境的转折。正因如此,它被认为是奥林波斯间奏的诗人所作。[449]为得到古河战、货真价实的荷马原作,就要拆开"环状结构",把交联者抻拉变成平直发展的东西,看看会留下什么。晚期诗人不但在河战之外杜撰出神战,他也是"环状布局"的发明者。

有人猜想,最初,阿基琉斯追击时突然到达河边,河战随即爆发,毫无铺垫,即兴而起,没有前奏或续集。倘若如此,就是古诗人按神话样本,为帕特罗克洛斯的剧情扩写了一幕阿克洛伊奥斯河历险的镜像,而年轻的诗人则按神话样本扩写出提坦之战的镜像。年轻诗人的仿照狂热并不弱于前辈。在老诗人笔下,紧接在河战之后的,如果不是拿不准的冲锋城墙(21.520及以下),就是阿基琉斯与赫克托尔的决斗(22)。作为敌手的河神孤零零地出现,毫无神话氛围,阿基琉斯好像在追击中陷入一场特洛亚的阿克洛伊奥斯河冒险。虽然与所有河流一样,斯卡曼德罗斯并非怪物,而是神,可他与其他神明无关,他不参与宇宙事件,出场只为把战无不胜者引入绝境,雅典娜正是从中解救出后者。因此有人认为,这狂暴的场面是晚期诗人所作。的确,如果可以问:神战因河战而起,还是河战因神战而起？那么答案看来只能是:神战因河战而起。

可是,目的和手段的关系倘若如此简单,问答就太容易了！无疑,从情节上看——神战因河战而起。水火为阿基琉斯而战。但同时,河战又让神战与全局关联,前者成为后者的核心,促成后者的爆发。从《伊利亚特》全局看,河战因神战而起。神战:是主题,河战是其中的一个动机。诸神对特洛亚或助或攻,但他们都不是为了眼前目的而战,即使他们不打杀,这些目的也能达到:他们交战,因为他们彼此交恶、交善。目的在他们的关系背后消失了。所展现的,是他们在战斗中暴露出的奥林波斯本性。[450]没有神战,河战始终是个别的孤例,缺少诸神所为、所辖的联系和支撑。没有河战,神战无法与剧情结合。它们相辅相成。

埃涅阿斯

埃涅阿斯的英雄气概得益于一段咏诵。歌功颂德的人是谁?"荷马"还是"《伊利亚特》的诗人"?若干创作者还是他们当中的一位?这个问题暂且不论。能猜到的只是,咏诵所敬献的王室,定居在环埃德雷米特湾、临伊达山南坡及东南坡、未被希腊人占据的富饶土地上。他们骄傲、繁荣、热爱诗和马,甚而自视为被神所爱者的后裔,特罗斯与拉奥墨冬被选中的支系,他们自认为可与毁灭的普里阿摩斯家族比肩,却逃过劫难成为被赐福的幸存者。怎样的因缘和合,竟会把一位以《伊利亚特》为大主题、并因之闻名天下的诗人带入亲希腊王侯的宫廷,这只能由想象去描画了。确凿无疑的是,此次会面之前,《伊利亚特》大体上已然存在,不论以何种形貌,不论发展至何种阶段,它绝不是在宫廷中才被创作出来。诗人为迎合知遇他的尊贵王侯的热望,把埃涅阿斯的英雄形象扎扎实实地编织入作品,不论剪切还是涂盖均不能将其移除。通过诗人,埃涅阿斯成为被天下传唱的大英雄,可他也是《伊利亚特》中唯一一位英雄,既不会被流亡的阿开奥斯人之后自豪地视作祖先,也不会因他们要求更高荣誉而被当作敌人。

他根本就与他们无关。(格劳科斯与萨尔佩冬情况不完全相同,马上就会说到。)不论在何处出场,他都处于中间地位。他不是特洛亚的盟友,但作为达尔达诺斯的后代,他必然隶属盟军,因为达尔达诺斯人的栖地在斯刻璞西斯附近，斯刻璞西斯本身则与潘达罗斯的故乡泽勒亚一样，地处内陆。他也与盟军共担命运，没有被特洛亚人适当高看。但他与特洛亚人结有姻亲并生活在伊利昂。他在养父、他的"姐夫"家中被抚养成人。[451]尽管如此，他只代表自己。普里阿摩斯族人不是他的朋友。为给他疗伤，阿波罗把他转移到圣别迦摩上神庙的"阿底通"内，这种殊荣连普里阿摩斯之子赫克托尔也未曾享有过。可他自己的属地却在伊达山南岭。再没有哪位英雄被附以如此详细的家谱。他还是唯一身后子孙绵延、生生不息直指未来的人，是唯一使诗人打破平素小心维护的界限、贯通英雄时代与当今世界的人。只要他出场，诸神就对他关爱有加。因为他要作为历劫者持存一个家系。因而他一次次赴险，每次都险些命丧黄泉。他必须如此——否则就无需诸神垂顾，而诸神必须如此。诸神关照埃涅阿斯，就是关照诗人所敬颂的王室。独特的是，此事800年后又在他们身上重演。

打破回顾过去的一贯视角，也是他特殊地位的标志。他是唯一不被任何黏着于记忆中的传说支撑的大人物，他的支点不在过去，而在当下，在一个繁荣昌盛、争强好胜的王朝野心勃勃的竞比之中，他们自认为强大到足以与传说中的名角相提并论。阿伽门农、埃阿斯、阿基琉斯等人在英雄时代的盛名毋庸置疑，因此他们并不极力表现自己。可他却在怎样力证自己是其中一员！作为无可指摘者，几乎太过。埃涅阿斯把自己升入传说的时代。

不同于继续创造或改写一个流传的形象，也不同于为某种需求而杜撰出一位英雄。埃涅阿斯摆脱不掉的缺点是，作为英雄他太完美：总是侠义、高雅、无可指摘。然而他不牵动人心，我们不为他悲伤，他从不犯错——与赫克托尔相距多远！托付于他的遗产限定了发明。他的形象所欠缺的东西必须由家谱补偿。

没有家谱的埃涅阿斯将会如何？新公布的家谱与新出场的英雄结合得如此紧密，它竟被英雄亲口说出。家谱份量之重，甚至必须专门设置动机。阿波罗为此打下伏笔,他已把目光引向二人身世的对比:涅柔斯的孙子和宙斯的孙子(20.17)。[452]可要在此中展开对王室的赞颂,它就必须成为否定另一种姿态的姿态:

> 佩琉斯之子,你不要把我当做孩子,
> 企图用大话吓退我,我自己也会用言辞
> 嘲弄别人,说出尖锐的威胁话语。
> 你我都知道对方的世系,生身双亲……(20.200及以下)

为了这份家谱的不同寻常,阿基琉斯必须落入谩骂的俗套。家谱使埃涅阿斯能与阿基琉斯比肩,甚至超过他。他在体力上越不是忒提斯之子的对手,就越要在高雅品格上胜他一筹——虽则如此,他还是在阿波罗的策励下以无比的英勇与之对战,然而惨遭失败。因为这种优越,阿基琉斯必须轻视他、成为粗鄙的狂徒。阿基琉斯一路大捷,被胜利冲昏头脑。河神起身对抗他的时候,他尚未意识到自己将陷入何种困境。阿波罗选中这危险的一刻,怂恿埃涅阿斯对阵阿基琉斯。却马上又要从千钧一发的险境中救出他的宠儿。到底为什么?埃涅阿斯亲自提醒神明,阿基琉斯曾多么恶劣地把他赶下伊达山,若非神助,就难逃一死,可这无济于事,为了不损家族荣誉,他必须证明自己,他深信神明,只身扑向惨烈的毁灭。这一次,神也没有失手。与步步紧逼的剧情相悖,这场啰嗦、传统的决斗被创造出空间和条件,能为之辩解的只是,它不为战斗本身,而是意在长谈。

　　战斗最后戛然而止(20.288),为听众免去了出击和反击的常见回合,取而代之的是诸神介入,还有对指定给埃涅阿斯的未来的暗示——可以把整段插曲称作被包装的家谱以及被包装的预言。它几乎算不上是歌德在史诗中看出其功能的减速段落。埃涅阿斯-插曲不像堤坝,它没有通过堵截加剧动荡;不像卷11的涅斯托尔-插曲,它没有形成反差;也不像《铠甲》,它不是大捷过程中的阻力,不为加强悬念而在;它不关涉将要发生的东西。它所指的未来,是诗外某种可期许之事,其含义自有暗示。

诗人对此满意吗?他叹过气吗?可我们怎能知道,他是否会像我们这样判断?

[453] * 只有伟大的英雄才会有被低估的英雄气度。比如,阿基琉斯被阿伽门农低估。后者也同样低估了第5、6卷的英雄狄奥墨得斯(4.368及以下)。引入埃涅阿斯时,低估的动机也起到很好的效果。如果他是一位如此伟大的英雄,为何不更频繁地亮相?要解释这点,就会想起阿基琉斯:像阿基琉斯与他的国王一样,埃涅阿斯也因"荣誉"之故与普里阿摩斯不和(13.461及以下);作为怀才不遇者,他虽未远离战斗,却待在阵线最后,他必须被得伊福波斯拉到前阵才会出手对付危险的伊多墨纽斯。我们注意到,即将出场者被怎样移入最伟大的人物之中。决斗前,高贵者被阿基琉斯更严重地轻视:他是想成为普里阿摩斯的王位继承人?还是用阿基琉斯的头颅换一块许给他的好地?(20.177及以下)。误判越过分,诽谤越放肆,回复——埃涅阿斯以两种名义讲话——就越高雅、越庄重,批判就越有优势。(埃涅阿斯的子孙们松了多大一口气!)因为毁谤,啰嗦的家族系谱被置入受辱者的回答,即便不是天衣无缝,至少也不会游离于外。毁谤本身也含有真实的暗示:普里阿摩斯王朝的确被埃涅阿斯及其子孙接替。咏诵由此被更深地编入整体,它在主英雄的话语和姿态中扭转了局面。

* 埃涅阿斯与阿基琉斯打斗——几乎是对决——的整段插曲与埃涅阿斯的家谱关系极其紧密。插曲被谨慎地铺垫。诸神前来,以便在最近处观战。因为与阿基琉斯对战,埃涅阿斯站在赫克托尔的位子上。甚而,他简直超过了赫克托尔。埃涅阿斯不能打败阿基琉斯,只是因为后者有神造的铠甲护身。他能像赫克托尔

一样轻而易举地抓起几公担①重的投石……两位神明垂顾于他，阿波罗和波塞冬，一个负责他的名誉，一个负责保护。他的子孙将超越普里阿摩斯家族而生生不息，这是宙斯的意愿。在赫克托尔的命运上演之前，他被波塞冬移开保住了性命。[454]他与阿基琉斯连出身都相当，甚至更胜：他也是女神之子，而且地位高得多。达尔达诺斯的子孙，一方面上溯至赫克托尔，另一方面上溯至埃涅阿斯，二者又是同宗同辈，与整段插曲一样，家谱再次表达出：埃涅阿斯毫不亚于赫克托尔！他甚至更幸运、更为诸神所眷顾。极有可能，诗人效命于埃涅阿斯子孙的王室，在诗中为他们创造出席位。他极尽所能地确保了他[埃涅阿斯]及其王室英雄的地位。用来比照他的英雄是不会更伟大的赫克托尔。

就这样，埃涅阿斯-插曲与《伊利亚特》既松又紧地结合在一起，在为它预算的位子上紧，在整体布局中松。这段也可以跳过，却不能切除，否则留下来的东西就无法衔接。如若删去此段，起初似乎前后都没有损失什么。亦或差矣？我们想起，第5卷儿戏般预奏了一些在《伊利亚特》后文才会严肃、可疑、悲剧、重要的东西，从预示后文走向这点来看，卷5的埃涅阿斯插曲也可算其中之一。埃涅阿斯被狄奥墨得斯击伤髋骨后(5.305)，阿瑞斯激励特洛亚人而高喊：

> 英雄已倒下，
> 我们认为他和神样的赫克托尔相等，(5.467)

此时，一如包含在第20卷埃涅阿斯家谱中的对照，赫克托尔和埃涅阿斯之间已经有了比较。为受伤的埃涅阿斯尽心竭力的阿佛罗狄忒(5.312及以下)，在第20卷中也同样是家族始祖的神母；达

---

① [译注]计量单位"公担"原文为Zentner，1公担相当于50公斤。

尔达诺斯驯养的马在两处都赫赫有名，两处的伽倪墨得斯也有着相同的故事。

卷 20 的神助应和着卷 5 的神助。可卷 5 更随意、更戏谑、更富童话色彩，当时救他的是阿波罗和为他奔忙的阿佛罗狄忒，她很可爱，却遗憾地什么也没帮上，不像 20.300，全体神明出动，遵宙斯之意，由波塞冬领导——唯独赫拉出于旧责按兵不动。尤其是，英雄在第 5 卷中虽然得救，但并不是作为家族的始祖，虽然受伤，但神的医治使他复原，伤不致死。

[455]此外更重要的差别是：在第 5 卷，我们还不知道众神怨恨整个普里阿摩斯家族，与受宙斯宠爱的埃涅阿斯家族相反，他们注定毁灭。当时，埃涅阿斯的命运还不是天下大难的阴暗背景上照亮未来的光明，被选中的得救者还没有与毁灭者形成对比。到了第 20 卷，第 5 卷预演的东西才得到结局和意义。

* 埃涅阿斯在这场决斗中更为骁勇，他的缺点只是没有神的铠甲，诸神在赫克托尔将死时多么决绝地抛弃他，现在就多么关心埃涅阿斯。自知与宙斯一致的波塞冬通过移摄的神迹使他绝处逢生（因此 288 及以下反复是"本可能……也可能……若不是……"），把自以为胜算在握的阿基琉斯射出的长枪整整齐齐地放回他脚下——为什么？也许是为了让它击中赫克托尔、而非埃涅阿斯。这样一场决斗本身就要求比对阿基琉斯和赫克托尔的决斗。情节的相似符合族谱的相似。事实上，正反场面本就该紧紧相连，如果阿波罗没有警告赫克托尔不要与阿基琉斯相见（20.375），如果赫克托尔因弟弟的死悲愤不已、发狂地冲向强者时，这位阿波罗没有再次把他裹在浓雾里摄开，赫克托尔与阿基琉斯的决斗就应该直接跟在阿基琉斯与埃涅阿斯的决斗之后。但是，不能让阿基琉斯如此轻松地打败赫克托尔。他得先遭遇比他自己更强的对手，必须先被神从河里救出来，就像此前神把其他人从他[阿基琉斯]手中救出。情境必须首先倒转。

有人奇怪,为什么埃涅阿斯被波塞冬、而不是阿波罗所救。是阿波罗把他推上战场,也是阿波罗警告赫克托尔。能为此找到的理由是:也许波塞冬是更高的神,他不怎么拉帮结伙,也许埃涅阿斯的后人自认为受他特殊荫蔽——但最近的原因却是,阿基琉斯与赫克托尔交手时,早已给过阿波罗拯救者的角色。[456]否则阿波罗的救助案例就会太多。波塞冬更坚定、更能保障未来,而阿波罗,当命运之秤让赫克托尔下倾:阿波罗立即把他抛弃(22.213)。抛弃在多大程度上由阿波罗本性所致,或许不只要问宗教史家,也可问一问埃斯库罗斯:只要知道,这种抛弃在波塞冬那边根本不可能,就够了。

*《伊利亚特》的编排原则:悲剧以非悲剧为前奏。

第22卷

赫克托尔之死

　　*〔457〕维拉莫维茨,页100:"在'神明众睽睽'一行后,宙斯在众神之中发言,这已是粗劣的误会,仿佛那漂亮的措辞是指,天上的观众在包厢里坐了下来。"可是,他自己发明的想象画面歪打正着。从首卷起,诸神就在人间大战时集会于奥林波斯的广场上观望(参考4.1及以下),尘事一旦发生转折,就会响起插曲般打断它的问题——或长或短:诸神在做什么?该问题出现在赫克托尔的死亡赛跑当中,而非结束之时,这大概能让我们相信,诗人最初就是这样写的。但出了问题的半行诗(Hemistisch):神明众睽睽(22.166),也就划不掉了。

　　如果维拉莫维茨继续想象,"天上的星辰、泉水和河流也同样在看",他就擅用了一种荷马并不了知的泛化多神论。史诗坚守它的形式、它的礼法。"神明众睽睽。"不是说整个世界都似乎屏住呼吸,而是:他们在看。补足观望的,是众神"广场"上的谈话。如果众神都在看,就不由要问:宙斯做了什么?语文学认为,删除不会改变意义,受此教条束缚的人相信,紧跟有谈话的观望与没有后文的观望完全相同。观望在如下情况中仍将摄人心魄:"神明众睽睽"——停。马上又进入奔跑。此时以一种不同于上文的措辞重新开始：

> 捷足的阿基琉斯继续疯狂追赶赫克托尔，
> 　有如……（22.188及以下）

只有神戏被解释为额外插入，观望才成为本义的、单纯的看。插入神戏的人或许并未领会，此处的看是不同于荷马常用的另一种。[458]他用熟练的荷马语讲述，却没有觉察，他用熟练的荷马语——毁掉了一切。他没有领会（遵维拉莫维茨），此处没什么要讲。

然而，随后的众神插曲真的如考据所愿，什么都没说？如若我们被告知，赛跑不是为奖品，而是关系到赫克托尔的死，奥林波斯上的插曲就决非偶然！宙斯曾亲引赫克托尔一次次获胜——不为把他引入胜利，而是引入死亡赛跑，作为观望者，宙斯是否应对这场赛跑说些什么？只有忘记前事才会回绝这个问题。始终信任他的他［赫克托尔］，为他供奉过多少百牲大祭，在最神圣的祭坛上，在伊达山的峰顶，在特洛亚城堡。（米尔，页336认为："22.171及以下提及赫克托尔献祭的两处地点简直就是尴尬。"）赫克托尔确乎虔诚！所有特洛亚人中最为众神所爱（24.66及以下）！现在他亲眼看着宠儿被阿基琉斯赶杀——追猎图，猎犬使小鹿陷入畏死之怖，追杀的比喻也立刻继续下去。此处，在这个地方，在赛跑和追猎两个比喻之间讲述众神都在看，绝非偶然。同在此处，语文学者却禁止"天神和凡人之父"发言！对于他为虔信者、宠儿、被弃者的悲呼，他"心中的""痛苦"，他们无动于衷：

> 现在（！）被阿基琉斯紧紧追赶！（22.172及以下）

他们认为这个 νῦν αὖτε[现在再次]不妥。

> 神明们,你们好好想想,帮我拿主意,
> 我是救他的性命,还是让这个高尚的人,
> 今天倒毙于佩琉斯之子阿基琉斯的手下。(22.174 及以下)

问题难道只对诸神而不对听众?造成痛苦的,难道不是最可怕的真相?

问题的徒然、它的无济于事,已包含在说出它的话里。神戏遵循惯例。此处作答的是雅典娜,她虽然用了更尊敬的称呼,却是与赫拉在萨尔佩冬死前相同的恶毒答案(16.441-43)。彼时他[宙斯]洒下濛濛血泪。如今他让他"亲爱的孩子"想怎么办就怎么办。做什么,没有说。听众已有所准备,将会极尽惨烈。

考据却感觉这太过分了。我们翻开维拉莫维茨:"接下来宙斯说了一番毫无目的的话,问是否应该拯救赫克托尔,雅典娜一反驳,他就立刻出尔反尔,[459]鼓励她去做一件她早有打算、我们却一无所知的事。也就是说,知道她以后会做什么,才据此编出对话,这不是诗人为他的发明打下伏笔,而是一个自作主张之徒试图补写他认为缺失的伏笔。"维拉莫维茨不认识任何离弃凡人的神。(他把卡珊德拉被弃推给埃斯库罗斯,后者因此才能批判德尔菲的阿波罗。)

谁能怀疑宙斯宠爱赫克托尔这"被宙斯所爱的人"(6.318, 8.493,24.66 及以下)?谁能怀疑宙斯背弃了他?然而,他[宙斯]不能同时身兼二者,更遑论从宠爱者转变为背弃者。为什么不能?因为这违反某些我也不知道是什么的心理学概念。对诗人禁止的事情,插写者则可为所欲为。

可此处却在依照已有的原文,卷 16 萨尔佩冬插曲中赫拉的

驳斥：

> 一个早就公正注定要死的凡人，
> 你却想要让他免除悲惨的死亡？（16.441 及以下）

当死者是宙斯的儿子，当他的命运让他自己的父亲也出乎意料地无能为力，这句诗会更直击人心。所以，此处连同其所在的背景，都是根据萨尔佩冬-插曲创作的。不止如此。22.183 及以下宙斯对雅典娜的回答重复了 8.39 及以下那几行，但此处没有重复套话。哪一处更早？阿里斯塔库斯及一部分同意他的新考据判定卷 22 更早，并证伪了卷 8 的两行诗。其他人认为，两处两行诗均为伪作，也许是同一位吟诵歌手（或者诗人 B）在这两处编造的。

两种证伪都不成立，首先，卷 22 宙斯的悲叹需要一种骤变，单凭第 185 行无法表现，其次，卷 8 这两行诗不仅表现出诸神集会中的骤变，而且比卷 22 更为精准。什么叫"别怕"？什么叫"我所言并非心意已决"（$\vartheta \upsilon \mu \tilde{\omega}\ \pi \rho \acute{o} \varphi \rho o \nu \iota$）？什么叫"我愿慈爱（$\mathring{\eta} \pi \iota o \varsigma$）待你"？"友爱的心"（4.361，$\mathring{\eta} \pi \iota \alpha\ \delta \acute{\eta} \nu \varepsilon \alpha$）与"生了气"（4.357）相对。作为御手，帕特罗克洛斯对阿基琉斯的马友爱（23.281，$\mathring{\eta} \pi \iota o \varsigma$）。24.140 宙斯"决意"向阿基琉斯发出命令。8.23 的 $\pi \rho \acute{o} \varphi \rho \omega \nu$ [愿意的] 也代表着宙斯的全部意志力。这些话的反面是什么？什么会被收回？或者被取消？与此相对的是一声绝望的呼喊，还是勃然大怒？[460] 一位不知所措者的请求，还是无所不能者的威胁？"慈爱"与无助相对，还是与无情？"并非心意已决"与"不幸啊"相对，还是与"无人反对！"？"别怕，亲爱的孩子"与"神明啊，帮我拿主意"相对，还是与"他回到奥林波斯，将受到可耻的打击"？与这一切相对的是一种让众神颤栗的威胁，一种不允许任何异议的意志宣告，一种令万物俱寂的暴虐。这种在第 8 卷中显白的反差，在第 22 卷稍有偏斜。并非它不可理解而要被指责，而是此处的转借确定无误。

如此一来，我们就陷入一种窘境——我很希望有人能把我们拉出去。作为"衔接篇章"、为《狄奥墨得斯篇》和《使者》设定出前提的第8卷，即便不在末晚，也是后期之作。倘若卷22在相似的情境骤变时借用了这两行诗，那么赫克托尔的死亡赛跑——整部《帕特罗克洛斯篇》的顶点，就比后期更晚。我们如同被囚的老鼠，一再试图穿过裂缝、跑出封住我们的圆环。证伪卷22的诸神集会行不通。因为"捷足的阿基琉斯继续疯狂追赶赫克托尔"与"神明众睽睽"不相连——假设这行可以独立存在；它更合理的话头是：

雅典娜迅速飞下奥林波斯峰巅。(187)

（维拉莫维茨也看出来了，因此他一同丢弃了追猎的比喻。）维拉莫维茨及之前的其他人证伪卷8，这也不行，否则就是卷8的篡改者掰直了卷22的偏斜反差。

最完美的东西最晚出现？那可就颠倒了至今所有《伊利亚特》考据默认的信条。然而，对首卷的考据不就已经引出相似结论？难道吕卡昂-插曲有何不同？

4.73及以下，急欲下凡的雅典娜受宙斯派遣，大步流星地到达目标：特洛亚人群中间。系于目标的悬念只被一个比喻拖延。① 22.186及以下②重复了相同诗句，目标却先被隐藏起来。派遣本质中的悬念被十分不同的东西拖延着：漫长的、没完没了的死亡长跑。悬念中掺入了时间，还有随时间一同进入的渐增的恐惧。派遣和到达括起越来越漫长的死亡竞赛。候时已久的到达与称量死

---

① ［译按］4.75及以下："有如狡诈的克罗诺斯之子放出流星，/作为对航海的水手或作战的大军的预兆，/发出朵朵炫目的闪光，非常明亮。"

② ［译按］原文为22.286及以下，疑误。

亡同时发生：后者也被同一个括号包含在内。

> [461]赫克托尔一侧下倾,
> 滑向哈德斯,阿波罗立即把他抛弃。
> 目光炯炯的女神雅典娜迅速来到
> 佩琉斯之子身边。(22.212及以下)

毋宁说,两套括号彼此交叠。第一套跨度更大,从165至208行,从165：

> 他们这样绕着普里阿摩斯的都城,
> 迈着快腿绕了三周,

括至208：

> 当他们一逃一追第四次来到泉边,
> 天父取出他的那杆黄金天秤。

第一套括号本身和第二套一样涉时无多。反反复复、通常在关键处重复的公式："三次……可第四次……",从未这般滞阻不前、容器般截留住将要到尽头的时间。比喻在同样的意义上绷住、拦下、把目标继续后移——推得越来越远,就像在痛苦的梦里。双括号的效果是,死亡称量为越来越痛苦的等待铺垫出结局,这是双重的等待：被一拖再拖的第四次到底何时发生？雅典娜到底何时走到阿基琉斯身旁？哀叹着态度陡转的宙斯到底准许她做什么？

  哀叹、称量的,是具有双重特性的同一个宙斯：悲天悯人的天父,和宣布、派送死亡的行刑者。如果把死亡称量从整段被括起的文本中移除,就夺去了它的对立面,拿走它的另一张脸孔,使它脱离《伊利亚特》铺垫好的前提，遮挡住它的背景，把它修剪成矫饰诗（manierliche Dichtung）应有的样子。于是出现了不可反驳论点，比如："宙斯既让命运的天秤决断，又怎会询问能否保全赫克托尔？"是啊，他怎能超出我们的理智行事？

第 24 卷

赎　还＊

＊［462］《伊利亚特》末卷必须为古典主义给予它的赞叹付出代价。19、20世纪的语文学对它越来越不客气。时至今日它仍未从中恢复元气。＊把本卷理解为历史变化的产物、而不是如其所是地接受它，此类尝试从未止息。有人认为，显而易见，一个曾经更为残忍的结局被柔化成和解。他们相信，能辨识出改造文本背后更原始的版本，猜想现存文本的诸多矛盾里存在着早期的沉淀。的确，不能否认这些尝试合理：无疑，诗的个性在此反抗着期待和传统，它昭然明示：此处我另辟蹊径。

然而，如何设想早期文本和其后的革新方式？承认那些尝试合理，就会浮现三重问题：其一，上述诗的反抗是针对它之前被讲述的《伊利亚特》本身吗？或，其二，如不反抗整部《伊利亚特》，会是针对《伊利亚特》核心的《帕特罗克洛斯篇》吗？或，其三，它是在反抗更古老的、已对我们销声匿迹的传统？那种也许存在于荷马之前、但在《伊利亚特》任何部分或层面都荡然无存、从任何传本都无法读出的传统？换句话说：改写是替换掉失传的结局，令一位竞争歌手的创作优于原版；还是，其二，彻底改写了一部分或是其后果;还是,其三,《伊里亚特》全诗既在传统当中也同时反传统,受制于传统而不能脱离它去想。

若是第一种情况,则个性局限于末卷本身;第二种情况,革新超越了《伊利亚特》的某一部分或某一层面;第三种情况则超越整部或几乎整部《伊利亚特》。在前两种情况中,[463]可能前后几十年或几百年之间有过外在或内在的发展,在第三种情况中,整部《伊利亚特》都主要是一位诗人的作品。第一种或前两种可能性已得到充分探索,持续创作期即使没有迟至公元前550年,也大概在公元前750至前600年。末卷诗人是最晚期的诗人之一,人们认为有充分的理由赞佩他:相比于前辈们,他的创作多么与众不同!以时间尺度估算二者的距离:就好像霍夫曼施塔尔(Hofmannsthal)①改写歌德、马尔西里奥·费奇诺(Marsilio Ficino)②改写但丁,或是斯特拉斯堡的戈特弗里德(Gottfried von Straßburg)③改写了《罗兰之歌》(Chanson de Roland)④。

* 古文学中鲜有把结局从悲剧改造为和解的例子,我们推测的种种改造本来就很可疑。《绿衣亨利》⑤提供了一个近代的例子。按最初计划,小说应以主人公自尽结束。1850年1月凯勒在笔记中写道:"亨利苦涩的悲剧命运正在于,美好的生活向他开启,他却没有上前的可能,那一刻,他看到自己注定的死。他没有过

---

① [译注]霍夫曼施塔尔(Hugo von Hofmannsthal):1874-1929,奥地利诗人。

② [译注]马尔西里奥·费奇诺(Marsilio Ficino):1433-1499,文艺复兴时期意大利哲学家。

③ [译注]斯特拉斯堡的戈特弗里德(Gottfried von Straßburg):中世纪德语诗人,生活在12世纪末、13世纪初。

④ [译注]《罗兰之歌》(Chanson de Roland):法国中世纪的英雄史诗。11世纪出现了最初抄本。

⑤ [译注]《绿衣亨利》(Der Grüne Heinrich),瑞士德语作家凯勒(Gottfried Keller,1819-1890)的半自传代表作,德语文学中最重要的成长教育小说(Bildungsroman)之一。小说共分四卷,前三卷出版于1854年,第四卷出版于1855年。但凯勒对自己的作品并不满意,70年代末重新改写出第二个版本。

去,也恰恰因此失去对未来的权利。带着对这种不幸的极其清醒的意识,他把自己交给了死亡。"①

1855年的版本以自然亡逝(das natürliche Erlöschen)取代了主动求死(freiwilliger Tod),这是缺少求生意志和求生权的结果。把他载过逝水、载入死亡的摆渡人在歌声中唱出一切:

> 若有幸福,我不配。
> 幸如不幸,击碎我。

在所有被错过、辜负、虚度、妄想的机会中,最后、最关键的是,他去得太迟,没能见上母亲最后一面。返乡时,他走进城外的墓园教堂,听见了她的名字。最后一次错过的原因是巴塞尔的民间射击节,它让这个疲惫的人再次获得新鲜的生活勇气、对自由民风的热忱、多数人的权利和心态,最后,作为对即将开始的世俗磨练的准备,他甚至参加了一场射击赛(!)。得知母亲的死,他最后的幻想破碎:"她因他而死,[464]她的死使他现在寄予全部希望的外在生活不再可能继续,这一夜,一个事实闯入他内心深处,她终于不得不相信,看透他不是好儿子。"最后他还给伯爵朋友写了信,可回信还没到,他就死了。也就是说,他或他内在的天性不再等下去。不论回信如何说,他都自认为不值得他的友爱。

后期转变了的凯勒把抗拒性的结局变为接受,毋宁说改写(umarbeitet)。虽然此间他变得那么成熟、艺术经验那么丰富,重铸结局对于他仍是艰难而漫长的苦役。此间他的生命体验发生了变化,不止如此,排版技术、小说范本等内在外在的一切手段都任随他取用,可他仍然无法把初版合理的结局替换成勉强合理的第二版。困难首先在于,初始结尾要被转化成过渡阶段,一种主人公

---

① *Sämtliche Werke*, hrgb. von Jonas Fraenkel, Bd. 19, 348.

必须穿过的炼狱。为避免悲剧之死成为事实,它必须成为一种"几乎"。这需要时间;转变不会一蹴而就。第二,出人意料的转折必须长线铺垫。第三,为使之成为一个故事,之前中断的线索要被重新连接起来,导向新的、好的终点。

由此看来,凯勒与荷马歌吟者的任务不无相似,后者为柔化古《伊利亚特》的结局,也需要在英雄之死和辱尸之后插入一段间隔、一种拖延,从而把可怖之事转化为和解;因而他也同样要铺垫新结局,尽可能重新连结起中断的、现在又能使用的线索。但是,比起凯勒,他要为这种转变付出的代价高昂得多!史诗形式的基本原则——反差的清晰纯粹遭到破坏,妄想与现实的冲突几乎荡然无存,尽管改头换面,还是会留存太多在新涂层下失去必然性的旧物。

从兴高采烈的人群到母亲的坟墓,正反画面的陡落由一段居间的路途引入。不是阴阳永隔,他见到母亲生前最后一面:她也刚好在临终的床上认出她儿子。[465]在群情鼎沸的巴塞尔停留的三天被缩短,它也因此失去了阴森的象征意味——划掉了比喻:"恰似一场迟迟不醒的令人心惊的梦游。"参加射击比赛也被认为太诡异而删去:"努力射击的这几天,他确信,通过不断练习就能赢得特长,而不再只是吹牛大王……"

亨利在母亲留下的一本手抄小诗集中,找到了初版中由神秘的摆渡人唱出、陪伴生者走入死亡的歌。初版中摆渡人的歌曲和叙述如同内心声音,剖白着、毁灭性地击中主人公,如今他只能自顾惊诧:"那么年轻的姑娘竟曾抄写、保存下这首特别的诗。"

改造同时意味着:有意毁灭,让有意义的新东西出现以取代之。伯爵最后与亨利交好结义,就免不了他的劝慰,旧文被重新解释出新义。亨利在决斗中伤过一个人并使他因此丧命,此人死前的信被另一个朋友的信取代,后者出了一个好价钱订了亨利的两幅画。垂死之兆——让他感到胸口剧痛的心脏病必须删去,随后情绪发泄、痛打无辜的村夫也被删去，这太容易让人想起悲剧的傻瓜小说。

如果有什么意味着终结，那就是去往美国的尤蒂特从主人公身边消失。然而新版必须把失去的人从美国叫回来，因为成功的世俗职业中也包含成功的世俗婚姻，这种变化所要求的艺术上的牺牲被全面展现出来。对窦琴的悲剧之爱也似乎一笔勾销，这同样留下开裂的伤口。在首版中，逝者至死都还拿着她那张关于希望的纸条，现在则必须有伯爵的一封信让他明白，她不是合适的人。使返乡者胸口"无望痛楚的窦琴肖像"也必须删去。

旧货商遗嘱中的讽刺必须删去。[466]从"你恶意地离开我，我的小儿子"，变成"你再也没回来，我的小儿子"等等。必须删去，因为这个"小儿子"就是泄密处。一切都必须正派、严肃，整个调性都必须改变。遗嘱从一丝快乐变成入世的基础。初版中它是主人公没有通过的考验，现在则成了转折的标志。

遗物本身，那只装有黄金和有价值的信件的大银杯——幸福之杯，失去了它的象征意味。它必须删去，因为亨利刚刚得到它，就三心二意地险些丢掉。因此杯子与那首关于幸福和价值的歌谣也就没了关系。无常的象征消失了，人们因此不再能理解，物质幸福的容器为什么必须是一个杯子。

也许，从某个高度起，在每部更伟大的叙事诗中，比如荷马，比如凯勒，都能区分出初级和次级、原创和派生，也就是说，那些辉煌地出于叙事思想本身的东西，与另一种毋宁说是服务性的、隶属于原创的功能。两者的比例因每位诗人的风格和能力截然不同。比如，相对而言，《奥德赛》中次级的东西多于《伊利亚特》。对比两个版本的《绿衣亨利》就会一目了然，比起第二版，初版多么富于原创，有多少自主存在的重要的东西，而第二版切掉多少初级品，又需要多少次级的、衔接性的、建立关联的东西取代它们。

倒　　转

《伊利亚特》中,末卷——若非三级品——被首当其冲地算作次级。《赎还》被认为是结局从非和解改造为和解的产物。老福尼克斯曾在《使者》中恳求过阿基琉斯:

阿基琉斯,你要压住强烈的愤怒;
你不该有个无情的心。(9.496及以下)

阿基琉斯为他的无情赎罪,代价是失去朋友:原始版本中,此处剧终之时,他仍然无情如初。因此维拉莫维茨极力反对,[467]《伊利亚特》的其他篇章曾在某处为末卷打过伏笔。他认为,末卷是"高度完整的独立诗篇,作为新结局,它取代了失传的老结局,被附加给已完成的《伊利亚特》"。反之,米尔认为,末卷全篇都是新诗人B,那位《伊利亚特》诗人的作品。他的创作年代,在《奥德赛》的老诗人(a)之后、新诗人(b)之前。换句话说,末卷的诗人介于《奥德赛》新老两代诗人之间。

* 可是,末卷的情境,普里阿摩斯向阿基琉斯祈求儿子的尸体,显然已在普里阿摩斯的悲诉中埋下伏笔(22.416及以下),然而是遵循着倒转原则的伏笔。普里阿摩斯欲行绝无可能之事,他要出城去找阿基琉斯,人们必须拦住匍匐在地上的他,就像拦住一个疯子。此处与末卷动机相同:苦苦恳求,怜悯,对老年的敬重,想起父亲佩琉斯(比较24.503及以下),多个儿子和唯一的赫克托尔,父亲和母亲在儿子尸体旁的哀哭。

两场各三种声音的哭悼彼此呼应:卷22为远处的受辱者(普里阿摩斯作为男性领哭者[Exarchos],赫卡柏和安德罗马克作为女性领哭者们[Exarchoi]),卷24为灵床上的尸体(安德罗马克、

赫卡柏、海伦)。同一行诗叠句般重复,最后发生了升级的变化:

22.429 老人这样哭诉,居民们一片哀号。
437 赫卡柏这样哭诉,
515 她这样哭诉,妇女们同声悲叹。
24.746 她这样哭诉,妇女们同声悲叹。
760 她这样哭诉,引起不断的悲哀。
776 她这样哭诉,无数人同声悲哀。

* 维拉莫维茨强烈反对在第 22 卷想到末卷,"如果剥夺了的绝望,动人的力量就消散殆尽"(页 72)。可他的异议只显示出,他不清楚倒转的意义,混淆了诗的瞬间(die Momente)和整体。若以这种方式解读埃斯库罗斯的《普罗米修斯》,我们将身陷何处!

米尔表面上反对维拉莫维茨(页 371):22.418 及以下如同末卷降临的前夜。(我当然不会这样表达。)但他(页 344)认为,普里阿摩斯的哀哭(22.418 及以下)出自诗人 B,即末卷诗人。(拉赫曼 67 推断出《伊》24 卷的从属性。)反之,诗人 A[468]没有让阿基琉斯交出尸体,"如果想让他还回去,他[诗人 A]就不会这样去写 22.261 及以下和 345 及以下"。为什么不会?为什么不会才对?"如果安德罗马克与赫卡柏还要在赫克托尔的尸首旁哭悼,卷 22 里妻子和母亲的话就会失去所有的悲恸。"结果又与维拉莫维茨殊路同归;只有哀哭的普里阿摩斯才被作为插入段移除。哀哭成为没有头颅的残躯。这本质上是教条主义:悲惨不容许和解。好像总还是不够惨!

* 叙事结构的倒转原则自《伊利亚特》起一直用到 19 世纪的小说。《伊利亚特》卷 24 对卷 22 的倒转,与卷 9 对卷 2 的倒转(86 及以下)原则相同。

第 2 卷的自负和挑衅，在第 9 卷中变成危机和事实：国王建议逃跑！第 22 卷绝望中的狂想，在第 24 卷中成真。亲自去找阿基琉斯——起初作为普里阿摩斯的妄念出现，最后却表现为宙斯的意志。

按照分析考据的结论，两种情况的倒转，均因新诗人误解或无视老诗人的意图、违逆其意而续写所致。倘若第 9 卷和末卷的误解者是同一人——新近的考据不愿接受这一点，他就在创作中发展出一种特性。我们有十足的理由感谢他！不仅仅是艺术原则，更要感谢他对"错乱"（卷 9），对"为神所爱"（卷 24，因为赫克托尔 $\vartheta\epsilon o\varphi\iota\lambda\acute\eta\varsigma$ [神明宠爱的]，749）的诗化塑造，如此伟大的东西竟是他对诗错解或另解的副产品。

作为美学原则，倒转足以惊人。然而，若非以宗教经验为基础，它就不会显像为诗。史诗之前是传说。末卷诗人自己就指出尼俄伯（Niobe）①的故事：它分裂为彼此相对、互为倒转的两部分——不是结构上，而是作为凡人的教训和画像。

[469] 如果问，哪种倒转更早？从昂扬转入悲抑（aus Erhebung in Elend），还是从悲抑转入昂扬？那答案必定是：第一种。第一种倒转不仅是传说，也是肃剧的基础，不论索福克勒斯式的灾难之悲还是埃斯库罗斯式的悲，都同样以之为和解结局的前提。在埃斯库罗斯笔下，和解结局植根于他的宙斯信仰。《伊利亚特》末卷是他首屈一指的摹本。他亲自将其改编为剧本，写入他《阿基琉斯纪》的第三部分《弗利吉亚人》（*Phrygern*）。

在基督信仰中，古希腊经验被仁爱（Genade）、本恶（Urböse）等更极端的概念覆盖或扬弃——如果愿意这样说的话。它们并未

---

① [译注]古希腊神话的女性人物。尼俄伯有七子七女，她以之为豪，挑衅只有阿波罗和阿尔特弥斯两个孩子的女神勒托。被激怒的勒托杀死了尼俄伯所有的孩子。宙斯把悲伤的尼俄伯化作喷泉，汨汨而出的泉水都是她的泪。

在德意志意识中扎根——我对现代知之甚少。

第二种倒转没有任何宗教形式的根基。它在民间形式中也找不到雏形或榜样——除非要比较童话的幸福结局,但这与此无关。它源于诗。如果阿基琉斯没有盛赞、交还尸体,倒转还会是倒转吗？倒转的前提是僵硬(Versteifung),是此事绝无可能的至高保险,——可它却发生了。然而：只有伟力介入才会发生,想到那种力量就超越了人的界限。

与"古"《奥德赛》的一致之处*

* 有人相信,所谓的卷 24 的个性(Individualität)可以把握。和解的结局、温和的阿基琉斯,似乎泄露出比《伊利亚特》余篇所示更温和的时代和性情。变化后的风格似乎让人想到《奥德赛》；通过观察,人们也自认确证出,相对于其他篇章,末卷与《奥德赛》有更多平行之处。

鲁道夫·佩普米勒(Rudolf Peppmüller)在他对《伊利亚特》末卷的评注里列出了第 24 卷与《奥德赛》所有一致本文的索引(1876年)。凭当时荷马语文学的研究水平,借用者只能是《伊》的末卷诗人。《奥德赛》末卷除外(页 XXXV)：《奥》24.276 及以下的礼物列举是参考《伊》24.230 及以下所作。认为此处情况相反的原因仅仅是,[470]当时公认《奥德赛》末卷与《伊利亚特》末卷同样都是后世补作。从未有过解释。

米尔(页 379)挑选出最明显的相似之处,但仅限于他划归到古《奥德赛》的部分。在范本和仿本的看法上,他与佩普米勒一致。他从"古"《奥德赛》中选出一致之处,以证明"古"《奥德赛》优先于《伊利亚特》卷 24。晚期的新本文他没有讲,但必定情况相反。然而,从《伊利亚特》卷 24 与《奥德赛》的一致之处来看,《奥德赛》所谓的新老部分之间并无差异。两部分均显现出同种惊人的密切关系。两部分的《奥德赛》诗人均为改造者,且改造方向相同,我们可以放心说:两处是同一种思想。改造并非有意识的计划、赶超。它自行发生,是通行范本与一种另有所长、另有所向的诗的意志接触后顺理成章的结果。

既已有过尝试,我就也遵守这种区别,先假定《奥德赛》真的有一位"老"诗人和一位"新"诗人。我分别依次摆出观察到的相似之处,但不仅仅比较本文,也比较它们的文脉,①此间我尽量不做断言。我的目的,既不是要证实《伊利亚特》优先,也不是要例举某种差别以说明两位诗人之间的关系。将会一再显明的是:《伊利亚特》与《奥德赛》的强度(Intensität)多么不同。

先看古篇。

* 未证实 24.8 =《奥》13.264(13.91;8.183),因为阿里斯托芬证伪的 6-9 行撕碎了文脉:

24.5:
…ἐστρέφετ' ἔνϑα καὶ ἔνϑα,
……在床上翻来覆去,

24.10:
ἄλλοτ'ἐπὶ πλευρὰς κατακείμενος κτλ.
他时而侧卧,时而仰卧,时而俯伏。

10 及以下上接第 5 行、而非第 9 行。阿基琉斯所为,超出朋友的请求——不要忘记他(23.69)——太多。[471] 24.4 第二格宾语"怀念亲爱的伴侣"足矣。(笺注维护后四行令人满意:阿基琉斯做

---

① 反对佩普米勒维护卷 24 优先于《奥德赛》的有葛默尔(Gemoll),《赫尔墨斯》18(1883),页 88 及以下等,但并未深入情境。

英雄想,只关乎战事。)

* 24.33:

σχέτλιοί ἐστε, θεοί, δηλήμονες,
天神们,你们真是硬心肠,恶毒成性。

在《奥》5.118重复,稍作变化:

σχέτλιοί ἐστε θεοί, ζηλήμονες,
神明们啊,你们太横暴,好嫉妒,

哪个更早? 有人答《奥德赛》。卡吕普索属于古《奥德赛》,《伊利亚特》的末层仿写了她。

较之于δηλήμονες[为害的/祸害者],《奥》5.118 的ζηλήμονες[好嫉妒]几成绝唱,只此一处(hapaxlegomenon)。在古希腊史诗中,它的出现只能溯至《奥德赛》此行。从构词上类比,它就像《伊》23.886 的"ἥμονες ἄνδρες"[善投者],是基于ἥμων[投掷着的]而造,Φιλήμων[爱着的],Ἡγήμων[指引着的],αἰδήμων[羞愧的/羞愧者]等等。(为了《奥德赛》此处,欧斯塔提乌斯(Eustathius)追踪了ζηλώσω[我将嫉妒]的变体,ζηλῶ ζηλήσω[我嫉妒 我将嫉妒]。①)与之相反,δηλήμων[为害的/祸害者]后来仍有生命力,且不止于史诗;《奥》18.85 称埃克托斯为βροτῶν δηλήμονα πάντων[所有凡人的祸害者],希罗多德 I,41 是ὄφιες δηλήμονες[害人的蛇],而不是后来常用的δηλητήριος[为害的]。δηλέομαι[使受害]意味着故意伤害、损毁:人类、农作物,一切与σώζειν[拯救]相反的、有益的好东西。就这样,诸神不"拯救"而是损毁赫克托尔,不仅活人,还有死尸:

---

① Eustathius ad 1., S. 204, 30.

> τὸν νῦν οὐκ ἔτλητε νέκυν περ ἐόντα σαῶσαι.
> 你们现在竟无心拯救他——尸首一具。(24.35)

诸神袖手放任,十一天后,把一切看在眼里的阿波罗痛斥 θεοὶ δηλήμονες[横暴的诸神],这是《伊利亚特》里对集会的奥林波斯最强烈的抗议,无疑,他的话针针见血。谴责终结于神明行为的荒唐悖谬,并以此达到巅峰:"我们对阿基琉斯如此纵容,却将气愤地凭借神的'正义'让他为此赎罪!"纵容越荒唐,越可能是最高操控,换句话说,人间事若与天界相应,且以如此方式、如此悖谬地相应,就属于神话现实主义的例子(Beispiele jenes mythischen Realismus),人们觉察到的那位《伊利亚特》诗人正因此令人惊赞。它是"早"还是"晚",留待后话,只要意识到,它比《奥德赛》关于神人所说的一切都更伟大,就够了。当阿波罗发言要求解决神性不可忍的冲突和自相矛盾,就仿佛是埃斯库罗斯的神学奏响先音。

《奥德赛》也有一位代言神,虽不是双重声音,[472]却也在漫长的、久得多的沉默忍耐后,为维护一位被危及、被遗忘的英雄抗议集会众神。彼处说情的女神也提出同样的问题,奥德修斯是否应被诸神如此对待?

> οὔ νύ τ᾽ Ὀδυσσεὺς
> Ἀργείων παρὰ νηυσὶ χαρίζετο ἱερὰ ῥέζων;
> 难道奥德修斯
> 没有在阿尔戈斯人的船边,在特洛亚旷野,
> 给你献祭;(《奥》1.60)

一如《伊》24.33 的代言者阿波罗:

> οὔ νύ ποθ᾽ ὑμῖν
> Ἕκτωρ μηρί᾽ ἔκηε βοῶν αἰγῶν τε τελείων;
> 难道赫克托尔没有给你们焚献纯色的
> 牛羊的额胫骨;

彼处的责怪也对应着宙斯的两次派遣。派遣赫尔墨斯逐字重复。可一切以多么友好的形式！诸神在那里不 σχέτλιοι [横暴]、不 δηλήμονες [为害]。他们全都慈悲为怀,唯有[宙斯]这一位例外,他却也很快就会妥协。神性好善乐施。可怕消失了。但随之消失的还有第二点：《奥德赛》的众神会议不再表现人神事件的关系。既无仰天长吁的凡人,亦无救赎呼求者的宙斯。《奥德赛》的诸神大会得之道德,失之宗教。

阿波罗责骂诸神,他们不制止无人性、狂暴如狮、伤人伤己的阿基琉斯。赫拉怒言以对,她的驳斥也针对集会众神,甚至比阿波罗的责骂有过之而无不及。一如阿波罗,她也力陈诸神的自相矛盾,只有《伊利亚特》的天神们才会用那种尖酸的讽刺交谈：在众神面前,赫克托尔就好像与阿基琉斯同样重要,后者却是女神的儿子：

> 你们都参加过她的婚礼,你也曾在当中
> 吃酒弹琴,你却和坏人为友不忠诚。(62)

但不同于其他情况,这次她孤军奋战,宙斯回复：

> 可不要让你自己被众神深恶痛疾。(65)

《奥德赛》的天神会议上,唯一的反对者远离现场。因此没有反唇相讥。那里的两次派遣并不是诸神争吵的化解。众神的决定毫无异议:这在《伊利亚特》中无法想象。

同时发生了偏移:《奥德赛》文中也响起过天神会议上缺少的对诸神的控诉——[473]然而出自卡吕普索之口!

σχέτλιοί ἐστε, θεοί, ζηλήμονες
神明们啊,你们太横暴,好嫉妒

控诉不再由与会者提出。控诉者离他们远之又远,一如她与世隔绝的荒僻小岛远离着奥林波斯。这也是一位孤独者的控诉,爱情中的她感到自己遭背叛、被遗弃。控诉不针对赫尔墨斯,它因为没有可指摘的对象而遁入虚空。她唱出诸神善妒的老歌。可不同于《伊利亚特》,此处没有神明感觉受到攻击:于悲诉者是伤,于受苦者则是解脱。控诉是盲目的。控诉者必须忍受痛苦:她是不死之神,是她在凄凄控诉中提到的失望神明们的后辈——叙事预演着后文的哀歌。她自怨自怜,可以说控诉是私己的。她不明白,她无意间成为凡人忠心的代价。改变的情境符合独一无二的ζηλήμονες[好嫉妒]。悠悠怨诉取代了尖酸斥骂;彼处是诸神争吵,这里是孤影伶仃。ζηλήμονες[好嫉妒]之外还加上《伊利亚特》的常用套话:ἔξοχον ἄλλων[最是]。可神明们与谁比才无出其右地好嫉妒?卡吕普索控诉时,简直就像她自己不是女神,而是被诸神遗弃的凡人。

《伊利亚特》里客观清晰、在叙事过程中自行展开的东西,成为《奥德赛》里的主观感受(subjektive Empfindung)。这种感受方式,使哀歌里的例子并不触及发生的实情。

我们再问:何者更早?我们应继续比较诗句,却不关心它们所在的环境(Umgebung)吗?《伊利亚特》的环境像在模仿《奥德赛》吗?环境不就是不同方向上、不同世界里的景色?哪个更古老?如果还是认为《伊利亚特》卷24更晚,就必须把《伊利亚特》的奥林波斯戏也看作晚于《奥德赛》。

当然，仙女这个角色需要控诉。她把心上人从死难中救出，认为自己对他有权——现在却要放他走。作为角色，她本身就在模仿她所例举的神话中的受骗者。也许同时也在模仿受骗的拯救者，阿里阿德涅（Ariadne）就是其中之一。可她的控诉无法脱离她的形象，什么也没有唤来，什么也没有感动，σχέτλιοί έστε, θεοί, ζηλήμονες[神明们啊，你们太横暴，好嫉妒]！她留守田园，伴着岩洞、床榻和织布机，她感动的，只是我们的同情——一位没有魔法的仙女。不，众神却不会因此而σχέτλιοι[横暴]！再问一次：什么更早？客观还是主观？[474]或者，殊路同归，是控诉在《伊利亚特》被改成男版，还是在《奥德赛》变为女版？爱情的动机更古老，还是诸神吵架？

倘若，如我们现在所信，《奥德赛》更为晚近：那《伊利亚特》末卷必曾如何震撼过改写的诗人！

* 另一个证据：《奥德赛》常见的句尾καὶ ἀμείβετο μύθῳ[她以话语回答]，在整部《伊利亚特》中仅现于末卷。虽然《伊利亚特》无数地方都有τὸν δ' ἠμείβετ' ἔπειτα[回答他说]，《伊》24.89 和 372 及以下普里阿摩斯与赫尔墨斯的对话中也出现过这句；3.171 还有一次μύθοισιν ἀμείβετο[她回答说]。可观察无误，καὶ ἀμείβετο μύθῳ[她以话语回答]只现于《伊利亚特》卷 24。

诸神也无力对抗统计数字。《奥德赛》对于[《伊利亚特》]卷 24 的依附，大概已有证可循。复核如下：

1.《伊》24.200 说到赫卡柏：

  ὣς φάτο, κώκυσεν δὲ γυνὴ καὶ ἀμείβετο μύθῳ.
  他这样说，他妻子却尖叫一声并回话说。

在《奥》欧迈奥斯少年的故事里，15.434 及 439 同样是：

> τὸν δ' αὖτε προσέειπε γυνὴ καὶ ἀμείβετο μύθῳ
> 那女人当时回答对方询问这样说。

米尔(《奥德塞》，修订译本，第 739 栏)认为[这一句]并不出自《忒勒马科斯篇》(*Telemachie*)，而是后期作出《伊利亚特》末卷的诗人 B 所为。就是说，米尔也认为此处关系颠倒。

2.《奥》6.67 阿尔基诺奥斯对瑙西卡娅：

> ὁ δὲ πάντα νόει καὶ ἀμείβετο μύθῳ,
> 父亲会意一切对她说，

此处的直接借用可由前文 οὐκ ἄν δή μοι ἐφοπλίσσειας ἀπήνην[你能否为我准备一辆四轮马车](6.57)证实；见下。

3. 接下来，《奥》的埃尔佩诺尔插曲中再次出现：

> ὁ δέ μ'οἰμώξας ἠμείβετο μύθῳ
> 他大声地叹息回答我(11.59)

根据更高水平分析(《奥德赛》修订译本，第 725 栏)的结果，它仍不属于原始本文。此处《奥德赛》的诗人也是借用者。就这样。证据揭穿自己的谎言。

*《伊利亚特》末卷与《奥德赛》第 6 卷的一致之处，部分在具体诗行，部分在情境当中。至今为止，人们比较时只关注具体诗行就断言《奥德赛》在先。

[475] 一致的出行诗行是：

《伊》24.263：

οὐκ ἂν δή μοι ἄμαξαν ἐφοπλίσσαιτε τάχιστα
ταῦτά τε πάντ' ἐπιθεῖτε, ἵνα πρήσσωμεν ὁδοῖο;
你们还不赶快去为我准备车辆，
把这些东西全都装上去，让我们好赶路？

《奥》6.57：

πάππα φίλ', οὐκ ἂν δή μοι ἐφοπλίσσειας ἀπήνην
ὑψηλὴν εὔκυκλον, ἵνα κλυτὰ εἵματ' ἄγωμαι...;
亲爱的父亲，你能否为我套辆大车？
高大而快疾……

《伊》24.150(=179)：

ἡμιόνους καὶ ἄμαξαν ἐύτροχον.
传令官陪同，为他赶骡子，驾驶轻车。

《奥》6.37：

ἡμιόνους καὶ ἄμαξαν ἐφοπλίσαι.
要他为你套好健骡，准备车乘。

《伊》24.275：

ἐκ θαλάμου δὲ φέροντες ἐϋξέστης ἐπ' ἀπήνης...
他们随即从厅堂里拿出无数为赎取
赫克托尔首级的礼物……

此外的句尾：

578：ἐϋξέστης ἀπ' ἀπήνης 礼物取下。
590：ἐϋξέστην ἐπ' ἀπήνην 把尸首搬到车上。

《奥》6.74：

κούρῃ δ' ἐκ θαλάμοιο φέρεν ἐσθῆτα φαεινήν,
καὶ τὴν μὲν κατέθηκεν ἐϋξέστῳ ἐπ' ἀπήνῃ.

> 少女从闺房拿来自己的华丽衣服,
> 她把衣服装上制作精美的大车。

诗行到此为止。它们所属的情境是哪种?《伊》24.263 是普里阿摩斯斥责儿子们。老人催促误事者抓紧,对于他的急不可耐,他们太拖拉。他所有反常的举止都显示出他的不耐烦(比如 248: σπερχομένοιο γέροντος[老人急躁地])。所以在 οὐκ ἂν...τάχιστα[你们还不赶快去……]里也有不耐烦。(《奥》24.360 也有相似的急迫: ὡς ἂν δεῖπνον ἐφοπλίσσωσι τάχιστα[(他们)去迅速准备正餐])。瑙西卡娅温柔的请求中定然不会有这种事不宜迟的催逼。老人心里只有他孤注一掷的主意,其他人一定以为这是上了年纪的疯狂。老埃尔佩诺尔智慧而温和,他满意地看透女儿,却装作并未觉察出她的想法。

普里阿摩斯破口大骂,却无人知道将要如何,在他莫名其妙的斥责后,备车的命令定会让他的儿子们大惑不已。为表现老人外在举止的怪异,不遗余力。他因激动不安而咒骂、怒吼。令人费解、描写事无巨细的套车全过程,是极度焦躁的忧心,是需要克服的阻力的表达。他作为异想天开者出场,把全家闹翻天。周遭的反对包括:王后的尖叫,震惊、悲叹的特洛亚人,他用恶毒的话把他们赶出了宫,因懒散而被他痛骂的儿子们……《伊利亚特》的其他篇章和《奥德赛》从未刻画这类老人。

《奥德赛》卷 6 的吻合处太多,不可能是偶然,语言上的一致却与情境的不一致形成独特反差。"6.57 瑙西卡娅娇媚的请求在此处被用于普里阿摩斯粗暴的命令"(佩普米勒,页 32),[476]这样说关系不对,就好像此处只有一行诗被植入另一种文脉当中!普里阿摩斯从 190 行受命而返,不耐烦地说出这句话(《伊》24.263)。此间他去过内室(Thalamos),叫来赫卡柏,打断她的反对,找出礼物,用棍棒或权杖把坐等的特洛亚人赶出宫:儿子们仍未备好车,这时他忍无可忍:οὐκ ἂν δή μοι...τάχιστα[(你们)还不赶紧为我……]!现在,终于能把礼物载上车,给骡子上轭,为国王的战车牵来马。普里阿摩斯与传令官轭马。最后王后亲自敬上离别的祭酒。

此处,与《奥德赛》如此吻合、同时意思和语气却如此与之偏离的,不止是一行诗。诗行如此,情境亦然。《伊利亚特》中:本卷的两位主人公普里阿摩斯和阿基琉斯应当相遇。伊里斯因此被派出,她对那位在嚎啕的家人中哭泣、在院子秽土中打滚的老人耳语说,准备车马和礼物……

> ἡμιόνους καὶ ἄμαξαν.
> 传令官陪同,为他赶骡子,驾驶轻车。(179 = 150)

《奥德赛》中:两位主人公奥德修斯和阿尔基诺奥斯应当相遇。为此,雅典娜利用了瑙西卡娅,她走入装饰精美的内室(Thalamos),国王的女儿在其中与两位美如卡里斯①的侍女相伴安眠,女神穿过锁孔,以公主最亲密的女友形象敦促梦中人:

> ἀλλ' ἄγ' ἐπότρυνον πατέρα κλυτὸν ἠῶϑι πρὸ
> ἡμιόνους καὶ ἄμαξαν ἐφοπλίσαι...
> 明晨你向高贵的父亲提出请求,
> 要他为你套好健骡……(6.36 及以下)

《伊利亚特》中,备车及其相关的一切活动都是男性的,在《奥德赛》中却都是女性的事情。待洗的衣物取代了珍宝——还是应该反过来说:《伊利亚特》的珍宝取代了衣物?《伊利亚特》是老人埋怨儿

---

① [译注]阿佛罗狄忒的侍女。

子们，《奥德赛》则是父女间亲密的默契。《伊利亚特》是儿子们备马，《奥德赛》则是女仆——几乎要问，瑙西卡娅如此独立地照管衣物，她为什么不能也去照管洗衣车？《伊利亚特》是传令官驾车，《奥德赛》则是国王的女儿亲自驾车，美丽年轻的侍女们作为同伴在她身边、身后步行。全景都是爱意的展开，它被创作出来，就是为了让赤裸的受苦者闯入其中。

[477]诗行优先性的问题就是情境优先性的问题。是英雄情境模仿田园情境，还是田园情境模仿英雄情境？模仿被理解为一种改造，对于改造者，范本下意识地存在着。比较ἱκέτης[祈求者]奥德修斯和ἱκέτης[祈求者]普里阿摩斯，同样的问题再次重现。比较不能局限于诗行，而要扩展到两个世界。在《伊利亚特》的世界之前，史诗中存在费埃克斯人的田园生活、费埃克斯人的待客风俗、费埃克斯人的衣物这类东西吗？如果有文学史让我相信的确如此，我倒是愿意学习。

24.309和314，普里阿摩斯向宙斯祈祷：

> δός μ' ἐς Ἀχιλλῆος φίλον ἐλθεῖν ἠδ' ἐλεεινόν...
> ὣς ἔφατ' εὐχόμενος...
> 请让我获得阿基琉斯的友善和怜悯……
> 他这样祷告……

与《奥》6.327、28奥德修斯向雅典娜祈祷相同：

> δός μ' ἐς Φαίηκας φίλον ἐλθεῖν ἠδ' ἐλεεινόν.
> ὣς ἔφατ' εὐχόμενος...
> 请让我获得费埃克斯人的友善和怜悯。
> 他这样祷告……

只有已通过其他平行本文下定结论,才能看出此处《奥德赛》的优先。《伊利亚特》是伴随献祭情节的宏誓大愿;普里阿摩斯将要开始的求赎之行太过艰难,它需要宙斯准许。φίλον ἐλθεῖν ἠδ' ἐλεεινόν[获得友善和怜悯]貌似绝无可能。ἐλεεινόν[怜悯]已在 301:αἴ κ' ἐλεήσῃ[这样求他怜悯]和 187 的ἱκέτεω πεφιδήσεται[他会饶恕祈求者]做好铺垫。祈祷是长期铺垫的结束,是深思熟虑后的决心。φίλον ἐλθεῖν[获得友善]意味着:去找最残暴的敌人。为此只能祈求仁慈的、大权在握的宙斯。他祈求一个信号。《奥德赛》的情境毫无这种凶恶!《伊利亚特》的难信、甚至疯狂之事,在此则显得友好且充满希望。Δός μ' ἐς Ἀχιλλῆος φίλον ἐλθεῖν ἠδ' ἐλεεινόν[请让我获得阿基琉斯的友善和怜悯]这行诗包含着险情的全部张力。相反,比较奥德修斯如何求助于他的庇护女神:δός μ' ἐς Φαίηκας φίλον ἐλθεῖν ἠδ' ἐλεεινόν[请让我获得费埃克斯人的友善和怜悯]。当然,《奥德赛》里的意思也很好,可是相对于《伊利亚特》减弱了多少!奥德修斯刚刚才受到友好的款待!他后来才知道(7.32),费埃克斯人难容外来人——与传说相左,从而为叙事情境引入更多张力。《伊利亚特》的这行诗包含了末卷的所有发明。它意味着整部《伊利亚特》的转折。[478]在《奥德赛》里,它的重要性小得多,由于奥德修斯得到了最友善的护送,它几乎不再意味转折。

*24.333,宙斯看到车上无助的普里阿摩斯,心生怜悯,于是派出赫尔墨斯:

> αἶψα δ' ἄρ' Ἑρμείαν υἱὸν φίλον ἀντίον ηὔδα.
> Ἑρμεία, σοὶ γάρ τε μάλιστά γε φίλτατόν ἐστιν
> ἀνδρὶ ἑταιρίσσαι...
> 对他的儿子、神使赫尔墨斯这样说:
> "赫尔墨斯,你既然喜欢和人类作伴,

而且乐于听从你愿意谛听的话语，
你就……

《奥》5.28，宙斯派赫尔墨斯去卡吕普索处：

ἦ ῥα, καὶ Ἑρμείαν υἱὸν φίλον ἀντίον ηὔδα.
Ἑρμεία, σὺ γὰρ αὖτε τάτ᾽ ἄλλα περ ἄγγελός ἐσσι.
他说完，又对爱子赫尔墨斯这样说：
"赫尔墨斯，你是各种事务的使者，
你去……

理由截然不同。早有人观察到，在整部《伊利亚特》里，赫尔墨斯尚不是《奥德赛》中那位宙斯的使者（Διὸς ἄγγελος）；《伊利亚特》中为宙斯传旨的是伊里斯，她在《奥德赛》里被赫尔墨斯取代而消失。赫尔墨斯越来越受宠也体现于造型艺术。对于卷24的诗人，赫尔墨斯也并非"宙斯的使者"，而是"人类的同伴"："与他愿意的人作伴"（ᾧ κ᾽ ἐθέλῃσθα），是他最喜欢的事。以此身份，他被派去找普里阿摩斯，并以此身份助他脱险。（ἑταιρίσσασθαι [结成同伴] 帮忙13.456。）

《奥德赛》卷5给出的派遣理由与《奥德赛》全篇一致，每项任务均可因此交付。《伊利亚特》给出的理由只适用于特殊情况，只适用于卷24的情境。该情境又与神独特的青年面具联系在一起。无法理解，卷24的诗人作为"模仿者"，为何要改变《奥德赛》卷5的派遣理由。此外，从《奥》5.28的发明来看，它属于"古《奥德赛》"，因为，不论古篇如何开始，只有当赫尔墨斯的使者角色确定下来，他才会被派到卡吕普索处。

24.336，宙斯对赫尔墨斯说的：

> βάσκ' ἴθι
> 你快去……

只能在《伊利亚特》找到，它总在开始说话时直接出现，用呼格，大多衔接如 8.399，11.186，15.158，24.144：

> βάσκ' ἴθι Ἶρι ταχεῖα
> 快腿的伊里斯，你快去……

有一次宙斯命令梦神：

> βάσκ' ἴθι, οὖλε ὄνειρε, θοὰς ἐπὶ νῆας Ἀχαιῶν.
> 害人的梦幻，快去阿开奥斯人的快船边。(2.8)

至此佩普米勒是对的。但对于 24.334 及以下的前置称呼，他的理由并不合适：[479]"对《奥德赛》卷 5 的借用致使诗人偏离了平素遵循的习惯。"毋宁解释说，有违惯例是因为，《伊利亚特》遵循的情境需要给出选择任务执行者的理由。偏离不基于机械重复。

　　*24.348 与《奥》10.279 相同。荷马阐释者里夫首次指出，古风艺术中（in archaischer Kusnt）的赫尔墨斯总被描绘成有胡须的，古典（klassisch）和希腊化时期（hellenistisch）才是我们常见的青年神形象。① 似乎只有《伊利亚特》末卷和《奥德赛》的基尔克历险打破了规则。两处的年轻神明意味着什么？里夫表达出惊讶辄

---

① 关于赫尔墨斯的理念，s. L. R. Farnell, *The cults of the Greek states*, V (1909), 44ff.

止:"奇怪的是,描述只应符合希腊艺术伟大时代的青年赫尔墨斯。"他也毫不怀疑,《伊利亚特》末卷全卷与《奥德赛》旨趣相近。"不论语气还是措辞,二者的这种关系都明确无误。"

可年轻的神意味着什么?为解答这个问题——它的确成问题,不仅要比较诗行,更要比较两卷——《伊利亚特》卷24与《奥德赛》卷10——的情境。

派遣赫尔墨斯的段落,《伊》24.339-345与《奥》5.43-49相同。阐释者们早已注意到,赫尔墨斯在《奥德赛》中从未使用过魔杖,而在《伊利亚特》里,他让所有人沉睡,就此而言,与本段更搭调的是《伊利亚特》,而非《奥德赛》,里夫也这样认为。根据普遍看法,《奥》10.279 的 πρῶτον ὑπηνήτῃ, τοῦ περ χαριεστάτη ἥβη [第一次长出胡须,风华正茂]仍是《伊》24.348的范本。(对于347还有《奥》13.223,见下文。)里夫认为青年的赫尔墨斯很奇怪。他的评注正确无误,古风艺术的赫尔墨斯总被描绘成有胡须。但此处,化身为青年的赫尔墨斯不是作为赫尔墨斯出场:他作为神、作为幻术神变了形象。青年外表基于老少的相遇,基于后续发生的一切,基于称呼 πῇ πάτερ... [父亲(你……)要往何处去?]:

父亲,……
你这位老人和你的老侍从,
你们如何自卫?
让我保护你,因你像我的父亲!①

老人的回答也是:φίλον τέκος [亲爱的孩子]。高贵的青年如此自信、如此轻松自若,[480]老人如此听天由命。反差决定了这次独特相遇的优雅和魅力。这一切都在《奥德赛》里荡然无存。青年神

---

① [译按]译自莱因哈特原文。

的发明源自于《伊利亚特》的情境;它虽然继续在基尔克历险中出现,情境却已与之不符。在基尔克历险中,赫尔墨斯还是同样优雅地出现在奥德修斯面前,虽然情境已无需青年贵族,至少不像《伊利亚特》卷24那么必要。

在《伊利亚特》中,赫尔墨斯的青年外表是幻术和面具。友善的好运神,拯救者赫尔墨斯(Eriounios, 440)以最亲切的幻象在瑟瑟发抖的老人面前现身。同样年迈、不抱任何希望的车夫比老人怯心更甚。提心吊胆的老者怎会认出幻术下的神明!他的无知无觉被诗人推衍至何种地步!374及以下:

> 一定有神明向我伸手,
> 因为他派一个你这样的行人与我相逢,
> 你这样一个赐福的人,相貌堂堂,
> 态度雍容,头脑精明。

这是一种力度与《奥德赛》截然不同的讽刺,倘若它是讽刺。

在层次丰富的一整段中,普里阿摩斯对阿基琉斯的客观了解与[他的]主观[感受]相呼应:他先是汗毛直竖(359),然后出现了希望:他也有神明相助(374);最后是父亲般的训诫:孩子,给永生的神献上适当的礼物有好处(425)。可如果赫尔墨斯不是俊美、优雅的青年,这一切都不成可能。

《奥德赛》中的谎言总是引入歧途,引入误判和迷乱,与之不同,幻象在此引向神迹和神的助佑,同时引向本卷的主题:赫克托尔的尸体。多少创新、多少人的困境、多少神的悲悯从面具中发露而出!最终未被认出的青年神竟还被凡人老者教诲以神性!为酬谢他,老人拿出礼物。接下来是"向导"(πομπός)仍然隐瞒身份的自述,显灵的神迹被留至最后,直到神消失的刹那。神明自我开示的宗教形式得到保留:我是赫尔墨斯(460)。一如《得墨忒尔颂》

(Demeterhymnus)①268 行：我是得墨忒尔。一如《狄俄尼索斯颂》(Dionysoshymus)的结尾，等等。然而，自我开示以面具、伪装为前提。一如得墨忒尔扮成老妇、狄俄尼索斯扮成年轻的王子，此处的赫尔墨斯也化身为青年。[481]在《奥德赛》里，这一切都不存在。青年神早已有之，几乎理所应当。

还有一个重要特性，使赫尔墨斯在《伊利亚特》的现身胜过《奥德赛》。《伊》24.347：

> βῆ δ' ἰέναι κούρῳ αἰσυμνητῆρι ἐοικώς
> πρῶτον ὑπηνήτῃ, τοῦ περ χαριεστάτη ἥβη.
> 他化身如一个年轻王子的形象往前行，
> 嘴唇上刚长胡子，正当茂盛华年。

相反，赫尔墨斯遇到奥德修斯时，《奥》10.278：

> νεηνίῃ ἀνδρὶ ἐοικώς
> πρῶτον ὑπηνήτῃ, τοῦ περ χαριεστάτη ἥβη.
> 幻化成年轻人模样，
> 风华正茂，两颊刚刚长出胡须。

αἰσυμνητήρ[王子]说明了社会地位："出自贵族阶层"。如他自己的介绍(397)，他是米尔弥冬族，富有的波吕克托尔排行第七的幼子。他作为θεράπων[侍从]追随阿基琉斯招募的贵族军团而来，θεράπων[侍从]也是社会地位(帕特罗克洛斯也是θεράπων[侍从])，抽签决

---

① [译注]归于荷马名下的颂诗现存33首，长短不一，其中4篇较完整，分别是：《得墨忒尔颂》(495行)、《阿波罗颂》(546行)、《赫尔墨斯颂》(580行)、《阿佛罗狄忒颂》(293行)。这些以荷马史诗的六音步英雄格创作的颂诗可能成文于古风时期，但作者不可考。

定了七兄弟的命运。只有当赫尔墨斯不现身为神明、而是凡人青年，也就是说，是他的青年面具，才可能记为"如年轻的王子"。

对于《伊利亚特》的情境，标明社会地位很重要。在《奥德赛》的奇境，在基尔克的魔岛上，地位的标签就不合适了——要认出赫尔墨斯，奥德修斯并不需要首先看错。显而易见的是，并非《伊利亚特》把它加上去，而是《奥德赛》删掉了它。① νεηνίης［青年］根本没有在《伊利亚特》中出现；ἄνδρες νεηνίαι［年轻人们］则在《奥德赛》14.524 出现过一次。

最后，幻术神还能用面具与人类玩笑：他装模做样，好像在接受考验：当老人大为惊异地询问起他的父母：

> πειρᾷ ἐμεῖο, γεραιέ;
> 老人家，你是在试探我？（390）

> πειρᾷ ἐμεῖο, γεραιέ, νεωτέρου...
> 老人家，你是在试探我这个年轻的人？
> 要给阿基琉斯的东西，我怎能接受！（433）

这意味着：你根本意不在此；作为老人，你只想弄明白在和谁打交道。青年对老者！同时在情境和面具中，赫尔墨斯的形象何其成功！

在《奥德赛》里，年轻与神赠送药草相助无关。神不再是幻象，他施展幻术。[482]奥德修斯也知道，他遇到的这个是赫尔墨斯，年轻不再是面具，对于诗人和英雄，青年神是既定、已知的。

《伊利亚特》的诗人是多少人的伟大榜样！他似乎让《奥德赛》

---

① 米尔不同，页 379："《奥》13.222 及以下的 ἀνάκτων παῖδες［王者的孩子］对应新诗人笔下的 κούρῳ αἰσυμνητῆρι［年轻王子］，也就是说出身于王室。"

的诗人欲罢不能。《伊利亚特》卷24大概也影响过《奥》7.20,雅典娜化为少女在奥德修斯面前现身,一如赫尔墨斯带领普里阿摩斯神不知鬼不觉地从阿开奥斯人中穿过,雅典娜也带领奥德修斯穿过费埃克斯人。然而——《奥德赛》情境的危险减弱了多少!

这一切本来不言而喻,在此谈及只是为了指出,阐释时把个别吻合的诗行从它所在的整体文脉中连根拔起是多么不可能。

同种关系也在带着面具的赫尔墨斯对普里阿摩斯的警告中得到体现:

οὔτ' αὐτὸς νέος ἐσσί, γέρων δέ τοι οὗτος ὀπηδεῖ,
ἄνδρ' ἀπαμύνασθαι, ὅτε τις πρότερος χαλεπήνῃ,
你自己不年轻,你的侍从也上了年纪,
有人先发脾气,你们能自卫便不错。(24.368及以下)

特勒马科斯对欧迈奥斯表示他无能为力,说了相同的话:

αὐτὸς μὲν νέος εἰμὶ καὶ οὔ πω χερσὶ πέποιθα
ἄνδρ' ἀπαμύνασθαι, ὅτε τις πρότερος χαλεπήνῃ.
我自己尚且年轻,还难以靠双手自卫,
回敬任何欲与我做对的年长之人。(《奥》16.71)

《伊利亚特》的意思确定无疑:无力自卫的老人带着那么多珍宝夜行,身边只有一位同他本人一样无力自卫的随从——他多么容易招引阿开奥斯暴徒前来纠缠:我并非此类;你太需要年轻的我。在《奥德赛》中,这几行诗不再指特殊情境,而是更泛泛的状况:我,特勒马科斯,还太年轻,无法抵御侵犯者;我的母亲出于特殊原因离开了此地。我怎么会把陌生人带回家?到86行才具体出现所指之事:他害怕求婚者"侮辱"他不能保护的乞者。《伊利亚特》的危险是真实的,它悬荡于情境之上,与老人的形象密不可分,危险就写在他的脸上,攸关生死。πρότερος[更年长者]是进攻者、伤害者。《奥德赛》的危险只是想象,是预先考虑到的纯粹的可能性,ἄνδο' ἀπαμύνασθαι[击退那人]也不至生死。[483]不论怎么想,侮辱者都不会一上来就打算杀死特勒马科斯。此处不会成真,只是想到的可能之事,在《奥》21.132 及以下相同诗句的重复中变成伪装。此处改变、偏移了的情境不再有挑战。依奥德修斯的示意,特勒马科斯放下弓箭,叹息说:天哪,我就是软弱的特勒马科斯(21.131)!这句套话将成为特勒马科斯式无能的标记。

《伊》19.183 是[与《奥》21.133]相同的后半段,彼处意为:君王示弱言和不会遭人诟病——如果他自己就是侮人者。

我不知道如何维护《奥德赛》的优先。重看所有地方,映入眼帘的仍然是卷 24 语言的激烈。

  * τὸν δ' αὖτε προσέειπε διάκτορος ἀργειφόντης
  那向导、杀死阿尔戈斯的神又这样说……

这行诗在卷 24 中四次出现:378、389、410、432,与之交替的是386、405:

  τὸν δ' ἡμείβετ' ἔπειτα γέρων Πρίαμος θεοειδής
  那老年人、神样的普里阿摩斯回答说……

前一句在《奥德赛》里仅见一次,5.145,形式为:τήν δ' αὖτε...[她再次……]

  赫尔墨斯警告卡吕普索,不等她回答就离去。没有发生对话。

《伊利亚特》的重复源自对话,对话源自情境;《伊利亚特》的情境并非移取自《奥德赛》,从《奥德赛》取用诗句也就站不住脚。

24.565及以下,阿基琉斯对普里阿摩斯说:我明白,一定有天神助你,

> οὐ γάρ κε τλαίη βροτὸς ἐλθέμεν, οὐδὲ μάλ' ἡβῶν,
> ἐς στρατόν·οὐδὲ γὰρ ἂν φυλακοὺς λάθοι, οὐδέ κ'ὀχῆα
> ῥεῖα μετοχλίσσειε θυράων ἡμετεράων.
> 没有一个凡人敢到希腊军中来,
> 连筋强力壮的小伙子也不敢,因为他不可能
> 躲过守兵,也不容易把门闩往后推。

《奥》23.187及以下,奥德修斯对佩涅罗佩说,一定有天神来过:

> ὅτε μὴ θεὸς αὐτὸς ἐπελθών...
> ἀνδρῶν δ' οὔ κέν τις ζωὸς βροτός, οὐδὲ μάλ' ἡβῶν
> ῥεῖα μετοχλίσσειεν.
> 不可能有人……
> 凡人中即使是一位血气方刚的壮汉
> 也移不动它。

ζωὸς βροτός[有生命的凡人]是夸张的愤怒:世上无人……但句尾 οὐδὲ μάλ' ἡβῶν[也没有非常年轻的]无所指。它与此处文脉衔接得不合理,反倒更匹配《伊利亚特》,后者[《伊》]中的陌生人是虚弱的老者:没有凡人能做到,哪怕他血气方刚,亦即:更别说你这样的老人。

[484]《奥德赛》里的奇迹——搬动床柱——根本没有发生!

当然，这是《奥德赛》最美的部分。《伊利亚特》的奇迹发生了：天神推开分隔的锁障——不只是门闩。彼处是结合的象征，婚床和它的秘密；此处是分隔的、人力无法超越的障碍——内心、灵魂的加上外在可见的，此处也几乎是象征：大门和阿基琉斯的巨大心障。《奥德赛》诗人的发明巧妙，他以此赞美佩涅洛佩。《伊利亚特》诗人的发明惊心动魄；他赞美出手相助的神。难道是惊心动魄偷用了巧妙？

* 24.758 及以下，赫卡柏的哭诉说，你现在躺在那里：

> ὅν τ' ἀργυρότοξος Ἀπόλλων
> οἷς ἀγανοῖς βελέεσσιν ἐποιχόμενος κατέπεφνεν.
> 鲜如朝露，仿佛是银弓之神阿波罗，
> 下凡来射出温和的箭，把你杀死。

《奥》3.280，涅斯托尔讲述墨涅拉奥斯迷失方向的航行，言及他的舵手说：

> Φοῖβος Ἀπόλλων
> οἷς ἀγανοῖς βελέεσσιν ἐποιχόμενος κατέπεφνεν.
> 福波斯·阿波罗前来把墨涅拉奥斯的
> 舵手射死，用轻柔地让人速死的箭矢。

没有提银弓。即使不把《忒勒马科斯篇》视为"后世"补作，也能一目了然，《伊利亚特》的措辞更真、更本源，因为更紧张、对比更强烈。首先例举阿基琉斯辱虐尸体的种种暴行——现在你躺在那里，如同长眠者沉入最温柔的死亡！《奥德赛》里没有反差。这句诗在彼处意味着：出色的舵手在航行中自然死去；风暴中的墨涅拉奥斯很快就会忘记他。诗行丧失了对抗力量。阿波罗的慈悲是因赫克托尔还是一位舵手而起,也有差别。在《伊利亚特》里辨认出神迹的是母亲。阿波罗的确促成赎救(24.32),几天之前他就已经在保护尸体不被践踏(23.188和24.18及以下)。

与《伊利亚特》此处相似,同一行诗现于《奥》15.410及以下("晚期《奥德赛》"):欧迈奥斯的故乡叙里埃是一个幸福的小岛:没有饥馑也没有病疫,人老了,就会被银弓之神阿波罗和阿尔特弥斯温柔地射死。《伊利亚特》卷24似乎是范本。《奥》11.172和199(又是"新"《奥德赛》)与此相似:奥德修斯对母亲说:你因何而死?长久的疾病还是被阿尔特弥斯温柔的箭矢射中?

[485]"古"《奥德赛》如何?这行诗再现于《奥》5.124卡吕普索的神话例证之中,如此大相径庭的文脉给我们提出无解之谜。埃奥斯选奥里昂作情人,众神嫉恨,直至阿尔特弥斯用温柔的箭矢把他射死在奥尔提吉亚。这似乎与恩底弥翁(Endytmion)的故事对称:那个强壮孔武的人在奥尔提吉亚日渐衰朽。诗人知道当地的传说。此处"用温柔的箭矢"射死很难被想成恩赐。或者他会温柔地暴亡?像《奥》15.409那样的老人才更对吧。《奥德赛》卷5与《伊利亚特》卷24本就不乏近似关系,因此也会想到此处的从属性。可两者中谁是谁的范本?

这行诗除了在第24卷被阿波罗的动作引入,在整部《伊利亚特》都再未出现,因此不大可能是套用古句。如果它的确是更古老的套句,那在《伊利亚特》卷24的使用就是最诗意的。唯独一次,唯独此处,这行诗并不指死亡的方式,而是对"情境"的充分表达,是对赫卡柏在赫克托尔身上看到的神迹的表达。赫卡柏的震惊引出往事。它指出神和人之间的关系:可以看出,貌似被所有神明遗弃的人,却是众神的宠儿。750行的ἄρα[随即]找到了解释:

$$\tilde{\eta} \; \mu \acute{\epsilon} \nu \; \mu o \iota \; \zeta \omega \acute{o} \varsigma \; \pi \epsilon \rho \; \acute{\epsilon} \grave{\omega} \nu \; \varphi \acute{\iota} \lambda o \varsigma \; \tilde{\eta} \sigma \vartheta \alpha \; \vartheta \epsilon o \tilde{\iota} \sigma \iota \nu \cdot$$

> οἵ δ' ἄρα σεῦ κήδοντο καὶ ἐν θανάτοιό περ αἴσῃ.
> 你活着时，为神们所宠爱，
> 你遭受了死亡的命运时，神们还是关心你。

这行提到阿波罗"温柔箭矢"的诗，在《奥德赛》卷 3 只是借用，在《伊利亚特》卷 24 才是初创。

24.765 及以下需要特别探讨，因为与此相连的是史诗纪年的问题。这行诗在海伦哭悼赫克托尔的悼词中：

> 我离开祖国和丈夫已经二十年，
> 却从未听他说过一句恶言。
> ἤδη γὰρ νῦν μοι τόδ' ἐεικοστὸν ἔτος ἐστίν
> ἐξ οὗ κεῖθεν ἔβην καὶ ἐμῆς ἀπελήλυθα πάτρης.

要解释神秘的"二十年"，有两条路可走。二者殊路同归，都并入同一个结论：最晚近的诗。或是如米尔(页 309)认为，诗人遵从了传说：他在十年特洛亚战争之外加上了误攻特勒福斯(Telephos)[的时间]，[486]一如《塞浦路亚》的一篇附文所述；或是像韦伯(L. Weber)的看法，诗人拿来《奥德赛》19.222 及以下的两行诗，没有对二十年做过解释。①

在第一种情况中，妻子、母亲和弟媳的悲悼在赫克托尔的人性中至顶，诗人利用悼词，最后留给我们一道时间算术题：不应想眼前，而要想到最远的往昔；长久以来，饱受辱骂的异邦美人被赫克托尔善待有加，但我们的谜不在于此，而是要猜："二十年"从何而

---

① Rh. Mus. 74, S. 541.。施瓦尔茨(Schwartz)也不怀疑《奥德赛》是范本(《奥德赛》197,注 1)。

来? 我们应该推断:首次错失目标的征程一定与第二次成功出征时间等长。① 注疏者们的答复:备战长达十年,至少免得我们推算出阿基琉斯正当三十几岁的壮年。它被否决,宁愿用生僻的解释。被抢的女人长留外邦,作为赫克托尔弟媳的漫长年月从眼前、从心中消失,算计的风头抢过哀悼,情境的展开断裂为二,诗人想在纪年问题上卖弄他的精明,想通过独立计算——10乘2等于20——把前事的最新进展插入大幅散开的结尾。

按这种解释,诗人是精于计算的纪年史家,按另一种解释,他就成了不加思考、照搬前人定式的学舌者,他重复了《奥德赛》后面的一部分:

ἤδη γάρ μοι (比较 τοι 和 τοδ', 后者见于纸莎草)
ἐεικοστὸν ἔτος ἐστίν
ἐξ οὗ κεῖθεν ἔβη καὶ ἐμῆς ἀπελήλυθε πάτρης.
已历时二十个年头,
自从他来到我故乡,又从那里离去。(19.222)

"从那里"(κεῖθει),也就是从克里特(216),在此比《伊利亚特》更合适。众所周知,这就是奥德修斯远离家乡的二十年。这二十年,伊多墨纽斯的兄弟一直想在克里特款待去往特洛亚的真奥德修斯,而二十年后,奥德修斯戴着伊多墨纽斯的面具出现在佩涅洛佩面前。[487]对他服装的描述也与数字精准符合。与《奥德赛》的诗行一起,这二十年也被拿入《伊利亚特》。解答越机械,就越显得有把握破谜。(这是当今一些阐释者特别追捧的答案之一。)

---

① 难道应该认为,错误需要与攻掠特洛亚相同的时间和耐心? 即使在《塞浦路亚》里,攻掠透特拉尼亚(Teuthrania)也与特洛亚战争的规模根本不成比例。它无非只是其中的一段插曲。如果像笺注那样追溯到前史,那么不论有无忒勒福斯(Telephos),都同样有可能,也同样不可能。这种算法不合适。

可仍有种不安挥之不去。"如今已是第二十个年头,自从……"《伊利亚特》说的是一段仍在继续的时期,《奥德赛》则在说过去的一个时间点。比如《伊》2.134:大神宙斯的九个年头已经过去了。《奥德赛》的意思是:相遇至今已那么久,很难准确回忆。对于说话者,从当初到现在($\nu\tilde{\nu}\nu$),早已物非人非。从那之后,他离开克里特,开始了历险生涯。他曾想款待的奥德修斯亦然。《伊利亚特》与此相关的"第二十年"处于一种让步关系当中:"尽管现在持续了这么久,可……"这种张力在《奥德赛》消失了:二十年解释了说话者为何要在记忆中搜寻。比起《奥德赛》的情境,这种表达在《伊利亚特》的情境里更紧张、更强烈。

一系列本文表明,这种被强调的让步关系符合史诗风格。《伊》10.548:

> αἰεὶ μὲν Τρώεσσ' ἐπιμίσγομαι…
> ἀλλ' οὔ πω τοίους ἵππους ἴδον οὐδὲ νόησα.
> 我一直同特洛亚人作战(也就是说,很久以来)……
> 这样的骏马却从未见过,也未敢想象。

2.798 同样:

> ἦ μὲν δὴ μάλα πολλὰ μάχας εἰσήλυθον ἀνδρῶν,
> ἀλλ' οὔ πω τοιόνδε τοσόνδε τε λαὸν ὄπωπα·
> 我曾经多次参加武士的战斗场合,
> 可从来没有见过这样好这样大的人马

(此处ἤδη[早已]被μέν[就]隔开,因此看起来好像诗头不同。自阿里斯塔库斯以来,ἤδη μέν[早就已经]也是同样正确的变体。)《奥》4.267 及以下:

> ἤδη μὲν πολέων ἐδάην βουλήν τε νόον τε
> ἀνδῶν ἡρώων, πολλὴν δ' ἐπελήλυθα γαῖαν·
> ἀλλ' οὔ πω τοιοῦτον ἐγὼν ἴδον ὀφθαλμοῖσιν.
> 我曾经有机会见识许多英雄豪杰的
> 谋略和智慧,有幸探访过许多地方,
> 却从没有在任何地方见到这样的人。

更何况,《伊利亚特》24.765 的时长完全不针对别人,只是对她,对悲悼人自己而言:νῦν μοι τόδε...[离我如今……]。在《奥德赛》里,这种关系已经消失,即使不尴尬,也能觉察到不自信。抄本流传的是第三格(Dativ),通行本(die Vulgata)是 οἱ [他],笺注为 μοι/γρ. οἱ [我/抄本:他]。不论 οἱ [他]还是 μοι [我]和 τοι [你],[488]都在此失去了那种私己语气、那种必然性。莎草本(Pap.)99 代之以 τόδε [这],米尔优选此词。τόδε [这]在通行本中消失,也因为不美。原初的表达需要第三格间接宾语,这种感觉在《奥》24.309 的平行文本中仍然鲜活:

> αὐτὰρ Ὀδυσσῆι τόδε δὴ πέμπτον ἔτος ἐστίν,
> ἐξ οὗ κεῖθεν ἔβη καὶ ἐμῆς ἀπελήλυθε πάτρης·
> 至于奥德修斯,与我相遇已五年,
> 他来到我的家乡,又从那里离去,

但此处的间接宾语(Ὀδυσσῆι)与物主代词(ἐμῆς)断裂。《奥德赛》的两处文本均未达到《伊利亚特》的力度。

最后,"我的祖国"。它在《伊利亚特》里得到了怎样的强调!它多么必要,多么充满表现力!相反,《奥德赛》说到的家乡,异邦人奥德修斯只停留了十二天就启程离开,连自述的说话者本人也立刻把家乡切换成他所遨游的广阔世界。乔装的克里特人与他的家乡何干？没有！在海伦对赫克托尔的悼词中，是什么把她与失去的祖国连一起？一切！对诱拐的回忆、她的悲伤、悔恨一齐袭上心头，在她看来，赫克托尔的死与她自己的命运牵缠合一：

> ὢ πρὶν ὤφελλον ὀλέσθαι.
> 但愿我早就归阴去。（24.764）

正如第 6 卷 345 行——若的确有几分相似，则可能两处出自同一位诗人。καὶ ἐμῆς ἀπελήλυθα πάτρης [离开我的故土]：第一人称的诗尾听起来多么饱满，多么含垢忍辱！相反，第三人称时它负载了什么？无非只是时间和地点的说明。一切浓情都从中消失。难道《奥德赛》还应是《伊利亚特》的范本？难道是卷 24 的诗人不加考虑、机械无理地重复了这两行诗？

说明《奥德赛》优先的不是本文，而只是数字。可数字无论如何都必定取自《奥德赛》吗？难道在《奥德赛》里它不能也是个整数（eine runde Zahl）？叙事所致？史诗不可或缺的预言才把它[二十]确定下来？比如说，从时间上看，难道特勒马科斯不是太大了？晚熟的少年？

例如，《奥》5.34 选择二十作为时间的确数。宙斯决定，奥德修斯要在筏舟上历时二十天到达斯克里埃。他航行了十七天，斯克里埃在第十八天浮现，他在风浪中漂流了两日两夜。不寻常的数字十七、十八依二十之数而选。这是典型的数字。特勒马科斯同时往返斯巴达的旅程应持续十二天（《奥》2.374，4.588），[489] 这也是一个典型的数字，对此，二十没有算错。①

---

① 施瓦尔茨（编）《奥德赛》，页 75，从两个典型数字之间的不一致得出了十分偏颇的分析性结论。

"二十"作为整数,意为"二十整"、"满二十",这样的例子不胜枚举。《奥》4.360 说的是墨涅拉奥斯在法罗斯岛上因恶风所致的、没完没了的危险滞留:

> ἔνϑα μ'ἐείκοσιν ἤματ' ἔχον ϑεοί,
> 神明把我们阻留在那里整整二十天,

《伊》9.123 和 265,19.244:

> λέβητας ἐείκοσι.
> 二十口闪亮的大锅;

9.139:

> Τρωιάδας δὲ γυναῖκας ἐείκοσιν αὐτὸς ἑλέσϑω,
> 还从中挑选二十个妇女,

抢走一个布里塞伊斯,补偿"整整二十个"。11.33,[二十]作为数字十的递进:

> ...ἢν πέρι μὲν κύκλοι δέκα χάλκεοι ἦσαν,
> ἐν δέ οἱ ὀμφαλοὶ ἦσαν ἐείκοσι κασσιτέροιο.
> ……周围有十匝青铜圈,
> 面上突起二十个闪光的锡锻半球。

9.379 是同一种升级:

> οὐδ' εἴ μοι δεκάκις τε καὶ εἰκοσάκις τόσα δοίη,

> 即使他把现有财产的十倍、二十倍给我,

"二十"相当于"十的两倍"。22.349亦然:

> δεκάκις τε καὶ εἴκοσι νηριτ' ἄποινα,
> 即使特洛亚人为你把十倍、二十倍的赎礼送来,

16.810 说年轻的欧福尔波斯,他作为新手首次出战就一鼓作气地击毙二十个车战战士:

> καὶ γὰρ δὴ τότε φῶτας ἐείκοσι βῆσεν ἀφ' ἵππων.
> 他已经把二十个敌方将士打下战车。

与此相似,临死的帕特洛克罗斯对赫克托尔说:

> 即使是二十个(也就是说,哪怕这么多)同你一样的人来攻击我,
> 他们也会全都倒在我的投枪下。(16.847)

忒提斯碰上火热工作的(σπεύδοντα)赫菲斯托斯:

> ...τρίποδας γὰρ ἐείκοσι παντας ἔτευχεν,
> ……正在精心制造二十张一套三角鼎,(18.373)

他同时制作"整二十张"。18.470是"整二十只风箱一起吹动":

> φῦσαι δ' ἐν χοάνοισιν ἐείκοσι πᾶσαι ἐφύσων.

《奥》19.536，佩涅洛佩梦中被老鹰折断脖颈"所有""二十只"白鹅意味着将被奥德修斯杀死的"所有求婚人"（πᾶσι μνηστῆρσιν）。事实上求婚人的数量要多得多（见《奥》16.245及以下）。《奥》12.78：

> 即使他有二十只手和二十只脚。

《伊》13.260：

> 如果想找枪，在我的营帐里不只有一支，
> 甚至有二十支。

《伊》6.217，好客的奥纽斯在他的房子里留了伯勒罗丰整整二十天：

> ξεινισ' ἐνὶ μεγάροισιν ἐείκοσιν ἤματ' ἔρυξας.

《奥》22.57的ἐεικοσάβοιος[值二十头牛]也指整数。

[490]因此，《奥德赛》的二十年终究也是整数，是十翻倍所致，而不是推算特勒马科斯年龄的结果，倘若推算，从《特勒马科斯篇》来看，他更像是十七八岁，而不是二十或二十一岁。

如果不去理会《奥德赛》的纪年，那么，《伊》24.765，海伦哀悼时大肆渲染的"整整二十年"就理所当然了。如果任由情感宣泄，我们就无需核算年岁。相反，如果推算纪年，就要损失情感。

[原注]也可以反问：如果卷24中不是20，哪个数字得体且理所当然？"10"太短了。不会想到11或13；它们在史诗中只为强调10或12才出现。δωδέκατον[第十二]看似有可能，却更会让人想到是确切纪年。εἰκοστόν[第二十]至少表现力更强。但12通常是被选择的牺牲或英雄（《伊》18.230等）。

史诗诗人不能随心所欲地使用序数词;不论有无 ἠώς[黎明],δωδεκάτη[第十二(天)]都仅限于意指约定的时间,1.425,493,《奥》4.747,2.374,《伊》21.81,24.31,781。《伊》24.666 的 ἑνδεκάτη[第十一(天)]也是一样。δωδέκατος[第十二]通常不会出现。《伊》23.703,作为对一只三足鼎的准确估价 δυωδεκάβοιος[值四头牛]是单数的,和 264 的 δυωκαιεικοσίμετρον[值二十头牛]一样。史诗语言中没有其他数字。最合理只有 20。

倘若,无需《奥德赛》的二十年,也能理解海伦回顾的二十年,那不论好歹都能得出结论,《奥德赛》的诗人或诗人们知道《伊利亚特》末卷,从头到尾,就像留给我们的传本这样。语言的吻合使从属性无法反驳——不论哪一种。

与"新"《奥德赛》的一致之处 *

[491] * 与"古"《奥德赛》的一致之处到此为止。"新"《奥德赛》情况如何?这里什么能证明,第 24 卷诗人的创作年代介于《奥德赛》的新老诗人之间?什么能证明他模仿老诗人、并且是新诗人榜样? * 然而,下文并不意在澄清时间关系,而是要指出《伊利亚特》卷 24 中让人想起《奥德赛》的东西与《奥德赛》的普遍区别。

* 24.56,阿波罗埋怨阿基琉斯,赫拉怒而作答:

> εἴη κεν καὶ τοῦτο τεὸν ἔπος, ἀργυρότοξε,
> εἰ δὴ ὁμὴν Ἀχιλῆι καὶ Ἕκτορι θήσετε τιμήν.
> 银弓之神,要是众神对阿基琉斯
> 和赫克托尔同样重视,你倒可以这样说。

在《奥德赛》欧迈奥斯的故事里,腓尼基女人回答腓尼基海盗的提议说：

> εἴη κεν καὶ τοῦτ', εἴ μοι ἐθέλοιτέ γε, ναῦται,
> ὅρκῳ πιστωθῆναι...
> 但愿如此，水手们，如果你们能对我
> 庄严发誓……①(15.435)

《伊利亚特》的表达是勃然大怒："倒还可以这样说"，也就是，如果你们像重视赫克托尔那般重视阿基琉斯——女神之子！

＊24.121 及以下，宙斯派伊里斯把忒提斯叫来奥林波斯，然后她：

> βῆ δὲ κατ' Οὐλύμποιο καρήνων ἀίξασα,
> ἷξεν δ'ἐς κλισίην οὗ υἱέος, ἔνθ' ἄρα τόν γε
> εὗρ' ἁδινὰ στενάχοντα...
> 立即从奥林波斯山顶翻身下降，
> 去到她的儿子的营帐里，在那里看见
> 他在痛哭……

《奥》3.31 及以下，门托尔-雅典娜与特勒马科斯，女神在前，他跟随在后：

> ἷξον δ'ἐς Πυλίων ἀνδρῶν ἀγυρίν τε καὶ ἕδρας,
> ἔνθ' ἄρα Νέστωρ ἧστο...

---

① 24.669，阿基琉斯说 ἔσται τοι καὶ ταῦτα［一切无疑将会（如你所要求的一样）］，同意普里阿摩斯的休战请求。

>来到皮洛斯人开会聚坐的地方,
>涅斯托尔和儿子们坐在那里……

在《特勒马科斯篇》,化作门托尔的雅典娜指点特勒马科斯如何行事;他犹豫了:我该怎样说?雅典娜:你自己会说,神也会告诉你。说完她就迅速在前引路,他紧跟其后。

陌生世界让羞怯的他害怕,[而当他]进入其中——一切都进展得不费吹灰之力,人们迎接他、和他握手(χερσίν τ' ἠσπάζοντο),佩西斯特拉托斯首先ἀμφοτέρων ἕλε χεῖρα[握住二人的手]等等。雅典娜敦促他去λίσσεσθαι[请求]的艰难任务轻而易举地解决。拜访和寻找是一种社交活动。

《伊利亚特》的来和去在天地之间、母亲和儿子之间上演。忒提斯升上奥林波斯,全体神明都敬畏地欢迎她,赫拉亲自敬酒——与首卷多么不同!她坐在宙斯身旁,不再像开始时那么偷偷摸摸,而是光明正大地在所有神前。[492]听过他的旨意后,她立刻翻身下山,到达她儿子的营帐——人间正在置办早餐,可阿基琉斯离群而坐,刚还坐在宙斯身旁的她坐到儿子身边……倘若两处彼此相关,仍旧:措辞之意和情境之意同样是天壤之别。

　　* 24.323 与《奥》15.146 相同。只有在《奥德赛》中,ἐρίδουπος[发出剧烈声响的]才作为αἴθουσα[前廊]的附加修饰语(Epitheton ornans)附于行末。我不知道人们作何理解,也许大多认为它是"回响的"、"回音萦绕的",可以让人联想到某种空旷。可在《伊利亚特》里,ἐρίγδουπος[轰鸣]最初是鸣雷的宙斯的修饰语。在句末修饰αἴθουσα[前廊]仅有一次:24.323。可何其不同!并非可有可无的修饰词,而是有着唯在此处才能了然的意义:普里阿摩斯的两辆车子疾速前行,先后隆隆作响地穿过大门和回声缭绕的大厅;老人挥鞭……

> ἐκ δ᾽ ἔλασε προθύροιο καὶ αἰθούσης ἐριδούπου.
> 他从发出剧烈声响的前门和前廊驶出。

众马雷鸣般的蹄声在《伊》11.152 也使用过。它在卷 24 指的是本意上轰隆隆的声响。《奥德赛》里把人引上卧床的 αἴθουσα[前廊]（《奥》3.399,7.345），为什么也缺它不可？应该看得明白，它在《奥德赛》里泛化的修饰性使用取借自《伊利亚特》卷 24 独一无二的此处。① 反过来想，我认为不可能。

24.322 的半行 ξεστοῦ ἐπεβήσετο δίφρου[他登上那辆雕花的战车]大勇无畏，哪怕出现在别处；相反，把国王送至城门的随众、φίλοι[亲朋们]呜咽哭泣：

> 好像他是去送死。(24.328)

好像他们在伴他最后一程……自身对比如此强烈的情境只存在于《伊利亚特》。

想要找《奥德赛》的反例，就比较 15.144 及以下特勒马科斯顺利的启程。② [493]吃过送别饭，特勒马科斯和佩西斯特拉托斯驾马登车：

---

① 《奥》20.176，山羊被绑在 ὑπ᾽ αἰθούσῃ ἐριδούπῳ[在发出剧烈声响的前廊下]，我们大概很难想象，那里回响着羊的叫声。有人会问，《奥德赛》里为尊贵客人铺的床符合所有传统的舒适，之所以有 ὑπ᾽ αἰθούσῃ ἐριδούπῳ[在发出剧烈声响的前廊下]，是否因为它属于英雄的待客礼俗，就像《伊利亚特》卷 24 的模式？参下文页 501 及以下。我们希望，绑着山羊的 αἴθουσα ἐριδούπος[发出剧烈声响的前廊]并不是通常安排客人下榻的地方。

② s. Gemoll, Hermes 18, S. 89 ff.

> ἐκ δ᾽ ἔλασαν προθύροιο καὶ αἰθούσης ἐριδούπου.
> 他们从轰鸣的前门和前廊驶出。

关于决心、匆忙、上路、驶离,再不置一词,墨涅拉奥斯手拿盛满酒的黄金杯,从容不迫地跟在他们身后走来,不在房前,而在门廊处敬酒——精心的殷勤使主人一直把客人送至院门,敬酒只是世俗举动,没有呼求神明,也没有《伊利亚特》那种即将到来的可怖之事,丝毫无关乎生死。

* 24.507,普里阿摩斯:

> ὣς φάτο, τῷ δ᾽ ἄρα πατρὸς ὑφ᾽ ἵμερον ὦρσε γόοιο.
> 他这样说,使阿基琉斯想哀悼他父亲。

《奥》4.113 一模一样,主语是墨涅拉奥斯,4.183 稍作改动,主语还是墨涅拉奥斯:

> ὣς φάτο, τοῖσι δὲ πᾶσιν ὑφ᾽ ἵμερον ὦρσε γόοιο.
> 他这样说完,大家忍不住哭成一片。

《伊利亚特》的前文是:"阿基琉斯,想想你的父亲!"

> μνησάμενος σοῦ πατρός. (504)

在《特勒马科斯篇》里,无人认识的特勒马科斯听到墨涅拉奥斯赞颂他的父亲,不由感动得泪水夺眶。

《伊利亚特》的泪水打破一切敌对、报复、仇恨的限制——是一场冲破所有堤坝的洪流。两人双双悲哭,老人哭他的儿子,阿基琉斯一会儿哭父亲,一会儿哭死去的朋友。他们的叹息响彻房屋。《奥德赛》的 ἵμερος γόοιο [渴望哭泣] 丝毫没有这种原始力量。哭泣也统一起众人,可并非生死之敌,而是同心一意的完整圈子,海伦、特勒马科斯、墨涅拉奥斯都哭起来,同时还有涅斯托尔之子,他想到了阵亡的兄弟。泪水不是迅猛的突破,也没有统一起分离的东西,为消逝者悲哭的主题早就被墨涅拉奥斯定了调,这个贵族群体的所有人从最初起就志同道合、越来越惺惺相惜,没有蜷缩在地上的普里阿摩斯……相同措辞下,《伊利亚特》的 ἵμερον ὦρσε γόοιο [激起了对哭泣的渴望] 蕴藏了完全不同的爆发力。

在《奥德赛》中,这几个词引入了动作(114 及以下),这不应被低估。但诗行并未在此释放高至巅峰的张力。无人认识特勒马科斯,[494] 可他已被猜出身份,这让人想起卷 8 无人认识奥德修斯的情境,只是它在第 4 卷并不重要,毋宁说是表演。特勒马科斯徒然地强掩泪水,试图不表现出心潮澎湃;墨涅拉奥斯温和体贴,忍住不去继续追问——这时海伦出场,带来缓解气氛的转折……

同一行诗在《伊利亚特》里地位不同:此处它带来整卷创作所着眼的转折,就像总枢纽——两个相斗相缠、天渊之别的灵魂,他们的命运在这绝无仅有的时机因宙斯的意志发生了扭转。顶峰高了多少! 一切都猛烈了多少,紧张了多少!

* 24.530 与《奥》4.236 及以下:同一句箴言,此处[《伊利亚特》]指向悲惨的祸患、痛苦的未来、即将到来的死亡,彼处[《奥德赛》]则指向令人宽慰的希望、愉快的当下、柳暗花明的转折。在阿基琉斯口中,这句话有所不同,他想到被诸神如此看重的父亲,想到独子早逝将如何伤害孤零零的他。他想的不是自己,这多么阿基琉斯!

> ᾧ μέν κ'ἀμμίξας δώῃ Ζεὺς τερπικέραυνος,
> ἄλλοτε μέν τε κακῷ ὅ γε κύρεται, ἄλλοτε ἐσθλῷ.
> 若是那掷雷的宙斯给人混合的命运,
> 那人的运气就有时候好,有时候坏;

我的父亲亦将如此。哀哭无用。

在海伦口中,这句箴言另有滋味,当时她正把忘忧的草药滴入进餐客人的酒,优雅回忆着奥德修斯无畏的冒险:

> ἀτὰρ θεὸς ἄλλοτε ἄλλῳ
> Ζεὺς ἀγαθόν τε κακόν τε διδοῖ·δύναται γὰρ ἅπαντα.
> 天神宙斯
> 给这人好运给那人祸患,因为他全能。

所以,你们就坐在这大厅里开怀畅饮吧!卷24的诗人把惬意转为悲壮?还是《特勒马科斯篇》的诗人把悲壮变成惬意?在此人们也把卷24的诗人看作模仿者;把随和、人道视作比暴烈、无情更古老的东西。

24.522及以下出自阿基琉斯同一段话,情况相同:

> ἄλγεα δ'ἔμπης
> ἐν θυμῷ κατακεῖσθαι ἐάσομεν ἀχνύμενοί περ,
> οὐ γάρ τις πρῆξις πέλεται κρυεροῖο γόοιο.
> 让我们把忧愁储藏在心里,尽管很悲伤,
> 因为冰冷的哭泣没有什么好处。

[495]意为:虽然苦难如此沉重,却要宁心静气。举止与痛苦是让

步关系:ἔμπης[无论如何]。比较《奥》4.100ff:ἀλλ' ἔμπης...[而同样地]亦即,我怀念所有逝者——然后是插入语,4.102ff:

> ἄλλοτε μέν τε γόῳ φρένα τέρπομαι, ἄλλοτε δ'αὖτε
> παύομαι· αἰψηρὸς δὲ κόρος κρυεροῖο γόοιο.—
> 有时哭泣慰藉心灵,有时又止住,
> 因为过分悲伤地哭泣易使人困倦。

虽然我为所有人哀哭,ἀχνύμενός περ[纵然悲伤],却无人像奥德修斯那般令我牵挂,想到他,我食睡难安……让步关系看似重复,却已经偏移。插入语包含着那种人性—太人性的东西(das Menschlich-Allzumenschliche),墨涅拉奥斯懂得迅速以此安慰痛苦之人。几乎是《伊利亚特》的反意。

*《伊》24.597,阿基琉斯:ἕζετο δ'ἐν κλισμῷ[他坐在靠椅里]。
《奥》4.136,海伦:ἕζετο δ'ἐν κλισμῷ[她坐在靠椅里]。

这行诗在《伊利亚特》中属于情节(Handlung),是时间进程的一部分,是众多聚合出闻所未闻之事的惊人要素之一。关键不在于阿基琉斯坐到椅子上,而在于,他坐上了那把他刚才离座站起来的雕凿精美的椅子(πολυδαιδάλῳ, ἔνθεν ἀνέστη)。他起身离座,"像一头狮子",也就是说,一步冲出房门(572),他的两个侍从跟在身后,立刻去安排要满足请求所需的一切:首先,给骡马解轭,第二,把普里阿摩斯的传令官请进屋,第三,从车上卸下礼物,第四,叫侍女来清洗尸首等,最后——为了使一切更阿基琉斯——请求帕特罗克洛斯原谅他的所为。"这样说,又坐回来……"靠着面对普里阿摩斯的"另一面墙"(τοίχου τοῦ ἑτέρου)。接下来是姿态慷慨(mit der Geste des Megalopsychos)的用餐邀请,神话典范使邀请本身也被提升为神话的例证。阿基琉斯再次跳起来……一次比一次递进。一切都是情节——行动先于话语——开始说话,动作就结束。

《奥德赛》正相反。海伦坐到椅子上,显然,她的就坐也是整体的一部分,但这个整体并非时间进程,而在空间中展开,事物一一出现,仪式就绪。[496]阿基琉斯坐下,表现出他的冲动、他的热情;海伦坐下,是她的光彩和优雅。高顶的内室香气馥郁,她从中走出,宛若金箭的阿尔特弥斯;阿德瑞斯特为她摆好精美的座椅,阿尔基佩为她铺好柔软的羊毛毯,菲洛给她拿来底有滚轮、银制金边的毛线篮……(接下来是篮子的故事),篮中理好的毛线上横卧着紫色捻杆的纺锤。她在椅上坐定,双脚放到矮凳上,有如宝座上的女神。如此就坐不再是进行中的情节,谈话取代了情节。海伦的出现赋予情节新的转折。就坐属于情境(die Umstände)。情境可理解为:姿势、态度、唤起的印象、各种礼仪、装饰、气氛,简言之,《奥德赛》用白描渲染着《伊利亚特》缺失的一切。

[原注] 参穆尔德(D. Mülder),《特勒马科斯篇的游历》(*Die Reiseerlebnisse des Telemach*),《赫尔墨斯》(65)1930,页38及以下:《特勒马科斯篇》不是有某种意义的事件,而是相应的状态,主要是气氛(Milieu)。

然而穆尔德的出发点不是诗行的重复,他把"气氛"理解为对象性而非社会性的,跋涉、营地、车程、献祭、葬礼、迎宾等等,也没有得出结论说,《特勒马科斯篇》反照出《伊利亚特》的英雄主义,"诗的目的"是描写气氛,即使这不是唯一目的。

一种概观或可打断细节比较。首先,《奥德赛》里有社群(die Gesellschaft)。《伊利亚特》有国王与民众、领袖与属臣,有王侯与扈从的连结,有战友的情谊,有宾客、家庭和氏族,但没有自觉、可见的阶层共性,没有统一的作为,倘若有,就是献祭、葬礼、军队集会或所有集体战斗。社群从何表现?比如说,年轻人证明自己身在其中,陌生人被认出归属于它,人们从对方身上看到自己是谁,互不相知者感到彼此默契,人们习惯、欣赏共同的消遣、体育、娱乐活动。众人一起聆听歌手,被视作最高级、最风雅的享受。[497]传说中亦不乏主客之谊。然而,作为两人之间的纽带,主客情谊在传说中遭到破坏、背叛而成为事件的肇因,成为胁迫、灾难,或是被坚守而致堕落毁灭;它创造出冲突和英雄的解决方式。在《忒勒马科斯篇》,少年被引入成人的圈子,并被认同身份。当然,这个社交圈子映照出英雄的世界,但它的自在自为并不因此减弱,它的合理存在无需复仇之责或任何其他悲剧—英雄式的轰轰烈烈。如果《忒勒马科斯篇》的动机背景是旅途、初游、不同形式的寻根问祖,就无法在此深入探讨。

阿尔基诺奥斯身边也有一个圈子;他的一个儿子怀疑奥德修斯:啊,你不参加运动,难道你只是商人? 意为,你并非我类。

《伊利亚特》里,阿基琉斯令人憎恨地无所事事,见不到他与地位相当的年轻贵族一起进行体育活动;即使消磨时间,他也始终是随军之主,他与帕特罗克洛斯轮流在英雄的颂歌中出现。《奥德赛》里,传说中的"求婚者"变成伊塔卡及相邻地区年轻一代的贵族。每个人的身份地位都精准地协调一致。有主导者——虽有两位,但特色分明;也有归属其中的众人。他们如此堕落,是一丘之貉;在他们自己看来,他们的消遣,甚至玩笑,都高贵得不可否认——可惜!他们乱哄哄你方唱罢我登场,本质上却丝毫未变,如果没有社群元素,根本不可能填满那么多卷诗。

区别就在于此:《奥德赛》不同的社会圈子彼此脱离:各自世袭国王统治下的父权贵族群体,童话背景中出现的费埃克斯人,欧迈奥斯家园周遭的牧人生活,拉埃尔特斯的终老田产和农务。墨涅拉奥斯身边的圈子是自由的高贵、王者光辉与人性的三重理想,是对英雄的回忆最为丰富的世界,如果对于我们,从艺术出发,它似乎是不同圈子里最弱的一个,那么可能也是出于其他理由,而不仅仅是艺术的失败。不能忽视的是,墨涅拉奥斯和他的圈子如同一个四面受敌的小岛;也要考虑到,它作为更理想的典范超越了伊塔卡那一半。忒勒马科斯的出行也同时相当于从一个世界逃入另一个。[498]在家乡遭受劫掠、离弃的人被张臂相迎。

会有人反对,也许一切都很美好,但对比本文的审慎是另外一回事。可并非如此。正如我们所见,属于《伊利亚特》情节的诗行,在《忒勒马科斯篇》的海伦-插曲里落入了社会情境的范畴。此非孤例,现在就是其他例证。

* 24.633:

> αὐτὰρ ἐπεὶ τάρπησαν ἐς ἀλλήλους ὁρόωντες,
> 等他们相互看够了,

老人首先开始说话……
《奥》4.47(两个年轻人惊赞墨涅拉奥斯的宫殿):

> αὐτὰρ ἐπεὶ τάρπησαν ὁρώμενοι ὀφθαλμοῖσιν,
> 他们举目观瞻,尽情观赏之后,

走入仔细磨光的浴室沐浴。赞叹建筑之后是舒适。强烈的东西被减弱,情节变成氛围。此处佩普米勒仍然认为《奥德赛》在先。

这行诗不再与心灵的骤变相关,而是与其他细节结合起来,变成环境、氛围。氛围当然不会自动产生,一定是某种新事物映照出另一种生命情感、另一种此在的乐趣。但形式和情感的总体转变才说明,与其认为《伊利亚特》的套句在制造气氛,毋宁理解成,看来合适的那些套句得到了改造的利用。

*《伊》24.643 及以下与《奥》4.296 及以下相同,要进一步探问这铺床的六行诗组。这里也不能孤立史诗套话,而是要一并观察每一次都意味不同的整体文脉。如果局限于套句,就会一无所获。

《伊》24.635 及以下,普里阿摩斯和阿基琉斯都惊异、赞佩地相互打量了好久,然后普里阿摩斯终于对阿基琉斯说:

> λέξον νῦν με τάχιστα, διοτρεφές, ὄφρα καὶ ἤδη
> ὕπνῳ ὕπο γλυκερῷ ταρπώμεθα κοιμηθέντες.
> 宙斯养育的人,请赶快安排我睡觉,
> 以便我们立即好好享受甜甜蜜蜜的睡眠。

《奥》4.294 及以下,墨涅拉奥斯与海伦相互交谈,共同回忆起奥德修斯在木马中的英雄事迹,然后特勒马科斯打断回忆,对墨涅拉奥斯说:

> ἀλλ' ἄγετ' εἰς εὐνὴν τράπεθ' ἡμέας, ὄφρα καὶ ἤδη
> ὕπνῳ ὕπο γλυκερῷ ταρπώμεθα κοιμηθέντες.
> 不过现在让我们准备就寝睡觉吧,
> 以便我们立即好好享受甜甜蜜蜜的睡眠。

[499]在《奥德赛》里无非是:现在为我们铺床,让我们去睡吧。γλυκερῷ[甜蜜的]是附加修饰语(Epitheton ornans)。《伊利亚特》中睡眠的"甜蜜"何其不同!甜蜜在此得到了解释。原因在于如释重负的转折:"自从我的儿子死在你手下,我就没有合过眼:我总是躺在院中的污秽里辗转反侧……现在我又吃过饭,喉咙尝过酒。" καὶ ἤδη[立即]比《奥德赛》更意味深长:不是"现在时间到了",而是:"终于又!"睡眠不再是日日习以为常之事,而是匮乏已久的

享受。

接下去是准备床榻的诗句。连同其他吻合处追踪下文，或可一目了然：

《伊》卷 9	《伊》卷 24	《奥》卷 4	《奥》卷 7
658≈643	ἦ ῥ', Ἀχιλεὺς δ'ἑτάροισιν ἰδὲ δμωῇσι κέλευσε 他这样说，阿基琉斯随即吩咐	≈296	
644	δέμνι' ὑπ' αἰθούσῃ θέμεναι καὶ ῥήγεα καλὰ 他的伴侣和侍女把床支在门廊下	=297	=336
645	πορφύρε' ἐμβαλέειν, στορέσαι τ' ἐφύπερθε τάπητας, 床上铺上非常精美的紫色毯子，	=298	=337
646	χλαίνας τ' ἐνθέμεναι οὔλας καθύπερθεν ἕσασθαι. 毯子上放上被单，再加上可穿的毛大衣。	=299	=338
647	αἱ δ' ἴσαν ἐκ μεγάροιο δάος μετὰ χερσὶν ἔχουσαι, 侍女们打着火炬出去，	=300	=339
659≈648	αἶψα δ' ἄρα στόρεσαν δοιὼ λέχε' ἐγκονέουσαι. 铺好了两张床。		≈340

最后一行，《奥》7.340：

αὐτὰρ ἐπεὶ στόρεσαν πυκινὸν λέχος ἐγκονέουσαι,
她们熟练地铺好厚实柔软的床铺，

比较《伊》9.659：

Φοίνικι στορέσαι πυκινὸν λέχος.
为福尼克斯铺一张很厚的床榻。

《奥》4.301 没有这句,而是缩减的:

δέμνια δὲ στόρεσαν.
安排好床铺。

然而,相比于第 7 卷,第 4 卷的开头与《伊利亚特》更为一致,4.296:

δμωῇσι κέλευσεν.
随即吩咐。

也就是说,既不可能是《奥德赛》的两处本文相互借用,而它们均对《伊利亚特》一无所知;也不可能是反过来,《伊利亚特》卷 24 仅参照了《奥德赛》两处本文中的一处,两处一定都被用过。可不论怎样论证,取舍都十分复杂。反之,《伊利亚特》卷 24 统合起一切(包括《伊利亚特》卷 9 的 πυκινὸν λέχος [结实的床榻])[就顺理成章了]。

[原注]施瓦尔茨看法不同,《奥德赛》(1924),页 22.1(对《奥》7.336 及以下):"出自 Ω 诗人的此幕末尾被大胆地借用到阿基琉斯的'小屋'上。24.648 显眼的双数 δοιώ [两个、两张,数量为二的] 取代了《奥》7.340 的 πυκινόν [结实的],这泄露出转借。此外也用到了《伊》9.658。"如果把 δοιώ λέχε' [两张床榻] 理解为 πυκινὸν λέχος [结实的床榻] 的衍生,那么也可以把——既然"用到了"《伊》9.658-9.659 的 πυκινὸν λέχος [结实的床榻] 视作常规。

出路似乎又是,让所有三处或者三位诗人从跨地域的库存中汲取史诗套句。可即便如此,《伊利亚特》与《奥德赛》也大相径庭,它以截然不同的方式从假设的库存中汲养。[500]然而,吻合之处还在不断累积,超出了史诗的套话或英雄待客的典型情境,因此也不大可能从跨地域的公共库存去解释。

　　除紧张程度大小的问题之外,又出现了房间分配的问题。《伊利亚特》卷9,660及以下描写铺床的诗行中只有一间房,这与阿基琉斯对福尼克斯的关心密不可分,特别是关系到要征求他的同意"明日"再做定夺。更何况,在埃阿斯回话之前,阿基琉斯给帕特罗克洛斯使了个眼色:

> Φοίνικι στορέσαι πυκινὸν λέχος, ὄφρα τάχιστα
> ἐκ κλισίης νόστοιο μεδοίατο...
> 要他为福尼克斯老人铺一张很厚的床榻,
> 使其他的客人很快想起该离帐回去。(621)

他应睡在他身旁、他的 κλισίη [营帐] 里,明天与他一起考虑其他事情。帕特罗克洛斯:

> Πάτροκλος δ'ἑτάροισιν ἰδὲ δμωῇσι κέλευσεν
> Φοίνικι στορέσαι πυκινὸν λέχος ὅττι τάχιστα·
> αἱ δ'ἐπιπειθόμεναι στόρεσαν λέχος, ὡς ἐκέλευσεν.
> 帕特罗克洛斯吩咐一些伴侣和侍女,
> 很快为福尼克斯铺一张很厚的床榻,
> 他们听从命令铺上一张床榻,(658及以下)

床榻在"营帐"的前部。阿基琉斯与帕特罗克洛斯在营帐后部左右相对而卧:

> αὐτὰρ Ἀχιλλεὺς εὗδε μυχῷ κλισίης εὐπήκτου,
> τῷ δ'ἄρα παρκατέλεκτο γυνή...
> ...καλλιπάρῃος.

> *Πάτροκλος δ'ἑτέρωθεν ἐλέξατο*——
> 阿基琉斯睡在那精致的营帐的深处，
> 有个女子躺在他旁边，……
> ……美颊的女人。
> 帕特罗克洛斯睡在对面——（663 及以下）

他也有自己的女子在身旁，以 *μυχῷ κλισίης*［营帐的深处］区别开福尼克斯的床铺。只是帕特罗克洛斯离阿基琉斯更近。

卷 24，阿基琉斯同样尽心地安排普里阿摩斯在隔开的房间住宿。*τάχιστα*［赶快］(635) 在此处更有道理。已入深夜，他们相对而坐，最后彼此钦敬地默默看着对方，这时疲惫向老人袭来：

> *λέξον νῦν με τάχιστα, διοτρεφές, ὄφρα καὶ ἤδη*
> *ὕπνῳ ὕπο γλυκερῷ ταρπώμεθα κοιμηθέντες.*
> 宙斯养育的人，请赶快安排我睡觉，
> 我们好上床享受甜甜蜜蜜的睡眠。(635)

自从我的儿子落入你手中，我还未曾合眼……接下去：

> *ἦ ῥ', Ἀχιλεὺς δ'ἑτάροισιν ἰδὲ δμῳῆσι κέλευσεν*
> *δέμνι' ὑπ'αἰθούσῃ θέμεναι καὶ ῥήγεα καλὰ*
> *[501]πορφύρε' ἐμβαλέειν, στορέσαι τ'ἐφύπερθε τάπητας*
> *χλαίνας τ'ἐνθέμεναι οὔλας καθύπερθεν ἕσασθαι.*
> *αἱ δ' ἴσαν ἐκ μεγάροιο δάος μετὰ χερσὶν ἔχουσαι,*
> *αἶψα δ'ἄρα στόρεσαν δοιὼ λέχε' ἐγκονέουσαι.*
> 他这样说，阿基琉斯随即吩咐
> 他的伴侣和侍女把床支在门廊下
> 床上铺上非常精美的紫色毯子，

> 毯子上放上被单,再加上可穿的毛大衣。
> 侍女们打着火炬出去,
> 铺好了两张床。(643及以下)

普里阿摩斯不在营帐中,而是与他的传令官睡在外面的前厅,这是特殊情境所致。

αἴθουσα[前廊]并不奇怪,更何况,此前已描写过米尔弥冬人建造的"高耸的帐篷"、大门、茅草顶和帐前"庭院"(αὔλη)四周的木桩多么宏伟(24.448及以下)。他们把掩体和房屋修建得如同庄园大宅,24.271也称之为"厅堂"(οἶκος)。营帐如同宫殿,可以有前廊或是Prodomos[前厅]。然而,营帐是没有侧室的独屋,更不会有内室(Thalamoi)或者阁楼(Hyperoon):如果不在帐内,就必须睡在外面,ὑπ' αἰθούσῃ[在前廊下面]。因此,不同于《奥德赛》,此处的"在前厅"有特殊意义;它意味着:不在营帐里,而是在外面:ἐκτὸς μὲν δὴ λέξο, γέρον φίλε...[你就躺在外面吧,亲爱的老人家……]

唯独此处,"外面"才有道理:"讽刺他说……"——ἐπικερτομέων[嘲讽]这种表达并不排斥亲切的称呼γέρον φίλε[亲爱的老人家]①:它是指老人的轻率,指他蹈入的危险,并已经暗示出要尽快提前离开:"在我们这里可能有人会看见你,阿开奥斯国王们常找我议事进进出出,他们会向阿伽门农告密……"

如此解释,"在前厅"就意味着"关心",是对客人安全的考虑。在这样的文脉里,阿基琉斯对侍从和女仆的吩咐也意味着心思周密:老人和他的老随从应躺得温暖、柔软。仆人的殷勤(ἐγκονέουσαι)也符合主人的关心。

然后是上床睡觉,——仍有吻合之处:

---

① 最好加上"揶揄地"。但希腊语的表达里没有这种亲切、愉快的言外之意。比较16.744"嘲讽的"帕特罗克洛斯,4.6"激怒"女神的宙斯。

οἱ μὲν ἄρ' ἐν προδόμῳ δόμου αὐτόθι κοιμήσαντο

[他们在这座房屋的前厅里睡觉]

(αὐτόθι[在这],在如此近处睡下总归是阴森森的。)

[502]κῆρυξ καὶ Πρίαμος πυκινὰ φρεσὶ μήδε' ἔχοντες,
αὐτὰρ Ἀχιλλεὺς εὗδε μυχῷ κλισίης εὐπήκτου·
τῷ δὲ Βρισηὶς παρελέξατο καλλιπάρῃος.

传令官和普里阿摩斯安置在前厅睡觉,

(不乏阐释者连这也要挑剔:他们在前厅才真地会撞见他呢。好像他们来,就是为了检查。)

两个人心事重重。(预指提前返程回家。)阿基琉斯则躺在

那结实房屋的深处,那个俊俏的女子
布里塞伊斯在他的身边陪伴睡眠。(673及以下)

没有一刻忘记过,阿基琉斯对他不共戴天之敌的父亲无微不至,复仇的狂热和偏执被冲破。每一句描写为老人铺的床榻柔软、温暖的话都是关切的表达。所有男女仆役都受到吩咐。为了陪睡也一定会有侍女。

在《伊利亚特》,不论卷9还是卷24,铺床都非同寻常,末卷比第9卷更胜一等。在《奥德赛》,铺床结束了当日,但并不是特殊的事情。不是男性而是女性事务:得到吩咐的没有伴侣,只是侍女;下令者是王后,一处是海伦,一处是阿瑞塔。是《伊利亚特》的诗人(或诗人们)升级情境?还是《奥德赛》的诗人(或诗人们)让情境降级?不论如何作答,这个问题都绕不过去。(所有较早的考据,包括施瓦尔茨,都没有注意到情境。不论何时,关注情境都是必须强调的方法上的要求,哪怕是判断个别情况。)

如果把铺床从《伊利亚特》第9卷除去,福尼克斯-插曲就失去结尾,问题的解决就失去张力,阿基琉斯的态度就失去了抗拒

和关心、冷和暖、仇和爱的反差。如果把铺床从《伊利亚特》末卷除去,那不仅本卷,而是整部《伊利亚特》的整套剧情都将失去巅峰,和解不仅失去高潮,也将失去[普里阿摩斯]提早离营的续曲……

如果把铺床从《奥德赛》第 7 卷除去,虽然当日没有收尾,但这无关事件的内在必然,更没有任何充满张力的关系。铺床在大肆闲谈之后:

> ὣς οἱ μὲν τοιαῦτα πρὸς ἀλλήλους ἀγόρευον·
> κέκλετο δ' Ἀρήτη λευκώλενος ἀμφιπόλοισιν
> δέμνι' ὑπ' αἰθούσῃ θέμεναι…
> 他们正相互交谈,说着这些话语,
> 白臂的阿瑞塔这时已经吩咐侍女们
> 在廊屋摆下床铺……(7.334 及以下)

侍女们听从吩咐:

> αἱ δ' ἴσαν ἐκ μεγάροιο δάος μετὰ χερσὶν ἔχουσαι.
> 手执火炬迅速走出厅堂。(339)

[503]此处根本谈不上特殊的关心、非同寻常的意味:客人按风俗被安排住宿。接下去的从句显示出侍女执行命令的麻利:

> αὐτὰρ ἐπεὶ στόρεσαν πυκινὸν λέχος ἐγκονέουσαι…
> 她们熟练地铺好厚实柔软的床铺……

此后再也觉察不到照顾的殷勤:只在《伊利亚特》卷 24,主人吩咐仆从,转而邀请客人。《奥德赛》中是侍女——既非国王亦非王后——请客人就寝。受难者于是睡下：

> τρητοῖο ἐν λεχέεσσιν①(半行=《伊》24.720) ὑπ' αἰθούσῃ ἐριδούπῳ.
> Ἀλκίνοος δ' ἄρα λέκτο μυχῷ δόμου ὑψηλοῖο,
> πὰρ δὲ γυνὴ δέσποινα λέχος πόρσυνε καὶ εὐνήν.
> 在回升萦绕的廊屋雕花精美的床铺上，
> 阿尔基诺奥斯睡在高大的宫宅的内室，
> 高贵的妻子同他分享卧床同安寝。(7.345及以下)

ὑπ' αἰθούσῃ[在前廊下面]与ἐν μυχῷ[在最里面的地方，在内室里]之间的对比没有道理，它与情境无关，也不像《伊利亚特》卷24那样铺垫下文。

《奥》4.294及以下的铺床更无足轻重。此处它只是把特勒马科斯在墨涅拉奥斯家中的停留分成两天。特勒马科斯打断谈话，提醒说到了睡觉的时间：

> ὣς ἔφατ', Ἀργείη δ' Ἑλένη δμωῇσι κέλευσεν
> δέμνι' ὑπ' αἰθούσῃ θέμεναι καὶ ῥήγεα καλά...
> αἱ δ' ἴσαν ἐκ μεγάροιο δάος μετὰ χερσὶν ἔχουσαι,...
> δέμνια δ' ἐστόρεσαν.
> 他这样说完，阿尔戈斯的海伦吩咐女仆
> 立即在廊屋里摆放床铺……
> 女仆们执火炬走出大厅，
> 安排好床铺。

---

① 按24.720，是安放赫克托尔的灵床，3.448(海伦的床)是指镶有金属或象牙、可供展览的豪华床，见里夫对3.448的注释。

传令官带两位客人出去。接下来，

> οἱ μὲν ἄρ' ἐν προδόμῳ δόμου αὐτόθι κοιμήσαντο,
> Τηλέμαχός θ' ἥρως καὶ Νέστορος ἀγλαὸς υἱός.
> Ἀτρεΐδης δὲ καθεῦδε μυχῷ δόμου ὑψηλοῖο,
> πὰρ δ' Ἑλένη τανύπεπλος ἐλέξατο, δῖα γυναικῶν.
> 客人被安置在这座宅邸的前厅休息，
> 英雄特勒马科斯和涅斯托尔的杰出儿子；
> 阿特柔斯之子在高大的宫宅内室安眠，
> 女人中的女神、穿长袍的海伦睡在他身边。
> （4.302及以下，同《伊》24.673及以下）

莫名其妙的"在这"（αὐτόθι），不能更莫名其妙。

《奥》3.397及以下，铺床被处理得更公式化、更简短，涅斯托尔安排，让特勒马科斯与年轻的佩西斯特拉托斯一起：

> τρητοῖς ἐν λεχέεσσιν ὑπ' αἰθούσῃ ἐριδούπῳ...
> [504]αὐτὸς δ' αὖτε καθεῦδε μυχῷ δόμου ὑψηλοῖο,
> τῷ δ' ἄλοχος δέσποινα λέχος πόρσυνε καὶ εὐνήν.
> 在回声萦绕的廊屋精雕的卧床上休息……
> 涅斯托尔本人睡在高大宫殿的内室，
> 高贵的妻子同他分享卧床安寝。

在阿尔基诺奥斯的宫殿中，铺床就像在《特勒马科斯篇》，是同一种表敬的社交礼节。《伊利亚特》末卷的铺床与此二处的区别在于，它并非礼节，而是绝无仅有、震慑人心、此前根本就不敢想的关心。如果只在其中看到礼节，莫不如合上《伊利亚特》。

《奥德赛》中诗行相同，但已失去特殊意义。它们在讲如何为尊贵的客人铺床。《伊利亚特》讲的是，阿基琉斯如何为普里阿摩斯铺床：《奥德赛》的随俗之事，在此颠覆了之前的整部《伊利亚特》。

在《伊利亚特》与《奥德赛》的关系中，虽然能注意到二者之间显著不同，但不论《伊利亚特》还是《奥德赛》，它们各自的"新""老"部分均无差别。上述例子，不论"新""老"，都表现出同种类型的改造，就像《奥》23.172，夫妻二人优雅地相互验证过后，奥德修斯终于败阵，他失去耐心，对激怒他的人脱口说出《伊利亚特》22.357的引文：

  ...ἦ γὰρ τῇ γε σιδήρεος ἐν φρεσὶν ἦτορ.
  ……这个女人的胸中有一颗铁样的心。

将死的赫克托尔回答阿基琉斯说：

  ...ἦ γὰρ σοί γε σιδήρεος ἐν φρεσὶ θυμός.
  ……你有一颗铁样的心。

（行末的ἦτορ[心]可能借用于《伊》24.205及521 σιδήρειόν νύ τοι ἦτορ [你的心的确是铁铸的]。）彼处[《伊》]可怖，此处[《奥》]迷人。《伊利亚特》也在自身诗卷内大量重复，其中亦不乏改造（著名的例子：《狄奥墨得斯篇》与《帕特罗克洛斯篇》），但它们始终在同一个意义范畴内，并未把悲壮转用于闲情、狂暴转用于默契、恢弘转用于粗鄙。在《伊利亚特》里，英雄的东西从未映照在非英雄的世界。当奥德修斯脱口说出可怕的、悲剧—英雄式的谴责，他并未意识到，这颗"心"多么不似"铁"，它对远方之人的爱太伟大，[505]以至于害怕失望——或毋宁说是圆满？相互考验的心灵用史诗的语言交谈。诗人借此表达他自己，如同在语言的乐器上演奏，技巧精湛，富于变化，常常出人意料。在《伊利亚特》中，话语和史诗同一不二。

与《多隆篇》的一致之处

赫尔墨斯的魔杖，护送时的神迹，壁垒和壕沟，被催眠的守兵（$\varphi \upsilon \lambda \alpha \kappa \tau \tilde{\eta} \varrho \varepsilon \varsigma$），最后还有赫尔墨斯推回的巨大的军营门闩，——会有人认为，这些缺一不可。阿基琉斯意识到一定有神明护送普里阿摩斯（563 及以下），也指向关联的上文："不可能躲过守兵……也不能推回门闩。"可并非如此。目光一旦开始盯住守兵，其他一切就都被忘记了（24.444）。守兵（$\varphi \acute{\upsilon} \lambda \alpha \kappa \varepsilon \varsigma$ 或 $\varphi \upsilon \lambda \alpha \kappa \tau \tilde{\eta} \varrho \varepsilon \varsigma$）也出现在 9.85 及以下和 10.180 及以下：根据涅斯托尔的建议，共派出七百人，其中七名队长；他们安扎在壕沟与壁垒之间，生了火准备晚饭，警觉如同夜里守护庄园的猎狗（卷 10），唯恐遭受突袭。卷 24 因此就与卷 10 相关？两处均为第二个《伊利亚特》诗人所作？米尔正是此意。卷 10 不是守门者，而是为史无前例的危险精挑细选的七百精兵；为保卫安全，他们被推上前，站在外面的岗哨。卷 24 中的守兵是普通的守门人，服务于普里阿摩斯请求途中的叙事。没有守兵，我们就不会知道，普里阿摩斯如何进入营地。如果他们没有站岗，就不会一下子全体被神迹催眠。如果他们正"忙着"吃晚饭，魔法当然就更加神奇，也就是说，他们本不该睡觉。守兵和赫尔墨斯是同一发明。没有道理相信任何从属关系。

24.764，海伦：

> ὅς μ' ἄγαγε Τροίηνδ'·ὡς πρὶν ὤφελλον ὀλέσθαι——
> 他把我带到特洛亚，但愿我早就归阴去——

7.389 及以下,伊代奥斯向阿开奥斯人传令：

[506]κτήματα μὲν ὅσ' Ἀλέξανδρος κοίλης ἐνὶ νηυσὶν
ἠγάγετο Τροίηνδ'— ὡς πρὶν ὤφελλ' ἀπολέσθαι—
πάντ' ἐθέλει δόμεναι...

阿勒珊德罗斯载上他的空心船带到
特洛亚来的财产——但愿他早已毁灭！——
他愿意退还,并且从家里添上一份。

泰勒认为："7.390 优于 24.764。"① 最后的问题是,到底谁更好？咒骂别人还是诅咒自己？插入语还是收尾的怨诉？此事我无法裁断。

泰勒还说："10.111（但愿也有人去召唤……）也启发了与之酷似的、漂亮的 24.74（但愿有一位神去把忒提斯叫来）。"

在第 24 卷,ἀλλ' εἴ τις καλέσειε...[但愿某位去叫……],是由相反情况规定的转折："不可能偷窃尸体——但愿……"卷 10 缺少这种对比,卷 24 里出人意料的、宙斯刚刚生成的新想法,在卷 10 仅仅是接续上文（亦见 10.175）。我不明白,为什么《多隆篇》的诗人通过列举要传唤的英雄,就能启发末卷诗人为他在此发明的冲突找到神的解决办法？——我不会说它们"酷似"。

---

① W. Teiler, *Festschr. Tieche*, 162.

《伊利亚特》与《阿佛罗狄忒颂》

[507]谁是《伊利亚特》的诗人？关于他的一生我们知道什么？这位公元前8世纪的吟诵歌手因他的鸿篇巨作在小亚细亚海岸的希腊人中声名大噪，他的其他作品却也因此全都被遗忘，难道仅此而已？

30年以来，这个问题把目光聚焦到《伊利亚特》的配角身上，诗人通过这些次要人物歌颂他那个时代的豪族贵胄：作为吟诵歌手，他把他们的祖先列入那些为特洛亚而战的无可匹敌的英雄之中，借此盛赞他们。埃涅阿德人和格劳基德人就是这样两个家族，代表他们的侠义祖先在特洛亚人一方出场作战。希罗多德可以为米利都的格劳基德人作证，他们曾与非希腊的吕西亚王室缔结过姻亲。希腊诵歌手与特洛亚埃涅阿德人的关系不仅能从《伊利亚特》推断，也能从《阿佛罗狄忒颂》推知，后者在所谓的荷马颂歌集中流传下来，并在所有颂歌中脱颖而出。怎样诱导它吐露隐藏的秘密，我们能作何期待？①

《阿佛罗狄忒颂》不同于其他颂歌，首先在于，它的目的起初

---

① 下文与1956年施耐尔(Snell)的纪念文集样书中的《论荷马的阿佛罗狄忒颂》(*Zum homerischen Aphroditehymus*)差别不大。

隐蔽，它最后不是神圣而是世俗的。它最后不歌颂神明，而是一个王族。面纱从53行开始撩起，宙斯打算让挟制天下的爱神就范于有死凡人的床榻，安基塞斯这个名字在他的计划中唐突、意外地亮相，只是裸名，没有说明父母，没有任何描述。他横空出世，毫无介绍，空无一词，几乎就像《伊利亚特》中注定要承担《使者》主角的福尼克斯的名字（9.168）。[508]面纱在第177行女神的称呼中又揭开一点："醒来，达尔达诺斯人！"196及以下，面纱继续揭开，安基塞斯从女神口中得知，她将为他生一个儿子，他的子子孙孙将统治特洛亚人。他既然被众神所爱，他的家族——"你们的家族"——就近于众神，没有任何家族可比。受宙斯宠爱的特罗斯之子伽倪墨得斯"出自你们的家族"，埃奥斯的爱人提托诺斯"出自你们的家族"⋯⋯我们现在明白了，为什么最初有违史诗传统，对安基塞斯的双亲和家族守口如瓶：这个家族的过去与未来伟大如一，对它的称颂要留待女神长达几百行的话再说。此中一切连结得多么巧妙！开始越神秘、突兀，就越受欢迎。福尼克斯如出一辙。他的名字最初也是谜，因为他对自己的宏大介绍——共170行诗——与他的"请求"紧密相融，不应被抢先泄露风声。这里开始的谜也不能解释为难堪，而是刻意之举。两处用了同一种创作手法。

但家谱并不完整。其中突显的东西只涉及天神对凡人的爱。女神仅以此映照自己和情人。听众只能靠猜测，"你们家族"的谜脱离了所有关联，埃涅阿斯的家谱直到《伊利亚特》卷20才完全展开（200及以下）。即便此处它也并非独立存在，而是关系到预言这个被宙斯所爱的达尔达诺斯家族辉煌的未来（304）；预言者是被神恩宠的英雄的拯救者波塞冬。

以叙事形式歌功颂德有两种可能：盛赞伟大先祖的繁育和出生，盛赞英雄事迹、壮举。家谱是卷20壮举的中心与内核。一切都表明，同一位诗人用颂歌和壮举两种题材致力于同一目的。否则就要认为,一位酷似者钻入《伊利亚特》诗人的形象,在埃涅阿德宫廷中扮演前辈的角色,卓绝地模仿着《伊利亚特》,不论作为廷臣还是诗人,他都与榜样毫无二致。[509]后文将指出,《伊利亚特》与颂歌关系多么密切。

[原注]在我看来,认可斯特拉波(13.1.52及以下,页607及以下)说到的后来在特洛阿(Troas)的埃涅阿德人反倒更成问题。斯特拉波的来源、地方历史学家斯刻璞西斯的德米特里乌斯当然是一位认真的学者,我当然愿意相信,在他的故乡斯刻璞西斯自古就有两个家族相互竞争,他们的后代在建制民主(斯刻璞西斯属于阿提卡海上同盟)后又引入王权——很容易想到克桑托斯(Xanthos)的吕底亚史中达斯凯里德人(Daskyliden)和泰罗尼得人(Tyloniden)的竞争,但若两家族中一个源自赫克托尔,另一个源自埃涅阿斯,一个声称新城的创建者是赫克托尔之子斯卡曼德里奥斯,另一个说是埃涅阿斯之子阿斯卡尼奥——阿斯卡尼亚地区因之得名,就显得过于深思熟虑,不会未经安排。这种竞争的确在史诗中预示过。家谱和《伊利亚特》中的埃涅阿斯插曲均有意让埃涅阿斯与赫克托尔平起平坐,表明二人几乎同样伟大。此赫克托尔,彼埃涅阿斯,这可以用希腊化过程中两种相斗争的权力要求来解释。德米特里乌斯对两个氏族的名字保持沉默,显然无法从他那里得到证实。诗人对普里阿摩斯的后代一无所知。我认为更有可能的是,后世两个家族从《伊利亚特》和《颂歌》中选出了他们的建城者,就像罗马尤鲁斯的子孙(Iulier)选出他们的 Aeneadumgenetrix[埃涅阿斯族人的母亲],即便如此,《伊利亚特》中神话时代的预言还是与非神话的现世、英雄传说还是与历史事实丝毫无损地关联了起来。后世王族踏入已有的足迹。诗人曾在古埃涅阿德人的盛世之光中生活过,猜不出显赫历时多久。他们似乎在谜一般文学中留下了点点闪光。

家谱本身是设计。它混杂起希腊和亚洲的名字,结合了泛泛的神话、民间之事与政治上的疆土要求,这也显示出它是如何被建构出来的。有些名字在史诗中为人所知,另一些是其他希腊来源。它不难破译:

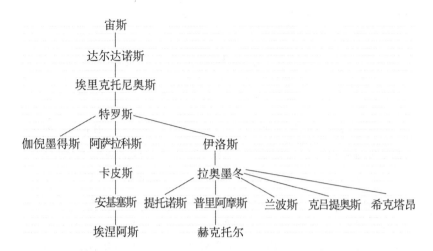

其中普里阿摩斯的三位非神话的兄弟,出自《伊利亚特》的"长老们"(3.147);他们在 15.419、526、576 作为英雄的父亲出场。[510]伽倪墨得斯和提托诺斯是神话称颂的旁系,他们都是神爱上的凡人典范,一个是赐福的超越之爱,另一个则是无妄之灾。提托诺斯在拉奥墨冬和普里阿摩斯一侧出现,因为该支系失去神宠、万劫不复。阿佛罗狄忒在颂歌中讲述两者的命运,是为了以之为反例突出安基塞斯的未来:安基塞斯既不是伽倪墨得斯,也不会像埃奥斯的情人提托诺斯那样遭受永远衰老下去的痛苦,他将通过儿子永生……家谱是颂歌的前提,颂歌则为之做出解释。伽倪墨得斯,喜乐者,是谐音名,可是以司酒官作为最高头衔并非希腊常俗,反倒在亚洲盛行,亚洲文献和小品文充分证实,司酒是国王最器重的亲信,因而希腊名字下大概藏着一位亚洲的半神。诗人不敢贸然把俊美的少年引入奥林波斯上的众神集会、在赫柏身边一同司酒。他那个年代,人们大概还不能心安理得地接受此事。

　　主干构成全族的中心和支撑,直到神话的埃里克托尼奥斯都是由纯粹的亚洲名字构成,最后埃涅阿斯成了与赫克托尔并列的同辈。地位的等同也通过语言和诗行彰显：

安基塞斯生了我,神样的赫克托尔出自普里阿摩斯。(20.240)

普里阿摩斯家族的祖辈与埃涅阿德人同宗。诗人尽其所能,把埃涅阿斯与赫克托尔并列起来(例如 17.513 等),他甚至不惜危险,不怕会因此减损独一无二的护城者无可匹敌的英雄气概。达尔达诺斯人的要求得到满足,因为达尔达诺斯在伊达山前麓兴建起达尔达尼亚,更早于在平原上设防加固的神圣伊利昂。出土文物证明,这种要求撒了谎。伊利昂的兴建者伊洛斯如此微不足道,竟未被当作建城者提到。达尔达诺斯的儿子——本土国王埃里克托尼奥斯被大肆称颂。十行颂诗被敬献给他。他是有死的凡人中最富有的人——大言不惭。三千牝马带着欢乐的小驹在他的草地上吃草。波瑞阿斯爱上它们,化作骏马与它们交配,受孕的牝马生下十二头马驹,它们在成熟的麦田上飞驰而过却不压弯麦穗,它们踩踏着一个又一个浪尖跨越大海。史诗中特洛亚人以养马闻名,是 hippodamoi[驯马者]。在颂歌及《伊》5.265,最著名的良种,"曙光和太阳下最好的马匹",[511]是宙斯赠给特罗斯的礼物,作为对抢走他的儿子伽倪墨得斯的补偿和安慰。马场从特罗斯传给拉奥墨冬而非安基塞斯,后者"偷偷地"让他的牝马与拉奥墨冬种马交配,也就是说,他属于旁系。在壮举的家谱中,达尔达诺斯的儿子埃里克托尼奥斯取代了特罗斯:连盛名也从特洛亚人转移给达尔达诺斯人。特罗斯的良马在第 20 卷想起它们在第 5 卷被狄奥墨得斯夺走,大概也会不由得尴尬。腹地随埃里克托尼奥斯享有优先权,也在育马的构思中出现。

埃里克托尼奥斯的确是阿提卡最早的土著和第一位国王,因此波瑞阿斯也和他有关系。若试图把他作为插补删去,就没有看到,2.220和233这两行诗彼此呼应:埃里克托尼奥斯是有死的凡人中最富有的人,伽倪墨得斯则是有死的凡人中最俊美的人。财富和美貌共同造就了家族的盛名。但这就能断定,诗人像人们猜测的那样,倾向于公元前600年的阿提卡殖民政治,支持雅典占领西革依翁(Sigeion)? 这不是更意味着,显赫的埃涅阿斯家族也有他的埃里克托尼奥斯? 在雅典娜神庙服务的老年妇女们(6.296),不是也让人想起阿提卡? 暂且不论,希腊名字下是否隐藏着一位亚洲马王(ein asiatischer Herr der Pferde)。

  诗人受命于亲希腊的亚洲君王,家谱则是后者无意识的明镜。显然,不经王室批准,如此建构的一段文本无法在世间流传。虽然王侯领地是后来才被希腊移民开拓出来的环埃德雷米特湾地带:亚洲王室仍然要求,把他的家谱嵌入所有史诗中最伟大的一部,把他的祖先引入史前最伟大的英雄之列,这使他们在威望和高贵生活方式上,毫不亚于伊奥尼亚(ionisch)、埃奥利斯(äolisch)沿岸包括阿伽门农、阿纳斯(Anas)、阿基琉斯等人在内的的贵族世家。共同的赛马活动也促成了贵族的连结。《伊利亚特》也对此存留下证据,它把求取声名投射到史前的英雄世界,这当然会让恩主龙颜大悦。一如波塞冬(23.278;17.443)赠送佩琉斯,宙斯也赐给特罗斯神马。[512]埃涅阿斯的马即出自这一良种,它被狄奥墨得斯成功抢走,过错并不在主人埃涅阿斯,这匹马似乎在卷5之后被人遗忘,却在23.290的葬礼竞技赛上重又出现。它凭借精湛的技艺坚韧力搏,最后在雅典娜的帮助下胜出。甚至色萨利良马也不能与它争胜。家谱的竞比和赛马的竞比相互补充,合奏出同一种歌功颂德。

  可这一切都要防止意图变得尴尬,防止过于庞大的团块一拥而入。新东西要暗示着、见缝插针地分散开安排到各处,不显眼,却扎实地编织进去,每一次都要贴合环境的调性,不论是悲剧的还是讽刺的。如果达尔达诺斯的东西出了格,不但王侯的事办不好，诗人自己的事也一塌糊涂。王侯想在祖先名下踏进《伊利亚特》再现的希腊盛世，为了让他入内，诗人无意间打开了一扇又一扇门。

竟比的想法同样也决定了家谱如何被嵌入（eingfügt）、如何合理化（begründet）。阿基琉斯必须轻视埃涅阿斯，这样体力稍逊的埃涅阿斯（没有听众会相信相反情况）才能表现为更高雅的人。因此阿基琉斯必然错看家谱所表明的东西：埃涅阿德人与普里阿摩斯家族平起平坐。埃涅阿斯必须被嘲讽成妄自尊大的野心家、贪权者、疯癫之人，竟敢夸下海口战胜阿基琉斯：

> 你和我打仗
> 是想继承普里阿摩斯享有的荣耀，
> 统治驯马的特洛亚人？但即使你杀了我，
> 普里阿摩斯的老王也不会把权力交给你，
> 因为他有那么多儿子，他自己也还康健。
> 或者是特洛亚人许给你一块最好的土地？（20.179 及以下）

（这也是一则隐蔽的预言。）以家谱为中心的回复，一反《伊利亚特》常见的传统的英雄斥骂。谴责"争吵"和"愤怒"（ἔρις和χόλος）的话大概也针对着卷 1 和卷 9 的阿基琉斯。开始的"当作孩子"（200）被结尾的"稚气"重提（244），但多么高雅地用了复数第一人称！"我们"建立起关联：你是忒提斯的儿子，我是阿佛罗狄忒的儿子，让我们两个别这样吧！[513]家谱越是接近自夸，越是谦逊，厌弃一切骄纵，引证追溯回源起：祖先不确保卓越（die Arete），凡人美德的增或减全凭宙斯之意，因为他才是至高者。

吕西亚英雄格劳科斯以相似的格言开始说起他自己的家谱（6.146 及以下）。他的家谱也是诗人对一个宗室的赞颂。导入和结束的套话也在重复（6. 145 同 21. 153，6. 211 同 20. 241，6. 150 及以下同 2. 213 及以下）。但格劳科斯的家谱没有攀比的想法，格劳科斯并不与人争胜。格劳科斯插曲虽然也另有所依，但它更早、更天马行空、更花哨，可它仍旧是插曲，不指向任何未来。埃涅阿斯家谱更重要、关联更多、更晚近。能安置它的空间只有阿基琉斯出战和赫克托尔死去之间的短暂期限。然而，若要相信埃涅阿斯是大英雄之中的一位，他就不能只在末尾才出现一次。他所有先前的出场都指向、铺垫着最后的会面，最伟大的英雄与诗人意下最完美无瑕的人交战，并以各自的方式衡量对方。在最后这次若非神助就险些丧命的最高考验之后，除了荣耀至极地被波塞冬摄开，永远消失，这位勇者再无他事。

没有家谱的壮举和没有壮举的家谱一样赤裸无凭。如果不缓和落差，不减慢事件汹汹袭来的节奏，不松弛大捷的佩琉斯之子的狂暴和复仇，就无法解决此处设置的任务。埃涅阿斯插曲不是真正的延宕（die Retardation），与河战不同，它拦截、中断，不是为了提高张力、蓄积能量，不像纯粹的诗的插曲（die rein dichterischen Episoden），它没有照亮前方。

埃涅阿斯在《狄奥墨得斯篇》的事迹和灾难（《伊》，6），铆接紧密得的多，它从一开始就嵌入整体，调性和气氛上也与之协调一致。这个可怜人当时厄运缠身。探讨下去就离题太远了。

若如我们所料，同一位诗人为达到相似目的还采用了颂歌形式，那就一定不止是他熟知荷马的颂歌体（die *Gattung* der homerischen Hymnen），他的听众们也必然对此司空见惯。这未必适用于存留下来的颂歌，但《阿佛罗狄忒颂》一定早已有之，不论是哪种类型。[514] 一般而言，颂歌的职责是赞美天赋、权力、正义和荣誉（τιμαί），赞美那些应称颂的、得自于宙斯及其他众神的的神性。用反抗彰显权力，用错看彰显高贵，用恐怖彰显福泽，用敌仇彰显胜利，所以也会有神性之怒及其对人神产生的后果，也会有难产的勒托所遭遇的那些危险,遍历种种是非纠缠才能庆祝功成名就,颂歌通常以此结束:收入奥林波斯,受到所有神明的尊敬和赞赏。

所有颂歌中唯有一部例外:这位诗人的颂歌。开篇是女神对凡人和众神、对空中飞鸟和荒野走兽、对陆地和海洋的无限成就;篇末却是她悲诉从此以后必须日日忍受众神的"辱骂"(*Schimpf*);因为她制服万物的曼妙魔力被打破,她甚至怀上有死凡人的孩子。宙斯常在诗末迎接被赞颂的神性升入奥林波斯,此处却是这位被她害得最惨的宙斯结束了她在众神中的自傲,因为是他把对安基塞斯的甜蜜渴望灌注到她的心中。她的失败反过来也是她自己的胜利,然而是她一无所知的胜利,因为他并未被她操纵、命令和鼓舞,却让她不能自拔,这就显示出,阿佛罗狄忒对于希腊人所意味的本性遭到多么戏谑的嘲弄,或者我们应该说,这恰恰暴露出她本性里最独特的东西?从无所不能的女神口中发出少女的悲声,抱怨她失去了荣誉和骄傲。以童贞为代价,她成为了埃涅阿德人的始母。

因此这是对常态的倒转。

作为爱神,阿佛罗狄忒如她所是地走向爱人就足以魅惑人心。可她就像为"诡计"(δόλος)而"武装"(ἀπάτη)的赫拉(《伊》14.162及以下),也先梳妆打扮,却不是在奥林波斯上她独占钥匙的卧室——卧室里的梳妆意味着变身术和保密,而是在塞浦路斯她香气袭人的帕福斯神庙。

> 她走进去,随手把闪亮的门扇关上。

这句话与 14.169 的赫拉相同。可赫拉更要保密,她惊天阴谋的成败在此一举。[515]在模仿的大概是颂歌诗人。但更基于计划的相似,而非对某一行诗的重复使用。梳妆成为铺垫、期待、预见的成功、对不可抵挡的美的开显。阿佛罗狄忒去伊达山找爱人,如果她不为此梳妆,阿佛罗狄忒是什么?她的女性魅力又是什么?

在赫拉是欺骗，在阿佛罗狄忒是本性。欺骗、"诡计"属于阿佛罗狄忒的本性，不仅在《伊利亚特》的海伦戏里(3.399,405)如此，赫西俄德《神谱》(205)也这样断言。通过"欺骗"，她在颂歌开场处征服了所有其他众神，仅有的三位例外——雅典娜(在《伊利亚特》里也是她的敌手:5.131)、阿尔特弥斯、女灶神希斯提亚(Histie)——也只是增加了她胜利的数量。相互呼应的 7 行和 33 行圈起这几个例外，通过同一句话的重复:"劝服和欺骗"。鉴于她的"杰作"(ἔργα)，爱神对安基塞斯的欺骗比婚姻女神对宙斯的欺骗更为内在。

　　从她遥远的圣地到伊达山的旅程，首先是在空中——"匆匆赶路"(67 行同 14.282 睡眠神陪伴下的赫拉)，她漫行登上多泉的山坡，让人想起波塞冬从他遥远的圣地埃盖去往特洛亚海岸的盛大行程(13.21 及以下)。一如海中动物潜出洞穴，认出主人并向他欢呼致敬，伊达山的走兽也向她这位"万兽之母"欢呼致敬——与《伊利亚特》8.47 和 14.283 诸神出行的诗句相同，狼、狮、熊、豹摇着尾巴跟随她，并在她身后多荫的沟壑中交配。这时，随行转入所见:作为开场时被赞颂的伟大女神，她攀山而上，尚不知晓即将发生什么。伊达山的"万兽之母"，这个附加修饰语(Epitheton ornans)何曾在《伊利亚特》中如此处这般恰切？

　　她遇到独自在牛栏旁"天神般俊美的英雄安基塞斯"，其他人都带着牛群去了牧场，他却弹奏着基塔拉来回踱步——他和俊美的帕里斯(《伊》3.54)一样是弦乐手，基塔拉与"阿佛罗狄忒的赠品"密不可分。时机不能选择得更好。但是，若不出人意料，史诗的叙事艺术又算是什么？少年没有拜倒在她裙下，没有像宙斯对赫拉那样(14.294)把她揽入怀中，他做出怎样的抗拒！虽然她化身为有死的凡人、纤尘无染的少女，虽然她的首饰、罩袍火焰般耀眼，[516]虽然她的胸明亮如月，虽然她戴着发夹、项链，耳上有黄金的花萼，一切只是徒然。安基塞斯意识到她是女神，却不知是哪一位,阿尔特弥斯、勒托、阿佛罗狄忒、忒弥斯、雅典娜——除了赫拉,他把奥林波斯上的女神全都想了个遍,或是位卡里斯,或是位宁芙——她们有多少栖居"在这美丽的山间"!不论是谁,他发愿为她在远处可见的山顶终年立坛献祭。但求她仁慈(εὔφρων,用于诸神恩宠的独特词汇)!年轻人虔诚而俊美,俊美而理智。他祈祷:"给我……",几部颂歌正是以这句虔诚的套话收尾,奥德修斯以此向雅典娜祈祷(《奥》6.327),《斐德若》之末苏格拉底也以此向潘神祈祷。他请求成为特洛亚人中的德高望重者,以后有一个前程锦绣的儿子,在族人中福寿双全地终老。

现在这对她无用。少就是多。因此她也需要用计,虽然不同于赫拉。赫拉对宙斯说谎,就是在回答被情欲征服者这个惊讶的问题之时:没有车马,她如何从奥林波斯来到此地?她的车停在"多泉流的伊达山"脚下,她要去调停奥克阿诺斯和特梯斯的争吵,她来找他,只为让他知情,免得他事后嗔怒。她自己对婚姻的服从、她监管婚姻的神圣职责,确保了谎言的可信。宙斯认为这并不着急。现在……我的情欲(ἔρος)强于所有曾征服过我的东西,连你也不例外!赫拉:如何?在这上面?众目睽睽之下?要是哪位神明看见我们?我可就再不会回到你的宫殿。于是他施展神迹,把她裹入云里。她的话与她的所作所想截然相反。然而,她的某些本性又贯穿着她的谎言和诡计,即使断断续续,也开显了出来。她用以欺骗的贞洁、守俗、体面,都属于她所辖的神圣。她自欺欺人,恰恰是以她的真特质谋骗。

阿佛罗狄忒比赫拉更甚。她直接对爱人否认她是谁:

> 我非女神,而是有死的凡人,由女人所生,弗利基亚国王奥特柔斯是我的父亲……(弗利基亚人奥特柔斯在《伊利亚特》3.186为人所知)

宙斯惊异于赫拉无车而来,[517]阿佛罗狄忒则会让爱人产生相似的怀疑:让他奇怪的是,作为弗利基亚人,她竟会讲流利的特洛亚话:我们家一位特洛亚的奶妈把我从小带大!特洛亚盟军的语言混杂在《伊利亚特》里也很麻烦(2.804,4.437),4.867的船队名单里说卡里亚人讲外国话($βαρβαρόφωνοι$),然而此处的一切越传奇,就越深入现实。弗利基亚王室的小女孩有一位特洛亚奶妈,她大概不是被抢来的,而是由于两地相邻的关系。因为特洛亚人自己和阿开奥斯人说一种语言,把它译为希腊语,就成了希腊-亚洲文明融合的范例。

阿佛罗狄忒在这里也用她自身神性之所是谋骗:她变化成爱人希望的形象。安基塞斯喜爱贞洁者,他想象新娘出身高贵。因此她撒谎说:她在阿尔特弥斯节上跳处女轮舞——一开始我们就已经得知,她对这位阿尔特弥斯没有威力,是一位美丽的贵族小姐(我们从斯巴达的合歌诗人阿尔克曼[spartanischer Chordichter Alkman]那里了解到这是高级贵族的标志,了解到这种少女歌队的"名声"),四周站着数不尽的人群,这时赫尔墨斯抓住我,他带我越过阔野,越过开垦的耕田和未垦的荒原——我似乎未曾触碰大地,他说,我将成为安基塞斯的未婚妻,赐给他卓越的孩子;他就这样把我独自留在这里……她说的特洛亚话本会使他多疑,被神明摄走是荷马式诸神和英雄故事的惯例。

她撒了谎:她被赫尔墨斯带到此处,留了下来。然而她叙事的措辞,似乎在说赫尔墨斯选中她另有目的。诸神为救宠儿,把他们"抢走",移出战场。可此处赫尔墨斯的抢不是截然不同?他把她从少女歌队中"抢走"(117,121)。埃奥斯也这样"抢走"提托诺斯(218),宙斯也这样"抢走"伽倪墨得斯(203)。自然而然的情境是,神在轮舞中看到美丽的凡人——她还能在哪里更美?爱上她,把她从女伴中"抢走",同在她隐蔽处交欢。哈德斯也是在珀尔塞福涅与女伴们"跳舞"($παίζουσαν$)、采花时"抢走"她(《得墨忒尔颂》,2

及以下)。

赫尔墨斯在《伊利亚特》的《帕特罗克洛斯篇》里是动情的"抢夺者"(16.181)。[518]米尔弥冬人首领欧多罗斯("被赐者")是菲拉斯的女儿,美丽的处女波吕墨拉之子,她因为有许多羊而得名。赫尔墨斯,公羊和牧群之神,"看到她在好呼喊的金箭女神阿尔特弥斯的歌舞队里载歌载舞",便对她一见钟情。当即潜入姑娘的卧房(阁楼)悄悄躺入她的怀抱——对窃神无需多说。在《帕特罗克洛斯篇》他亲自生出"漂亮的儿子",颂歌里他预言了"漂亮的孩子们"。赫尔墨斯在颂歌里并非作为动情者、赐送者而"抢",他是神使,或者,由于从未透露说这是一项任务,是送来幸福的幻神。赫尔墨斯在颂歌里是捏造的抢夺者,在《伊利亚特》卷16是真正的抢夺者,显然是前者借用了后者,而非相反。米尔弥冬人名单常被视作晚期补充而遭摒弃,但这种关系并不因之而异。撒谎的阿佛罗狄忒编造的事情,首先应向爱人解释,为什么她会穿戴这种衣物首饰出现在深山中。借口牵强造作,可作为阿佛罗狄忒的借口,它多么有说服力!

《伊利亚特》的是自然情境,颂歌的情境是它后来的发展,它被移入另外的事件因果之中,因此矛盾重重。

像赫拉一样,阿佛罗狄忒也在最后之前抗拒。但她并非赫拉那般出于诡计和伪装的体面而拒,而是作为她变化成的羞涩少女。她害了羞,"垂下美丽的眼睛"。既是双重天性(Doppelnatur)也是诡计,她把自己的愿望投射给爱人。现在是她开始请求:放过我吧,为了宙斯和你的父母——他们也一定像你一样高贵——留我白璧无瑕、不解爱味,带我去见你亲爱的父母兄弟,否则我将成为他们失礼的弟媳,派人给我悲伤的双亲送信,他们将赠送你黄金和衣物……然后你就可以摆设一场值得人神共敬的婚宴。对此他说:如果奥特柔斯是你的父亲,赫尔墨斯将你引来,说你将会是我永远的伴侣;那么任何神或人都不能阻止我,此刻,此地……哪怕死在阿波罗的箭下,我也要……换句话说:即使一切有序,他也愿意打破规矩,当场死去。

[519]比较《伊利亚特》卷14会就发现,处处相似,却处处都在最微妙的差别上有出入。在此不是《伊利亚特》那种已婚—概括式的拥抱,而是详尽描述的婚床:铺有"他亲自在高山上杀死的"熊和狮子的皮,一如在冥间狩猎的奥里昂"亲自在山中杀死野兽"(《奥》11.574),猎人对战利品的自豪则像潘达罗斯对他弯弓上的羊角(《伊》4.106)一样,那羚羊是"他亲自"杀死。《奥德赛》里的"他亲自"可有可无,《奥德赛》的诗人显然是模仿者。她的整套首饰现在又说了一遍,目的是为了让爱人——取下。"于是有死的凡人依诸神的意愿和安排与女神同眠,却一无所知。"

醒来时,二者骤然清醒,女神现形。凡人的畏和女神的宽恕,性的代价和著名神话范例的映像,女神抱怨失贞、担心未来的儿子,对父亲的托付和警告,一切齐聚,好像一切都包含在那个对立的瞬间,"我躺到一个凡人的床上"(199)!明显与《伊》18.85阿基琉斯抱怨忒提斯的命运同音:"他们送你上凡人的婚床!"忒提斯受控于诸神,她则是自己所为。神话范例的映像——此处的三则彼此反衬——无需《伊利亚特》之证。反转律生效,不亚于《伊利亚特》对位式的呼应。

已到牛群回圈的时辰,他仍在甜蜜地睡着。她起身穿衣,站在他床边,头抵屋顶:"醒来,达尔达诺斯人!你看我是否仍如当初?"《德墨忒尔颂》中(188),女神踏上门槛时也头抵屋顶,但那只是快速掠过的瞬间,没有此处的对比:之前,伪装成楚楚可怜、"眉目低垂的"少女——《德墨忒尔颂》194相同的句子里亦无对比;现在,以真身示人的高大女神。

他跳起来,看到女神的脖项和眼睛,大惊之下,立刻又把自己裹入睡觉时盖的被子。现在轮到他跪地求饶。他央求她的话,[520]与她伪装后恳求他措辞相同——187行与131行呼应;请她不要让他鲜活的身体失去气力（如死人一般）；与永生之神同眠者将凋萎。她答："别怕！"193 行也在《奥德赛》4.825。当时雅典娜在梦中安慰担忧特勒马科斯的佩涅洛佩：一位保护人将与他同行。可佩涅洛佩并非现在才担忧特勒马科斯，她素来如此。雅典娜的安慰亦非宽恕或最高愿望的满足。在这种一致情况中，《奥德赛》也没有陡转和对比。《颂歌》此处也是呼应：安基塞斯在迎接女神的虔诚祷告之末祈求一个前程似锦的儿子，它也在最终实现。而且是怎样地实现啊，多么出人意料！

安基塞斯或可自诩幸运。她却无法宽心，她自作自受，被自己的骗局所骗：面对诸神，这是怎样的耻辱！她陷入的威力叫作"阿忒"，迷乱（253 行）。宙斯也曾被这位"阿忒"愚弄，爱子赫拉克勒斯出生时，他因奥林波斯式的招摇自负落入赫拉诡诈的圈套（《伊》19.113）。但阿佛罗狄忒犯的错截然不同，它必将让她自食其果。帕里斯爱上海伦也是她一手酿成的错（《伊》6.356，24.28）。始于迷醉的东西就这样结束。这也算是阿佛罗狄忒的"杰作"，为把它们公之于众，诗人在开篇时呼唤缪斯。

埃涅阿斯因女神的悲伤而得名，古风时期不乏相似的例子，大概不应忘记，伊达斯的女儿克勒奥帕特拉也因母亲的悲伤被改唤作阿尔库奥涅（《伊》9.562）。

比《伊利亚特》任何一处都更浓烈的，是此处对"圣山"的赞美。不仅歌颂家族和女神，也歌颂故乡。此外还有对宁芙的歌颂，此处 257 及以下首次讲述了树精们（Hamadryaden）的生死。父亲，那位猎手、牧人、来自伊达山的情人，在儿子 5 岁时从她们手中接回他，送往伊利昂。抚养神子在出生神话里屡见不鲜，看看阿基琉斯、阿瑞斯泰俄斯（Aristaios）、埃里克托尼奥斯、狄奥倪索斯等人。但 5 年可能又是现实特性。《伊》6.419，在安德罗马克之父、忒拜的埃埃提昂的坟墓上栽种榆树的，也是山中的宁芙们。

颂歌当然要像开始那样庄严地结束。[521]中间的旋律和主题听起来则像荷马式的众神故事。整体如同回旋曲。

安基塞斯将会如何？他会服从警告吗？不泄露秘密？发出警告，且在神圣故事中由众神发出，通常就是为了让凡人违抗。根据《伊》13.428，他在伊利昂成婚，生了一个容貌和手工超过所有同龄人的女儿，还有一位为特洛亚战死的英雄成了他的女婿。埃涅阿斯幼时不在父亲家中，而是在姐夫家里长大（13.466）。为什么？就像《伊利亚特》卷6，颂歌也让未来悬而不定。神圣的秘密需要保守，这也是一个神圣的秘密。

阿提卡祖先埃里克托尼奥斯的出生也是最神圣却被泄露的秘密。阿提卡瓶画家曾满心虔敬地描绘过，科克罗普（Kekrops）好奇的女儿们如何打开交给她们保管的上锁的小篮子，在里面发现了这个身世机密、隐约与少女雅典娜有关的小男孩。身世秘密的揭开，以种种不同的形式反复在身世传说中出现，不论亚洲的还是希腊的，不论异教的还是基督教的。半神的处女之子埃涅阿斯的身世之谜如何浮出水面？诗人的缪斯们或许知道。

从颂歌与《伊利亚特》的关系得到的结论，显现出内隐于诗的荷马的生平线索。

补遗:关于早期亚历山大里亚的荷马文本

[522]早期亚历山大里亚莎草本(frühalexandrinische Papyri)或许优于通行本(die Vulgata),但我认为没有雅赫曼①可靠。他清理、研究的那两部公元前2世纪的莎草——伦敦本(Londinensis)和汉堡本(Hamburgensis)——太纯净,在我看来给通行本增添了太多污迹。此处是两种对校版(Rezensionen)(汉堡本从189b开始与伦敦本一致):

通行本
12. 176 ἀργαλέον δέ με ταῦτα θεὸν ὣς πάντ' ἀγορεῦσαι·
πάντῃ γὰρ περὶ τεῖχος ὀρώρει θεσπιδαὲς πῦρ
λάινον· Ἀργεῖοι δὲ καὶ ἀχνύμενοί περ ἀνάγκῃ
νηῶν ἠμύνοντο. θεοὶ δ' ἀκαχήατο θυμὸν
180 πάντες, ὅσοι Δαναοῖσι μάχης ἐπιτάρροθοι ἦσαν.
σὺν δ' ἔβαλον Λαπίθαι πόλεμον καὶ δηϊοτῆτα.
Ἔνθ' αὖ Πειριθόου υἱός, κρατερὸς Πολυποίτης,
δουρὶ βάλεν Δάμασον κυνέης διὰ χαλκοπαρῄου.

---

① Günther Jachmann, *Nachr. d. Gött.* Akad. 1949, S. 167ff.

οὐδ' ἄρα χαλκείη κόρυς ἔσχεθεν, ἀλλὰ διαπρὸ
185 αἰχμὴ χαλκείη ῥῆξ' ὀστέον, ἐγκέφαλος δὲ
ἔνδον ἅπας πεπάλακτο· δάμασσε δέ μιν μεμαῶτα.
αὐτὰρ ἔπειτα Πύλωνα καὶ Ὅρμενον ἐξενάριξεν.
υἱὸν δ' Ἀντιμάχοιο Λεοντεύς, ὄζος Ἄρηος,
Ἱππόμαχον βάλε δουρὶ κατὰ ζωστῆρα τυχήσας.
190 αὖτις δ' ἐκ κολεοῖο ἐρυσσάμενος ξίφος ὀξὺ
Ἀντιφάτην μὲν πρῶτον, ἐπαΐξας δι' ὁμίλου,
πλῆξ' αὐτοσχεδίην· ὁ δ' ἄρ' ὕπτιος οὔδει ἐρείσθη.
αὐτὰρ ἔπειτα Μένωνα καὶ Ἰαμενὸν καὶ Ὀρέστην
πάντας ἐπασσυτέρους πέλασε χθονὶ πουλυβοτείρῃ.

12.176 [我难以像神明那样把战斗——诵吟。
壁垒周围的石块处处如猛火燃烧,
阿尔戈斯人心情沉重,为保卫
船只顽强战斗,所有曾帮援阿开奥斯人
战斗的神明都心情悲痛,
两个拉皮泰人仍在坚忍地抗击敌人。
在此又是佩里托奥斯之子,强大的波吕波特斯
掷出长枪击中达马索斯,穿透铜颊头盔,
铜盔没有能挡住投枪,投枪的铜尖
185 却一直穿过了他的头骨,里面的脑浆
全部溅出,立即制服了进攻的敌人。
接着他又杀死了皮隆和奥尔墨诺斯。
阿瑞斯的后裔勒昂透斯掷出投枪,
击中安提马科斯之子希波马科斯的腰带,
190 然后从鞘里抽出佩戴的锋利长剑,
冲进人群,首先和安提法特斯交锋,

一剑把他砍中,使他仰面倒地。
他又让墨农、伊阿墨诺斯和奥瑞斯特斯
一个接一个地倒下,去亲近丰饶的土地。]

莎草本(包括雅赫曼的补充)
12. 176 ἀργαλέον δέ με ταῦτα θεὸν ὥς]πάντ' ἀγορε[ῦσαι
177 πάντῃ γὰρ περὶ τεῖχος ὀρώρει θε]σπιδαὲς πῦρ
178 λάινον· Ἀργεῖοι δὲ   ]ηπερ αναγκη
179   θεοὶ δ' ἀκαχή]ατο θυμόν,
180 οὕνεκ' ἄρα Ζεὺς Τρωσὶν ἄρηξεν, ἔ]κηδε δ' Ἀχαιούς.
181 σὺν δ'ἔβαλον Λαπίθαι πόλεμον κα]ὶ δηιοτῆτα.
182 ἔνθ' αὖ Πειριθόου υἱός, κρατερὸς Πολ]υποίτης,
183 οὔτησεν Δάμασον κυνέης διὰ] χαλκοπαρῄου,
183a αἰχμὴ χαλκείη δὲ διὰ κροτάφων ἐ]πέρησεν.
188 υἱὸν δ' Ἀντιμάχοιο Λεοντεύς, ὄζο]ς Ἄρηος,
189 Ἱππόμαχον βάλε δουρὶ κατὰ κρα]τερὴν ὑσμίνην
189a στέρνον ὑπὲρ μαζοῖο, πάγη δ'ἐν]πλεύμονι χαλκός.
189b δούπησεν δὲ πεσών, ἀράβησε δὲ τ]εύχε' ἐπ' αὐτῷ.
190 αὖτις δ'ἐκ κολεοῖο ἐρυσσάμενος ξί]φος ὀξὺ
190a υἱὸς ὑπερθύμοιο Κορώνου Καινεΐδ]αο
191 Ἀντιφάτην μὲν πρῶτον ἐπαΐξας] δι' ὁμίλου
192 πλῆξ' ἄορι μεγάλῳ κεφαλήν, ὑπέ]λυσε δὲ γυῖα.

12.176 我难以像神明那样]把战斗一一诵[吟;
[523]177 壁垒周围的石块战处处如猛火燃]烧,
178 阿尔戈斯人   ],为保卫
179   神明都感到痛]心
180 因为宙斯带领特洛亚人,而使]阿开奥斯人苦恼。

181 两个拉皮泰人仍]在坚忍地抗击敌人。
182 在此又是佩里托奥斯之子,强大的波]吕波特斯,
183 他击伤了达马索斯,穿透铜颊]头盔,
183a 铜制的长枪]透穿太阳穴(额侧),
188 阿瑞斯的后]裔勒昂透斯……安提马科斯的儿子,
189 在激]烈的战斗中掷出投枪……希波马科斯,
189a ……|胸脯下的胸腔,青铜被插在了肺部]里。
189b 他扑通一声倒下,甲胄在他身上哐啷作响。
190 然后从鞘里抽出佩戴的锋利长]剑,
190a 开纽斯之子、心气高傲的科洛诺斯(Koronos)的儿子
191 冲]进人群,首先和安提法特斯交锋,
192 宽大的剑劈中了头颅,松]软了肢体。

在 12.181 及以下的战斗中,两版的区别不仅能从个别诗行指证,更是在整体上相异。通行本分段、成组,莎草版把相同对手的交锋分散成一次次独斗。竞相冲锋船营工事的是阿西奥斯和赫克托尔。二人进攻不同的垒门:阿西奥斯没有理会波吕达马斯的谨慎建议,他将为此付出代价;赫克托尔则听从建议下了车。

阿西奥斯和他的队伍遭到两个拉皮泰人追击,他们是佩里托奥斯之子波吕波特斯和开纽斯之子科罗诺斯王的儿子勒昂透斯(12.130 之后由维拉莫维茨根据 2.746 及其他文献线索正确地补充)。他们把守垒门,此时出击进攻者,后者同时被壁垒上投出的密集石块砸击。阿西奥斯祈求宙斯无济于事,因为宙斯决意让赫克托尔第一个冲入船寨。然而,在叙事如愿转向赫克托尔之前,还要先讲两个拉皮泰人的作为,阿西奥斯也因之得以把命运拖长。

两个拉皮泰人构成一对,二者的胜利相应。都是先详述他如

何打败第一位对手,然后加上他所征服的其他名字。平行关系因此突显出来。193 行的 αὐτὰρ ἔπειτα[再然后]对应着 187 行的 αὐτὰρ ἔπειτα[再然后],每次都在只叫出名字的人物之前。维拉莫维茨证伪 187 行,雅赫曼(页 177)亦然,他认为这是废话。[524] 然而,想象两人同时战斗,又怎会一位杀死五个敌人,另一位仅打败一个?第二位勒昂透斯的战斗又被进一步细分,分为用投枪的远战和用剑的近战(αὐτοσχεδίην)。一如 12.193,11.422 也不能删掉,因为 πρῶτον μέν[首先]后要跟上一个 αὐτὰρ ἔπειτα[再然后]。通行本分给波吕波特斯的事迹六行诗,勒昂透斯七行。两组大致相当。莎草本分给波吕波特斯三行,给勒昂透斯十行。区别显而易见,波吕波特斯的第一位对手用了五行而非三行,接下来仅提到名字的对手们消失了。

相反,莎草本用四行诗描述勒昂透斯的第一位敌人,通行本只用了两行,这两行在通行本中作为远战与接下来的近战相连。在莎草本中,分给勒昂透斯的十行诗割裂为两组:分别 4 行、6 行,它们被额外的 189b 和 190a 隔开。通行本仅在两人首战时给出各自的武器落点和伤处,这在结构上一目了然;两人各自的首战都是重点。在通行本中,第一位敌人被击中头盔、头骨和脑(不是太阳穴,而是额头)。第二位勒昂透斯的敌人被击中腰带。在莎草本中,第一位被击中脑袋(雅赫曼页 170、177 补充的太阳穴很成问题;也许说的不是 4.501 及以下那样击穿两侧的太阳穴);第二位被击中胸膛和肺,第三位再次被击中脑袋。轮换的常规向来成立。

两个版本均不乏 versus iterati[重复诗行]。在通行本中,击伤第一位敌人达马索斯很大程度上与 20.396 及以下重合,击伤第二位敌人希波马科斯①部分近似 17.293 及以下(此处重又出现

---

① [译注]原文是安提法特斯,疑误。

κυνέης διὰ χαλκοπαρήου [铜颊头盔])。莎草本中,第二位敌人受伤通过三行不同的诗句表现,每行都有语句相仿者:

189 同 7. 14: (Ἱππόμαχον) βάλε δουρὶ κατὰ κρατερὴν ὑσμίνην,[(……希波马科斯)在强有力的战斗期间掷出投枪,]

189a 同 4. 528,也是 βάλε δουρί [掷出投枪]在先: στέρνον ὑπὲρ μαζοῖο, πάγη δ'ἐν πλεύμονι χαλκός, [……|胸脯下的胸腔,青铜被插在了肺部里,]

结尾套句无需例证: 189b δούπησεν δὲ πεσών, ἀράβησε δὲ τ]εύχε' ἐπ' αὐτῷ. [他扑通一声倒下,甲胄在他身上哐啷作响。]

莎草本的第三位对手安提法特斯很引人注意,首先,剑作为武器被两次提到(有人会认为一次是多余的);[525]第二,没有区分远战和近战(αὐτοσχεδίην);第三,在战斗情节当中重复了130a,十分罕见的是,这行分隔性的前置诗υἱὸς ὑπερθύμοιο Κορώνου Καινείδαο [开纽斯之子——心气高傲的科洛诺斯的]被后置,就像说明性的补充。以上三点彼此相关。分隔诗行后一定或应该重想到武器,远战和近战之间再无对比。

什么来自什么？一位整理的"校订者"(Diaskeuast)通过娴熟的改动、删增,把顺次描述划入两组？还是反过来,一位排列的"校订者",为使个体鲜明,散开小组,让每位被击中者大张旗鼓地死去？小组早已在上文、在引入两位孪生守门者的时候就被划定出来。布局要求,两人最后都要战功赫赫。"强大的波吕波特斯"在莎草本中的作为似乎太少。反倒是那支猛力投出的长枪更合适,连铜盔也挡不住它穿透头骨、把"全部脑浆"搅烂。如果可以,优选较短的版本当然也有道理。但"废话连篇的文本"可缩亦可扩。我认为已证明出,莎草本是删掉187行(αὐτὰρ ἔπειτα)的缩减版。

雅赫曼对通行本的不满部分与分组相关,其中提到了192行的ὕπτιος [向后的]: "整部《伊利亚特》都找不到剑劈或剑刺后仰面倒地。"对。可是,如果想到ὕπτιος [向后的]一共出现了六次,而投枪远远多于击剑,从这种数据中总结规律也许就要有所顾忌。连雅赫曼(页 186)也认为:"虽然被剑击中者本身两种情况(向前或向后倒下)都有可能。

莎草本也不缺抱怨。莎草本 189 行的 κατὰ κρατερὴν ὑσμίνην [在激烈的战斗中](而非通行本的 κατὰ ζωστῆρα τυχήσας [击中腰带])是充数。这句套话复数时 κατὰ κρατερὰς ὑσμίνας [贯穿激烈的战斗]总是必要且合理。单数时必要且合理的是 4.462,5.712,11.468,13.522,6.451,648,788,19.52。21.207 并无必要,但可理解。仅在 7.14 和此处才是纯粹充数。其他不满见下文。

[526]是删去 12.184-87、代之以莎草本的 183a,还是保留原貌?这个的问题波及 20.398-400 的重复。雅赫曼对 20.395 及以下(页 16)的不满,使他更加反感 12.182 及以下。在他看来,两处非但不能相互佐证,反倒更让彼此欲盖弥彰。20.399 的 αἰχμὴ ἱεμένη [被掷出的长枪]与 397 的 νύξε [刺]不合,因为该修饰词[被掷出的]只用于投枪,却从未被用于刺枪。然而,νύσσειν [刺]仅用于被捅出去的武器吗?在(11.565 及以下)埃阿斯那次著名的撤退中,特洛亚人

  νύσσοντες ξυστοῖσι μέσον σάκος αἰὲν ἕποντο,
  顽强追赶,枪尖不断击中盾面,

肯定不是说他们手握长枪冲向埃阿斯的盾牌:他们向他投枪,正如 571 行所示。νύσσειν [刺]在 7.260,11.425,13.147,16.404,23.819 被用来形容刺出的枪;除引用处,5.579,11.252(比较 15.541),12.395 和 10.397 用它描述投枪。两处无法定断:11.96(比较 11.108)和 16.346,两处都更像是投枪。应该认为 5.579 和 12.395:*δουρὶ τυχήσας νύξε* [投枪刺中]是远战,因为 (δουρὶ) τυχήσας

[(投枪)击中了]向来被用于远程武器:4.106,12.189 是 τυχών[击中了];5.98,582,858,13.371,397,16.623 是 τυχών[击中了]。(唯一的例外是 23.726 的摔跤比赛。)

νύσσειν[刺]仅限于近战的规则不成立。20.381 及以下阿基琉斯击中其余四个对手,最后投枪击毙波吕多罗斯,——希波达马斯大概也是,他

> πρόσθεν ἕθεν φεύγοντα μετάφρενον οὔτασε δουρί
> 跳下战车,转身向前跑

——,据此推测,击中得摩勒昂的长枪也是被投掷出去的。无需再说他重拿回那支枪。

更吹毛求疵的是,20.399 的 ὀστέον[骨]不符 397 的 κατὰ κρόταφον[穿透太阳穴](雅赫曼,页 196)。"如果干脆忽略这种对事实和自然的违背,就意味着低估了 Ὁμηρικὴ ἐνάργεια[荷马的活力]。我们的第二处重点与此相反,12.185 是 ἱεμένη[被掷出](按雅赫曼的异文,页 169),符合投出的长枪,对头骨 ὀστέον[骨]也正确。"(但这也逃不过证伪。)不是也有颞骨?

对于卷 12 和 20 合理的东西,最后 11.97 及以下也一定照单全收。这里也陷入非难。但此处指定的原文并非莎草本中那行结束于 πέρησεν[穿透]的异文(183a),而是罗德岛的阿波罗尼奥斯(Apollonios Rhodios)的本文:

> ἀλλὰ δι' αὐτῆς ἦλθε καὶ ὀστέου ἐγκεφαλόνδε.
> 长枪却穿透了头盔和头骨

下一行被阿波罗尼奥斯证伪。[527]莎草本就应是阿波罗尼奥斯这样(雅赫曼,页 191)。只是阿波罗尼奥斯的本文也一定曾有否

定的前一环:

> ...οὐδὲ στεφάνη δόρυ οἱ σχέθε χαλκοβάρεια.
> 他那厚重的铜盔没有能挡住长枪。(11.96)

可按雅赫曼的补充,①莎草本 12.183 及以下没有这否定的一句,整个结构都被缩减删掉(或按雅赫曼的意思:尚未扩写,原封不动)。这样看来,莎草本就不太可能是阿波罗尼奥斯的本文。如果在莎草本中插入所有平行本都有的οὐδὲ —ἀλλά[也没有一却],也就是写成:

> οὐδ' ἄρα χαλκείη κόρυς ἔσχεθεν, ἀλλὰ πέρησεν,
> 铜盔没有能挡住(投枪),(枪尖)却穿透了

就相当于判决了莎草传本(Papyrusüberlieferung)。

所有诟病通行本的出发点是:古代考据就已怀疑过πεπάλακτο[摇动了],可就连这种怀疑也未必出自 T-笺注:πεπάλακτο· πεπάλακτο· γράφεται 'κεκίνητο', ἀλλ' οὐκ εἰκὸς συνδεδεμένον τῷ ὀστέῳ τὸ δόρυ κινεῖν τὸν ἐγκέφαλον[摇动了:注"移动了",但看起来投枪没有移动和骨头连在一起的脑部]。亦即,头骨和脑紧密相连,不能认为有脑震荡。② 另外,我倒是更愿意写成:γράφεται καὶ 'κινεῖτο'[注"被改动了"]。这些注释比人们不再区分数量的时代更古老。

12.179 依然是:

---

① 页 177:"一种能满足所有要求的重构。"然而未必能满足荷马小品词的位置。
② [编注]雅赫曼(页 167)说这是靠不住的论据,当然有道理。但ἐνδεδυμένον[穿入了的]显然要读成:"长枪刺穿头骨……"

补遗:关于早期亚历山大里亚的荷马文本

> ϑεοὶ δ'ἀκαχήατο ϑυμὸν
> πάντες, ὅσοι Δαναοῖσι μάχης ἐπιτάρροϑοι ἦσαν,
> 所有曾帮援阿开奥斯人
> 战斗的神明都心情悲痛,

伦敦的莎草本最末是:]κῆδε δ'Ἀχαιούς[使阿开奥斯人苦恼]。雅赫曼补充,页170及以下:

> [οὕνεκ' ἄρα Ζεὺς Τρωσὶν ἄρηξεν, ἔ]κῆδε δ' Ἀχαιούς,
> [因为宙斯带领特洛亚人,而使]阿开奥斯人苦恼,

或者(因为第四音步的扬抑格)

> [οὕνεκ' ἄρα Ζεὺς Τρωσὶ μὲν ἤρκεσε,] κῆδε δ' Ἀχαιούς. ①
> [因为宙斯带领了特洛亚人,]而使阿开奥斯人苦恼。

根据 lectio difficilior[较难读法]②的原则,他优选莎草本的补充异文(页173)。有ϑεοὶ πάντες[所有神明]的异文与11.78有关,且在神的不同派别之间合理区别。莎草本不同,它不那么易懂,是"较难读法":派别之间没有区分。[528]不论何处有变化都为之寻找事实性的原因,这无可厚非。可推荐的补充是唯一可能吗?赫克托尔是本卷主角,宙斯因他之故而不理会阿西奥斯的求助,原因只是不减损赫克托尔的荣誉,这样去想,就也可以补充如:

---

① 该建议也因缺少停顿无效。
② [译注]校勘学里偏好采用更难的读法,因为文本抄写错误的原因往往是写工看不懂,然后改成语法简单的文辞。

οὕνεκ' ἄρ' Ἕκτορι δῶκε κράτος Ζεύς,] κῆδε δ' Ἀχαιούς.
[因为宙斯给予了赫克托尔力量,]而使阿开奥斯苦恼。

κράτος διδόναι[给予力量]可从 9. 254,13. 743,15. 216,20. 121 等得证。那就是莎草本的异文用更确凿的东西取代了不确定的东西。即使保留雅赫曼的补充,莎草本异文也显然意在暗示宙斯。可以理解为,指的是诸神——支持阿开奥斯人的神明——与宙斯的冲突;自宙斯禁令后(11. 78 及以下),奥林波斯的状况应更为明确;13. 524 也这样暗示出诸神的禁闭。据此看来,"校订者"忘记了致使诸神忧虑的宙斯。通行本的异文只给出气氛图(ein Stimmungsbild):平时对阿开奥斯人济困扶危的(比较 21. 289,ἐπιτάρροθοι)助佑者,只能眼睁睁地看着她们的被保人遭难。不问根由。莎草本回忆起纷争。要找的是出处。诸神为何忧心忡忡:因为(οὕνεκ' ἄρα)宙斯(暴力压制她们)把胜利赐予了赫克托尔(或特洛亚人)。也就是说,莎草本比通行本进一步解释了原因。那么莎草本文就不能再享有"较难读法"(lectio difficilior)的优先权。搞不出比通行本更古远的对校版(Rezension)。

我认为,不问为何、只给出气氛的通行本更好。

小范围的分歧虽然可观,另一方面顺序却丝毫未变。同样一批战士以相同的顺序出场,改动的只是称谓,而非主语。改动的是那种看似可改、实则无法替换东西。一边是随心所欲,另一边是无法撼动的传统。改动者不论是谁都不自由,改动本身几乎无一例外出自希腊化时代(aus hellenistischer Zeit)。它们无法等价为真正意义上的编辑。[529]不同诗组(verschiedene Versgruppen)在不同用场反复出现,对此作何解释则完全是另一个问题,它回溯至更古远的时代。莎草本帮不到那里。在流动中灵活多变的本文突然凝固,才出现了对校版。这个过程多次重复。本文越早,波动越随意,越个性。到亚历山大里亚学者那里,除了他们的证伪,波动已如此之小,竟使传统的一致再次引起怀疑。然而,迄今发现的更可信的、属于更古老传统的例子少之又少。

《伊利亚特》从未完成——否则荷马就把他的作品出版了,因而永远只有相对的成品。最完善的是亚历山大里亚学者们的文本,这也是因为,他们确信这些文本一定在荷马时代就已经完成。他们从这种信念中得出结论。然而他们并非第一批追求完善文本的人。

除却所有其他怀疑,所有"高级考据"(höhere Kritik)里都存在着一种不确定性,因为太多人、太多时代都曾参与其中,致力于让文本越来越完善、经典。

雅赫曼试图从《伊利亚特》-莎草本 Hibeh I 22[①] 为 22.99 追加一行真正的荷马(页 219 及以下),对此我也必须表明我的怀疑。莎草本中赫克托尔独白的本文是:

99 ὤ μοι ἐγών· εἰ μέν κε πύλας καὶ τείχεα δύω,
99a λωβητός κεν ἴο[ιμι ---
100 Πουλυδάμας μοι πρῶτος ἐλεγχείην ἀναθήσει,
101 ὅς μ'ἐκέλευε Τρωσὶ ποτὶ πτόλιν ἡγήσασθαι
102 νύκτα ποτὶ δνοφερήν, ὅτε τ' ὤρετο δῖος Ἀχιλλεύς.
99 天哪,如果我退入城门和壁垒里,
99a 我会受尽屈辱来/去]到……[
100 波吕达马斯会首先前来加罪于我,
101 他曾力劝领着特洛亚人退向城里
102 那个暗黑的夜晚,当神样的阿基琉斯振作起来之时。

---

① ed. Grenfell & Hunt 1906.

其中 *νύκτα ποτὶ δνοφερήν* [暗黑的夜晚] 不加考虑地重复自《奥》15.50:*νύκτα διὰ δνοφερήν* [暗黑的夜晚]。正确的是通行本 *νύχϑ' ὕπο Τήνδ' ὀλοήν* [在这个致命的夜晚]。雅赫曼对 99a 另有判断。当然，列文 (Leeuwen) 的补充：

>　　*λωβητός κεν ἴο[ιμι κακὸς ὥς· αὐτὰρ ἔπειτα*
>　　我会受尽屈辱走向不幸；再然后

既不美也不可信，对此雅赫曼引用波利安 (Pollian) 对 *τοὺς αὐτὰρ ἔπειτα λέγοντας* [然后他们说] 的讽刺① 当然也不无道理。但他自己的建议也不能让我信服：

>　　[530] *λωβητός κεν ἴο[ιμι κατὰ πτόλιν εὐρυάγυιαν*，
>　　我会受尽屈辱走过有宽阔街道的城市，

或：

>　　*λωβητός κεν ἴο[ιμι ἐυκτιμένας κατ' ἀγυιάς*，
>　　我会受尽屈辱走过建筑精美的城市

或：

>　　*λωβητός κεν ἴο[ιμι μετὰ Τρῶας μεγαθύμους*，
>　　我会受尽屈辱走在心智高傲的特洛亚人中间，

或：

>　　*λωβητός κεν ἴο[ιμι φίλους κατ' ἔτας καὶ ἑταίρους*，
>　　我会受尽屈辱走在朋友、族人和同伴后，

ἰέναι [来/去] 不太可能没有目标。无例可证，*ἰέναι* [来/去] 可意指"在其下徘徊"、"在其下逗留"的。*ἰέναι κατά* [穿过……/去到……

---

① Anth. Pal. XI 130,1.

后面]则不然,比如,军队执行任务或寻找某物时,"穿过某地"、"急速行经"。也没有表语。"我将满身屈辱,在……中徘徊"或"在……下","现在我们看到这位骄傲的英雄,他如何消沉、胆怯地悄悄穿过城中街道,或穿过一排排曾对他充满敬意的战友"。由雅赫曼找到、被他如此看好甚至推崇的意思有两点值得怀疑:第一,*ἰέναι*[来/去]没有这种用法;第二,之后的无连词句(Asyndeton)将没有令人信服的必要存在。

可是,如果没有灾难性的*αὐτὰρ ἔπειτα*[再然后],还能避开无连词句吗?《奥》3.495,7.196,23.139 是*ἔνθα δ'ἔπειτα*[在这里然后],到达某地后,在行末标明位置。我认为,这足以认定:

> *λωβητός κεν ἴο[ιμι ποτὶ πτόλιν· ἔνθα δ'ἔπειτα*
> *Πουλυδάμας*…
> 我会受尽屈辱退向城市:然后在这里
> 波吕达马斯……

我心中最后还有个更具说服力的抗议。在赫克托尔身上相斗的既非勇气与怯懦,也不是这一边的荣誉、名声与另一边的耻辱和同胞的轻蔑。特洛亚人并非斯巴达人。他是最后一位在前战斗的特洛亚人,所有人都呼唤他,请求他回来;在无望前自保不是耻辱——多少英雄如此!他却并未退回城,他这样做,无异于他对波吕达马斯前夜劝告的鄙夷,不是因为英勇,而是出于高傲。他怕的不是轻蔑,不是胆小鬼的耻辱,而是指责。105 及以下也已点明:

> 也许某个贫贱于我的人会这样说:
> 只因赫克托尔过于自信,损折了军队。
> 人们定会这样指责我!

[531]谁会怀疑,这层冲突更深、更高贵?他感到自己是要负责的罪人。赫克托尔自责为 $\lambda\omega\beta\eta\tau\acute{o}\varsigma$ [懦夫],就隐去了这层冲突。甚或:补句含有赫克托尔对自己的直接审判:"我会是个懦夫"(或作为懦夫走向他们、或在他们之中,都一样)。对此唯一可期待的回答是:我受不了。整段对白都将多余。

  补句有助于[编码]页 433 说到的意图,同时也有助于明确、衔接:"如果我作为懦夫进城:波吕达马斯就会是第一个斥骂我的人"(但并不是因为我怯懦,而是因为我把他的劝告当作耳旁风)。但是这种衔接已有表达: εi $\mu \acute{\varepsilon} \nu$ $\kappa \varepsilon$ $\pi \acute{\upsilon} \lambda \alpha \varsigma$ $\kappa \alpha \grave{\iota}$ $\tau \varepsilon \acute{\iota} \chi \varepsilon \alpha$ $\delta \acute{\upsilon} \omega$ [如果我退入城门和壁垒里]。雅赫曼期许此行诗质量之高——"只有一位诗人才会如此创作",无法让我同样叹为观止。

德文版编者后记

[532]莱因哈特去世时,身后留下他关于《伊利亚特》的未竟之作。想到无法完成,他早已时时担忧,因此他把所剩无几的时间越来越多地用于这部计划中的作品,连上路也随身携带《伊利亚特》文本,以便能反复阅读或把构思记入他的小笔记本。直至最后一刻,他仍未放手荷马问题,还在用他愈发颤抖的手写下他对第8卷的看法。

遗留的手稿多达4000余页,大部分按章节分装在45个文件夹中,年代不同,状态各异。最早的部分可能出自[20世纪]50年代初。当然,他对《伊利亚特》的思考绝非朝夕之事,甚至可追溯至维拉莫维茨1912年夏开设的《伊利亚特》课程(维拉莫维茨不久后出版的那本关于《伊利亚特》和荷马的书即由此而成)。

莱因哈特在与维拉莫维茨的讨论中找到了他自己独特的解读。很多地方他都与莎德瓦尔特的《伊利亚特》研究不谋而合,引用时,它们更是常伴在作者手边。把他多年来形成并在课堂上公开过的种种观点系统地阐述出来,在整体中说明它们的合理性,他的这个意向至少在战后就逐渐明晰,也许由于莎德瓦尔特在解读上认同佩斯塔洛兹关于《伊利亚特》来源的论题,该意向才被最终触发成行动(莎德瓦尔特,《论伊利亚特的诞生》[*Einblick in die Entstehung der Ilias*],莱因哈特于1952年首次看到定稿)。但是,由于莱因哈特决定为实用百科全书(*Realenzykloppdie*)撰写《波塞冬尼奥斯》(*Posaidonios*)的文章,这项工作不得不在几年之中都退居其次。1954年这篇文章结束后,荷马一直是他的主要工作。

在此期间,米尔的《考订绪论》(*Kritisches Hypomnema*)出版,这是把曾在《奥德赛》上实验过的分析方法用于《伊利亚特》的伟大尝试。《伊利亚特》的文本也被分给两位诗人。相对于维拉莫维茨概述而非阐释、常为严格区分著者的目的而委曲求全的分析,[533]《考订绪论》是一步步的释读、一段段的分配。它才为[莱因哈特的]另一种解读打下基础,于是,他的工作也逐渐变为与米尔的辩论。

他曾在导言中写道:

> 二十年前,我曾想写一部关于《伊利亚特》的优美的书。如今它已经不美了,我想,却更聪明。

在荷马考据中必然地位最高的考据研究随处大段出现。虽然最初出于一种否定、挑衅的目的,它却越来越成为一种新的风格分析的基础(Grundlage einer neuen Stilanalyse),最终竟成为把《伊利亚特》理解为某种渐成之物的方法——刚好与此前的分析概念截然相反。这种解读适于调和对立观点,莱因哈特却恰恰因此怀疑取得一致的可能:"这本书写出来,并不期待我是对的。"

显然,随着莱因哈特工作的不断进展,《伊利亚特》源起的全貌才涌现出来。他没有任何整一派的先入之见,他总是让不可解之事任其所是。这种观点是通过对种种细节不同方面的解读得到的,若要它最终成立,就必须适用于第8卷的解读。无疑,当莱因哈特开始着手这个极为艰难、重压在一代代艺术判断下的问题,他就已经准备好,若在此陷入矛盾,就弃绝他此前的所有工作。

最后几个月,两件事让他释然:卷8在《伊利亚特》形成过程中的位置,以及《伊利亚特》形成过程中壁垒的发明,当这两点明朗起来，他确信自己是对的。在关于第 8 卷的最后一节，他的《伊利亚特》源起观首次得到概述。然而一部系统的、从不同优先性得出的整体谱系再未能成形。

1957 年末，莱因哈特相信再用一个季度就能完稿。依据手稿状况，这难以想象。各卷手稿所处的不同阶段，各不相同的粗糙程度，卷 3-7、22-23 令人心痛的空缺：一切都说明，[534]即使无需编者整理、阅读、辨析字迹使之可读所花费的大量时间，最后成书亦非指日可待之事。

我十分感谢艾莉·莱因哈特（Elly Reinhardt）夫人，是她把手稿托付于我，并允许我三年来在莱因哈特的书房里、在他使用过的工作设备之中阅读、编辑；更要感谢她始终清醒地参与阅读和誊写。

莱因哈特不大可能想到出版未竟之作；他大概也不会同意本书的广泛收录，草稿式的、风格和内容上暂时的、几处甚至是摒弃的东西也被选用进来。决定公开的理由根本无需赘言，我坚信，至少荷马语文学愿意看到莱因哈特解读《伊利亚特》的意向。至于文本的选择和整编，自然是仁者见仁。出版的文字会自己开口。仅有个别处做出说明，以便让读者知道，他所读到的有多少基于莱因哈特的文本，多少基于莱因哈特的成书计划。

要尝试的是，编辑出一部连贯可读的文本，但除了勘正一些明显错误，文本几乎丝毫未动。手稿中断或因后续文本不可用而被迫中断之处，按可能性衔接了意义相连的片段或类似段落。编者的少量补充和附注以斜体标明。

每段字迹连贯的新内容开始时，都标以星号；但不包括按作者意图显然同属一体的散页。星号同时意味着，下文依手稿状况只是暂时的草稿。章首无星号是说，以下文本大致就是莱因哈特想发表的状态。星号偶尔在段末，那么它就是手稿连续文本中的插入段。为使读者不受编辑手段的干扰，编者的其他活动未标注出来，尤其是异文的订正或选择、手稿特点或本书中隔开部分的连贯笔迹。

[535]莱因哈特的工作方式是,首先手写构思。这部分初稿已撰写完毕;他很少只记下单纯的关键词,通常搜集材料时才会如此。因此,极其潦草的笔记有时也能补入上下文之中。莱因哈特通常会把彻底修订或改写过的草稿用打字机誊出来,抄本中再手写加入新的改动和补充。

大幅改动的文本,他也会再次机打出来,通常有打字副本。他常常在第一份样稿中添入大量的改动和补充;变动不大、偶有出入的东西加入第二份样稿。有些段落还衔接着其他抄本或改写本文。任何一章都不是誊清稿。可以说我们看到了文本的逐渐成型,甚至最干净的抄本也有许多订正,无人知晓付梓时到底还会有多少改动。本书中看似完成的东西,只在相对意义上成立。

初版和终版草稿主要是风格上的改变。初版常有某种主观、冲动甚至热情洋溢的东西,此后,除事实上的扩增,文本逐渐精简、益发客观。推想定稿后,书不会这么厚。

某些章节存在若干手写版本,不可能只从中挑选一版:"换铠甲"、"《伊利亚特》和《埃塞俄比亚》"以及《使者》的某些部分即是如此。这时会整合两到三种版本的不同段落。

一段文本若有不同时期的修订稿,较早版本自然会被淘汰。但这种情况并不常有,通常只有一稿可依,且常是初稿。尤其那些可以说是私自写下的论战部分,它们[出版时]一定会更加谦恭,因为莱因哈特重点驳斥的对象恰恰是他本人高度敬重的学者。我不知道公开它们对谁更不公平,那些学者还是作者。然而,编者看不到任何插手的可能性,去缓和异议、抹平挑衅。

读者也会在本书中遇到怪异甚或看似矛盾的表达。[536]但这类表达亦存在于莱因哈特的打印稿中,它们属于莱因哈特千头万绪、错综复杂的思考方式。因此绝不能把隐晦换成一目了然。当然,反复阅读艰涩的文本,常会在最后得到正解,但个别错误仍有可能存在。无法完全避免重复，也不是处处都能消除矛盾。

目录中未标星号的章题，卷名和动机，都出自莱因哈特。根据他的计划，依《伊利亚特》各卷顺次安排章节，并附以关于《阿佛罗狄忒颂》和早期亚历山大里亚荷马文本的文章。只是不确定应在何处对比《埃塞俄比亚》。同样位子不定的是"《帕特罗克洛斯篇》与《阿基琉斯纪》"，这篇被莱因哈特放在"忒提斯"的标题下，显然与"忒提斯的请求"有关。"特洛亚人和阿开奥斯人"以及卷 5 的埃涅阿斯一节也不确定，它们也与卷 20 有关。

或许莱因哈特也想给其他人物单列章节，比如阿基琉斯、阿伽门农、涅斯托尔、狄奥墨得斯、赫克托尔、波吕达马斯，并追问他们最初是否属于帕特罗克洛斯的故事，就像上文提到的那篇忒提斯。这些内容更容易安排到当前的解读中。

另外，本书安排到第 5 卷的内容是处理第 8 卷时产生的，属于最后期的成果。最后的工作很可能是第 5 卷。对于"葬礼竞技赛"，偶有其他解读的简短笔记，然而它也应自成一章。莱因哈特可能想把第 3 卷和第 6 卷留到最后，因为他在"帕里斯的评判"中说过。

虽然莱因哈特认为顺序解读无需索引，但为补充其他章节留下的空白，还是有必要列出文本出处。这是由卡林·阿尔特（Karin Alt）博士完成的。早在 1952 年，纽约的博灵根（Bollingen）基金会就曾资助莱因哈特为荷马工作访学牛津，在他去世前不久，基金会又批准了一笔可观的资金支持他完成著作，[537]后来他们慷慨地把该款项用于遗稿的编辑整理。德国科学研究会（Die Deutsche Forschungsgemeinschaft）承担了大部分往返法兰克福的开销。感谢他们。

柏林，1961 年复活节
乌沃·霍尔舍尔

图书在版编目(CIP)数据

《伊利亚特》和她的诗人/(德)卡尔·莱因哈特著;
陈早译.--上海:华东师范大学出版社,2021

ISBN 978-7-5760-1266-8

Ⅰ.①伊… Ⅱ.①卡… ②陈… Ⅲ.①英雄史诗—诗歌研究—古希腊 Ⅳ.①I545.072

中国版本图书馆CIP数据核字(2021)第070530号

华东师范大学出版社六点分社
企划人 倪为国

经典与解释・古典学丛编
《伊利亚特》和她的诗人

著　者　[德]卡尔·莱因哈特
译　者　陈早
责任编辑　彭文曼
责任校对　王寅军
封面设计　吴元瑛

出版发行　华东师范大学出版社
社　　址　上海市中山北路3663号 邮编 200062
网　　址　www.ecnupress.com.cn
电　　话　021-60821666 行政传真 021-62572105
客服电话　021-62865537
门市(邮购)电话　021-62869887
地　　址　上海市中山北路3663号华东师范大学校内先锋路口
网　　店　http://hdsdcbs.tmall.com

印 刷 者　上海盛隆印务有限公司
开　　本　890×1240　1/32
插　　页　2
印　　张　20
字　　数　410千字
版　　次　2021年9月第1版
印　　次　2021年9月第1次
书　　号　ISBN 978-7-5760-1266-8
定　　价　138.00元

出 版 人　王 焰

(如发现本版图书有印订质量问题,请寄回本社客服中心调换或电话021-62865537联系)